Knaur.

Knaur.

Im Knaur Verlag ist bereits folgendes Buch der Autorin erschienen:
Das Jadepferd

Über die Autorin:
Steffanie Burow war Art-Direktorin und Werbetexterin, bevor sie gemeinsam mit ihrem Mann ausgedehnte Reisen durch die Länder des Fernen Ostens unternahm. Heute lebt die Autorin in Hamburg. *Im Tal des Schneeleoparden* ist nach *Das Jadepferd* Steffanie Burows zweiter Roman.

Über dieses Buch:
»Von deiner besten Freundin Laksmi« steht als Absender auf dem Brief, den Anna im Nachlass ihrer Mutter findet. Anna ist verwirrt, denn sie hat nie von der Existenz dieser angeblich besten Freundin gewusst. Sie öffnet den Umschlag – und erfährt, dass die Vergangenheit ihrer Mutter weitaus abenteuerlicher war, als sie bisher angenommen hatte.
Neugierig geworden, beschließt Anna, das Geheimnis ihrer Mutter zu lüften. Ihre Spurensuche führt sie von einer verfallenen Hippie-Kommune in Ostfriesland nach Darjeeling und schließlich in Nepals Hauptstadt Kathmandu. Dort kreuzt sie die Wege eines zwielichtigen Asketen, eines deutschen Geschäftsmannes und einer jungen Nepalesin, die alle mit ihrem eigenen Schicksal verwoben zu sein scheinen. Immer tiefer gerät Anna in einen Morast aus Lügen, die ihr eigenes Leben gründlich in Frage stellen. Bald wird sie zum Pfand in einem gefährlichen Machtkampf, dessen Ursprünge in die Zeit der Hippies zurückreichen. Als Anna begreift, dass alle Fäden bei dem legendenumwitterten, in einem abgelegenen Tal des Himalayas lebenden »Schneeleoparden« zusammenlaufen, schwebt sie bereits in höchster Gefahr.

STEFFANIE BUROW

Im Tal des Schneeleoparden

Roman

Knaur Taschenbuch Verlag

Besuchen Sie uns im Internet:
www.knaur.de

Originalausgabe Oktober 2010
Knaur Taschenbuch

Ein Unternehmen der Droemerschen Verlagsanstalt
Th. Knaur Nachf. GmbH & Co. KG, München.

Redaktion: Gisela Klemt, lüra Klemt & Mues GbR, Wuppertal
Umschlaggestaltung: ZERO Werbeagentur, München
Umschlagabbildung: Gettyimages / Axiom Photographic Agency /
Joe Beynon; Gettyimages / The Bridgeman Art Library / English School;
Latitude / © Yann Arthus-Bertrand / CORBIS
Satz: Adobe InDesign im Verlag
Druck und Bindung: CPI – Clausen & Bosse, Leck
Printed in Germany
ISBN 978-3-426-50659-2

2 4 5 3 1

Für meinen Mann Sven,
den besten Begleiter, den ich mir für die Wanderung
durchs Leben wünschen kann.
Und für meinen Vater,
der mir das Wandern zeigte.

1

MÄRZ 1970

Die Schneeleopardin presste sich dicht an die Felswand und verschmolz mit dem Hintergrund, unsichtbar für die schlechten Augen jener zweibeinigen Wesen auf der anderen Seite der Schlucht, die sich unbeholfen über einen Erdrutsch quälten. Die Leopardin verharrte regungslos, lediglich ihre Schwanzspitze zuckte. Sie hatte die Eindringlinge schon vor geraumer Zeit ausgemacht, dunkle Punkte auf dem blendend weißen Schnee tief unter ihr.

Doch waren die Zweibeiner die Eindringlinge? War nicht vielmehr sie selbst in fremdem Revier, war sie nicht – flüchtend vor dem übermächtigen Weibchen weiter oben, auf der Suche nach einem eigenen Jagdgebiet – zu weit hinabgestiegen und hatte die Trennlinie zwischen ihrer Welt und dem Reich der großen, hochaufgerichteten Tiere überschritten? Dieser Winter, dessen letztes Aufbäumen den Schneesturm der vorigen Nacht durch die tiefen Täler des Manaslu-Gebirgsstocks gejagt hatte, war erst der zweite, dem sie die Stirn hatte bieten müssen. Bisher war sie in ihrem kurzen Leben einem Zweibeiner nur ein einziges Mal begegnet, und auch da hatte er sie nicht bemerkt, war nur schnaufend bergan gekrochen, wo sie mit Leichtigkeit den Anstieg bewältigt hätte. Das zweibeinige Tier hatte streng gerochen, ein Geruch, den die Leopardin nicht hatte einordnen können und der sie davon Abstand nehmen ließ, es zu jagen.

Die Ohren der Schneeleopardin legten sich zur Seite. Ein Rascheln lenkte ihre Aufmerksamkeit fort von den zweibeinigen Tieren über dem Abbruch und der schemenhaften Erinnerung

an jenen Tag, an dem ein übermächtiger und völlig unerwarteter Schmerz ihr die Besinnung geraubt hatte.
Eine Krähe ließ sich unweit ihres Platzes nieder und starrte sie aus blanken schwarzen Spiegeln an, wissend, dass eine mächtige Jägerin wie die Schneeleopardin sich nicht mit ihr abgeben würde. Nein, die Beute der großen Katze waren die Schafe und die Ziegen der Berge. Doch jetzt musste die Krähe etwas in den Augen der Raubkatze entdeckt haben, das ihr nicht behagte, und flog davon. Die Schneeleopardin sah dem Vogel mit leisem Bedauern nach. Kaum zu erkennen unter dem prächtigen Pelz, waren ihre Flanken nach dem langen Winter eingefallen; sie litt Hunger und hätte den Vogel nicht verschmäht.
Wieder heftete die Leopardin ihren Blick auf die Gruppe der zweibeinigen Tiere, die mittlerweile einen vorspringenden Felsen inmitten des Gerölls erreicht hatte. Ihre Muskeln waren schmerzhaft gespannt, bereit zur Explosion, bereit zur Flucht, bereit zum Angriff. Eiskalter Wind zerzauste ihr grau-weißes Fell, sie bemerkte es nicht. Laute drangen herüber. Ihre Ohren zuckten.
Es waren drei. Eines der Tiere hockte etwas abseits, während die anderen beiden mit wild herumfuchtelnden Vorderläufen dicht beieinanderstanden. Und dann verlor ein Zweibeiner den Halt, taumelte, schrie und krallte sich an einem Felsen fest. Das dritte Tier sprang hinzu, doch zu spät. Das verunglückte Tier stürzte in den Abgrund, außerhalb der Sicht der Leopardin.
Die Sonne sank bereits, als die verbliebenen Zweibeiner den Ort verließen. Sie wandten sich talwärts, vorsichtig einen Schritt vor den anderen setzend, zertraten sie die Spuren, die sie zuvor im Schnee hinterlassen hatten, auf ihrem Weg zu den höchsten Höhen der Berge. Die Schneeleopardin sah ihnen nach, bis selbst sie nicht einmal mehr Punkte erkennen konnte. Dann erhob sie sich, schüttelte den Schnee ab, der sich in den Stunden des stillen Verharrens auf ihrem Pelz gesammelt hatte, und

stob davon, mit weit ausholenden, geschmeidigen Bewegungen, die dennoch nicht ihr von einem verletzten Hinterlauf herrührendes Hinken verbergen konnten.

Kein lebendes Wesen störte die Stille der Berge, bis ein dunkler Schatten am Himmel erschien. Hoch oben schwebte ein Schneegeier, spähte nach Aas und schraubte sich schließlich in immer enger werdenden Kreisen zu der Absturzstelle hinab.

2

OKTOBER 2003

Anna stand unschlüssig im Flur ihres Elternhauses. »Ich gehe jetzt, Papi«, sagte sie zu ihrem Vater.
Eddo lehnte im Rahmen der Wohnzimmertür. In seinen Augen spiegelte sich Müdigkeit. »Ich wünsche dir eine schöne Reise. Bist ja ziemlich lange weg«, sagte er. »Sechs Wochen.«
»Ja.« Beide schwiegen. Im Hintergrund buhlte der Fernseher um Aufmerksamkeit.
»Willst du gar nicht wissen, wohin ich fahre?«, platzte es aus Anna heraus.
Eddo wirkte erstaunt. »Nach Frankreich, wie immer. Hast du doch gesagt, oder nicht?«
Nein, das habe ich nicht, dachte Anna. Ich habe mich nicht getraut dir zu sagen, was ich vorhabe, und du hast mich auch nie gefragt. »Doch, doch«, sagte sie laut. »Ich hab es wohl vergessen. Natürlich fahre ich nach Frankreich, wie immer.«
»Na also.«
»Tschüss, Papi.«
»Tschüss, Anna. Genieße die Zeit.«
Anna war schon halb aus der Wohnungstür, als sie es sich anders überlegte. Sie drehte sich um und warf sich in die Arme ihres überrumpelten Vaters. »Ich habe dich so lieb«, flüsterte sie. »Ich will, dass du das immer weißt. Ich brauche dich mehr, als du denkst.«
Eddo strich Anna unbeholfen über den Kopf. Lange standen Vater und Tochter im Flur, klammerten sich aneinander, als wäre es ein Abschied für immer, bis Anna sich vorsichtig von ihm löste.

»Ich muss jetzt los. Rebecca wartet schon. Sie fährt mich nach Hamburg.« Dann trat sie aus der Haustür und zog sie langsam hinter sich zu.
Als sie einen letzten Blick auf ihren Vater warf, glänzten Tränen auf seinen Wangen. Anna schluckte. Es war das erste Mal, dass sie ihn weinen sah, selbst bei Bärbels Beerdigung waren seine Augen trocken geblieben. Trocken und leblos.

Im Autoradio kündigte ein für die frühe Morgenstunde unerträglich aufgekratzter Moderator ein Sechziger- und Siebziger-Jahre-Special an, und kurz darauf erklang die Stimme von Jim Morrison. Anna sang den Text leise mit. »Du kennst das Lied?«, fragte Rebecca überrascht.
»Klar. *People are strange.* Es war Mamis Lieblingslied. The Doors.«
»Ich wusste gar nicht, dass deine Mutter auf so etwas stand.«
»Sie hat selten Musik gehört, aber wenn, dann immer die Doors, Bob Dylan, Leonard Cohen, die Beatles und so.«
»Das Lied hört sich ziemlich depressiv an. Nicht gerade mein Geschmack, aber es war wohl ihre Zeit«, sagte Rebecca und überholte eine Lastwagenkolonne. Links der Autobahn erstreckten sich die flutlichtbeleuchteten Containerterminals des Hamburger Hafens. Unheimlichen Wesen gleich, die sowohl aus der Zukunft als auch der Zeit der Dinosaurier stammen konnten, beugten sich Ladekräne über fußballplatzgroße Frachtschiffe und verschoben die bunten Containerbauklötze nach einem komplizierten System. Zur Rechten schwang sich die Köhlbrandbrücke über die Lagerhallen und Schiffsaufbauten, davor kauerte dunkel und gewaltig wie eine Festung die alte Ölmühle. Kurz darauf verschluckte der Elbtunnel Rebeccas Wagen, und als sie auf der anderen Seite wieder auftauchten, waren die Kräne verschwunden. Zwanzig Minuten später stellte Rebecca ihr Auto im Parkhaus des Flughafens Fuhlsbüttel ab.

»Ganz schön schwer«, stellte Rebecca fest, als sie Annas Koffer von der Rückbank hievte. »Wie willst du damit allein klarkommen?«

»Er hat Rollen.«

»Na dann. Bist du aufgeregt?«

»Darauf kannst du Gift nehmen.«

Nachdem sie ihren Koffer aufgegeben hatte, schlenderte Anna mit Rebecca in Richtung der Gates. Sie spürte ein seltsames Kribbeln im Bauch, ausgelöst durch die mit Erwartungen und Abschiedskummer, mit Vorfreude und Geschäftigkeit aufgeladene Atmosphäre der Abflughalle. Als sie in sich hineinhorchte, fand sie von allem etwas. Unauffällig wischte sie sich die schweißnassen Hände an ihrer Jeans ab, dann war es so weit. Anna umarmte Rebecca ein letztes Mal, zeigte dem Sicherheitsbeamten ihre Bordkarte, fuhr mit der Rolltreppe ins Untergeschoss und reihte sich in eine der Schlangen vor der Passkontrolle ein.

Sie machte sich Vorwürfe. Einmal in ihrem Leben war sie zu neugierig gewesen, und nun wünschte sie, sie stünde nicht hier, hätte nicht im letzten Februar, vor beinahe acht Monaten, jene Briefe gelesen. Leider ließ es sich nicht mehr ändern. Sie würde zum ersten Mal in ihrem Leben fliegen. Aber nicht nach Frankreich.

Sondern nach Indien.

3

FEBRUAR 2003

Anna öffnete zögernd die oberste Schublade. Ihr war, als entweihte sie ein Heiligtum, als übte sie Verrat an ihrer toten Mutter. Sie holte mehrmals tief Luft, doch der Kloß in ihrem Hals wurde nur noch dicker, bis sie aufgab und ihren Tränen freien Lauf ließ. Zusammengesunken saß sie vor der Kommode und verzweifelte an sich, an ihrem Vater und an Gott, der in seiner allwissenden Arroganz ihre Mutter mit gerade zweiundfünfzig Jahren aus dem Leben gerissen hatte. Es war einfach nicht fair.

Es dauerte lange, bis Anna sich so weit beruhigt hatte, dass sie sich dem Schubladeninhalt widmen konnte. Sie war erstaunt, wie viele Tränen sie noch in sich trug – eigentlich hatte sie nach jenen ersten betäubenden Wochen angenommen, nie wieder weinen zu können. Doch selbst nach sieben Monaten brach der Schmerz über Bärbels Tod sich immer wieder mit unverminderter Heftigkeit Bahn. Anna vermisste ihre Mutter. Sie vermisste sie schrecklich. Und unten im Wohnzimmer saß ihr Vater, starrte blicklos in den stumm geschalteten Fernseher und versank immer tiefer in seiner eigenen Welt.

Abrupt zog sie die Schublade vollständig aus der Kommode und kippte den Inhalt auf den Boden. Da ihr Vater es nicht schaffte, die Sachen seiner Frau anzurühren, musste sie nach dem Sparbrief suchen. Vor ein paar Tagen war ein Brief der Deutschen Bank gekommen, in der Bärbel danach gefragt wurde, ob sie ihn weiterlaufen lassen wolle oder nicht. Anna war sehr überrascht gewesen, da die ganze Familie ihre Konten bei der

Lüneburger Sparkasse eingerichtet hatte, aber als sie Eddo danach fragte, sah er sie nur ausdruckslos an, zuckte die Schultern, als wolle er sagen, mir doch egal, wer braucht schon Geld, jetzt wo Bärbel fort ist. Sie hätte ihn schütteln mögen, ihm ins Gesicht schreien, dass sie sich nicht darum reißen würde, sich um den Nachlass zu kümmern, aber einer müsse es schließlich tun und er könne ihr verdammt noch mal dabei helfen. Natürlich hatte sie das nicht gesagt, sie war genauso stumm geblieben wie er. Anna kam täglich vorbei, um nach ihm zu sehen, und war entsetzt über seinen Verfall. Wenn es so weiterging, würde er an seinem Arbeitsplatz bald Schwierigkeiten bekommen, und was dann? Durch diesen Sparbrief hätte ihr Vater wenigstens ein kleines finanzielles Polster.

Einen nach dem anderen nahm Anna die Gegenstände aus der Schublade in die Hand. Ein Nageletui, in dem nur noch eine verrostete Schere steckte. Eintrittskarten fürs Freibad aus dem Jahr 1992. Ein zerfleddertes Buch über Rosenzucht – offensichtlich hatte Bärbel viel darin gelesen, die Tipps aber nie umsetzen können: Im Gegensatz zu den meisten anderen Blumen und Sträuchern hatten sich Rosen in dem kleinen Garten hinter dem Reihenhaus nie wohl gefühlt. Anna fand Modeschmuck, ein Lätzchen ihres Bruders Timo, einen Stapel unbeschriebener Postkarten von Norderney und aus dem Bayerischen Wald. Kinokarten, Glasmurmeln, Briefmarken mit D-Mark-Aufdruck, einen abgetragenen grünen Pashminaschal. Ratlos sah Anna auf den Haufen Krimskrams vor ihren Knien. Sie war kein neugieriger Mensch, und so hatte sie selbst als Kind nie einen Blick in diese Kommode geworfen, die ganz und gar das Eigentum ihrer Mutter gewesen war. Jetzt erstaunte sie das Durcheinander, denn auch in den anderen Schubladen bot sich ihr überall das gleiche Bild: völlige Unordnung. Sie passte so gar nicht zu ihrer peniblen und gut organisierten Mutter, die ihr Leben lang ihre Hausfrauenrolle mit Hingabe und Akribie ausgefüllt hatte. Annas Elternhaus war ein aufgeräumter Ort gewesen, und auch Annas eigene Wohnung, die sie seit Abschluss ihrer Ausbildung bewohnte, präsentierte sich stets sauber und adrett. Anna ertrug keine Unordnung, alles brauchte seinen Platz.

Anna öffnete die letzte Schublade, und endlich wurde sie fündig. Unter einem schreiend bunten Seidenschal, den ihre Mutter ihres Wissens nach nie getragen hatte, fand sie einen Schnellhefter aus Pappe. Obenauf lag in einer vergilbten Schutzhülle ein Zertifikat der DLRG. Anna nahm das Papier aus der Hülle und stellte überrascht fest, dass ihre Mutter erfolgreich an einem Lebensretterkurs teilgenommen hatte. Warum war sie dann ertrunken? War das wieder einer der schlechten Witze, die der Schöpfer sich viel zu oft leistete? Anna kniff die Lider fest zusammen, um die aufsteigenden Tränen zu unterdrücken. Es war leicht, Gott die Schuld zu geben, zu leicht, und sie wusste es besser. Ihre Mutter war gestorben, weil sie die Situation falsch eingeschätzt hatte. Ihr fiel ein, was ein Sportlehrer einmal gesagt hatte: Es waren entweder die Nichtschwimmer oder aber die guten Schwimmer, die ertranken. Die schlechten trauten sich gar nicht erst vom Ufer fort. Vielleicht hatte ihre Mutter sich nicht einmal überschätzt, sondern, wie es ihre Art war, einfach nur geträumt und die einsetzende Ebbe nicht bemerkt. Selbst eine zertifizierte Rettungsschwimmerin kam nicht gegen den übermächtigen Sog der Gezeiten an, dachte Anna bitter und legte das Dokument beiseite.

Ihr Vater, der im Strandkorb gedöst hatte, bemerkte das Fehlen seiner Frau etwa anderthalb Stunden, nachdem sie ins Wasser gegangen war, und alarmierte die Wasserschutzpolizei, die daraufhin mit einem Hubschrauber das Meer abgesucht hatte. Vergeblich. Bärbels Leiche trieb erst zwei Tage später an den Strand, und Eddo wurde gebeten, sie zu identifizieren. Er hatte sich nie von dem Schock erholt, und Anna konnte es sich nicht verzeihen, dass sie zu derselben Zeit, als ihr Vater die fürchterlichsten Stunden seines Lebens durchlitt, unerreichbar gewesen war. Sie hatte sich mit ihrem neuen Freund auf einer Kurzreise in Frankreich befunden und das Handy ausgeschaltet. Nichts sollte ihr frisches Glück stören. Nun, das Glück zerbrach kurz darauf, der Mann suchte sich eine hübschere, schlauere, herzeigbarere Freundin, ihre Mutter war tot, und ihr Vater glich mehr und mehr einer Aufziehfigur mit defekter Mechanik. Das Leben konnte einem ganz schön übel mitspielen.

Anna riss sich zusammen. Sie blätterte weiter und fand tatsächlich den gesuchten Sparbrief. Erleichtert zog sie die Papiere aus der Hülle und legte sie beiseite. Es war seltsam, dass ihre Mutter das Dokument nicht in dem Ordner abgeheftet hatte, in dem Eddo alle wichtigen Sachen aufbewahrte. Anna hatte nie den Eindruck gehabt, ihre Eltern hätten Geheimnisse voreinander, andererseits schien ihre Mutter ebenso eisern wie heimlich gespart zu haben, denn die in dem Brief festgelegte Summe belief sich auf immerhin beinahe zwölftausend D-Mark. Dann fielen Anna ihre verstorbenen Großeltern ein. Vielleicht hatten sie ihrer Tochter das Geld vererbt. Im Grunde ist es gleichgültig, Hauptsache, ich habe die Unterlagen, dachte Anna, während sie eilig das Sammelsurium an Erinnerungsstücken wieder in die Schubladen stopfte. Für heute reichte ihr die Konfrontation mit den kümmerlichen Überresten eines erloschenen Lebens.

Als sie den Schnellhefter zurücklegen wollte, segelte ihr ein Brief entgegen, der wohl aus einer Hülle gerutscht war. Anna hob ihn auf, und ihr Blick fiel auf den Absender.

»Von deiner besten Freundin Laksmi« stand dort in einer sorgfältigen Frauenhandschrift.

Laksmi? Was war das für ein Name? Und außerdem »beste Freundin« Laksmi? Anna schüttelte unbewusst den Kopf. Ihre Mutter hatte nie von einer Laksmi erzählt. Sie drehte den Brief um. Ein Luftpostbrief, adressiert an Bärbel. Der Ort, an den der

Brief gesendet worden war, sagte Anna nichts. Von einem Dorf oder einer Stadt namens Foelkenorth hatte sie nie gehört.
Anna hielt den Umschlag dichter vors Gesicht. Auf den exotischen dunkelgrünen Briefmarken prangte das Bild einer Frauenstatue, vielleicht die Abbildung einer Göttin. Der verwischte Poststempel überdeckte die unteren Hälften der Marken, aber als sie jetzt genauer hinsah, konnte sie das Wort »India« erkennen.
Unentschlossen strich Anna den zerknitterten Umschlag auf ihrem Oberschenkel glatt. Sollte sie den Brief lesen oder den Inhalt auf sich beruhen lassen? Sie hatte eigentlich genug zu verarbeiten und musste nicht noch zusätzlich obskure Geister der Vergangenheit heraufbeschwören, mit denen ihre Mutter sie sicherlich aus gutem Grund nicht belastet hatte. Anna war eine vernünftige junge Frau und schlug die Mappe auf, um den Brief wieder in die Hülle zurückzustecken.
Darin entdeckte sie weitere Briefe.

Das Knistern der Briefe in ihrer Jackentasche erfüllte das Wohnzimmer, als Anna zu ihrem Vater trat, um sich zu verabschieden – zumindest kam es Anna so vor. Das unangenehme Gefühl beschlich sie, etwas Verbotenes zu tun, und darin hatte sie wenig Übung. Warum erzählte sie ihrem Vater nicht einfach von den Briefen? Es lag nahe, dass Eddo davon wusste und ihr die Entscheidung abnehmen konnte, sie zu lesen oder nicht. Anna ließ sich neben ihrem Vater aufs Sofa plumpsen. Genau das war der Punkt: Sie wollte sich die Entscheidung nicht abnehmen lassen. Der Tod ihrer Mutter hatte sie de facto zum Familienoberhaupt gemacht, sie füllte das von Eddo hinterlassene Vakuum, der den Platz geräumt hatte, um sich nur noch passiv seiner Trauer hinzugeben. Und wenn sie schon diesen ungeliebten Posten übernehmen musste, dann konnte sie ihre Entscheidungen auch allein treffen.

»Ich gehe jetzt nach Hause, Papa«, sagte sie und berührte ihren Vater leicht am Arm.
Er zuckte zurück. Anna spürte einen Stich. War es schon so weit gekommen, dass er die Berührung seiner eigenen Tochter nicht mehr ertrug?
»Den Sparbrief habe ich gefunden und kümmere mich um die Abwicklung. Wahrscheinlich werde ich eine Vollmacht von dir benötigen, aber das können wir regeln, wenn es so weit ist.«
Anna hätte genauso gut gegen eine Wand sprechen können. Ihr Vater sah sie nur ausdruckslos an und zeigte kein Zeichen des Verstehens. Auf einem Teller vor ihm lagen belegte Brote, die Anna geschmiert hatte, als sie direkt nach der Arbeit hergekommen war. Erleichtert stellte sie fest, dass er ein paarmal abgebissen hatte. Es reichte eigentlich nicht, um einen erwachsenen Mann am Leben zu erhalten, aber immerhin.
»Iss noch etwas. Du musst doch Hunger haben.«
Eddo nahm ein Brot und begann mechanisch zu kauen. Anna blieb neben ihm sitzen, bis er die Scheibe ganz aufgegessen hatte, dann erhob sie sich.
»Ruf mich an, wenn du etwas brauchst.«
Langsam ging sie zur Wohnzimmertür. Wie jeden Abend hoffte sie, dass ihr Vater noch etwas zu ihr sagte, irgendetwas, aber wie jeden Abend blieb er stumm. Es schnürte ihr die Kehle zu, ihn dort hocken zu lassen. Sie wusste, dass er auf dem Sofa übernachten würde. Er hatte das Schlafzimmer mit dem großen Ehebett seit sieben Monaten nicht mehr betreten. Und er war seit sieben Monaten krankgeschrieben, eine Tatsache, die Anna seinem Arzt nicht verzieh. Der machte es sich leicht: Anstatt ihren Vater zur Kur zu schicken oder aber ihn zu zwingen, aus seiner Starre aufzuwachen, stellte er nur Krankschreibungen aus, Woche für Woche.
Leise zog sie die Haustür ihres Elternhauses hinter sich zu und ging zu ihrem Auto. Auf der Heimfahrt kreisten ihre Gedanken

um das Thema, das ihr seit mindestens einem Vierteljahr keine Ruhe ließ: Ihr Vater brauchte Betreuung. Aber wie sollte sie das regeln? Timo studierte in Hamburg und dachte nicht daran, nach Lüneburg zurückzukehren. Er argumentierte, dass Anna zu ihrem Vater ziehen konnte, ihre kleine Mietwohnung in der Lüneburger Altstadt sei sowieso zu teuer. Ihr Bruder hatte recht. Warum sollte er pendeln, wenn sie ohnehin vor Ort war? Aber Anna wusste, dass sie es nicht konnte. Die abendlichen Besuche bei ihrem Vater hatten ihre Kräfte beinahe aufgezehrt, und sie stand selbst kurz vor einem Zusammenbruch. Im Büro hatte sie sich in letzter Zeit häufig bei Schlampereien ertappt, zum Glück rechtzeitig genug, um Schlimmeres zu verhindern, aber bald würde es so weit sein, dass sie einen Fehler übersah. Und dann würde ihre mühsam aufrechterhaltene Fassade endgültig einstürzen, und sie konnte sich gleich neben ihren Vater auf die Couch setzen. Was für eine jämmerliche Vorstellung: Der große, massige, strohblonde Eddo und seine zierliche, dunkelhaarige Tochter setzten gemeinsam Staub an. Anna hieb hilflos auf das Lenkrad ein und trat dann mit voller Wucht auf die Bremse. Beinahe hätte sie eine rote Ampel sowie eine in ihre Richtung schimpfende ältere Dame überfahren. Anna hielt erschrocken den Atem an und ließ ihn dann langsam entweichen. Das Adrenalin schwappte auch drei Kreuzungen weiter noch durch ihren Körper, und ihre Gedanken rasten. Couch? Vielleicht war das die Lösung – eine Psychiatercouch. Sie musste dringend mit Timo darüber sprechen.

Als sie endlich einen Parkplatz gefunden und den kurzen Weg zu ihrer Wohnung hinter sich gebracht hatte, schloss sie erleichtert die Wohnungstür auf und drückte auf den Lichtschalter. Weiches Licht, gedämpft durch eine hellgrüne Glaslampe, durchflutete die Diele, und sofort fiel ein Teil der Last ab, die sie Tag für Tag niederdrückte.

Nein, sie würde diese Wohnung nicht aufgeben. Hier war ihr

Zuhause, ein Platz, den sie sich selbst gesucht und über Jahre liebevoll eingerichtet hatte. Hier fand sie Zuflucht vor den über ihr zusammenschlagenden Problemen.
Während sie sich das Abendessen zubereitete, wurde sie allmählich ruhiger. Sie kochte gern und gut – ihre sparsamen Handgriffe verrieten die geübte Köchin. Früher hatte sie häufig Freunde eingeladen und mit raffinierten Gerichten überrascht – nichts Exotisches, das mochte sie nicht, sondern von der italienischen, französischen oder deutschen Küche beeinflusste Eigenkreationen. Genau mit der Prise Fremdheit, die ihr gerade noch schmeckte. Die Freunde kamen schon lange nicht mehr: Bärbels Tod hatte mehr als eine Lücke gerissen. Anna wusste, dass sie keine brillante Gesellschafterin war, sie galt als schüchtern und hörte lieber zu, als selbst das Wort zu ergreifen. Aber in den letzten Monaten hatte sie sich endgültig in einen blassen Trauerkloß verwandelt. Nicht dass ihre Freunde sie mieden, im Gegenteil, in der ersten Zeit hatten sie regelmäßig angerufen, sich nach ihrem Befinden erkundigt und sie ins Kino oder in die Kneipe eingeladen, aber da Anna jedes Mal abgewunken hatte, waren die Anrufe immer seltener geworden. Lediglich ihre beste Freundin Rebecca schneite regelmäßig herein, ohne sich um Annas wenig plausible Ausreden zu scheren.
Anna wischte resigniert ein paar Fettspritzer von den Kacheln. Einerseits sehnte sie sich nach ihren Freunden, nach ihren Geschichten und dem gemeinsamen Lachen, andererseits war sie dazu viel zu müde. Todmüde, um genau zu sein.
In der selbstgewählten Stille aß sie ihr Abendessen, teilte das Schnitzelfleisch penibel in gleich große Stücke, spießte den Kohlrabi Stück für Stück auf und stellte plötzlich fest, dass sie unsichtbar geworden war. Einfach unsichtbar. Ihr Vater bemerkte sie nicht, ihre Freunde lebten ohne sie weiter, und im Finanzamt war sie, ob es ihr passte oder nicht, von heute auf morgen ersetzbar. Sie war einunddreißig Jahre alt, unverheiratet, hatte

auch keinen Partner, und nicht einmal ihr Bruder rief an. Wer sollte da nicht verzweifeln?
Sie stand auf, kippte die Reste des Essens in den Mülleimer, wusch ab und setzte sich dann wieder an den Küchentisch. Es gab noch etwas zu tun, bevor sie ins Bett ging und sich mit dem Fernsehprogramm betäubte: die Briefe. Sie hatte sie bisher geflissentlich ignoriert, doch nun wollte sie nicht mehr ausweichen. Sie hatte sich entschieden, diese Briefe zu lesen. Welche Geister auch immer sie damit rief.

Es waren fünf. Zerlesen, fleckig, abgeliebt. Bevor Anna die Briefe öffnete, stellte sie anhand der Poststempel eine zeitliche Reihenfolge her. Die ersten beiden waren Luftpostbriefe aus Indien, abgeschickt 1970 von jener Laksmi an die Adresse in Foelkenorth. Es folgte ein Brief von Laksmi aus dem Jahr 1973, diesmal aber mit einem Stempel aus Aurich und an die Adresse der Wohnung in Lüneburg gesandt, in der Anna und ihre Eltern vor Timos Geburt und dem Umzug in das Reihenhaus gewohnt hatten. Und dann, kurz hintereinander, zwei weitere Luftpostbriefe von einer gewissen Ingrid Doggenfuss. Die Stempel waren leider unleserlich, und auf keinem der fünf Briefe fand sich eine Absenderadresse, stattdessen stand dort »von deiner besten Freundin Laksmi«, und dann »von deiner besten Freundin Ingrid«, und auf dem letzten Briefumschlag »von deiner Freundin Ingrid Doggenfuss«. Zu dem Zeitpunkt – der Brief stammte aus dem Jahr 1975 – hatte sich die Sache mit der besten Freundin offenbar erledigt. Anna ging davon aus, dass es sich bei Laksmi und Ingrid um ein und dieselbe Person handelte, denn die Schrift ähnelte sich sehr. Über jedem »i« in den Namen Laksmi und Ingrid schwebte ein winziger Schmetterling anstelle eines Punktes.
Anna war sich plötzlich nicht mehr sicher, ob sie den Inhalt der Briefe erfahren wollte. Sie lagen vor ihr wie eine stumme Ver-

suchung, nein, wie eine stumme Drohung, und die Gänsehaut auf ihren Armen hatte mit Sicherheit nichts mit der Temperatur in der Küche zu tun. Um etwas Aufschub herauszuschinden, stand sie auf, holte eine Flasche Médoc aus der Kammer und entkorkte sie. Normalerweise trank sie in der Woche keinen Alkohol, und auch am Wochenende waren es selten mehr als zwei Gläser Wein am Abend, doch sie hatte das Gefühl, die Situation mit Rotwein eher meistern zu können. Sie griff den ersten Umschlag aus Indien, zog entschlossen den Brief heraus, faltete ihn auseinander und las die engbeschriebenen Blätter.

Kaum hatte sie den ersten Brief beendet, warf sie ihn auf den Tisch und schnappte sich den zweiten, dann den dritten, vierten und fünften. Hastig überflog sie die Seiten und lehnte sich schließlich erschöpft zurück. Sie zitterte am ganzen Körper. Ihre anfängliche Verwirrung hatte sich in Bestürzung verwandelt.

»Endlich erreiche ich dich!«, rief Anna in den Hörer. »Wo warst du gestern Abend?«

»Hallo, Schwesterherz.« Timo klang verschlafen. Kein Wunder, es war acht Uhr am Morgen, keine gute Zeit, einen Studenten aus dem Bett zu reißen. »Was willst du?«

Anna hörte ihn gähnen.

»Ich brauche dich«, antwortete sie und brach in Tränen aus. Es dauerte einen Moment, bis sie wieder sprechen konnte. In abgehackten Sätzen versuchte sie ihm von ihrer Entdeckung zu berichten.

Timo, jetzt hellwach, unterbrach sie: »Beruhige dich! Worum geht es? Ich kapiere überhaupt nichts.«

»Ich doch auch nicht.« Anna schniefte lautstark.

»Also noch einmal von vorn«, sagte Timo ungehalten. Geduld war noch nie die Stärke ihres kleinen Bruders gewesen. Klein? Er war einen ganzen Kopf größer als Anna und genauso stämmig und blond wie sein Vater. »Du hast also in Mamis Kommode ein paar mysteriöse Briefe gefunden.«

»Ja.« Anna umklammerte das Telefon und ging unruhig in ihrem Wohnzimmer auf und ab. Sie konnte keinen Moment stillstehen. »Fünf Briefe. Eine Ingrid Doggenfuss hat sie geschrieben. Vielleicht auch Laksmi Doggenfuss.«

»Komischer Name«, brummte Timo, »habe ich noch nie gehört.«

»Sie behauptet aber, Mamis beste Freundin zu sein. Oder jedenfalls gewesen zu sein. Es ist ja schon lange her. Über dreißig Jahre.«

»Dann hat sich Mami wahrscheinlich fürchterlich mit ihr verkracht und sie deshalb nie wieder erwähnt.«

»Schon möglich. Aber es erklärt trotzdem nicht das, was in den Briefen steht.«

»Du meine Güte, mach es doch nicht so spannend.« Timo hörte sich jetzt ernsthaft verärgert an. »Was schreibt sie denn?«

Anna holte tief Luft. Wenn sie nicht riskieren wollte, dass ihr Bruder einfach auflegte, musste sie sich jetzt zusammenreißen. »In den ersten beiden Briefen erzählt diese Laksmi von Indien. Es ist alles ein bisschen wirr, aber wenn ich es richtig verstehe, dann war sie bei einem Guru in einem Aschram. Wie dieser Bhagwan.«

»Ja und? Ein Brief aus dem Urlaub.«

»Vielleicht, aber dann war's ein langer Urlaub. Zwischen den Briefen liegen vier Monate. Am Ende des zweiten Indienbriefs steht dann: ›Obwohl ich Dich und die anderen vermisse, war es eine gute Entscheidung, nicht mit Euch nach Nepal gefahren zu sein, es hat mir hier sehr gut gefallen. Leider bin ich mittlerweile völlig pleite und werde wohl demnächst nach Deutschland zurückkommen müssen. Ich bin gespannt, ob Ihr auch schon wieder auf dem Hof seid. Vielleicht bis bald! Deine Laksmi.‹ Was sagst du dazu?«

»Hmm.«
»Hmm? Ist das alles? Ich glaube, Mami war in Nepal. Verstehst du, in Nepal!«
»Ja und? Was ist daran so schlimm?«
»Schlimm? Natürlich ist es nicht schlimm, aber warum hat sie nie davon erzählt?«
»Keine Ahnung. Sie wird ihre Gründe gehabt haben. Oder es war ihr nicht wichtig genug. Oder sie war gar nicht in Nepal. Oder, oder, oder. Wir können sie jedenfalls nicht mehr fragen.«
Anna schluckte. War ihr Bruder wirklich so gefühllos? Nein, die Ruppigkeit war nur seine Art, mit dem Tod der Mutter umzugehen.
»Vielleicht bausche ich das Ganze ja auch zu sehr auf«, antwortete sie leise. »Aber da ist noch mehr.«
»Wie meinst du das?«
»In den späteren Briefen erwähnt diese Ingrid immer wieder mich. Zumindest glaube ich, dass sie mich meint. Aber sie nennt mich nicht Anna.«
»Sondern?«
»Annapurna.«
»Wie bitte?«
»Du hast richtig gehört. Außerdem gratuliert sie Mami und Papi zum zweiten Hochzeitstag.«
»Das ist doch nett.«
»Ja, sicher. Aber der Brief ist auf den 3. November 1975 datiert. Da waren unsere Eltern bereits fünf Jahre verheiratet! 1975 war ich vier.«
Timo lachte trocken. »Mathematik schein nicht Ingrids Stärke zu sein.«
»Du meinst, sie hat sich einfach verrechnet?«
»Natürlich! Was denn sonst? Wenn du dich bitte erinnern willst: Wir haben vor sieben, nein, acht Jahren Mamis und Papis

silberne Hochzeit gefeiert. Eine mehr als öde Party«, fügte er bissig hinzu.
»Fand ich nicht.«
»Du bist mit den Langweilern aus Mamis und Papis Freundeskreis schon immer besser ausgekommen.«
Anna ließ seine Bemerkung unkommentiert. Ihre Gedanken kreisten um etwas anderes. »Und wenn diese Ingrid sich nicht verrechnet hat? Wenn Mami und Papi erst geheiratet haben, nachdem ich auf der Welt war? Weil sie wegen mir heiraten mussten?«
»Und wenn schon. Ich persönlich halte deine Spekulationen für völlig überflüssig. Ingrid hat unsere Eltern mit irgendeinem anderen Paar durcheinandergebracht. Das ist alles. Die konnte sich ja offensichtlich nicht einmal entscheiden, wie sie heißt. Ich muss jetzt Schluss machen, Tati hat gerade geklingelt. Sie hat bestimmt Brötchen dabei. Mach's gut, Schwesterchen. Zerbrich dir nicht unnötig den Kopf. Schmeiß die Briefe weg oder verstau sie irgendwo, wenn du es nicht übers Herz bringst. Sie sind völlig unwichtig.«
»Aber sie hat mich Annapurna genannt! Das muss doch etwas zu bedeuten haben.«
»Klar hat das was zu bedeuten: Annapurna ist ein Berg in Nepal. Einer von den Achttausendern, glaube ich. Und jetzt tschüss, Tati klingelt schon Sturm.« Er unterbrach die Verbindung, ohne Annas Antwort abzuwarten.
Anna ließ sich aufs Sofa fallen. Ein Berg?, dachte sie. Ein Berg in Nepal?

4

Viele tausend Kilometer entfernt, auf einem Feld in dem winterbraunen Mittelgebirge Nepals, versuchte eine junge Frau, sich aus der Umklammerung ihres älteren Bruders zu befreien. Tara wehrte sich verzweifelt, doch Bahadur erwies sich als stärker und ließ nicht zu, dass sie zu dem auf der Mitte des Feldes stehenden Hubschrauber rannte.

»Nein! Es darf nicht sein! Das ist Unrecht!«, schrie Tara. »Wie kannst du zulassen, dass er meine Schwester mitnimmt? Dass er all dieses Unglück über unsere Familie bringt?«

Sie schleuderte die Worte ihrem Vater entgegen, der etwas abseits der Familie stand, mit leerem Blick und zusammengekniffenem Mund, doch ihr Ausbruch ging im Gebrüll des startenden Hubschraubers unter.

Seine Rotorblätter drehten sich immer schneller. Der von ihnen entfachte Sturm riss Taras Mutter von den Beinen. Einen endlosen Augenblick lang mühte sich Biraj, Taras zweitältester Bruder, damit ab, die Mutter aufzurichten, doch sie sackte immer wieder zu Boden. Biraj gab auf, den Blick voll Trauer und Hilflosigkeit. Taras Wut steigerte sich ins Unermessliche, dunkelrote, heiße Wut, die sie völlig ausfüllte. Mit einem Ruck riss sie sich von Bahadur los und stürzte auf den Hubschrauber zu. Vergeblich versuchte sie einen letzten Blick auf ihre Schwester zu erhaschen, doch hinter der Scheibe konnte sie nur den Piloten und den fürchterlichen Mann sehen. Ein höhnisches Lachen hatte sein Gesicht zu einer Fratze verzerrt, die mehr denn je an einen Bhoot erinnerte, einen teuflischen Dämon.

Der Hubschrauber löste sich vom Boden und wirbelte die trockene, steinharte Krume des Feldes in alle Richtungen. Tara musste sich abwenden, um nicht im Gesicht verletzt zu werden.

Die Erdklumpen trafen sie am ganzen Körper, doch sie spürte es kaum. Als sie sich wieder umdrehte, war der Hubschrauber unerreichbar in den stahlblauen Winterhimmel aufgestiegen. Beinahe glaubte sie, er hätte sich über die verbotenen Höhen des Annapurna-Massivs erhoben, dessen schneebedeckte Gipfel in weiter Ferne leuchteten.
Doch jetzt drehte er ab, senkte sich in das Tal des Daraundi Khola und wurde mit unfassbarer Geschwindigkeit kleiner und kleiner. Tara grub ihre Fingernägel in die Handflächen, schrie ihren Schmerz und ihre Ohnmacht dem entschwindenden Ungeheuer aus Stahl hinterher. Dann brach sie weinend zusammen.

Sie blieben auf dem Feld, bis nichts mehr an den Einbruch der Moderne in die archaische Welt der Berge erinnerte. Nach dem Aufruhr der letzten Stunden erschien Tara die Stille wie eine erstickende Decke, und sie schnappte nach Luft. Bahadur strich ihr über den Kopf, redete mit leiser, beruhigender Stimme auf sie ein, bis sie genug Kraft fand, aufzustehen. Er reichte ihr die Wollmütze, die der Wind ihr vom Kopf gerissen hatte. Dankbar stülpte sie die Mütze über ihr langes, tiefschwarzes Haar und zog sie bis über die Augen. Sie wollte nichts mehr sehen, nie mehr, wollte nichts von der Außenwelt wahrnehmen und sich ganz ihrem Kummer hingeben. Willenlos ließ sie sich von Bahadur den schmalen, die Terrassenfelder des Dorfes kreuzenden Pfad hinabführen. Sie hörte das Flüstern der anderen Dorfbewohner, als ihre kleine Prozession an den ärmlichen Häusern vorbeiging, aber sie verstand nichts und wollte auch nichts verstehen.
Sie fragte sich, ob sie den Verlust ihrer Schwester jemals überwinden würde.

5

JUNI 2003

Endlich war es so trocken und warm, wie es sich für einen Junitag gehörte. Obwohl sich Anna Urlaub genommen hatte, stand sie früh auf und verließ nach einem hastigen Frühstück die Wohnung, um einige Dinge zu erledigen. Im Gartencenter kaufte sie eine Palette Blumen und fuhr dann weiter zum Friedhof. Als sie auf Bärbels Grab zuging, sah sie die Bescherung schon von weitem: Der Regen der letzten Wochen hatte das Unkraut in den Himmel wuchern lassen. Entschuldige meine Nachlässigkeit, Mami, sagte sie im Stillen.

Eine Stunde später bedeckte ein leuchtender Blumenteppich das Grab. Direkt vor dem Stein hatte Anna Studentenblumen gepflanzt, für die ihre Mutter immer eine unerklärliche Vorliebe gehegt hatte. Anna fand die gelben und orangefarbenen Blütenpompons ebenfalls recht hübsch, aber auch ein bisschen armselig neben den prächtigen Fuchsien und Pelargonien, denen sie im Gartencenter nicht hatte widerstehen können. Studentenblumen eben.

Anna erhob sich, rieb ihre Hände notdürftig mit einem Papiertaschentuch sauber und blickte sich um. Überall waren Menschen damit beschäftigt, die Gräber ihrer Lieben zu pflegen. Gerade ging eine alte Dame an ihr vorbei und redete mit sich selbst. Anna schnappte ein paar Wortfetzen auf und korrigierte sich. Die Frau sprach nicht mit sich selbst, sondern mit ihrem verstorbenen Mann. Sie nannte ihn Vati, wie die ältere Generation es gern tat. Sie waren Eltern und Großeltern und in ihrer Rolle offensichtlich aufgegangen. Anna sah der Frau lange

nach – eine etwas mollige und doch elegante Erscheinung in Kostüm und Pumps mit moderaten Absätzen.
Der sonnensatte Friedhof erschien Anna heute als ein Ort, an dem alles möglich war. Auch das Zwiegespräch mit den Toten, die mit Sicherheit gerade zu Dutzenden unterwegs waren, um sich an den nur für sie angelegten Gärten zu erfreuen. Anna seufzte. Die Atmosphäre hatte etwas Tröstliches, und sie wünschte, ihr Vater würde ab und zu hierherkommen. In den letzten Monaten hatte er sich glücklicherweise wieder etwas gefangen, aber er weigerte sich noch immer, den Friedhof zu besuchen. Es hätte für ihn bedeutet, den Tod seiner Frau zu akzeptieren, und davon war er meilenweit entfernt.
Immerhin hatte er schließlich in eine Therapie eingewilligt und vor ein paar Wochen seine Arbeit wieder aufgenommen. Jetzt kämpfte er darum, in den Vorruhestand gehen zu dürfen. Anna hielt es für keine gute Idee. Die Arbeit gab Eddo einen Rahmen, innerhalb dessen er sich einigermaßen sicher bewegen konnte. Die untätigen Monate waren ihm überhaupt nicht bekommen, und Anna gruselte sich bei der Vorstellung, dass ihr Vater den Rest seines Lebens damit verbrachte, sinnentleerte Seifenopern zu konsumieren. Du hättest ihn nicht alleinlassen dürfen, Mami, dachte sie plötzlich wütend. Und mich und Timo auch nicht. Hast du es vorsätzlich getan? Hast du es gewusst? Hast du gewusst, dass die Ebbe bald einsetzen würde? Was hast du dir dabei gedacht? *Wer warst du eigentlich?*
Erschrocken starrte Anna auf ihre Hände. Ohne es zu bemerken, hatte sie das Taschentuch in winzige Fetzen zerrissen. Weiße Papierstückchen flogen überall herum und legten sich auf die Blumen wie aufmüpfige Schneeflocken, die nicht einsehen wollten, dass der Sommer gewonnen hatte. *Wer warst du eigentlich?* Dieser Satz quälte sie, hatte sich in ihre Gedanken gefressen, seit sie vor vier Monaten diese verdammten Briefe gefunden hatte. *Wer warst du eigentlich?*

Ihre wunderbare, liebende Mutter, das stand außer Frage. Aber kannte sie ihre Mutter wirklich? War da noch mehr gewesen? Hatte es tatsächlich noch etwas anderes in Bärbels Leben gegeben als ein blitzblankes Reihenendhaus, einen Ehemann, zwei Kinder und die Nordic-Walking-Gruppe?

»Ich werde es herausfinden«, sagte Anna laut in Richtung des großen Granitfindlings, den sie statt eines rechtwinkligen Grabsteins ausgesucht hatte. Timo war erstaunt gewesen, als sie ihm den Findling beim Steinmetz gezeigt hatte, aber auch erfreut: Endlich gäbe es mal etwas Unregelmäßiges im Leben seiner Schwester. Seine Bemerkung hatte Anna verletzt, aber sie war stumm geblieben. Was hätte sie auch sagen sollen? Ihr Leben war so geradlinig wie ein abgeschossener Pfeil, Ziel: Rente. Oder: Tod. Sie war wie ihre Mutter.

Wer warst du eigentlich? Anna rieb sich die Stirn. Oh, sie würde es herausfinden, vielleicht schon am kommenden Wochenende. Sie musste Klarheit haben, sonst würde sie nie wieder ruhig schlafen.

6

Etwa zur selben Zeit, als Anna den Friedhof verließ, um den Vormittag für weitere Erledigungen zu nutzen, stand in Nepal die Sonne schon hoch am Himmel und buk dem mittagsheißen Land eine harte Kruste. Tara schleppte einen gefüllten Wassereimer zum Unterstand der Wasserbüffelkuh und war dankbar für den Schatten, den er bot. Sanft strich sie über den mächtigen Bauch des Tieres. Bald würde die Kuh kalben, es konnte sich nur noch um Tage, vielleicht Stunden handeln. Tara lehnte müde die Stirn gegen die Flanke des Tieres – seit fünf Uhr morgens war sie auf den Beinen und hatte ihr Tagwerk erst zur Hälfte erledigt. Ein heftiger Stoß im Inneren des Büffelbauches ließ ein Lächeln auf ihrem Gesicht erscheinen. Das Kleine wollte hinaus.

Wieder spürte sie einen Tritt, und auch die Büffelkuh wurde unruhig. Tara strich ihr mit festem Druck beruhigend über den Hals, erfühlte die wenigen drahtigen Haare auf der dunkelgrauen, von der Mittagssonne mit Lichtsprenkeln überzogenen Haut. Sie sah nach oben. Die Löcher im Grasdach des behelfsmäßigen Unterstandes wurden immer größer, und das war nicht gut. Wegen ihrer überaus empfindlichen Haut benötigten Büffel eine Suhle oder einen anständigen Stall, um sich vor der Sonne zu schützen, aber für eine Suhle gab es in Raato Danda nicht genug Wasser, und für einen stabilen Stall fehlte das Geld.

Das Geld fehlte immer. Raato Danda war ein armes Dorf, wenn auch nicht ärmer als all die anderen Dörfer im Distrikt, aber musste man sich mit seinem Schicksal zufriedengeben, nur weil es den anderen Bauern ebenso schlecht erging? Tara gab der Büffelkuh einen so heftigen Klaps, dass das Tier erschrocken den Kopf zurückriss und an seinen Fesseln zerrte. Mit verdrehten Augen starrte es Tara an und schnaubte.

»Entschuldige«, flüsterte Tara. »Dich trifft an unserer Misere nun wirklich keine Schuld. Aber seit meine Brüder zu den Rebellen gegangen sind, ist alles nur noch schlimmer geworden. Dabei dachte ich, wir wären schon ganz unten.«

Tara sprach einfach weiter. Es tat gut, sich das Herz zu erleichtern, auch wenn das Ohr, in das sie flüsterte, nur einem Vieh gehörte.

»Warum lässt sich der Vater so von dem Bhoot herumkommandieren? Warum hat er zugelassen, dass er mir die Schwester nimmt? Warum?« Ein heftiges Schluchzen brach aus ihr hervor und erstickte das Ende des Satzes. Es dauerte lange, bis sich Tara wieder gefangen hatte. Dann richtete sie sich auf, drückte den Rücken durch, schüttelte ihr durcheinandergeratenes Haar und fasste es in einem Knoten am Hinterkopf zusammen.

»Aber ich werde nicht länger tatenlos verharren«, sagte sie mit fester Stimme zu der Kuh. »Sobald sich eine Möglichkeit ergibt, werde ich handeln. Ich bin eine Lamichhane!« Mit diesen Worten beugte sie sich vor und griff beherzt mit beiden Händen in einen weichen Haufen Büffelmist. Verbissen sammelte sie den gesamten Mist der letzten Tage ein und warf ihn in ihre Doko. Als die Kiepe voll war, ging sie in die Knie, rückte den Trageriemen auf ihrer Stirn zurecht und richtete sich mühsam wieder auf. Das enorme Gewicht des feuchten Mists ließ sie kurz schwanken. Als sie ihr Gleichgewicht wiedererlangt hatte, stapfte sie über das kleine Feld hinter ihrem Elternhaus und trat auf den Hof. Ihr Bruder Dipak verscheuchte gerade die Ziegen von dem für die Büffelkuh bestimmten Topf mit Maisbrei.

»Wohin gehst du, Tara?«, rief er ihr zu.

»Zu den Feldern oben am Bergsattel. Vater ist schon dort. Wir sind gestern mit dem Reispflanzen nicht fertig geworden.«

»Soll ich mitkommen und dir und Buba helfen?«

Tara schüttelte ungehalten den Kopf. Sie wusste nur allzu gut, dass seine Hilfsbereitschaft einen handfesten Grund hatte, befreite die Arbeit auf dem Feld ihn doch von seinen Schulaufgaben. Dipak, der Nachzügler der Familie und mit seinen zehn Jahren kaum halb so alt wie Tara, war ein aufgeweckter Junge und hatte keine Mühe, in der Dorfschule mitzuhalten, aber vor dem Lernen drückte er sich, wo er nur konnte. »Du musst lesen und rechnen«, sagte sie bestimmt. »Und wenn du fertig bist, kannst du Ama beim Kochen helfen.«

»Och.«

»Keine Widerrede. Du sollst es einmal zu etwas bringen. Sieh dir mich an, ich kann weder lesen noch schreiben. Meinst du, das gefällt mir?«

»Warum kannst du nicht lesen? Es ist doch so einfach. Bist du dumm?«

Verblüfft über seine Frechheit, hob Tara ihre Hand, um Dipak eine Kopfnuss zu versetzen, doch dann sah sie seinen klaren, forschenden Blick. Er hatte sie nicht beleidigen wollen, sondern erwartete eine ernsthafte Antwort. Tara strubbelte dem Jungen durch das dichte schwarze Haar. »Ich weiß nicht, ob ich dumm bin, Bhai. Ich hatte ja nie die Möglichkeit, es zu testen. Weißt du, ich bin nie in der Schule gewesen.«

»Warum nicht?«

»Es gab einfach zu viel anderes zu tun.«

Tara konnte sich noch gut an ihre Zeit als Zehnjährige erinnern. Ihre Tage waren angefüllt mit Arbeit: Wasser holen, Wäsche waschen, Ziegen füttern, Gemüse putzen. Jedes Jahr waren mehr Pflichten hinzugekommen, und obwohl es sie mit Stolz erfüllt hatte, dass sie den Eltern so gut zur Hand gehen konnte, war Tara auch ein wenig neidisch gewesen auf ihren älteren Bruder und die jüngeren Geschwister, ein Mädchen und ein Junge, die jeden Morgen fröhlich den Hof verließen und talwärts zu der kleinen Schule liefen. Wenn sie dann mittags, erhitzt von dem einstündigen Aufstieg, wieder auf dem Hof ankamen, hatten Tara und ihre Großmutter ihnen schon ein Dhal Bhat, Reis mit Linsen und ein wenig Gemüse, vorbereitet, über das sie hungrig wie die Schakale herfielen.

Als sie zwölf Jahre alt war, ließ Tara endgültig die Welt der Kinder hinter sich und führte das Leben einer Erwachsenen. In diesem Jahr kam Dipak auf die Welt, und ihre ohnehin zarte Mutter hätte seine Geburt beinahe nicht überlebt. Auch danach kam sie nie wieder richtig auf die Beine. Es war Tara, die den kleinen Dipak umsorgte und die Aufgaben ihrer Ama auf den Feldern übernahm. Sie wollte nicht, dass ihre Geschwister die Schule abbrachen. Glücklicherweise bekam ihr ältester Bruder Bahadur bald darauf sein Abschlusszeugnis und stürzte sich ebenfalls mit Eifer in die Arbeit. Zu dritt – der Vater, Bahadur und Tara – gelang es ihnen, die Felder zu bestellen und das Vieh zu versorgen, um die große Familie vor dem Hunger zu bewahren, aber es war hart – und hart war es geblieben. Sie mochten sich noch so sehr anstrengen, dem Teufelskreis der Armut konnten sie nicht entfliehen. Insgeheim glaubte Tara, dass der Bhoot sie verflucht hatte, doch wenn sie etwas Dahingehendes erwähnte, verbot der Vater ihr den Mund. Er hatte Angst vor dem Bhoot, und diese Angst hatte sich auf alle Familienmitglieder übertragen. Der Schatten des grässlichen Mannes verdunkelte ihrer aller Leben.

»Was hast du? Du siehst plötzlich ärgerlich aus. Habe ich etwas falsch gemacht?«

»Nein, Bhai. Es ist alles gut.« Tara musste sich zusammenreißen, um ihre Angst und ihre Wut nicht hinauszuschreien. Bisher war es ihr gelungen, den Schatten von Dipak fernzuhalten und ihm eine unbeschwerte Kindheit zu ermöglichen, und sie wünschte, sie könnte auch weiterhin ihre schützende Hand über ihn halten. Aber sie musste fort. Dipak war nicht der einzige Mensch, der ihre Hilfe benötigte.

»Ich gehe jetzt aufs Feld«, sagte sie und erschrak im selben Moment über den schroffen Ton ihrer Worte. »Zieh deine Schuluniform aus.« Mit schnellen Schritten verließ sie den Hof und begann den mühsamen Aufstieg zu den Terrassenfeldern der Lamichhanes hoch oberhalb des Dorfes.

Tara war schweißgebadet, als sie ihr Ziel erreichte. Sie stellte die Kiepe ab und reckte sich erleichtert. Buba setzte einige Terrassenstufen weiter oben den Reis um und hatte sie noch nicht bemerkt. Tara beobachtete ihn bei seinem Tun mit widerstreitenden Gefühlen. Sie wünschte, eines Tages zu verstehen, was in ihm vorging. Dipendu Lamichhane schuftete von morgens bis abends, um seine Familie zu versorgen, aber er war unerträglich schweigsam. Nie tadelte er, aber er lobte auch nicht. Manchmal fühlte Tara seinen Blick auf sich ruhen, doch er wandte sich jedes Mal ab, wenn sie ihn dabei ertappte. Ertappte? Wie konnte ein Vater dabei ertappt werden, wenn er seine Kinder ansah? Und doch wirkte es immer so, als hätte er ihnen gegenüber ein schlechtes Gewissen. Tara wischte sich den Schweiß von der Stirn. Nun, er hatte allen Grund, ein schlechtes Gewissen zu haben. Sie schämte sich für die unvermittelt aufwallende Verachtung, und doch schlich sich diese ganz und gar unangemessene Regung immer häufiger in ihr Herz, wenn sie an den Vater dachte. Er war so schwach! Als der Bhoot im Winter mit seiner schrecklichen Forderung gekommen war, hatte Buba ihn nicht zu den Teufeln gejagt, sondern nur den Rücken gekrümmt, bereit für den nächsten Schlag. Der Bhoot war befriedigt abgeflogen, mit ihrer Schwester als Preis, und der Vater hatte ihn ziehen lassen, wenn auch mit Tränen in den Augen. Später, nachdem der erste Schock abgeklungen war, hatte die Mutter auf ihren Ehemann eingeschrien, und auch Tara hatte alle wohlerzogene Zurückhaltung fahrenlassen, während sich der Vater in undurchdringliches Schweigen hüllte und in der Folge auch ihren Brüdern aus dem Weg ging.

Bahadur und Biraj hatten schließlich auf die angespannte Situation in der Familie reagiert und waren den Lockrufen der maoistischen Rebellen mit ihren Versprechungen, eine neue, bessere Welt betreffend, gefolgt. So schmerzlich Tara sie auch vermisste, so stolz war sie auf ihre Brüder. Schließlich hatten die beiden den alles erstickenden Fatalismus abgestreift, der nicht nur die Lamichhanes, sondern auch all die anderen armen Bauernfamilien im Würgegriff von Hunger und Demütigung gefangen hielt. Sie hatten die Waffen erhoben, um für ein würdigeres Leben zu kämpfen. Trotzdem wünschte Tara sehnsüchtig wenigstens einen Bruder nach Hause zurück. Die Arbeit wuchs ihr und dem Vater über den Kopf, und es war undenkbar, dass sie ihn im Stich ließ. Erst die Rückkehr Bahadurs oder Birajs würde ihr die Freiheit geben, ihre eigene Mission in Angriff zu nehmen. Eine Mission, von der niemand etwas wissen durfte.

»Tara!«

Tara schrak aus ihren Gedanken und blickte auf. Ihr Vater stand etwa fünfzehn Meter über ihr auf dem Lehmdamm des Terrassenfeldes. Sein zerrissenes, schweißnasses Unterhemd starrte vor Dreck. Er hatte die Beine seiner unförmigen Arbeitshosen bis zu den Oberschenkeln aufgerollt, und Tara konnte seine dünnen harten Waden sehen, die sich verästelnden blauen Adern und die knotigen Knie. Sie senkte den Kopf. Obwohl ihr Vater genauso aussah wie Tausende andere Bergbauern auch, vermochte sie seine abgearbeitete Erscheinung heute nicht zu ertragen. Er erschien ihr wie das Sinnbild der Niederlage.

»Alles in Ordnung?«

Tara hob erneut die Augen. Es war selten, dass sich Buba nach ihrem Befinden erkundigte, und nun schämte sie sich umso mehr. Er war ein guter Vater, trotz allem. Wie zur Bestätigung schenkte er ihr ein Lächeln, selten und kostbar zugleich. Tara erwiderte es.

»Es ist heiß«, sagte sie. »Ich habe Wasser mitgebracht.«

»Das wäre nicht nötig gewesen. Der Dung ist schwer genug.«
»Ich bin stark.«
»Ja«, murmelte er, so leise, dass Tara ihn kaum verstehen konnte, »ich habe eine starke Tochter.« Dann sprang er von dem Lehmdamm auf das darunterliegende, kaum einen Meter breite Feld, von dort auf das nächste und auf das nächste, bis er bei Tara angelangt war. Sie reichte ihm eine Blechkanne. Wortlos nahm er sie ihr ab und trank in tiefen, durstigen Zügen.
»Danke.«
Nachdem auch Tara getrunken hatte, standen Vater und Tochter schweigend nebeneinander und blickten in das tief unter ihnen liegende Tal des Daraundi Khola. Das helle Band des Flusses war gut zu erkennen, während die an den Flanken der Berge gelegenen Dörfer vom Hitzedunst verschluckt wurden. Flach wie Scherenschnitte staffelten sich die Bergrücken in immer heller werdenden Grau- und Brauntönen hintereinander, bis sie mit dem ebenfalls grauen Himmel verschwammen. Tara schluckte trocken. Wie jedes Mal, wenn sie hier stand, dröhnte ihr wieder das Motorengeräusch des entschwindenden Hubschraubers in den Ohren. Doch bevor die Erinnerung Gewalt über sie gewann, wurde Taras Aufmerksamkeit von etwas anderem abgelenkt. Sie wies flussabwärts, nach Süden, wo fern über Indien eine dunkelgraue Verfärbung am Himmel erkennbar war.
»Buba, sieh doch nur! Der Monsun!« Tara lachte erleichtert auf. Endlich, endlich kam der Monsun! Die sich immer stärker aufbauende schwüle Hitze der letzten Wochen hatte auf die Gemüter gedrückt, selbst die Tiere waren reizbarer als sonst. Es hatte monatelang nicht geregnet, und das Land war ausgedörrt. Staub hing in der Luft und verbarg die weißen Himalaya-Riesen, setzte sich in jede Ritze, überzog die Blätter der Pflanzen und knirschte beim Essen im Reis. Die ganze Welt lechzte nach Regen und Kühle, und niemand verschwendete einen Gedanken

daran, dass mit dem Regen auch Erdrutsche kamen, reißende Flüsse, unpassierbare Wege, abgestürzte Menschen und Tiere, Moder und verschimmelte Vorräte. Mit diesen Problemen würde man sich befassen, wenn sie auftraten.

Tara erschrak, als ihr Vater unvermittelt seinen Arm um ihre Schultern legte.

»Ja, der Monsun, Kanchhi. Er bringt neues Leben und reinigt das alte.«

Kanchhi, dachte Tara verwundert, aber auch erfreut. Wann hat er mich das letzte Mal ›seine Kleine‹ genannt? Und was hatte er gesagt? Der Regen würde das alte Leben reinigen? Er mochte recht haben, aber wovon würde das Leben gereinigt werden? Seit sie denken konnte, hatte sie sich gefragt, woraus der Dreck gemacht war, der ihre Familie beschmutzte, und sie spürte, dass sie der Antwort nie näher gewesen war als in diesem Moment. Ob sich Buba ihr endlich anvertraute? Würde sie erfahren, welcherart die Macht war, die der Bhoot über ihren Vater ausübte? Vor gespannter Erwartung traute sie sich kaum zu atmen, während in ihrem Inneren ein Aufruhr tobte. Sprich!, schrie es in ihr. Teile dein Geheimnis mit mir, damit wir dem Bösen Einhalt gebieten können!

Doch ihr Vater verstummte erneut.

Ermutigt von dem noch immer zärtlich und beschützend auf ihren Schultern ruhenden Arm, nahm Tara all ihren Mut zusammen. »Wird der Regen auch uns säubern?«, fragte sie leise.

Er zog seinen Arm fort.

»Nein«, sagte er barsch. »Darauf brauchen wir nicht zu hoffen. Und nun nimm deine Doko und verteile den Mist auf dem Feld. Ich möchte die Arbeit abgeschlossen haben, bevor der Regen kommt.«

Der Regen begann in der Nacht und offenbarte die undichten Stellen des alten Strohdaches. Tara, ihre Eltern, selbst der kleine

Dipak und die gebrechliche Großmutter sprangen von ihren Lagern, um Gefäße unter die Löcher zu stellen. Dann kletterten Tara und ihr Vater auf das Dach des niedrigen Hauses und stopften die größten Löcher mit Kunststoffplanen und Decken.

»Bei Tageslicht müssen wir neues Stroh auflegen!« Obwohl er schrie, konnte Tara ihren Vater in dem mit urtümlicher Gewalt niederprasselnden Regen nur mit Mühe verstehen.

»Ich habe das Stroh in den letzten Tagen vorbereitet!«, brüllte sie zurück, während sie sich mit einem größeren Stück Plane abmühte. Mit klammen Fingern versuchte sie, es mit einem Band an einem aus dem Dach ragenden Balken zu befestigen, aber der Kunststoff entglitt ihr immer wieder. Wütend zerrte sie an der schweren Plane. Die heftige Bewegung ließ sie den Halt verlieren, und mit einem erschrockenen Aufschrei rutschte sie das abschüssige Dach hinunter. Verzweifelt versuchte sie, sich an dem glitschigen Stroh festzukrallen, aber vergeblich. Sie prallte hart auf den Steinboden des Hofes und blieb benommen liegen.

»Tara, Tara! Kanchhi!«

Tara schlug die Augen auf und starrte direkt in die Augen ihres Vaters. Er lag bäuchlings auf dem Dach und blickte über die Kante auf sie hinunter. Sein Gesichtsausdruck verriet, dass er zu Tode erschrocken war. Tara hob erst den rechten Arm, dann den linken. Unter seinen angstvollen Blicken tastete sie sich ab und rappelte sich schließlich auf. Ihr Gesicht war nun weniger als eine Armlänge von dem ihres Vaters entfernt.

»Gut, dass wir keine reichen Leute sind und nur ein einstöckiges Haus besitzen«, sagte sie und versuchte ein Lächeln. Es geriet ein wenig schief, denn ihr rechter Fuß schmerzte. Hoffentlich war er nicht gebrochen.

»Wären wir reich, würde ich uns ein zweistöckiges Haus mit einem Wellblechdach bauen«, erwiderte Dipendu, dann verschwand sein Kopf. Wenige Augenblicke später stand er neben seiner Tochter. Er wollte gerade zu sprechen anheben, als ein lautes Gebrüll sie beide zusammenzuckten ließ. Tara begriff als Erste.

»Die Büffelkuh! Sie kalbt!« Bevor ihr Vater sie zurückhalten konnte, humpelte sie eilig davon.

Sie kamen gerade rechtzeitig. Als Tara und ihr Vater den Unterstand erreichten, war das Köpfchen schon zu sehen, wenige Minuten später folgte der Rest des Kälbchens. Tara löste die Fußfesseln der Büffelkuh, damit sie sich umdrehen und ihr Neugeborenes trockenlecken konnte – sofern das möglich war bei dem fast ungehindert durch das Dach fallenden Regen. Zum Glück für das Kalb war die Luft noch immer sehr warm. Ihren pochenden Fuß ignorierend, hockte Tara sich neben die Büffelkuh und bedeutete ihrem Vater, er solle zum Haus zurückkehren und sich um die Mutter, Dipak und die Großmutter kümmern. Sie würde bei den Tieren Wache halten, um sicherzustellen, dass das Kleine noch diese Nacht von der Milch der Mutter trank, denn andernfalls würde es sterben. Nach einer langen Weile versuchte sich das Kälbchen aufzurichten, knickte aber immer wieder ein. Tara beugte sich vor und unterstützte es sanft. Und dann sah sie es.

Das Kälbchen hatte nur drei Beine.

Mit einem flauen Gefühl drückte Tara das verkrüppelte Tierchen an sich. Das Leben bot ihm keine Chance. Genauso wenig wie ihrer Familie.

7

Der Sommer hatte in Ostfriesland ganze zwei Tage gedauert, dann waren die Wolken wieder aus ihren Verstecken gekrochen und verschleierten die flache Landschaft mit einem feinen Nieselregen.

Anna war eine echte Niedersächsin, die in der prallen Sonne verdorrte und einen Spaziergang an der Nordsee einem schweißtreibenden Tag am Mittelmeer vorzog. Weshalb sie auch noch nie südlicher als Marseille gewesen war. Regen machte ihr nichts aus. Eigentlich.

Heute sah es anders aus. Heute hätte sie sich einen strahlenden Tag gewünscht, einen Tag, an dem sie die Autofenster herunterlassen, eine CD einlegen und beschwingt mitsingen konnte, während sie langsam durch das sattgrüne Ostfriesland mit seinen prachtvollen Schwarzbunten rollte und verdrängen durfte, was sie eigentlich vorhatte. Nun, es war Wunschdenken gewesen, auch wenn die Schwarzbunten erwartungsgemäß wiederkäuten, uninteressiert an allem, was über ihren Kuhhorizont hinausging, und das Gras sattgrün war – wegen des Regens, dachte Anna fatalistisch. Nichts, aber auch gar nichts lenkte sie von der Tatsache ab, dass sie drauf und dran war, in der Vergangenheit ihrer Mutter herumzustochern.

Zu allem Überfluss hatte sie sich verfahren und kurvte seit über einer Stunde auf den schmalen Straßen zwischen Altharlingersiel, Neuharlingersiel und Carolinensiel herum. Die Dörfer oder, besser gesagt, die Ansammlungen weniger Häuser, die sie passierte, hatten so abenteuerliche Namen wie Poggenburg oder Carolinengrodendeich oder Fetterstrich oder Bettenwarfen. Anna fragte sich, woher dieser Name wohl rührte. Hatten die hier tatsächlich mit Betten geworfen?

Ein gelb-grünes Schild kündigte die Ortschaft Schwarzehörn an. Darunter konnte sie sich immerhin etwas vorstellen. Anna entdeckte einen Mann mittleren Alters, der trotz des Regens auf dem Hof seines Anwesens an einem Trecker herumschraubte, und trat kurzerhand auf die Bremse. Vielleicht konnte der Mann ihr weiterhelfen.

Er konnte. Nach fünfzig Metern solle sie rechts abbiegen, sagte er, dann käme sie an Schiefe Grashaus vorbei und am Werdumer Altengroden. Er kratzte sich am Kopf. Also, nach dem Altengrodener Hof solle sie gleich nach links abbiegen. Dort stände ein Baum. Ziemlich hoch. Der Blitz hätte vor ein paar Jahren in ihn eingeschlagen. Bei dem Baum wieder rechts, und da sei es dann auch gleich.

Anna bemerkte, wie er sie neugierig musterte.

»Vielen Dank«, sagte sie. »Oder muss ich noch etwas wissen?«

»Wollen Sie kaufen?«

»Kaufen? Nein, wieso?«

»Na, ich dachte nur«, brummte er. »Hat lange keiner mehr nach dem Foelkenorth gefragt.« Damit war das Gespräch für ihn beendet. Er wandte sich wieder seiner Arbeit zu.

Sehr ostfriesisch, dachte Anna, als sie das Auto anließ, und grinste in sich hinein. Würde mich nicht wundern, wenn er Harm Harmsen heißt. Oder Hinnerk Hinrichsen. Oder Eddo Siefken. Ihr Vater war ebenfalls Ostfriese, wenn auch aus einer anderen Ecke, und hatte sich sein Leben lang nicht durch übermäßige Redseligkeit hervorgetan.

Die Wegbeschreibung des Mannes war jedenfalls korrekt. Schon nach wenigen Minuten hatte sie das Schiefe Grashaus hinter sich gelassen und fand den angegebenen Feldweg. Sie rumpelte durch die Schlaglöcher, die umso tückischer waren, als sie voller Wasser standen und Anna ihre Tiefe nur raten konnte. Kurz darauf sah sie in etwa dreihundert Metern Entfernung auch den Baum, den einzigen weit und breit, und hielt darauf zu. Der unbefestigte Weg machte noch zwei, drei Schlenker, die den Grenzen der Felder folgten, und dann sah sie es hinter einigen dichtstehenden Büschen auftauchen: Foelkenorth.

Was auch immer Anna erwartet hatte, nichts hatte sie auf den Anblick vorbereitet, der sich ihr nun bot.
Foelkenorth war nur ein einzelner, frei stehender Bauernhof, drei Gebäude um einen zentralen Platz gruppiert, doch im Gegensatz zu den anderen Höfen, die sie auf ihrer Irrfahrt durchs Harlingerland gesehen hatte, war dieser in einem katastrophalen Zustand. In den roten Schindeldächern der beiden Nebengebäude klafften riesige Löcher, und eine der vom Feldweg aus sichtbaren Außenwände neigte sich bedenklich. Anna misstraute dem Untergrund auf dem mit brusthohem Unkraut überwucherten Platz und parkte den Wagen mitten auf dem Feldweg. Es würde sich schon keiner daran stören. Sie zog den Schlüssel ab, sprach sich Mut zu, stieß die Autotür auf und stieg aus.
Sofort hüllte der durchdringende Geruch nach Landwirtschaft sie ein. Eine Melange aus frischem, nassem Heu und Blumen, aus Kuhmist und Jauche und dem Salzduft der nur wenige Kilometer entfernten Nordsee lag über allem, und Anna atmete tief ein. Lüneburg mochte eine eher kleine Stadt sein, aber so gute Luft gab es dort nie. Für einen Moment vergaß Anna sogar den grauen Himmel und den grauen Regen und ihre grauen Gedanken. Zwei Minuten später war ihr dünner Sommerpullover durchgeweicht, und ein für die Jahreszeit viel zu kalter Wind ließ sie frösteln. Anna beugte sich ins Auto und zog einen Schirm hervor.
Vorsichtig einen Schritt vor den anderen setzend, bahnte sie sich einen Weg durch den Unkrautdschungel auf das Wohnhaus zu, während der Seewind an ihrem Schirm zupfte.
»Hallo?« Annas Stimme verlor sich zwischen den Häusern. Sie

räusperte sich und versuchte es noch einmal, lauter diesmal. »Hallo? Ist jemand hier?«

Zögernd ging sie weiter. Sie hatte beinahe die Haustür des Wohnhauses erreicht, als ihr auffiel, dass einige Segmente des alten Fachwerks rosa, lindgrün und violett angestrichen waren. Die Farben pellten sich vom Untergrund ab und hatten ihre Leuchtkraft eingebüßt, aber das Haus musste in seinen Glanzzeiten eine regelrechte Villa Kunterbunt gewesen sein. Verunsichert trat Anna an die Haustür und suchte nach einer Klingel und einem Namensschild. Es gab weder das eine noch das andere, dafür entdeckte sie ein direkt auf die Tür gepinseltes, stark verblasstes Wort:

Namaste

Ratlos sprach sie das fremdartig klingende Wort aus: Namaste. Sie konnte sich keinen Reim darauf machen. Dann klopfte sie entschlossen an die Tür.

Sie gab nach.

Anna packte die Angst. Ihr erster Impuls war, sich umzudrehen und zum Auto zurückzurennen.

Der zweite Impuls, um ein Vielfaches stärker als der erste, führte sie in die entgegengesetzte Richtung. Hinein in das Haus. Hinein in den Flur, der über und über mit naiven Blumenmustern und Spiralen in zahllosen Farben bemalt war. Hier, in dem vor Sonne und Regen geschützten Flur, hatten die Farben ihre ursprüngliche Frische über die Zeit retten können und zogen Anna ins Innere. Sanft strich sie mit den Fingerspitzen über die Wände.

Die Blumen. Die Farben. Sie brachten etwas in ihr zum Klingen.

Wie eine Schlafwandlerin folgte Anna den Spiralen und Ranken durch den Flur in den nächsten Raum. Auch hier setzten sich die Wandmalereien fort, verwoben sich ineinander zu einem phantastischen Wirbel aus Orange und Rot und Violett und Pink. Anna riss sich von der Wandbemalung los, deren Verworrenheit sie geradezu schwindelig machte, und sah sich mit großen Augen um. Einige Kacheln und ein aus der Wand ragender Wasserhahn legten den Schluss nahe, dass sich hier einmal die Küche befunden hatte. Der Raum bot Platz für König Artus' Tafelrunde, allerdings fehlten sowohl Tisch als auch Stühle, lediglich ein schief an der Wand hängender Küchenoberschrank mit weißem Resopalfurnier war noch übrig geblieben. Und Flaschen. Dutzende von völlig verstaubten leeren Bierflaschen, Weinflaschen, Schnapsflaschen. Selbst die Obdachlosen und Liebespaare, die hier Unterschlupf gefunden hatten, blieben dem Haus offensichtlich schon seit langer Zeit fern.

Anna stieß mit dem Fuß gegen eine Bierflasche, die mit lautem Getöse durch die Küche kullerte. Das Klirren, mit dem sie schließlich zum Stillstand kam, schien durch die Türritzen zu entweichen und das düstere Treppenhaus hinaufzuhasten, um die unsichtbaren Bewohner zu wecken. Nachdem sich Anna von ihrem Schreck erholt hatte, stieß sie die Tür zum gegenüberliegenden Zimmer auf. Auch hier fehlte sämtliches Mobiliar, und doch strahlte das Zimmer eine seltsame Behaglichkeit aus. Im Gegensatz zu der Küche erschien Anna dieser Raum mit seinen gelbgestrichenen Wänden und den Südfenstern trotz des grauen Tages geradezu heiter.

Ein Windstoß fuhr durch eine der zerbrochenen Scheiben und brachte einen zerschlissenen Vorhang zum Tanzen, und genau diesen Moment hatte sich die Sonne ausgesucht, um sich kurz zwischen den Wolken hindurchzukämpfen. Etwas blitzte auf, leuchtend rot – oder war es violett gewesen? Anna kniff überrascht die Augen zusammen und beobachtete den Vorhang, der sie mit seinen Kapriolen heranzuwinken schien. Wieder blitzte es auf, und diesmal gab Anna dem Locken nach und ging zum Fenster. Mit beiden Händen fing sie den leichten, orangefarbenen Stoff ein, auf dem noch vereinzelte Pailletten glitzerten.

Kaum berührte sie das dünne Gewebe, jagte ein Kribbeln durch ihren Körper: Sie hatte diesen Vorhang schon einmal gesehen! Suchend irrten ihre Augen von den funkelnden Pailletten zurück in den Raum, doch er gab ihr keinen Anhaltspunkt, und auch der Blick aus dem Fenster berührte sie nicht im mindesten. Ein windgepeitschtes, brettebenes Feld. Ein dunkles Hausdach, zu weit entfernt, als dass sie Details hätte erkennen können. Nicht einmal eine Kuh war zu sehen. Die Sonne verkroch sich wieder hinter den Wolken, und sofort verblasste das strahlende Orange des Vorhangs zu einem schmuddeligen Braunton. Das Glitzern, das Anna so fasziniert hatte, verschwand, und mit dem Glitzern verging auch der seltsame Zauber.

Während der nächsten Stunde öffnete Anna jede Tür, blickte durch jedes Fenster des verwinkelten Hauses und suchte nach Spuren ihrer Mutter oder dieser seltsamen Laksmi-Ingrid, doch alles, was sie fand, waren Spinnweben, Unrat und zwei, drei Möbelstücke, in einem so bejammernswerten Zustand, dass sich Anna kaum traute, sie zu berühren. Auch in den Räumen im Obergeschoss gaben weder ein Foto noch ein verblichenes Poster, kein vergessenes Buch, nicht einmal ein Stück Papier ihr irgendeinen Hinweis auf die ehemaligen Bewohner.

Wer warst du eigentlich? Es war diese Frage, die Anna weitermachen, sie jedes Zimmer ein zweites Mal inspizieren ließ, und sie wurde immer ratloser. War es wirklich möglich, dass ihre Mutter an einem Ort wie diesem gelebt hatte? Anna schüttelte unwillkürlich den Kopf. Ihr Instinkt sagte ihr, dass es in diesem Haus sehr lebendig, bunt und vor allem unordentlich zugegangen war, nicht gerade das bevorzugte Biotop ihrer Mutter. Sie hätte sich im Foelkenorth garantiert nicht wohl gefühlt. Und doch hatte Laksmi-Ingrid ihre Briefe hierher gesandt. Anna hatte sich mehrfach vergewissert: Es gab in ganz Deutschland keinen anderen Ort dieses Namens. Nach einer weiteren halben Stunde erfolglosen Suchens hockte sich Anna frustriert auf die

oberste Treppenstufe. Ihr Ostfriesland-Ausflug war ins Leere gelaufen. Das Haus war regelrecht geplündert worden. Sie stützte die Ellbogen auf die Oberschenkel und bedeckte ihr Gesicht mit den Händen. Sie hatte sich so sehr gewünscht, hier etwas zu finden! Irgendetwas, das ihre Zweifel und die Unsicherheit beseitigen konnte, die seit dem Brieffund an ihr nagten. Etwas, das ihre Fragen beantwortete.
Sie hätte später nicht mehr sagen können, wie lange sie dort gekauert hatte, nicht fähig, sich zu bewegen. Die in den letzten Monaten unterdrückte Trauer über den Verlust ihrer Mutter drang erneut mit Macht an die Oberfläche. Sie schrak erst auf, als in den Tiefen des verlassenen Hauses das Leben erwachte. Kleine Tierchen – Ratten, Igel, Vögel? –, ermutigt durch die Stille, verließen ihre Schlupflöcher. Leises Rascheln und Wispern erfüllte jeden Winkel und brachte Anna zurück in die Gegenwart. Sie stieß einen Seufzer aus, fuhr sich mit gespreizten Fingern durch die Haare und erhob sich. Sie würde der Form halber noch einen Blick in die Ställe werfen, machte sich aber keinerlei Hoffnung.

Die Scheune zur linken Seite des Hofes war vollkommen leer gewesen, und nun strebte Anna zielstrebig auf die schwarz gähnende Türöffnung des letzten Gebäudes zu. Sie hatte es plötzlich eilig, Foelkenorth zu verlassen und die ganze Geschichte einfach zu vergessen. Das Leben war auch so schon problematisch genug. Vielleicht sollte sie doch hin und wieder auf Timo hören und nicht so viel grübeln. Sie betrat den dämmrigen Stall.
Zu beiden Seiten eines etwa drei Meter breiten Mittelganges verlief eine taillenhohe Mauer mit mehreren Durchgängen, und winzige Fenster waren weit über Kopfhöhe in die Außenmauer eingelassen. In einer der Öffnungen hing sogar noch ein Holzgatter in den Angeln. Ansonsten herrschte auch hier gähnende

Leere. Anna ging mit schnellen Schritten den Gang hinunter. Das verlassene Gebäude war ihr unheimlich. Sie wollte gerade umkehren, als ihr etwas Dunkles in der hintersten Ecke auffiel. Zögernd näherte sie sich.
Anna schrie auf, als eine große Gestalt auf sie zukam.

Es war nur ein Schrank. Ein richtiger alter Omaschrank mit einem fast blinden Spiegel in einer der Türen. Anna lachte hysterisch auf. Es war unfassbar: Sie hatte sich von einem blöden Spiegel ins Bockshorn jagen lassen – wie ein Teenager, der sich zu viele Mystery-Serien im Fernsehen ansah.
Anna öffnete die Schranktür. Leer, wie erwartet, lediglich zwei Kleiderbügel hingen auf der Stange. Sie schloss die Tür wieder und zog schwungvoll eine der Schubladen auf. Zu schwungvoll: Die Schublade rutschte erstaunlich leicht aus ihrem Fach und krachte Anna vor die Füße. Ein Papierschnipsel segelte langsam hinterher. Anna bückte sich, um ihn aufzuheben. Als sie sich wieder aufrichtete, bemerkte sie einen kleinen, hellen Gegenstand ganz hinten in dem Schubladenfach. Sie zog eine dünne Silberkette mit einem überraschend schweren Anhänger hervor. Neugierig hielt sie den Anhänger in Richtung der Fenster, um die Details besser erkennen zu können, als der durchdringende Ton einer Autohupe die Stille abrupt beendete.
Anna schob den Papierschnipsel und die Kette in ihre Jeanstasche und hastete den langen Mittelgang zurück. Das Hupen riss nicht ab, und sie ärgerte sich darüber, dass sie ihre Schritte noch beschleunigte. Es würde schon kein Rettungswagen sein, dem ihr Auto den Weg versperrte.

»Hören Sie mal, das ist ein öffentlicher Weg! Hier können Sie nicht parken. Wie soll ich denn zu meinem Haus dort hinten kommen?«
Anna blinzelte in das Tageslicht. Hinter ihrem silbernen Ford

Focus wartete mit laufendem Motor ein ramponiert aussehendes rotes Auto. Neben dem schlammbespritzten Wagen stand eine Frau in einem schicken Hosenanzug, breitbeinig, die Arme in die Hüften gestemmt. Der Nieselregen schien ihr nichts auszumachen. Die Frau mochte etwa fünfzig Jahre alt sein und war ziemlich groß, mindestens einen halben Kopf größer als Anna. Wobei das nicht allzu viel aussagt, dachte Anna, während sie sich einen Weg durch das Unkraut zum Feldweg bahnte. Sie selbst war gerade mal 158 Zentimeter klein und zierlich – neben ihr wirkten viele Menschen wie Riesen. Als sie näher kam, fielen Anna die Haare der Frau auf: modisch geschnitten und von einem echten Blond, das ihre wenigen grauen Strähnen mühelos überstrahlte. Überhaupt hatte die Frau etwas Strahlendes an sich, trotz ihrer offensichtlich schlechten Laune. Sie sah sehr gesund aus.
Kurz vor dem Wagen nickte Anna der Frau freundlich zu. »Tut mir leid. Ich wollte mich eigentlich nur kurz umsehen, und dann hat es doch länger gedauert.«
Die Frau kniff misstrauisch die Augen zusammen und wies mit dem Kinn in Richtung des Hofes. »Und was wollten Sie da drin?«, fragte sie barsch.
Ich habe nach meiner toten Mutter gesucht, dachte Anna. Aber sie war nicht da. »Ich bin auf der Suche nach einem Ferienhaus«, sagte sie stattdessen. Dann zuckte sie die Schultern. »Ein Mann vorn an der Hauptstraße hat mich darauf aufmerksam gemacht, dass es hier ein leerstehendes Haus gibt. Na ja, es ist wohl ein bisschen groß.« Anna lächelte die Frau an, und jetzt stahl sich auch auf das Gesicht der Ostfriesin ein Lächeln.
»Das ist es wohl«, bestätigte sie.
»Und auch ein bisschen heruntergekommen.«
»So könnte man es nennen.«
Bevor Anna weitersprechen konnte, übertönte eine schrille

Frauenstimme das leise Tuckern des Motors. »Daran sind die langhaarigen Gammler schuld!«

Anna blickte erschrocken an der Blonden vorbei zu deren Auto und entdeckte auf dem Beifahrersitz eine alte Frau. Anna hatte sich so auf die Jüngere konzentriert, dass ihr die zweite Person entgangen war. Jetzt nahm sie die Frau genauer in Augenschein. Sie war vielleicht achtzig Jahre alt. Graue Strickjacke. Graue Haare, straff aus dem Gesicht gekämmt und zu einem kleinen Dutt am Hinterkopf verzwirbelt. Harte, braunfleckige Hände. Und ein paar wache, wenn auch etwas wässrige Augen, die mit einem derartigen Abscheu zwischen Anna und dem Haus hin und her huschten, dass Anna innerlich grinsen musste.

»Langhaarige Gammler?«, fragte sie. »Wieso sind daran langhaarige Gammler schuld?«

»Hören Sie nicht auf meine Mutter«, schaltete sich die elegante Frau schnell ein. »Sie ist leider ein wenig verwirrt. Ich lebe in Bremen, komme aber meist übers Wochenende hierher nach Hause und führe sie ins Café aus oder zum Essen, damit sie mal etwas anderes sieht als nur die eigenen vier Wände.«

»Verwirrt? Das wüsste ich aber! Vielleicht nicht mehr so gut zu Fuß, aber verwirrt? Undankbares Ding.« Murmelnd lehnte sich die alte Frau in den Autositz zurück, und ihr Blick verschleierte sich.

»Wen meinte Ihre Mutter eben?«

Die Tochter verdrehte die Augen. »Hippies natürlich.«

Anna schlug sich in Gedanken die Hand vor die Stirn. Die Blumen. Die Farben. Der Vorhangstoff: ein umfunktionierter Sari!

»In Foelkenorth wohnten Hippies?«, fragte sie. Vielleicht würde sie doch noch etwas Interessantes erfahren.

Die Frau zuckte die Achseln und lehnte sich gegen ihr Auto. Unwillkürlich bangte Anna um den hellen Hosenanzug. »Hausen trifft es wohl eher. Der Foelkenorth war zwar schon vorher länger nicht bewohnt gewesen, doch als die Hippies ihn übernahmen, ging es schnell bergab. Sie hatten keinen blassen Schimmer, wie man eine Glühbirne auswechselt, geschweige denn eine Dachschindel austauscht. Stattdessen feierten sie Feste, kifften und vögelten querbeet.«

Anna war erstaunt über die Bitterkeit in der Stimme der Frau. Als die Hippies hier gewohnt hatten, war die Blonde selbst ein junges Mädchen gewesen. Hatte sie denn gar keine Lust verspürt, dazuzugehören? Mitzumachen? Oder hatte sie vielleicht nicht mitmachen dürfen?

Wie zur Bestätigung ihrer Gedanken meldete sich die Mutter wieder zu Wort. »Überall Bankerte!«, zeterte sie, und ihre Augen blitzten. »Drunter und drüber ging es da. Und keiner wusste, wer die Väter waren, hätt ja jeder sein können. Verheiratet? Keiner, nee! Die haben sogar nackt im Garten getanzt!« Die alte Frau schüttelte missbilligend den Kopf. »Aber meine Aline, die ist 'ne anständige Deern. Hätt sonst auch was hinter die Löffel gesetzt, hätt es.«

»Mutter!«

»Ist doch wahr. Sündenpfuhl!« Viel fehlte nicht, und die Alte hätte ausgespuckt.

»War es wirklich so schlimm?«, fragte Anna.

»Keine Ahnung«, antwortete die Tochter resigniert und fügte mit verkniffener Miene hinzu: »Sie haben es ja gehört: Wenn ich mich in die Nähe des Foelkenorths gewagt hätte, dann …« Sie beendete den Satz nicht, und es war auch nicht nötig.

»Kannten Sie die Leute?«

»Nein. Sie lebten für sich, in ihrem eigenen Mikrokosmos. Die ganze Gegend hat sich das Maul zerrissen, und ich muss gestehen, dass die Hippies auch mir ein wenig unheimlich waren. Was machten die den ganzen Tag? Wovon lebten die? Gearbeitet hat jedenfalls keiner. Im Gegensatz zu den anderen hier hat mir aber der Anstrich gefallen.« Sie deutete auf die verblassten Regenbogenfarben der Fassade und lachte. Ein herzliches

Lachen, endlich. »Nur eine der Hippie-Frauen traf ich manchmal beim Spazierengehen in den Feldern, und wir freundeten uns an. Ein paarmal fuhren wir sogar gemeinsam nach Oldenburg, um vor neugierigen Blicken sicher zu sein. Es war immer sehr lustig und ungeheuer spannend. Sie machte all das, was ich mich nicht traute. Weglaufen von zu Hause, beispielsweise. Sie stammte nämlich eigentlich aus Gießen.«

Anna, die immer angespannter gelauscht hatte, zog unwillkürlich die Luft ein. Ihr Magen machte einen Purzelbaum. Ihre Mutter war in Gießen aufgewachsen! Ihre Großeltern, die sie, Anna, nie kennengelernt hatte, weil sie zwei Jahre vor ihrer Geburt bei einem Autounfall ums Leben gekommen waren, hatten ihr ganzes Leben dort verbracht.

»Ist Ihnen nicht gut?«, fragte die Frau besorgt. »Sie werden plötzlich so blass.«

»Alles in Ordnung«, log Anna. Nichts war in Ordnung. »Hieß Ihre Freundin zufälligerweise Bärbel?«

»Nein. Ihr Name war Ingrid. Jedenfalls, bevor sie nach Indien ging. Danach nannte sie sich Lari oder Liksi oder so.«

»Laksmi.«

»Genau, Laksmi. Bescheuerter Name. Ich habe sie nach dieser Reise nur noch ein- oder zweimal getroffen. Wir hatten uns nichts mehr zu sagen. Ingrid schien mit ihren Gedanken nur noch in Indien zu sein. Sie hatte da einen Guru oder so etwas.«

»Wissen Sie, was diese Ingrid heute macht? Wo sie lebt?«

»Keine Ahnung. Die Hippies machten sich irgendwann einer nach dem anderen aus dem Staub, auch Ingrid. Sie hinterließen eine Ruine. Eine unverkäufliche Ruine. Michelsen kann sich nicht dazu durchringen, den Hof abzureißen. Er überlegt es allerdings schon ganz schön lange.«

Anna ging nicht auf die letzte Bemerkung ein. »Hat Ingrid jemals eine Frau namens Bärbel erwähnt? Sie war ihre beste Freundin.«

»Nein, das habe ich doch schon gesagt. Die hatten alle so komische Phantasienamen, die sich kein Mensch merken kann. Wieso wollen Sie das eigentlich wissen? Wieso kannten Sie Ingrids Spitznamen? Sie suchen doch gar kein Ferienhaus.« Aus der Miene der Frau sprach jetzt unverhohlenes Misstrauen.

»Nein«, murmelte Anna leise.

»Dürfte ich erfahren –«

»Sie dürfen nicht«, schnitt Anna ihr brüsk das Wort ab. Der Ton der Blonden hatte sie wütend gemacht. Was bildete sie sich eigentlich ein? Es war schließlich nicht verboten, Fragen zu stellen.

»Und ob ich das darf. Sie kommen hierher, dringen in ein fremdes Haus ein und stochern in der Vergangenheit herum. Und jetzt werden Sie auch noch patzig.«

»Ich wollte Sie nicht beleidigen«, sagte Anna, insgeheim ihre gute Kinderstube verfluchend. »Aber das geht Sie wirklich nichts an.« Ohne ein weiteres Wort drehte sie sich um und stapfte durch die Pfützen zu ihrem Auto zurück. Sie war völlig aufgewühlt.

Während der Fahrt zurück nach Lüneburg schrillte das Wort Hippie! Hippie! Hippie! wie ein Mantra in Annas Kopf. Ihre Mutter ein Hippie? Unmöglich. Annas Gehirn arbeitete auf Hochtouren, erfand immer neue Erklärungen für das Unerklärliche. Vielleicht kannten sich Ingrid und Bärbel aus Gießen, und ihre Mutter hatte sie dort oben in Ostfriesland besucht. Aber warum war Bärbel genau zu der Zeit dort gewesen, als sich Ingrid in Indien herumtrieb? Wenn sich Bärbel überhaupt jemals auf dem Foelkenorth aufgehalten hatte. Vielleicht handelte es sich wirklich um eine Verwechslung? Der Name Bärbel war in den Fünfzigern sehr beliebt gewesen. Aber warum hätte ihre Mutter die Briefe dann aufbewahren sollen? Und warum waren es fünf Briefe? Es ergab alles keinen Sinn.

Im Laufe der Fahrt bereute Anna mehr und mehr, am Ende so unhöflich zu dieser Blondine gewesen zu sein. Mit etwas Diplomatie hätte sie sicher noch einiges in Erfahrung bringen können. Sie hatte die Chance vertan. Einmal in ihrem Leben war sie impulsiv gewesen, und sofort rächte es sich.
Ein Kleinwagen scherte vor ihr auf die linke Fahrspur aus, um ein langsam vor sich hin zockelndes Wohnwagengespann zu überholen. Erschrocken trat Anna auf die Bremse. Sie schaffte es, den Wagen in der Spur zu halten, doch ihr heftig schlagendes Herz drohte in einem tiefen See aus Adrenalin unterzugehen. Normalerweise war sie eine vorsichtige und vor allem vorausschauende Fahrerin, die sich meistens an die Geschwindigkeitsbegrenzungen hielt, aber als der Kleinwagen vor ihr ausgeschert war, war sie mindestens hundertsiebzig gefahren und hatte ihre Gedanken überall gehabt, nur nicht auf der Straße. Hätte sie an Gott geglaubt, hätte sie ihm jetzt dafür gedankt, dass niemand zu Schaden gekommen war.
Erschöpft von dem Beinahe-Unfall und dem Mahlstrom in ihrem Kopf, setzte Anna schließlich erleichtert den Blinker für die Lüneburger Autobahnabfahrt und schlich mit knapp dreißig Stundenkilometern durch die vertrauten Straßen zu ihrer Wohnung.

Am nächsten Morgen tat Anna etwas, was sie sich noch nie erlaubt hatte: Sie meldete sich krank, ohne wirklich krank zu sein. Rief ihren Vorgesetzten im Finanzamt an, murmelte etwas von Bauchschmerzen und Schwindelgefühl und Fieber, legte auf und kroch zurück ins Bett. Schloss die Augen und merkte, dass sie tatsächlich Bauchschmerzen hatte. Schwindelig war ihr ebenfalls, und die Temperatur ihrer Stirn ließ auf vierzig Grad schließen. Mindestens. Draußen zwitscherten die Vögel, und die fröhlichen Geräusche eines strahlenden Montagmorgens im Juni – das Wetter hatte sich nach dem verregneten Sonntag doch noch entschlossen, sich der Jahreszeit gemäß zu benehmen – krochen durch das gekippte Schlafzimmerfenster direkt in Annas brummenden Schädel. Sie hatte ganz vergessen, ihrem Chef zu sagen, dass sie auch Kopfschmerzen hatte. Woher die kamen, wusste sie: Médoc. Eine ganze Flasche, mehr oder weniger auf ex. Sie hatte am Abend zuvor keine andere Möglichkeit gesehen, die Stimmen in ihrem Kopf zum Schweigen zu bringen. Die Fragen abzustellen, die sich jetzt erneut mit Macht in ihr Bewusstsein drängten, allen voran die eine, die einzige: Sollte sie ihren Vater mit den Briefen und dem Foelkenorth konfrontieren?

Es wäre das Nächstliegende, aber konnte sie es ihm zumuten? Worum auch immer es ging, es war mit Sicherheit schlimm, sonst hätten ihre Eltern schließlich kein Geheimnis daraus gemacht.

Stöhnend schlug sie die Augen auf. Das durch das Ostfenster fallende Morgenlicht stach mit Messern in ihr Hirn, aber sie zwang sich, die Augen offen zu halten. Im Grunde hatte sie ihren Entschluss längst gefasst: Sie würde ihren Vater nicht damit belästigen. Unter anderem auch deshalb nicht, weil er vielleicht selbst nichts wusste, und sie wollte wahrhaftig keine schlafenden Hunde wecken. Im Übrigen durfte sie auf keinen Fall seine Genesungsfortschritte gefährden, denn er war nach wie vor äußerst labil. Sie war schon froh gewesen, als er sich seine Brote wieder selbst schmierte. Nachdem sie sich das Für und Wider mehrmals hatte durch den Kopf gehen lassen, stand Anna schließlich widerwillig auf und frühstückte einen Tee mit Aspirin.

Den Vormittag über lief sie unruhig in ihrer Wohnung herum. Räumte Sachen von links nach rechts und wieder zurück. Wienerte den Flurspiegel. Widmete sich mit Inbrunst dem Schmutz oben auf den Küchenschränken und hinten im Schuhschrank. Suchte sich im Internet die Telefonnummern aller in Gießen ansässigen Menschen namens Doggenfuss heraus – viele waren es nicht. Polierte den Silberanhänger, den sie in dem Schrank im Kuhstall gefunden hatte. Als sie fertig war, sah er ganz hübsch aus, obwohl er eigentlich überhaupt nicht Annas Geschmack entsprach. Sie mochte geradlinigen Designerschmuck, schlicht und gut gearbeitet, während dieser Anhänger eher von der groben Sorte war. Ethnoschmuck mit Türkisen und Korallen, wie man ihn zuhauf auf Weihnachtsmärkten und in Dritte-Welt-Läden fand. Und doch unterschied sich der Anhänger von dem üblichen Tand: Er war größer, bestimmt sieben oder acht Zentimeter lang, und wirkte solider, vor allem aber war die Anordnung der Steine ungewöhnlich, die sich an einer S-förmigen Linie über die ovale Silberplatte zogen. Anna ließ den Anhänger an seiner Silberkette vor ihrem Gesicht baumeln, hin und her, hin und her, bis sie sich beinahe selbst in Trance versetzt hätte. Erst eine zuschlagende Tür irgendwo im Haus brachte sie wieder zurück. Sie zwinkerte ein paarmal, stand auf und streckte sich. Auf dem Weg zum Wohnzimmer, wo das Telefon in der Ladestation stand, legte sie die Kette um und ließ den Anhänger unter ihrem T-Shirt verschwinden. Es erschien ihr mit einem Mal als völlig natürlich, dass sie ihn tragen sollte.

»Hallo? Hallo?« Anna riss das Telefon erschrocken vom Ohr weg. Die Frau am anderen Ende schien nicht auf die Technik zu vertrauen, sondern versuchte, die Distanz von Gießen nach Lüneburg durch Schreien zu überbrücken. Wahrscheinlich war sie schwerhörig.

»Hallo!«, brüllte Anna zurück. »Spreche ich mit der Mutter von Ingrid Doggenfuss?«

»Ja. Wieso? Was wollen Sie?«

»Ich bin Anna Siefken und würde gern mit Ingrid sprechen. Sie war mit meiner Mutter befreundet, zumindest glaube ich das. Ich könnte mir vorstellen, dass Sie meine Mutter sogar selbst kennen. Ihr Name ist Bärbel. Bärbel Siefken, geborene Eckle.«

Anna wappnete sich innerlich gegen das Gebrüll von der anderen Seite, aber das Telefon blieb still. Also schrie sie den Mädchennamen ihrer Mutter noch einmal ins Telefon.
»Ist ja schon gut«, sagte die Frau unwirsch. »Warum schreien Sie so? Sind Sie schwerhörig?«
Anna geriet kurz aus der Fassung. Bevor sie etwas erwidern konnte, blaffte Frau Doggenfuss ein unfreundliches »Warten Sie!« ins Telefon. Dann hörte Anna gedämpftes Gemurmel. Frau Doggenfuss sprach mit einer anderen Person im Raum, vermutlich mit ihrem Mann, hatte aber die Hand über den Hörer gelegt, damit Anna nichts verstehen konnte.
»Sind Sie noch da?«
Anna zuckte zusammen. »Ja«, antwortete sie.
»Gut. Haben Sie etwas zu schreiben?«
»Moment.« Anna hastete in die Küche, wo Notizzettel und Stifte bereitlagen. »So, jetzt habe ich alles.«
»Dann hören Sie. Ihre Mutter war tatsächlich häufig zu Besuch bei meiner Tochter, als die beiden noch zur Schule gingen. Die Besuche wurden aber gegen Ende der Schulzeit seltener, bis sie schließlich ganz abbrachen. Seitdem habe ich Bärbel nicht mehr gesehen.«
»Oh.«
»Es tut mir leid«, sagte die Frau. Anna hatte das Gefühl, dass sich ihre anfängliche Ablehnung etwas gemildert hatte und sie auch meinte, was sie sagte. »Aber fragen Sie Ingrid doch selbst.«
»Nichts lieber als das. Wo finde ich sie?«
»In Indien. In Darjeeling. Sie besitzt dort gemeinsam mit ihrem Mann ein kleines Hotel. Schreiben Sie mit«, sagte Frau Doggenfuss und diktierte Anna eine Adresse und Telefonnummer in Indien sowie Ingrids Internetadresse. »Haben Sie alles?«
Anna nickte. »Gut«, sagte Frau Doggenfuss. Sie war nicht nur nicht schwerhörig, sondern konnte offensichtlich auch durchs Telefon sehen. »Vergessen Sie nicht die Zeitverschiebung, wenn

Sie bei meiner Tochter anrufen. Und grüßen Sie sie. Auf Wiederhören.«
»Halt! Warten Sie!«
»Was ist denn noch?«
»Entschuldigen Sie meine Aufdringlichkeit, aber haben Sie eventuell auch meine Großeltern gekannt?«, fragte Anna hoffnungsvoll.
»Bärbels Eltern? Nein.« Anna war überzeugt, dass Frau Doggenfuss resolut den Kopf schüttelte.
»Dann haben Sie vielen Dank. Ich werde Ihre Tochter grüßen.« Annas Enttäuschung schien unüberhörbar zu sein, denn nun war es Frau Doggenfuss, die Anna am Auflegen hinderte.
»Na, wissen Sie, ich habe in Wahrheit einmal mit ihnen gesprochen, bei einem Elternsprechtag. Das heißt, eigentlich redete nur er. Ihr Großvater war ziemlich wütend: Ingrid sei ein schlechter Umgang für seine kostbare Bärbel, und er würde den Kontakt unterbinden. Er könne überhaupt nicht verstehen, dass wir unserer Tochter diese schlampige Kleidung und die Negermusik und was weiß ich noch erlauben würden, und unterstellte uns, wir wären schlechte Eltern, denen es an der nötigen Härte fehlte. Ihr Großvater war kein angenehmer Mann, aber das wissen Sie ja selbst.«
Nein, dachte Anna. Nichts weiß ich. Bärbel war immer recht einsilbig gewesen, wenn Anna das Gespräch auf ihre verunglückten Großeltern brachte, und jetzt war es zu spät. Es gab niemanden mehr, den sie fragen konnte. Bärbel war ein Einzelkind gewesen, und Anna und Timo die Letzten ihrer Familie.
»Ja«, sagte sie stattdessen. »Danke. Ich danke Ihnen.« Unfähig, auch nur ein weiteres Wort zu sagen, legte sie auf.

8

SEPTEMBER 2003

Die Wolken waren am frühen Vormittag von Westen heraufgezogen und hatten den Thorung-La-Pass in undurchdringliche Schwaden gehüllt. Die beiden Wanderer hielten ihre Blicke fest auf den Boden geheftet, um den ohnehin kaum sichtbaren Pfad nicht versehentlich zu verlassen. Verlören sie in der dicken Suppe die Orientierung, konnte diese Unachtsamkeit leicht in einer Katastrophe enden. Sie kannten das Gelände nicht und hatten auch keinen Führer angeheuert, denn der Annapurna-Rundtreck – eine Wanderung, die den Abenteuerlustigen je nach Kondition in zwei, vielleicht drei mühseligen Wochen einmal um das Annapurna-Massiv herumführte – galt als relativ sicher und auch ohne Ortskenntnisse zu bewältigen. Matthias und Peter waren erfahrene Bergwanderer, in ihrem Heimatland, der Schweiz, hatten die Freunde schon viele Touren unternommen. In den letzten zwölf Tagen waren sie kontinuierlich bergan gestiegen, ohne dass es sie sonderlich Kraft gekostet hätte, und insgeheim hatten sie auf langsamere Wanderer herabgeblickt. Natürlich waren all diese Wanderer ebenso wie sie Touristen gewesen, mit den Nepalesen maßen sie sich wohlweislich nicht.

Doch so leicht sie den bisherigen Fußmarsch bewältigt hatten, so entsetzlich litten sie heute. Beide merkten, dass sie ihre körperlichen Grenzen beinahe erreicht hatten, aber aufgeben würden sie auf keinen Fall. Sie waren siebenundzwanzig Jahre alt, durchtrainiert und mit dem nötigen Willen ausgestattet, um auch diesen härtesten der Wandertage zu überstehen und den

Thorung-La-Pass zu bezwingen, an dem so viele der Touristen scheiterten. Verbissen kämpften sich die jungen Männer vorwärts, bis sie ihrem Ziel weitere vierzig, fünfzig oder gar hundert kurze Schritte näher gekommen waren, dann pausierten sie und atmeten schwer und schnell, um der dünnen Luft etwas mehr Sauerstoff abzutrotzen. Sie waren seit drei Uhr morgens auf den Beinen, und während die Kälte sie in Wangen und Nase biss, hatten sie sich in tiefer Dunkelheit über steile Serpentinen einen beinahe lotrechten Felsabbruch hinaufgemüht, waren dann über sanft ansteigendes Gelände zwischen Schotterhalden und tiefen Gullys weitergestapft und hatten bei Sonnenaufgang eine Pause eingelegt, um im Schatten der beiden den Pass bewachenden Sechseinhalbtausender ihre Schokoladeriegel zu essen. Sie hatten sich gut gefühlt und mit Befriedigung gespürt, wie die steigende Sonne an Kraft gewann und ihnen die Kälte der Nacht aus den Gliedern trieb. Satt und warm würde es ein Kinderspiel sein, den Pass zu überwinden – doch zu ihrer Enttäuschung mussten sie lernen, dass das Wetter im Himalaya ebenso unberechenbar war wie in den Alpen. Seit Stunden quälten sie sich nun schon durch die feuchten Nebel, ohne zu wissen, wie weit sie noch vom Scheitelpunkt des Passes entfernt waren, der mit beinahe fünfeinhalbtausend Metern über dem Meeresspiegel sechshundert Meter höher lag als der Gipfel des Montblanc, des höchsten Berges der Alpen.

»Was war das?« Sie hatten schon lange keinen Atemzug zum Sprechen geopfert, und so klangen Peters leise hervorgestoßene Worte wie ein Schrei, der Matthias einen Schauder durch den Körper jagte. Erschrocken blieb er stehen und drehte sich zu seinem Freund um.

»Was meinst du?«, fragte er alarmiert. Ohne zu wissen, warum, sprach er ebenfalls mit gesenkter Stimme. Zwischen der dicken Wollmütze und dem bis zur Nasenspitze hochgezogenen Jackenkragen starrten Peters weit aufgerissene Augen nach rechts,

wo sie den ansteigenden Hang des einen Wächterbergs vermuteten.
»Da drüben, bei den Felsen. Ein großes Tier.«
Matthias versuchte, sich in den wirbelnden Wolkenfetzen zu orientieren und erkannte mit Mühe einige große Klumpen, die er für Felsen hielt. Der Nebel verzerrte alle Umrisse, verschlang sie, gab sie wieder frei, nur um sie erneut seinen Blicken zu entziehen. Ein Tier konnte er nicht erspähen, sosehr er sich auch anstrengte. Kopfschüttelnd wandte er sich abermals seinem Freund zu. »Da ist nichts.«
»Nein«, murmelte Peter. »Jetzt nicht mehr. Aber da war was.«
»Der Sauerstoffmangel gaukelt dir Gespenster vor«, sagte Matthias und schlug ihm auf die daunengepolsterte Schulter. »Komm, lass uns weitergehen. Wenn wir Muktinath auf der anderen Seite des Passes nicht vor Einbruch der Dunkelheit erreichen, haben wir ein ernstes Problem und – o Gott, jetzt habe ich auch etwas gesehen! Sieh nur, dort! Aber es ist kein Tier. Es steht aufrecht.« Die letzten Worte flüsterte er nur noch. »Und es hat etwas Rotes dabei. Vielleicht eine Mütze.«
Die beiden jungen Männer erstarrten. Obwohl Matthias glaubte, die Umrisse eines Menschen erkannt zu haben, kroch ihm eine Gänsehaut den Rücken hinauf. Er hatte das Gefühl, die Temperatur sei plötzlich noch um einige Grade gesunken. Irgendetwas war seltsam an dieser Gestalt. Er versuchte ein Grinsen, doch es gefror auf halbem Wege. »Sollen wir nachsehen?«
Peter schüttelte den Kopf, und Matthias fragte sich, ob auch in seinen Augen die Angst lauerte, die seinem Freund so deutlich ins Gesicht geschrieben stand. »Ein Yeti?«, fragte Peter leise.
Matthias glaubte an einen Scherz, doch Peter meinte es bitterernst. Matthias packte ihn am Arm. »Nun mach aber einen Punkt«, sagte er verunsichert. »Yetis sind Fabelwesen. Dort ist nichts. Der Nebel macht die Felsen lebendig.«
In diesem Moment drang ein gedämpfter Laut zu den beiden

Männern herüber, ein geisterhaftes, unirdisches Jaulen, und erstarb sofort wieder.
Sie blieben keine Sekunde länger. Gepackt von Entsetzen, eilten sie davon, so schnell es die sauerstoffarme Luft erlaubte, hinein in den unheimlichen Nebel, zum Pass, fort, nur fort hier, und selbst als sie die windumtoste Passhöhe schon längst überwunden hatten, als die Luft wärmer und gehaltvoller wurde, als sich die Wolken hoben und sie tief unter sich den kleinen Pilgerort Muktinath entdeckten, schauten sie immer wieder zurück, jederzeit darauf gefasst, einen grausigen Verfolger zu entdecken.

Sie erreichten Muktinath im trüben Licht der Abenddämmerung. An einem anderen Tag wäre ihnen das Dorf mit seinen gelbgrauen Felssteinhäusern, den kahlen, wie verbrannt aussehenden Bäumen und staubigen Wegen trostlos und traurig vorgekommen, doch heute, nach dem überstandenen Schrecken und beinahe sechzehn Stunden Fußmarsch, erschien es ihnen wie ein Schutz und Wärme verheißendes Shangri-La, versteckt in den fahlbraunen Falten der Berge. Lachend und stolpernd eilten sie die letzten zweihundert Meter bergab, bis sie zum Hauptweg kamen. Zweistöckige Häuser, deren Steinmauern wuchtig dem Wind und der Kälte trotzten, reihten sich aneinander, jedes ein Hotel. Vor einem blieben sie stehen.
»Kneif mich«, sagte Peter.
»Brauche ich nicht. Es heißt tatsächlich Bob Marley Hotel. Wollen wir?«
Ein halbe Stunde später saßen sie gemeinsam mit drei jungen Engländerinnen und ihren beiden nepalesischen Trägern in der Gaststube des Hotels, tranken den Apfelschnaps der Region und gerieten zunehmend in Hochstimmung. Die Schrecken des Tages waren vergessen, an ihre Stelle trat der Stolz, es geschafft zu haben. Außer Matthias und Peter hatte an diesem Tag

wegen des schlechten Wetters niemand den Pass überquert, und ohnehin waren aufgrund der politischen Unruhen nur wenige Touristen im Land. Die Frauen und ihre Begleiter waren aus der anderen Richtung gekommen, hatten mit Muktinath den höchsten Punkt ihrer Wanderung erreicht und wollten am nächsten Tag den Rückweg antreten. Matthias erzählte von den Anstrengungen und schließlich, nach kurzem Zögern, auch von ihrer unheimlichen Begegnung. Er versuchte den Vorfall herunterzuspielen, doch wieder stellten sich ihm die Nackenhaare auf. Die anderen verstummten und blickten ihn unsicher an, bis einer der Träger, ein etwa fünfunddreißigjähriger, sehniger Mann, das Wort ergriff. In seiner Stimme schwang eine Mischung aus Furcht und Bewunderung mit.

»Ein Mann, sagst du? Oder ein Tier?« Leise, so als wollte er verhindern, außerhalb ihres kleinen Kreises gehört zu werden, fuhr er fort: »Ihr habt ihn gesehen und doch nicht gesehen: den Geist der Berge. Ein Mann ist es, einer, der sich in einen Schneeleoparden verwandeln kann, wann es ihm beliebt. Niemand weiß, wo er herkommt, und lange hat man nichts von ihm gehört.« Ängstlich blickte er zur Tür, als ob sie jederzeit aufgestoßen werden und das Mann-Tier-Wesen eintreten könnte. »Nun geht er also wieder um. Wehe dem, der sich dem Pangje in den Weg stellt.«

Matthias lag in jener Nacht noch lange wach. Er wusste, dass in abgelegenen Bergregionen die Legenden und Mythen farbige Blüten trieben, warum sollte es hier also anders sein als in den Alpen? Und doch. Hatte nicht auch er den aufrechten Mann gesehen, dort oben in den Wolken, und einen Wimpernschlag später den gedrungenen Körper eines großen Tieres?

Jenseits des Thorung-La, viele Wegstunden unterhalb der Passhöhe, hatte sich eine bunt zusammengewürfelte Zufallsgemeinschaft von nepalesischen Bergbauern und fliegenden Händlern,

Pilgern und Karawanenführern im größten Raum einer Herberge versammelt, der gleichzeitig als Gaststube, Laden und Spielzimmer für die unzähligen Kinder der Gastgeber und Gäste fungierte. Die Herberge gehörte zu den wenigen in Manang, die sich nicht auf Touristen eingestellt hatte. Wie meist war sie besetzt bis auf die letzte Lagerstatt, und wer dann noch kam, musste mit einer Matte auf dem Boden vorliebnehmen. Die Gäste ertrugen die Enge gelassen, sie waren anspruchslos und hätten sich ohnehin eine Unterkunft in einem der Touristenhotels nicht leisten können. Und sie wollten es auch nicht. Wer brauchte schon Einzelzimmer oder Glasfenster oder Toiletten mit Wasserspülung? Nein, hier war man unter sich, aß ein gutes Dhal Bhat, trank vielleicht einen Rakshi und tauschte den neuesten Klatsch aus.

Etwa zu der Zeit, als auf der anderen Seite des Passes die Gäste des Bob Marley Hotel zum zweiten Mal ihre Gläser füllten, wurde die Tür des Gasthofes aufgestoßen. Die hereinquellende kalte Luft ließ die Gäste frösteln und brachte die lebhaften Gespräche zum Verstummen. Alle wandten sich zur Tür. Wer mochte um diese späte Zeit noch unterwegs sein?

In die Stille trat ein Mann von sechzig oder sogar siebzig Jahren, genau war es nicht auszumachen. Sein weiter Mantel und der Türkisen- und Korallenschmuck verriet den Gästen, dass der Mann aus den Hochtälern stammte, wo Kälte und trockene Luft den Menschen zusetzte und sie vor der Zeit altern ließ. Auf dem Kopf trug er eine leuchtend rote Wollmütze, unter der dichtes, schulterlanges Haar hervorlugte, das Dunkelbraun von silbernen Fäden durchzogen. Trotz seiner abgetragenen Kleidung strahlte der späte Gast eine Autorität aus, der sich die Anwesenden nur schwer entziehen konnten. Verunsichert senkten sie die Augen, als sein katzengrüner Blick über die Gesellschaft glitt, bevor er knapp grüßte und sich dann der eilfertig herbeilaufenden Wirtin zuwandte. Nach einem kurzen Wortwechsel suchte er sich einen Platz etwas abseits der anderen Gäste. Nur langsam wurden die Fäden der unterbrochenen Unterhaltungen wieder aufgenommen, und immer wieder streiften den Alten verstohlene Blicke. Es war offensichtlich, dass er sich nicht in ein Gespräch verwickeln lassen wollte, und seine Maulfaulheit heizte die Neugierde umso mehr an. Nur einmal zuckte er unmerklich zusammen, als tatsächlich sein Name genannt wurde, der Name, den viele flüsterten, dessen Träger jedoch alles daransetzte, unerkannt zu bleiben: Pangje. Der Pangje. Das Phantom der Berge.

Der Pangje war erschöpft. Der Tag war selbst für ihn hart gewesen, da der Aufstieg zum Pass von der Muktinath-Seite her länger und aufreibender war als jener von der anderen Seite, wo die Wanderer in einer hochgelegenen Unterkunft Kraft für den nächsten Tag sammeln konnten. Trotzdem hatte er es vorgezogen, nach der Passüberquerung nicht in dieser Lodge zu übernachten, sondern war Stunde um Stunde weitergeeilt, bis ihn die Nacht einholte, und selbst dann noch war er sicheren Tritts über die schmalen Pfade gegangen, tief verstrickt in seine Gedanken. Er machte sich Sorgen. Wegen des Nebels hatte er die beiden Wanderer oben auf dem Pass zu spät entdeckt und es nicht mehr geschafft, sich hinter den Felsen zu verbergen. Es waren Touristen, unschwer zu erkennen an ihren schrillfarbigen Daunenjacken, allerdings wusste er nicht einmal, ob es sich um Männer oder Frauen gehandelt hatte. Viel brennender interessierte ihn ohnehin die Frage, wie viel die beiden gesehen hatten – und welchen Schluss sie aus ihren Beobachtungen zogen. Da sie überstürzt davongeeilt waren, musste er annehmen, dass sie mehr wahrgenommen hatten, als ihm lieb war.

Ein Gähnen riss den Pangje aus seinen Überlegungen. Er erhob sich und durchquerte leicht humpelnd den Raum. Am hinteren Ende erklomm er mit geschmeidigen Bewegungen eine Leiter zum Obergeschoss, wo er sich eine freie Stelle auf dem mattenbedeckten Boden suchte, sich in seinen Mantel wickelte und umgehend in Schlaf fiel.

Der Pangje erwachte als Erster, wie beinahe jeden Morgen. Immer in der kalten Jahreszeit waren seine Träume schwer und beunruhigend, so dass er froh war, wenn der Schlaf ihn floh und er der Nacht den Rücken kehren konnte. Einen Fluch unterdrückend, kratzte er sich über den Unterarm. Die Herbergsflöhe hatten sich über ihn hergemacht.
Er stieg über die anderen Übernachtungsgäste hinweg, unförmige Klumpen, unter den speckigen Decken kaum auszumachen. Behutsam, um sie nicht zu wecken, huschte er zur Bodenluke und kletterte die Leiter hinunter ins Erdgeschoss. Der Raum war so dunkel, dass er die auf dem Boden schlafenden Menschen nur erahnen konnte. Der saure Geruch von Schweiß, Tierdung, brennendem Holz und gekochten Linsen hing in der Luft. Er ertastete sich den Weg zu einer Türöffnung im hinteren Teil des Raums und raffte die vor der Tür hängende Decke beiseite. Dichter Rauch schlug ihm entgegen, und der Linsengeruch verstärkte sich.
Flackerndes Licht fiel auf die Gestalt einer alten Frau, die vor einem aus Steinen gebauten Herd kauerte und zwei rußschwarze Töpfe bewachte.
»Du bist früh auf den Beinen, Hajuama«, grüßte er die Alte.
Nachdem sie einen weiteren trockenen Ast in die Feueröffnung geschoben hatte, wandte die Frau dem Gast ihr Gesicht zu, zerfurcht und verwittert wie die Berge, in deren Schatten sie lebte. Sie lächelte ihn breit an, und er sah, dass ihr nur noch wenige Zähne verblieben waren.
»Du ebenfalls, Alter«, krächzte sie. Jahrzehnte vor dem qualmenden Herd hatten ihre Stimme gegerbt. Dann warf sie einen prüfenden Blick in die Töpfe. »Du musst dich gedulden. Das

Dhal Bhat ist noch nicht fertig. Ich kann dir bis dahin einen Tee anbieten.«

»Den nehme ich gern, aber erst muss ich nach draußen. Hast du Wasser für mich?«, fragte er.

Sie zeigte über ihre Schulter auf einen Plastiktank. Dankend tauchte er einen Blechbecher in das Wasser. Er wollte gerade durch den Hinterausgang nach draußen schlüpfen, als die Alte ihn aufhielt.

»Kenne ich dich nicht?«, fragte sie. »Warst du schon einmal hier?«

Der Pangje erstarrte. »Das ist unmöglich, Hajuama«, antwortete er, ohne sich umzudrehen. »Ich bin zum ersten Mal in deinem Gasthaus.«

»Hmm«, brummte sie, offensichtlich unzufrieden mit der Antwort. »Ich hätte darauf schwören können. Meine Augen sind nicht mehr die besten, aber ich vergesse nie eine Stimme. Deine ist sonderbar, und ich bin mir sicher, sie schon einmal gehört zu haben.«

»Ich bin nicht viel jünger als du und weiß, dass einen manchmal das Gedächtnis trügt. Vielleicht kommt dir meine Stimme bekannt vor, weil wir in Mustang das Tibetische anders aussprechen?«

»Das könnte sein.« Sie rührte wieder in einem Topf. Der Pangje wartete auf eine abschließende Antwort, und als sie nicht kam, verließ er das Haus.

Ein sternenklarer Himmel und eiskalte Luft empfingen ihn. Als er sich gegen einen Felsblock erleichterte, stiegen Dampfwolken von seinem warmen Urin auf. Er zog den Strick um seine Hose wieder fest und suchte in einem unter dem weiten Mantel verborgenen Beutel nach seiner Zahnbürste. Sie war neu und ersetzte eine Bürste, die ihm über ein Jahr lang hatte genügen müssen. Mit einem Hochgefühl schraubte er eine ebenfalls in Muktinath erworbene Tube auf und drückte vorsichtig eine winzige Menge Zahnpasta auf die Borsten, steckte die Bürste in den Mund und begann kräftig zu putzen.

Der Pangje liebte die frühen Stunden im Herbst, wenn die Luft klar war und der Dunst des Sommers nur eine ferne Erinnerung. Kurz blickte er zu dem beinahe achttausend Meter hohen Gipfel des Gangapurna, streifte den hellen Gletscher an seiner Nordflanke und senkte dann den Kopf. Nachdenklich musterte er das langgestreckte Tal zu seinen Füßen. Vieles hatte sich verändert in den letzten Jahren, ob zum Vorteil oder Nachteil, wusste er nicht zu sagen. Früher war das Tal Feldern und Weiden vorbehalten gewesen, kleinen, von Steinmauern eingefassten Parzellen, mühsam dem steinigen Boden abgetrotzt. Doch seit der Strom der Touristen immer stärker geworden war, hatten sich viele Bewohner längs der Annapurna-Wanderstrecke der neuen Zeit angepasst und verdienten ihr Geld, indem sie den Fremden Annehmlichkeiten anboten, von denen sie selbst nur träumen konnten. Gerade in Manang, einem Ort, an dem die ungeübten Wanderer oft zwei oder gar drei Tage blieben, um ihren müden Körpern eine Verschnaufpause zu gönnen und sich an die sauerstoffarme Luft zu gewöhnen, waren die Hotels schneller aus dem Talboden gewachsen als Buchweizenschösslinge.

Die Alte fiel ihm wieder ein, und er wurde unruhig. Sie hatte ein gutes Gedächtnis, denn er war tatsächlich schon einmal in diesem Haus abgestiegen – vor sehr langer Zeit. Es war die Nacht vor jenem Tag gewesen, der sein Leben und das seiner Leute von Grund auf verändert hatte. Seitdem hatte er das Haus gemieden, um nicht in Verbindung gebracht zu werden mit dem brutalen Kampf, der sich vor einundzwanzig Jahren wenige Stunden oberhalb Manangs auf einem versteckten Hochplateau zugetragen hatte.

Unmerklich hatte sich der Himmel violett verfärbt, und die Sterne verblassten. Der Pangje hielt den Blick fest auf die Berggipfel geheftet, die Zahnbürste im Mundwinkel. Schaum tropfte auf seinen Mantel, ohne dass er es bemerkte. Schnell wurde es heller, und dann, von einer Sekunde zur nächsten, flammte die Spitze des höchsten Berges in orangefarbenem Feuer auf. Mit angespanntem Kiefer beobachtete Pangje, wie das Feuer zum nächsten Gipfel sprang, wie die hellen Dreiecke größer wurden, wie sich Schatten in den tiefen Rinnen fingen und die Eiskappen aufleuchteten.

Plötzlich knackte es. Die zerbissene Zahnbürste fiel ihm aus dem Mund. Ärgerlich spuckte er die Plastiksplitter aus. Anstatt dämlich wie ein Yak auf die Landschaft zu glotzen, sollte er zusehen, dass er sich aus dem Staub machte.

Er schüttete den Rest des Wassers auf den Boden und ging zurück in die warme Küche. Sobald die alte Frau ihn erblickte, schenkte sie ihm einen dampfenden Milchtee in seinen Becher. Noch waren sie allein, aber es würde nicht mehr lange dauern, bis auch die anderen Gäste munter wurden. Aus dem Nebenraum erklang bereits die Ouvertüre des anbrechenden Tages: Rascheln und Räuspern, Kinderweinen, Gähnen und Flüstern. Das Dhal Bhat war fertig, und der Pangje ließ sich einen Teller geben. Sobald er aufgegessen hatte, bezahlte er die Alte und eilte flink wie eine Raubkatze ins Zwielicht des neuen Morgens.

9

Indien?« Die Art, wie Rebecca das Wort aussprach, beinhaltete einen mindestens zwanzigseitigen Fragenkatalog und am Ende die Feststellung, Anna sei verrückt geworden.

Anna nickte unglücklich. Die Fragen hatte sie sich auch schon gestellt, und keine Antworten gefunden, zumindest keine befriedigenden. Dass sie verrückt geworden sei, stimmte nicht, aber sie war auf dem besten Weg.

»Warum?«

Frage eins, dachte Anna. Die am wenigsten zu beantworten war. Sie wand sich. Um Zeit zu schinden, ließ sie ihren Blick durch das kleine Galerie-Café streifen, als würde sich die Antwort, die sie suchte, irgendwo zwischen den Sofas und Bänken und Bildern verstecken. Sie hatte Rebecca in den Mondmann eingeladen in der Hoffnung, auf neutralem Terrain würde es ihr leichter fallen, die Fassung zu bewahren. Während ihre Freundin geduldig wartete, betrachtete Anna die große Leinwand an der Wand über ihrem Tisch. Der Künstler hatte Männchen mit Heftpflasterkörpern und spinnendünnen Ärmchen und Beinchen in eine diffuse dunkelbraune Landschaft geklebt, die mindestens ebenso bedrohlich wirkte wie der Umriss von Indien in ihrem Atlas. Anna beugte sich vor, um die weiße Karte mit dem Bildtitel zu lesen. »Weggehen für Fortgeschrittene« hatte der Künstler sein Bild genannt. »Weggehen für Stehengebliebene« wäre passender gewesen, dachte Anna. Zumindest für mich.

»Dich bedrückt etwas«, stellte Rebecca fest. »Und zwar nicht nur die Trauer um deine Mami. Also, spuck es aus. Was treibt dich ausgerechnet nach Indien?«

Anna lehnte sich wieder zurück. »Vor besten Freundinnen kann man nichts geheim halten, oder?«

Rebecca grinste. »Meinst du, ich hätte nicht bemerkt, dass etwas im Busch ist? Wenn du mir nicht zuvorgekommen wärst, hätte ich dich spätestens in zwei Wochen in den Schwitzkasten genommen und es aus dir herausgewrungen. Du solltest dich mal sehen. Das Elend auf zwei Beinen. Es ist kaum noch zu erkennen, wie hübsch du bist.«
»Hör auf. Du bist hübsch, nicht ich.«
Rebecca tippte sich an die Stirn. »Deine Blondinenobsession ist pathologisch. Wir müssen uns dringend mal wieder um deinen Minderwertigkeitskomplex kümmern. Schaust du eigentlich nie in den Spiegel? Normalerweise werden blasse, rehäugige Schönheiten wie du Filmstars: weiß wie Schnee, schwarz wie Ebenholz, rot wie … ach nee. Lippenstift trägst du ja nicht. Blödes Schneewittchen.« Ihr Augenaufschlag war so entwaffnend, dass Anna lachen musste. Es war ein altes Spiel zwischen ihnen, und mehr als einmal hatte Rebecca sie durch Lüneburgs und Hamburgs Boutiquen geschleift, um Annas Garderobe aufzupeppen, allerdings erfolglos. Annas Abneigung gegen auffällige, figurbetonte Kleidung war einfach zu groß. Im Gegensatz zu Rebecca, die ihre atemberaubenden Formen gern in Klamotten zwängte, die der Phantasie keinen Spielraum ließen. Insgeheim bewunderte Anna die Freundin für ihr Selbstbewusstsein.
»So, nun aber zurück zum Thema Indien. Du willst dich doch nicht einer zweifelhaften Sekte anschließen?« Obwohl Rebecca lächelte, konnte Anna die Besorgnis aus der Stimme ihrer Freundin heraushören und merkte, wie sich in ihrem Inneren etwas veränderte. Der harte Kloß in ihrem Hals, der ihr seit so vielen Monaten die Luft abdrückte, wurde weicher, nachgiebiger. Sie schluckte, und es wurde noch ein wenig besser. Sie hätte Rebecca von Anfang an einweihen sollen. Geteiltes Leid …
»Dann fange ich mal von vorn an«, sagte sie.
»Hört sich gut an«, sagte Rebecca, und dann sagte sie für eine

lange Zeit gar nichts mehr, während Anna von dem Fund und dem Inhalt der Briefe, von dem Hippie-Haus in Ostfriesland, dem Telefonat mit Frau Doggenfuss, ihren Zweifeln und schließlich von Ingrid berichtete.

»Du hast sie in Indien angerufen?«

Anna nickte. »Erst traute ich mich nicht, aber im August habe ich es nicht mehr ausgehalten.«

»Warum hast du dich nicht getraut? Durchs Telefon kann sie dir doch nichts tun.«

»Nicht? Ich denke, schon. Mit dem, was sie mir zu sagen hätte, zum Beispiel.«

»Und? Was hat sie dir erzählt?«

»Nichts.«

»Nichts?«

»Genau. Sie verhielt sich seltsam. Erst behauptete sie, sie würde Mami nicht kennen, aber als ich ihr mitteilte, Bärbel sei verunglückt, machte sie eine Kehrtwendung und gab zu, mit ihr befreundet gewesen zu sein. Ich wollte wissen, ob sie in ihren Briefen mit Annapurna mich meinte und ob sie tatsächlich meine Patentante sei, und auch nach dem Irrtum mit dem Hochzeitstag habe ich sie gefragt, aber sie hat mir das Wort abgeschnitten. Ich glaube, sie war ziemlich schockiert. Dann hat sie mir rundheraus gesagt, sie könne mir einiges erklären, aber nicht am Telefon, und mich gebeten, ihr meine Kontaktdaten zu geben.«

»Hat sie sich gemeldet?«

»Drei Tage später sandte sie mir eine E-Mail mit Reisedaten und Ticketreservierungen für Flug und Zug nach Darjeeling. Sie hat sogar ein Hotel in Kalkutta reserviert. Ich bräuchte nur noch die mitgeschickten Links anzuklicken, meine Kreditkartennummer einzutippen und die Reise zu bestätigen.«

»Himmel! Du hast –?«

»Sie bestätigt? Ja.«

»Ich bin platt.«

»Und ich habe Angst. Wobei ich nicht weiß, ob ich mehr Angst vor Ingrid oder vor Indien habe.«
Die Freundin musterte sie nachdenklich. Anna ahnte, was in Rebeccas Kopf vor sich ging: Um Gottes willen, die kleine Anna allein in Indien. Die geht doch verloren!
»Find ich gut.«
»Was?« Mit allem hatte Anna gerechnet, aber nicht mit dieser Reaktion.
Rebecca strich sich ihre blonden Locken aus dem Gesicht. »Ich finde es gut, dass du fliegst«, wiederholte sie betont langsam, damit Anna kein Wort entging. »Erstens, weil du dir Klarheit verschaffen musst. Wahrscheinlich ist die Auflösung dieses Geheimnisses völlig harmlos, aber wenn du weiter vor dich hin grübelst, ist bald nichts mehr von dir übrig.« Sie machte eine lange Pause. »Zweitens kann es dir nicht schaden, ein Abenteuer zu erleben, und nach allem, was ich gehört habe, ist Indien genau der richtige Ort dafür. Dein Leben hier hatte schon immer etwas Asketisches, aber seit deine Mutter gestorben ist, habe ich das Gefühl, mit einer Eremitin befreundet zu sein.«
»Ist es so schlimm?«, fragte Anna kleinlaut.
»Schlimmer. Liebe, liebe Anna, das Leben geht weiter, aber Farbe bekommt es nur, wenn du den Farbtopf in die Hand nimmst und es anstreichst. Das kann dir keiner abnehmen. Du gefällst dir viel zu sehr in deiner Rolle als graue Maus. Dabei bist du das gar nicht.«
»Bin ich doch«, murmelte Anna.
»Weil du dich dazu machst, verdammt noch mal! Immer angepasst, bloß nicht auffallen. Wovor hast du Angst? Ehrlich gesagt, manchmal hatte ich das Gefühl, dass deine Familie dich gar nicht bemerkt hat, so still und brav hast du immer deine Pflichten erfüllt. Pflichten im Übrigen, die weder deine Mutter noch dein Vater dir je auferlegt haben.«
»Woher willst du das wissen?«

»Blöde Frage. Ich kenne dich seit der dritten Klasse. Und deine Eltern ebenfalls. Sie sind … sie waren … Ach Scheiße. Ich streue schon wieder Salz in deine Wunden.«
»Mach weiter«, flüsterte Anna. So hatte selbst Rebecca noch nie mit ihr gesprochen. Es tat auf eine masochistische Art gut, ihre Einschätzung zu hören, zumal sie sich mit dem deckte, was Anna schon vor ein paar Monaten empfunden hatte: Sie wurde langsam unsichtbar.
»Ich mochte deine Mutter sehr, das weißt du. Und dein Vater? Himmel, wie gern wäre ich deine Schwester! Er ist immer so lieb zu dir und Timo, so ruhig, so verständnisvoll – ganz anders als meiner.« Die Bitterkeit in Rebeccas Stimme war nicht zu überhören, aber sie fing sich schnell. »Vielleicht waren deine Eltern zu nett. Sie haben dir keinen Grund gegeben, zu rebellieren«, sagte sie nachdenklich.
Anna war mehr und mehr in sich zusammengesunken, aber die letzte Behauptung konnte sie nicht unkommentiert stehenlassen. »Ich habe auch rebelliert. Erinnerst du dich nicht?«
Rebecca stutzte, aber dann breitete sich ein verschmitztes Lächeln auf ihrem Gesicht aus. »Na, und ob. Du hast volle Pulle über die Stränge geschlagen. Hast dich fürchterlich betrunken und bist mit einer Gruppe Mädels, inklusive meiner Wenigkeit, nachts ins Freibad eingestiegen und in voller Montur ins Becken gesprungen.« Sie prustete los. »Ich werde nie vergessen, wie wir alle nass wie die Pinguine von der Polizeistreife bei unseren Eltern abgeliefert wurden. Mein Vater hat mir den Hintern versohlt.« Sie kniff die Augen zusammen. »Und wie haben deine Eltern reagiert?«, fragte sie lauernd.
»Sie haben den Polizisten ins Gesicht gelacht, mir eine Aspirin gegeben und mich ins Bett gesteckt. Nicht ohne einen Eimer danebenzustellen, falls ich kotzen muss.«
»Hast du es jetzt begriffen?«
»Was begriffen?«

»Deine Eltern wären wahrscheinlich sogar froh darüber gewesen, wenn du öfter mal Unsinn verzapft hättest. Na, das hat dein Bruderherz dann nachgeholt. Aber ich schweife ab. Eigentlich geht es hier gerade um Indien. Du fliegst also hin, um mit dieser ominösen Ingrid zu quatschen und einige Ungereimtheiten aus der Welt zu räumen, die dir den Schlaf rauben.«

»So ungefähr.«

»Du fliegst allein?«

Anna nickte. In ihrem Hals bildete sich ein neuer Kloß. Um das Maß vollzumachen, würde sie ihre Reise ausgerechnet in Kalkutta starten. Sie hatte viel über diese Stadt gehört, nur nichts Gutes.

»Wann?«

»In vier Wochen. Am 20. Oktober.«

»Schon? Ich hoffe, dass ich so kurzfristig Urlaub bekomme.«

»Du willst mitkommen?«

»Klar. Meinst du, ich lasse dich allein?« Rebeccas Augen blitzten abenteuerlustig. Sie wollte gerade weitersprechen, als sie Annas hilflosen Gesichtsausdruck sah. »Oder möchtest du mich nicht dabeihaben?«

Anna wurde rot. »Wenn ich ehrlich sein soll: Ich würde gern allein fahren.«

»Respekt.« Rebecca schüttelte langsam den Kopf. »Süße, das ist völlig in Ordnung.«

»Entschuldige. Anfangs wollte ich dich tatsächlich fragen, aber je länger ich darüber nachgedacht habe, desto klarer wurde mir, dass ich die Sache allein durchstehen muss. Keine Ahnung, warum. Es ist nur ein Gefühl, aber ein starkes.«

»Dann musst du diesem Gefühl folgen. Und jetzt gehen wir einkaufen. Du brauchst etwas Anständiges zum Anziehen für Indien. Wie ist das Wetter dort?«

»Ingrid schrieb, in Darjeeling sei es im Oktober schon sehr kalt. Ich denke, eine Fleecejacke wäre das Richtige.«

Rebecca verdrehte die Augen. »Eine wunderbar praktische Fleecejacke, ja? In Farben, auf denen man den Schmutz nicht sieht? Braun vielleicht? Oder grau?« Sie stand auf und blitzte Anna an. »Das kommt überhaupt nicht in die Tüte!«

Nachdem Anna bezahlt hatte, verließen die Freundinnen das Café. Vor der Tür legte Rebecca in Beschützermanier den Arm um Annas Schultern, was ihr keinerlei Probleme bereitete, da Anna fünfzehn Zentimeter kleiner war als sie. Mit leiser Belustigung stellte Anna fest, dass in ihrem Leben fast ausschließlich große und blonde Menschen eine wichtige Rolle spielten. Lediglich ihre Mutter war klein und dunkel gewesen, wenn auch nicht so zierlich wie ihre Tochter. Anna zuckte die Achseln und ließ sich ohne Widerstand von Rebecca zu einer Boutique dirigieren. Vielleicht würde sie sich heute wirklich etwas Farbiges kaufen. Nach dem reinigenden Gespräch mit ihrer Freundin hatte selbst Indien einen Teil seines Schreckens verloren.

10

VIER WOCHEN SPÄTER, OKTOBER 2003

Sie hatten es geschafft: Der Reis war geerntet und sicher verstaut. Jetzt blieb nur noch eines zu tun, bevor die Felder für die Wintersaat von Buchweizen vorbereitet werden konnten. Tara ergriff ein Bündel trockenes Reisstroh, schlug die Körner heraus und ließ den ungeschälten Reis auf den langsam anwachsenden kleinen Hügel rieseln, den sie gemeinsam mit ihrem Vater auf dem höchstgelegenen ihrer Felder anhäufte. Bevor Tara ein weiteres Reisstrohbündel ausschlug, streckte und dehnte sie sich. Ihr Rücken schmerzte von der anstrengenden Erntearbeit der letzten Wochen. Und obwohl sie froh sein sollte, dass der Ernte eine kurze Zeit der Erholung folgen würde, fürchtete sie sich vor den kommenden Monaten. Die Arbeit hatte ihren noch immer schwärenden Kummer über den Verlust der Schwester in den Hintergrund gedrängt, aber sie ahnte, dass er sie in den langen dunklen Abendstunden mit erneuter Wucht treffen würde.

Traurig blickte sie talwärts auf die Häuser ihres Dorfes. Es gab keinen echten Dorfkern – in lockeren Abständen duckten sich die kleinen, mit orangefarbenem und weißem Lehm bestrichenen Steinhäuser unter Laubbäume und, in der Nähe der Wasserstelle, meterhohen Bambus. Hier und da ließ die Sonne die Wellblechdächer der wohlhabenderen Familien aufblitzen. Tara suchte ihren eigenen Hof. Im Laufe des Sommers hatten sie und ihr Vater das Dach des Hauses mit neuem Stroh gedeckt, und auch der Büffelunterstand hatte sowohl ein neues Dach bekommen als auch zwei aus groben Planken errichtete Holzwände.

Mehr hatten sie nicht bauen können, denn Bahadur und Biraj waren nur selten und dann nur für ein oder zwei Tage nach Hause zurückgekehrt – zu kurz, um wirklich helfen zu können.

Tara kniff die Augen zusammen. Eine rotgekleidete Gestalt bewegte sich auf das Haus zu. Tara konnte deutlich eine große Metallkanne auf dem Rücken der Frau erkennen. Sie schüttelte resigniert den Kopf. Ihre Mutter hatte Wasser geholt, eine Schinderei, für die selbst Tara eine halbe Stunde unterwegs war, denn die Wasserstelle war weit. Wie oft hatte sie der kränklichen Mutter schon verboten, Wasser zu holen? Liebevoll beobachtete sie die winzige Gestalt. Ihre Ama würde niemals aufgeben.

Und ich auch nicht, dachte Tara und ließ den Blick weiter durch das Dorf wandern, bis zu dem dichten dunkelgrünen Wald aus Rhododendronbäumen oberhalb der Häuser. Im Frühling verwandelte sich der Wald für kurze Zeit in ein rotes Blütenmeer, das ihrem Dorf den Namen gegeben hatte: Raato Danda, der rote Hügel. Der Rhododendronwald schützte das Dorf vor Schlammlawinen, denn rund um Raato Danda waren die Berghänge mit Terrassenfeldern überzogen. Es hatte Generationen gedauert, die Felder anzulegen, aber ihre Zerstörung dauerte nur Augenblicke. Es geschah nicht oft, doch alle paar Jahre rutschte während der Regenzeit an den steileren Stellen des Berges ein Teil der Terrassenfelder zu Tal. Wehe dem, der sich dann dort aufhielt.

Im Moment glichen die Felder des Dorfes einem Ameisenhaufen. Überall konnte Tara Menschen erkennen, die teils mit der Ernte, teils mit dem Pflügen oder auch mit der Ausbesserung der Erdwälle beschäftigt waren. Niemand sah auf, alle hielten ihre Augen auf den Boden geheftet. Tara seufzte. Manchmal fragte sie sich, ob sie die Einzige im Dorf war, die den Kopf hob, um über den engen Horizont ihres Lebens zu spähen.

Um sich von ihren trüben Gedanken abzulenken, bückte sie sich und schlug ein weiteres Reisbündel aus. Stumm schichtete sie Handvoll um Handvoll Reis auf den Haufen, bis der Vater ihr Einhalt gebot.

»Ich denke, es ist genug«, sagte er.

Der Reishaufen war etwa auf Kniehöhe angewachsen. Tara nickte und trat zurück, während ihr Vater ein Messer nahm und es mit der Klinge nach oben in den Haufen steckte. Prüfend drehte er die Klinge des Messers hin und her, bis er zufrieden war. Sie wies nun direkt auf das ferne Annapurna-Massiv. Es schien unwirklich nah in der atemberaubenden Klarheit des spätherbstlichen Tages.

Tara liebte die hohen Berge, ihre Unnahbarkeit, Reinheit und Schönheit. Ein plötzliches Hochgefühl erfasste sie, und aus einem Impuls heraus öffnete sie die Arme und drehte sich langsam um ihre eigene Achse. Von ihrem Feld aus hatte sie einen ungehinderten Blick in alle Himmelsrichtungen. Nach Tibet hin erhob sich das gewaltige Bollwerk des Gorkha Himal mit seinen blendend weißen, am Himmel kratzenden Gipfeln. Lediglich am Himal Chuli hatte sich eine Wolkenfahne verfangen, vielleicht war es aber auch Schnee, den der Wind vom Gipfel blies. Tara schauderte. Obwohl die Sonne sie wärmte, trug die Luft einen Hauch von Winter heran, eine Kühle, die sie mehr sah als spürte. Sie drehte sich weiter, ließ die braunen Hänge der Vorberge mit ihren heiligen Gletscherseen an sich vorbeiziehen und die weiter entfernten Riesen des Ganesh-Himal-Massivs im Osten. Sie zählte die Dörfer auf der gegenüberliegenden Talseite und verlor sich im Süden, dort, wo die Berge immer niedriger wurden und es keine Grenzen zu geben schien.

Ihr Vater betrachtete neugierig ihr Tun, enthielt sich glücklicherweise aber einer Bemerkung. Tara hätte ihm nur schwer erklären können, was sie empfand, und Buba hätte es ohnehin nicht verstanden.

»Warum machen wir das?«, fragte sie mit einem Kopfnicken zu dem in dem Reishaufen steckenden Messer.
»Aber das weißt du doch«, antwortete ihr Vater überrascht. »Wir bitten die Göttin des Überflusses darum, dass der Reis nie zu Ende geht und wir bis zum Frühjahr genug für die neue Aussaat zurückbehalten können.«
»Das meine ich nicht. Natürlich müssen wir Annapurna um Hilfe bitten. Aber warum das Messer?«
Nun war er wirklich verblüfft. »Ich weiß es nicht«, gab er schließlich zu. »Mein Vater hat es so gemacht, mein Großvater hat es so gemacht, und alle anderen im Dorf auch. Ich folge den Traditionen.«
Tara seufzte innerlich. Alle folgten den Traditionen, ohne sie zu hinterfragen. Oft bewahrten die Traditionen das Gute, aber in letzter Zeit grübelte sie immer häufiger darüber nach, ob sie nicht auch notwendige Veränderungen verhinderten. Sie hatte mit Bahadur darüber gesprochen, als er im Sommer zu Hause gewesen war, und ihr Bruder hatte ihr mit glänzenden Augen von den Maoisten und ihren Zielen erzählt. Von all den politischen Verwicklungen hatte Tara nicht viel verstanden, aber eines war doch in ihrem Kopf hängengeblieben: Am Ende sollten die einfachen Leute eine Stimme bekommen, sie sollten selbst über ihr Geschick bestimmen dürfen. Sie fragte sich seitdem, ob so etwas funktionieren konnte. Aber eine schöne Vorstellung war es durchaus.

Es dämmerte schon, als Tara und ihr Vater zum Haus zurückkehrten, die Dokos schwer von trockenem Feuerholz, das sie auf dem Rückweg gesammelt hatten. Als sie den Hof betraten, löste sich eine schlanke Gestalt aus dem Dunkel der überdachten Veranda. Tara ließ die Kiepe achtlos von ihrem Rücken rutschen, sprang freudig dem Mann entgegen und warf sich in seine weit ausgebreiteten Arme.

»Bahadur! Endlich bist du wieder da. Wann bist du gekommen? Wie lange bleibst du? Habt ihr gewonnen? Wie geht es Biraj?«
Bahadur drückte sie fest an sich. »Es tut gut, dich zu sehen, Bahani«, murmelte er in ihr Haar, so leise, dass Tara ihn kaum verstehen konnte. Die Geschwister blieben eine lange Weile schweigend stehen, bis ein Räuspern sie auseinanderfahren ließ.
»Willkommen, Sohn. Was treibt dich her? Wollen sie dich nicht mehr?«, fragte Dipendu Lamichhane bitter. »Wenn du zum Arbeiten gekommen bist, so hast du eine gute Zeit gewählt. Die Ernte ist vorüber.«
Bahadur löste sich von Tara und trat mit gesenktem Kopf vor seinen Vater.
»Namaste, Buba«, grüßte er. »Ich verstehe deinen Zorn, doch bedenke, dass wir diesen Kampf für uns alle fechten. Für dich, für Ama, für Tara –«
Der Vater unterbrach ihn mit einer Handbewegung. Die Bitterkeit war aus seinem Gesicht gewichen und hatte einer tiefen Traurigkeit Platz gemacht. »Ich glaube nicht an euren Krieg, die Guten unterliegen immer. Wenn ihr denn die Guten seid. Still!« Er hob die Hand, um Bahadurs Antwort zu unterdrücken. »Du bist hier willkommen, und du brauchst dich vor mir nicht zu verteidigen. Vielleicht führt ihr uns ja tatsächlich in eine bessere Welt.« Er legte Bahadur seine abgearbeitete Hand auf die Schulter, eine seltene Geste der Vertraulichkeit. »Und nun beantworte Taras Fragen. Habt ihr etwas erreicht?«
Nervös kratzte Bahadur mit der Schuhspitze den Lehm aus einer der Steinfugen. »Die Armee ist nicht leicht zu besiegen«, sagte er schließlich. »Die Soldaten sind viel besser bewaffnet. Vor zwei Wochen haben wir uns südlich von Gorkha mit Regierungstruppen einen Kampf geliefert. Zwei Männer sind erschossen worden und –«
»Biraj!« Tara stürzte sich auf Bahadur. »Er ist tot!« Wie eine Wahnsinnige hämmerte sie mit den Fäusten auf ihren älteren

Bruder ein. Vergeblich versuchte er, zu ihr durchzudringen. Erst eine Ohrfeige brachte sie wieder zur Besinnung. Sie klammerte sich an ihn.
»Er ist nicht tot, Kanchhi.«
»Was ist dann mit ihm?« Dipendu war ganz nahe an seinen Ältesten herangetreten. »Was verschweigst du uns?«
»Er ist verletzt. Angeschossen. Aber er hat Glück gehabt, und es hat ihn nur am rechten Oberarm erwischt. Ein vertrauenswürdiger Arzt hat den Arm versorgt und meinte, Biraj könne ihn vielleicht in ein paar Monaten wieder gebrauchen.«
»Glück gehabt?«, fragte Dipendu ungläubig. »Er kann ihn vielleicht wieder gebrauchen? Vielleicht?«
Bahadur wiegte unglücklich den Kopf hin und her und widmete sich erneut dem Lehm zwischen den Steinen, bis sein Vater ihn packte und schüttelte.
»Er wird nicht mehr auf den Feldern arbeiten können!«, schrie er. »Kein Vater wird ihm seine Tochter anvertrauen. Einem Krüppel, der sich nicht selbst ernähren kann.«
»Vater! Beruhige dich! Er wird wieder gesund werden. Stell dir vor, er wäre in den Bauch getroffen worden.«
Dipendu ließ seinen Sohn los und trat einen Schritt zurück. Seine Wut war so schnell verraucht, wie sie ihn ergriffen hatte. »Das ist es ja. Genau das stelle ich mir vor. Jeden Tag, jeden Abend vorm Einschlafen«, flüsterte er. »Ich habe Angst um euch. Ich will nicht noch ein Kind verlieren.« Dann drehte er sich abrupt um und stapfte auf das kleine Haus zu. Geduckt schlüpfte er durch eine der drei Türen. Das zuvor aus dem Inneren des Hauses gedrungene Stimmengemurmel verstummte für einen Moment, um dann umso lauter wieder einzusetzen. Kurz darauf zündete jemand eine Kerze an. Ein schwacher Lichtschein quoll in den Hof und beleuchtete die Gesichter der Geschwister. Tara suchte Bahadurs Hand und drückte sie. Er erwiderte den Druck.

»Biraj ist drinnen. Er wartet auf dich.«
Bahadur hatte den Satz noch nicht ausgesprochen, als Tara einen Freudenschrei ausstieß und ins Haus rannte. Ihr Bruder folgte ihr langsam.

Tara saß in dem kleinen Raum neben der Küche auf dem Lehmboden und häufte eine Handvoll Hirsekörner auf eine glatte Steinplatte. Dann sprenkelte sie etwas Wasser auf das Getreide und ergriff einen vom Fluss glatt geschliffenen, etwa faustgroßen Stein. Mit tausendfach geübten Bewegungen zerrieb sie mit dem Stein die Hirse zu einem breiigen Teig. Immer wieder gab sie etwas Wasser hinzu, bis die Hirse fein genug war und der Teig die gewünschte Konsistenz hatte. Dann klatschte sie ihn in eine große Blechschale und griff erneut in den Vorratssack mit der Hirse. Es war eine kraftraubende und langweilige Arbeit, doch Tara merkte kaum, was sie tat, sondern lauschte angespannt in die Küche, in der sich ihr Vater, Bahadur und Biraj ein hitziges Wortgefecht lieferten. Tara wusste, dass auch Ama und Hajuama in der Küche hockten, doch ihre Mutter und Großmutter sagten kein Wort. Den kleinen Dipak hatten sie mit einer Kerze in den Schlafraum geschickt, wo er Hausaufgaben machen sollte. Es war besser, er bekam nichts von dem Streit mit, doch Tara hörte hinter sich immer wieder ein verräterisches Schaben: Dipak lauschte genau wie sie.
Durch den Durchgang konnte Tara lediglich Bahadur sehen, der mit angezogenen Beinen direkt neben der Außentür auf einer Bastmatte saß und mit beiden Händen einen Blechbecher umklammerte. Teedampf umwaberte sein gerötetes Gesicht und gab seiner Erscheinung eine ungewohnte Wildheit, die Tara gleichzeitig abstieß und anzog. Seine großen Ohren glühten ebenso wie seine Augen, und die Kerze in der Mitte des Raumes ließ seinen Schatten über die unebene Wand tanzen.

»Wir wollen Gleichheit«, sagte Bahadur. »Wir wollen, dass es allen Bauern bessergeht, wir wollen, dass das Land gerecht verteilt wird.«

»Dass es allen bessergeht? Ha!« Die Stimme ihres Vaters. Tara beugte sich vor, erhaschte aber nur einen Blick auf seine in die Mitte des Raumes ragenden Füße. »Und damit es allen bessergeht, zündet ihr Fabriken an und bringt Leute um.«

»Umbringen? Buba, wir kämpfen gegen die Armee und die Polizei! Wenn wir sie nicht töten, töten sie uns.«

»Mag ja sein. Aber was ist mit den Fabriken? Und den Bomben in der Hauptstadt? Ja, ja, staune du nur. Ich habe davon gehört, wie alle hier. Meinst du, es ist ehrenhaft, Unschuldige zu töten?«

»Sie sind nicht unschuldig«, sagte Bahadur trotzig. »Sie stehen auf der Seite der Regierung, wie können sie da unschuldig sein? Die Parteien in Kathmandu widersetzen sich jedem Fortschritt. Genau wie der König.«

»Sohn! Sei vorsichtig mit dem, was du sagst. Der König ist eine Inkarnation Vishnus, er ist ein Gott.«

»Das ist er nicht! Er ist ein Brudermörder, der sich die Taschen mit dem Geld des Volkes füllt. Ihm geht es nur um seinen Vorteil und um Macht.«

»Sei still! Das sind nur Gerüchte. König Gyanendra hat niemanden umgebracht. König Birendra ist von seinem eigenen Sohn erschossen worden, niemand anderen trifft die Schuld.«

»Glaub doch, was du willst. Es ist im Grunde gleichgültig. Birendra, Gyanendra – Nepal braucht sie nicht. Was wir brauchen, ist ein gewähltes Parlament. Was wir brauchen, ist der Maoismus.«

»Maoismus?«, fragte der Vater höhnisch. »Ihr nennt euch Maoisten, aber was zum Teufel bedeutet das eigentlich? Soll Nepal bald ein Teil Chinas sein? Ist euch eigentlich klar, wer Mao war?«

»Der Präsident von China?«, sagte Biraj kleinlaut.
Der Vater stieß einen Seufzer aus. »Ihr seid so naiv«, sagte er leise. »Ihr werdet von euren Vorbildern ebenso ausgenutzt, wie ihr von den regierenden Parteien, dem König oder wem auch immer ausgenutzt worden seid. Sie sind alle gleich, merkt euch das. Solltet ihr jemals siegreich sein, wird sich sofort jemand finden, der im Namen des Volkes die Macht übernimmt. Und wer die Macht hat, der nutzt sie auch aus.« Er machte eine Pause. »Mao?«, setzte er nach einer Weile wieder an. »Was auch immer ihn getrieben hat, zum Wohle des Volkes war es nicht. Den Bauern geht es schlecht, solange sich die Erde dreht, zumindest denen, die Skrupel haben und nicht mit dem Bösen paktieren.«
»Paktieren wir nicht selbst mit dem Bösen?« Tara hielt es nicht mehr auf ihrem Platz. Sie stürmte in die Küche und wedelte mit ihren teigverklebten Händen vor dem Gesicht des Vaters hin und her. »Der Bhoot kommt und geht, wie es ihm beliebt, tut und lässt, was er will. Alles müssen wir nach seinem Willen machen!«
»Nenn ihn nicht Bhoot!« donnerte der Vater. »Er ist kein Dämon, sondern ein Mensch aus Fleisch und Blut.«
»Ein fürchterlicher Mensch. Wenn die Maoisten gegen Menschen wie ihn sind, dann gehe ich ebenfalls mit Bahadur zu den Rebellen.«
»Untersteh dich! Solange du nicht verheiratet bist, ist dein Platz hier.«
Tara stand sprachlos mitten im Raum. Mit einem einzigen Satz hatte ihr Vater sie besiegt. Ihr Platz war hier. In dieser Küche, auf dem Feld, dann wieder in der Küche. Irgendwann würde sie verheiratet werden, und das Einzige, was sich ändern würde, waren die Küche und die Felder. Sie brauchte nur zu interessieren, ob ihr Vater ihr einen einigermaßen netten Ehemann suchte und sie als erstes Kind einen Sohn gebar. Tränen traten

in ihre Augen. Sie zog die Nase hoch und wandte sich wieder zu der dunklen Öffnung, die in den Nebenraum führte. Doch in ihrem Herzen erwachte der Widerstand, ein schönes und gefährliches Tier mit blitzenden Zähnen und Klauen. Tara wusste um dieses Tier in ihr seit Jahren, und es kostete sie von Monat zu Monat mehr Kraft, es zu kontrollieren. Immer machtvoller dehnte und reckte es sich, flüsterte ihr Gedanken ein von Selbstbestimmung und Freiheit, von Aufbegehren gegen das vorherbestimmte Schicksal, von einem Leben jenseits ihrer von Bergen umstellten Welt. Gedanken, die sich für eine dreiundzwanzigjährige Frau nicht ziemten.
»Bleib hier.«
Tara blieb stehen, drehte sich aber nicht um.
»Setz dich zu uns, Tara. Die Gleichheit, die wir wollen, bezieht sich auch auf dich. Viele Frauen kämpfen bei den Maoisten«, sagte Bahadur.
»Und der Teig?«
»Der ist jetzt nicht wichtig.«
Tara brachte ihre Arbeit dennoch zu Ende. Ihr Pflichtbewusstsein war stärker als der Wunsch, sich zu den Männern zu setzen und als Gleichberechtigte behandelt zu werden, doch sie war näher zum Durchgang gerutscht und tauschte Blicke mit ihrem Bruder. Bahadur erzählte von den entbehrungsreichen Wochen mit seinen Kameraden im Bergdschungel, immer in Bewegung, immer auf der Flucht. Erzählte von den Straßensperren, die es den Maoisten so gut wie unmöglich machten, mit dem Bus zu reisen, erzählte von im Gefängnis sitzenden Rebellen und der Willkür der Polizei. Und vom schönen Leben, das sie alle führen würden, sobald der Krieg des Volkes siegreich beendet worden wäre. Während Tara lauschte, wuchs das Tier weiter. Sie wollte teilhaben!
Irgendwann unterbrach der Vater Bahadurs Redefluss. »Ich wünschte, ich könnte dich halten«, sagte er, und Tara glaubte,

Stolz aus seinen Worten herauszuhören. Der nächste Satz bestätigte ihre Vermutung. »Aber ich werde es nicht tun. All meine Träume, die ich vor langer Zeit hegte, damals in Kathmandu, haben sich zerschlagen. Jetzt liegt es an euch, für eure Träume zu kämpfen, seien sie auch noch so unerreichbar.«

Tara hielt vor Erstaunen mit ihrer Arbeit inne.

»Träume? In Kathmandu? Damals?«, fragte Bahadur verblüfft. »Wann warst du in Kathmandu?«

»Vor langer Zeit«, antwortete Buba. Mit angehaltenem Atem wartete Tara auf eine Erklärung, doch sie kam nicht.

Dann fragte Bahadur: »Was hast du dort gemacht? Wann war das? Du hast nie davon erzählt.«

»Und das werde ich auch jetzt nicht tun.« Bubas Stimme klang bestimmt. »Vergesst, dass ich es überhaupt erwähnt habe. Wie lange wirst du bleiben?«

Bahadur schüttelte den Kopf, als wolle er testen, ob er richtig gehört hatte. »Nur bis übermorgen«, sagte er. »Biraj wird hierbleiben und sich erholen. Wenn jemand fragt, erzähl ihnen, er wäre in Kathmandu von einem Auto angefahren worden. Sie glauben doch nach wie vor, wir seien in Kathmandu, oder?«

»Ich bin mir nicht sicher«, sagte der Vater. »Aber darauf kommt es nicht an. Viele der Familien stehen hinter eurer Sache. Die Söhne der Dhitals sind ebenfalls gegangen, ebenso Sunil und Subash und Dhanmaya, Sunbahadurs Tochter. Hast du sie nie getroffen?«

Bahadur schüttelte den Kopf. »Manche werden ins Terai geschickt, andere in den Westen.«

Tara hatte genug gehört. Die Gelegenheit zur Flucht, auf die sie schon so lange gewartet hatte, war endlich da. Die Hauptarbeit des Jahres war erledigt, ihr verletzter Fuß war völlig ausgeheilt, und mit dem Verkauf von Eiern hatte sie etwas Geld verdient. Bahadur würde sie verfluchen, weil sie ihm nichts anderes übrigließ, als auf dem Hof zu bleiben, aber wenn sie zurückkam, würde seine Freude umso größer sein. Übermorgen wollte er die Familie wieder verlassen? Sie hatte also nur einen Tag Zeit, ihre Vorbereitungen zu treffen.

11

Nachdem sie Anna ein letztes Mal umarmt hatte, blieb Rebecca noch lange am Geländer stehen. Unter ihr dehnte sich die geräumige Halle mit den Kabinen der Bundesgrenzschutzbeamten, zu der sie keinen Zutritt hatte. Müßig verfolgte sie das Aufrücken der Schlange vor der Passkontrolle. Die meisten Passagiere wirkten gelassen, manche hielten kleine Kinder am Handgelenk fest, um sie am Herumstreunen zu hindern, andere kontrollierten ein letztes Mal ihre Papiere, ein Mann las sogar im Stehen die Zeitung. Lediglich Anna umgab eine nervöse Aura. Rebecca musterte den schmalen Rücken ihrer Freundin. Selbst aus der Entfernung wirkte Anna verkrampft, immer wieder drehte sie sich um und winkte zu ihr herauf, woraufhin Rebecca ihr Kusshände zuwarf.

Rebecca machte sich Vorwürfe. War es richtig gewesen, Anna allein reisen zu lassen? Ihre Freundin war der liebenswerteste Mensch, den sie kannte, aber gleichzeitig schutzbedürftig wie ein Rehkitz. Rebecca konnte sich den Aufruhr in Annas Kopf gut vorstellen und hätte viel darum gegeben, jetzt bei ihr sein zu dürfen. Insgeheim beneidete sie zudem Anna um die Indienreise, wenn auch nicht um die Enthüllungen, die auf sie zukommen mochten. Rebecca hatte ihre Vermutungen, und keine gefiel ihr. Sie hoffte inständig, dass Anna das Schlimmste erspart bliebe.

Aber wer weiß?, dachte sie. Vielleicht schüttelt all dies meine verhuschte Freundin aus ihrem Schneewittchensarg. Und bei der nächsten Reise verdonnere ich sie dazu, mir den Fremdenführer zu spielen. Der Gedanke tröstete Rebecca genug, um Anna, die nun ihren Pass vorzeigen durfte, ein letztes Mal zuwinken zu können, ohne gleich in Tränen auszubrechen. Dann war Anna weg, eingesogen in die Gänge und Hallen des Transitbereichs. Rebecca schluckte.

»Es ist furchtbar, seine Lieben gehen zu sehen«, sagte eine belegte Stimme neben ihr. Der dunkelhaarige Mann, dem die Stimme mit dem starken spanischen Akzent gehörte, hielt Rebecca ein Papiertaschentuch entgegen.

Dankbar nahm sie es an und schneuzte sich. Nun hatte sie doch geheult. Die Augen des Mannes waren ebenfalls verräterisch rot geädert.

»Ihre Frau?«, fragte sie.

»Nein, meine Eltern. Sie fliegen zurück nach Argentinien.« Er seufzte hörbar. »Und wen haben Sie verabschiedet?«

»Schneewittchen«, sagte Rebecca. »Schneewittchen auf einer Mission.«

12

Die Hälfte der Nacht war vorüber und der Mond untergegangen, als sich Tara leise aus ihren Decken schälte. Die Geräusche der schlafenden Familie erfüllten den Raum, es stöhnte, schnaufte und schniefte. Erkältungszeit, dachte Tara und unterdrückte ihrerseits ein Husten. Geräuschlos schlich sie an den Schlafenden vorbei, schlüpfte hinaus und überquerte den Hof in Richtung der am Rand des Feldes stehenden Toilette. Nachdem sie kurz darauf die Tür des Bretterverschlags wieder mit Draht gesichert hatte, ging sie über das Gemüsefeld und betrat den Büffelstall. Die Wasserbüffelkuh schnaubte beunruhigt. Tara tätschelte sie zwischen den mächtigen, nach hinten gebogenen Hörnern.

»Ich bin gleich wieder fort«, flüsterte sie in das weiche Ohr, dann drängte sie sich an der Kuh vorbei in den hinteren Teil, wo sich das dreibeinige Kalb niedergelegt hatte. Trotz seiner Behinderung hatte es eine stattliche Größe erreicht, und Tara hatte das Tier ins Herz geschlossen. Es gab ihr jedes Mal einen Stich, wenn sie es über das Feld humpeln sah. Zur Arbeit war es ungeeignet, weshalb sie es bald verkaufen würden, und Tara wusste, dass das Kalb unweigerlich bei den Schlachtern enden würde. Die Unausweichlichkeit seines Schicksals berührte sie.

Neben dem Kalb wölbte sich ein niedriger Heuhaufen. Tara wischte eine Lage schmutziges Heu beiseite und zog einen prall gefüllten kleinen Rucksack hervor, den sie während des Tages heimlich gepackt und versteckt hatte. Sie streifte ihre verschlissene Nachtkleidung ab und zerrte frische Sachen aus dem Rucksack. Schnell zog sie sich Unterhemd und Pullover, lange Unterhosen, eine bis zum Knie reichende, orangefarben und violett gemusterte Kurtha und eine dazu passende weite Hose über.

Die Nachtkleidung stopfte sie in den Rucksack. Nachdem sie die beiden Büffel ein letztes Mal getätschelt hatte, verließ sie den Stall.

Auf dem Hof blieb sie stehen. Ihr schien, als nähme sie ihre Umgebung zum ersten Mal seit vielen Jahren bewusst wahr: das niedrige, langgestreckte Wohnhaus, dessen Wände sie im Laufe ihres Lebens eigenhändig wieder und wieder mit orangefarbenem und weißem Lehm bestrichen hatte, den windschiefen Ziegenstall, das Sammelsurium von Wasserbehältern, ihre beiden zerzausten Hühner, die nebeneinander auf dem Geländer der Veranda hockten und schliefen, den von Bahadur im letzten Sommer gepflanzten Kaffeestrauch, die über Büsche und Bäume zum Trocknen ausgebreitete Wäsche. Widerstrebend riss sich Tara von dem eigentlich vertrauten und plötzlich so fremden Anblick los und trat vor die Veranda.
Vor den Türen standen aufgereiht die Schuhe der Familie. Zwischen den Plastiksandalen stachen Bahadurs Turnschuhe heraus wie ein Fasan zwischen Spatzen. Schmutzig und an den Seiten aufgerissen, waren sie doch die einzigen für eine lange Wanderung tauglichen Schuhe. Ohne die Augen von ihnen zu nehmen, lauschte Tara mit angehaltenem Atem, aber außer ihrem wild pochenden Herzen war kein Laut zu vernehmen. Entschlossen setzte sie sich auf den Absatz der Veranda, streifte ihre eigenen Sandalen ab und zog Bahadurs Turnschuhe an. Sie waren zu groß, doch es würde gehen.
Etwas stupste sie in die Seite. Tara unterdrückte einen Aufschrei, und ihr Magen zog sich zusammen. Einen Moment später drängte sich ein weicher Körper an sie, und ein strenger, warmer Geruch stieg ihr in die Nase. Erleichtert stieß sie die Luft aus: der Hund! Es war nur der Hund, der irgendwo in den Schatten des Hofes geschlafen hatte und sich nun vergewissern wollte, ob alles mit rechten Dingen zuging.

»Leg dich wieder hin«, zischte sie ihm zu, aber er setzte sich mit schief gestelltem Kopf vor sie und sah sie an. Seine Augen funkelten dunkel in dem mächtigen braun-schwarzen Hundegesicht, sein Schweif fegte mit langsamen Bewegungen den Boden. Tara gab ihm einen Knuff und stand auf.
Es war so weit. Ein letztes Mal wanderte ihr Blick über ihr Zuhause, von dem sie sich noch nie weiter als zwei Tagesmärsche entfernt hatte, dann straffte sie sich, schwang den Rucksack auf den Rücken und wagte den ersten Schritt ihrer langen Reise nach Kathmandu. Halb hoffte sie, entdeckt zu werden, zu ungeheuerlich erschien ihr das Vorhaben, zu wagemutig und gefahrvoll. Aber dann tat sie noch einen Schritt und noch einen, und nichts regte sich. Unbehelligt erreichte sie den zum Hauptweg führenden Pfad, und dann verschluckte sie die Nacht.

Tara atmete schwer. Sie war zäh und körperliche Anstrengungen gewöhnt, doch die letzten Stunden hatten sie an den Rand der Erschöpfung gebracht. Um eine möglichst große Entfernung zwischen sich und ihr Heimatdorf zu bringen, war sie Stunde um Stunde über die einsamen Felder und durch die in tiefem Schlaf versunkenen Dörfer bergab gestolpert, hatte den Fluss im Talgrund auf einer wackeligen, aus zwei nebeneinanderliegenden Baumstämmen gebauten Winterbrücke überquert und war, nachdem die Felder des Tals hinter ihr lagen, wieder in den Wald getaucht. Seit etwa zwei Stunden stieg sie auf einem unter den Bäumen kaum erkennbaren Pfad bergan. Als Kind der Berge ließ sie sich mehr von ihrem Instinkt als von ihren Augen über rutschige Steinstufen, Wurzeln und sonstige Hindernisse leiten. Schritt für Schritt quälte sie sich weiter aufwärts, bis sie ein Chautari erreichte. Erleichtert stellte sie ihren Rucksack auf eine dafür vorgesehene, etwa brusthohe Stufe und kletterte auf den aus grob behauenen Steinen gebauten Block. Zwei Bäume wuchsen aus ihm heraus, ein mächtiger Banyan-Baum und ein nicht minder imposanter Barr-Baum. Vor langer Zeit hatte ein respektvoller Sohn diesen Gedenkplatz errichtet und die Bäume gepflanzt als Symbol für Shiva und Parvati, für das Männliche und das Weibliche, für seinen Vater und seine Mutter. Hier hatten die Seelen seiner Eltern ein Refugium, in das sie müde Wanderer einluden, sich auszuruhen und ihnen für eine Weile Gesellschaft zu leisten. Tara war auf ihrem Weg schon an mindestens einem Dutzend Chautaris vorbeigehastet – sie standen an jedem Pfad und wurden tagsüber viel genutzt.

Tara fegte mit der Hand ein paar bunte Plastikverpackungen von dem Steinblock und setzte sich, den Rücken gegen den Stamm des Barr-Baums gelehnt. Die Nudelsuppen- und Keksverpackungen erinnerten sie an ihren Hunger, aber sie würde noch ein wenig bis zu ihrer nächsten Mahlzeit warten müssen. Nicht nur wegen ihres knurrenden Magens sehnte sie das Ende der Nacht herbei. Obwohl die Dunkelheit sie vor neugierigen Blicken schützte, wurde ihr der Wald immer unheimlicher. In den Schatten der Steineichen mit ihren bizarr verdrehten Ästen und Flechtenbärten, dort, wo bei Tageslicht Sonnenflecken tanzten und Vögel nach Nahrung suchten, schienen nun böse Geister zu hausen. In der Ferne heulten die Hunde mit den Schakalen um die Wette, sie sangen die Melodie der Nacht. Tara atmete tief durch, um sich zu beruhigen. Nur noch zwei, vielleicht drei Stunden, dann ging die Sonne auf, und das Schlimmste war überstanden. Ab morgen würde sie tagsüber wandern und sich nachts eine Unterkunft suchen. Die Gefahr, von jemandem erkannt zu werden, würde mit jedem Tag geringer werden. Hauptsache, sie fand den Weg. Als ihr Großvater noch lebte, hatte er häufig von seinen Reisen in die große Stadt erzählt. Fünf Tage waren er und die anderen gewandert, schwerbeladen mit den Erträgen ihrer Arbeit. Damals führte selbst von Gorkha keine Straße nach Kathmandu. Tara hatte sich entschieden, ebenfalls zu laufen. Bahadurs Erzählungen von Soldaten und Straßensperren hatten ihr Angst gemacht, zumal sie keinen Ausweis besaß. Der alte Fußweg schien ihr sicherer. All ihren Mut zusammennehmend, erhob sie sich – und dann stockte ihr der Atem.

Unter den Bäumen glommen zwei phosphorgrüne Punkte. Augen.

Leopardenaugen.

Auch Anna war hellwach. Der dicke Inder auf dem Sitz neben ihr schnarchte zum Gotterbarmen, aber nicht nur sein Getöse hinderte sie am Schlafen. Trotz oder gerade wegen ihrer Übermüdung fühlte sie sich mittlerweile wie aufgezogen. Auf dem Flug nach Bombay hatte sie ein paar Stunden gedöst, aber keinen erholsamen Schlaf gefunden. Aufregung, gepaart mit Neugierde und, wie sie sich eingestehen musste, handfester Angst, hatte Bilder von Slums und mageren Kindern, von Unrat und Ratten und bröckelnden Häusern heraufbeschworen, und jeder Versuch, die Schreckensbilder durch andere zu ersetzen – durch Tempel und Paläste, prächtige Saris und Sonnenaufgänge über dem Ganges –, war gescheitert.

Der Kopf des Inders sackte nach vorn. Für einen Moment herrschte Stille. Hoffentlich bleibt es so, dachte Anna, aber schon setzte das Gurgeln und Grunzen wieder ein. Anna fügte sich ins Unvermeidliche und lehnte sich zurück, aber wie jedes Mal, wenn sie sich entspannte, liefen ihre Gedanken Amok. Mit Schaudern dachte sie an die Landung in Bombay vor wenigen Stunden. Nie hatte sie etwas Schrecklicheres gesehen als die gegen die Landebahn anbrandenden Slumsiedlungen, die den Flugplatz längst überflutet hätten, würden nicht niedrige Mauern und Stacheldraht sie im Zaum halten. Die untergehende Sonne hatte die schuhkartonkleinen Hütten aus Wellblech, Pappe und Brettern in goldenes Licht getaucht und damit alles noch schlimmer gemacht. Anna fürchtete, nie wieder einen

Sonnenuntergang genießen zu können – die damit verbundene Romantik war ein für alle Mal dahin. Anna hatte genug von Indien, bevor sie überhaupt angekommen war.
Während ihres mehrstündigen Aufenthalts in Bombay hatte sie den Flughafen nicht verlassen, sondern die Zeit genutzt, von ihrem Platz aus das Treiben im Transitbereich zu beobachten und sich an den Anblick von Saris und Turbanen, von Nehru-Hemden und überhaupt von Menschen zu gewöhnen, die völlig anders aussahen als sie. Anna hatte sich noch nie so fremd gefühlt und sogar erwogen, umzukehren, aber dann war sie doch an Bord des Flugzeugs nach Kalkutta gegangen, und hier saß sie nun.
Der Kapitän steuerte das Flugzeug auf sein Ziel zu, und je näher es rückte, desto nervöser wurde Anna. Während unter ihr der indische Kontinent erwachte, fragte sie sich, wie sie sich auf dieses Abenteuer hatte einlassen können. Hätte sie die Geister der Vergangenheit nicht besser ruhenlassen? Sie schob die Fensterblende hoch und drückte die Nase gegen die Kunststoffscheibe. Im Osten kündigte ein dunkelrosa Streifen den Sonnenaufgang an. Es war zu spät zum Umkehren. Die Geister waren hellwach und piesackten sie. Anna musste sich dem stellen, was Ingrid ihr zu sagen hatte.

13

Tara schrie auf, als der Leopard ein tiefes Grollen hören ließ. Ihr brach der Schweiß aus, und der erste Impuls war, einfach fortzulaufen. Doch glücklicherweise hatte der Schreck sie regelrecht auf die Stelle genagelt. Kein Mensch konnte vor einem Waldleoparden flüchten, im Gegenteil, der Chituwa würde ihre Flucht als Einladung zur Jagd begreifen. Was hatten die Männer getan, als vor drei Wintern ein Leopard ins Dorf gekommen war und zwei Ziegen gerissen hatte? Was? Ihre Gedanken überschlugen sich, doch sie konnte keinen festhalten außer einem: Dort unter den Bäumen kauerte das größte und gefährlichste Raubtier der Wälder, bereit, sie zu zerfetzen.

»Hout, hout!«, rief sie zaghaft. Es war der Ruf, mit dem die Menschen überall in den Bergen die Leoparden von ihren Höfen verjagten, doch in diesem Wald glaubte sie nicht an seine Wirkung. Dies war sein Reich, nicht ihres. »Hout, hout! Verschwinde! Ich will nicht sterben.« Tara traten Tränen in die Augen.

Der Leopard fauchte. Nun konnte sie auch den mächtigen Körper des Tieres erkennen. Gelähmt vor Entsetzen, beobachtete sie, wie er sich auf sie zubewegte. Tara schloss die Augen.

Plötzlich ließ ein furchteinflößendes Knurren die Nacht vibrieren, Fauchen und Schreien erfüllte die Luft. Ergeben wartete Tara auf den todbringenden Angriff, doch nichts geschah. Das Fauchen wurde von einem Jaulen abgelöst. Und während Tara mit zusammengekniffenen Augen auf dem Chautari stand, starb sie und wurde wiedergeboren, starb ein weiteres Mal und schlingerte durch das Nichts, bis sie erneut die Kälte spürte, die rauhe Rinde des Baumes, gegen den sie sich stützte. Sie riss die Augen auf.

Der Leopard war verschwunden, dafür lag am Fuß des Chautaris ein dunkler Klumpen. Tara stieg mit zitternden Beinen von dem Steinblock, strich über die sich kaum spürbar hebenden und senkenden Flanken des Hundes und begriff, dass er ihr die ganze Nacht gefolgt war.

Die aufgehende Sonne beleuchtete die Felder auf dem gegenüberliegenden Berg, während der am Westhang gelegene Wald noch im Schatten lag. Tara kauerte schon seit Stunden regungslos neben dem Hund, als eine Männerstimme sie aufschreckte.
»Namaste, Kanchhi. Was tust du hier?«, fragte er.
Tara sah auf und musterte den Mann. Im ersten Moment wollte sie ihm antworten, er möge sich um seine eigenen Angelegenheiten kümmern und sie in Ruhe lassen, doch dann sah sie die Besorgnis in seinem Gesicht. Er war klein und drahtig, etwa so alt wie ihr Vater und entsetzlich mager. Trotz der morgendlichen Kälte trug er lediglich alte, bis zu den Knien reichende Hosen und ein schmutzstarrendes T-Shirt. Seine verhornten Füße steckten in violetten Plastiksandalen.
»Dein Hund sieht nicht gut aus«, bemerkte der Mann und wuchtete seine Last, einen eckigen, mit Kisten gefüllten Gitterkorb aus Metall, auf die Steinstufe des Chautaris. Dann hockte er sich neben Tara. »Was ist geschehen?«
Stockend erzählte Tara ihm von dem Leoparden. Der Mann lauschte schweigend und wiegte seinen Kopf immer schneller hin und her.
»Du hast sehr viel Glück gehabt, Mädchen«, stieß er schließlich hervor. »Die Leute aus den umliegenden Dörfern kennen den Leoparden. Er ist aggressiv und lässt sich kaum einschüchtern.« Er senkte die Stimme. »Sie sprechen davon, ihn zu töten, aber das steht unter Strafe. Leider. Obwohl ich gehört habe, dass es Männer gibt, die viel Geld für sein Fell bezahlen würden.« Er schüttelte bedauernd den Kopf. »Es sind schöne Tiere, doch sie richten viel Unheil an.«

»Aber sind es nicht wir, die ihnen den Wald stehlen?«, fragte Tara. Sie hatte Vertrauen zu dem Mann gefasst. »Ich habe letzte Nacht dem Tod ins Gesicht geblickt. Glaube mir, ich wollte nicht sterben, und doch hatte ich das Gefühl, der Chituwa sei im Recht.«

Der Mann musterte sie erstaunt. »Das sind weise Worte, Kind, eines Priesters oder Lamas würdig. Woher hast du diese Gedanken?«

Tara zuckte die Achseln. »Ich denke über vieles nach«, sagte sie einfach.

»Über vieles, aha«, brummte der Mann. Dann wandte er sich dem Hund zu. »Ein Bhotakukur«, sagte er. »Ein starkes Tier. Gehört er zu dir?«

»Ich habe ihn als Welpen auf den Hof geholt. Er war ein guter Wachhund. Und nun stirbt er.« Tara brach die Stimme.

Der große Berghund lag noch immer auf der Seite und atmete schwer. Blut verklebte sein dichtes schwarzes Rückenfell. Als der Mann die Stelle untersuchte, jaulte der Hund vor Schmerz auf.

»Sieh nur, er hat die Augen geöffnet!«, rief Tara.

»Und sie werden offen bleiben«, sagte der Mann. »Dein Hund stirbt nicht. Die Pranke des Chituwas hat ihm eine böse Wunde in den Rücken gerissen, aber er wird es überleben. Gib mir etwas Stoff, damit wir ihn verbinden können.«

Mit wachsendem Erstaunen verfolgte Tara, wie der Mann die Wunde mit etwas Wasser aus seiner Trinkflasche auswusch und ihm mit ihrem Schlafhemd einen Verband anlegte. »Woher weißt du, wie man so etwas macht?«, fragte sie.

Jetzt war es an ihm, die Achseln zu zucken.

»Ich weiß gar nichts. Ich mache es einfach«, sagte er. »Und nun lass uns den Korb ausladen und deinen Hund hineinlegen. Ich trage ihn dir bis zum nächsten Dorf und hole meine Waren später.«

»Das kann ich unmöglich annehmen. Der Hund wiegt mehr als mein kleiner Bruder. Außerdem kann ich dich nicht bezahlen.«

»Still. Diesen Hund haben die Götter gesandt, um dein Leben zu retten. Ich fühle mich geehrt, nun seins retten zu dürfen. Außerdem ist es nur noch eine Stunde Fußmarsch.«

Tara fügte sich. Nachdem sie die Kisten hinter dem Chautari unter einer Lage trockener Blätter versteckt hatten, ging der Mann vor dem Gitter in die Hocke, legte sich den Stirngurt um, richtete sich mühsam auf und begann sofort mit dem Aufstieg durch den Wald. Tara folgte ihm. Der Hund in der unbequemen Kiepe hielt seinen Blick auf sie gerichtet und rührte sich nicht. An einer besonders steilen Stelle kam der Mann ins Straucheln, aber als Tara ihm zu Hilfe sprang, hatte er sein Gleichgewicht schon wiedererlangt.

»Keine Angst, Mädchen, in meinem Geschäft fällt man nicht«, sagte er.

»Was transportierst du denn in deinen Kisten?«, fragte Tara.

Der Mann lachte. »Eier«, sagte er. »Achthundertvierzig rohe Eier.«

14

Etwa zur selben Zeit zwang sich Anna, nicht auf ihre Armbanduhr zu sehen. Es würde ohnehin nichts an ihrer Situation ändern: Gemeinsam mit mehreren hundert Passagieren stand sie in einer Schlange, die sich in den letzten zwei Stunden nur zentimeterweise auf die Schalter der Passkontrolle zubewegt hatte. Zum hundertsten Mal kontrollierte Anna das Indien-Visum in ihrem neuen Reisepass. Hoffentlich war damit alles in Ordnung. Und wenn nicht? Würde sie dann zurückgeschickt werden? Und wäre das wirklich so schlimm?

Durch die Schlange ging ein Ruck. Der Beamte hinter seinem wuchtigen Schreibtisch hatte einen Leidensgenossen in die Freiheit entlassen. Nur noch neunzehn Passagiere vor ihr. Anna schwitzte, ausnahmsweise aber nicht vor Angst oder Nervosität, sondern weil es warm war, sehr warm. Entweder funktionierte die Klimaanlage in der riesigen Ankunftshalle nicht, oder es gab überhaupt keine. Der Zustand der Halle ließ Anna auf die zweite Variante tippen: Die dunkelbraunen Holzpaneele waren uralt und sahen nicht nur scheußlich aus, sondern schluckten alles Licht, das die Spinnen beim Weben ihrer Netze stören könnte. Während draußen die subtropische Sonne in den Himmel stieg, lag die Halle in tiefem Schatten. Anna vermutete, dass in den düsteren Winkeln und Gängen die mit dicken Staubschichten bedeckten Skelette jener Reisenden gelagert wurden, die während des Wartens auf den erlösenden Einreisestempel verdurstet waren.

Noch achtzehn Passagiere. Siebzehn, sechzehn, fünfzehn. Anna schob ihr Handgepäck mit dem Fuß vor sich her. Sie versuchte, in den Mienen der anderen dieselben Bedenken zu erkennen, fand jedoch nur unendlichen Gleichmut. Zumindest bei den

Indern. Etwa dreißig Plätze weiter hinten entdeckte Anna ein europäisches Pärchen mit hochroten Köpfen, offensichtlich kurz vorm Explodieren. Vierzehn, dreizehn. Der Schreibtisch rückte in greifbare Nähe. Zwölf, elf, zehn, neun. Der Beamte von der Passkontrolle legte plötzlich Tempo vor. Anna trat von einem Fuß auf den anderen. Sollte sie wider Erwarten doch noch am heutigen Tag die Abfertigungshalle verlassen können? Acht, sieben, sechs. Bei Nummer fünf, einer indischen Matrone mit Goldrandbrille, goldenem Schmuck und zwischen Sari und Bluse hervorquellenden Fettpolstern, gab es Schwierigkeiten. Gestenreich und mit erstaunlicher Dezibelstärke versuchte die Dame, dem Wächter der Stempel ihre Situation zu erklären, doch er ließ sich nicht aus der Ruhe bringen und schob ihr ein Formular zu. Wutschnaubend füllte sie es aus, während die hinter ihr wartenden Menschen auch diese neuerliche Verzögerung mit für Anna unfassbarem Fatalismus ertrugen. Der Beamte pulte sich inzwischen das Frühstück aus den Zähnen und gähnte, dann zog er einen Kamm hervor und drapierte einige ölige Haarsträhnen über die ebenfalls ölige Glatze. Anna zählte im Stillen bis hundert. Eigentlich war sie ein ausgeglichener Mensch, Rebecca würde sagen sanftmütig, aber was zu viel war, war zu viel. Konnte die Frau ihren Papierkram nicht woanders erledigen? Oder sich vorher um alles kümmern?
Irgendwann bekam Anna ihren Stempel. Nun war es amtlich: Sie befand sich in Indien. Mit einem flauen Gefühl eilte sie zur Gepäckausgabe, wo bereits das Chaos tobte. Ihr Koffer fuhr mit Hunderten von anderen Koffern, Kisten und Taschen Karussell. Anna kämpfte sich ins Epizentrum der Aufregung vor und wuchtete ihren Koffer vom Band direkt in die Arme eines Gepäckträgers, der hinter ihr aus dem Boden geschossen sein musste, so plötzlich war er aufgetaucht. Obwohl nur ein kleiner, dünner Mann, erwies er sich als überraschend kräftig, als Anna ihm den Koffer entreißen wollte. Den Tränen nahe, zerrte sie

am Koffergurt. Was sollte sie tun? Mit einem zahnlückigen Grinsen umarmte der Gepäckträger den Koffer und wankte unter dem nicht unerheblichen Gewicht zu einer Karre, während Anna ihm resigniert durch die Menschenmenge in der Halle hinterhertrottete, hinaus in den nächsten Tumult. Ein Meer von braunen Armen und Pappschildern reckte sich Anna entgegen, weiße Zähne blitzten aus dunklen Gesichtern, weit geöffnete Münder schrien ihr Unverständliches entgegen, ihr summten die Ohren, sie konnte nichts mehr erkennen und war kurz davor, hysterisch zu werden. Der Gepäckträger steuerte unbeeindruckt auf die Menge zu, und Anna wusste nicht, wie sie ihn stoppen sollte.

Jemand verstellte ihr den Weg. Sie versuchte, an der Person vorbeizukommen – bloß nicht den Gepäckträger verlieren! Aber die Person hatte es auf sie abgesehen. Nur langsam realisierte Anna, dass ihr ein Schild unter die Nase gehalten wurde, und dann dauerte es noch einmal so lange, bis sie begriff, was die Buchstaben vor ihr zu bedeuten hatten.

»Willkommen in Indien, Anna Siefken« stand dort.

»Heißen Sie Anna?«

Deutsch! Anna gelang es, die Augen vom Rücken des Gepäckträgers zu lösen, des einzigen Fixpunktes in dem überwältigenden Strudel von Farben, Gerüchen und Geräuschen, der ihr noch Halt gegeben hatte, und blickte auf. Vor ihr stand ein junger Inder und lächelte sie an. Endlich fiel der Groschen: Ingrid hatte angekündigt, jemanden von Darjeeling nach Kalkutta zu senden, um sie abzuholen, doch Anna hatte heroisch abgelehnt, weil sie sich beweisen wollte, dass sie keinen Babysitter benötigte.

Geduldig wiederholte er seine Frage. »Sie sind doch Anna Siefken, oder? Ich bin Ingrids Sohn. Hat meine Mutter Ihnen nicht geschrieben, dass ich Sie abhole?«

Unendlich erleichtert darüber, dass Ingrid ihre Einwände ignoriert und sogar ihren Sohn geschickt hatte, ergriff Anna seine ausgestreckte Hand und ließ sich von ihm zum Ausgang ziehen, wo er sie in einer relativ ruhigen Ecke warten hieß und sich um das Gepäck und ein Taxi kümmerte. Anna stand wie festgenagelt auf ihrem Platz und versuchte, ihre Gedanken zu sortieren, während sie verfolgte, wie Ingrids Sohn ihren Koffer beim Gepäckträger auslöste und ihn dann in den Kofferraum eines schier unglaublichen Autos hievte. Es wirkte wie ein Spielzeug aus den fünfziger Jahren: kleine runde Scheinwerfer, ein Kühlergrill wie das Maul eines Bartenwals und Buckel und Verzierungen überall dort, wo die Erkenntnisse der Aerodynamik sie bei moderneren Modellen längst fortgeschmirgelt hatten. Die schwarzlackierte Karosserie war mit hellgrüner Rostschutzfarbe großzügig überpinselt, aber immerhin steckte auf dem gelben Dach ein Taxischild. Der Fahrer wurde mit Ingrids Sohn handelseinig und sicherte den Kofferraum mit einer schweren Eisenkette. Himmel, wohin war sie nur geraten? Zögernd setzte sich Anna in Bewegung und rutschte auf den Vordersitz, wo es zu ihrem Erstaunen eine durchgehende Sitzbank gab. Ingrids Sohn folgte ihr, der Fahrer stieg auf der anderen Seite ein. Eingequetscht zwischen den beiden Männern, verließ sie den Flughafen.

»Ich bin Kim. Kimball Dashgupta.« Ingrids Sohn musste schreien, um sich gegen das Radio zu behaupten. In gnadenloser Lautstärke beschallte es den Innenraum mit indischem Falsettgesang, der Annas Ohren zum Klingeln brachte.

»Kimball? Ist das ein indischer Name?«, schrie Anna zurück, froh über die Ablenkung. Draußen, jenseits der Autoscheiben, wurde die Welt immer unfassbarer. Bei jedem Halt drückten sich schmutzige Kindergesichter gegen die Fenster, große Augen blickten sie an, manche traurig, manche frech, manche verzweifelt. Den Fahrer und Kimball schien es nicht zu irritieren. Anna versuchte die winzigen Bettler ebenfalls zu ignorieren und betrachtete stattdessen das offene und, wie sie feststellen musste, ungemein attraktive Gesicht von Ingrids Sohn, den sie auf Ende zwanzig schätzte. Dafür, dass seine Mutter Deutsche war, sah er erstaunlich indisch aus: dichte schwarze Haare, gerade lang genug, um sie zur Geltung zu bringen, aber kurz genug, um nicht ungepflegt auszusehen. Riesige dunkelbraune Augen, ohne die grauschwarzen Schatten darunter, die Anna bei vielen ihrer indischen Reisegenossen aufgefallen waren. Ein Teint wie Haselnüsse, nicht ganz hell, nicht ganz dunkel.

»Wundern Sie sich, dass ich nicht blond bin?«, fragte er belustigt.

»Nein, das nicht. Ich war nur etwas verwirrt. Es stürzt gerade eine Menge auf mich ein.« Anna hätte sich ohrfeigen können. Sie starrte diesen Kimball an wie das achte Weltwunder, weil ihr nie in den Sinn gekommen war, dass Ingrid mit einem Einheimischen verheiratet sein könnte. Anna, das Naivchen. Rebecca hatte wie immer recht: Ohne jemanden, der ihr die Hand hielt, würde sie in Windeseile unter die Räder kommen. Es reichte schon ein Deutsch sprechender Halbinder beziehungsweise Indisch sprechender Halbdeutscher, um sie aus der Fassung zu bringen.

»Um auf den Namen zurückzukommen: Kimball ist der Name des Helden aus Kiplings ›Kim‹. Als ich geboren wurde, durchlebte meine Mutter gerade ihre romantische Rudyard-Kipling-Phase. Ich hatte noch Glück, dass sie mich nicht Mowgli genannt hat.«

»Ich verstehe nicht, was Sie meinen.«

»Die Dschungelbücher? Kim? Mandalay?« Ein übermütiges Glitzern trat in seine Augen, als er die Stimme hob und die indische Radiosängerin in die Schranken wies.

»›*If you've eard the east a-callin, you won't never 'eed naught else. No! you won't 'eed nothin' else but them spicy garlic smells, an' the sunshine an' the palm-trees an' the tinkly temple bells*‹«, rezitierte er. »Nie gehört?«

»Vom Dschungelbuch habe ich gehört.«

»Den Dschungelbüch*ern*, aber egal. Ich dachte, alle Europäer würden Kipling auswendig herbeten können.«

»Mein Englisch reicht nicht einmal, um das Gedicht zu verstehen«, sagte Anna. »Dafür spreche ich gut Französisch.«

»Davon verstehe ich wiederum kein Wort. In dem Gedicht geht es übrigens um die Sehnsucht eines Briten nach dem Osten. Meine Mutter hat es in Schönschrift und gerahmt in jedem der Gästezimmer aufgehängt.«

»Sehnsucht nach dem Osten, wenn man Europäer ist? Ich glaube nicht, dass es mir jemals so gehen wird.«

»Warum denn nicht? Sie sind doch noch gar nicht angekommen. Indien ist genauso großartig wie Europa. Da, sehen Sie!«

Anna folgte mit den Augen seiner auf den Bürgersteig weisenden Hand, aber sie sah nur ein Gewimmel von Menschen vor dem Hintergrund trister Ziegelfassaden.

»Was meinen Sie?«

»Sehen Sie genauer hin.«

Erst verstand Anna nicht, doch nach einer Weile nahm sie Einzelheiten wahr. Sie bemerkte einen ganz in Orange und Gelb gekleideten Heiligen im Gespräch mit einer Frau, deren in allen Schattierungen von Pink bis Rot schillernder Seidensari selbst seine Robe überstrahlte. Ein Vater im Anzug pflügte, seinen halbwüchsigen Sohn im Schlepptau, durch eine Gruppe bezopfter Schulmädchen. Menschen aller Hautfarben und Größen rannten durcheinander, redeten, machten Geschäfte, ließen sich die Schuhe putzen, kauften Naschwerk und Blumengirlanden. Blumengirlanden? Anna zwinkerte. Sie hatte sich nicht getäuscht: Die Girlanden bestanden aus aufgefädelten orangefarbenen Studentenblumen. Ein Lächeln stahl sich auf ihr Gesicht, das erste, seit sie Lüneburg vor zwei Tagen verlassen hatte. Sollte sie zumindest dieses kleine Geheimnis ihrer Mutter bereits gelüftet haben?

Das Taxi bog schließlich in eine baumbestandene schmale Straße ein. Annas Freude über den Anblick Dutzender westlicher Touristen erhielt allerdings sofort einen Dämpfer, als sie bemerkte, dass im Kielwasser eines jeden Touristen mindestens zwei Bettler trieben. Einheimische Frauen wuschen ihre Wäsche an einem Hydranten, ihre nackten Kleinkinder saßen auf dem Bürgersteig. Der Fahrer überholte eine Rikscha, gezogen von einem klapperdürren Mann in einem blaukarierten Wickelrock. Die ganz aus Holz gefertigte Rikscha sah schon schwer genug aus, doch als Anna die beiden mit Gepäck beladenen Touristen darin entdeckte, entfuhr ihr ein missbilligender Ausruf. Kim hörte es.

»Anna, es ist sein Job!«, rief er über das plärrende Radio hinweg. »Er ist froh, sein Geld auf ehrliche Weise verdienen zu können. Sie sollten sich nicht scheuen, eine Rikscha zu benutzen.«

Anna schüttelte den Kopf. »Es sieht so aus, als hätte ich viel zu lernen«, flüsterte sie. Diesmal konnte er es nicht hören, und er sollte es auch nicht. Anna atmete tief durch, als das Taxi ausrollte und vor dem hübschesten Haus der Straße zum Stehen kam.

Die Rezeption des Fairlawn Hotel war eine Symphonie in Mintgrün: grüne Tische, grüne Stühle, grüne Wände, grüne Decke, grüner Teppich und, was das Beste war, der Blick in einen begrünten Garten. Anna atmete auf. Das blitzsaubere Fairlawn gefiel ihr auf den ersten Blick, die Angestellten begegneten ihr freundlich, und als sie ihr hübsches Zimmer in Besitz nahm, war die Welt fast schon wieder in Ordnung.

Notfalls würde sie sich bis zur Abreise nach Darjeeling einfach hier verschanzen.

15

Der Pangje sah die Soldaten erst, als es bereits zu spät war. Hastig zog er sich in die Deckung der Bäume zurück und wusste im selben Moment, dass er einen Fehler gemacht hatte. Sein Verhalten würde ihr Misstrauen erst wecken. Sie mussten ihn bemerkt haben. Und tatsächlich hörte er nur einen Lidschlag später aufgeregte Stimmen.

»Da war einer!« – »Wo?« – »Dort, bei der Weggabelung. Er hat uns gesehen und ist verduftet.« – »Ein Rebell! Hinterher!« Eine befehlsgewohnte Stimme erhob sich über das Getümmel. Der Pangje hielt sich nicht damit auf, um den Baumstamm zu spähen und herauszufinden, was fünfzig Meter den Hang hinunter geschah, sondern drehte sich um und suchte sein Heil in der Flucht. Ihm war klar, dass er auf Dauer den viel jüngeren Soldaten nicht würde davonlaufen können, doch es bestand Hoffnung: Sie mussten bergauf rennen, und es war fraglich, ob sie es in schwierigem Gelände mit seiner jahrzehntelangen Erfahrung des Verbergens und Hakenschlagens aufnehmen konnten. Sie ahnten nicht, wozu er in der Lage war. Wenn er genügend Zeit hatte.

Er jagte in den lichten Wald des Mahabarath, tiefhängende Zweige peitschten ihm ins Gesicht und hinterließen Striemen auf seiner Wange. Er merkte es kaum. Hinter ihm, in kürzer werdendem Abstand, knackten Zweige, erklangen aufgeregte Stimmen. Die Soldaten kreisten ihn ein. Sie waren in besserer Verfassung, als er vermutet hatte. Hektisch suchte er den Wald nach einem Versteck ab, einer Mulde, in die er sich drücken, einem Baum, hoch und dicht genug, dass er ihn erklettern konnte, doch er fand nichts. Weiter raste er, immer weiter – und trat ins Nichts. Unwillkürlich stieß er einen Schrei aus, ver-

suchte sich mit rudernden Armen zurückzuwerfen, doch der Schwung seiner Flucht trug ihn über die Kante des Felsens hinaus. Noch im Fallen wurde er sich der Ironie der Situation bewusst. Der Kreis schließt sich, dachte er, und sein Fall verwandelte sich in ein heiteres Fliegen. Es ist mein Schicksal.
Er kam mit dem Hintern zuerst auf. Der Aufprall nahm ihm den Atem. Instinktiv rollte er sich zusammen und schoss als menschliche Kugel in ein dichtes Gebüsch, das seine wahnwitzige Talfahrt zum Stillstand brachte. Benommen blieb er liegen und horchte in sich hinein. Die Erkenntnis durchfuhr seinen Körper wie ein Stromschlag: Er war nicht tot, nicht einmal verletzt, von einigen Prellungen, Rissen und Schnittwunden abgesehen. Er hatte eine Chance. Mühsam kam er auf die Knie, krallte seine Hände in den lebensrettenden Busch und zog sich hoch. Er musste weiter, schnell!
Zwei Soldaten, ebenso außer Atem wie er, standen vor dem Busch und hielten ihre Waffen auf ihn gerichtet. Dem ersten Déjà-vu folgte ein zweites, unendlich schmerzhafteres. Langsam hob der Pangje die Hände.

»Wer bist du?« Die Stimme des Truppführers überschlug sich beinahe vor Wut, doch es gelang ihm nicht, den Pangje einzuschüchtern. Obwohl zwei der Soldaten ihn fest gepackt hielten, hatte er seine Ruhe zurückgewonnen und schätzte seine Aussichten auf eine Flucht ab. Ihm war bewusst, dass seine Gelassenheit die Soldaten und auch den Truppführer irritierte, sogar einschüchterte, und seine blassgrünen Augen taten ein Übriges. Im Gesicht einiger der Soldaten hatte er den aufkeimenden Verdacht entdeckt, er sei derjenige, von dem nur geraunt wurde, der furchteinflößende Schneeleopard. Er konnte ihre Angst riechen. Leider schien der Truppführer, augenscheinlich ein Mann aus dem Terai, immun gegen den ihm vorauseilenden Ruf zu sein. Oder aber er hatte noch nie von ihm gehört. Die Operationsgebiete des Pangje lagen weit entfernt, er konnte sich nicht darauf verlassen, dass die Legenden um seine Person bis in Nepals Tiefland gedrungen waren.

»*Wer bist du?*« Der Truppführer verlor zusehends die Geduld. Es war klüger, zu antworten.

»Ein einfacher Bauer aus Loh.«

»Ein Bauer?« Der Truppführer wedelte mit einer Pistole vor seinem Gesicht herum. »Und wie erklärst du uns dann die hier? Erschießt du dein Getreide, bevor du es erntest?«

»Es sind unsichere Zeiten. Überall treibt sich Gesindel herum.«

»Gesindel?« Jetzt kochte der Mann wirklich. Der Pangje war zu weit gegangen: Der Truppführer hatte verstanden, dass er gemeint war. Erstmals keimte Verunsicherung in dem Pangje auf. Der Truppführer war ein alter Kämpfer und alles andere als dumm. Und vor allem: Er hatte keine Angst. Vor niemandem. Ein ernstzunehmender Gegner.

»Du kommst also aus Loh. Was treibst du dann hier, weit entfernt von deinem Dorf? Wo warst du?«

»In Kathmandu«, knurrte der Pangje.

»Was hattest du dort zu schaffen?«

»Das geht dich nichts an.«

Der Fausthieb kam ohne Vorwarnung. Der Pangje keuchte auf, würgte, übergab sich. Hätte sich am liebsten auf der Erde zusammengekrümmt, doch die beiden Soldaten hielten ihn mit eisernem Griff und zwangen ihn in eine aufrechte Position. Schmerz überflutete ihn in Wellen, die nur langsam abebbten. Erbrochenes rann ihm das Kinn hinunter.

»Das geht mich also nichts an?«, zischte der Anführer. »Dann sollte sich der Herr langsam klarmachen, dass ich ein Vertreter des Königs bin. Und den geht es sehr wohl etwas an, wenn ein zwielichtiges Subjekt, bewaffnet mit einer Pistole und einem Kukuri, durch seine Wälder streift und –«

Ein aufgeregter Ruf unterbrach ihn. Einer der Soldaten hatte den Chuba des Pangje untersucht und eine verborgene Tasche in einem der Ärmel entdeckt. »Rupien!«, rief er und schwenkte ein dickes Bündel Geldscheine. »Es müssen Tausende sein, nein, Hunderttausende!«

»Was?« Der Anführer fuhr herum, riss dem Soldaten das Geld aus der Hand und starrte ungläubig darauf. Dann drehte er sich langsam wieder um. In seinen Augen funkelte die Gier.

»Ein Bauer, aha«, sagte er gefährlich leise. Dann hob er die Stimme: »Fesselt ihn. Wir nehmen ihn mit.«

Eine halbe Stunde später trieben die Soldaten den Pangje durch den Wald. Er biss die Zähne zusammen. Sein Körper war geschunden von dem Sturz und dem Schlag, die Fesseln gruben sich unerträglich fest in seine Handgelenke, doch am schärfsten empfand er den Schmerz über seine eigene Dummheit. Er hatte sich auf seine Instinkte verlassen und war unaufmerksam geworden, etwas, was dem Schneeleoparden niemals passieren durfte. Niemals. Und dann bemerkte er eine Bewegung im Schatten des Unterholzes. Gleitend, heimlich, todbringend. Er spannte den Körper. Wer oder was immer ihnen dort auflauerte, er war bereit.

»Halt!«

Tara schrak aus ihren Grübeleien hoch. Wie schon die Tage zuvor war sie in stetigem Tempo vorangeschritten, ohne ihre Umgebung wahrzunehmen. Kaum dass sie bemerkt hatte, ob sie bergauf oder bergab ging. Sie blinzelte. Ein Mann in grüngrauem Tarnanzug, ein furchteinflößendes Gewehr in den Händen, blockierte den Waldpfad. Er trug ein buntes Tuch über Mund und Nase geknotet, so dass sie nur seine obere Gesichtshälfte sehen konnte. Dunkle Augen funkelten sie an, weder freundlich noch unfreundlich. War er ein Rebell? Ein Soldat? Machte es

einen Unterschied? Konnte sie überhaupt jemandem vertrauen, der mit einer Waffe auf sie zielte? Trotz der bedrohlichen Situation blieb Tara gelassen. Nach dem Zwischenfall mit dem Leoparden würde sie so schnell nichts mehr aus der Ruhe bringen. Dies war ein Mensch, und mit Menschen konnte man reden.
»Was hast du hier zu suchen?«, fragte der Mann und warf einen nervösen Seitenblick auf den Hund, der sich knurrend vor Tara gestellt hatte.
Tara beugte sich vor und streichelte über sein gesträubtes Rückenfell. »Ruhig«, sagte sie leise. Der Mut des Hundes war bemerkenswert, und sie empfand es als ein Wunder, dass er sich so schnell von seiner Verletzung erholt hatte. Für einen Hund lief er zwar noch recht langsam, aber er hatte schon am zweiten Tag wieder mit ihr Schritt halten können. Nachdem sie das Tier beruhigt hatte, richtete sie sich auf. »Ich komme aus Gorkha und bin auf dem Weg nach Kathmandu«, sagte sie. »Warum lässt du mich nicht weiterziehen?«
»Zwischen Gorkha und Kathmandu verkehren Busse«, stellte er mit unüberhörbarem Misstrauen fest.
Tara wurde nun doch nervös. Der Mann hatte ihr mitten in einem Waldstück aufgelauert, und sie war seit ihrem frühmorgendlichen Aufbruch aus dem letzten Dorf nur wenigen Wanderern begegnet. Den letzten Menschen hatte sie um die Mittagszeit gesehen, und nun musste es schon später Nachmittag sein. Sie hatte dem Maskierten nichts entgegenzusetzen, und auch der Hund würde gegen eine Kugel nichts ausrichten können. War er Freund oder Feind? Alles, was sie über die gegenwärtige Politik in Nepal wusste, hatte sie von Bahadur erfahren, und sie stand eindeutig auf Seiten der Rebellen. Wenn sie nun etwas Falsches sagte und der Mann ein Soldat war, würde sie vielleicht auf Nimmerwiedersehen im Gefängnis landen. Tara begann zu schwitzen. Was sollte sie tun? Hilfesuchend starrte sie den Mann an, in der Hoffnung, einen Hinweis zu finden. Dann bemerkte

sie Löcher und Flicken in der Uniform des Mannes. Und seine Plastiksandalen. Er war kein Regierungssoldat.

»Ich konnte den Bus nicht benutzen«, sagte sie und bemühte sich, das Zittern in ihrer Stimme zu unterdrücken. »Wegen der Soldaten.«

Der Mann musterte sie interessiert, wenn auch sein Misstrauen noch nicht zerstreut war. »Warum hast du Angst vor den Soldaten?«

Tara ging aufs Ganze. »Meine Brüder kämpfen für die Maoisten.«

»Kannst du es beweisen?«

Tara sank das Herz. Wie sollte sie es beweisen? Die Namen ihrer Brüder verraten?

»Du brauchst ihre Namen nicht zu verraten«, unterbrach der Mann ihre Gedanken, als wüsste er, was in ihr vorging. »Folge mir.« Mit diesen Worten drehte er sich um und verließ den Hauptweg. Tara sah ihm einen Moment lang unentschlossen nach, dann bahnte sie sich ebenfalls einen Weg durch das Unterholz. Nach einigen Metern erreichte sie einen kaum sichtbaren Trampelpfad. Der Mann schritt schnell aus, und bald umschloss dichter Wald sie von allen Seiten.

16

Anna sortierte zum dritten Mal ihren Koffer neu, drückte, stopfte und zerrte an den Verschlüssen, aber es half nichts: Er ging nicht zu. Sie klappte den Deckel wieder auf und nahm ihre dicke Jacke heraus. Sie würde sie wohl oder übel bis Darjeeling überm Arm tragen müssen. In Kalkutta war es wesentlich wärmer, als Anna vermutet hatte. Vermutet? Anna verzog den Mund. Wenn sie ehrlich war, hatte sie keinen Gedanken an das Klima in Kalkutta verschwendet, sondern Ingrids Informationen über Darjeeling einfach auf den Rest von Indien übertragen. Die schwüle Hitze Kalkuttas war etwas Neues für sie, ein Klima, von dem sie bisher zwar in Büchern und Zeitschriften gelesen, es sich aber nie hatte vorstellen können.

In ihrem Gepäck befanden sich nur warme Sachen, und sie wäre in den letzten beiden Tagen zerflossen, wenn Kim nicht sofort am Nachmittag ihres Ankunftstages die Initiative ergriffen und sie in einen dunklen Laden gezerrt hätte, der sich als eine Schatzhöhle für die buntesten Saris und Schals erwies.

Der Besitzer, ein freundlicher und beflissener Mann von etwa fünfzig Jahren, hatte sie und Kim genötigt, sich auf ein dick mit Teppichen bedecktes Podest zu setzen, dann hatte er mit den Fingern geschnippt, und kurz darauf erschien ein Junge und servierte ihnen dampfenden Tee in nicht sonderlich sauberen Gläsern. Anna wollte ablehnen, aber Kim zischte ihr zu, der Tee sei unbedenklich. Sobald sie versorgt waren, ging der Händler zum Geschäftlichen über. Mit jedem Fingerschnippen eilten Halbwüchsige mit den Armen voller Stoffe herbei und luden die Bündel vor ihm ab. Als der Händler begann, jedes einzelne Teil mit einer geübten Drehung des Handgelenks auseinanderzufalten, protestierte Anna. Sie könne auch so gut sehen, was er im Angebot hätte! Doch ihr Protest verhallte. Vier Gläser Tee später sah sich Anna von Bergen bunter Stoffe umgeben und konnte sich nicht entscheiden. Hilflos wandte sie sich an Kim.

»Was soll ich nehmen?«

»Welches ist deine Lieblingsfarbe?«

»Ich weiß nicht. In Deutschland trage ich fast nur Schwarz und Grau. Blau gefällt mir auch.«

»Schwarz und Grau?« Kim lachte. »Mit diesen Vorlieben wirst du in Indien nackt gehen müssen.« Immer noch lachend, wühlte er in dem Stoffberg und zog schließlich ein hellblaues Gewand hervor. Prüfend hielt er es neben Annas Gesicht, runzelte die Stirn und warf es zurück auf den Haufen. »Zu blass«, konstatierte er und tauchte erneut in den Stoff ein. Der Händler tat es ihm nach, und für die nächste halbe Stunde wurde Anna in eine Kleiderpuppe verwandelt. Die Männer hielten die Modefrage offensichtlich für wesentlich wichtiger als sie selbst. Am Ende bezahlte sie einen lächerlichen Betrag für zwei unterhaltsame Stunden und eine Tüte, in der es türkis, maigrün und kirschrot schillerte.

Ohne die Jacke ließ sich der Koffer schließen. Anna hievte ihn vom Bett und strich ihr grünes Gewand glatt. Kim hatte ihr erklärt, das Ensemble würde Salwar Kameez genannt. Es bestand aus einer nach unten weiter werdenden kurzärmeligen Bluse, die fast bis zu den Knien reichte und an den Kanten mit einem aufwendigen Muster aus Perlen und Pailletten bestickt war. Die dazu passende weite Hose wies dieselben Stickereien am Saum auf. Eigentlich hätte sie zu diesem Aufzug Sandalen tragen müssen, aber sie hatte Kims Überredungskünsten widerstanden und auf ihren Turnschuhen beharrt, Schweißfüße hin oder her. Die Vorstellung, mit so gut wie nackten Füßen durch Kalkuttas schmutzige Straßen zu laufen, ekelte sie.

Anna nahm die bereitliegende Dupatta, einen dünnen, auf Bluse und Hose abgestimmten Schal, und legte sie sich vorn um den Hals, wie sie es den Inderinnen abgeschaut hatte. Sie hatte sich entschieden, auch auf der Reise ein Salwar Kameez zu tragen. Es war luftig genug, so dass sie die Hitze der indischen Ebene ertragen würde, und außerdem gefiel es ihr. Sie wünschte, Rebecca könnte sie sehen. Angesichts der leuchtenden Farben würde ihre Freundin den Mund nicht mehr zubekommen. Als sie gestern in dem kirschrot und pink gemusterten Modell das Hotel verlassen hatte, stellte sie zu ihrer Erleichterung bald fest, dass ihr Aufzug besser war als eine Tarnkappe. Mit ihrer geringen Größe, den schulterlangen schwarzen Haaren und einem Inder an ihrer Seite fiel sie im bunten Gewimmel weniger auf, als wenn sie ihren geliebten grauen Pullover angehabt hätte. Es dauerte nicht lange, bis sich Anna erstaunlich wohl fühlte. Kim verlieh ihr Sicherheit, und er hatte sich offensichtlich vorgenommen, ihr die schlimmeren Seiten der Stadt zu ersparen. Ihr erster Tag in Indien hätte durch und durch gelungen sein können, hätte sie nicht auf dem Rückweg zum Hotel die Frau entdeckt.

Sie war sehr jung und lag schlafend auf dem breiten Bürgersteig einer der Hauptstraßen. Ein fleckiges Stück Pappe diente ihr als Unterlage, ein dünnes Tuch als Decke. Die Passanten eilten achtlos an ihr vorbei, manche stiegen sogar mit einem großen Schritt einfach über sie hinweg. Anna blieb fassungslos stehen. Die Frau konnte unmöglich hierbleiben! Und dann erstarrte sie. Unter der Decke regte sich etwas, eine winzig kleine Hand wurde sichtbar. Von der Bewegung alarmiert, schlug die Frau die Augen auf und drückte den Säugling an sich. Sofort fiel sie wieder in ihren einer Bewusstlosigkeit gleichenden Schlaf, während das Baby leise weinte. Anna erkannte entsetzt, dass die Flecken auf der Pappe Blut waren: Die Frau hatte ihr Baby hier zur Welt gebracht, auf diesem Bürgersteig, inmitten desinteressierter Passanten.

Anna merkte, wie sich ihre Eingeweide zu einem Klumpen ballten. Die Erinnerung an diese Frau würde sie ihr Leben lang heimsuchen, aber das Schlimmste war, dass sie nichts getan, ihr nicht einmal Geld gegeben hatte. Der Schock hatte sie handlungsunfähig gemacht, und wenn Kim sie nicht in ein Taxi verfrachtet hätte, würde sie wahrscheinlich heute noch auf diesem Bürgersteig stehen. Den Rest des Abends zuvor hatte sie heulend und hadernd in ihrem Zimmer verbracht. Kim hatte versucht ihr klarzumachen, dass sie nichts für die Frau hätte tun können, dass sie nicht verantwortlich war für Indiens Missstände, aber sie fand keinen Trost in seinen Worten. Nach einem Leben im weichen Kokon hatte sie den längst überfälligen Blick auf die hässliche Seite der Welt geworfen und kläglich versagt. Sie hätte etwas tun müssen, irgendetwas. Anna wusste, dass sie nicht nur wegen der Frau so verzweifelt war. Ihre Tränen waren vergiftet von Selbstmitleid, und dies ließ sie noch mehr verzweifeln.

Schließlich hatte sie Kim gebeten, noch einmal zu der Frau zu gehen und ihr Geld zu geben. Er war tatsächlich aufgebrochen, kehrte aber mit der Nachricht zurück, die Frau sei nicht mehr da gewesen. Anna schämte sich, denn insgeheim war sie erleichtert. Jetzt konnte sie sich ausmalen, jemand anderes hätte sich der Frau erbarmt oder sie sei von Familienmitgliedern gefunden worden. Es war bitter, aber Anna musste sich eingestehen, dass sie niemals die Verantwortung für die Frau und das Baby hätte übernehmen können oder wollen, so wie Mutter Teresa es getan hatte und wie viele andere in dieser Stadt und dieser Welt es taten. Sie besaß diese Größe nicht, und so blieb ihr nur die Möglichkeit, ihre Ohnmacht mit Geld zu mildern. Sie schwor sich, das Geld, das sie der Frau hatte zukommen lassen wollen, und noch viel mehr zu verteilen, wo immer sie einen Menschen in Not traf.

Es klopfte an der Tür, und Kim trat ein.

»Bist du fertig?«
Anna nickte. Sie hatte das Hotel heute nicht verlassen und fürchtete sich davor, erneut mit der Welt dort draußen konfrontiert zu werden. Auch die Vorstellung, die kommende Nacht im Zug zu verbringen, behagte ihr nicht, und Darjeeling erschien ihr mehr und mehr wie eine Drohung.

Anna stand in der gigantischen, vor Menschen berstenden Halle des Sealdah-Bahnhofs und umklammerte ihren Tagesrucksack. Sie fühlte sich wie im Auge des Sturms.
»Alles in Ordnung. Unsere Namen stehen auf der Reservierungsliste.« Kim hatte sich unbemerkt wieder zu Anna gesellt und hielt ihr eine Plastiktüte entgegen. »Wegzehrung«, bemerkte er, winkte dann einen der Gepäckträger herüber und zeigte ihm das Zugticket. Mit gemischten Gefühlen sah Anna den Mann mit ihrem Koffer in der Menschenmenge verschwinden, während Kim in aller Seelenruhe zum nächsten Stand schlenderte und das Angebot studierte.
Anna folgte ihm. »Ob wir den Koffer noch einmal wiedersehen?«
»Natürlich. Der Mann wird den Platz im Abteil frei halten und wartet auf uns. Außerdem bekommt er seinen Lohn erst im Zug.«
»Aber der Koffer ist doch viel mehr wert als das, was wir ihm bezahlen.«
Kim gab bei der Verkäuferin eine Bestellung auf, dann wandte er sich Anna zu.
»Mein Gott, Anna«, sagte er ernst. »Was hat man dir in Deutschland bloß über Indien erzählt? Glaubst du denn, wir sind alle Diebe und Räuber, ein Volk von Lügnern und Betrügern? Ja, der Mann könnte sich aus dem Staub machen, aber die Wahrscheinlichkeit ist verdammt gering. Schließlich hat er eine Berufsehre. Ein Armer ist doch nicht automatisch ein Verbrecher.«

Anna wünschte sich das sprichwörtliche Loch im Boden herbei, so sehr schämte sie sich. Schon wieder. Kim bemerkte es.

»Ich gebe zu, dass Indien nicht gerade für einen Erholungsurlaub geeignet ist«, brummte er. »War nicht so gemeint.«

»Doch, es war so gemeint, und du hast recht. Ich muss um Entschuldigung bitten, nicht du.«

Ohne zu antworten, zahlte Kim seine Teigrollen und dirigierte Anna durch die Halle zu ihrem Bahnsteig. Ihr Zug war noch nicht da, und auch von dem Koffer fehlte jede Spur. Der Bahnsteig war allerdings so voll, dass ein Elefant hätte verlorengehen können.

»Du bist ein guter Mensch«, nahm Kim den Faden wieder auf. »Dir geht das hier alles ziemlich nahe, und ich befürchte, dass mein Land zu hart für dich ist. Versuch, dich zu entspannen. Ich passe schon auf, dass dir nichts passiert.«

»Entspannen? Ich –« Anna konnte ihren Satz nicht beenden, denn in diesem Moment fuhr der Darjeeling Mail ein, und der Bahnsteig verwandelte sich in einen Hexenkessel. Anna klammerte sich an Kims Arm, um nicht von ihm fortgerissen zu werden. Die ersten Menschen enterten den noch fahrenden Zug, quetschten sich durch Türen und Fenster hinein, während die Passagiere auf dem Bahnsteig sie daran zu hindern versuchten. Sie schafften es trotzdem, und nun wurden Gepäckstücke und Kinder hinterhergeworfen. Der Zug rollte noch immer.

»Wie sieht es aus? Hättest du dich dem aussetzen wollen? Mit Koffer?«, fragte Kim.

Anna stand der Mund offen. »Ich dachte, alle hätten Platzkarten?«

»Nicht in der dritten Klasse.«

»Sie prügeln sich auch in der ersten Klasse«, bemerkte Anna und wies auf den vor ihnen zum Stehen kommenden Wagen. Im Inneren wogte ein wilder Tanz aus Armen, Beinen, Leibern und Koffern.

»Dort ist meiner!«, rief sie aufgeregt. Das abgekämpfte Gesicht des Gepäckträgers erschien im Fenster. Als er Kim und Anna entdeckte, grinste er triumphierend. Er winkte ihnen zu, und Anna winkte zurück. Was auch immer Kim mit dem Mann ausgehandelt hatte, sie würde die Summe verdoppeln.

Es dauerte mindestens eine Stunde, bis alles und jeder an seinem Platz war. Anna lag bäuchlings auf ihrer Pritsche und sah aus dem Fenster. Die Sonne sackte zum Horizont, rot und aufgebläht vom in der Luft hängenden Dunst, und verwandelte die Felder und Dörfer Bengalens in eine pastellfarbene Märchenlandschaft. Während der Zug in gemächlichem Tempo in Richtung des Himalayas nach Norden ratterte, fielen Anna endlich die Augen zu.

17

Weit entfernt von dem durch Bengalen rollenden Zug wurde auch Tara schläfrig. Die Dämmerung hatte eingesetzt. Seit mindestens einer Stunde saß sie, an einen Baum gelehnt, am Rand eines im Wald versteckten Lagers und wartete darauf, dass etwas geschah. Etwa zwei Dutzend Männer und drei Frauen, einige in Tarnanzügen, andere in Zivilkleidung, hielten sich im Schutz der Bäume versteckt, und auch sie schienen sich zu langweilen. Die friedliche Geschäftigkeit des Lagers drohte Tara einzulullen, aber ein Blick auf die bewaffneten Wachtposten belehrte sie eines Besseren: Der Frieden täuschte, es herrschte Krieg, und sie musste wachsam bleiben.

Der Hund hörte sie zuerst. Mit einem Ruck hob er den Kopf und spähte mit gespitzten Ohren in das Dickicht auf der anderen Seite des Lagers. Etwas später drangen die Stimmen auch an Taras Ohr, und sie setzte sich auf, alle Muskeln und Sinne angespannt. Die anderen Menschen hielten in ihren Tätigkeiten inne. Eine atemlose Stille lag über dem Lager, während sich die Stimmen näherten. Die Wachtposten hoben ihre Gewehre, ließen sie aber wieder sinken, als erst zwei, dann fünf und schließlich zwölf Männer aus der Deckung des Unterholzes traten. Erleichterte Begrüßungsrufe flogen zwischen den Neuankömmlingen und den im Lager Zurückgebliebenen hin und her. Einer der Wachtposten zeigte mehrmals in Taras Richtung, während er auf einen Mann einredete. Tara ließ den Mann nicht aus den Augen. Wegen des Respekts, mit dem die anderen ihm begegneten, vermutete sie in ihm den Anführer. Sie wunderte sich über sein jugendliches Alter, doch vielleicht täuschte sie sich auch – er stand recht weit entfernt, und es war mittlerweile fast dunkel. Jetzt wandte er ihr den Kopf zu und musterte sie, dann hob er die Hand und winkte sie heran. Tara rappelte sich hoch, strich ihre verschmutzte Kurtha glatt und ging langsam zu der Männergruppe hinüber. Plötzlich wurde ihr bewusst, dass sie fürchterlich aussehen musste. Was soll diese unangebrachte Eitelkeit?, dachte sie ärgerlich und gab sich einen Ruck. Als ob es hier irgendjemanden zu interessieren hätte, wie ich aussehe. Mit geradem Rücken schritt sie auf die Männer zu. Niemand brachte sie aus der Fassung, niemand. Niemand? Der Bhoot tauchte vor ihrem inneren Auge auf, und das verursachte ihr eine Gänsehaut. Sie biss die Zähne zusammen. Nur jetzt nicht an den Bhoot denken, sie durfte keine Schwäche zeigen.

»Wie geht es Ihnen? Haben Sie schon gegessen?«, fragte der Anführer, als sie vor ihm stand.

»Wie bitte?«

»Sie müssen hungrig sein. Entschuldigen Sie, dass man Sie so lange hat warten lassen, aber« – er zuckte die Schultern – »wir müssen vorsichtig sein. Ich hoffe, Sie haben Verständnis.«

Tara nickte. Sie hatte mit aggressiven Fragen gerechnet, mit Schreien, mit Misstrauen, aber ganz sicher nicht mit Besorgnis um ihren Zustand.

Der Mann bemerkte ihre Verwirrung, und auf seinem Gesicht breitete sich ein Lächeln aus. »Wenn Sie meinem Kameraden die Wahrheit gesagt haben und Ihre Brüder tatsächlich auf unserer Seite stehen, haben Sie nichts zu befürchten. Kommen Sie, das Essen ist gleich fertig.«

Verunsichert folgte Tara dem Anführer und einigen anderen Männern zu einem dunkelgrünen Zelt, neben dem ein offenes Feuer brannte. Sie ließen sich um das Feuer nieder, und kurz darauf erschien ein Mann mit zwei Blechtellern und gab einen dem Anführer. Den zweiten reichte er Tara. Sie streckte die Arme aus, hielt aber auf halbem Weg inne. Obwohl sie seit dem frühen Morgen außer einer Packung trockener Nudeln nichts zu sich genommen hatte und der Anblick des üppigen Reisbergs ihren Hunger verdoppelte, ließ die dunkle Haut des Mannes sie zögern. Der etwa Fünfunddreißigjährige gehörte mit Sicherheit einer niedrigen Kaste an, war vielleicht sogar ein Unberührbarer. In diesem Fall durfte sie von ihm keinen gekochten Reis annehmen.

»Sie sind Brahmanin?« Der Anführer deutet Taras Zögern richtig. Sie glaubte einen Vorwurf in seinen Augen lesen zu können, und erneut schaffte er es, ihr Weltbild ins Wanken zu bringen. Sie fühlte sich ertappt, obwohl es keinen Grund dafür gab. Ja, sie war Brahmanin und gehörte somit der obersten Kaste an. Die Priester entstammten ihrer Kaste, und sie hatte die Pflicht, rein zu bleiben, kein Rinder- oder Büffelfleisch zu essen. Keine Zwiebeln und keinen Knoblauch. Keine Tiere zu töten. Und, ja, sich von Unreinen fernzuhalten. So war es immer gewesen, und sie hatte die Regeln nie in Frage gestellt.

Bis jetzt. Ein leiser Zweifel rührte sich in ihrem Kopf, während der dunkle Mann ihr weiterhin geduldig und ohne eine Spur von Demut den Teller hinhielt. Er wirkte selbstbewusst, ganz anders als die Menschen der unteren Kasten, mit denen sie bisher zu tun gehabt hatte. Plötzlich erinnerte sie sich an die Worte ihres Bruders: »Wir wollen Gleichheit.« Ihr war nie in den Sinn gekommen, dass auch dies damit gemeint sein könnte. Noch immer wartete der Mann, als wüsste er um ihre Gedanken, die so neu und unerhört waren, dass Tara beinahe schwindelig wurde. Mehr um den anderen ihren Willen zu lassen denn aus wirklicher Überzeugung nahm sie dem dunklen Mann schließlich den Teller aus der Hand.

»Danke«, sagte sie, und im selben Moment fühlte sie, dass etwas Wichtiges passiert war, auch wenn sie es nicht hätte benennen können.

Die Teller leerten sich rasch. Sobald jemand aufgegessen hatte, bekam er einen Nachschlag, doch Tara winkte ab, eine Portion

hatte ihr genügt. Während die anderen schweigend weiteraßen, hatte sie erstmals Muße, sie genauer zu betrachten.
Zur Linken des dunklen Mannes saß der Wachtposten, dem sie auf dem Waldweg in die Arme gelaufen war und der nun, ohne sein buntes Tuch, weitaus weniger angsteinflößend aussah. Ihr gegenüber kauerte ein alter Mann, dessen Art, alles und jeden unter halb geschlossenen Augenlidern zu mustern, Tara einen Schauer über den Rücken jagte. Seine hellgrünen Augen erinnerten sie an den Milchsee, einen heiligen Gletschersee zwei Tagesmärsche von Raato Danda entfernt. Tara hatte niemals zuvor solche Augen bei einem Menschen gesehen. Auf seiner linken Wange prangte eine frische Schürfwunde, schwere Silberringe zogen seine Ohrläppchen in die Länge, und um den Hals trug er Schmuck aus Türkisen und Korallen. Sein graugesträhntes Haar reichte ihm bis über die Schultern, und sein Körper war in einen Chuba gehüllt, einen weiten knielangen Wickelmantel aus grob gewebter Wolle. Neben ihm lagen eine Umhängetasche und eine rote Wollmütze, mehr besaß er nicht. Er hielt einen auffälligen Abstand zu den anderen, und Taras Instinkt sagte ihr, dass er nicht zu den Rebellen gehörte. Jetzt traf sein heller Raubkatzenblick den ihren, und ihre Nackenhaare stellten sich auf. Sie hätte nicht sagen können, warum sie sich plötzlich fürchtete, denn der Mann betrachtete sie nicht unfreundlich, eher ernst und fragend, und doch stimmte etwas nicht. Auch der Hund, der sich wie immer dicht bei Tara hielt, schien es zu bemerken. Aufjaulend presste er sich auf den Boden und drängte sich an sie. Sein Rückenfell sträubte sich zu einer Bürste. Der Alte ignorierte den Hund und widmete sich wieder seinem Essen. Tara ließ ihren Blick weiterwandern und verharrte schließlich auf dem Anführer zu ihrer Rechten.
Er war älter, als sie anfänglich gedacht hatte, vielleicht Ende zwanzig oder Anfang dreißig, und sehr schlank. Im Vergleich zu allen anderen wirkte er erstaunlich sauber. Sein Haar trug er

kurz geschnitten, die Kleidung, eine Mischung aus Zivil- und Armeekleidung, hatte er ordentlich geflickt, und er war sogar rasiert. In seinem länglichen Gesicht stritten eine schmale, weit hervorspringende Nase, volle Lippen und große, dunkelbraune Augen um die Vorherrschaft. Es war ein gutes Gesicht, wenn auch kein schönes. Am erstaunlichsten fand Tara jedoch seine Hände: hell, ohne Schwielen oder schwarze Ränder unter den Fingernägeln. Der Mann neben ihr war mit Sicherheit kein Bauer.

»Stimmt etwas nicht mit mir?«, fragte er lächelnd.

Und wieder ertappt. Tara senkte beschämt den Kopf.

»Warum sind Sie hier?«, fragte er unvermittelt.

»Ihr Wachtposten hat mich hergeführt. Ich wusste nicht, dass Ihre Gruppe sich hier aufhält.«

»Was haben Sie dann auf dem Pfad gemacht?«

»Ich bin auf dem Weg nach Kathmandu.«

»Kathmandu? Dann hätten Sie weiter oben am Berg bleiben müssen. Der Pfad, auf dem wir Sie gefunden haben, führt nach Süden, zum Prithvi-Highway. Der Highway wird von Regierungstruppen kontrolliert.« Er kniff die Augen zusammen. »Und denen wollten Sie doch aus dem Weg gehen, nach dem, was Sie meinem Mann weisgemacht haben?«

»Ich habe Ihren Mann nicht angelogen«, brauste Tara auf. »Ich muss nach Kathmandu, und in Ihr Lager wollte ich gar nicht kommen. Machen Sie mir zum Vorwurf, den richtigen Weg verfehlt zu haben?«

»Es sind gefährliche Zeiten, in denen es sich jeder dreimal überlegt, ob er sein Dorf verlässt und sich auf Wanderschaft begibt. Ihre Gründe müssen wichtig sein.«

»Das sind sie.«

»Erzählen Sie mir davon.«

»Nein.«

»Dann werde ich Sie hierbehalten und so lange als Spionin der

Regierung betrachten, bis Sie mit der Sprache herausgerückt sind.«
»Nein! Das können Sie nicht tun! Ich will doch meine Schwester finden.« Tara verhaspelte sich. Sie musste sich zusammenreißen, um nicht zu weinen.
»Ihre Schwester?«, fragte er leise. »Was ist mit Ihrer Schwester?«
»Sie ist gegen ihren Willen verheiratet worden.«
Der Anführer seufzte. »Werden das nicht alle?«
»Natürlich, und meistens suchen die Eltern gute Männer aus. Aber der Mann, mit dem meine Schwester verheiratet wurde, ist ein Dämon.« Tara brach zusammen. Die Tränen ließen sich nicht mehr aufhalten und hinterließen glänzende Spuren auf ihren staubigen Wangen. Stockend begann sie von ihren Sorgen zu erzählen, offenbarte sie einem völlig Fremden, diesem Mann mit dem freundlichen Gesicht, in dessen Macht es plötzlich stand, ob sie ihre Schwester jemals wiedersah. Sie berichtete ihm von dem langen Schatten des Bhoots, davon, wie er ihren schwachen Vater tyrannisierte, und von dem fürchterlichen Tag im letzten Winter, an dem der Hubschrauber gekommen war und ihre Schwester nach Kathmandu entführt hatte.
Es war sehr still geworden. Aller Augen lagen auf Tara. Mit dem Ärmel ihrer Strickjacke wischte sie sich den Rotz von der Oberlippe und blickte von einem zum anderen. Zu gern hätte sie gewusst, was die Männer dachten. Würden sie sie zurückschicken mit der Mahnung, sie solle sich nicht in die Entscheidungen der Eltern einmischen? Oder würde sie weiterziehen dürfen?
Der Anführer räusperte sich. »Das ist eine schlimme Geschichte«, sagte er mit belegter Stimme. »In dem neuen Nepal wird es so etwas nicht mehr geben.« Seine Augen blitzten, als er sich Tara zuwandte. »Hat dieser Dämon auch einen Namen?«
Sie nannte ihm den Namen. Kaum hatte sie ihn ausgesprochen,

stieß der alte Mann aus dem hohen Himalaya einen erstaunten Ruf aus. Aufgeregt beugte er sich zu Tara. »Du irrst dich nicht?«, fragte er. Seine Augen bohrten sich in ihre, ließen nicht zu, dass sie sich abwandte. Tara schüttelte entschieden den Kopf. Niemals würde sie diesen Namen vergessen.
»Kennen Sie ihn?«, fragte der Anführer.
Alle Emotionen im Gesicht des Alten verlöschten in der Spanne eines Herzschlags. »Mag sein«, murmelte er. Vergeblich warteten die anderen auf eine Erklärung. Der Alte hüllte sich in Schweigen, und dieses Schweigen wirkte auf Tara nur noch unheimlicher, denn davor hatte sie Hass in seinen Augen glimmen sehen, der ihrem ebenbürtig war.
Nach einer langen Pause wandte sich Tara noch einmal an den Anführer: »Ich habe eine Bitte. Könnten Sie eine Botschaft an meinen Vater senden? Ihm sagen, dass es mir gutgeht und er sich nicht zu sorgen braucht?«
Der Anführer zog die Augenbrauen hoch. »Haben Sie ihm denn keine Nachricht hinterlassen?«, fragte er erstaunt. »Ihre Familie wird sich allerdings Sorgen machen.«
Tara starrte auf ihre Hände, die ihr mit einem Mal entsetzlich hässlich vorkamen. Die tägliche Arbeit hatte sie rissig und plump werden lassen, die Nägel waren eingerissen und schmutzig. Hände, die in Büffelmist greifen oder eine Sichel schwingen, aber keinen Stift halten konnten. »Ich kann nicht schreiben«, flüsterte sie beschämt.
»Entschuldigen Sie. Ich wollte Sie nicht in Verlegenheit bringen.«
Verblüfft sah Tara auf. Es kam nicht oft vor, dass sich jemand bei ihr entschuldigte.
»Natürlich werden wir Ihrem Vater eine Nachricht zukommen lassen«, fuhr der Anführer fort. »Wie heißt er?«
»Lamichhane. Dipendu Lamichhane aus Raato Danda. Mein Name ist Tara.«

»Dipendu Lamichhane? Er lebt?« Das Erstaunen des Alten schien noch größer zu sein als zuvor bei der Erwähnung des Bhoots.

Tara starrte ihn an. »Sie kennen meinen Vater? Wieso glauben Sie, dass er tot ist? Nun reden Sie doch!«

Abermals bekam sie keine Antwort, sosehr sie ihn auch drängte und dabei alle Höflichkeit vergaß. Der Mann mit den Gletscheraugen blieb stumm. Letztendlich musste sich Tara geschlagen geben. Sie verließ den Kreis und gesellte sich zu den Männern und Frauen, die sich ums Kochen und Abwaschen kümmerten. Hier gab es keine ungelösten Rätsel, hier wartete eine Arbeit, von der sie etwas verstand.

Später, als die anderen sie mit dem letzten rußgeschwärzten Topf beim heruntergebrannten Kochfeuer allein gelassen hatten, kam der Anführer zu ihr herüber und hockte sich neben sie. Tara schreckte auf. Sie war so in ihre Arbeit vertieft gewesen, dass sie ihn nicht hatte kommen hören. Der Mond war mittlerweile aufgegangen, und sein Licht hatte das Lager in eine Schattenwelt verwandelt, durch die geistergleich die Menschen huschten.

»Ich habe mich noch gar nicht vorgestellt. Man nennt mich Sarung. Meinen richtigen Namen lerne ich gerade zu vergessen.«

»Sarung?« Tara musste wider Willen lachen. »Wie die kleinen frechen Vögel mit der gelben Brille?«

Er lachte ebenfalls. »Meine Eltern haben mich früher häufig so genannt, weil ich sie als kleines Kind an diese Vögel erinnert habe. Er ist haftengeblieben.«

»Es gibt Schlimmeres.«

Tara griff eine Handvoll Asche aus der Feuerstelle und schrubbte mit der flachen Hand den Ruß vom Topf.

»Ich habe mich entschieden, Ihnen einen Begleiter zur Seite zu

stellen«, nahm Sarung den Faden nach einer Weile wieder auf. »Bis Kathmandu sind es nur noch zweieinhalb Tagesmärsche, aber ab jetzt wird es immer gefährlicher.«
»Der Hund beschützt mich.«
»Er ist ziemlich gut darin, nicht wahr? Aber es wird nicht reichen. Die Wälder in den Bergen um das Kathmandu-Tal wimmeln von Rebellen, Soldaten und Mitgliedern der Sicherheitspolizei. Früher oder später geraten Sie an Leute, denen Ihre Antworten nicht passen.«
»Bestehen Sie darauf?«
»Ja. Ich habe auch schon mit einem meiner Männer gesprochen. Er wird Sie sicher bei unseren Genossen in Kathmandu abliefern.«
Tara strich sich mit dem Handrücken eine Haarsträhne aus der Stirn. »Wer ist es?«
Sarung wies auf einen Mann, der etwas entfernt auf dem Boden saß und sein Gewehr reinigte. Als er merkte, dass Tara und Sarung zu ihm hinübersahen, hob er die Hand und winkte ihnen zu. Unangenehm berührt erkannte Tara trotz der Dunkelheit den Mann wieder, der ihr das Essen gebracht hatte. Musste es ausgerechnet er sein? Immerhin schien der Mann keinen Groll gegen sie zu hegen.
»Er heißt Achal und ist ein Kamis. Ja, ein Schmied, meine liebe Brahmanin, ein Unberührbarer. Und nebenbei ist er mein engster und treuester Freund. Sie können sich auf ihn verlassen.«
»Sie müssen verstehen – ich bin so erzogen worden. Die neue Welt bricht gerade sehr schnell über mich herein.«
»Nicht nur über Sie. Wir haben Ihr Verhalten vorhin beim Essen zu schätzen gewusst, Tara. Es muss Ihnen sehr schwergefallen sein, aber Sie besaßen den Mut, den ersten Schritt zu wagen.«
»Ich weiß noch immer nicht, wie ich mich fühle. Es ist, als verriete ich meinen Glauben und alles, was mir Halt gibt.« Tara

horchte in sich hinein und stellte zu ihrem Erstaunen fest, dass sie trotzdem Stolz darüber empfand, ebenjenen ersten Schritt gewagt zu haben. »Mein Bruder sagte, die Maoisten kämpften dafür, dass alle gleich behandelt werden«, sagte sie.
»Unter anderem. Es ist komplizierter, aber im Grunde geht es genau darum.«
»Ich finde diese Idee sehr schön.« Tara beugte sich dicht über den Topf, betrachtete ihn von allen Seiten und stellte ihn dann ab. Es gab noch eine Frage, die ihr unter den Nägeln brannte. »Wer ist der alte Mann? Er gehört nicht zu den Maoisten, oder?«
»Ich weiß nicht, ob er überhaupt zu jemandem gehört. Wenn ich es wüsste, wäre mir wohler, glauben Sie mir.«
»Aber warum ist er dann im Lager?«
»Es wäre besser, ich erzählte es Ihnen nicht.«
Taras Wut flammte wieder auf. Sie war es leid, als dumme Frau behandelt zu werden. »Ich glaube, ich habe ein Recht darauf, es zu erfahren«, sagte sie fest. »Dieser Mann weiß etwas über meinen Vater, dessen bin ich mir sicher. Helfen Sie mir.«
»Also gut«, sagte Sarung seufzend. »Heute Mittag sind meine Männer und ich nicht allzu weit von hier auf eine Gruppe Soldaten gestoßen, die einen Gefangenen mit sich führten, dem Anschein nach einen alten Bauern aus den Hochtälern. Ein Kampf war unvermeidlich. Wir haben gewonnen.« Er machte eine Pause und sah auf seine zarten Hände, als könne er immer noch nicht fassen, dass sie in der Lage waren, Tod zu bringen. »Der Anführer der Soldaten flüchtete, aber ich habe ihn erkannt. Ein ziemlich brutaler Typ aus dem Terai. Schlau und korrupt. Hat es weit gebracht.« Jeden seiner abgehackten Sätze unterstrich er mit einem freudlosen Lachen, das Tara mit einer unerklärlichen Traurigkeit erfüllte. Obwohl es sich nicht gehörte, legte sie ihm eine Hand auf den Arm. Dankbar sah er sie an und fuhr etwas beherrschter fort: »Die Soldaten haben den

Alten geschlagen, Sie haben seine Verletzung im Gesicht sicher bemerkt. Wir boten ihm selbstverständlich unseren Schutz an, aber als wir ihn fragten, warum er verhaftet wurde, schwieg er. Tja, das ist alles.«

»Und wenn er nun ein Verbrecher ist? Ein Dieb? Ein Mörder?«, fragte Tara.

»Daran habe ich auch schon gedacht. Ich muss gestehen, dass er mir zutiefst unheimlich ist. Er hat etwas zu verbergen, aber ich kann mir nicht vorstellen, was es sein sollte.«

Das Lager erwachte vor Morgengrauen, und auch Tara schlug die Augen auf, sobald sie die ersten Geräusche hörte. Sie war durchgefroren von der Nacht im Freien. Sarung hatte ihr eine Decke geliehen, doch diese hatte gegen die nächtliche Kälte nicht viel ausrichten können, ebenso wenig der Hund, der sich an sie geschmiegt hatte. Sie tastete nach seiner Rückenwunde und stellte befriedigt fest, dass sie vollständig verschorft war. Ihr Lebensretter war außer Gefahr. Sie zauste ihm die Ohren, woraufhin er aufstand, sich ausgiebig reckte und gähnte und dann in Richtung des Unterholzes verschwand. Tara tat es ihm nach und suchte sich einen ungestörten Platz etwas abseits des Lagers.

Beim gemeinsamen Frühstück, bestehend aus trockenen Keksen und Tütensuppe, hielt sie Ausschau nach dem Alten. Sie hatte am Abend noch lange wach gelegen und war zu dem Entschluss gekommen, den Mann erneut zur Rede zu stellen, doch offenbar hatte der Alte das Lager im Laufe der Nacht verlassen. So heimlich und leise, dass selbst die Wachtposten nichts bemerkt hatten, obwohl sie doppelt aufmerksam gewesen waren, nachdem einer von ihnen geglaubt hatte, den Schatten eines Leoparden im Unterholz zu sehen. Tara hätte schreien mögen. Warum hatte sie den Alten nicht schon am Abend gezwungen, ihr Rede und Antwort zu stehen? Nun war die einmalige Gelegenheit, etwas über das Geheimnis ihres Vaters zu erfahren, ungenutzt verstrichen.

Kurz nach Sonnenaufgang verließ sie mit Sarung und Achal das Lager. Nach wenigen Minuten hielt Sarung inne und gab Achal einige Anweisungen, dann nahmen sich die Männer in die Arme. Tara sah betreten beiseite. Sie würde noch eine Weile benötigen, bis sie sich an die neue Brüderlichkeit zwischen allen Kasten gewöhnt hatte.

Achal verschwand zwischen den Bäumen, und Sarung trat zu Tara. »Ich wünsche Ihnen Erfolg bei Ihrem Vorhaben«, sagte er. »Sie werden Ihrem Namen gerecht: Tara, der Stern. Für Ihre Schwester leuchten Sie in den dunklen Stunden, und auch ich werde den Nachthimmel ab heute mit anderen Augen betrachten. Bringen Sie uns Glück. Wir haben es bitter nötig.« Dann drehte er sich um, ohne ihr eine Gelegenheit zum Antworten zu geben. Schon nach wenigen Schritten verschwamm seine Gestalt im Morgennebel, und er wurde eins mit dem Wald. Tara schluckte hart. Sie verspürte einen Klumpen im Magen, von dem sie nicht wusste, ob er ihr angenehm oder unangenehm war. Dann wandte auch sie sich um und eilte Achal nach, den Hund an ihren Fersen.

18

Chai, chai, coffee, chai!«

Der laute Ruf riss Anna aus dem Schlaf. Erschrocken fuhr sie hoch und stieß sich prompt den Kopf an der oberen Pritsche. Noch bevor sie sich zurechtgefunden hatte, tauchte Kims Kopf von oben auf. Anna musste lachen: Es sah einfach zu komisch aus, wie er da herabbaumelte, die Haare verstrubbelt und mit traumschwerem Gesichtsausdruck.

»Guten Morgen«, nuschelte er. »Gut geschlafen?« Er gähnte herzhaft, und Anna beneidete ihn einmal mehr um seine strahlend weißen Zähne. Ohne Ingrid gesehen zu haben, wusste sie, dass die Zähne das Erbe seines Vaters waren.

»Chai, chai, coffee, chai!« Der Ruf kam näher, und endlich zeigte sich auch der Verursacher: Ein junger Mann mit einem vollbeladenen Tablett und mehreren Thermoskannen quetschte sich an den Passagieren vorbei durch den Gang. Auf dem Kopf balancierte er ein weiteres Tablett mit Bergen von dünnen Brotfladen, Curryreis und Nüssen. Direkt vor Anna blieb er stehen und lachte sie an. »Chai?«, fragte er.

»Coffee?«, fragte sie zurück und nahm sich angesichts seiner ebenfalls perfekten Zähne vor, sich nach den indischen Zahnpflegegeheimnissen zu erkundigen.

»Chai«, sagte Kim und drückte ihm ein paar Münzen in die Hand.

Ohne den Kopf zu bewegen und seine Ware zu gefährden, goss der Mann ein Glas Kaffee und ein Glas Tee ein und widmete sich dann dem nächsten Kunden.

Da sie auf ihrer Pritsche keine Möglichkeit zum Sitzen hatte, stützte sich Anna vorsichtig auf den Ellbogen und schaffte es tatsächlich, nichts zu verschütten. Während sie langsam den heißen

Kaffee nippte, flog draußen eine hitzeflirrende, currygelbe Welt vorbei. Currygelbe Häuser standen in currygelben Feldern, auf denen knochige Kühe in einem etwas dunkleren Curryton nach etwas Essbarem suchten. Lediglich die Menschen brachten andere Farben ins Bild: Zu Hunderten hockten Frauen in bunten Saris und weißgekleidete Männer am Bahndamm und in den Feldern und schauten beiläufig dem Zug nach.

»Warum sitzen die Menschen alle dort?«, fragte Anna nach oben gerichtet.

»Warum wohl? Sie kacken.«

»Wie bitte? Ins Gemüse?«

Kim kletterte von seiner Pritsche und blieb kurz stehen. »Wohin denn sonst?«, fragte er grinsend. »Wir Inder geben uns viel Mühe, den gängigen Vorurteilen zu entsprechen. So, ich verschwinde mal eben zum Zähneputzen.«

Am frühen Vormittag erreichten sie Siliguri, Endstation des Darjeeling Mail und Ausgangspunkt diverser Busunternehmer für die Fahrt in die Berge. Dank Kim verlief der Wechsel von einem Verkehrsmittel ins nächste reibungslos, und ehe Anna sich versah, verließ der Bus den Busbahnhof. »Ich hatte im Reiseführer über diese kleine Eisenbahn gelesen. Warum nehmen wir die nicht?«, fragte Anna.

»Du meinst den Toy Train. Ehrlich gesagt, ich habe das gar nicht in Erwägung gezogen. Der Bus ist wesentlich schneller. In drei Stunden sind wir zu Hause.«

»Macht nichts. Ich kann ja mit dem Zug zurückfahren. Lohnt es sich denn?«

»Keine Ahnung. Ich habe ihn noch nie benutzt.«

»Wirklich? Aber das ist doch ein Touristenhighlight.«

»Eben. Ich bin keiner.«

Nach einer Pause ergriff Anna erneut das Wort. »Hast du dein ganzes Leben in Darjeeling verbracht?«

Kim schüttelte den Kopf. »Nein, bis zu meinem zwölften Lebensjahr lebte ich in Kalkutta, und die letzten fünf Jahre habe ich in Berlin studiert. Meine Eltern wollten mich schon früher zu Mutters Eltern schicken, damit ich eine deutsche Schule besuchen kann, aber damals habe ich mich noch mit Händen und Füßen dagegen gewehrt. Ich kannte Deutschland von einigen Urlauben und fand es furchtbar.« Er suchte nach Worten.

»Kalt? Unpersönlich? Langweilig?«

»Von allem etwas. Und zu sauber.«

»Wie kann etwas zu sauber sein?«, fragte Anna verblüfft.

»Dann, wenn es manisch wird. Irgendwie fand ich Deutschland immer zu organisiert, zu wenig spontan. Nun ja, in meiner Berliner Zeit hat sich der Schrecken namens Deutschland relativiert«, sagte er lachend. »Seit ich wieder hier bin, kommt's mir in Indien doch arg chaotisch vor.«

»Was hast du denn studiert?«

»Zoologie. Ich bin im Frühling fertig geworden und möchte nun in Indien arbeiten. Letzten Monat habe ich mich an der Uni in Kalkutta und bei einigen Schutzprojekten beworben. Im Moment warte ich auf Antworten.«

»Was für Schutzprojekte?«

»Tierschutz, Umweltschutz, beides ist ohnehin untrennbar miteinander verbunden.«

»Ich finde es beeindruckend, etwas für Tiger und Nashörner und solche Tiere zu tun.«

»Tiger und Nashörner? Ich dachte eher an Lurche und Schlangen. Ich bin Herpetologe.«

»Noch nie gehört.«

»Auch Kriechtierforscher genannt.«

»Im Ernst?«

»Sind dir die niederen Kreaturen zu unspektakulär?« Kim musterte sie amüsiert.

»Nein, um Gottes willen, so habe ich es nicht gemeint. Es ist

nur so, dass … Ach, vergiss es. Ich denke bei Zoologie eben nicht an Kriechtiere.«
»Und Gewürm«, vollendete Kim trocken. »Dabei ist es mindestens genauso wichtig und interessant.«
Anna sah peinlich berührt aus dem Fenster. Kim war vier Jahre jünger als sie, aber in den letzten zwei Tagen hatte sie immer wieder das Gefühl gehabt, er sei der Ältere. Es mochte daran liegen, dass er in zwei verschiedenen Kulturen aufgewachsen und daran gewöhnt war, sie miteinander zu vereinen. In seiner Gegenwart fühlte sie sich doppelt naiv, aber nicht nur ihre oftmals falsche Einschätzung der Umstände verunsicherte sie. Es war der junge Mann selbst. Sie musste sich eingestehen, dass sie es genoss, die neue Welt an seiner Seite kennenzulernen.
Der Bus schlich noch immer im Schritttempo durch die staubigen, von Fahrradrikschas verstopften Straßen der Stadt. Der Fahrer versuchte vergeblich, sich den Weg freizuhupen – gegen die lebensmüde Gelassenheit der anderen Verkehrsteilnehmer hatte er keine Chance. Inmitten des Gewühls entdeckte Anna einen splitternackten, über und über mit grauer Asche eingeriebenen Mann. In der Hand hielt er einen Dreizack, sonst schien er nichts zu besitzen. Die Menschen nahmen von ihm genauso wenig Notiz wie von dem Bus.
»Ein Sadhu«, erklärte Kim, der den Mann ebenfalls bemerkt hatte. »Ein heiliger Asket.«
Anna ließ sich in ihren Sitz zurücksinken. »Was für ein Land«, stöhnte sie.

Kurz nachdem sie Siliguri verlassen hatten, veränderte sich die Landschaft. Bäume beschatteten die gut ausgebaute Straße, und die bisher vorherrschenden Gelb- und Brauntöne wurden von einem satten, gesunden Grün abgelöst. Bald gewannen sie an Höhe, und der Wald zu beiden Seiten der Straße wurde dichter. Nach einer Stunde Fahrtzeit begann es zu regnen. Der Bus

keuchte durch dichte Wolkenbänke, und Anna fror, obwohl sie ihre dicke Jacke angezogen hatte. Ihre Jeans und die warme Unterwäsche lagen unerreichbar im Koffer auf dem Dach. Die anderen Passagiere waren besser vorbereitet – hier und da tauchten warme Tücher, Fleecejacken und Wollmützen auf. Nach weiteren zwei Stunden, in denen der Regen immer eisiger geworden war, erreichten sie Darjeeling. Anna war enttäuscht. Statt der erwarteten Hill-Station-Romantik mit stilvollen Kolonialhäusern und dem Blick auf schneebedeckte Berge und Teeplantagen wurde sie von einer tristen Ansammlung grauer Häuser begrüßt, und von Aussicht keine Spur. In gedrückter Stimmung trottete sie hinter Kim her. Er hatte ihr den Koffer abgenommen, doch sie konnte trotzdem kaum Schritt halten. Darjeeling lag auf einer Höhe von 2100 Metern, und die dünne Luft machte Anna das Atmen schwer. Kim führte sie über steile Treppen und Straßen, die sie zu mehreren Verschnaufpausen zwangen. Mit pochendem Herzen erreichte sie schließlich das Hotel. Es war viel kleiner, als sie es sich vorgestellt hatte, mit gerade mal drei Stockwerken und vielleicht zwanzig Metern Länge war es nicht größer als ein kleines Mietshaus. Aber es gefiel ihr auf den ersten Blick. Die Fensterrahmen waren hellgrün, die Außenwände rosa gestrichen, und auf einem Holzschild über der Eingangstür prangte in liebevoll verschnörkelten Buchstaben der Name des Hotels: Laksmi's Home.
In diesem Moment flog die dunkelrote Tür auf, und eine rundliche Blondine rauschte auf Anna zu. »Da seid ihr ja! Ich habe mich so auf dich gefreut, Anna! Namaste!«

Anna war ratlos. Sie konnte sich nicht erinnern, jemals ein spartanischer eingerichtetes Hotelzimmer gesehen zu haben. Ein Bett, ein Stuhl, ein kleiner Tisch und ein winziges Regal bildeten das einzige Mobiliar. Immerhin bedeckte ein Teppich einen Teil des blanken Zementbodens, vor dem Fenster hing eine pinkfarbene Gardine, und an der Wand fand sich tatsächlich das gerahmte Kipling-Gedicht. Eine Heizung fehlte. In dem Raum war es nur unerheblich wärmer als draußen, ganz sicher nicht mehr als zehn Grad. Anna klapperten schon jetzt die Zähne, und sie fragte sich, wie sie die Nacht überstehen sollte. Laksmi's Home lag an einem der höchsten Punkte der sich über einen Bergsattel erstreckenden Stadt und war dem Wind schutzlos ausgeliefert.

Da Anna beschlossen hatte, sich möglichst nicht mehr aus der Fassung bringen zu lassen, fügte sie sich ins Unvermeidliche und verteilte ihre Sachen auf Regal, Tisch und Stuhl. Sie hätte sich denken können, dass Ingrid und ihr Mann kein Fünf-Sterne-Hotel betrieben. Dann ging sie ins Bad, um heiß zu duschen. Leider wurde daraus nichts – nur ein Optimist hätte das Wasser als lauwarm bezeichnet. Anna war zum Heulen zumute. Sie war so müde und schmutzig wie selten in ihrem Leben, und nun das.

Und dann fing sie an zu lachen. Sie wusste nicht, woher das Lachen plötzlich kam, aber es hielt sie im Nacken gepackt und schüttelte sie, bis sie sich nicht mehr leidtat. Das Wasser lief immer noch und war eher kälter als wärmer geworden. »Na und?«, sagte sie laut und stellte sich unter den Strahl. Sie musste aufhören, sich wegen allem und jedem anzustellen wie eine Mimose. Heißes Wasser war wahrscheinlich ein Luxus, den sich kaum ein Inder leisten konnte, warum also sollte ausgerechnet sie eine Sonderbehandlung bekommen?

Als sie etwas später in den Gastraum hinunterging, fühlte sich Anna lebendig wie lange nicht mehr und grüßte einen die Treppe heraufsteigenden Touristen so überschwenglich, dass er sie sofort in ein Gespräch verwickeln wollte. Leider musste Anna passen, da ihr das wie durchgekaut klingende Englisch des Mannes völlig unverständlich war. Winkend sprang sie die Stufen hinunter. Die kalte Dusche kam ihr vor wie ein erster Schritt in die richtige Richtung, wenn sie auch noch keine rechte Vorstellung davon hatte, wohin die Reise ging. Aber das würde sich sicher bald zeigen.

Ingrid und die anderen bogen sich vor Lachen. Kim erzählte der um den größten Tisch des Gastraums versammelten Familie gerade von Annas unrühmlichem Erlebnis in einem Restaurant in Kalkutta. Sie hatte ihr Lassi für Soße gehalten und über das Curry gekippt, bevor Kim sie daran hindern konnte.
»Diese Joghurtpampe war so dick, dass ich überhaupt nicht auf die Idee gekommen bin, es sei ein Getränk«, verteidigte sich Anna und rief mit ihrer Bemerkung noch größeres Gelächter hervor. Sollten sie sich doch auf ihre Kosten amüsieren. Anna spießte zufrieden einen weiteren Momo, eine Art tibetischer Ravioli, auf ihre Gabel und tunkte ihn in die Essigsoße. Der Empfang war so herzlich ausgefallen, dass sie sich schon nach wenigen Stunden wie ein Familienmitglied fühlte. Amüsiert verfolgte sie, wie Ingrid ein Hühnchen mit ihrer jüngsten Tochter Rikki-Tikki rupfte. Anna war sofort von der Offenheit und Energie des Mädchens eingenommen gewesen, die der ihrer Mutter in nichts nachstand.
Ingrid war eine auffällige Erscheinung. Ihre Größe zählte in westlichen Ländern zwar zum Durchschnitt, aber sie überragte die einheimischen Frauen deutlich, während ihre Haarpracht auch in Deutschland sicher zu verrenkten Hälsen führte. Eine Überfülle von aschblonden, teilweise ergrauten Locken kringelte sich um ihr rundes Gesicht und floss ihr über den Rücken bis fast zur Taille. In ihren blauen Augen hatte sich ein Lächeln eingenistet, das auch dann leuchtete, wenn sie ernst war. Ihr voller Mund, die roten Wangen und ihre füllige Figur verliehen ihr etwas Mütterliches, aber nicht das Aussehen machte aus Ingrid eine besondere Frau, sondern ihr Wesen. Ingrid sprühte vor Lebenslust und guter Laune, und Anna fragte sich, woran die

Freundschaft zwischen ihrer Mutter und Ingrid zerbrochen sein mochte.
Mutter und Tochter beendeten ihren Zank mit lautem Lachen, und Anna schaltete sich wieder ins Gespräch ein.
»Ist Rikki-Tikki eigentlich dein richtiger Name?«, fragte sie.
»Nö. Ich heiße Riddhi. Aber Mama und Papa sagen immer, ich sei so neugierig und furchtlos wie der Mungo Rikki-Tikki aus den Dschungelbüchern.«
»Schon wieder die Dschungelbücher? Ich glaube, ich habe eine Bildungslücke zu schließen«, gab Anna zu. »Um ehrlich zu sein, ich weiß nicht einmal, was ein Mungo ist.«
»Ein kleines Raubtier, das Ratten und Schlangen frisst«, warf Ingrids Mann ein. Im Gegensatz zu allen anderen Familienmitgliedern redete er nur wenig. Kaushik war der Ruhepol der Familie, und Anna hatte seine bedächtige Art sofort gemocht.
Die Familie war auch in einer weiteren Hinsicht bemerkenswert, da niemand irgendeinem anderen wirklich ähnlich sah. Lediglich Rikki-Tikki mit ihrem runden, dunklen Gesicht und auffällig weitstehenden Augen schlug nach ihrem Vater, während der hellhäutigere Kim beinahe als hager zu bezeichnen war. Einzig bei der siebzehnjährigen Laksmi entfalteten sich Ingrids europäische Gene: Laksmi hatte sowohl die robuste Figur als auch die Locken ihrer Mutter geerbt, allerdings in Braun, und auch Ingrids unbändige Lebensfreude schien auf sie übergesprungen zu sein.
Nach dem Abendessen zerstreuten sich die Familienmitglieder in alle Richtungen. Rikki-Tikki hatte eine Verabredung mit der Nachbarstochter, Kim wollte einige Reparaturen in den Gästezimmern erledigen, und Kaushik und Laksmi verschwanden in der Küche des Restaurants, um der Köchin zu helfen. Der Gastraum hatte sich inzwischen bis auf den letzten Platz gefüllt, und die Frau brauchte dringend Unterstützung. Als alle gegangen waren, stand auch Ingrid auf.

»Sie haben mir für heute Abend freigegeben«, sagte sie zu Anna. »Lass uns in unsere Privatwohnung gehen, dort ist es wärmer. Du platzt wahrscheinlich schon vor Neugierde.«

Anna folgte ihr in eine gemütliche Wohnung im ersten Stock. Hier bedeckten Teppiche alle Fußböden, und schwere Holzmöbel und Nippes aus allen Teilen Asiens verbreiteten Behaglichkeit, aber das Beste war der Kamin. Nachdem Ingrid Anna einen Platz auf einem ausladenden Sofa angeboten und ihr eine Wolldecke gegeben hatte, entfachte sie ein Feuer, sperrte die Nacht mit dicken Vorhängen aus, setzte Tee auf und gesellte sich schließlich zu ihrem Gast.

»Dein Anruf im Sommer hat mich sehr überrascht«, sagte sie. »Ich möchte dir noch einmal mein herzliches Beileid aussprechen.« Sie schnaubte. »Blödes Gewäsch. Was ich eigentlich sagen wollte, ist, dass ich mir vorstellen kann, wie traurig du bist und was du durchgemacht hast. Mich hat es ebenfalls ziemlich erschüttert.«

»Eins verstehe ich nicht. Ach was, eins! Ich verstehe gar nichts«, sagte Anna. »Aber ich fange jetzt einfach mal mit einer Frage an: Wenn dich Mamis Tod so berührt, musst du ihr sehr nahegestanden haben. Warum habe ich dann nie von dir erfahren? Hattet ihr Kontakt? Und wenn ja, warum heimlich? Bist du tatsächlich meine Patentante? Warum hast du dich in den Briefen Laksmi genannt und mich Annapurna?«

»Nicht so schnell, liebe Anna. Das waren schon fünf Fragen statt einer. Ich werde dir alle beantworten und noch viel mehr. Du kannst dir nicht vorstellen, wie erleichtert ich bin, dir endlich die Wahrheit erzählen zu dürfen. Ich war von Anfang dagegen, sie vor dir zu verbergen. Babsis früher Tod ist furchtbar, und doch bin ich froh, nicht mehr an mein Versprechen gebunden zu sein. Du hast ein Recht darauf, alles zu erfahren.«

»Was für ein Versprechen? Es hängt mit meiner Geburt zusam-

men, oder? Mit Mamis und Papis Hochzeitsdatum stimmt etwas nicht, aber ich habe keine Ahnung, was dahintersteckt.«
Ingrid drehte nervös ihre Teetasse in den Händen. »Es begann alles lange vor deiner Geburt«, sagte sie leise. »Hat Eddo dir denn gar nichts erzählt?«
»Ich habe ihn nicht gefragt, weil es ihm sehr schlechtgeht. Es wird lange dauern, bis er Mamis Tod verwunden hat. Vielleicht wird er nie ganz darüber hinwegkommen.«
»Eddo hat deine Mutter sehr geliebt«, sagte Ingrid leise. »Trotz allem.«
»Trotz allem? Was meinst du?«
Ingrid stieß einen lauten Seufzer aus, stand auf, nestelte an der Gardine, legte ein neues Holzscheit in den Kamin und kam dann zurück.
»Es ist sehr kompliziert«, sagte sie.
»Ihr wart Hippies, oder?«
Ingrid zuckte die Achseln. »Was macht einen Hippie aus? Darüber solltest du dir selbst ein Urteil bilden, wenn ich alles erzählt habe.« Sie straffte sich. »Du hast vorhin wissen wollen, ob deine Mutter und ich in den letzten Jahrzehnten in Kontakt standen. Ich muss es leider verneinen. Nachdem alles ins Rollen gekommen war, hat Babsi meine Briefe nicht mehr beantwortet. Ich nehme an, sie wollte einen sauberen Schlussstrich ziehen. Dass sie meine Briefe aufgehoben hat, überrascht mich. Ehrlich gesagt rührt es mich auch. Es war für mich schwer zu akzeptieren, dass sie mich vergessen haben könnte.«
Verwundert bemerkte Anna die Tränen in Ingrids Augen. Seit Jahrzehnten hatte sie nichts von Bärbel gehört, und doch ging ihr die Geschichte, was auch immer vorgefallen sein mochte, bis heute nahe.
»Möchtest du lieber morgen weitererzählen?«, fragte sie. Auf einen Tag mehr oder weniger kam es nicht an, doch Ingrid verneinte.

»Babsi und ich kannten uns seit Kindertagen«, begann sie. »Wir besuchten in Gießen dieselbe Schule. Ich bin zwei Jahre älter als deine Mutter, aber da ihr Vater darauf bestanden hatte, sie schon mit fünf Jahren einzuschulen und ich eine Ehrenrunde gedreht hatte, waren wir ab dem achten Jahrgang in einer Klasse. Während ich ziemlich laut war – vorlaut, meinten die Lehrer –, bekam deine Mutter kaum die Zähne auseinander. Schüchtern saß sie in der letzten Reihe, die Kleinste und Zarteste der Klasse und in der Hühnerhackordnung ganz unten. Als ich sie nach einigen Wochen wahrnahm, empfand ich Mitleid mit ihr und stellte sie unter meinen persönlichen Schutz. Aus der Zweckgemeinschaft entwickelte sich bald eine Freundschaft. Babsis verborgene Seite überraschte mich. Sie war lustig und hatte die verrücktesten Ideen, schreckte aber immer davor zurück, sie in die Tat umzusetzen. Sie stand unter der Fuchtel ihres Vaters, genau wie ihre Mutter, die in der Familie überhaupt nichts zu sagen hatte. Alles drehte sich nur um Babsis widerlichen Bruder.«

»Wie bitte? Mami hatte doch gar keinen Bruder.«

»Du hast einen Onkel. Wusstest du das etwa auch nicht?«

Anna schüttelte den Kopf. Wohin sollte all dies noch führen?

»Er war der personifizierte Schweinehund«, stieß Ingrid hervor, und Anna erschrak über ihren bitteren und zugleich hasserfüllten Ton. »Harald ist vier Jahre älter als Babsi und hat sie mit voller Rückendeckung deines Großvaters –« Ingrid brach ab und starrte Anna an. Dann schüttelte sie leicht den Kopf, als wolle sie sich von etwas überzeugen, atmete tief durch und fuhr fort: »Babsis Bruder und ihr Vater waren widerwärtige Tyrannen, die sich die Pantoffeln haben bringen lassen und nicht wussten, wie man ein Ei aufschlägt. Wie habe ich dieses Haus gehasst! Den Mief, die reaktionären Sprüche.« Ingrid schüttelte sich. »Wie du siehst, rege ich mich heute noch darüber auf. Ich besuchte Babsi trotzdem immer wieder, aber natürlich fand dein Großvater mich unmöglich. Als wir in die zehnte Klasse gingen, hat er Babsi den Umgang mit mir verboten, was nicht ganz klappte, denn wir sahen uns ja noch in der Schule. Ich nehme an, dass auch andere Eltern Angst um ihre Brut hatten, wenn ich in der Nähe war. Ich trug bunte Kleider wie die Hippie-Mädchen in dem verrufenen Musikschuppen Scarabe, ging sogar selbst dorthin, da war man natürlich misstrauisch. Meine Eltern versuchten, mich wieder auf den rechten Weg zu bringen, du weißt schon: ›Solange du deine Füße unter meinen Tisch stellst‹ und Ähnliches, aber ihre Sprüche prallten an mir ab. Irgendwann resignierten sie und ließen mich in Ruhe. Damit hatte ich zwar meine Eltern als Feindbild verloren, aber es gab ja noch genug andere. Deinen Großvater zum Beispiel, der Babsi verprügelte, wenn sie nicht spurte. So, ich glaube, ich brauche jetzt eine Zigarette. Willst du auch eine?«

»Ich habe noch nie geraucht.«

»Du bist ziemlich vernünftig, was?«, fragte Ingrid.

»Ich denke, schon. Wieso?«

»Nur so. Das musst du von Eddo haben.«

Es dauerte eine Weile, bevor Ingrid ein zerknautschtes Zigarettenpäckchen, ein Feuerzeug und einen Aschenbecher aus diversen Schrankfächern und Schubladen zusammengesucht hatte. Als sie sich wieder auf das Sofa fallen ließ, wirkte sie gesammelter als zuvor.

»Soll ich weitermachen?«

Anna nickte. »Deshalb bin ich hier.«

»Du hast dich sicherlich darüber geärgert, dass ich dich herbestellt habe, anstatt dir alles am Telefon zu erzählen?«

»Geärgert ist das falsche Wort. Gewundert trifft es wohl eher.«

»Glaub mir, es ist besser so. Außerdem wollte ich unbedingt, dass du all das mit eigenen Augen siehst.« Sie holte weit mit den Armen aus, und die Geste umschloss viel mehr als nur das Wohnzimmer, das Hotel oder Darjeeling. Anna begriff, dass

Ingrid Indien meinte, Asien, die ganze Welt. »Es bedeutet mir viel, und auch deiner Mutter hat es viel bedeutet.«

»Also war sie tatsächlich hier?«

»Eins nach dem anderen. Wo war ich stehengeblieben?«

»Mein Großvater hat Mami verboten, dich zu sehen.«

»Ach ja. Nun, kurz darauf hatten Babsi und ich unsere mittlere Reife in der Tasche. Babsi wurde zu einer Sekretärinnenlehre gezwungen, während ich mich nicht entscheiden konnte, ob ich das Abitur machen, Schneiderin werden oder einfach nur das Leben genießen sollte. Nach einem Jahr, in dem ich mal hier, mal da gejobbt hatte, fiel die Wahl auf Letzteres. Ich lernte einen spannenden Typen kennen, einen mit blaugetönter Sonnenbrille und langen Haaren, der nicht nur Bob-Dylan-Songs draufhatte, sondern sogar ganz akzeptable Hendrix-Nummern auf seiner Gitarre schrammelte. Ich war hin und weg und bin ihm drei Monate später zum Foelkenorth gefolgt. Meine Eltern reagierten nicht sonderlich begeistert, versuchten aber auch nicht, mich zur Rückkehr zu bewegen.« Ingrid machte eine Pause und zog an ihrer Zigarette. »Ich glaube, im Grunde ihres Herzens verstanden sie mich. Draußen in der Welt gab es Woodstock und den Summer of Love, Women's Lib, Trips und Frank Zappa, und in Gießen Kasseler mit Sauerkraut, serviert Schlag zwölf Uhr mittags. Babsi war am Boden zerstört, als ich ihr von meinen Plänen erzählte, und am liebsten hätte ich ihr angeboten mitzukommen, doch es ging nicht.«

»Warum nicht?« Anna saß mittlerweile völlig angespannt auf der Sofakante.

»Babsi war erst siebzehneinhalb, die Volljährigkeit lag also noch in weiter Ferne. Das Alter für Volljährigkeit wurde ja erst 1975 von einundzwanzig auf achtzehn heruntergesetzt. Mir war völlig klar, dass dein Großvater Himmel, Hölle und Polizei auf uns hetzen würde, sollte Babsi abhauen.«

Sie machte eine längere Pause.

»Ein Jahr später stand sie trotzdem vor der Tür unserer Kommune. Sie musste einen fürchterlichen Streit mit ihrem Alten gehabt haben, erzählte mir aber erst Jahre später, was vorgefallen war. Wir haben nie von ihm gehört, auch nicht von ihrer Mutter oder dem miesen Bruder oder der Polizei. Bärbel fügte sich schnell in die Kommune ein, wenn sie es auch nicht so mit der freien Liebe hatte.«
Ein ersticktes Schnaufen von Anna ließ Ingrid innehalten.
»Schockiere ich dich?«
»Mami in einer Kommune? Freie Liebe?« Anna verstand die Welt nicht mehr.
Ingrid streichelte ihr übers Haar. »Mädchen, du erinnerst mich mehr und mehr an deine Mutter. Du bist genauso harmlos wie sie.«
Anna straffte sich. »Mach weiter. Ich kann es aushalten.«
»Wie du meinst. Also, wie ich schon sagte, Babsi hüpfte nicht mit jedem ins Bett, sehr zum Bedauern einiger Männer. Die waren nämlich alle in sie verliebt. Babsi war ein außerordentlich hübsches junges Mädchen. Das hat sie dir vererbt.«
»Ich bin doch nicht hübsch.«
»Stimmt, du bist nicht hübsch. Du bist schön. Und ich habe eine Ahnung, woher deine Schönheit stammt.«
Anna sah Ingrid fragend an, doch die ging nicht darauf ein und fuhr mit ihrer Erzählung fort.
»Im Frühling 1968, etwa ein halbes Jahr vor Babsis Ankunft, stieß Achim Bendig zu uns. Er war ziemlich cool, etwas älter als die meisten, hatte immer Shit in der Tasche, das er freigebig verteilte, und besaß einen VW-Bus. Wir bemalten ihn mit einem Mischmasch aus Blümchen und Peace-Zeichen und was uns sonst noch so in den Kopf kam und fuhren kreuz und quer durch Ostfriesland.« Ingrid unterbrach sich lachend. »Es war so eine Art Acid-Test-Bus für die armen Verwandten. Ich erklär's dir später«, winkte sie ab, als Anna Genaueres wissen wollte.

»Jedenfalls gab es diesen Bus, und es dauerte nicht lange, bis irgendwer auf die Idee kam, damit nach Indien zu fahren. Vielleicht hatte sogar Achim selbst davon angefangen. Ein paar von uns waren sofort begeistert, und in den darauffolgenden Monaten waren wir die fleißigsten Hippies Deutschlands. Arbeit kam natürlich nicht in Betracht, wir waren schließlich gegen die Spießbürger und alles, was mit ihnen zusammenhing, aber mit Straßenmusik und Pflastermalerei in Oldenburg und Bremen konnten wir einiges Geld zusammenkratzen. Marten nahm einen Job als Bademeister an, was sich gerade noch mit unserer Verachtung der Gesellschaft vereinbaren ließ, und unsere Hanfzucht im Gemüsegarten warf auch etwas ab. Im August 1969 war es so weit: Babsi, Pieter, Marten und ich kletterten in den mit Decken, Campingutensilien, Klamotten, Kassetten und Gitarren vollgestopften Bus, Achim klemmte sich hinters Lenkrad, und los ging es ins gelobte Land der Erleuchtung und des billigen Marihuanas.«

19

1969 BIS 1970

Ingrid konnte sich kaum noch wach halten. Am liebsten hätte sie einen der Männer geweckt, um sich am Steuer ablösen zu lassen, aber die hatten noch mehr gekifft als sie und schliefen trotz der legendären Schlaglöcher des durch Jugoslawien führenden Autoputs wie die Engel. Babsi lag in einer aberwitzigen Haltung neben ihr auf dem Beifahrersitz und kam leider nicht als Gesprächspartnerin in Frage. Ingrid sah wieder nach vorn, gerade rechtzeitig, um einem Schlagloch von den Ausmaßen eines Planschbeckens auszuweichen. Ihr Herz pochte im Hals, als sie den Wagen wieder unter Kontrolle hatte. Babsi murmelte etwas im Schlaf und rekelte sich auf dem Sitz, um eine bequemere Position zu finden. Mann, die muss ziemlich zugedröhnt sein, wenn dieses Manöver sie nicht geweckt hat, dachte Ingrid. Und ich brauche jetzt auch meinen Schlaf. Entschlossen beugte sie sich vor und starrte auf der Suche nach einem Stellplatz durch die Windschutzscheibe. Zehn Kilometer weiter lenkte sie den Bus über einen einsamen Feldweg, bis der Abstand zum Autoput ausreichte, um nicht von den Scheinwerfern der vorüberhuschenden Autos erfasst zu werden, und kam zum Stehen. Dann verließ sie den Bus und suchte nach einem diskreten Plätzchen. Es gab zwar keine Büsche, doch die Dunkelheit gewährte ihr auch auf dem weiten Feld Schutz. In einiger Entfernung geisterten rote und weiße Lichter durch die Nacht, die einzigen Anzeichen menschlichen Lebens.

Kurz darauf öffnete Ingrid die Seitentür des Busses und klaubte aus dem Gewirr von Armen, Beinen und langen Haaren zwei

Decken, eine Kerze und einen kleinen Beutel. Sie ließ die Tür offen – die Nacht war so schön, dass sie sicher auch Eingang in die Träume der anderen fand. Nachdem sie es sich mit den Decken ein Stück entfernt gemütlich gemacht hatte, drehte sie sich einen Joint und legte sich auf den Rücken. Der Boden speicherte noch ein wenig von der Hitze des Tages, und Ingrid genoss den staubig-warmen Duft des Südens. Über ihr spannte sich ein Sternenhimmel, wie sie ihn in Deutschland niemals gesehen hatte, und es dauerte eine Weile, bis sie begriff, dass es sich bei dem wolkigen Band, das sich von einem Horizont zum anderen erstreckte, nicht um den Rauch ihres Joints handelte, sondern um die Milchstraße. Sie träumte sich dort hinauf, folgte dem Weg der Milchstraße in die Richtung, in der sie den Osten und Indien vermutete. Indien! Allein das Wort versetzte sie in Aufregung. In wenigen Wochen würde sie dort sein, weit fort vom deutschen Spießbürgermief, der sich zwar nicht im Foelkenorth hatte einnisten können, ihn aber umwabert und eine erstickende Glocke aus Ablehnung und unverhohlener Verachtung über ihre Gemeinschaft gestülpt hatte. »Geht doch nach drüben!«, hatte noch zu den harmlosesten Sprüchen gehört, die ihnen zugezischt worden waren, wenn sie es wagten, mit Batikkleidern und bunten Blusen, Samthosen und geflickten Jeans in einem der umliegenden Städtchen einkaufen zu gehen.

Ingrid rollte sich seufzend zur Seite und drückte den aufgerauchten Joint in den Acker. Sie war aus ihrem Elternhaus getürmt, um etwas Neues auszuprobieren, aber richtig wohl gefühlt hatte sie sich auch auf dem Hof nicht. Die Männer benahmen sich nach wie vor unmöglich, und wenn nicht sie und die anderen Frauen für Ordnung gesorgt hätten, wären die Ratten bald die Alleinherrscher über den Foelkenorth geworden. Im Garten, eigentlich dazu gedacht, die Kommunenmitglieder zu Selbstversorgern zu machen, gedieh lediglich der Hanf prächtig, von allem anderen hatten sie ohnehin keine Ahnung. Als die

Idee mit der Indienfahrt aufkam, war Ingrid sofort Feuer und Flamme gewesen. Dort gab es neue Lebenskonzepte, verhießen exotische Lehren ein anderes, erfüllteres Leben fern des Konsums und allem, was ihren Eltern heilig war.
Ingrid verschränkte die Arme unter dem Kopf und starrte auf die Milliarden Lichter. Eigentlich mochte sie ihre Eltern. Sie waren zwar ebenso borniert wie alle anderen, aber es hatte nie an Liebe gefehlt wie in Babsis Elternhaus. Sie wunderte sich noch heute, dass Babsis tyrannischer Vater ihnen nicht die Bullen auf den Hals gehetzt hatte. Sie kicherte haltlos. Wenn der wüsste, dass seine Tochter völlig breit in einem Bus voller langhaariger Gammler lag, würde er wahrscheinlich einen Herzinfarkt bekommen. Ingrids Kichern wurde stärker, das gute afghanische Dope, das sie gestern einem durchgeknallten Amerikaner abgekauft hatte, der gerade aus Indien kam und sehr darüber staunte zu erfahren, er befände sich de facto im Ostblock, tat seine Wirkung. Sie war sich plötzlich sicher, dass das Himmelsgewölbe ein gigantisches Salatsieb war, und durch die Sternenlöcher sah sie missbilligende Augenpaare auf sich gerichtet. Aber anstatt sie zu beunruhigen, bestätigten die Abgesandten des Spießerhimmels nur die Richtigkeit ihres Tuns. In einem Hochgefühl schloss sie die Augen und sank bald in tiefen Schlaf.

Ein lautstarker Streit ließ Ingrid hochschrecken und verständnislos in die Sonne blinzeln, die groß und gelb über den Spitzen einiger weit entfernter Berge schwebte. Ingrid rieb sich die Augen und drehte den Kopf, auf der Suche nach dem Ursprung der aufgeregten Männerstimmen. Sobald sie den schnurrbärtigen Bauern sah, der mit hochroten Wangen und in die Hüften gestemmten Fäusten Achim anpöbelte, sprang sie auf, um zu vermitteln. Achim war zwar ein netter Typ, aber sein hin und wieder aufflammender Jähzorn hatte ihn schon mehrfach in

Schlägereien schlittern lassen. Und das war so ziemlich das Letzte, was sie jetzt gebrauchen konnten.
Achim, der mit dem Rücken zu ihr stand, hatte sie nicht kommen sehen und war dementsprechend überrumpelt, als Ingrid ihn an den Oberarmen packte und einfach beiseitedrückte. Ohne auf seinen Protest zu achten, streckte Ingrid dem Landmann mit einem freundlichen Lächeln die Hand entgegen. Der Mann war nicht minder verdutzt als Achim, doch dann ergriff er Ingrids Hand und schüttelte sie mit freudiger Miene. Er war wie verwandelt, wollte sie gar nicht mehr loslassen, und plötzlich wurde Ingrid sich ihres Aufzugs bewusst: knappes Höschen und ein T-Shirt. Kein BH. Die Augen des Bauern hatten sich natürlich schon an ihren Titten festgesaugt.
»Was'n hier los?«
Babsi kletterte aus der Beifahrertür. Sie sah bezaubernd aus: Zerwühltes dunkelbraunes Haar umrahmte ihr feines Gesicht, der Mund leuchtete natürlich rot, und aus den großen, schlaftrunkenen Augen strahlte eine Unschuld, die eigentlich Kindern vorbehalten war. Der Bauer hatte sie ebenfalls bemerkt und starrte sie an wie eine Erscheinung – eine sehr leicht bekleidete Erscheinung. Mit einem Ruck befreite Ingrid ihre Hand aus dem Griff des Mannes und eilte zu Babsi. »Los, rein mit dir und zieh dir was über«, befahl sie barsch und schlug die Tür hinter ihr zu. Achim lehnte, keuchend vor Lachen, am Bus.
»Was für ein Auftritt«, prustete er. »Aber du musstest ja unbedingt das Kommando übernehmen.«
Ingrid funkelte ihn böse an. »Krieg dich wieder ein. Ich hole jetzt meine Sachen, und wenn ich wieder hier bin, sitzt du gefälligst schon am Steuer und hast den Wagen angelassen. Wenn der Typ aus seiner Starre erwacht, könnte er auf die Idee kommen, die Polizei zu holen. Oder, schlimmer, seine Kumpel. Ich will dann jedenfalls weit weg von diesem Ort sein.«
Nach dem überstürzten Aufbruch lag die Stimmung in der Fah-

rerkabine in der Nähe des Gefrierpunkts. Mit voller Absicht ließ Achim den Bus durch die Schlaglöcher knallen, bis es von hinten Proteste hagelte. Auch Ingrid auf dem Beifahrersitz wurde wütend.

»Wenn du so weitermachst, ist die Karre kaputt, bevor wir die Grenze erreichen.«

»Na und? Ist doch mein Bus.«

Ingrid zählte rückwärts von zehn bis eins, bevor sie antwortete. »Ich würde aber gern in Indien ankommen«, sagte sie bemüht ruhig. »Ich dachte, das sei auch dein Ziel?«

»Hmm.«

»Hmm? Das ist keine Antwort. Was willst du eigentlich?«

Er wandte ihr den Kopf zu und grinste sie an. »Mir doch egal, wo wir hinfahren. Hauptsache, es gibt Marihuana und Mädchen.«

»Dann hättest du auch im Foelkenorth bleiben können.«

»Zu langweilig.«

Ingrid betrachtete ihn kopfschüttelnd. Obwohl sie Achim seit beinahe anderthalb Jahren kannte und hin und wieder das Bett mit ihm teilte, wurde sie aus ihm nicht schlau. Äußerlich hatte er alle Attribute eines Hippies: lange Haare, Vollbart, verwaschene Schlaghosen, buntes Hemd, und trotzdem empfand Ingrid ihn immer wieder als Fremdkörper in ihrer Gemeinschaft. Dieses Gefühl hatte sich zum ersten Mal in ihr geregt, als sämtliche Bewohner des Foelkenorths, von denen nur wenige ein echtes politisches Interesse hatten, gemeinsam um ein Lagerfeuer im Garten gesessen und über die Möglichkeiten eines alternativen Lebens gestritten hatten. Die hanfbefeuerte Debatte war ebenso wirr wie hitzig gewesen, die ganze Palette von Mao bis Timothy Leary wurde ausgebreitet, und jeder hatte sich reingehängt. Jeder, außer Achim. Lässig auf die Ellbogen gestützt, die nackten Füße zum Feuer gerichtet, waren seine belustigten Blicke über die sich ereifernden jungen Männer und

Frauen geglitten, und in seinen Augen hatte eine Arroganz und Verachtung gelegen, die Ingrid eine Gänsehaut über die Arme jagte. Im nächsten Moment war sie sich allerdings nicht mehr sicher gewesen, ob sie sich nicht getäuscht hatte. Achim zwinkerte ihr zu, und die Arroganz war wie weggeblasen. Verwirrt hatte sie sich gefragt, ob seine Zurückhaltung bei der Diskussion daher rühren mochte, dass er einige Jahre älter war als alle anderen. Immerhin war es dieses verhalten Männliche, das Kantige seines Gesichts und seines Wesens, das sie seit seinem Auftauchen auf dem Foelkenorth sofort magisch angezogen hatte. Im Gegensatz zu den anderen Männern war er erwachsen, und seine Weigerung, etwas über sein früheres Leben zu erzählen, trug zu seiner geheimnisvollen Aura bei. Auf der anderen Seite schlug – zumindest bei Ingrid – seine praktische Ader positiv zu Buche. Da, wo die anderen nur schwafelten, packte er an. So war es hauptsächlich Achim zu verdanken, dass das leckende Dach des Haupthauses repariert worden war, um nur ein Beispiel zu nennen.

Nicht nur Ingrid hatte sich zu Achim hingezogen gefühlt, und er hatte keine Mühe gehabt, eines der Mädchen nach dem anderen zu vögeln – nicht dass es ihr etwas ausgemacht hätte. Dies war nun mal das Leben, das sie sich ausgesucht hatte, und an Bettpartnern gab es weiß Gott keinen Mangel. Als Babsi auftauchte, war Achim plötzlich wie ausgewechselt gewesen. Er bemühte sich nur noch um sie, aber Babsi ließ ihn abblitzen, genau wie alle anderen. Es hatte für Achim gesprochen, dass er es ihr nicht übelnahm und ihre Entscheidung akzeptierte. Es dauerte nicht lange, bis er wieder Gefallen an den anderen Mädchen fand.

Babsis Unschuld nahm durch das wilde, drogenberauschte Leben in der Kommune erstaunlicherweise keinen Schaden. Wie ein zarter Schmetterling flatterte sie bunt und verletzlich durch ihre Welt, und es bedurfte keiner Absprache, alles Grobe und

Schmutzige von ihr fernzuhalten. Babsi wurde zum Maskottchen des Foelkenorths, naiv, rein und bezaubernd. Umso größere Verwunderung hatte es hervorgerufen, dass sie sich sogar noch vor Ingrid für die Indienreise interessierte. Ingrid hatte bis heute nicht verstanden, was Babsi dort zu finden hoffte. Andererseits wusste sie ja selbst nicht, aus welchem Material das Netz gewebt war, das auch sie eingefangen hatte.
»Nun hör auf zu grummeln«, unterbrach Achim ihre Grübeleien und legte seine Hand auf ihren Oberschenkel. »Ich verspreche hiermit hoch und heilig, dass ich alles Menschenmögliche unternehmen werde, um uns sicher nach Indien zu schaukeln.«
Ingrid schob seine Hand fort, aber ihr Ärger war verflogen. »Dann ist es ja gut«, murmelte sie. Sie konnte es kaum noch erwarten, dort anzukommen.

Griechenland, die Türkei, Teheran, Meshed und Herat flogen vorbei, Wochen und Wochen des Fahrens, immer wieder unterbrochen von Zwangsaufenthalten, weil der Bus repariert oder Visa beantragt werden mussten. Schon bald begannen sich Ingrids Erinnerungen zu verwirren, vieles konnte sie nicht mehr zuordnen. War es ein iranischer oder ein türkischer Tankwart gewesen, der ihr eine Rose geschenkt hatte? Wie hieß das Dorf am Ararat, in dem sie ein Ford-Arbeiter auf Heimaturlaub eingeladen und nicht eher Ruhe gegeben hatte, bis die extra für die Gäste geschlachtete Ziege bis auf die Knochen abgenagt war? Leuchteten die Scheinwerfer der Teheraner Autos wirklich in allen Farben des Regenbogens, oder war es nur eine Haschvision gewesen?
Zumindest wusste sie im Moment ungefähr, wo sie sich befand: auf der von Herat nach Kabul führenden Straße, die in einem beinahe tausend Kilometer langen Bogen durch die Schotterwüste des südlichen Afghanistans die unwegsamen Berge des Landesinneren umkurvte. Obwohl es nicht ihre Schicht war,

hatte Ingrid freiwillig das Steuer übernommen, um einem hinten tobenden Streit über eine Banalität – wie meist ging es ums Saubermachen – zu entkommen. Dazu schepperte der Kassettenrekorder Dylans *Like a rolling stone.*

Ingrid seufzte. Danach würden die Doors kommen: *People are strange, when you're a stranger,* dann Janis Joplin, Amon Düül, Hendrix' Version von *All along the Watchtower* und, natürlich, *Magical Mystery Tour* von den Beatles. Sie hatten gut zwanzig Kassetten dabei, und Ingrid kannte sie mittlerweile auswendig. Obwohl sie die Musik eigentlich mochte, gab es Tage, an denen sie die Kassetten am liebsten in der Wüste vergraben hätte. Die Enge im Bus zerrte an ihrer aller Nerven, und Ingrid wünschte nichts sehnlicher als ein paar Momente der Ruhe.

Staub wirbelte durch die geöffneten Seitenfenster und legte sich auf alles, knirschte zwischen den Zähnen und nahm selbst Babsi, die auf dem Beifahrersitz hingebungsvoll Orangen pellte, etwas von ihrer Frische. Nun, dachte Ingrid, wir sehen alle nicht mehr aus wie das blühende Leben. Die bisherige Reise war eher selten eine ›Magical Mystery Tour‹ gewesen, sondern schlicht anstrengend, auch wenn Ingrid zugeben musste, dass Lennon & Co. mit ihrem ›Trip of a Lifetime‹ der Sache ziemlich nahekamen.

Als hätte sie ihre Gedanken gelesen, deutete Babsi nach draußen. »Das ist so ziemlich das Ödeste, was ich je gesehen habe«, sagte sie mit einem gereizten Unterton. »Wann, schätzt du, sind wir in Kandahar?«

»Ich hoffe, noch heute.«

»Irgendwie habe ich mir das alles anders vorgestellt.«

»Was meinst du mit ›das alles‹?«

»Na, alles eben. Die Fahrt, die Länder, die Städte, die Menschen. In meinen Träumen war alles farbenfroher und fröhlicher. Versteh mich nicht falsch, die Leute, die wir treffen, sind nett, aber ich habe bisher nicht ein einziges Mal das Bedürfnis verspürt, zu bleiben.«

»Das geht mir ähnlich. Träume sind nun mal bunter als das Leben. Außerdem sind wir ja noch nicht in Indien.«
»Stimmt. Aber … Himmel! Pass auf!«
Gleichzeitig mit Bärbels Schrei hatte auch Ingrid das Kamel gesehen. Wie aus dem Nichts war es plötzlich auf der Straße aufgetaucht, es musste hinter einem Hügel hervorgesprungen sein. Ingrid riss am Steuer, um dem Tier auszuweichen, doch es gelang ihr nicht. Ein heftiger Stoß erschütterte den Bus, als sie es seitlich rammte. Bestürzt trat Ingrid auf die Bremse. Da die Bremsbeläge nicht mehr die neuesten waren, buckelte und schlingerte der Bus. Dann schrie Babsi, die den Kopf aus dem Seitenfenster gesteckt hatte, erneut auf:
»Fahr zu! Da sind Männer mit Gewehren!«
Ein Schuss knallte, dann noch einer und noch einer. Achim, Marten und Pieter brüllten durcheinander, von draußen drang das Geheul aufgebrachter Männer, das Kamel blökte herzzerreißend. Ingrid trat das Gaspedal durch. Der malträtierte Motor heulte auf, die Räder drehten durch, Kies spritzte nach allen Seiten, und jetzt sah auch Ingrid die wutverzerrten Gesichter der Afghanen immer näher kommen. Endlich fassten die Räder, und mit einem Satz schnellte der Bus nach vorn, einen Moment, bevor die Männer sie erreichten. Erneut wurden sie beschossen.
»Duckt euch!«, brüllte Ingrid und raste in halsbrecherischem Tempo über die unebene Straße, während das Knallen und Pfeifen der Schüsse sie beinahe in den Wahnsinn trieb. Weg hier, nur weg!, dachte sie. Ich will nicht sterben!

20

Lothar stieß einen bewundernden Pfiff aus. »Nicht schlecht«, sagte er und inspizierte zwei Einschusslöcher in der Rückwand des Busses. »Ihr habt ziemliches Glück gehabt.«
»Das kann man wohl sagen.« Ingrid hatte immer noch weiche Knie. Mit dem mehrstimmigen Kreischen ihrer Freunde als Untermalung war sie wie eine Besessene Stunde um Stunde die Straße entlanggejagt und hatte sich erst wieder beruhigt, als sie die Vororte von Kandahar erreichten und sie wenig später endlich in den Hof eines einfachen Hotels steuern konnte. Lothar und seine Freundin Sabine, beide gebürtige Bayern, die im selben Hotel logierten, hatten gerade das Gebäude verlassen und die Neuankömmlinge enthusiastisch begrüßt.
Lothar kratzte seinen beachtlichen Bart. »Ihr seid nicht die Ersten, denen so etwas passiert. Die Typen haben euch das Kamel mit voller Absicht vor den Wagen getrieben, um euch zum Anhalten zu zwingen, und ich befürchte, dass wir auch in Zukunft nicht vor Überfällen sicher sind. Was meint ihr« – er wandte sich direkt an Achim, den er sofort als ihren Anführer identifiziert hatte –, »wollen wir im Konvoi nach Indien fahren?«
Achim zuckte die Schultern. »Meinetwegen gerne«, sagte er und schenkte Lothars überaus hübscher Freundin ein strahlendes Lächeln. Sabine strahlte zurück, ein Versprechen in den Augen. Ingrid schüttelte resigniert den Kopf. Die Konstellation stank drei Meilen gegen den Wind nach Ärger. Der trotz seines violettlackierten Mercedesbusses und seiner abenteuerlichen Klamotten ziemlich erdverbunden wirkende Lothar machte nicht den Eindruck, als würde er seine Freundin gern mit anderen Männern teilen.
Lothar bemerkte das sich anbahnende Techtelmechtel vorerst

nicht oder wollte es nicht bemerken. »Dann ist es beschlossene Sache«, sagte er zufrieden. »Morgen geht es gemeinsam nach Kabul!«

»Das ist nicht dein Ernst.«
»Mein voller Ernst. Ich betrete jetzt dieses Hotel und bestelle mir etwas Europäisches und ein Bier. Wer nicht mitkommen will, ist selbst schuld.« Ingrid wartete. Marten bedachte sie mit einem abfälligen Blick: Man fuhr doch nicht nach Afghanistan, um im Hotel Intercontinental zu essen! Überhaupt Marten, dachte Ingrid. Er ging ihr mit seinem albernen Purismus mehr und mehr auf die Nerven. Seit er sich auf dem Teheraner Campingplatz mit einem frischgebackenen deutschen Guru angefreundet hatte, dem es eine Herzensangelegenheit war, im Ruhrpott die frohe Botschaft seines indischen Meisters zu verkünden, war Marten kaum noch zu ertragen. Wenn er die Annehmlichkeiten Kabuls nicht zu schätzen wusste, bitte, es war sein Problem. Sie jedenfalls gedachte, die heitere Stadt mit ihren freundlichen Einwohnern zu genießen. Und außerdem zur Feier ihres Geburtstages ein Bier. Wer wusste schon, wann sie das nächste bekämen.
»Ich komme mit«, sagte Pieter.
»Wir auch.« Lothar, Sabine und Babsi nickten.
»Da gibt's doch gar nichts zu diskutieren.« Achim stieß die Tür auf, und sofort folgten ihm die anderen im Gänsemarsch. Auch Marten.
Sie blieben zwei Wochen in Kabuls Chicken Street, die von billigen Absteigen voller zugedröhnter Hippies gesäumt war. Marten ließ sich von einem weiteren europäischen Erleuchteten die Vor- und Nachteile der unterschiedlichen Aschrams erklären, Achim, Pieter und Lothar beschäftigten sich mit den Bremsbelägen der Busse und anderen technischen Malaisen, und die Frauen erkundeten die mittelalterlich anmutende Stadt. Die

Abende verbrachten sie mit ihren neuen Hippiefreunden, redeten, lachten, kifften und lauschten hingerissen den Geschichten aus Kathmandu, der mittelalterlichen Königsstadt im Himalaya, dem Traumziel aller Suchenden, und in ihren Ohren hörte es sich an wie eine Filiale des mythischen Shangri-La.

Sie sammelten die Franzosen irgendwo auf der Straße zwischen Lahore und Delhi ein. Es grenzte an ein Wunder, dass sie die beiden überhaupt bemerkt hatten: Die Männer waren zu Fuß unterwegs und hatten sich nicht einmal die Mühe gemacht, die Daumen rauszuhalten. Sonnenverbrannt, mager und dunkelhaarig, ähnelten sie ohnehin mehr den Indern, die zu Hunderten die Seitenstreifen der Grand Trunk Road bevölkerten, und Ingrid wäre wohl achtlos an ihnen vorbeigefahren, wenn nicht das Schicksal ihr einen Ochsenkarren vor den Bus geschoben hätte.

Babsi, die sich selbst nicht ans Steuer traute, aber, wie meist, wenn Ingrid fuhr, ihr in der Fahrerkabine Gesellschaft leistete, streckte den Kopf zum Seitenfenster hinaus, um den Besitzer des Karrens zu beschimpfen, nicht aus Bosheit, sondern als Zeitvertreib und weil alle es machten, wenn jemand es wagte, den Verkehr aufzuhalten. Sie hatte gerade den ersten lachenden Fluch in Richtung des Karrens geschickt, als sie die jungen Europäer entdeckte. Ingrid bemerkte, dass etwas nicht stimmte, weil sich ihre Freundin plötzlich nicht mehr rührte. Sie zupfte an Babsis Batikrock.

»Was ist los?«

Keine Reaktion. Sie zupfte erneut, stärker diesmal. Babsi zog den Kopf wieder ins Auto.

»Da stehen zwei Männer«, sagte sie atemlos. »Zwei Europäer.«

»Ja, und?«

»Wir müssen sie mitnehmen.«

»Wir haben kaum noch Platz.«

»Unsinn.« Babsi drehte sich nach hinten. »Macht mal die Tür auf.«
Sie stieß die Beifahrertür auf und winkte die beiden heran. Der Größere der beiden kletterte sofort nach hinten, der Kleinere quetschte sich neben sie in die Fahrerkabine und stellte sich vor. Er hieß Sylvain und sprach Deutsch mit einem bezaubernden französischen Akzent.

»Warum hast du sie mitgenommen?« Achim war so wütend, wie Ingrid ihn bisher selten erlebt hatte. Nachdem sie die Fahrzeuge – sie fuhren immer noch mit Sabine und Lothar im Konvoi, und Achim hatte den Tag bei den beiden im Bus verbracht – mit Einverständnis des Besitzers auf einem brachliegenden Feld abgestellt hatten, war Achim erst ziemlich erstaunt über ihre neuen Begleiter gewesen, hatte sie aber herzlich willkommen geheißen. Kurz darauf dämmerte ihm allerdings, dass es zwischen Babsi und dem jüngeren der Anhalter, Sylvain, gefunkt hatte. Jetzt hockte er neben Ingrid und schaukelte nervös auf seinen Hacken vor und zurück. Ingrid war dabei, das gerade erstandene Gemüse zu putzen, und hatte nicht die geringste Lust, sich auf einen Streit einzulassen. Achim ließ nicht locker.
»Du hättest mich fragen müssen.«
»Was willst du eigentlich? Sie sind schließlich nicht die Ersten, die wir mitnehmen. Wenn welche am Straßenrand stehen, dann steigen sie zu. Basta.« Ingrid konzentrierte sich auf das Schälen der Kartoffeln und versuchte, ihren Zorn zu unterdrücken.
»Aber doch nicht die da!« Mit einem Rucken seines Kinns wies Achim auf die anderen, die in einiger Entfernung ein Lagerfeuer zusammentrugen. Lachen scholl herüber, dann mischten sich Gitarrenklänge darunter, und Ingrid sah erstaunt hoch. Weder Marten, dem die Gitarre gehörte, noch einer der anderen konnte so gut spielen. Es war dieser Sylvain.

Achim schäumte. »Jetzt versucht er auch noch, sie mit dem blöden Geklimper um den Finger zu wickeln.«
»Erde an Apollo! Verdammt noch mal, Achim! Erstens braucht sich Sylvain überhaupt nicht zu bemühen, weil Babsi schon Hals über Kopf in ihn verknallt war, bevor er überhaupt den Mund aufgemacht hat. Zweitens: Es steht dir nicht zu, eifersüchtig zu sein. Sie gehört dir nicht. Ich dachte, ihr hättet alles vor Monaten geklärt und wärt Freunde? Und überhaupt: Was läuft eigentlich zwischen dir und Sabine? Ich finde, Lothar verhält sich vorbildlich, du solltest dir ein Beispiel an ihm nehmen.« Ingrid knallte Achim die Kartoffeln und das Messer vor die Füße. »Im Übrigen habe ich keine Lust mehr, dauernd für euch Männer zu kochen. Ich bin doch nicht nach Indien gekommen, um Kartoffeln zu schälen! Wenn du welche ohne Schale willst: Hier ist alles, was du brauchst.« Sie stand auf und rauschte zum Feuer davon.
Achim kam etwas später nach, setzte sich neben Ingrid und stellte den Topf neben sie.
»Na, geht doch«, konnte sich Ingrid angesichts der geschälten Kartoffeln nicht verkneifen.
Achim prustete los. Ingrid begann ebenfalls zu lachen. Er wischte sich die Lachtränen aus den Augen, legte einen Arm um ihre Schultern und zog sie zu sich heran. »Du hast ja recht«, sagte er. »Ich habe mich aufgeführt wie ein Idiot. Love and peace!«
»Love and peace!« Ingrid küsste ihn auf den Mund, und kurze Zeit später verließen die beiden das Feuer. Freie Liebe ist eindeutig nach meinem Geschmack, dachte Ingrid, als sie Hand in Hand mit Achim durch die Dunkelheit schlenderte, auf der Suche nach einem geeigneten Platz.

21

Was für eine Reise!«, platzte es aus Anna heraus. Bisher hatte sie schweigend Ingrids Erzählung gelauscht, und ihr Erstaunen war von Minute zu Minute gewachsen. »Ich kann kaum glauben, dass Babsi tatsächlich Mami ist. Ich hätte nie gedacht, dass sie sich so etwas zutraut.«

»Ich weiß nicht, ob sie mitgekommen wäre, wenn sie vorher gewusst hätte, was auf sie zukam. In Wahrheit würde ich nicht einmal für mich und die anderen die Hand ins Feuer legen. Außer für Achim natürlich. Er war ein Draufgänger par excellence.«

»Ein seltsamer Mensch. Es muss schwierig gewesen sein, mit ihm auszukommen.«

»Ach, mal mehr, mal weniger. Manchmal hätte ich ihn am liebsten durch den Wolf gedreht, aber im Grunde habe ich ihn gemocht, wie dir nicht entgangen sein dürfte.« Sie grinste. »Ein enorm attraktiver Kerl, mit genau der richtigen Portion Ruchlosigkeit.«

»Ich weiß nicht …«

»Nun, dir hätte er mit Sicherheit nicht gutgetan, ebenso wenig wie deiner Mutter. Babsi hat es gespürt, weshalb sie sich auch nicht mit ihm eingelassen hat, obwohl ich der Überzeugung bin, dass er aufrichtig in sie verliebt war.« Sie zuckte die Schultern. »Aber wer weiß schon immer genau, was richtig für ihn ist?«

»Ist dein Mann richtig für dich?«, fragte Anna spontan und erschrak gleich darauf. Die Frage war ganz und gar ungehörig, aber Ingrid schien es nicht zu stören.

»Er ist der Beste von allen!«, sagte sie lachend. »Es hat ewig gedauert, bis ich ihn gefunden habe, aber die Suche hat sich gelohnt.«

»Ja, den Eindruck habe ich auch«, sagte Anna leise. »Ich fühle mich sehr wohl bei euch. Ihr seid ganz anders als die Familien, die ich kenne.« Anna straffte sich. Sie wusste, in welche Untiefen sie derartige Gedanken führen konnten, und wollte ihnen gar nicht erst das Tor öffnen. »Wie ging es weiter? Wohin seid ihr dann gefahren?«

»Nach Delhi. Wir erreichten die Stadt einige Tage, nachdem wir Sylvain und seinen Cousin Mauro getroffen hatten, und bereits auf der Fahrt zeichnete sich ab, dass wir getrennte Wege gehen würden. Unser eigentlicher Plan hätte uns von Delhi nach Süden geführt, nach Poona und Goa, aber in einigen Köpfen hatte sich mittlerweile ein neues Ziel festgesetzt: Kathmandu. Sylvain wollte unbedingt dorthin, und mit seinem Vorschlag rannte er bei Achim, Pieter und Babsi offene Türen ein. Okay, bei Babsi hat es wohl hauptsächlich daran gelegen, dass sie Sylvain begleiten wollte.«

»Waren sie denn zusammen?«

»Nun ja, deine Mutter himmelte ihn an, und es war unübersehbar, dass auch er Feuer gefangen hatte. Andererseits sah deine Mutter zwar äußerlich wie ein Hippie aus und kiffte, was das Zeug hielt, aber im Grunde war sie noch immer ein schüchternes Mädchen, das jemanden zum Anlehnen suchte und trotzdem vor jeder Berührung zurückschreckte. Wie dem auch sei: Nach zwei Wochen in Delhi trennten wir uns tatsächlich. Obwohl es mir nicht ganz geheuer war, deine Mutter zu verlassen, mochte ich meine Goa-Pläne nicht aufgeben. Ich wollte Palmen und Wärme, keine Berge. Marten hatte es sich in den Kopf gesetzt, in Poona in einen Aschram zu gehen, und Sylvains Cousin Mauro schloss sich ihm an. Mauro und Sylvain waren beste Freunde, doch ich vermute, dass sich Mauro wie das dritte Rad am Wagen fühlte, seit Sylvain nur noch Augen für Babsi hatte. Also kletterten wir zu Sabine und Lothar, der wahrscheinlich ganz froh war, Achim los zu sein, in den Mercedesbus und schaukelten nach Süden, während der Rest mit Achims Bus in den Norden aufbrach.«

»Achim und Sylvain im selben Bus? Konnte das denn gutgehen?«

»Offensichtlich ja. Deine Mutter hat mir später erzählt, dass die beiden sich sogar anfreundeten.«

»Hast du die Männer denn nicht wiedergesehen?«

»Nein. Nie wieder.«

»Warum nicht?«

Ingrid fasste Anna scharf ins Auge. »Du wirst es erfahren, wenn es so weit ist.«

Die Wohnzimmertür ging auf, und Kaushik betrat das Zimmer. »So, alle Gäste sind satt und im Bett«, sagte er in seinem indisch gefärbten Deutsch und gähnte herzhaft. »Seid ihr gar nicht müde?«

»Wie spät ist es denn?«

»Halb eins.«

»Oh! Anna, ich fürchte, wir müssen morgen weiterreden. Mein Wecker klingelt um halb sechs.«

Anna ließ sich ihre Enttäuschung nicht anmerken. Sie hätte trotz ihrer Erschöpfung am liebsten die Nacht durchgemacht, um endlich alles zu erfahren, aber natürlich ging Ingrids Wunsch vor. »Kein Problem«, sagte sie. »Auf einen weiteren Tag kommt es nun wirklich nicht mehr an.«

»Das stimmt. Aber warte, bevor wir ins Bett gehen, möchte ich dir noch etwas zeigen.« Ingrid sprang auf und durchsuchte ein Regal, auf dem Bücher, Videokassetten und DVDs standen. Ohne Zögern wählte sie ein Video aus und zog ein Baumwolltuch von einem großen Kasten, der sich als Fernseher mit dazugehörigen Abspielgeräten entpuppte.

Kaushik verabschiedete sich. »Ich wünsche dir eine gute Nacht, Anna«, sagte er, und zu Ingrid gewandt: »Macht nicht mehr zu lange, du brauchst deinen Schönheitsschlaf.«

»Frechheit«, sagte Ingrid und drohte ihm mit der Fernbedienung.
Lachend verließ er den Raum. Ingrid blieb vor dem Fernsehschirm stehen und spulte das Video vor. Nach einer Weile hatte sie die gesuchte Stelle gefunden und kam zurück zu Anna aufs Sofa.
Anna verfolgte das Video ratlos. Im ersten Moment hielt sie es für eine Amateuraufnahme von Ingrid, aber schnell wurde klar, dass die Szene Spielfilmqualität hatte, wenn der Film auch recht alt sein musste.
»Jetzt pass auf«, sagte Ingrid ohne weitere Erklärung.
Auf dem Bildschirm erschien eine dunkelhaarige junge Frau, wahrscheinlich eine Inderin, legte den Zeigefinger an die Lippen und flüsterte: »Hush.« Dann ein Schnitt: Eine rothaarige Europäerin zog selbstvergessen an einer Tonpfeife. Musik setzte ein, ein langgezogener, vibrierender Ton, der genauso gut von einem Synthesizer wie einem Alphorn hätte stammen können. Die Rothaarige reichte die seltsame Pfeife an einen jungen Mann mit John-Lennon-Brille und langen, gewellten Haaren weiter. Rauch umwaberte die beiden. Nun veränderte sich die Kameraeinstellung und zeigte weitere junge Menschen. Ein Gitarrenrhythmus, der Anna unwillkürlich mit dem Fuß wippen ließ, begann den getragenen Ton zu überlagern. Immer neue junge Leute kamen ins Bild, ein Mann mit bloßem, bemaltem Oberkörper, langhaarige Männer mit Vollbärten und Frauen in weiten Blusen, dazwischen fremde, asiatische Gesichter, dann ein Polizist in Großaufnahme, ebenfalls asiatisch, in khakifarbener Uniform. Das Gebäude, in dem die Menschen dicht an dicht saßen oder standen, schien sehr groß zu sein. Geschnitzte Holzpfeiler verloren sich in der Dunkelheit der hohen Decke, und obwohl Anna die Umgebung nur erahnen konnte, wirkte sie fremd und exotisch auf sie.
Jetzt richtete sich der Fokus wieder auf die Inderin der Anfangs-

sequenz, die mit einer überraschend hohen Kopfstimme ein Lied zu singen begann. Anna verstand lediglich die Worte ›Hare Krishna Hare Ram‹. Die versammelten jungen Leute wiegten sich zu dem indischen Gesang hin und her, ließen die Hüften kreisen, schüttelten ihre langen Haare. Die Sängerin tanzte nun ebenfalls, und ihr glänzendes pinkfarbenes Gewand überstrahlte die anderen Menschen. Um den Hals und an den Handgelenken trug die hübsche junge Frau Girlanden aus gelben Studentenblumen.

Sobald das Lied zu Ende war, schaltete Ingrid mit der Fernbedienung den Videorekorder aus. »Ist dir etwas aufgefallen?«, fragte sie.

»Das waren Hippies, oder?«

Ingrid nickte. »Klar, das waren Hippies. Es ist eine Szene aus dem Film ›Hare Rama Hare Krishna‹. Der Film spielt in Kathmandu. Das Haus, das du gesehen hast, steht auf dem zentralen Platz der Stadt. Aber ist dir wirklich nichts aufgefallen? Oder sollte ich besser sagen: Ist dir *niemand* aufgefallen?«

Anna schüttelte den Kopf. Sie hatte nicht die leiseste Ahnung, worauf Ingrid hinauswollte.

»Dann sieh es dir noch einmal genauer an.« Ingrid spulte den Film zurück und ließ die Inderin abermals auftreten, doch sosehr sich Anna auch auf den Bildschirm konzentrierte, konnte sie doch nichts Auffälliges entdecken. Ingrid spulte erneut zurück und zeigte Anna die Sequenz ein drittes Mal, diesmal stoppte sie das Video allerdings schon nach wenigen Sekunden. Anna ging zum Fernseher und studierte ein Gesicht nach dem anderen.

Und dann blieb ihr die Luft weg. »Das glaube ich nicht«, stieß sie hervor und drehte sich zu ihrer Gastgeberin um.

»Solltest du aber«, sagte Ingrid. Sie hatte sich eine Zigarette angezündet und ließ eine Rauchwolke entweichen, und plötzlich sah Anna das junge Hippiemädchen vor sich, das Ingrid einmal

gewesen war. Sie wandte sich wieder dem Fernseher zu und strich leicht mit der Fingerkuppe über ein dunkelhaariges Mädchen in einer bestickten roten Bluse, mit einem pinkfarbenen Stirnband und einem grünen, lässig um die Schultern gelegten Tuch, das sich mit verzücktem Gesichtsausdruck zwischen den anderen jungen Leuten zur Musik bewegte.
So also hatte ihre Mutter damals ausgesehen.

Anna hatte das Gefühl, erst wenige Minuten geschlafen zu haben, als ein lautes Klopfen an ihrer Zimmertür sie aufschreckte.
»Anna?« Es war Ingrids Stimme.
»Ist etwas passiert?«, fragte Anna alarmiert.
»Das Wetter hat aufgeklart, aber ich weiß nicht, wie lange es sich hält. Zieh dir etwas Warmes an und geh aufs Dach. Ich komme nach, sobald ich alle anderen geweckt habe.«
Verdattert lauschte Anna Ingrids sich entfernenden Schritten und dem darauffolgenden Klopfen an der Tür des Nachbarzimmers. Ingrid meinte es ernst. Ergeben schaltete Anna die Nachttischlampe ein, kroch unter den Decken hervor und zuckte zusammen, als ihre Füße den eiskalten Zementboden berührten. So schnell es ging, schlüpfte sie barfuß in ihre Wanderschuhe, schlurfte ins Bad und spritzte sich kaltes Wasser ins Gesicht, eine wirksame Art, wach zu werden, wenn auch eine ziemlich brutale. Dann zog sie sich an und trat auf den nur von wenigen schwachen Glühbirnen erhellten Flur. Einige schlaftrunkene Touristen waren schon auf dem Weg zum Dach. Anna grüßte kurz und folgte ihnen. Da alle Ingrids Befehl gehorcht hatten, musste es etwas Außergewöhnliches zu sehen geben.
Und dann stand sie auf dem Flachdach, gegen die beißende Morgenkälte eingemummelt in ihre Jacke, und staunte wie alle anderen Gäste. Selbst Ingrid, Kim und Kaushik waren nach oben gekommen. Noch war es dunkel, doch am östlichen Rand der Welt gab es das Versprechen von Licht und Wärme. Zu

ihren Füßen brachen sich Wolkenfetzen an den Flanken des Berges, auf dessen Sattel Darjeeling errichtet war, überspülten die ineinander verschachtelten Häuser in einer trägen Dünung wie die Wellen eines weißen Meeres, verbanden sich miteinander, verwirbelten, zerrissen und lösten sich schließlich auf. Die Lichter der Fenster und Straßenlaternen erschienen Anna wie Botschaften aus einer versunkenen Stadt. Je heller es wurde, desto tiefer sanken die Wolkenfetzen in die Täler und gaben die Stadt und die sich darunter erstreckenden Teeplantagen frei. Das Licht wurde stärker, die Farben kehrten in die Welt zurück, Blassblau und Blassrosa und Blassgelb. Nun sanken auch die gelb angestrahlten Wolken weit im Osten und im Norden, und ein Raunen ging durch die frierende Gruppe oben auf dem Dach. Über den rundgeschliffenen Bergen Sikkims, die sich Walrücken gleich aus dem Wolkenmeer erhoben, zeigte sich der Kangchenjunga, der dritthöchste Berg der Welt, und alles und alle, Menschen und Häuser und Bäume und Berge, erschienen winzig im Vergleich zu dieser eisglitzernden Götterfestung.

Lange stand Anna schweigend zwischen Kim und Ingrid, die ihre Hand ergriffen hatte und leicht drückte, wurde Zeugin der Geburt eines neuen Tages, blinzelte in die aufgehende Sonne und fühlte, wie sich angesichts der Erhabenheit der vor ihr ausgebreiteten Bergwelt ihre Sorgen, Fragen und Zweifel auflösten – ähnlich den Wolken, von denen keine der Kraft der Sonne widerstanden hatte. Ohne ein Wort löste sich die Gesellschaft auf dem Dach schließlich auf, einer nach dem anderen verschwand im Inneren des Hauses, und auch Anna ließ sich von Ingrid zum Zimmer zurückführen, kroch unter ihre noch warmen Decken und versank Sekunden später in einen tiefen, traumlosen Schlaf, aus dem sie erst erwachte, als Ingrid sie gegen Mittag erneut weckte.

Nach einem späten Frühstück verließen Anna und Ingrid gemeinsam das Hotel und wanderten durch die Stadt. Das Versprechen des Morgens war eingelöst worden, die Sonne strahlte von einem lapislazuliblauen Himmel und verwandelte Darjeeling, bei ihrer Ankunft im Regen so grau und trist, in ein Kaleidoskop aus brillanten Farben, die ihre immense Strahlkraft der klaren, harten Bergluft verdankten. Gutgelaunte Frauen in leuchtend bunten Saris, mit dazu passenden Strickjacken gegen die Kühle des Oktobertags geschützt, schoben sich an Ständen voller Kleidung, Taschen, Plastikspielzeug und bonbonfarbenen indischen Götterbildern vorbei, und über allem lag ein Geräuschteppich aus Kinderlachen und Händlerstimmen, aus dem Klimpern der Glas- und Goldarmreife der Frauen und dem leisen Läuten von im Wind schwingenden Glöckchen.

Ingrid lenkte Anna zielstrebig in eine abwärtsführende Gasse, die auf der linken Seite von gemauerten mehrstöckigen Geschäftshäusern und auf der rechten von improvisierten Bretterbuden gesäumt war, in denen Barbiere ihrer Arbeit nachgingen. Plötzlich blieb sie wie angewurzelt stehen.

»Das ist doch Kim!«

Ingrid spähte ebenfalls in die Bude. Kim winkte den beiden zu, dann lehnte er den Kopf zurück und ließ sich mit Seife einschäumen. Anna sah mit einem gewissen Unbehagen das lange Rasiermesser des Barbiers aufblitzen, doch Kims geschlossene Augen signalisierten absolutes Vertrauen in die Künste des Mannes.

Weiter ging es bergab, die Bebauung dünnte mehr und mehr aus, bis die beiden Frauen schließlich einen stillen Weg entlangwanderten. Dunkelgrüne brusthohe Teesträucher erstreckten sich zu allen Seiten, beschattet von Zypressen und Laubbäumen. Hin und wieder erhob sich der mit einem zusammengefalteten Handtuch bedeckte Kopf einer Pflückerin über die Teesträucher, doch meist waren die Frauen so vertieft in ihre Arbeit, dass sie Anna und Ingrid gar nicht bemerkten. Nach einer Weile erreichten sie eine an einer Wegkreuzung stehende

Bretterbude, vor der zwei kleine Tische und einige Plastikstühle zu einer Pause einluden. Anna und Ingrid ließen sich in der Sonne nieder, und sofort erschien eine rundgesichtige Frau mittleren Alters mit roten Apfelbäckchen und einem strahlenden Lächeln und erkundigte sich auf Englisch nach ihren Wünschen.

»Den besten«, sagte Ingrid. Das Lächeln der Frau geriet noch eine Spur strahlender. Sie verschwand in der Bude, und nach wenigen Minuten kredenzte sie ihnen feierlich zwei Porzellantassen. Anna beugte sich über ihre Tasse und sog den Dampf ein. Sie machte sich nicht viel aus Tee und verstand auch nichts davon, aber dieser hier war wirklich etwas Besonderes. Das Aroma des Tees schien die Essenz eines ganzen Sommers in sich zu tragen und war dazu angetan, auch den eingefleischtesten Kaffeetrinker umzukrempeln.

Ingrid bemerkte ihren entrückten Gesichtsausdruck. »First Flush Super Fine Tippy Golden Flowery Orange Pekoe«, sagte sie. »Ich dachte, dies ist das richtige Getränk, um dich mit dem zu versöhnen, was ich dir noch zu erzählen habe.«

Anna ließ den Blick über die sonnenüberfluteten Berghänge gleiten. »Eine gute Idee«, sagte sie leise. »Nichts kann so schlimm sein, dass es in diesem Paradies nicht zu ertragen wäre.«

22

1970 BIS 1973

Höher und höher schraubte sich die Straße, eine Haarnadelkurve folgte der nächsten. Achim fluchte laut auf einen rachitischen Lastwagen, der vor ihnen im Schneckentempo den Berg hinaufkroch. In die liebevoll bemalten und verzierten Holzaufbauten war mit Sicherheit deutlich mehr Geld gesteckt worden als in die Wartung des Motors.

Bärbel, die sich gemeinsam mit Sylvain auf den Beifahrersitz gequetscht hatte, stimmte im Stillen in Achims Fluch ein. Vor kaum zehn Minuten hatte Achim in einem lebensgefährlichen Manöver mehrere Zwillingsbrüder des Lastwagens überholt, und ihre Nerven lagen blank. Sie wollte endlich ankommen. Nur noch diese Steigung trennte sie von ihrem Ziel, aber die Stunden, die die Auffahrt sie kostete, erwiesen sich als die längsten und zähesten der gesamten zweimonatigen Reise.

Achim scherte aus, um den Lastwagen zu überholen, trat aber sofort auf die Bremse, als ihm ein weiteres dieser Ungeheuer entgegenkam. Frustriert hängte er sich wieder hinter den Lastwagen. Der Motor protestierte gegen die Fahrt im ersten Gang, doch es ließ sich nicht ändern. Sylvain war als Einziger ruhig geblieben, legte versöhnlich seine Arme um Achims und Bärbels Schultern und ließ sie dort, bis sie eine halbe Stunde später eine Kuppe erreichten. Der Lastwagen röhrte weiter, aber Achim ließ den Bus auf einen staubigen Platz an der Seite rollen. »Alle Mann aussteigen«, sagte er. Gemeinsam stolperten sie über den Parkplatz, und dann lag es im strahlenden Licht eines wolken-

losen Novembernachmittages unter ihnen ausgebreitet: das Tal von Kathmandu.
Kleine Parzellen bedeckten den gesamten Talboden, Dörfer wie hingetupft ins Grün, Gelb und Braun der Felder, und, vielleicht sechs oder sieben Kilometer entfernt, im Zentrum des Tals, erahnten sie die Schwesterstädte Kathmandu und Patan. Im Norden, jenseits der dunklen Barriere des Bergkranzes, der das Hochtal umschloss, hob sich der schneebedeckte Hauptkamm des Himalayas scharf umrissen gegen das Blau des Himmels ab. Ein frischer Wind zerzauste ihre Haare und ließ Bärbels Rock flattern. Sie fröstelte, und auch ihren drei Begleitern wurde kalt. Stumm gingen sie zum Bus zurück und nahmen ihre Plätze wieder ein. Es würde noch eine Weile dauern, bis sie wirklich begriffen, dass sie ihr Shangri-La erreicht hatten.

Eine knappe Stunde später parkte Achim den Bus auf einem großen Platz im Zentrum der Stadt, und bevor sie auch nur einen Blick auf die Paläste und Tempel werfen konnten, hatten sich Dutzende von Menschen um sie geschart, die an die Fenster klopften und versuchten, einen Blick auf die verunsicherten Insassen des Busses zu erhaschen. Zögernd öffneten sie die Türen und stiegen aus. Von allen Seiten erschollen Rufe, bis Sylvain schließlich begriff, dass die Nepalesen ihnen Kaufangebote für so ziemlich alles machten, was sie besaßen, angefangen von dem Bus selbst bis hin zu ihren verschmutzten Jeans. Sobald sie ihre Ruhe hatten, lehnte Bärbel sich gegen den Bus und sah sich um. Die eine Seite des Platzes wurde von einem wuchtigen weißen Gebäude in phantasievollem klassizistischem Stil dominiert. Das Gebäude war der einzige Fremdkörper zwischen all den anderen großen und kleinen, prächtigen und einfachen Häusern, die in windschiefer Folge die Seiten des Platzes rahmten. Die Häuser und der hässliche Palast vermochten ihre Aufmerksamkeit allerdings nur für Sekunden zu fesseln – ihr Blick wurde

magisch von dem höchsten der in scheinbar willkürlicher Anordnung über den Platz verstreuten Tempel angezogen. Niemals zuvor hatte sie ein Gebäude gesehen, das diesem auch nur annähernd ähnelte. Die aus rotbraunen Ziegeln gemauerte Basis, die wohl zwanzig, vielleicht fünfundzwanzig Meter im Quadrat maß, verjüngte sich in zehn Stufen bis zu einer Plattform in etwa zehn Metern Höhe. Auf der Plattform war ein Gebäude errichtet, in das man durch eine dunkle Türöffnung treten konnte und von dem Bärbel vermutete, dass es sich um den eigentlichen Tempelschrein handelte. Eine Galerie aus geschnitzten Holzsäulen, die einen ebenfalls geschnitzten Fries trugen, lief einmal um den Schrein herum, und drei flache, übereinander angeordnete Zeltdächer beschirmten ihn. Das oberste, kleinste Dach trug eine weiße, konisch zulaufende Spitze mit einem golden schimmernden Abschluss. Die Anordnung der Dächer erinnerte Bärbel an einen Christbaum. Auf der untersten Stufe des Tempels hatten Händler ihre Waren ausgebreitet, umringt von in hellgraue und braune Kaftane gekleideten Nepalesen und Frauen, deren Saris und Blusen alle Schattierungen von Rot und Grün aufwiesen. Auch auf den anderen Stufen hatten sich Menschen niedergelassen, unterhielten sich, handelten, betrachteten gelassen das hektische Treiben auf dem Platz. Die größte Gruppe lagerte auf den obersten Stufen, und als Bärbel genauer hinsah, erkannte sie blonde Haare, eine Gitarre, bunte Hosen und Röcke. Eines der Hippiemädchen in einem weiten, violetten Kleid erhob sich gerade und winkte Bärbel aus der Distanz zu, dann eilte sie die Treppe auf der Vorderseite des Tempels hinunter und verlor sich im Gewühl. Wenig später spuckte die Menge sie direkt neben dem Bus wieder aus. Nach einem kurzen Blick auf das Nummernschild grinste sie Bärbel, Achim, Pieter und Sylvain einen nach dem anderen an, legte die Handflächen aneinander und sagte in breitestem Schwäbisch:
»Namaste! Ich bin Anita. Willkommen im Paradies.«

Nachdem sie den Bus sorgfältig verschlossen hatten, folgten sie Anita in ein Gewirr enger Gassen westlich des Platzes. Frauen hielten in ihrer Arbeit inne und sahen ihrer kleinen Gruppe mit verhaltener Neugier nach. Zwar hatten noch nicht sonderlich viele junge Europäer und Amerikaner den Weg hinauf in ihr Königreich gefunden, doch genug, um die Bewohner des Tales an die Hippies zu gewöhnen, die in ihren Augen Tagediebe waren, seltsame Botschafter aus einer ihnen unverständlichen Welt.
Plötzlich bückte sich Anita und verschwand durch einen niedrigen, sich zu einem Innenhof öffnenden Torgang. Der kleine Schrein in der Mitte des Hofes wurde von Hippies umlagert, und der Geruch von Haschisch hing schwer in der Luft. Anita betrat eine der zum Hof zeigenden Haustüren, führte die anderen eine steile Treppe hinauf und stieß eine Zimmertür auf. Dahinter verbarg sich ein winziger dunkler Raum mit vier Strohsäcken, einer Kiste mit mehreren Kerzenstummeln und sonst nichts, wenn man von dem sauren Gestank nach Schweiß und ungewaschener Kleidung absah.
»Wenn ihr wollt, frage ich den Besitzer. Passt doch genau für euch vier.«
Sie waren sprachlos.
Achim fing sich als Erster. »Da ziehe ich den Bus vor«, bemerkte er. »Und der riecht auch nicht gerade wie ein Rosengarten.«
Pieter nickte zustimmend.
Sylvain räusperte sich. »Gibt es auch andere Unterkünfte? Ich meine, wir brauchen kein Luxushotel, aber ein bisschen sauberer dürfte es schon sein.«
Anita musterte sie interessiert. »Sieht aus, als hättet ihr noch Geld. Na, wenn ihr es unbedingt für ein besseres Zimmer ausgeben wollt, bitte. Früher oder später landet ihr ohnehin auf Strohsäcken.« Sie drehte sich um, und führte sie wieder hinaus. Vor einem Laden mit dem Schild ›Eden Hashish Centre‹ blieb

Pieter wie angewurzelt stehen. »Und ich dachte, man hätte uns Märchen erzählt.«
»Nö, hat man nicht«, sagte Anita. »Es gibt noch mehr solcher Läden mit allerfeinstem Marihuana zum Spottpreis. Ich habe doch gesagt, dass ihr im Paradies angekommen seid. So, jetzt aber weiter, ihr könnt später einkaufen. Ich will zum Tempel zurück.«
Sie stolperten brav hinter Anita her, bis sie in eine enge Gasse einbog und vor einer einladend offen stehenden Tür innehielt.
»Voilà, die Annapurna Lodge. Hier habe ich zu Anfang auch gewohnt. Nette Leute, saubere Zimmer, und zum Waschen machen sie euch einen Eimer Wasser warm.«
Die Lodge gefiel ihnen, und sie nahmen zwei kleine Zimmer. Sylvain erbot sich, den größten Teil der ohnehin nicht hohen Miete zu bezahlen, und so wanderten sie bestens gelaunt zum Platz zurück, um den Bus zu holen.

Am Abend erkletterten sie ebenfalls den großen Tempel auf dem Durbar-Platz. Oben angekommen, wurden sie von einer Gruppe junger Leute begrüßt. Auch Anita war da, und Achim und Pieter ließen sich neben ihr nieder. Bärbel wollte es ihnen gleichtun, als Sylvain sie zurückhielt.
»Lass uns dort hingehen«, sagte er und wies auf einige Stufen etwas abseits der Gruppe. »Mir ist nicht nach Reden zumute. Die Nacht ist so schön.«
Bärbel folgte ihm, und schließlich setzten sie sich auf die Rückseite des Tempels. Lediglich zwei junge Nepalesen, die ebenfalls vor den Europäern geflohen waren, grüßten kurz und vertieften sich dann wieder in ihr leise gemurmeltes Gespräch. Bärbel legte sich auf die breite Stufe, bettete ihren Kopf in Sylvains Schoß und sah in den Himmel, vor dessen sternengesprenkeltem Dunkelblau sich die Silhouetten der Tempel- und Hausdächer wie exotische Scherenschnitte abzeichneten.

»Der Mond sieht aus wie ein Stückchen Pampelmuse«, sagte Bärbel.
»Hmm. Zum Anbeißen. Genau wie du.« Sylvain beugte sich über sie und biss Bärbel leicht in die Nasenspitze.
Sie umklammerte seinen Nacken und zog ihn noch ein Stück tiefer, um ihn zu küssen.
»Habe ich mich eigentlich schon bei dir bedankt?«, fragte sie.
»Wofür?«
»Dass du unsere Zimmer bezahlst. Ich habe zwar noch etwas Geld, aber lange reicht es nicht mehr.«
Er winkte ab. »Das mache ich gern. Ihr habt mich schließlich mitgenommen. Außerdem sind wir jetzt endlich ungestört.«
»Ja.« Bärbel verstummte. Sosehr sie sich in den letzten Wochen danach gesehnt hatte, mit Sylvain allein zu sein, so sehr hatte sie sich auch davor gefürchtet, gleichgültig wie schmackhaft Ingrid ihr das Ganze zu machen versuchte. Selbst ihre beste Freundin ahnte nichts von den Ängsten, die ihr die Luft zum Sprechen nahmen. Bisher waren all ihre Versuche gescheitert, Ingrid von dem Schrecklichen, das in Gießen geschehen war, zu erzählen. Zaghaft strich sie Sylvain über die Wange.
»Du musst Geduld mit mir haben«, flüsterte sie.
Statt einer Antwort nahm er ihre Hand und küsste die Innenfläche. Sofort reagierte ihr Unterleib mit einem nicht zu ignorierenden Kribbeln, wie so oft, wenn er sie in den Arm nahm oder küsste. Manchmal brauchte er sie nur ansehen, und ihr Körper meldete sich zu Wort, versuchte, den Widerstand zu brechen, der sich einzig und allein in ihrem Kopf abspielte. Es kann so nicht weitergehen, dachte sie. Ich liebe Sylvain, und er wird gut zu mir sein. Ein Gedanke blitzte auf, und ihr Magen krampfte sich zusammen. Was, wenn er ein anderes Mädchen kennenlernte? Er war attraktiv, und viele machten ihm schöne Augen. Sie durfte ihn nicht länger hinhalten. Und sie *wollte* ihn auch nicht länger hinhalten.

Bärbel räusperte sich, um ihm ihre Zustimmung zu geben. Um ihm zu sagen, dass sie in ihr gemeinsames Zimmer zurückgehen wollte, um endlich mit ihm zu schlafen. Doch da sprang die Erinnerung sie an wie ein Monster aus einem grässlichen Alptraum. Wieder sah sie die Augen des Monsters, sein Gebiss, roch den Zwiebelatem, spürte die Finger, überall, fordernd, brutal, und dann den Schmerz und die entsetzliche Demütigung. Die Sterne begannen sich zu drehen, schneller, immer schneller. Ihr wurde übel. Sylvain missverstand ihr angstvolles Keuchen und zog sie eng an sich. Jetzt schrie sie. Dieser schwarze, über sie gebeugte Schatten, das war nicht Sylvain! Das war er. Er! Ihre Hand schoss nach vorn, die Fingernägel trafen auf weiches Fleisch, krallten sich hinein.

Der Dunkle stieß einen Schmerzenslaut aus und ließ sie los. Sofort befreite sich Bärbel aus seiner Umklammerung und sprang die hohen Stufen hinunter, stürzte, raffte sich wieder auf, weiter, weiter, nur fort von hier!

Sie kauerte in einer Nische neben einem Schrein, orientierungslos und tränenblind, als Sylvain sie wenig später fand. Er hockte sich neben sie und nahm sie vorsichtig in den Arm. Lange verharrten sie so, stumm in einer stummen Stadt.

23

In den folgenden Tagen ertappte Bärbel Sylvain häufig dabei, wie er seine Hand nach ihr ausstreckte, nur um sie sogleich verunsichert wieder zurückzuziehen. Er hatte ihr vorgeschlagen, ein eigenes Zimmer zu nehmen, doch das wollte sie nicht. Insgeheim hoffte sie, sich langsam an ihn zu gewöhnen, an seine harmlosen Berührungen in der Nacht. Sie schliefen angekleidet, auch hier hatte er keine Fragen gestellt, sie nur ratlos angesehen. Wie gern hätte sie Worte für das Unaussprechliche gefunden, ihm erklärt, was in ihr vorging, aber die Blockade war zu groß. Zeit, flüsterte sie sich immer wieder zu, gib mir Zeit.

Und dann, eines Abends, war alles anders als sonst. Mit seiner sanften Zuvorkommenheit, seinem ruhigen Abwarten und vor allem seinem Respekt ihr gegenüber war Sylvain gelungen, was weder Dope noch der Foelkenorth noch die verrückte Busreise geschafft hatten: Bärbel hatte begonnen, ihre schlimmen Erinnerungen zu verarbeiten, und an jenem Abend wusste sie plötzlich, dass es so weit war. Sie nahm Sylvain bei der Hand, führte ihn aus dem Restaurant, in dem sie mit einer Gruppe anderer Hippies zusammengesessen hatten, und durch die dunkle Jhochhen Thole in Richtung des Hotels. Er sagte kein Wort, lediglich in seinen Augen spiegelte sich Verwunderung über ihren plötzlichen Sinneswandel.

In ihrem Zimmer angekommen, sank Bärbel der Mut. Während Sylvain einige Kerzen mit Wachs auf dem Fensterbrett befestigte, stand sie unschlüssig in dem kleinen Raum und spürte Panik in sich aufsteigen. Sobald das Kerzenlicht den Raum in eine verwunschene Höhle verwandelt hatte, trat Sylvain zu ihr und schloss sie in die Arme. »Du musst nichts tun, was du nicht willst. Ich habe Geduld.«

Bärbel atmete tief durch. Ich aber nicht, dachte sie. Es wird nicht besser, wenn ich noch länger warte. Sie drückte sich fester an ihn, spürte seine Erektion erwachen und ließ ihre Hände seinen Rücken hinunterwandern und dann in seine Hose gleiten. Er stöhnte auf, und im nächsten Moment zerrte er an ihrer Bluse. Küssend zogen sie sich aus, sie spürte nur noch Sylvains heiße, glatte Haut und ihr eigenes Verlangen nach mehr, mehr, immer mehr von ihm, nach seinen Händen auf ihren Brüsten und ihren Händen auf seinem Rücken, seinem Hintern, seinen Hüften. Er kam, bevor sie noch Zeit hatten, sich auf die Matratze fallen zu lassen.

Dann lagen sie nebeneinander auf dem Bett und bewunderten sich gegenseitig. Bärbel hatte sich auf einen Ellbogen gestützt und streichelte mit den Fingerspitzen ihrer freien Hand über seine Brust. Er war sehr dünn, aber sehnig, und viel kleiner als die meisten Männer, die sie kannte und vor deren körperlicher Stärke sie zurückschreckte. Sylvain wirkte dagegen elegant wie ein Elf, ein schwarzhaariger Elf mit weißer Haut dort, wo er sie vor der Sonne verborgen hielt. Sie ließ ihre Hand tiefer gleiten und strich über das schwarze Schamhaar, hielt kurz zögernd inne und umfasste dann entschlossen seinen Penis. Bärbel fühlte sich wie eine Entdeckerin, als sie ihn dabei beobachtete, wie er immer größer und steifer wurde, sich wie ein eigenständiges, warmes Lebewesen in ihrer Hand wand und pochte.

»Lass ihn los«, flüsterte Sylvain in ihren Nacken, »jetzt bist du an der Reihe.« Sanft drückte er sie auf den Rücken und beugte sich über sie, bedeckte ihr Gesicht und ihren Hals mit Küssen. Bärbel spürte die Spitze seines Penis an ihrem Bauch, an ihren Oberschenkeln, und dann war es doch sie, die ihn führte, ihn zu sich zog, auf sich zog, in sich zog, und es war das Schönste, was sie je erlebt hatte.

In den nächsten Wochen schwebte Bärbel wie auf Wolken. Sylvain und sie waren unzertrennlich. Er hatte ihre Alpträume in Träume verwandelt, die sich Nacht für Nacht in die Wirklichkeit verwandelten und auch am Tag nichts von ihrem Zauber verloren. Hand in Hand erkundeten sie die Stadt mit den niedrigen, dunklen Läden voller Saris und verzierten Süßigkeiten, Bronzegöttern und Blecheimern. Sie verirrten sich im Gassengewirr, stolperten in die Intimität der Hinterhöfe, in denen die Bewohner der hohen Häuser ihre Wäsche wuschen und Gemüse putzten, Kinder rund um die Schreine tobten und gelbe Hunde, ungerührt von dem Trubel, in der Sonne dösten. Sie erreichten den Stadtrand, erschauderten beim Anblick der brennenden Scheiterhaufen im affenverseuchten Tempelkomplex Pashupathinats und teilten sich einen Joint mit einem hageren Asketen, der auf einem weißen Schrein thronte, die zwei Meter langen, ascheverschmierten Haarwülste um sich drapiert wie ein Fächer. Sie wanderten durch die Felder, winkten den Bauern zu und tätschelten Wasserbüffeln mit abenteuerlich verdrehten Hörnern die weichen Schnauzen. Die Tage waren warm und strahlend, kaum eine Wolke zeigte sich am Himmel, und gegen die Nachtkälte des einsetzenden Winters schützten sie die dicken Wände ihres Zimmers und ihre leidenschaftliche Liebe. Weihnachten kam und verging, ohne dass die versammelte Hippiegemeinschaft es sonderlich zur Kenntnis nahm, und auch Bärbel wischte den Gedanken an das Fest mit Leichtigkeit beiseite. Die erzwungen feierliche Atmosphäre zu Hause war ihr schon immer ein Greuel gewesen.

Dafür freute sie sich umso mehr auf den Silvesterabend. Schon im letzten Jahr im Foelkenorth hatte sie ausgelassen gefeiert, froh, den erstickenden Tentakeln ihrer Familie entschlüpft zu sein, doch diesmal würde der Übergang ins neue Jahr etwas ganz Besonderes sein, war es doch ein weiterer Schritt auf einem Teppich, der sich endlos vor ihr in die Zukunft entrollte, in schillernden Farben verziert mit dem Namen Glück. Sie sah zwei Menschen den Teppich entlanggehen, und sie erkannte ihre eigene zarte Gestalt und die von Sylvain. Das Leben war wunderbar.

Am Morgen des letzten Dezembertages wachte Bärbel schon vor Sonnenaufgang auf, aber sie war nicht die Erste. Ein früher Vogel trillerte sein Lied, vom Restaurant im Hof vernahm sie schlurfende Schritte und ein geflüstertes Gespräch. Draußen auf der Straße rumpelte ein Karren vorbei, sicher ein Bauer, der frisches Gemüse in die Stadt brachte. Sie kuschelte sich an Sylvains nackten Rücken und versuchte noch einmal einzuschlafen, aber vergeblich. Schließlich schlüpfte sie leise unter den Decken hervor, wickelte sich in ein großes Tuch und ging zu den Gemeinschaftstoiletten am Ende des zum Hof hin offenen Laubengangs. Achim kam ihr entgegen.

»Morgen«, sagte er kurz und wollte an ihr vorbeigehen.

»Hallo, Herr Morgenmuffel.«

Achim blieb stehen. »Vielen Dank für die Blumen«, sagte er mit einer überraschenden Bitterkeit in der Stimme. »Habe ich aber nicht verdient. Im Gegensatz zu dir stehe ich nämlich meistens um diese Zeit auf.«

»Entschuldige, ich hab's nicht so gemeint.« Bärbel war bestürzt. Es lag ihr fern, Achim zu kränken.

»Schon okay.« Er winkte ab. Dann glitt ein Lächeln über sein Gesicht. »Aber wenn ich dich nun schon mal ohne deinen Beau zu Gesicht bekomme – was hältst du davon, gemeinsam zu frühstücken?«

»Gern. Ich muss mich nur schnell fertig machen.«

Eine Viertelstunde später trafen sie sich vor der Annapurna Lodge. Bärbel war erstaunt, wie viele Menschen in der Dämmerung unterwegs waren, ausnahmslos Einheimische, die ihr Tagwerk begannen, während die Hippies ihren Haschisch- und Opiumrausch der letzten Nacht ausschliefen. Sie verließen ihre

Gasse und folgten dem Strom der Einheimischen in Richtung Durbar-Platz. Achim ging zielstrebig zu der Häuserfront an der Südseite des Platzes, deren Fassaden von den Tempeln fast vollständig verdeckt wurden, und duckte sich durch einen niedrigen Eingang. Bärbel folgte ihm durch einen düsteren, mit Tischen und Stühlen vollgestellten Raum und eine enge Treppe hinauf. Im zweiten Stock, dessen Decke so niedrig war, dass Achim den Kopf einziehen musste, fanden sie einen freien Platz am Fenster. Ein kalter Hauch wehte durch die glaslose Öffnung, und Bärbel zog fröstelnd ihr grünes Wolltuch um sich. Achim bestellte bei einem Jungen mit verstrubbeltem schwarzem Haar und müden Augen zwei Gläser nepalesischen Tee und Pakoda, frittierte Teigtaschen mit Gemüsefüllung. Dann lehnte er sich auf seinem Stuhl zurück und musterte Bärbel.
»Steht dir gut«, bemerkte er nach einer Weile. »Das Tuch sieht teuer aus.«
»Sylvain hat es mir geschenkt. Es ist aus Ziegenwolle.«
Er beugte sich vor und befühlte den Stoff. »Gute Qualität. Sylvain muss über eine Menge Geld verfügen.«
»Er hat es von seinen Eltern geerbt«, sagte Bärbel. »Sie sind bei einem Flugzeugunglück ums Leben gekommen. Ich weiß nicht, ob es wirklich viel ist, er spricht nicht gern darüber. Ich glaube, er vermisst seine Eltern sehr.«
»Er vermisst seine Alten?« Achim lachte trocken auf. »Dann dürfte er hier zu einer Minderheit gehören. Du trauerst deinem Heim ja auch nicht gerade nach.«
»Nein, das tue ich weiß Gott nicht«, sagte Bärbel leise. Sie war froh, als der Junge mit dem Tee und den Teigtaschen an ihren Tisch trat. Achim drückte ihm ein paar Münzen in die Hand, und der Junge ging zu den nächsten Gästen.
»Das Tuch …«, kam Achim auf ihr anfängliches Thema zurück. »Meinst du, so etwas könnte den Frauen in Deutschland gefallen?«

»Ich denke, schon«, sagte Bärbel überrascht. »Warum fragst du?«
Achim blies auf seinen Tee, überlegte für einen Moment und sah Bärbel dann direkt in die Augen. »Ich will hierbleiben«, sagte er unumwunden. »Mir gefällt das Land, und es bietet eine Menge Möglichkeiten, Geld zu verdienen. Ich könnte solche Tücher oder Teppiche exportieren, oder –« Er brach ab. »Ich habe mich entschlossen, den Bus zu verkaufen, um Startkapital zu bekommen.«
»Wie bitte? Aber wie sollen wir dann nach Hause kommen?«
Er zuckte die Achseln. »Falsche Frage. Es muss heißen: Wie sollst *du* nach Hause kommen? Wenn du überhaupt zurückwillst. Du könntest auch hierbleiben. Mit mir.«
Bärbel stellte das Teeglas so heftig auf den Tisch, dass es überschwappte. »Mit dir? Achim, ich bin mit Sylvain zusammen. Ich liebe ihn!«
»Ja, ja, das ist nicht zu übersehen. Aber irgendwann wird er von dir genug haben, und dann?«
»Er verlässt mich nicht!«
»Wetten?«
Bärbel sprang auf, aber Achim griff ihr Handgelenk und zwang sie wieder auf den Stuhl. »Beruhige dich. Was sollen denn die Nepalesen denken?« Tatsächlich hatte die immer lauter werdende Unterhaltung der beiden die Aufmerksamkeit der anderen Gäste auf sich gezogen. Bärbel verkroch sich noch tiefer in ihr Tuch. Sie hasste es, aufzufallen.
Achim löste seinen Griff und strich beruhigend über Bärbels Handrücken. Zu gern hätte sie ihm ihre Hand entzogen, doch sie war wie gelähmt. *Eines Tages wird er genug von dir haben!* Der Satz hämmerte in ihrem Kopf, aber nicht erst, seit Achim ihn dort eingepflanzt hatte. In den letzten Wochen war es ihr gelungen, ihre Unsicherheit zu kaschieren, und manchmal war sie sich Sylvains Liebe so sicher, wie der Mond um die Erde

kreiste – und doch überfielen sie immer wieder wie aus heiterem Himmel Zweifel. Bis heute hatte sie nicht begriffen, warum Sylvain ausgerechnet sie ausgewählt hatte und nicht eines dieser zupackenden, lebensprühenden Mädchen wie Ingrid.

»Es war ein Scherz.«

»Ein verdammt schlechter Scherz«, sagte sie. »Warum tust du mir das an?«

»Ich wollte dir nichts antun, aber ich wollte dich auf den Boden der Tatsachen zurückholen. Du kannst dich auf niemanden verlassen.« Er machte eine Pause. »Außer auf mich. Komm zu mir, wenn es dir mal schlechtgehen sollte – was ich nicht hoffe.« Er hob seine freie Hand. »Ich habe keine Hintergedanken«, sagte er. Auf seinem Gesicht breitete sich ein entwaffnendes Lächeln aus, das Lächeln ihres alten Freundes Achim. Bärbel entspannte sich.

»Ich glaube dir«, sagte sie. »Ich habe gar keine Zeit mehr für dich und Pieter. Das muss sich ändern.«

Die gute Stimmung zwischen ihnen war wiederhergestellt, als sie das Teehaus verließen. Die Sonne hatte die Spitzen der Tempeldächer erreicht und warf dramatische Schatten auf den Boden des Platzes und die Straßen. Achim bot Bärbel den Arm, und sie hakte sich übermütig unter. Gemeinsam schlenderten sie durch den von vielen Füßen aufgewirbelten Staub zurück zur Annapurna Lodge. Alles ist gut, dachte Bärbel. Ich habe einen wundervollen Geliebten und einen ebenso wundervollen Freund. Einen, mit dem der Umgang nicht immer einfach ist, aber auf den ich mich verlassen kann.

Sylvain saß im Hof der Lodge und unterhielt sich mit zwei Mädchen, Monique und Lili, die erst am vorigen Tag angekommen waren und nun mit verliebten Blicken an seinen Lippen hingen. Bärbel blieb wie angewurzelt stehen. Da er mit dem Rücken zum Eingang des schmalen, von einer hohen Mauer eingefassten Hofes hockte, hatte er ihr Kommen nicht bemerkt,

und es versetzte ihr einen Stich, als sie ihn so sah. Charmant, bezaubernd, begehrenswert. Und nicht nur für sie.
Achim drückte ihren Arm. »Komm, lass uns deinen Beau stören, bevor sich die Hyänen auf ihn stürzen«, flüsterte er und schob sie zu dem Tisch.
»Dürfen wir?«, fragte er und quetschte sich zu den verdatterten Mädchen auf die Bank.
Bärbel setzte sich zögernd neben Sylvain. »Hallo«, sagte sie.
Seine Augen leuchteten auf. »Als ich aufwachte und du nicht da warst, habe ich mir fürchterliche Sorgen gemacht, aber dann sagte Sunil von der Rezeption, du seiest mit Achim weggegangen.« Er zog sie an sich und gab ihr einen langen Kuss. Als sich Bärbel wieder von ihm löste und den giftgrünen Neid in den Gesichtern der Mädchen erkannte, war die Welt endgültig in Ordnung. Das neue Jahr konnte kommen.

Am Abend gingen Bärbel und Sylvain, Monique und Lili, Pieter und Achim und ein nepalesischer Freund von Achim, der sich den Namen Moon gegeben hatte, gemeinsam ins Tashi Dorje Restaurant, aßen sich an Momos und Dhal Bhat, Chow Mien, frittierten Bananen und Spinat-Hamburgern satt und lachten laut über die Geschichte von jenem Morgen, als der neue Boy der Annapurna Lodge völlig aufgelöst in die Rezeption gestürmt war. Auf dem Durbar-Platz sei ein neuer bunter Bus angekommen, und der würde kalben!
»Hat er das wirklich geglaubt?« Pieter wischte sich die Lachtränen aus den Augen.
»Der Junge ist erst zwölf und vor zwei Wochen aus irgendeinem Kaff in den Bergen in die große Stadt gekommen. Er muss völlig verdattert gewesen sein, als der Typ seinen 2CV aus dem Bus geladen hat.« Achim beugte sich nach unten und hob seine gewebte Umhängetasche auf den Schoß. »Ich war bei D. D. Sharma einkaufen«, sagte er und legte mehrere kleine Päckchen auf

den Tisch. »Ihr seid eingeladen und könnt wählen: Temple Balls, Terai Flower Tops, Parwati Charesh.«
»Du liebes bisschen! Damit können wir die ganze nächste Woche um den Mond fliegen.« Pieter öffnete eines der Päckchen, zog sein Chillum hervor, drückte einen großen Haschklumpen hinein und entzündete ihn. »Dank dem edlen Spender«, sagte er und gab die Tonpfeife an die neben ihm sitzende Bärbel weiter. Wenig später schwebten sie tatsächlich und brachen bald auf. Die nächste Station war der Snow Man, ein winziges Café in einer der Seitenstraßen der Jhochhen Thole, in dem der Besitzer Ram frische Fruchtshakes verkaufte. Trotz der Kälte hatten sich an die hundert junge Hippies vor dem gerammelt vollen Café niedergelassen, rauchten, spielten Gitarre, sangen, tanzten und brachten den ohnehin kaum vorhandenen Autoverkehr vollends zum Erliegen. Mehrere junge Nepalesen stolzierten in ihren Jeans, die sie zuvor den Hippies abgekauft hatten, durch die Menge und versuchten, möglichst cool auszusehen.
Bärbel kicherte, als ihr Moons blumenbestickte Hose auffiel. Er musste sie Pieter abgehandelt haben und hatte noch nicht die Zeit gefunden, sie zum Schneider zu bringen. Die Hose war ihm viel zu weit und zu lang, und er war ständig dabei, sie wieder über seine mageren Hüften hochzuziehen. Sie ließen sich am Rande der Party nieder und befüllten erneut die Pfeifen. Der Kreis wurde immer größer, jemand schleppte Holz heran und entzündete ein Lagerfeuer. Plötzlich nestelte ein junger Mann seinen Reisepass aus der Umhängetasche und hob ihn hoch. Nachdem er sich der Aufmerksamkeit seiner Freunde sicher war, warf er ihn mit großer Geste ins Feuer.
»Ich lasse mich nicht mehr aus dem Paradies vertreiben!«, rief er. In dem aufbrandenden Jubel flogen weitere Pässe in die Flammen. Die Stimmung war prächtig, bis Anita plötzlich in ihrer Mitte auftauchte. Bärbel riss erschrocken die Augen auf. Anita, noch vor zwei Monaten ein attraktives junges Mädchen, hatte

sich in einen Geist verwandelt. Bärbel hatte die Schwäbin einige Zeit nicht gesehen und war entsetzt über ihr verwahrlostes Äußeres, die verfilzten Haare und die schmutzige Kleidung, mehr aber noch über ihre aschfahle Haut. Sie torkelte auf Achim zu und fiel ihm um den Hals. Lallend versuchte sie ihm etwas mitzuteilen, doch Achim runzelte nur die Stirn und schob sie beiseite. Als sie nicht lockerließ, griff Moon dem Mädchen unter die Achseln und zog es auf die Beine. Sie schwankte und lehnte sich schwer auf seine Schulter, noch immer lallend. Entsetzt bemerkte Bärbel einen an ihrem Mund hängenden Speichelfaden. Anita hatte völlig die Kontrolle über sich verloren. Mit sanftem Druck zog der kleine Nepalese sie aus dem Lichtkreis der Party und verschwand mit ihr um die nächste Ecke. Bärbel und die anderen starrten wortlos ins Dunkel, in dem die beiden verschwunden waren. Es dauerte lange, bis sich das Unbehagen legte.

Moon kam nach einer Stunde zurück. In seiner schwerverständlichen Mischung aus Englisch und Nepalesisch, gewürzt mit ein paar eingeworfenen Brocken Deutsch erzählte er, er habe Anita in ihr Hotel in der Pig Alley zurückgebracht. Dort wären einige Leute gewesen, die sich nun um sie kümmerten. Beruhigt nickten die anderen und nahmen tiefe Züge aus dem kreisenden Chillum. Als die Reihe an Bärbel war, lehnte sie ab, ebenso Sylvain.

»Ich glaube, ich sollte etwas kürzertreten«, sagte sie. »Anita muss eine Unmenge Marihuana geraucht haben, um so draufzukommen.«

»Marihuana?«, fragte Sylvain leise. »Babsi, das war Heroin. Und ich frage mich ernsthaft, ob Moon und Achim etwas damit zu tun haben.«

Im neuen Jahr wurde es kälter, blieb aber trocken. Dunst und Staub stiegen von der indischen Ebene auf und hüllten die über Kathmandu wachenden Himalaya-Riesen in einen undurchsichtigen Schleier. Bald nahmen die Tage überhand, an denen der Dunst selbst den Bergkranz des Tals verbarg. Der Boden trocknete aus, wurde rissig und lechzte nach Regen, doch der Monsun würde noch Monate auf sich warten lassen.

Bärbel saß auf den Tempelstufen am Durbar-Platz und ließ sich von der Februarsonne wärmen. Sie war ratlos. Irgendetwas stimmte nicht zwischen ihr und Sylvain, aber sie konnte den Finger nicht auf die Ursache legen. Sie glaubte zu spüren, wie Sylvains Liebe abzukühlen begann. Waren sie zusammen, schien alles in bester Ordnung, aber er verbrachte mehr und mehr Zeit ohne sie, hatte sogar einige Tageswanderungen mit Achim in die umliegenden Berge unternommen. Vorgestern früh waren die beiden und Moon, der Achim folgte wie ein treuer Hund, erneut zu irgendeinem Dorf am anderen Ende des Tals aufgebrochen. Natürlich hatten sie Bärbel gefragt, ob sie mitkommen wollte, aber sie hatte abgelehnt. Diese Wanderungen waren nichts für sie. Obwohl die Männer nichts gesagt hatten, spürte Bärbel doch, dass sie ihnen zu langsam und zu ängstlich war, und die Erleichterung in ihren Gesichtern, als sie es nach dem ersten Versuch vorgezogen hatte, in Kathmandu zu bleiben, hatte ihr recht gegeben.

Am Tag nach der Silvesternacht hatte Sylvain Achim auf den Vorfall mit Anita angesprochen. Achim hatte ihm bestätigt, dass sie heroinsüchtig sei, es aber entschieden von sich gewiesen, darin verwickelt zu sein. Er hätte im Gegenteil vergeblich versucht, die Schwäbin, mit der er immerhin einige schöne Nächte verbracht habe, davon abzubringen. Achim hatte Sylvain die Offenheit nicht übelgenommen, sich sogar bei ihm bedankt, denn für sein künftiges Geschäft wäre es tödlich gewesen, wenn auch nur der Schatten eines Verdachts auf ihn fiele. Daraufhin hatte er ihm von seinen Export-Plänen erzählt, und Sylvain war interessiert darauf eingegangen. Bärbel freute sich über die Freundschaft der beiden Männer, sie ahnte, wie sehr es Achims

Stolz verletzt haben musste, dass sie ihn zurückgewiesen hatte. Aber so war nun einmal das Leben.

In diesem Moment sah sie Sylvain den Platz überqueren. Sie sprang auf und eilte die Stufen hinunter. Außer Atem erreichte sie ihn und fasste seine Hand.

»Ihr seid schon zurück?«

Überrascht fuhr er herum. »Seit einer Stunde. Ich wollte gerade etwas Obst kaufen und mich dann auf die Suche nach dir machen.« Er nahm sie in die Arme. »Ich freue mich, dich zu sehen«, sagte er mit weicher Stimme.

Bärbel schloss die Augen und klammerte sich an ihn. Seine Worte lösten den Knoten in ihrem Inneren. Alles war gut. »Ich liebe dich«, flüsterte sie.

»Je t'aime aussi. Komm, lass uns schnell unsere Einkäufe erledigen und dann ins Hotel gehen.«

»Wie lange?«

»Vielleicht vier Wochen.« Sylvain saß mit untergeschlagenen Beinen auf ihrem Bett und fuhr mit dem Finger die Muster auf der Decke nach. »Es können auch fünf werden. Moon sagt, er wäre eine Woche unterwegs gewesen, als er von seinem Heimatdorf nach Kathmandu gewandert ist, und wir wollen noch weitergehen, bis hinauf zu den Schneebergen.«

»Aber warum?«, stotterte Bärbel. Sie hatte sich ebenfalls aufgesetzt und ihr grünes Tuch um sich geschlungen. Gerade noch hatten sie sich geliebt, doch die Hitze war schlagartig verflogen, als Sylvain ihr von seinen Plänen erzählte. Bärbel fühlte sich kalt bis in die Knochen. »Warum so lange? Du kannst mich doch nicht allein hierlassen! Was soll ich denn tun ohne dich?« Tapfer versuchte sie die aufsteigenden Tränen zu unterdrücken, doch es misslang. Sie spürte Sylvains Arm um sich und schüttelte ihn ab. »Du willst mich loswerden, ich merke es schon länger. Du hast ein anderes Mädchen.«

»Hör auf!«

Bärbel zog die Nase hoch. »Es stimmt doch, oder?«, flüsterte sie. Wieder legte er den Arm um sie, und diesmal wehrte sie sich nicht.

»Nein, es stimmt nicht. Ich habe keine andere, und ich will auch keine andere. Du genügst mir vollauf.« Er strich ihr eine Haarsträhne aus der Stirn. »Aber genau da liegt auch das Problem. Du bist viel zu sehr auf mich fixiert, machst nichts mehr allein. Hast du Freunde hier?« Er schüttelte den Kopf. »Nein. Monatelang sind wir Tag und Nacht zusammen gewesen, und ich brauche etwas mehr Raum für mich. Verstehst du das?«

Bärbel nickte zögernd. Sie gab sich Mühe, seinen Standpunkt zu begreifen, aber im Grunde ihres Herzens verstand sie ihn nicht. Es war doch alles so schön, warum stieß er sie dann von sich? »Aber gleich vier Wochen?«, fragte sie. »Muss es denn so lange sein?«

»Es muss nicht, aber ich möchte wirklich gern mit Achim und Moon auf diese Tour gehen. Im Gegensatz zu vielen anderen hier will ich nämlich mehr von Nepal kennenlernen. Seit ich denken kann, war ich vom Himalaya fasziniert.«

Bärbel kaute auf ihrer Unterlippe. »Kann ich mitkommen?«

Sylvain stutzte. »Würdest du es denn wollen?«, fragte er vorsichtig. »Es wird sehr anstrengend, und du müsstest dein Gepäck selbst tragen.«

»Nein, es war nur eine Idee. Eine schlechte. Vier Wochen laufen würde ich nicht durchhalten.«

»Das befürchte ich auch. Du bist zu schwach, ma petite.«

Bärbel seufzte. Meine Kleine. Meine schwache Kleine. Er hatte ja recht. »Dann geh, wenn dir so viel daran liegt«, sagte sie bedrückt.

Er beugte sich vor und küsste sie auf die Stirn. »Mach nicht so ein Gesicht. Ich komme doch wieder.«

Die Vorbereitungen nahmen zwei Wochen in Anspruch, und Anfang März war es so weit. Bärbel und Pieter, der keinen Hehl daraus machte, Wandern zu verabscheuen, begleiteten Sylvain, Achim, Moon und einen weiteren Nepalesen aus der Stadt hinaus und bis weit hinein in die Felder. Wie schon in den Wochen zuvor verkniff sich Bärbel das Heulen. Sie wollte Sylvain beweisen, dass sie kein schwaches kleines Mädchen war, er sollte stolz auf sie sein.

Als es dann aber endgültig ans Abschiednehmen ging, brach die Fassade zusammen. Sie warf sich in Sylvains Arme und weinte haltlos. Sylvain strich ihr zärtlich über die Haare, bis sie sich beruhigt hatte. Dann löste er die Arme und griff in seine Hosentasche. Zum Vorschein kamen zwei Ketten mit jeweils einem Silberanhänger. Eine der Ketten legte er Bärbel um den Hals, die zweite sich selbst. Voller Freude bemerkte Bärbel das von kleinen Türkisen und Korallen gebildete ›B‹ auf der ovalen Silberplatte seines Anhängers.

»Ich habe sie anfertigen lassen. Auf deinem Anhänger steht ein ›S‹. Glaubst du mir jetzt, dass ich zu dir zurückkehre?«

Statt einer Antwort umfasste sie sein Gesicht mit den Händen. »Geh jetzt«, sagte sie heiser. »Umso schneller bist du wieder bei mir.«

Noch lange stand sie mit Pieter auf dem staubigen Feldweg und blickte den Männern nach. Sie fühlte sich unendlich verlassen.

24

Warte!«, unterbrach Anna aufgeregt Ingrids Erzählung, nestelte ihre Kette unter dem Pullover hervor und streifte sie über den Kopf. »Ist es dieser Anhänger?«

Auf Ingrids Gesicht breitete sich Verwunderung aus. »Ja, allerdings«, sagte sie. »Woher hast du ihn? Eddo hatte Bärbel verboten, Erinnerungsstücke mitzunehmen. Sie hat sich daran gehalten.«

»Verboten? Wie konnte Papi ihr so etwas verbieten? Er ist doch gar nicht eifersüchtig. Jedenfalls hatte ich nie das Gefühl, er sei es«, sagte Anna mit zunehmender Verunsicherung. »Mami muss diesen Sylvain sehr geliebt haben. Ich finde es immer verwunderlicher, dass sie ihn nie erwähnt hat. Was ist passiert?«

»Gedulde dich, ich bin bald am Ende. Es ist mir trotzdem ein Rätsel, wie du zu dem Anhänger gekommen bist.«

»Ich habe ihn in einem alten Schrank im Foelkenorth gefunden. Er war unter die Schublade gerutscht, deshalb hat ihn niemand vor mir entdeckt.«

»Aber du hast ihn gefunden«, sagte Ingrid nachdenklich. »Oder es war umgekehrt: Vielleicht hat er all die Jahre nur darauf gewartet, von dir gefunden zu werden.«

»Unsinn, das ist doch nur ein totes Stück Metall«, sagte Anna, aber gleichzeitig überzogen sich ihre Arme mit einer Gänsehaut. Hatte sie sich nicht damals in ihrer Küche die Kette mit unerklärlicher Selbstverständlichkeit angelegt, so als hätte sie ein Recht dazu? Sie räusperte sich. »Weiter. Ich möchte wissen, warum sich Mami und Sylvain getrennt haben.«

Ingrid musterte sie mit einem schwer deutbaren Gesichtsausdruck. »Getrennt«, murmelte sie. »Ja, dann will ich mal.«

25

Bärbel schaffte es gerade noch auf die Toilette. Ihr war speiübel. Als sie zehn Minuten später die Kabine wieder verließ, prallte sie mit Jutta zusammen. Jutta und ihr Freund Manfred waren vor zwei Wochen in Kathmandu angekommen und hatten ein Stockwerk tiefer ein Zimmer bezogen. Seitdem hatte Bärbel viel Zeit mit ihnen verbracht – mehr als mit Pieter, der sich seit Achims und Sylvains Abschied vor vier Wochen häufiger mit Anita und ihren Freunden traf.

»An den ewigen Durchfall habe ich mich ja gewöhnt, aber diese Übelkeit ist schlimm. Hoffentlich habe ich mir nichts Ernstes zugezogen.« Bärbel versuchte ein Lächeln und trat zum Waschbecken, um sich den Mund auszuspülen. Jutta wartete, bis sie fertig war.

»Es könnte etwas verdammt Ernstes sein«, sagte sie. »Das geht jetzt schon seit einer Woche so.«

»Meinst du wirklich?«, fragte Bärbel erschrocken.

»Allerdings. Du bist bestimmt schwanger.«

Ihre Worte blieben in der Luft hängen, und es dauerte eine Weile, bis Bärbel wirklich verstand, was Jutta gerade gesagt hatte.

»Wie kommst du darauf?«, stotterte sie dann.

Jutta zählte ihre Beobachtungen an den Fingern ab. »Dir ist grundsätzlich morgens schlecht. Du ekelst dich vor Kaffee, obwohl du mir sagtest, dass du ihn eigentlich magst, du hast dich über Schmerzen in deinen Brüsten beklagt, du bist dauernd müde. Reicht das? Ich schätze, du bist Ende des zweiten Monats.«

»Um Gottes willen.« Bärbel musste sich am Waschbecken abstützen. »Woher weißt du das alles?«

»Von meiner großen Schwester. Ich bin Tante von zwei kleinen

Jungen.« Sie streichelte Bärbel über die Wange. »Du siehst furchtbar aus. Ist es so schlimm?«

»Schlimm?« Bärbel schüttelte nachdenklich den Kopf. Sie fühlte eine Wärme in sich aufsteigen, ein Glücksgefühl sich ausbreiten, das alles überstieg, was sie je empfunden hatte. »Nein, es ist das Schönste, was passieren konnte!« Strahlend umarmte sie Jutta. »Komm, lass uns gemeinsam frühstücken. Ich muss mein Glück mit jemandem teilen.«

»Gern. Ist dieser Franzose der Vater?«

»Natürlich! Wer denn sonst?«

»Ich frag ja nur.« Bevor Bärbel ihr einen Knuff geben konnte, verschwand sie lachend in der Toilettenkabine.

Plötzlich sah Bärbel Kathmandu in einem anderen Licht. Ihr hatte die kleine Königsstadt von Anfang an gefallen, sie hatte sie jedoch vor allem als eine Kulisse für ihr Leben mit Sylvain angesehen. Die Menschen waren ihr fremd geblieben, sie hatte sich weder für ihre Kultur noch ihr Alltagsleben interessiert, was sich nun änderte. Sie wanderte häufig allein durch die Gassen, und man musste ihr das Glück ansehen, denn viele Nepalesen, Frauen wie Männer, alte und junge, lächelten ihr zu. Häufig ließ sie sich zu einer Tasse Tee einladen und genoss die ihr entgegengebrachte Wärme. Auch das Handeln um jeden kleinsten Apfel bereitete ihr keine Probleme mehr, im Gegenteil, sie genoss es, dazuzugehören. Mehr als einmal ertappte sie sich bei der Vorstellung, mit ihrem und Sylvains Kind an der Hand durch die Gassen zu laufen, angetan mit einem roten Sari und den Scheitel wie die verheirateten Frauen mit Zinnoberpulver gefärbt. Ihr Hochgefühl erhielt erst einen Dämpfer, als sie bewusst wahrnahm, wie viele Kinder barfüßig und in Lumpen durch Kathmandu tobten, die Augen vereitert und voller Fliegen. Vielleicht war es doch keine so gute Idee, hierzubleiben. Aus Rücksicht auf das Kleine mussten sie nach Europa zurückkehren.

Sie würde mit Sylvain darüber sprechen, sobald er wieder da war. Kurz stahl sich ein leises Unbehagen in ihr Herz: Was, wenn er das Kind gar nicht wollte? Doch es gelang ihr mit Leichtigkeit, diesen Gedanken zu verbannen. Sie hatte keinen Grund, an seiner Liebe zu zweifeln. Bester Laune schlenderte sie mit ihrem Einkauf zum Hotel zurück. Sylvain hatte ihr genügend Geld gegeben, um auch einmal über die Stränge schlagen zu können, und so hatte sie sich heute einen Sari – einen grünen, keinen roten – sowie dazu passende Glasarmreife gekauft.

Im Innenhof der Lodge herrschte helle Aufregung. Sobald Jutta Bärbel sah, winkte sie sie zu ihrem Tisch herüber.

»Hast du schon von dem Filmteam aus Indien gehört?«

»Ja. Was ist damit?«

»Sie suchen Statisten.«

»Aber doch sicher keine Europäer?« Bärbel setzte sich auf die äußerste Kante der Bank und schob ihre Tasche unter den Tisch.

»Doch, Europäer. Ich habe keine Ahnung, was sie drehen, aber sie brauchen uns, möglichst bunt gekleidet. Kommst du mit?«

Ein paar Tage später fand sich Bärbel am frühen Abend inmitten einer großen Gruppe Hippies und Nepalesen im Kasthamandap wieder, dem wandlosen großen Haus auf dem Durbar-Platz. Sie hatte sich ihre rote Bluse angezogen, ein pinkfarbenes Tuch um ihre Stirn gewunden und einige Strähnen ihrer langen Haare zu dünnen Zöpfen geflochten. Ihr grünes Tuch, Sylvains Geschenk, nahm sie natürlich ebenfalls mit. Die Filmleute liefen wie aufgescheuchte Hühner um das Haus herum, Lampen wurden positioniert, die Hippies von einem Platz zum anderen und wieder zurück dirigiert. Der ganze Wirbel machte Bärbel Spaß und lenkte sie von der Enttäuschung ab, dass Sylvain auch nach sechseinhalb Wochen noch nicht zurückgekehrt war. Sie machte sich Sorgen, doch Jutta und Manfred hatten sie bisher immer zerstreuen können. In den Bergen seien die Entfernungen nun mal schwer einzuschätzen, und außerdem hätten Sylvain und Achim doch ihren einheimischen Freund dabei.

Eine betörend schöne Inderin in einem pinkfarbenen Kaftan mit dazu passender Hose wurde in die Mitte der Statisten geführt, und dann ging es los.

Stunden später betrat Bärbel aufgeregt plaudernd mit Jutta und Manfred die Annapurna Lodge. Die Filmaufnahmen hatten sich als ein ziemlich verrücktes Erlebnis erwiesen und würden der gesamten Hippiegemeinde noch lange Gesprächsstoff bieten. Nachdem sie sich von den beiden verabschiedet und die Treppe zum zweiten Stock erklommen hatten, entdeckte Bärbel eine dunkle Gestalt, die vor ihrer Zimmertür kauerte. Ihr Herz machte einen Sprung.

»Sylvain«, flüsterte sie.

Ein Feuerzeug flackerte auf, und Bärbel wich erschrocken zurück. Die Flamme erhellte den Kopf eines Berggeists mit wildem Bart und verfilzten Haaren, eingesunkenen Wangen und leeren Augen. Erst auf den zweiten Blick erkannte sie in dem müden Geist ihren Freund Achim. Bestürzt eilte sie zu ihm.

»Was ist dir zugestoßen? Wo ist Sylvain?«

»Babsi, endlich.« Seine erschöpfte Stimme stand im Einklang mit seinem heruntergekommenen Aussehen. Mühsam rappelte er sich hoch. »Lass uns in dein Zimmer gehen.«

»Was ist? Warum ist Sylvain nicht hier? Wann kommt er?« Ihre Stimme überschlug sich beinahe. Achim nahm ihre Hände, und jetzt sah Bärbel zu ihrem Entsetzen eine Träne seine Wange hinablaufen. Eiskalte Angst krallte sich in ihre Eingeweide.

»Sylvain kommt nicht mehr, Babsi. Er ist tot«, sagte Achim leise.

»Nein!« Bärbels Schrei zerteilte die stille Nacht, brach sich an den Häuserwänden, weckte die Krähen, prallte am schwarzen

Himmel ab und verebbte schließlich in den dunklen Winkeln und Nischen der uralten Stadt.
Stunde um Stunde wiegte Achim Bärbel in seinen Armen, sprach leise auf sie ein, erzählte ihr von den Dörfern mit ihren freundlichen und neugierigen Einwohnern, von der Mühsal des Weges, von Klöstern und Mönchen und wie sie immer höher hinaufgestiegen waren in die abweisende Welt der grauen Steine, und von dem späten Schnee, der sie überrascht hatte. Er erzählte von Moons und Sylvains Streit um eine Lappalie, auf dem schmalen Weg hoch oben in den Bergen, und wie Sylvain plötzlich den Halt verloren hatte und in die Tiefe gestürzt war, sein zerschmetterter Körper unerreichbar für seine schreckensstarren Begleiter. Er berichtete von Moon, der sich, obwohl schuldlos, untröstlich in sein Dorf geflüchtet und sich geweigert hatte, nach Kathmandu zurückzukehren. Von seinem eigenen Rückmarsch, der ihn an seine körperlichen Grenzen geführt hatte.
Irgendwann schliefen sie aneinandergeklammert ein, hatten nicht einmal die Kraft gefunden, ihre Schuhe auszuziehen, und Bärbel träumte vom Fallen.

26

Tot«, sagte Anna tonlos. »Arme Mami.« Sie fuhr sich mit den Händen übers Gesicht. Was für eine schlimme Geschichte. Im nächsten Moment traf sie die Erkenntnis wie ein Blitz. »Das Kind«, sagte sie, »was ist mit dem Kind geschehen? Lebt es?«

Ingrid nickte und blickte auf ihre ineinander verkrampften Hände. »Es lebt. Es ist zu einer schönen jungen Frau herangewachsen.«

»Hat Mami es nach der Geburt weggegeben? Wo ist die Frau?«

»Du willst es nicht wahrhaben, oder?«

»Was will ich nicht wahrhaben?«, fragte Anna zögernd. Ein Gedanke nahm Gestalt an, aber noch weigerte sich ihr Verstand, das Ungeheuerliche zu akzeptieren. »Das kann nicht sein. Eddo ist mein Vater!« Als Ingrid nicht gleich antwortete, griff Anna über den Tisch und packte ihr Handgelenk. »Ich bin 1971 geboren, nicht 1970. Ich bin ein Jahr jünger als diese Frau!« Wütend schüttelte sie Ingrids Arm.

»Beruhige dich«, sagte Ingrid müde. »Ich habe dir gleich gesagt, dass es nicht einfach wird.« Sie holte tief Luft. »Du hast mich gestern gefragt, ob dein Name tatsächlich Annapurna sei. Er ist es. Babsi hat dich nach der Göttin Annapurna benannt – und nach der Lodge, in der sie die glücklichste Zeit ihres Lebens verbracht hat. Es ist wahr: Sylvain ist dein Vater.«

Anna ließ Ingrids Arm frei und sank betäubt in ihren Stuhl zurück. »Aber was ist mit meiner Geburtsurkunde? Der Heiratsurkunde? Mami und Papi haben doch im November 1970 geheiratet«, flüsterte sie. Es war ein Strohhalm, gleich würde Ingrid ihr sagen, dass sie sich einen Scherz erlaubt hatte. Doch auch diese letzte Hoffnung wurde zerschlagen.

»Alles gefälscht. Deine Eltern kannten sich im Jahr 1970 noch gar nicht. Warum hätte Bärbel sonst ohne Eddo nach Asien aufbrechen sollen?«

»Entschuldige, ich glaube, ich muss mich übergeben.« Anna sprang auf und hastete davon. Sie fühlte sich, als wäre sie nicht mehr in ihrem Körper zu Hause. Ihr Herz hämmerte, während sie zusammengekrümmt zwischen Teesträuchern hockte und süßen First Flush Super Fine Tippy Golden Flowery Orange Pekoe zusammen mit bitterer Galle erbrach. Dies alles geht mich nichts an! Es ist eine Verwechslung!, schrie es in ihr, doch gleichzeitig wusste sie, dass Ingrid die Wahrheit erzählt hatte. Anna hieb auf den Boden. Nach über drei Jahrzehnten erfuhr sie die Wahrheit, aber was sollte sie damit anfangen? Ingrid hatte sie in einen Abgrund gestürzt, ebenso tief wie jener, in dem ihr Vater zu Tode gekommen war. Ihr Vater? »Eddo!«, schrie sie gequält. »Papi!«

Sie wusste nicht, wie lange sie zwischen den Teesträuchern gehockt und immer wieder ein einziges Wort geflüstert hatte: »Nein. Nein. Nein. Nein.« Als würde dieses Mantra alles ungeschehen machen. Endlich kam Ingrid und führte sie zur Teebude zurück. Die Apfelwangige hatte neuen Tee aufgebrüht, und tatsächlich beruhigte sich Anna mit jedem Schluck mehr, bis sie schließlich genügend Kraft gesammelt hatte, weitere Fragen zu stellen – und den Antworten standzuhalten.

Der Rest der Kathmandu-Reise war erstaunlich schnell erzählt. Anna erfuhr, dass Achim Bärbel erneut anbot, bei ihm zu bleiben, doch als sie ablehnte und ihm offenbarte, ein Kind von Sylvain zu erwarten, zog er sich von ihr zurück, half ihr aber noch, ein Flugticket nach Deutschland zu organisieren, und legte sogar das fehlende Geld dazu. Außerdem kümmerte er sich darum, dass Pieter, dessen Drogenkonsum jedes Maß überschritten hatte, von der deutschen Botschaft repatriiert wurde. Ende Juni bestiegen Bärbel und Pieter ein Taxi zum Flughafen, und das Letzte, was sie in ihrem Leben von Achim sahen, war sein Rücken, als er wieder in die Annapurna Lodge ging. Er winkte ihnen nicht einmal nach. Nach einer traurigen Rückreise kamen sie drei Tage später im Foelkenorth an, wo Bärbel vollends in ihrem Kummer versank.

»Und so fand ich sie, als ich im September aus Indien zurückkehrte. Abgemagert, leerer Blick und ein spitzer Bauch, der wie ein Fremdkörper an ihr hing. Ich habe sie einigermaßen aufrichten können, und es gelang mir sogar, Vorfreude auf das Kind, ich meine natürlich auf dich, in ihr zu wecken. Zum Arzt ist sie nie gegangen, da wir uns zutrauten, die Geburt auch so über die Bühne zu bringen. Wir waren ziemlich naiv und argumentierten, bei den Naturvölkern kämen die Frauen ja schließlich auch ohne das ganze Zivilisationsbrimborium aus.« Sie lachte freudlos. »Nicht auszudenken, was geschehen wäre, wenn sich Komplikationen ergeben hätten. Aber du warst so ein winziges Baby! Winzig und wunderhübsch.« Sie machte eine Pause.

»Deine Mutter hat dich von der ersten Sekunde an geliebt. Als sie dich im Arm hielt, war ihre Apathie von einem Moment zum anderen wie weggeblasen, und sie schwor, dir das schönste Leben der Welt zu bieten. Entschuldige.« Ingrid waren Tränen in die Augen getreten, und sie benötigte einen Moment, ehe sie fortfahren konnte. »Im Foelkenorth warst du bereits das dritte Kind, wir hatten also eine gewisse Übung im Umgang damit, und du hast sowieso alle um den Finger gewickelt. Ich sehe dich heute noch mit den anderen beiden Kleinen im Garten hinter Che und Fidel hertapsen.«

»Che und Fidel?«

Ingrid räusperte sich. »Die Kommunenkater«, sagte sie, und es schien ihr ein bisschen peinlich zu sein. »Wir hatten auch einen Esel.«

Ein Lächeln flog über Annas Gesicht. »Lass mich raten: Er hieß Mao.«

»Nö, der war unpolitisch. Wir nannten ihn Jim, nach Jim Morrison. Der Esel war nämlich genauso nonkonformistisch und nicht zu bändigen. Er lebte allerdings länger. Wahrscheinlich, weil er nichts von Drogen hielt.«

Ingrid war sichtlich erleichtert über Annas zaghaften Versuch, dem Gespräch eine leichtere Note zu geben, und fuhr fort: »In den ersten Monaten nach deiner Geburt milderte sich Babsis Schwermut, sie nahm an Gewicht zu und weinte kaum noch. Doch dann begann sie unter der gesellschaftlichen Ächtung zu leiden. Wenn sie sich mit dir in eine der Kleinstädte im Umkreis wagte, wurde mit dem Finger auf sie gezeigt. Ich erinnere mich daran, wie Babsi einmal völlig verstört auf den Hof zurückkehrte. Eine Frau hatte ihr zugezischt, sie solle mit ihrem Bastard verschwinden. Und dass sie sich ja nicht einbilden solle, dass das Balg jemals in der Schule des Ortes akzeptiert würde. Ungefähr in dieser Zeit bekam Pieter Besuch von seinem zwei Jahre älteren Bruder Eddo. Eddo war entsetzt, als er Pieters Zustand erkannte – sein Bruder war mittlerweile heroinabhängig und nur noch ein Schatten seiner selbst. Eddo, der sich mit seinem Bruder schon während ihrer Pubertät verkracht und den Foelkenorth gemieden hatte wie der Teufel das Weihwasser, machte es sich zur Aufgabe, Pieter zu retten, und kam nun regelmäßig mindestens jedes zweite Wochenende. Da auch Babsi sich um Pieter kümmerte, lernten die beiden sich gut kennen. Ein halbes Jahr später war Eddo bis über beide Ohren in deine Mutter verliebt und machte ihr einen Antrag. Sie nahm an, und am 3. September 1973 haben sie standesamtlich geheiratet. Zwei Wochen später starb Pieter an einer Überdosis.«

»Gibt es eigentlich irgendetwas Schönes in deiner Geschichte?«, fragte Anna leise.

»Ist die Hochzeit von deiner Mutter und Eddo denn nicht schön?«

»Das muss sich noch zeigen. Warum die vielen Lügen?«

»Unter anderem, um dich zu schützen.«
»Wie bitte? Ihr habt mir meinen Vater vorenthalten!«
»Er starb, ohne je von Babsis Schwangerschaft erfahren zu haben. Ich hatte ja schon erwähnt, dass Babsi der Ablehnung seitens des Establishments nicht gewachsen war, und sie ergriff die Gelegenheit, auf die andere Seite zu wechseln: Dein Vater, ich meine Eddo, gehörte zum Establishment. Im Grunde konnte er mit uns Hippies überhaupt nichts anfangen, wenn er uns auch nicht verachtete. Seine Träume sahen anders aus: Familie, Haus, sicherer Arbeitsplatz. Ein zufriedenes Leben ohne Höhen und Tiefen. Eddo hat dich von Anfang an gemocht, und später hat sich Liebe daraus entwickelt. Eddo ist sehr gradlinig, es stand für ihn außer Frage, dich wie sein eigenes Kind zu behandeln, aber dafür verlangte er von Babsi absolutes Stillschweigen bezüglich ihrer Vergangenheit und deiner Herkunft – zu deinem Besten, zu ihrem Besten, aber auch zu seinem Besten. Er wollte, dass du ihn als deinen Vater ansiehst, und er war bereit, sich diesen Status mit Lügen zu erkaufen. Wie ich ihn kenne, waren es die einzigen Lügen seines Lebens.« Sie zuckte die Achseln. »Es sind ja auch genug.«
Anna stöhnte auf. »Das kannst du laut sagen. Mach weiter, das war doch bestimmt noch nicht alles. Wie haben sie beispielsweise die Papiere fälschen können?«
»Beziehungen. Eddo hatte einen Freund bei der Oldenburger Stadtverwaltung. Ich habe keine Ahnung, wie er es schaffte, ihn breitzuklopfen, Urkundenfälschung ist ja kein Pappenstiel. Genauso unklar ist mir, wie er seine Eltern täuschen konnte, aber vielleicht wussten sie Bescheid. Im Nachhinein betrachtet, ist das sogar wahrscheinlich, gab es doch auch ihnen die Möglichkeit, den Schein zu wahren und sich nicht den Makel eines Enkelkindes aufzubürden, mit dem sie nicht verwandt sind.«
»Und mein Geburtstag?«
»Ein Versehen. Du hattest keine Geburtsurkunde. Im Foelken-

orth wollten wir mit dem Staat nichts zu tun haben, und dem wiederum ist deine Existenz beinahe drei Jahre lang durch die Lappen gegangen. Du warst immer sehr klein und zart, und dieser Freund von Eddo, der Standesbeamte, hatte wohl auch keinen guten Blick für das Alter von Kleinkindern. Jedenfalls hat er dich ein Jahr jünger gemacht. Babsi und Eddo ist der Fehler nicht gleich aufgefallen, und als sie ihn entdeckten, wollten sie den Typen nicht noch einmal behelligen«, erklärte Ingrid. »Immerhin stimmt der Tag«, fügte sie mit einem Lächeln hinzu.

»Immerhin«, sagte Anna bitter. »Es scheint allerdings das Einzige zu sein, was stimmt.« Sie verschränkte die Arme hinter dem Kopf und beobachtete mehrere braun-schwarze Vögel mit lustigen gelben Augenbinden, die in der Hoffnung, ein paar Krümel abzustauben, um den Tisch hüpften. Eine fröhliche, freche Großfamilie, dachte Anna. Ihr habt's gut. »Und meine Familie? Was ist mit meinen Großeltern?«, fragte sie. »Ist der Unfall ebenfalls ein Phantasiegespinst? Verbringen die beiden quicklebendig ihren Lebensabend auf Mallorca?«

»Deine Großeltern sind tot, allerdings stimmt die Version mit dem Unfall vor deiner Geburt tatsächlich nicht. Von meinen Eltern weiß ich, dass deine Großmutter irgendwann in den Achtzigern an Krebs verstarb, während dein Großvater vor etwa zehn Jahren ein Pflegefall wurde, Demenz. Er ist« – sie überlegte einen Moment – »98 oder 99 gestorben. Ich vermute, sie haben nie erfahren, dass es dich gibt.«

Anna fehlten plötzlich die Worte. Was war damals geschehen, dass sich ihre Mutter so unversöhnlich gezeigt hatte? Waren es wirklich nur die Prügel gewesen? Sie konnte es sich kaum vorstellen. »Dieser Bruder«, fragte sie vorsichtig. »Mein Onkel. Welche Rolle spielte er? Lebt er noch?«

»Harald?« In Ingrids Miene spiegelte sich unendlicher Abscheu. »Ja, soweit ich weiß, wandelt er noch auf der Erde und tyranni-

siert nach alter Familientradition seine Frau.« Sie lachte bitter auf. »Gut, dass er keine Töchter hat.«
»Soll das heißen, du hast Kontakt zu ihm?«
»Gott bewahre«, antwortete Ingrid scharf. »Aber meine Eltern wohnen nur ein paar Straßen entfernt von Babsis Elternhaus – das sich Harald selbstverständlich unter den Nagel gerissen hat. Sie schnappen hier und da etwas auf. Ich selbst habe Harald nur ein einziges Mal wiedergesehen, kurz nachdem sich die Kommune in Ostfriesland aufgelöst und ich für eine Weile Unterschlupf bei Freunden in Gießen gefunden hatte.« Sie ballte die Fäuste. »Der Kerl sah aus wie ein Ebenbild seines Vaters, aufgeblasen und selbstgerecht. Für einen Moment war ich versucht, hinzugehen und ihm eine reinzuschlagen, aber was hätte es genutzt? Babsi wollte keinen Staub aufwirbeln. Sie versuchte, ihn aus ihrem Gedächtnis zu löschen, was ihr natürlich nie gelang. Er hat ihr Leben zerstört.«
»Hör auf, um den heißen Brei herumzureden!« Anna erschrak über ihren aggressiven Ton, aber er ließ sich nicht mehr rückgängig machen. Sie musste wissen, was geschehen war. »Was hat dieser Harald Mami angetan?«
Ingrid wand sich. Anna sah ihr an, dass in ihr ein Kampf um die richtigen Worte tobte. Sie fühlte sich zunehmend beklommener, und eine fürchterliche Ahnung keimte in ihr auf. Sie sollte sich nicht täuschen.
»Das Schwein hat Babsi vergewaltigt«, stieß Ingrid schließlich hervor. »Und anstatt seine Tochter zu beschützen, hat dein Großvater sie windelweich geschlagen und ihr noch schlimmere Schläge angedroht, sollte sie jemals ein Wort darüber verlieren. Noch in derselben Nacht ist Babsi abgehauen, nicht ohne ihren Eltern einen Brief zu hinterlassen. Sie würde alles an die große Glocke hängen, falls sie versuchten, sie ausfindig zu machen, stand darin. Sie hat ihre Familie nie wiedergesehen. Babsi war völlig allein auf der Welt.«

Noch lange, nachdem Ingrid zum Hotel zurückgegangen war, saß Anna an dem Tisch vor der Teebude und starrte blicklos auf die sich im Sonnenuntergang rosa färbenden Wolkenbänke. In ihr war alles tot. Auch sie war allein, völlig allein. Kimball, von Ingrid geschickt, um Anna abzuholen, bemühte sich vergeblich, ihr eine Regung oder gar ein Wort abzuringen. Mechanisch erhob sie sich, als er sie dazu aufforderte, mechanisch setzte sie einen Fuß vor den anderen, und ihn beschlich das unheimliche Gefühl, eine Holzpuppe den dunklen Berg hinaufzubegleiten.

27

OKTOBER 2003

Ingrid trat ein, bevor Anna auf ihr Klopfen reagieren und sie wegschicken konnte, wie sie es mit wechselndem Erfolg am Tag zuvor getan hatte. Die Bettdecke bis zur Nasenspitze gezogen, beobachtete sie unglücklich, wie ihre Gastgeberin durchs Zimmer stürmte und die Vorhänge beiseiteriss. Helles Sonnenlicht durchflutete den Raum und bohrte sich schmerzhaft in Annas Augen.

»Lass das«, sagte sie mit belegter Stimme und zog sich die Decke über den Kopf. »Ich will im Dunkeln bleiben.«

»Das kommt überhaupt nicht in Frage. Du hast dich jetzt beinahe zwei Tage in deinem Elend gewälzt, was wahrscheinlich auch richtig war. Aber genug ist genug. Es wird Zeit, dass du wieder auftauchst. Das Leben geht weiter.«

»Das glaube ich nicht«, murmelte Anna unter ihrer Decke.

»Was hast du gesagt?« Anna spürte die Matratze wackeln, als sich Ingrid neben ihr niederließ, und im nächsten Moment wurde ihr die Decke mit sanfter Gewalt vom Kopf gezogen. »Um Himmels willen!« Ingrid schnappte hörbar nach Luft. »Du siehst aus, als hättest du sechsunddreißig Stunden durchgeheult.«

»Vielleicht habe ich das ja«, sagte Anna und drehte den Kopf weg.

»Ach Kind.« Seufzend tätschelte Ingrid Annas Wange. »Du wirst dich damit abfinden müssen. Ich mache mir langsam Vorwürfe, dir alles erzählt zu haben.«

»Es ist, als sei Mami ein zweites Mal gestorben«, flüsterte Anna und spürte, wie ihr erneut die Tränen kamen. Sie biss sich auf die Unterlippe, um sie zurückzuhalten. Sie hatte weiß Gott genug geweint. Als Ingrid ihr ein Kissen in den Nacken schob, setzte sie sich auf.

»Das kann ich sehr gut verstehen«, sagte Ingrid ernst.

»Mein ganzes bisheriges Leben ist auf Lügen aufgebaut, Lügen, die sich zu einem Berg aufgetürmt haben und alles Vergangene unter sich ersticken. Worauf kann ich mich noch verlassen? Ich habe ja nicht einmal mehr einen Vater.« Trotzig wischte sich Anna mit dem Schlafanzugärmel über die Augen.

»Jetzt mach aber einen Punkt. Natürlich hast du einen Vater: Eddo.«

»Er hat mich von Anfang an belogen.«

»Aber er hat es getan, weil er dich liebt. Er hat geglaubt, das Richtige zu tun, indem er dir eine neue Identität verschafft. Ein neues Leben.«

»Ein neues Leben, bevor ich überhaupt die Erinnerung an ein altes hatte«, sagte Anna bitter.

»Es wäre aber ein Leben ohne Vater gewesen.«

»Und so habe ich ein Leben mit einem falschen Vater.«

»Das ist unfair Eddo gegenüber.«

Anna antwortete nicht.

»Hat er sich je dir gegenüber schlecht verhalten? Hat er dich spüren lassen, dass du nicht seine Tochter bist?«

Anna schüttelte widerwillig den Kopf. »Nein, alles war okay.«

»Nur okay?«

»Natürlich nicht nur okay«, brauste Anna auf. »Eddo ist ein Supervater, der mir jeden Wunsch von den Lippen abliest und mich wie eine Prinzessin behandelt. Willst du das hören?«

»Es ist zumindest das, was ich erwartet habe. Glaubst du denn, wir hätten in die Täuschung eingewilligt, wenn wir Zweifel an Eddo gehabt hätten? Er trug deine Mutter auf Händen und akzeptierte dich sofort. Du ihn übrigens auch. Noch bevor deine

Mutter und er ein Paar wurden, gab es für dich nur Eddo, Eddo, Eddo, wenn er auf dem Foelkenorth war.«

Anna schloss die Augen. Ihr Vater. Nein, der Mann, der vorgab, ihr Vater zu sein. Eddo, der sie mit seiner Ruhe und Beständigkeit durch die mäßig turbulenten Zeiten ihrer Pubertät geführt hatte, mit dem sie alles besprechen konnte und der, zumindest bis zum Tod seiner Frau, ihr stets mit guten Ratschlägen zur Seite gestanden hatte. Ganz im Gegensatz zu ihrer Mutter, wie sich Anna eingestehen musste, an deren Liebe zu ihren Kindern zwar nie Zweifel bestanden hatte, die aber oft abwesend wirkte und nie recht auf ihre und Timos Sorgen einging. Im Grunde hatte sich Eddo um sie und ihren Bruder wesentlich mehr und wahrscheinlich auch besser gekümmert als ihre Mutter.

Und doch. Anna erinnerte sich plötzlich an einen Vorfall aus ihrer Kindheit. Sie musste etwa sechs oder sieben Jahre alt gewesen sein und hatte gelangweilt in einer Illustrierten geblättert, bis sie eine Seite mit vielen Bildern aufschlug und an einem von ihnen hängenblieb: Mehrere Kinder saßen in einem kleinen Kanu und hatten offensichtlich viel Spaß. Die Kinder sahen völlig anders aus als alle, die sie bisher gesehen hatte, braun und mit seltsamen Augen. Sie hatten auch kaum etwas an, aber da die Palmen und Holzhäuser im Hintergrund in Sonnenlicht gebadet waren, froren sie wohl nicht. Was die Faszination damals auslöste, hätte Anna nicht mehr benennen können, dafür konnte sie sich aber umso lebhafter daran erinnern, wie sie ihren Vater bestürmt hatte, als er von der Arbeit nach Hause kam. Wieso diese Kinder so anders aussähen. Wo sie herkämen. Wo das sei. Ob sie auch dorthin könne. Ihr Vater hatte geduldig die Fragen beantwortet, doch bei der letzten war er plötzlich streng geworden. Nein, sie könnten nicht in dieses weit entfernte Land fahren, überhaupt würden Fernreisen nur Ärger bringen. Anna hatte mit dieser Antwort nicht gerechnet und auch nichts damit anfangen können, aber ein Satz hatte sich in ihrem Kopf festgesetzt: Es ginge ihr in Deutschland doch gut, sie solle gefälligst mit dem zufrieden sein, was sie habe. Nie wieder hatte sie ihren Vater auf solche ebenso unverständlichen wie aufregenden Bilder, die ihr nun immer wieder in den Zeitschriften auffielen, aufmerksam gemacht, und nach kurzer Zeit erlosch ihr Interesse an der Fremde.

Und nun kam ihr noch mehr in den Sinn, als sei eine Lampe in ihrem Kopf angegangen, die eine nach der anderen ihre Erinnerungen beleuchtete, damit Anna sie neu bewerten konnte.

»Anna?« Ingrids Stimme. »Ist alles in Ordnung?«

Anna schlug die Augen auf. »Wie man's nimmt. Ich musste gerade an eine seltsame Sache denken. Ich war mit Mami einkaufen, und sie verliebte sich in ein knallbuntes, weites Kleid. Sie wollte es nicht für sich selbst, sondern drängte es mir regelrecht auf. Ich war damals fünfzehn, und ich weiß noch, wie unwohl ich mich in dem Ding fühlte. Es war so schrecklich auffällig, aber um Mami einen Gefallen zu tun, zog ich es trotzdem an. Als Papi mich darin sah, flippte er regelrecht aus, ich meine, natürlich nicht richtig, er ist nie ausgeflippt, aber er war ziemlich sauer. Woher ich denn diesen Fetzen hätte, ich würde ja aussehen wie ein Hippie. Ein Wort gab das andere, am Ende hat Mami geweint, Papi hat sich entschuldigt, und ich habe das Kleid meiner besten Freundin geschenkt. Er wollte nie, dass ich anders war als die anderen. Möglichst angepasst eben, und diese Erziehung hat gefruchtet. Jetzt ist mir auch klar, warum: Es konnte ja jeder sehen, dass ich nicht seine Tochter bin, also musste ich in die Siefken-Form gepresst werden, um der Umwelt Sand in die Augen zu streuen.«

»Das hat er doch nicht bewusst gemacht!«

»Und wennschon. Ich glaube kaum, dass ich ihm jemals seinen Verrat verzeihen kann«, antwortete Anna mit einer Härte in der Stimme, die sie selbst überraschte.

Ingrid zog die Augenbrauen hoch. »Verrat? Das ist ein heftiges

Wort. Ich bleibe dabei: Du bist unfair Eddo gegenüber. Er hat es nur gut gemeint.«
»Und mich zu einer grauen Maus gemacht. Wer weiß, vielleicht wäre mein Leben viel bunter und spannender verlaufen, wenn er es zugelassen hätte.«
»Ach? Das glaube ich allerdings nicht. Niemand wird zu etwas gemacht, wenn er oder sie es partout nicht will. Im Übrigen wärest du nicht hier, wenn Eddo dir nicht auch Stärke und Selbstbewusstsein vermittelt hätte. Von deiner Mutter hast du diese Eigenschaften nämlich nicht, es sei denn, sie hat sich, nachdem wir uns aus den Augen verloren, um hundertachtzig Grad gedreht.«
»Aber sie ist doch nach Nepal gefahren.«
»Im Schutz einer Gruppe von Freunden. Ich kannte Babsi gut genug, um behaupten zu dürfen, dass sie niemals allein aufgebrochen wäre. Sie brauchte immer jemanden, der sie an die Hand nahm. Du scheinst das nicht nötig zu haben, wofür du Eddo dankbar sein solltest. Was deinen leiblichen Vater anbelangt: Mein Typ war er nicht, zu weich, zu nett, aber ich gebe zu, dass er eine faszinierende Ausstrahlung besaß. So eine Art sensibler Künstler, zart und verletzlich. Niemand kann sagen, was aus ihm geworden wäre. Du weißt ja noch nicht einmal, ob Sylvain zu dir und deiner Mutter gestanden hätte, wenn er von der Schwangerschaft erfahren hätte. Und was dein Leben anbelangt: Mach selbst was draus und warte nicht, dass dir die Entscheidungen abgenommen werden. Keine neue Erkenntnis, aber das macht sie nur umso richtiger.«
»Du klingst wie Rebecca. Meine beste Freundin«, fügte Anna angesichts Ingrids fragendem Blick hinzu.
»Die, der du das Kleid geschenkt hast?«
»Genau die. Es war ihr zu klein, aber sie hat es trotzdem getragen, bis es fast geplatzt ist. Ihr kann es gar nicht verrückt genug sein.«

»Es beruhigt mich, dass du eine Freundin wie sie hast.«
Anna lachte auf. »Weißt du, was? Sie sieht dir sogar etwas ähnlich. Alles wiederholt sich.«
»Na, hoffentlich nicht alles«, brummte Ingrid. Dann stand sie auf und blickte auf Anna hinunter. »Versprichst du mir, aufzustehen, wenn ich jetzt den Raum verlasse? Unten wartet nämlich dein Frühstück auf dich: warmes tibetisches Brot mit Honig und Butter.«
»Klingt gut.«
»Eben.« Die Tür fiel hinter Ingrid ins Schloss.

Einige Stunden später wanderte Anna mit Kim zum Zoo von Darjeeling, der am nördlichen Ende der Stadt auf einer bewaldeten Kuppe lag. Es hatte Kim einiges an Überredungskünsten gekostet, Anna aus dem Haus zu locken, aber jetzt war sie froh, auf seinen Vorschlag eingegangen zu sein. Kim besaß die Gabe, sie von ihrem Kummer abzulenken, und sie fühlte sich wohl mit ihm. Sie mochte Kim. Ein bisschen bange hatte sie sich schon gefragt, ob sie ihn nicht sogar zu gern mochte.
Kim hatte ihr erzählt, dass er seine halbe Jugend im Zoo verbracht und die Zoowärter Löcher in den Bauch gefragt hatte. Das Zoologiestudium bedeutete für ihn die Erfüllung eines Kindertraums, und heute konnte er dem Zoo einiges zurückgeben, indem er aushalf, wenn Not am Mann oder Tier war. Seine Ratschläge und sein Fachwissen waren willkommen, und wo sie gingen und standen, wurde Kim vom Personal mit Handschlag begrüßt.
Vor einem großen Käfig blieb Anna überrascht stehen. Direkt auf Augenhöhe ruhte ein ungemein putziges Tier auf einem Ast, etwas größer als eine Katze, mit einem runden Gesicht, rotbraunem Fell und schwarzen Knopfaugen, die ihrerseits Anna neugierig musterten. Das Schild wies das an eine Kreuzung aus Waschbär und Fuchs erinnernde Wesen als Roten Panda aus,

allerdings war er mit keinem der Tiere direkt verwandt, sondern stellte eine eigene Art. Anna war so entzückt von dem Tier, dass sie vorübergehend ihren Kummer vergaß. Minutenlang beobachtete sie den Roten Panda und seine Mitgefangenen, die geschickt durch das Astwerk des Baumes in ihrem Gehege kletterten.

»Was für wundervolle Geschöpfe«, bemerkte sie.

»Nicht wahr?«, bestätigte Kim. »Seit ich sie zum ersten Mal sah, ist es mein drittgrößter Traum, einmal Rote Pandas in Freiheit zu sehen. Leider sind sie entsetzlich scheu. Außerdem vermute ich, dass ihnen die Wälder rund um Darjeeling zu hektisch sind.«

»Und dein zweitgrößter Traum?«

»Eine neue Tierart zu entdecken, die auf meinen Namen getauft wird. In meinem Fachgebiet wird wahrscheinlich sogar etwas daraus.«

»Ich könnte mir auch vorstellen, dass es einfacher ist, eine neue Natter zu entdecken, als eine bis dato unbekannte Tigerrasse«, sagte Anna, ohne eine Miene zu verziehen.

»Bist du mir etwa noch böse wegen meines Kommentars auf der Herfahrt?«

Anna grinste. »Nein, natürlich nicht. Aber nun rück auch mit dem allergrößten Traum heraus. Vielleicht ein eigener Zoo voller Lurche?«

»Oh, mein Traum ist sogar noch unrealistischer. Ich möchte einen Blick auf Uncia uncia werfen, das Phantom der Berge. In freier Wildbahn natürlich.«

»Uncia uncia? Was ist das?«

»Wird nicht verraten. Wenn du dich von den roten Fellknäueln hier trennen magst, folge mir einfach.«

»Darf ich den Panda fragen, ob er mitkommen möchte?«

»Wenn du ihn mit einem Bambuswald lockst, lässt er sich sicher überreden.«

Anna lachte, endlich, auch wenn das heulende Elend sie schnell genug wieder einholen würde. Sie ahnte, dass sie noch lange an dem Brocken zu kauen haben würde, den Ingrid ihr serviert hatte. Wobei es ihr als das Schlimmste an der Sache erschien, zu Passivität verurteilt zu sein. Die Tatsachen waren vor langer Zeit geschaffen worden, und sie hatte damit zu leben, ob sie wollte oder nicht. Ob sie Eddo jemals wieder in die Augen sehen konnte? Wie würde er reagieren, wenn sie ihn mit seinem Betrug konfrontierte? Und Timo, ihr Halbbruder? Anna schüttelte die Gedanken für den Moment ab und beeilte sich, Kim auf dem in einen Wald führenden Pfad einzuholen. Mit jedem Schritt wurden die Stimmen der anderen Besucher, das Kreischen der Vögel und das gelegentliche Brüllen der Tiger leiser, bis nur noch Blätterrauschen sie umfing. Neugierig stapfte sie hinter Kim her, und bald erreichten sie auf einer Lichtung zwei sehr große, von einem niedrigen Gebäude voneinander getrennte Gehege. Niemand war zu sehen, weder Mensch noch Tier.

Kim nahm ihre Hand und hielt den Zeigefinger der anderen Hand an die Lippen. Seine Anspannung übertrug sich augenblicklich auf Anna. Leise schlichen sie weiter und fanden sich kurz darauf auf einem schmalen Weg wieder, der von einer etwa drei Meter hohen Felswand auf der einen und Maschendraht auf der anderen Seite begrenzt war, der einzigen Barriere zwischen ihnen und dem Bewohner des Geheges, welcher Art auch immer er sein mochte.

»Welches Tier lebt hier?«, flüsterte Anna.

»Warte –«

Kim brachte seinen Satz nicht zu Ende. Der Angriff kam ebenso überraschend wie ungestüm. Anna schrie entsetzt auf und prallte im Zurückweichen schmerzhaft mit dem Rücken gegen die Felswand, als ein mächtiges Tier gegen den Maschendraht sprang. Einen Sekundenbruchteil später ließ sich der Angreifer von dem Zaun auf den Boden fallen und kam rücklings zu liegen. Katzenaugen, blassgrün wie Gletschereis, spähten durch den Zaun, und Anna erkannte schließlich, was da aus dem Nichts aufgetaucht war: eine Raubkatze, schöner als alle, die sie bisher gesehen hatte. Einen guten Meter lang, mit einem dunkelgrau gefleckten cremefarbenen Fell und bemerkenswert weißen und spitzen Zähnen. Riesige Pranken ließen todbringende Klauen vermuten, doch die Raubkatze zeigte sie nicht. Annas Herz pochte noch immer bis zum Hals, als sie sich wieder zu rühren wagte. Weiterhin auf dem Rücken liegend, die Beine in die Luft gestreckt, verfolgte die Raubkatze gespannt jede ihrer Bewegungen. Ihr endlos langer Schwanz zuckte nervös – ein Räuber, der seine Beute fixiert. Doch irgendetwas war anders. Dem Tier fehlte die Aggressivität, es wirkte fast, als würde es spielen.

Als ahnte Kim ihre Gedanken, sagte er: »Keine Angst. Wir sind sicher. Darf ich vorstellen: Uncia uncia, auch Irbis genannt, oder Schneeleopard. Der Herrscher der hohen Berge, und in diesem speziellen Falle unglaublich verspielt. Pass auf.« Kim ging ein paar Schritte beiseite und lehnte sich dann lässig gegen die Felswand, ohne dem Schneeleoparden Beachtung zu schenken, er blickte im Gegenteil ostentativ in die andere Richtung. Die Aufmerksamkeit des Schneeleoparden sprang sofort von Anna zu Kim. Wie in Zeitlupe rollte er sich zur Seite und erhob sich dann. Anna empfand es als Privileg, das prachtvolle Tier aus nächster Nähe betrachten zu dürfen, kaum eine Armlänge entfernt und nur durch den fragilen Zaun von ihm getrennt.

Der Schneeleopard war nicht sehr hoch, seine Schultern erreichten gerade einmal Annas Hüfte, doch seine gedrungene Statur und sein mächtiger Brustkorb ließen die ihm innewohnende Stärke ahnen. Anna atmete tief durch. Dieser Schneeleopard war ein Meisterwerk der Schöpfung, kraftvoll und schön.

Ohne Kim aus den Augen zu lassen, entfernte sich das Meisterwerk und verschwand hinter einem der Felsblöcke in seinem für

Zooverhältnisse weitläufigen Reich, in dem sogar einige Bäume Platz hatten. Endlose Minuten lang passierte nichts. Als Anna etwas sagen wollte, winkte Kim ab. »Gleich«, sagte er, und tatsächlich wackelte in der nächsten Sekunde das Gitter erneut unter der Wucht des Aufpralls. Anna hätte nicht sagen können, von welcher Stelle der Schneeleopard so blitzschnell seinen nächsten Angriff gestartet hatte, und wieder pumpte das Adrenalin durch ihre Adern, angereichert mit einer guten Portion Endorphinen. Niemals war sie einem wilden Tier so nahe gewesen, und sie genoss es.

Mindestens zwei Dutzend Male wiederholte sich der Angriff nach demselben Muster. Hin und wieder entdeckten Anna und Kim die Schwanzspitze oder ein Ohr des Schneeleoparden, aber meistens brach der Sturm aus unvermuteten Ecken über sie herein, und zuverlässig sprang Anna das Herz in der Brust. Mochte es auch ein Spiel sein, so war es doch ein Jagdspiel, und Anna wollte sich gar nicht ausmalen, was passierte, sollte sie diesem Tier oder einem seiner Artgenossen irgendwo ohne den schützenden Zaun begegnen. Kim erzählte ihr unterdessen von den Phantomen der Berge. Sie waren sehr selten, maximal siebentausend, vielleicht aber auch nur viertausend Exemplare streiften noch in Freiheit durch ihre eiskalten und zerklüfteten Reviere, verteilt über den Himalaya, den Hindukusch, den Pamir, das Kunlungebirge und bis hinauf in die Himmelsberge und den Altai. Die Fellzeichnung tarnte die Tiere perfekt vor einem Hintergrund aus dunklen Felsen und Schneeflecken, weshalb bisher kaum ein Mensch sie zu Gesicht bekommen hatte und die Bergbewohner sogar glaubten, der Schneeleopard könne sich unsichtbar machen.

Erneut schoss der Schneeleopard hervor und ließ sich dann wieder auf den Rücken fallen. Anna traute ihren Ohren kaum, als er zu schnurren begann. Seine vertrauensvolle Haltung schien sie aufzufordern: Kraul mich!

Kim lachte leise. »Ich weiß, was du denkst«, sagte er. »Nicht neidisch sein, ich hab's schon gemacht, allerdings war er da noch eine halbe Portion. Jetzt würde ich meine Finger nicht mehr durchs Gitter stecken.«

»Ich auch nicht, obwohl er wirklich so aussieht, als hätte er nichts dagegen. Er hat das schönste Fell, das ich je gesehen habe.«

»Stimmt. Aber wie üblich ist dieser schicke Mantel auch sein Fluch. Immer wieder tauchen Felle von gewilderten Tieren auf.«

Anna schüttelte den Kopf. »Wer kann nur solch ein Wunder umbringen?«

»Viel zu viele, doch ihre Motive sind unterschiedlich. Manchmal sind es arme Bergbewohner, denen der Schneeleopard die Pferde, Yaks, Ziegen und Schafe reißt und dadurch ihre Lebensgrundlage vernichtet. Das ist zwar schlimm, aber auch verständlich. Es gibt viele Projekte, die es sich zum Ziel gesetzt haben, den Dorfbewohnern zu erklären, wie wichtig auch der Schneeleopard ist, um ihre Umwelt zu erhalten, aber sie fruchten nur langsam. Richtig gemein wird es, wenn professionelle Wilderer die Tiere vergiften, um Pelze für die Modebranche und Tierteile für Chinesen mit Erektionsstörungen zu erbeuten.«

»Ekelhaft.«

Lange Zeit hockten sie schweigend vor dem Käfig. Auch der Schneeleopard, seines Spiels müde geworden, hatte sich in der Nähe der beiden lang ausgestreckt und blinzelte von Zeit zu Zeit zu ihnen herüber.

»Viele Menschen sind davon überzeugt, dass Schneeleoparden sehr klug sind«, griff Kim den Faden wieder auf. »Ich habe vor einiger Zeit eine ziemlich abenteuerliche Geschichte über ihre Jagdmethode gehört: Angeblich kommt es vor, dass ein Schneeleopard um eine Herde Wildschafe herumschleicht, um dann, wenn er oberhalb der Herde ist, in kurzer Folge einige Felsbrocken zu lösen und in die Herde rollen zu lassen. Sobald sich die

Tiere daran gewöhnt haben, kauert er sich selbst zur Kugel zusammen und lässt sich direkt in die Mitte der unaufmerksamen Schafe rollen. Den Rest kannst du dir denken.«

Anna schüttelte amüsiert den Kopf. »Das nenne ich schlau.«

Wieder trat eine Pause ein. Anna ahnte, dass Kim genau wie ihr außer den Raubkatzen noch anderes im Kopf herumging. Auf dem Herweg hatte sie ihm in kurzen Worten erzählt, was sich eigentlich kaum in Worte fassen ließ. Kim war gebührend entsetzt gewesen und hatte im ersten Moment wenig Verständnis für alle Beteiligten, inklusive seiner eigenen Mutter, gezeigt, sich bisher aber mit Fragen zurückgehalten.

»Was hast du jetzt vor?«, wollte er nun wissen.

Anna seufzte. Sie hatte sich die Frage in den letzten beiden Tagen ein ums andere Mal gestellt. Sollte sie den Flug umbuchen und frühzeitig nach Hause zurückkehren? Aber was sollte sie dort tun? Den Mund halten und alles so weiterlaufen lassen wie bisher? Einen Skandal heraufbeschwören? Oder wäre es besser, für den Rest des Urlaubs hierzubleiben und zu versuchen, zur Ruhe zu kommen? »Wenn ich das wüsste«, sagte sie. »Einerseits kann ich es kaum erwarten, meinen Vater zur Rede zu stellen, andererseits scheue ich davor zurück.«

»Das kann ich dir nachfühlen. Es wäre sicher das Beste, etwas Abstand zu gewinnen, sonst wird dieses Gespräch fürchterlich.«

»Mein Problem ist, dass ich überhaupt nicht mehr weiß, wer ich bin. Bisher bin ich einfach davon ausgegangen, das spießige Produkt meiner spießigen Eltern zu sein, aber nun spüre ich, dass da noch mehr ist, das sich in mir regt und immer größeren Raum einnimmt. Als ob Annapurna Annas Haut durchstoßen will, und ich habe ziemliche Angst vor diesem fremden Wesen in mir. Was will es? Wie denkt es? Verstehst du, was ich meine?«

Kim nickte.

»Ich muss mit Eddo sprechen, weil es meine einzige Möglichkeit ist, mehr über Mami zu erfahren – und damit über Annapurna.«
»Ist es wirklich die einzige Möglichkeit?«
»Fällt dir etwas Besseres ein? Deine Mutter hat mir alles erzählt, was sie wusste, und meine Eltern sind tot.« Sie brach ab. Die Erkenntnis, eine Waise zu sein, war überraschend gekommen und traf sie nun mit voller Wucht.
»Du könntest nach Nepal fahren«, sagte Kim nachdenklich.
»Was sollte das nutzen?«, fragte Anna bitter.
»Vielleicht hilft es dir, ein wenig mehr zu verstehen, sowohl sie als auch dich selbst.«
Anna lehnte sich gegen die Felswand. Nepal. Eine verlockende Idee. Zeit hatte sie, bis zu ihrem Rückflug waren es noch Wochen. Sie betrachtete den dösenden Schneeleoparden. Wie hatte Kim ihn genannt? Das Phantom der Berge? Auch ihr biologischer Vater war ein Phantom, und vielleicht gelang es ihr tatsächlich, einen Blick auf ihn zu erhaschen, wenn sie an den Ort reiste, an dem er und ihre Mutter glücklich gewesen waren. Je länger sie darüber nachdachte, desto sinnvoller erschien ihr Kims Vorschlag. Und desto attraktiver, wie sie überrascht feststellte. Etwas wie Sehnsucht nach dem geheimnisvollen Land, über das sie in den letzten Tagen so viel erfahren hatte, regte sich in ihr, und plötzlich wurde ihr bewusst, dass Annapurna schon viel stärker von ihr Besitz ergriffen hatte, als sie für möglich gehalten hatte. Verrückterweise fühlte es sich sogar gut an. Sie streckte sich. Sofort zuckten die Ohren des Schneeleoparden in Erwartung eines neuen Spiels.
»Kommst du mit?«, fragte sie und erschrak im nächsten Moment über ihre eigene Spontaneität. »Ich meine, es wäre doch schön, gemeinsam …«, stotterte sie. Himmel, was hatte sie da losgetreten? »Vergiss einfach meine Frage«, murmelte sie in dem Versuch, wieder in sicheres Fahrwasser zu kommen.

»Nein, ich vergesse sie nicht. Ich hatte auf diese Frage sogar gehofft, weil ich nämlich sehr gern mit dir nach Nepal fahren würde.« Kim suchte ihren Blick.

Anna kribbelte die Kopfhaut vor Scham über die plötzliche Erkenntnis, dass sich der junge Kim – der vier, nein, sogar fünf Jahre jüngere Kim! – von einem Moment zum anderen in ihrer Wahrnehmung in den Mann Kimball verwandelt hatte. In einen Mann, zu dem sie sich schon in Kalkutta hingezogen gefühlt hatte. Allerdings hatte sie sich bisher erfolgreich vorgemacht, es wären geschwisterliche Gefühle, die sie für ihn hegte. Typisch Anna, dachte sie, aber offensichtlich wusste Annapurna es besser. Sie musste lachen. Das Leben schlug Kapriolen, wenn man es nur ließ. Eben noch war sie am Boden zerstört, und im nächsten Augenblick färbten sich die Wolken rosa.

Kim musterte sie mit einer Mischung aus Erstaunen und Erleichterung. »Also ist es abgemacht?«, fragte er.

»Ja«, sagte sie. Dann erhob sie sich und klopfte trockenes Laub von ihrem Hosenboden. »Hast du etwas dagegen, zurückzugehen? Ich kann es kaum erwarten, unseren Plan in die Tat umzusetzen. Außerdem habe ich Angst, dass mich der Mut wieder verlässt, bevor ich Nägel mit Köpfen gemacht habe.«

In diesem Moment schepperte der Schneeleopard erneut ans Gitter. Er zumindest hatte eine Menge dagegen, die beiden ohne eine neue Partie Jäger-und-Beute ziehen zu lassen.

»Nach Nepal?« Ingrid schüttelte den Kopf. »Wer hat dir denn diesen Floh ins Ohr gesetzt?«, fragte sie, an Anna gerichtet, bedachte dabei aber ihren Sohn mit strengem Blick.

»Das ist doch egal«, sagte Anna, strahlend vor Abenteuerlust. »Außerdem wird Kim mich begleiten.«

Ingrid blieb der Mund offen stehen. »Daher weht also der Wind«, sagte sie schließlich. »Ich muss blind gewesen sein.«

»Ich freue mich jetzt schon wie verrückt darauf, Kathmandu zu sehen!«, sagte Anna, ohne auf Ingrids Kommentar einzugehen.
»Verrückt ist genau das richtige Wort. Ist euch denn nicht klar, dass in Nepal ein Bürgerkrieg tobt?«

28

Der Hund hielt inne und knurrte kaum hörbar.
»Schnell«, zischte Achal in Taras Ohr, »wir müssen uns unsichtbar machen.«
Seine Warnung war unnötig, auch Tara hatte die verräterischen Stimmen und das Klacken von Metall auf Metall gehört und war bereits auf dem Weg in den Wald. Leise und schnell huschten die beiden, gefolgt von dem Hund, zwischen die knorrigen Stämme der baumhohen Rhododendren, bis Tara Achal am Ärmel zupfte. »Dort«, flüsterte sie und zeigte auf eine durch einen Baumstamm geschützte Bodensenke. Lautlos glitten sie in die Senke und pressten sich ins Laub. Die Stimmen kamen näher. Als sie auf gleicher Höhe mit Tara und Achal waren, hob er vorsichtig den Kopf und spähte zwischen einem Gewirr von toten Ästen und feuchten Schösslingen zu dem etwa dreißig Meter entfernten Weg hinüber.
»Freunde?«, flüsterte Tara und strich gleichzeitig beschwichtigend über die Schnauze des Hundes. Er durfte jetzt keinen Laut von sich geben. Glücklicherweise schien er zu verstehen und verhielt sich ruhig.
»Ich kann sie nicht gut erkennen, die Bäume versperren die Sicht. Aber sie sind so laut und sorglos, dass ich fürchte, wir haben es mit Regierungstreuen zu tun. Warte hier!«
Bevor Tara ihn aufhalten konnte, hatte Achal das Versteck verlassen und schlich der sich entfernenden Gruppe nach. Dank seiner braun-grauen Kleidung wurde er schon nach ein paar Schritten eins mit dem Wald. Nicht zum ersten Mal auf ihrer Wanderung ließ Achal sie allein, um eine der vielen, auf mehr oder minder leisen Sohlen durch die Berge huschenden Gruppen auszuspähen, doch Tara verging noch immer vor Angst um

ihn. In den ersten beiden Tagen nach ihrem Aufbruch aus dem Lager waren sie zweimal anderen Rebellen begegnet, doch je näher sie Kathmandu kamen, desto häufiger streiften Soldaten und Polizisten durch die Wälder, und ihr Vorwärtskommen wurde immer langsamer, bis es beinahe zum Stillstand gekommen war. Von Sarungs Lager aus hätte Kathmandu in zwei, höchstens drei schnellen Tagesmärschen erreicht werden können, doch sie mussten Haken schlagen, warten, wieder einen Umweg in Kauf nehmen, erneut warten, und hatten darüber Tage verloren. In einem Dorf waren sie nur knapp der Verhaftung entronnen – eine große Soldateneinheit hatte außerhalb der Siedlung kampiert und die Häuser systematisch nach Rebellen abgesucht. Sie waren nur davongekommen, weil ein mutiger Dorfbewohner Tara als seine Tochter ausgegeben und Achal unter dem Bett der kranken Großmutter versteckt hatte. Im Laufe der gemeinsamen Reisetage hatte Tara ein tiefes Vertrauen zu dem dunklen Kamis gewonnen und begegnete dem Älteren mit Respekt. Die Kastengrenzen waren verschwommen und hatten sich schließlich aufgelöst. Tara trauerte ihnen nicht nach.

Achal blieb lange fort. Tara wurde unruhig. Die Dämmerung setzte ein, und der Wald verwandelte sich in ein Schattenreich. Lange Bartflechten schaukelten wie Geisterflügel von den bizarr verdrehten Ästen der Rhododendren, es knarzte und stöhnte und raschelte, und mehr als einmal zuckte Tara zusammen, weil sie in der Baumrinde eine Dämonenfratze zu erkennen glaubte. Hinzu kam ihre Angst vor der realeren Gefahr eines Leopardenangriffs oder Achals Gefangennahme. Sie war grenzenlos erleichtert, als der Hund plötzlich mit dem Schwanz wedelte und einen Sekundenbruchteil später Achal aus dem Dunkel auftauchte und sich neben ihnen in die Senke kauerte.

»Wir haben Pech«, berichtete er. »Es sind sieben. Sicherheitspolizei. Sie lagern etwas weiter aufwärts, und ich sehe keine Chance, ungesehen an ihnen vorbeizukommen.«

»Könnten wir einen Bogen schlagen?«
»Leider nicht. Der Wald ist ziemlich dicht, wir sind ebenso wie sie auf den Pfad angewiesen. Das Beste ist, hier zu übernachten und ihnen morgen in großem Abstand zu folgen. Falls wir sie einholen, müssen wir unbedingt eine gute Geschichte parat haben, warum wir hier herumstolpern.«
Tara seufzte. Sie war erschöpft und zermürbt, und die Aussicht auf eine weitere kalte Nacht im Wald drückte auf ihre Stimmung, doch dann riss sie sich zusammen. Sie konnte für den Moment nichts an ihrer Situation ändern, also sollte sie das Beste daraus machen.
»Wie sieht es mit einem Feuer aus?«, fragte sie.
»Besser nicht. Wir brauchen zwar nicht zu flüstern, aber wenn wir Pech haben, sichern sie ihr Lager nach allen Seiten und bemerken den Lichtschein oder riechen den Rauch.«
»Auch gut. Was hast du noch an Vorräten?«
In ihre Decken gewickelt, verzehrten sie ein karges Mahl aus kaltem Reis, Brot, Kokoskeksen und Mandarinen, zu dem auch der Hund geladen war. Etwas später drängten sie sich zusammen und zogen Achals Bhakhu über sich, einen schweren Wollumhang, mit dem man selbst Minusgraden trotzen konnte.
»Woher hast du eigentlich den Bhakhu?«, fragte Tara. »Er ist wertvoll.«
»Mein Vater hat ihn vor langer Zeit in einem der Dörfer am Manaslu gekauft und ihn mir gegeben, weil ich mehr Verwendung dafür habe. Er war Schmied, wie ich, und da kommt man viel herum. Manchmal bitten uns die Dorfbewohner, einen Schakal oder Leoparden oder Schneeleoparden zu jagen, der sich an ihren Herden vergreift. Im Gegensatz zu den Buddhisten oder euch Brahmanen dürfen wir töten. Mein Vater war ein guter Jäger.«
»Bist du es nicht? Ich habe bemerkt, wie furchtlos du dich im Wald bewegst.«

»Früher begleitete ich meinen Vater häufig, doch die Zeiten haben sich geändert. Vor drei oder vier Jahren kamen Leute von einer Organisation in das Dorf, in dem ich gerade Werkzeuge ausbesserte. Sie hatten es sich zur Aufgabe gemacht, die Schneeleoparden zu schützen, und erzählten uns viel über etwas, das sie Ökosystem nannten, und darüber, wie wichtig auch die großen Räuber in diesem Zusammenhang sind. Ich würde es Harmonie der Natur nennen. Was die Leute zu sagen hatten, stimmte mich nachdenklich, und auch vielen anderen ging es so, allen voran dem Lama. Wir haben damals noch lange, nachdem die Leute zum nächsten Dorf weitergezogen waren, darüber diskutiert, und seitdem bin ich nicht mehr auf der Jagd gewesen. Auch andere Kamis haben die Jagd aufgegeben. Du hast mir doch von deiner Begegnung mit dem Waldleoparden erzählt und deinem Gefühl, das Tier sei im Recht: So denke ich mittlerweile auch. Man kann die Leoparden verscheuchen, aber sie zu töten ist Frevel.«

Tara zog die Beine näher an den Körper, um auch ihre Füße mit dem Bhakhu zu bedecken. Ihr brannte noch etwas auf der Seele.

»Achal?«, begann sie vorsichtig. »Der alte Mann im Lager … Ich habe bemerkt, dass du ihn während des Abendessens ebenso beobachtet hast wie er uns. Sarung behauptet, nichts über ihn zu wissen, aber wie sieht es mit dir aus?«

Achal stöhnte. »Ich hatte gehofft, du würdest nicht fragen«, sagte er.

»Also weißt du etwas?«, bohrte sie nach.

»Wissen wäre zu viel gesagt, aber ich habe eine Vermutung. Dein Hund hat mich darauf gebracht.«

»Der Hund?«

»Ja. Ich kenne keinen mutigeren Hund als ihn, doch als wir ums Feuer saßen, hat er bei dir Schutz gesucht. Sobald der Alte das Wort ergriff, winselte er. Erschien dir das nicht seltsam?«

»Ich habe nicht weiter darüber nachgedacht, vielleicht, weil mir ebenfalls zum Winseln zumute war. Worauf willst du hinaus?«

»Hast du schon einmal vom Pangje gehört?«

»Natürlich. Jeder hat vom Pangje gehört, aber niemand bekommt ihn zu Gesicht. Wieso –« Tara unterbrach sich verblüfft. »Du meinst, der Alte ist der Pangje? Das kann nicht sein!«

»Warum nicht? Überleg doch: Der Mann tauchte plötzlich auf. Niemand weiß, wo er herkam, wo er hinwollte. Zu allen Fragen schwieg er, bis sich selbst Sarung nicht mehr traute, ihn anzusprechen. Und dann sein Verschwinden. Es waren sechs Wachtposten aufgestellt, sie hätten etwas sehen müssen.«

»Das haben sie auch«, unterbrach Tara tonlos. »Den Schatten einer großen Raubkatze. Erinnerst du dich an seine Augen? Es waren Katzenaugen!« Tara spürte, wie sich ihre Haare aufstellten. »Aber ihr habt den Alten doch aus den Händen der Polizei befreit! Das Phantom der Berge kann man unmöglich verhaften.«

»Nicht wenn er als Schneeleopard unterwegs ist. Aber als Mensch?«

Taras Gedanken wirbelten durcheinander. Der alte Mann sollte der Pangje sein? Der Mann, über den nur geflüstert wurde, von dem niemand wusste, wo er sich gerade aufhielt, geschweige denn, wo er lebte? Eines Tages sei er von den Bergen gestiegen, hieß es, und eine Schneeleopardin hätte ihn begleitet. Er sei die Inkarnation eines großen Lamas, flüsterten manche, ein tibetischer Prinz, raunten andere. Seine Mutter hätte ihn zu den Schneeleoparden gebracht, als die Chinesen kamen. Seitdem beherrsche er die Sprache der Tiere und des Windes. Nicht wenige behaupteten, er sei bösartig, und verrammelten Türen und Fenster, wenn er in der Gegend war. Andere bewunderten ihn. Tara tendierte zur ersten Variante, denn ein Mann aus einem der Nachbardörfer war schwer verletzt worden, als ihn der Pangje mit seinen Anhängern überfallen hatte.

Konnte dieser alte Mann tatsächlich der todbringende Schneeleopard sein? Tara mochte es kaum glauben, aber was, wenn dem wirklich so war? Wie hing alles zusammen? Der Alte kannte den Bhoot, und, noch unglaublicher, auch ihr Vater schien ihm kein Unbekannter zu sein. Tara rang nach Luft. Sie hatte plötzlich das Gefühl, sich in einem vor langer Zeit geknüpften Netz verfangen zu haben.

29

Als Anna am nächsten Morgen aufstand und den Vorhang aufzog, sah sie gerade noch Laksmi aus dem Haus hasten. Annas Wecker zeigte Viertel vor acht, und selbst wenn Laksmi die ganze Strecke zur ihrer Schule rannte, würde sie zu spät kommen. Anna kleidete sich an und eilte dann in den Gastraum, in der Hoffnung, Ingrid, Kim, Riddhi und Kaushik beim Frühstück anzutreffen. Sie waren tatsächlich noch nicht fertig und baten Anna auf Laksmis frei gewordenen Platz, Kim gegenüber. Außer Rikki-Tikki waren alle anderen ungewöhnlich einsilbig. Selbst Rikki-Tikkis nicht enden wollendes Geplapper über eine neue Schulkameradin mit einem un-mö-gli-chen Kurzhaarschnitt, den Wurf junger Hunde im Nachbarhaus und tausend Dinge mehr konnte nicht darüber hinwegtäuschen, dass sich zumindest zwei der Anwesenden nicht trauten, die Stimme, geschweige denn die Augen zu heben. Kaum hatte Kim sein tibetisches Brot aufgegessen, sprang er auf und entschuldigte sich, weil es im Zoo einiges zu klären gab. Erst als er den Raum schon halb verlassen hatte, wagte er es endlich, sich direkt an Anna zu wenden.

»Holst du mich um dreizehn Uhr ab? Wir sollten noch ein paar Sachen für die Reise einkaufen.«

Anna nickte. Er hielt also tatsächlich an ihrem Plan fest. Sie hatte sich die halbe Nacht von einer Seite auf die andere gewälzt und darüber gegrübelt, ob sie die Sache abblasen sollte. Zu überstürzt, zu verwegen erschien ihr das Vorhaben, außerdem hatte sie Angst, sich getäuscht zu haben. Würde sie sich nicht völlig lächerlich machen, wenn er merkte, dass sie sich aus heiterem Himmel in ihn verliebt hatte? Was, wenn Kim tatsächlich nur wie ein Bruder für sie empfand? Alles sprach dafür: Zwar hatten sie gestern noch lange über die bevorstehende Reise gesprochen, doch hatte er die ganze Zeit ihren Blick gemieden und war ihr fast erleichtert vorgekommen, als sich Ingrid nach getaner Arbeit im Restaurant ins Wohnzimmer setzte und sie nicht mehr allein waren. Kurz darauf hatte sich Anna in ihr Zimmer zurückgezogen.

»Was für eine Reise?«, krähte Rikki-Tikki in ihre Gedanken. »Fährst du denn schon wieder?«

»Dein großer Bruder begleitet Anna nach Kathmandu«, erklärte Ingrid, bevor Anna antworten konnte.

»Cool. Seid ihr verliebt?«

Anna holte tief Luft. »Wir sind nur Freunde. Dein Bruder kommt mit, weil ich mich in Nepal nicht auskenne. Er möchte nicht, dass mir etwas zustößt.« Ihr brannten die Wangen.

Rikki-Tikki legte nachdenklich den Kopf schief. »Das ist bestimmt besser«, verkündete sie. »Weil nämlich alle Freundinnen von Laksmi immer verliebt kichern, wenn sie Kim sehen, und du bist ja auch viel zu alt.«

»Riddhi!«, donnerte Kaushik, der dem Gespräch bisher belustigt gefolgt war. »Du bist unmöglich. Entschuldige dich sofort bei Anna für dein freches Benehmen, und dann sieh zu, dass du in die Schule kommst!«

Rikki-Tikki, die es nicht gewöhnt war, von ihrem Vater gescholten zu werden, zog einen Schmollmund. »Aber wenn es doch so ist«, setzte sie an.

Anna gab es einen Stich. Natürlich war sie zu alt. Und außerdem wusste sie nichts über Kim. Vielleicht hatte er eine Freundin? Vielleicht war er sogar verlobt? Mit siebenundzwanzig Jahren hatten die meisten Männer in Indien sicherlich schon eine eigene Familie.

»Riddhi! Keine Widerrede!«

»Na gut. Entschuldige, Anna. Ich war vorlaut.«

»Schon vergessen«, presste Anna hervor. »Du hast ja recht.«

Rikki-Tikki wirbelte zu ihrem Vater herum und stemmte die Hände in die Hüften. »Siehst du«, sagte sie und flüchtete dann angesichts der auf seiner Stirn erschienenen Zornesfalte vom Frühstückstisch. Die Tür knallte, und die drei Erwachsenen wechselten peinlich berührte Blicke.

Auch heute wölbte sich der Lapislazuli-Himmel über den Bergen, doch das Licht drang nicht durch die dicken schwarzen Wolken über Annas Gemüt. Ohne nach rechts oder links zu sehen, trottete sie über den Chowrasta und die zum Zoo führende schmale Straße entlang und bemerkte kaum die Passanten, die ihr schimpfend auswichen. Sie würde Kim sagen, dass er nicht mitkommen sollte, aber anstelle von Erleichterung über ihre Entscheidung empfand sie nur Traurigkeit. Wahrscheinlich entsprang ihre Verliebtheit ohnehin nur ihrer Angst vor dem Alleinsein. Wieder jemand zum Anlehnen, hätte Rebecca gesagt. Versuch doch mal, ohne Stütze auszukommen, dann haut es dich auch nicht um, wenn's schiefgeht. Und genau das werde ich jetzt tun, dachte sie. Bin ich nicht nach Indien geflogen mit dem festen Vorsatz, mit meinem eigenen Leben zu beginnen?

»Anna?«

Anna zwang ihren Blick vom Boden hoch und sah sich Kim gegenüber, der gerade mit einem glücklichen Lachen durch das Eingangstor des Zoos auf sie zueilte. In ihrem Hals bildete sich ein Kloß. Sie musste es ihm sofort sagen, solange sie noch ein Wort herausbrachte.

»Du kannst nicht mit«, sprudelte sie hervor. »Ich fahre allein.«

»Was? Wieso? Ist etwas passiert?«

Anna wand sich. »Nein, es ist alles in Ordnung. Ach was, *nichts* ist in Ordnung! Ich bin völlig verwirrt.« Verwirrt ist schon untertrieben, dachte sie, als sie sein Lächeln zusammenfallen und einer verletzten Miene Platz machen sah.

»Verwirrt?«, fragte er mit belegter Stimme. »Nun, da kenne ich noch jemanden. Komm.«
Widerstandslos ließ sich Anna vom Zoo fortführen. Anstatt zurück in die Stadt zu gehen, wählte Kim die andere Richtung. Die Straße schmiegte sich weiterhin an den bewaldeten Hügel, auf dem der Zoo und das Bergsteigerinstitut thronten, umrundete ihn und führte dann am Osthang des Berges wieder zurück nach Süden in Richtung des Stadtzentrums. Hier war es stiller als auf der Westseite, Siedlungen wechselten sich mit unbewohnten Abschnitten ab, wo die Straße einen duftenden Kiefernwald durchschnitt. Sie liefen stumm nebeneinander her. Anna fühlte sich hundsmiserabel. Gern hätte sie das unerträgliche Schweigen gebrochen, doch alles, was sie sich zurechtlegte, erschien falsch. Nach etwa einer halben Stunde verließen sie die Straße und stapften einen steilen Hang hinauf, bis sie schließlich den kleinen, von einer hohen Zypresse dominierten Vorplatz eines buddhistischen Klosters erreichten. Kein Mensch war zu sehen. Kim überquerte zielstrebig den Platz, erkletterte eine Steintreppe, die zu einem Weg neben dem Klostergebäude führte und setzte sich auf die oberste Stufe. Anna folgte ihm und ließ sich keuchend neben ihm nieder. Darjeeling taugte nicht für Flachländer. Oder andersherum, dachte Anna: Flachländer taugten nicht für Darjeeling. Dafür entschädigte der Blick über die grün-braunen Berge Sikkims bis hin zum Kangchenjunga sie einmal mehr für die Anstrengung.
Anna räusperte sich. »Ein schöner Ort«, sagte sie vorsichtig.
»Mein Lieblingsplatz. Die Bhutia Busty Gompa ist zwar ziemlich berühmt, dennoch hat man hier meistens seine Ruhe. Der Tempel ist auch von innen sehr schön. Wenn du möchtest, können wir hineingehen.« Kim machte Anstalten, sich zu erheben, aber Anna hielt ihn zurück.
»Später«, sagte sie beklommen. »Ich glaube, ich muss erst einiges klären. Ich will nicht, dass du mitkommst.«

»Das sagtest du bereits. Warum der plötzliche Sinneswandel? Immerhin war es deine Idee.« Er zögerte. »Allerdings hätte ich es wohl selbst vorgeschlagen, wenn du mir nicht zuvorgekommen wärst.«

»Aber warum?«

»Meinst du, ich lasse dich allein dorthin? Das ist zu gefährlich.«

Annas schloss die Augen, um eine aufwallende Übelkeit zu unterdrücken. Wie hatte sie sich nur derart in diese aussichtslose Sache hineinsteigern können? Nur gut, dass sie sofort die Initiative ergriffen und das Ganze bereinigt hatte. Sie würde mit einem blauen Auge davonkommen. Wie von ferne drang Kims Stimme zu ihr.

»Aber der eigentliche Grund ist, dass ich mehr Zeit mit dir verbringen möchte. Ich mag dich, Anna. Ich mag dich sogar sehr.« Er hob beschwichtigend die Hand, als Anna Luft holte, um etwas zu erwidern. »Lass mich ausreden, bitte. Ich weiß ohnehin, was du sagen willst: dass wir uns erst wenige Tage kennen. Dass du älter bist als ich. Dass wir aus unterschiedlichen Welten kommen. Alles richtig. Aber im Grunde völlig unerheblich. Ich möchte mit dir nach Nepal fahren, um dich besser kennenzulernen.« Er räusperte sich. »Meine Mutter ist übrigens sieben Jahre älter als mein Vater«, schloss er mit einem unsicheren Lächeln.

Anna war sprachlos. Noch hatte ihr Hirn seine Worte nicht zu etwas Sinnvollem zusammengefügt, aber ihr Herz schien bereits verstanden zu haben. Langsam löste sich ihre Anspannung. Am liebsten wäre sie Kim um den Hals gefallen, doch sie hielt sich zurück. »Ich empfinde dasselbe für dich«, sagte sie stattdessen. »Aber lass uns kleine Schritte machen. Ich möchte dich nicht verletzen. Ich bin im Moment so aufgewühlt von all den Lügen, die sich um mein Leben ranken, dass ich mir nicht zutraue, zu erkennen, was ich wirklich fühle und was ich mir nur einbilde. Erst muss ich in meinem Kopf aufräumen.«

»Dabei kann ich dir wahrscheinlich besser helfen, als du vermutest.«

»Ich weiß nicht …« Anna beobachtete einen dunkelrot gewandeten Mönch beim Fegen des ohnehin sauberen Platzes, in dessen Mitte eine Fahne an einem gebogenen Bambusmast im Wind knatterte. »Ich glaube kaum, dass du nachvollziehen kannst, wie es ist, von denen hintergangen worden zu sein, denen du am meisten vertraust«, fügte sie hinzu. »Ich nehme nicht an, dass deine Eltern dich jemals anlügen würden.«

»Nun, wenn sie der Überzeugung wären, dass sie mich vor etwas schützen müssen, würden sie es vielleicht doch tun. Der Schein trügt oft.« Er lehnte sich mit aufgestützten Armen zurück und sah in die Ferne. »Ein weniger gutgläubiger Mensch als du hätte es wahrscheinlich sofort bemerkt.«

»Worauf willst du hinaus?«

»Wir haben eine Menge gemeinsam. Einen liebenden Vater beispielsweise, der nicht unser Vater ist.«

»Wie bitte?«

»Du hast richtig gehört: Kaushik ist nicht mein Vater. Und Ingrid nicht meine Mutter.«

Annas Überraschung wich der Verwunderung über ihre Naivität. »Ich habe nur gesehen, was ich sehen wollte«, sagte sie kopfschüttelnd. »Dabei habe ich sogar bemerkt, dass du weder Ingrid noch Kaushik ähnlich siehst. Und es einfach hingenommen.«

»Was sowohl für dich als auch für meine Familie spricht. Übrigens nehmen es die meisten einfach hin. Ich gehöre dazu, das Aussehen interessiert nicht.«

»Und wie kam es, dass du –« Anna stockte. »Wann haben die beiden dich adoptiert?«

»Ingrid hat mich als plärrenden Säugling auf der Straße gefunden, Jahre bevor sie Kaushik überhaupt kennenlernte.«

»Auf der Straße?«, fragte Anna heiser. Sofort blitzte das Bild der jungen Mutter in Kalkutta mit dem wenige Stunden alten Säugling in ihrem Kopf auf.

Kim nickte, den Blick noch immer in den Himmel gerichtet. »Ich wurde irgendwann Anfang 1976 geboren. Meine Eltern kenne ich nicht, aber ich könnte mir vorstellen, dass sie Bauern waren, die ihr Glück in Kalkutta suchten, wie so viele, deren Haus und Land von einer der vielen Naturkatastrophen in Südbengalen zerstört wurden. Noch heute spült jeder Wirbelsturm, jede Überschwemmung Zehntausende nach Kalkutta. Wer weiß, vielleicht ist meine Mutter bei der Geburt gestorben, und mein überforderter Vater hat mich in einen Hauseingang gelegt, in der Hoffnung, jemand erbarmt sich des Babys? So etwas kommt immer wieder vor. In Indien liegen Grausamkeit und Mitleid dicht beieinander.

Ich hatte Glück. Ingrid stolperte im wahrsten Sinne des Wortes über mich. Sie war gerade desillusioniert aus Varanasi gekommen, wo sie an einen windigen Guru geraten war, der ihr eine herbe Lektion über den Sinn des Daseins erteilt hatte. Es ging dem Typen wohl ausschließlich um Geld. Mir hat sie später erzählt, dass ein Blick in meine Augen ihr die eigenen Augen öffnete. Der Sinn ihres Lebens lag quakend und unterernährt vor ihr, und sie zögerte keinen Moment, mich aufzuheben und mitzunehmen. Den Tag, an dem sie mich fand, bezeichnet sie als das Ende des Suchens und den Beginn des Erwachsenseins. Nachdem sie sich vergewissert hatte, dass niemand Anspruch auf mich erhob, schleppte sie mich erst mal in Mutter Teresas Krankenhaus, um sich dort über Säuglingspflege aufklären zu lassen.«

»Das ist unglaublich! Ich meine, sie war in Indien, ohne Arbeit und alles. Oder hat sie dich mit nach Deutschland genommen?«

»Das ging nicht, da ich keine Papiere besaß, aber ich glaube, sie wollte auch gar nicht zurück. Mama sprach schon damals ein ganz passables Hindi und fließend Englisch. Sie fand eine Anstellung als Sekretärin in einer der englischen Traditionsschulen Kalkuttas und verdiente genug, um uns beide durchzubringen. Sie hatte eine winzige Wohnung gemietet, und ich erinnere mich gerne an die Zeit. Ingrid kämpfte wie eine Löwin, um meinen Status als ihr Pflegekind zu sichern und schließlich meine Aufnahme in eine gute Schule zu erzwingen. Vor ihr ist sogar die berüchtigte indische Bürokratie in die Knie gegangen.«

»Und dein Vater, ich meine, Kaushik?«

»Sag ruhig Vater. Das ist er nämlich für mich. Kaushik stammt aus einer Mittelklassefamilie in Orissa und kam Anfang der achtziger Jahre als Lehrer an die Schule, in der Ingrid arbeitete. Sie muss ihn sehr beeindruckt haben, denn er stieß seine Familie vor den Kopf, indem er sich einer arrangierten Ehe widersetzte und meiner Mutter einen Antrag machte. Ich weiß nicht, wie Ingrid es anstellte, aber sie schaffte es noch vor der Hochzeit, ihre Schwiegereltern zu bezaubern und mit Kaushik auszusöhnen. Ich selbst war damals sechs Jahre alt und vergötterte Kaushik und alles, was mit ihm zusammenhing. Endlich hatte ich eine richtige Familie. Kaum waren Ingrid und Kaushik verheiratet, nahmen sie den Kampf mit den Behörden wieder auf, unterstützt von Kaushiks gesamter Familie. Sie erreichten ihr Ziel: Ich durfte adoptiert werden und hatte zu guter Letzt meinen Platz in der Gesellschaft.«

»Was für eine Geschichte«, bemerkte Anna erschüttert. »Stoff für einen Hollywoodfilm.«

»Wohl eher Bollywood. Bis auf die Umstände meiner Geburt ist doch alles gut gelaufen. Ich habe wunderbare Eltern und zwei ebenso wunderbare Schwestern. Ich bin niemals als Stiefkind oder Stiefbruder behandelt worden. Aber lass mich die Geschichte zu Ende bringen: Wir blieben noch einige Jahre in Kalkutta. 1986 kam Laksmi zur Welt, und kurz darauf erbte Ingrid ein für indische Verhältnisse üppiges Vermögen von ihrer

Großmutter. Das Geld ermöglichte es Ingrid und Kaushik, einen Traum wahr zu machen, den sie seit ihren in Darjeeling verbrachten Flitterwochen gehegt hatten. 1989 war es so weit: Laksmi's Home gehörte uns. Wir kehrten Kalkutta den Rücken und zogen hierher in die Berge. Es war das Beste, was uns allen passieren konnte. Ich liebe Darjeeling.«

»Wusstest du all dies von Anfang an?«

»Nein. Ingrid hat es mir häppchenweise verabreicht. Da sie schlecht behaupten konnte, meine leibliche Mutter zu sein, tischte sie mir in den ersten Jahren Geschichten über ein befreundetes Ehepaar auf, das bei einem Verkehrsunfall gestorben sei.«

»O nein.« Anna hieb sich auf den Oberschenkel. »Dieselbe Geschichte habe ich auch gehört. Über meine Großeltern.«

»Na ja, irgendwie mussten sie es doch glaubhaft machen. Sei nicht so streng. Bestimmt hat deine Mutter dir deine Oma und deinen Opa netter beschrieben, als sie in Wirklichkeit waren, oder irre ich mich?«

»Du hast ins Schwarze getroffen.«

»Ingrid hat mir meine Eltern in leuchtenden Farben geschildert. Meine richtige Mutter sei so hübsch gewesen, dass die Vögel Lieder über sie sangen, während mein Vater ein angesehener Ingenieur war, der Flugzeuge und Hubschrauber baute. Richtige Traumeltern. Ich war glücklich. In meiner Vorstellung hatte ich zwei Mütter und einen Vater, später sogar zwei Väter. Konnte es einem Kind bessergehen?«

»Wann hat sie dir die Wahrheit gesagt?«

»Als ich begann, die richtigen Fragen zu stellen. Ich war mittlerweile schon zwölf oder dreizehn und zweifelte die Plausibilität der Geschichten langsam an.«

»Wie hast du es aufgenommen?«

»Es war furchtbar. Ich steigerte mich in eine unbändige Wut auf meine leiblichen Eltern. Wie konnten sie mich im Stich lassen?

Ich war ihr Kind, und sein Kind muss man doch liebhaben! Ich fühlte mich abgelehnt und ausgestoßen, aber der Zorn verrauchte, und auch die Traurigkeit verblasste. Meine Eltern halfen mir sehr, mit den Tatsachen umzugehen.«

»Wüsstest du denn gern, wer deine richtigen Eltern waren? Wo sie herkamen?«

»Anfangs wollte ich es herausfinden, aber ich merkte bald, dass es besser ist, die Vergangenheit ruhen zu lassen. Ich hatte ohnehin keine Chance, etwas über ihren Verbleib zu erfahren. Ich habe meinen Frieden mit ihnen gemacht und hoffe, dass sie irgendwo ein menschenwürdiges Leben führen. Allerdings befürchte ich, dass dem nicht so ist. Wahrscheinlich sind sie tot.«

Anna wusste nichts darauf zu sagen. Betreten zupfte sie ein paar Fusseln von ihrer Umhängetasche. Was hatte Kim anfangs gesagt? Er könne ihr besser helfen, als sie vermute? Vielleicht stimmte es: Im Vergleich zu ihm hatte sie es noch gut getroffen, denn sie wusste zumindest, wer ihr Vater gewesen und wo er gestorben war. Ein schwacher Trost. Oder meinte Kim etwas ganz anderes? Er legte Wert darauf, Kaushik als seinen Vater zu bezeichnen, hatte aber natürlich auch auf Eddo angespielt. Nein, dachte Anna, es gibt einen gewaltigen Unterschied zwischen deiner und meiner Geschichte: Ich bin ohne Not belogen worden, selbst als ich das Alter erreicht hatte, in dem ich mit den Enthüllungen hätte umgehen können. Meine Eltern haben mich aus purem Egoismus im Dunkeln gelassen. Hätte ich nicht die Briefe gefunden, so wäre ich bis zu meinem Tod mit einem falschen Namen, einem falschen Alter, einer falschen Identität in einem falschen Leben herumgetappt. Das lässt sich nicht so leicht verzeihen. Anna zog die Nase hoch, ein untrügliches Zeichen, dass gleich Tränen kommen würden, diesmal allerdings aus Wut, nicht aus Verzweiflung. Offensichtlich war sie in den letzten drei Tagen einen Schritt weitergekommen.

Fahrig suchte sie in ihrer Tasche nach einer Rolle Toilettenpapier, riss ein Stück ab und schneuzte sich geräuschvoll.

Den Nachmittag verbrachten Anna und Kim mit Einkäufen für die Reise. Kein Wort fiel mehr darüber, dass Anna allein fahren würde. Sie war froh, das Thema angeschnitten zu haben, aber noch glücklicher war sie über den Ausgang des Gesprächs. Sie würde mit Kim Nepal erkunden, die losen Fäden, die ihre Eltern möglicherweise dort zurückgelassen hatten, aufnehmen und verfolgen, und vielleicht wurde aus ihrer gegenseitigen Zuneigung tatsächlich mehr. Nur gut, dass auch Kim nichts übereilen mochte. Sie hatten endlose Wochen Zeit, sich zu beschnuppern.

Der Anruf kam, während die Familie und Anna um den Abendbrottisch versammelt waren und Berge von Reis mit einem nach Kardamom duftenden Curry verputzten.

Laksmi sprang auf, bevor jemand anderes reagieren konnte. »Ich gehe schon ran!«, rief sie und verschwand im Nebenzimmer.

»Das ist bestimmt Mukesh«, kicherte Rikki-Tikki.

»Mukesh?« Ihr Vater zog die Augenbrauen hoch. »Und wer, bitte schön, soll das sein?«

»Och, niemand. Nur so ein Junge.«

»Riddhi!«

Bevor sich Rikki-Tikki eine Antwort zurechtgelegt hatte, erschien Laksmi wieder im Gastraum.

»Für dich, großer Bruder. Kalkutta!«

Kim sprang auf. »So spät am Abend?«, murmelte er und eilte zum Telefon.

Die Gespräche verstummten, alle versuchten, ein paar Fetzen des durch die offene Tür dringenden Gesprächs aufzuschnappen und sich einen Reim darauf zu machen. Anna, die kein Wort verstand, zwinkerte Rikki-Tikki zu. Rikki-Tikki verdrehte

die Augen. Sie schien ziemlich erleichtert darüber, dass ihre Indiskretion fürs Erste vergessen war.
Kim legte auf und kam zurück an den Tisch. »Das war Professor Chandran von der Universität Kalkutta. Er findet mein Dissertationsthema interessant und möchte mich kennenlernen. Er hat mir sogar eine Dozentenstelle in Aussicht gestellt, falls er mein Doktorvater wird. Übermorgen will er sich mit mir treffen. In Kalkutta.«

»Anna?«
Anna drehte sich nicht um. Kim sollte ihr vom Heulen verquollenes Gesicht nicht sehen. Er trat neben sie.
»Es ist doch viel zu kalt hier oben auf dem Dach«, sagte er leise.
»Ja.« Das Piepsen eines Vögelchens.
»Darf ich?« Ohne ihre Antwort abzuwarten zog er seine Jacke aus und legte sie Anna um die Schultern. Gemeinsam starrten sie auf die Lichter Darjeelings.
»Ich fahre nicht nach Kalkutta«, sagte Kim nach einer Weile. »Ich werde den Mann anrufen und ihm sagen, dass ich ihn erst in vier Wochen treffen kann.«
Anna fuhr herum. »Das kommt überhaupt nicht in Frage!«, rief sie. »Du musst diese Chance nutzen. In vier Wochen hat er jemand anderen gefunden.«
Kim wich ihrem Blick aus. »Wahrscheinlich«, murmelte er.
»Na also.«
»Es wird sicher nicht mit einem Gespräch erledigt sein. Er möchte außerdem, dass ich ihm ein Skript für einen Vortrag ausarbeite. Zur Probe.«
Wieder schwiegen sie. »Dir liegt viel an dieser Doktorandenstelle, oder?«, fragte Anna schließlich.
»Sehr viel. Aber heute Nachmittag hat sich die Welt verändert, Anna. Du bist mir wichtiger als alles andere.«
»Kim!« Anna trat einen Schritt zurück. Plötzlich wusste sie, was

sie zu tun hatte. Anstatt herumzuheulen, war es an der Zeit, endlich Stärke zu zeigen. »Kim, hör auf damit. Wir haben aus gutem Grund vorhin beschlossen, nichts zu überstürzen. Und genau deshalb wirst du nach Kalkutta reisen und dich dem Professor im besten Licht präsentieren, während ich in Nepal ein wenig Hippie-Atmosphäre schnuppere.« Sie straffte die Schultern. »Es geht um deine berufliche Zukunft«, sagte sie fest. »Aber meine Reise ist ebenfalls wichtig, und deshalb werde ich allein fahren. Vielleicht ist es sogar besser. Wenn du dabei wärst, würde ich mich doch nur auf dich verlassen. So habe ich mehr Muße, mich mit Annapurna zu unterhalten.«

»Du meinst es ernst?«

Anna nickte, obwohl sie ein bisschen Angst vor der eigenen Courage verspürte. Aber sie würde nichts zurücknehmen. »Sehr ernst«, sagte sie. Dann lächelte sie. »Bis zu meinem Rückflug sind es noch vier Wochen. Was hältst du davon, wenn ich die letzte Woche in Kalkutta verbringe?«

»Das wäre wunderbar.«

»Dann ist es abgemacht.« Anna stellte sich wieder neben ihn. Er begriff die Aufforderung und nahm sie in den Arm.

30

Der Pangje stahl sich noch vor Tagesanbruch aus Muktinath davon. Mit weit ausholenden Schritten eilte er talwärts, bis ihm trotz der beißenden Morgenkälte warm wurde. Ein früher Pilger kam ihm entgegen und legte die Handflächen zum Gruß zusammen, doch der Pangje zollte ihm keine Aufmerksamkeit, sondern stürmte unbeirrt weiter. Etwa eine Stunde nach Sonnenaufgang legte er eine erste Pause ein, mehr aus Gewohnheit als aus Erschöpfung. Obwohl er, seit er das Rebellenlager vor sechs Tagen verlassen hatte, Tag und Nacht gewandert war, schienen seine Kräfte zu wachsen, je näher er seinem Dorf kam. Er lachte in sich hinein. Dass er die Strecke in so kurzer Zeit bewältigt hatte, dürfte für so manchen ein weiterer Beweis seiner Zauberkräfte sein.

Er beschirmte die Augen. Zweihundert Meter unter ihm, dort, wo das Seitental von Muktinath auf das Haupttal des um diese Jahreszeit wenig Wasser führenden Kali Gandaki traf, lag auf einem Plateau über dem breiten Kiesbett die Oase Kagbeni. Abgeerntete graubraune Felder bedeckten einen halbmondförmigen Gürtel am Fuß des kahlen Hügels, an dessen Flanke der Pangje sich niedergelassen hatte. Die Felder hatten nie ausgereicht, die gut eintausend Bewohner Kagbenis zu ernähren, aber in der langen Geschichte des Ortes war es auch nie nötig gewesen. Kagbeni bezog seinen bescheidenen Reichtum aus dem Handel – strategisch günstig gelegen an der Abzweigung ins mehrere tausend Jahre alte Muktinath, wo die gläubigen Hindus und Buddhisten die einhundertacht Quellen und eine ewige Flamme verehrten, und dem Karawanenweg, auf dem seit uralter Zeit Salz und Wolle von Tibet und Mustang bis hinunter ins fruchtbare, mit mildem Klima gesegnete Pokhara transportiert worden waren.

Der Pangje konzentrierte sich. Tatsächlich, feines Geläut drang an sein Ohr, und kurz darauf zockelte eine schwerbeladene Eselkarawane tief unter ihm in sein Blickfeld. Heute brachten die Esel kein Salz mehr ins Tal, sondern Coca-Cola und Seife und Ketchup und Snickers, um den Ansprüchen der Wandertouristen gerecht zu werden. Während der Pangje beobachtete, wie die mäusekleinen Esel von ihren Führern in den Hof einer Karawanserei getrieben wurden, dachte er über die neue Straße nach. Es schien ein undurchführbares Unterfangen, einen für Motorfahrzeuge tauglichen Weg bis hinauf nach Kagbeni und weiter nach Muktinath zu bauen, entlang lotrechter Felsen und trügerischer Erdrutsche, über das im Sommer bis zum Rand von gurgelndem Schmelzwasser gefüllte Flussbett und tiefe Schluchten. Und doch hatte er vor einigen Monaten mit eigenen Augen gesehen, wie sich die gelben Bagger drei Tagesmärsche entfernt am unteren Lauf des Kali Gandaki einen Weg fraßen. Schon besaßen die ersten Dörfer eine tägliche Busverbindung nach Pokhara, und mit den Bussen und Lastwagen kamen teure Lebensmittel und billige Kleidung, bunter Tand, der die Traditionen gefährdete und Unruhe brachte. Und Müll. Er war erschrocken gewesen über die einstmals so sauberen Dörfer, die nun unter einer breiigen Schicht von Abfall erstickten. Es würde ihn Kraft kosten, den unnützen Kram von seinem Dorf fernzuhalten.

Mit gerunzelter Stirn wühlte der Pangje eine zerkratzte, mit Pflastern geflickte Sonnenbrille aus seiner Tasche hervor und setzte sie auf. Seit er sie vor langer Zeit einem Touristen abgeschwatzt hatte, nutzte er sie, um seine eisgrünen Augen zu verbergen, die den Menschen so viel Angst einjagten. Dann erhob er sich und schlug den steil abfallenden Pfad nach Kagbeni ein. Vielleicht, dachte er, vielleicht ist die Straße doch nicht so schlecht. In Kagbeni hatte eine Familie eine Waschmaschine angeschafft, und mit Sicherheit würden die Frauen seines Dorfes

ihm für eine derartige Maschine um den Hals fallen. Andererseits brauchte man dazu Strom, viel Strom, und ihre winzige, durch einen schmalen Flusslauf gespeiste Turbine reichte gerade für die vier Dutzend Glühbirnen des Dorfes. Grinsend kratzte der Pangje einen trockenen Lehmfleck von seinem Mantelärmel. Dann wuschen sie ihre Kleidung eben wie ch und je nur alle paar Monate. In Wahrheit kümmerte es ohnehin nur die jungen Mädchen und Burschen, wie sie aussahen.
Im Flussbett angekommen, schleuderte ihm der kalte Wind ungehindert grobkörnigen Sand ins Gesicht. Verbissen kämpfte er sich vorwärts, überquerte auf einer Brücke den Hauptlauf des Flusses, der auch im Winter noch reißend genug war, einen erwachsenen Mann zu ersäufen, und erkletterte die Böschung auf der gegenüberliegenden Seite Kagbenis, bis er auf einen wenig genutzten Sommerpfad stieß. Tief in seinen Mantel vergraben, eilte er nach Norden. Der Weg verlangte ihm keine Wachsamkeit ab, und so konnte er seine Gedanken wandern lassen, während er Stunde um Stunde seinem Ziel entgegenmarschierte.
Tara. Das Mädchen und ihre Erzählung gingen ihm nicht aus dem Kopf. Halblaut murmelte der Pangje die Namen, immer wieder, Tara und Dipendu, Tara und Dipendu, Stern und Mond. Dipendu lebte also, und nicht nur das. Er hatte Kinder gezeugt, Söhne und Töchter, die weitaus mutiger geraten waren als er selbst. Vor einigen Tagen, als der Pangje die Gorkha-Provinz durchquert hatte, war er versucht gewesen, Raato Danda einen Besuch abzustatten. In all den Jahren war er nie in dem Dorf gewesen, obwohl er wusste, dass Dipendu von dort stammte, hatte im Gegenteil die Region gemieden, soweit es möglich war. Zu viel Blut klebte an den Steinen längs mancher Pfade, auch wenn er nun feststellen musste, dass Dipendus Blut nicht dabei war. Längst hätte er Erkundigungen einziehen müssen, aber was wäre sein Wissen tatsächlich wert gewesen? Der Feigling Dipendu lebte sein Leben ebenso im Verborgenen wie er

selbst, und wahrscheinlich war es besser, die Geister der Vergangenheit nicht aufzuscheuchen.
Unvermittelt hielt er an, drehte sich um und schüttelte die geballten Fäuste in Richtung Südosten. Nichts war gut, nichts! Normalerweise wusste sich der Pangje zu kontrollieren, doch wenn er nicht auf der Hut war, sprang die Wut ihn an, und nun schrie er sie gegen den tobenden Wind, die toten Felswände hinaus. Die Geister hatten einen leichten Schlaf, immer wieder raubten sie ihm den Frieden, trieben ihn fort auf der Suche nach Rache. Wie hatte das tapfere Sternenmädchen seinen Feind genannt? Den Bhoot? Nie war ein Name treffender gewesen – und nie der Augenblick günstiger. In den Wirren des Bürgerkriegs würde es auf einen Toten mehr oder weniger nicht ankommen. Er und seine Freunde würden den Feind aus seiner gutgeschützten Deckung locken, würden ihn vernichten und nach all den Jahren ihre Genugtuung bekommen. Zu lange hatten sie sich damit begnügen müssen, den Helfershelfern seines alten Widersachers das Leben schwerzumachen, doch nun würde der andere am eigenen Leibe spüren, was er ihnen angetan hatte. Die Zeit war reif.

31

Obwohl sich Anna bisher gut gehalten hatte, sank ihr doch das Herz in die Hose, als sie gemeinsam mit Ingrid auf das Haus der indischen Grenzbeamten zuging, das von Soldaten mit Maschinenpistolen bewacht wurde. Das Büro des Grenzbeamten erinnerte sie an eine Miniaturausgabe der Ankunftshalle in Kalkuttas Flughafen. Über den sich in den Raum neigenden Aktenschränken und dem unter Papierstapeln knarrenden Schreibtisch ächzte ein flügellahmer Ventilator ohne nennenswerten Erfolg. Die Luft war dick wie Linseneintopf mit Zwiebeln und roch auch so. Endlich bequemte sich der allgewaltige Arm der indischen Bürokratie, Annas Pass zu stempeln, und ließ ihn durch eine Schneise in seinem Formulargebirge direkt in Annas Schoß schlittern. Zwanzig Sekunden später stand sie wieder im Freien und atmete tief durch. Die erste Hürde war genommen.

»Was hältst du von einem Frooti aus dem Laden dort drüben?«, fragte Ingrid. »Eine Erfrischung würde guttun.«

»Habe ich denn noch genügend Zeit? Ich muss doch auf der nepalesischen Seite den Nachtbus erwischen.«

»Kein Problem. Erstens fahren mehrere Busse, und zweitens erst dann, wenn sie voll sind. Was die Definition von voll anbelangt: Du hast ja gerade auf dem Weg hierher gelernt, wie viele Menschen man in einen Bus quetschen kann.«

»Das stimmt.« Anna lachte. »Und weißt du, was das Verrückteste ist? Mir hat die Fahrt Spaß gemacht. Die Leute waren so freundlich.«

»Ja, ja, die Inder«, sagte Ingrid gedehnt. »Sie können einem grässlich auf die Nerven fallen, und dann wieder sind sie einfach bezaubernd. Ausnahmen bestätigen die Regel.«

»Vielleicht hätte ich doch bleiben sollen?«
»Dazu ist es zu spät. Dein Indienvisum ist ungültig gestempelt.« Ingrid drückte Anna auf einen Hocker im Schatten einer ausgeblichenen Plastikplane und verschwand im Inneren des Ladens. Nach einer Weile kam sie wieder heraus, vollbeladen mit Saftpackungen, Keksen, Bananen und einer Flasche Mineralwasser. Nachdem sie das Siegel der Wasserflasche untersucht und für intakt befunden hatte, setzte sie sich auf einen zweiten Hocker und steckte jeweils einen Strohhalm in die Frooti-Tetrapaks. Sie nahm einen tiefen Zug des Mangosaftes, dann beugte sie sich zu Anna. »Du machst dir Sorgen wegen des Bürgerkriegs, und das ist auch richtig so. Hör auf dein Bauchgefühl, dann wird dir nichts passieren. Selbst das Auswärtige Amt in Deutschland rät nicht rundheraus von Reisen nach Nepal ab.«
Anna nickte. Obwohl sich Ingrid anfangs vehement gegen die Reise ausgesprochen hatte, war sie trotzdem nicht untätig geblieben und hatte nicht nur das Internet nach verlässlichen Informationen durchsucht, sondern auch nepalesische Freunde in Darjeeling befragt und einen Bekannten in Kathmandu angerufen. Die Nachrichten lauteten überall gleich: Zwar befand sich das Volk in Aufruhr, und es gab auch Tote, doch gehörte es zu den erklärten Zielen der Rebellen, keine Ausländer zu Schaden kommen zu lassen. Im Gegenteil: Man bat sie ins Land, damit sie sich vor Ort ein Bild von der Situation machen konnten. Das Auswärtige Amt warnte lediglich vor Reisen nach Westnepal, eine Region, in die Anna ohnehin nicht fahren würde, sowie wegen der Bombengefahr vor Menschenaufläufen in den Städten. Ansonsten musste sie mit verschärften Straßenkontrollen, Streiks und Ausgangssperren rechnen, was zwar Unannehmlichkeiten zur Folge habe, aber, wenn sie sich an die Regeln hielt, nicht lebensbedrohlich war. Nach Kims Aufbruch nach Kalkutta hatte Anna stündlich in ihrem Entschluss geschwankt, bis Ingrid ein Machtwort sprach: »Mach es. Tu es um

deiner selbst willen, begib dich auf die Spuren deiner Eltern. So wie's aussieht, geht nicht von den Menschen in Nepal die wahre Gefahr aus, sondern von den grässlichen Straßen, und die wären auch in Friedenszeiten keinen Deut besser. Im Übrigen habe ich gelesen, dass der Tourismus, eigentlich die tragende Säule der nepalesischen Wirtschaft, um neunzig Prozent zurückgegangen ist. Wenn du jetzt dort hinfährst, werden sie dich behandeln wie eine Königin.« Das letzte Argument hatte den Ausschlag gegeben. In Kalkutta hatte Anna beschlossen, ihr vollständiges Reisebudget unters Volk zu jubeln, und so wie es aussah, benötigten die Nepalesen das Geld dringender als die Inder. Anna knüllte ihre Frooti-Tüte zusammen und blickte die Straße hinunter zur Brücke über den Grenzfluss. Trotz ihres mulmigen Gefühls war sie überzeugt, auf dem richtigen Weg zu sein. Zum ersten Mal ging sie ein echtes, vielleicht lebensbedrohliches Risiko ein – und erfuhr, dass sich das Leben plötzlich von den Krusten der Gewohnheit befreite und in den prächtigsten Farben schillerte. Anna musste unwillkürlich lachen.

Ingrid sah sie neugierig an.

»Annapurna scheint mehr vom richtigen Leben zu verstehen als Anna«, erklärte Anna, noch immer lachend.

»Ganz offensichtlich. Sie wird dir schon noch eine Freundin werden«, bestätigte Ingrid.

»Ich möchte dich noch etwas fragen«, sagte Anna nach einem Moment des Schweigens. Sie war wieder ernst geworden. »In den letzten Tagen habe ich viel nachgedacht und bin dabei über einiges gestolpert, was ich bisher als gegeben hingenommen hatte. Mamis Geistesabwesenheit, beispielsweise. Sie hat sich oft zurückgezogen, und nun habe ich eine Vorstellung, in welcher Welt sie sich bewegt hat. Aber eins verstehe ich überhaupt nicht: Warum hat Eddo Mami geheiratet, obwohl er wusste, dass sie Sylvain nachtrauerte? Wie konnte er ihre Launen ertragen?«

»Du kennst deinen Vater besser als ich. Er –«
»… ist nicht mein Vater!«, fiel Anna ihr heftig ins Wort.
»Ich denke, darüber haben wir schon genug gesprochen«, sagte Ingrid knapp. »Also gut, du kennst Eddo besser als ich, deshalb müsstest du von selbst auf die Antwort kommen: Eddo steht zu seinem Wort. Er hatte sich in seinen ostfriesischen Dickschädel gesetzt, für deine Mutter zu sorgen, und davon konnte ihn nichts und niemand abbringen. Viel bemerkenswerter finde ich, dass seine Liebe zu Bärbel nie abgekühlt ist. Nach dem, was du mir erzählt hast, hat Babsi ihm Gründe genug geliefert, ihre Liebe zu ihm anzuzweifeln. Es muss für ihn sehr schmerzlich und verletzend gewesen sein, dass Babsi nie über den Verlust Sylvains hinweggekommen ist.«
»Das mag alles stimmen, aber warum hat er sie überhaupt geheiratet?«
»Heiße Liebe.«
»Zieh mich nicht auf. Eddo und heiß!«
»Nun, auch Eddo war mal jung. Deine Mutter passte hervorragend ins Beuteschema von Männern mit Beschützerinstinkt.«
»Du bist unmöglich.«
Ingrid zuckte die Achseln. »Das Leben ist unmöglich.« Sie stand auf. »Es wird Zeit. Ach, ich habe ganz vergessen, dir noch etwas zu sagen. Letzte Nacht habe ich in einem Anfall von Nostalgie nach Achim gegoogelt und tatsächlich einen sieben oder acht Jahre alten Artikel gefunden. Er hatte damals eine Schule irgendwo in Nepal gesponsert. Hätte ich ihm zwar nicht zugetraut, aber er mir bestimmt auch nicht, dass ich zu einer zufriedenen Glucke werde.«
»Das sagst du mir erst jetzt?«, fragte Anna empört. »Ich werde mich natürlich nach ihm umhören. Soll ich ihn grüßen?«
»Ich glaube kaum, dass er noch in Nepal ist, aber wer weiß. Ja, grüß ihn ruhig, solltest du ihn aufstöbern. Meine Telefonnummer rückst du allerdings nicht raus, verstanden? Ich habe keine

Lust auf Komplikationen«, sagte Ingrid mit einem von Ohr zu Ohr reichenden Grinsen.
»Avec plaisir, mon général.« Anna schwang sich den von Kim geliehenen Rucksack auf die Schultern, und gemeinsam schlenderten die Frauen zur Brücke. Mit einem breiten Lächeln zog Ingrid die Tochter ihrer verstorbenen Jugendfreundin an sich. »Ich bin stolz auf dich«, flüsterte sie ihr ins Ohr. »Unvernunft ist das Chili im Curry des Lebens. An deiner Stelle hätte ich mich auch nicht von der Reise abhalten lassen. Und mein Sohn wartet sowieso auf dich. Er ist eine treue Seele. Ich wünsche dir viel Glück.« Damit ließ sie Anna los und schob sie auf die Brücke. »Ruf mich hin und wieder an, dann ist mir wohler. Und jetzt geh. Geh und sei offen für alles. Lüneburg ist nicht die Welt, weißt du?«
In der Mitte der Brücke angekommen, drehte sich Anna um und sah gerade noch Ingrids graublonde Locken aufleuchten, dann war sie allein. Allein zwischen Dutzenden und Aberdutzenden Indern und Nepalesen, die sich in beide Richtungen an ihr vorbeischoben.

Es fiel Anna erstaunlich leicht, ihre Weiterreise zu organisieren. Sie trug ihre Fahrkarte vor sich her wie eine Trophäe und fühlte sich beinahe beschwingt. Wenn es so reibungslos weiterlief, würde ihre Zeit in Nepal zum Spaziergang werden. Als sie den Bus sah, dem sie sich für die folgende Nacht und bis weit in den nächsten Tag hinein anvertrauen würde, war sie sich dessen allerdings nicht so sicher. Zerbeult, verschrammt und irgendwie schief, machte das Vehikel einen wenig vertrauenswürdigen Eindruck. Immerhin wünschten liebevoll aufs Heck gemalte Lettern »Namaste« und »Good Luck«. Sie würden es brauchen, dachte Anna, als sie die bis aufs Profil heruntergefahrenen Reifen inspizierte.
Ein Junge von vielleicht vierzehn Jahren sprang auf sie zu

und griff nach ihrem Busticket. Offensichtlich zufrieden mit dem, was er entziffert hatte, wies er immer wieder erst auf Annas Rucksack und dann auf das Busdach, bis sie endlich kapierte. Sofort erkletterte der Junge das Dach und ließ sich den Rucksack reichen. Anna beobachtete misstrauisch, wie er ihn festzurrte, stieg dann aber doch ein. Sie hatte in Kalkuttas Bahnhofshalle ihre Lektion gelernt. Das Gepäck war dort oben so sicher aufgehoben wie ein Affenbaby in den Armen seiner Mutter. Anna wählte die Bank direkt hinter dem Fahrer und harrte der Menschen und Dinge, die da noch kommen mochten.
Es kamen viele. Taschen, Körbe, Apfelkisten, Männer, Frauen, eine Kabeltrommel, Großmütter, Kinder, Feuerholz, Getreidesäcke und zwei Ersatzreifen, leider zu klein für den Bus. Als Anna dachte, nun wäre wirklich Schluss, wurde noch eine Ziegenherde zugeladen, und zu guter Letzt enterte auch der König des Busses seinen ramponierten Thron und drückte auf die Hupe: Abfahrt! Anna wunderte sich, dass er vor lauter Troddeln, Aufklebern und sonstigem Nippes, der den Fahrersitz, die Windschutzscheibe und selbst den Ganghebel schmückte, überhaupt noch Platz fand, geschweige denn etwas sehen konnte, aber es schien ihm nichts auszumachen. Wahrscheinlich verließ er sich völlig auf die das Armaturenbrett verzierenden Plastikgötter.
Der Platz neben Anna war bis zum Schluss frei geblieben – zu schüchtern waren die anderen Fahrgäste, wenn Anna auch bemerkte, dass sie heimlich beobachtet und dass flüsternd über sie gesprochen wurde. Es machte ihr nichts mehr aus. Sie gewöhnte sich allmählich daran, als Fremde im Mittelpunkt des Interesses zu stehen. Als der Bus schon rollte, schwang sich doch noch jemand durch die Tür und ließ sich neben Anna nieder. Freundlich lachte der ältere Herr sie an. Anna lächelte zurück. Mangels Konversationsmöglichkeiten schloss er bald die Augen

und schlief ein, bevor sie noch die Grenzstadt Karkabitta hinter sich gelassen hatten.
Anna beneidete ihren Sitznachbarn um sein Gott- oder, konkreter, Göttervertrauen. Der unbequeme Sitz in Verbindung mit dem Fahrstil des breitschultrigen Mannes vor ihr machte es ihr unmöglich, sich ins Reich der Träume zu empfehlen. Obwohl sich die Straße seit Stunden schnurgerade vor ihnen erstreckte, ruckelte und buckelte der Bus wie ein übellauniges Rindvieh und steigerte seinen Tanz bei jedem der lebensgefährlichen Überholmanöver zur Raserei. Immer wieder erfassten die Scheinwerfer die im Straßengraben verrottenden Kadaver von Büffeln, Lastwagen und Bussen, die Beine respektive Reifen, falls noch vorhanden, pathetisch gen Himmel gereckt. Langsam erfasste Anna die Tragweite von Ingrids Worten: Es sind nicht die Rebellen, es sind die Straßen, die dich umbringen. Anna verbot sich, darüber zu spekulieren, wie sich der Fahrer wohl gebärdete, wenn sie erst das nepalesische Tiefland verlassen und in die Berge klettern würden.

32

NOVEMBER 2003

Auf den Tag genau vierunddreißig Jahre nachdem Bärbel und ihre Freunde Kathmandu erreicht hatten, ratterte auch Annas Bus auf die Passkuppe zu. Wie schon ihre Mutter zuvor konnte Anna es kaum erwarten, das Ziel zu erreichen, wobei der Wunsch, diese rollende Katastrophe verlassen zu dürfen, ihre Neugierde auf die exotische Stadt auf Platz zwei verwies.

Der Bus bewältigte die letzte Steigung und kam dann zum Stehen. Leider verbarg sich das Tal noch hinter einem Vorsprung, so dass Annas Geduld weiter strapaziert wurde. Der Busfahrergehilfe öffnete die notdürftig mit einem Band verschlossene Tür, und zwei Soldaten stiegen ein, Gewehre im Anschlag. Passkontrolle. Wo vorher aufgeregtes Geplapper das Businnere erfüllt hatte, herrschte plötzlich verschreckte Stille, in der man die Ziegen furzen hörte. Mit fliegenden Fingern nestelte Anna ihren Pass aus dem Bauchgurt, ebenfalls eine Leihgabe von Kim. Die Soldaten schenkten ihr kaum Beachtung, befahlen aber drei jüngeren Männern und einer Frau, auszusteigen. Von ihrem Fensterplatz aus konnte Anna das wilde Gestikulieren der Ausgesonderten beobachten, dann reichte der Busfahrergehilfe einige Gepäckstücke vom Dach. Da die Soldaten nicht fanden, was sie suchten, scheuchten sie die Passagiere zurück in den Bus. Die Erleichterung stand den vieren ins Gesicht geschrieben, während sie über die Ziegen und Säcke im Mittelgang zurück auf ihre Plätze kletterten. Sobald das durchsuchte Gepäck wieder verzurrt war, raste der Busfahrer mit einem ärgerlichen

Murmeln los. Offensichtlich fühlte auch er sich in Gegenwart der Soldaten unwohl. Unter den Passagieren entlud sich die Spannung in aufgeregten Diskussionen. Die Vorfreude auf die Stadt wollte sich nicht wieder einstellen. Anna fragte sich im Stillen, wie schrecklich das Leben in einem Land sein musste, wo einem die eigenen Soldaten Angst einjagten.

Ihr Sitznachbar zupfte sie am Ärmel und zeigte nach vorn: Endlich hatten sie unverstellte Sicht auf Kathmandu. Sanft abfallend senkte sich die Straße den ersten Siedlungen entgegen, Vorposten der großen Stadt. Gemauerte Schornsteine von Ziegelbrennereien ragten in den Himmel. Über dem Tal wölbte sich eine Dunstglocke, ob aus Staub oder Smog, hätte Anna nicht sagen können. Von den gerühmten Himalaya-Gipfeln sah sie nicht einmal einen fernen Schatten, und auch die von Ingrid erwähnten Felder entdeckte sie nirgends. Seit dem Besuch ihrer Mutter hatte sich die Stadt bis an den Talrand vorgeschoben, doch trotz aller Urbanität kam es Anna vor, als führen sie in ein riesiges Dorf. Die Häuser waren lediglich drei-, manchmal vierstöckig, viele verfügten über Balkone, auf denen verstaubte Weihnachtssterne in angeschlagenen Töpfen darbten. Wäsche flatterte auf Leinen zwischen Strommasten und wurde durch den von Lastwagen aufgewirbelten Staub sofort wieder schmutzig. Läden reihten sich aneinander, die Waren vor den Türen aufgestapelt, dazwischen Hühner und Kinder, Unmengen von Kindern aller Altersstufen, die meisten in graublauen Schuluniformen. Immer wieder entdeckte Anna Brachen zwischen den Häusern, doch auch dort würde wohl demnächst gebaut werden. Je näher sie der eigentlichen Stadt kamen, desto seltener wurden die Brachen – nun standen die Häuser eng gedrängt. Werbeplakate priesen Zigaretten und Fruchtsäfte an, darunter lagerten Menschen und Kühe in heiliger Eintracht. Sie überholten einen Schrank mit Beinen und hielten vor einer Kreuzung. Anna schob das Fenster auf und steckte den Kopf hinaus. Tat-

sächlich, der Schrank holte wieder auf, ein dünner Mann in Lumpen hatte sich das schwere Möbel mit Hilfe eines Stirngurts auf den Rücken gewuchtet. Ohne sich vom Verkehr beirren zu lassen, zog er schwankend seines Weges.
Anna wollte gerade den Kopf zurückziehen, als ihr auf dem Bürgersteig, kaum drei Meter entfernt, ein Mann und eine Frau auffielen. Die beiden wirkten sehr vertraut, obwohl sie verschiedener nicht hätten aussehen können. Die Frau mochte Anfang zwanzig sein. Sie war mittelgroß und schlank, mit heller Haut und kohlschwarzem, zu einem dicken Zopf geflochtenem Haar. Ihre Kleidung ähnelte Annas Salwar Kameez, war allerdings bescheiden aus violett und orangefarben bedruckter Baumwolle gefertigt. An den Füßen trug sie zerrissene, mindestens zwei Nummern zu große Turnschuhe. Der Mann erinnerte Anna mit seiner sehr dunklen Haut und den tiefliegenden Augen an die Inder in Kalkutta. Im Gegensatz zu dem beinahe runden Gesicht des Mädchens waren seine Züge ausgesprochen kantig. Anna schätzte ihn etwa fünfzehn Jahre älter als seine Begleiterin. Beide wirkten erschöpft, und ihre Kleidung sah aus, als hätten sie seit Nächten darin geschlafen. Sie trugen wenig Gepäck mit sich, lediglich kleine Rucksäcke mit daraufgeschnallten Decken. Wahrscheinlich wären die beiden Anna nicht ins Auge gesprungen, hätten sie nicht einen riesigen schwarz-braunen Hund bei sich gehabt, der sich bei jedem Hupen, bei jedem Scheppern enger an die Beine der jungen Frau schmiegte, bis sie fast gestolpert wäre. Anstatt den Hund zu schelten, sprach sie beruhigend auf ihn ein und legte ihm die Hand auf den Kopf. Er war so groß, dass sie sich dafür nicht zu bücken brauchte. Dann sah die Frau auf, Anna direkt in die Augen.
Ihr Blick traf Anna wie ein Schlag. Von der plötzlich in der Luft liegenden Spannung stellten sich die Härchen auf ihren Armen auf, und sie fröstelte. Was hatte das zu bedeuten?
Der Bus fuhr wieder an. Anna verrenkte sich fast den Hals, um

die Verbindung zu der anderen Frau nicht abreißen zu lassen, und auch diese schien von ihr gebannt. Als Letztes, bevor sich das seltsame Paar im Gewühl verlor, sah Anna noch, wie der dunkle Mann die Frau behutsam am Arm fasste, um sie aus ihrer Starre zu rütteln. Dann betraten sie die Straße und waren fort, verschluckt von der durcheinanderhastenden Menge.
Anna lehnte sich zurück, erschüttert von der zufälligen Begegnung. Die Traurigkeit in den Augen der Nepalesin hatte sie ins Herz getroffen, und gleichzeitig hatte sie eine ungeheure Wut darin wahrgenommen. Anna ahnte, dass diese Frau sich niemals mit ihrem Schicksal abfinden würde, und empfand ihre eigenen Probleme plötzlich als nichtig. Sie bezweifelte, jemals eine so starke Wut gespürt zu haben wie jene, die in den Augen der jungen Frau Funken geschlagen hatte.

Eine Stunde später saß sie auf dem Beifahrersitz eines Taxis und staunte über die engen, menschenverstopften Straßen, durch die der Fahrer sie mit Verve steuerte. Zwei Minuten nach der Abfahrt vom Busbahnhof hatte Anna bereits die Orientierung verloren. Ergeben ließ sie den Stadtplan, den Ingrid ihr in der großen Buchhandlung am Chowrasta in Darjeeling gekauft hatte, auf die Knie sinken und vertraute sich dem Taxifahrer an. Vertrauen schien überhaupt das Zauberwort zu sein. Kim hatte es ihr gepredigt, und auch Ingrid hatte gesagt, sie könne sich getrost auf die Hilfsbereitschaft der Einheimischen verlassen. Beide waren davon überzeugt, dass es in Indien und Nepal prozentual weitaus weniger schwarze Schafe gab als in Deutschland. Und wenn man sie wirklich mal um ein paar Rupien betrog – wo lag das Problem? Anna hatte sich vorgenommen, diese Haltung zu verinnerlichen. Sie würde das Leben leichter machen. Nach kurzer Fahrt bog ihr Chauffeur in eine schmale Sackgasse ein und hielt vor dem unscheinbaren Eingang des letzten Gebäudes.

»Annapurna Lodge«, sagte er mit freundlichem Lächeln, stieg aus und hob Annas Rucksack aus dem Kofferraum. Sie bedankte sich und zahlte. Der verlangte Betrag erschien ihr lächerlich gering, und sie gab ihm noch einmal dieselbe Summe als Trinkgeld, woraufhin er eine Visitenkarte zückte und sie ihr mit einer leichten Verbeugung beidhändig präsentierte.
»My name Rishi. You need taxi you telephone me.«
Anna nickte. Nichts sprach dagegen.
Als der Fahrer verschwunden war, drehte sie sich um und wurde von einem einnehmenden Lächeln begrüßt. Es gehörte zu einem Mann ihres Alters, der sogar noch eine Daumenbreite kleiner war als sie. Er hatte sich den Rucksack geschnappt und stellte sich als Ramesh vor, guter Geist der Annapurna Lodge. Er gehe doch recht in der Annahme, sie wolle hier einchecken? Anna nickte glücklich. Sie hatte die Inder gemocht, aber die Nepalesen schlugen alles, was sie bisher an Freundlichkeit erfahren hatte. Zufrieden folgte sie Ramesh ins Hotel. In exakt das Hotel, in dem auch schon Bärbel und Sylvain gewohnt hatten. Alles war beengt. Die Rezeption, das Treppenhaus, die Toilettenkabinen und Duschräume, der mit dunkelgrün gestrichenen Tischen und Bänken möblierte Innenhof, ihr Zimmer. Anna war begeistert. Dies war ein Haus für Menschen ihrer Größe. Das Zimmer lag im zweiten Stock und hatte den Charme einer Puppenstube, obwohl es außer dem Bett, einem Nachtschränkchen mit Schubladen, einem wackeligen Tisch und einigen Wandhaken kein Mobiliar gab. Dunkelbraune Auslegeware bedeckte den Fußboden, helle Gardinen schützten sie vor neugierigen Blicken von der offenen Galerie, die statt eines innen liegenden Flures die Zimmer miteinander verband. Die Wände waren so dick wie ihr Arm lang, und es bereitete ihr keine Mühe, die Zimmerdecke mit den Handflächen zu erreichen. Sie hatte Rameshs Erklärungen entnommen, dass das Haus nach traditioneller Bauweise errichtet war und die dicken Wände und die

niedrige Decke sowohl in heißen als auch in kalten Nächten für erträgliche Temperaturen sorgten. Natürlich gab es keine Heizung.

Anna packte ihren Rucksack aus und dankte Kim im Stillen dafür, dass er ihre Sachen sortiert hatte. Sie hätte ihren ganzen Krempel nie und nimmer in diesem Zimmerchen untergebracht, auch so musste sie das meiste auf der freien Seite ihres Doppelbetts stapeln. Sobald sie fertig war, zog sie sich aus, wickelte sich in ein Handtuch und ging zur Gemeinschaftsdusche. Sie war kalt. Anna hätte singen mögen, als sie sich in Windeseile abseifte und abspülte. Langsam, aber sicher wurden kalte Duschen für sie zu einem Symbol für Freiheit und Abenteuer. Durchgefroren eilte sie in ihr Zimmer zurück und ließ sich ins Bett plumpsen. Nach der anstrengenden Busfahrt wollte sie sich ein Nickerchen erlauben, bevor sie sich auf Spurensuche begab. Kurz bevor sie einschlief, fragte sie sich, ob sie wohl in diesem Bett gezeugt worden war.

33

Tara?«
Achals Stimme drang nur langsam zu ihr vor. Noch einmal sprach er leise ihren Namen und legte kurz die Hand auf ihren Arm. Die Berührung brachte sie dazu, sich von dem Busheck loszureißen, auf dem in riesigen Buchstaben etwas stand, das sie gern hätte entziffern können.

»Was ist mit dir? Hast du jemanden erkannt?«, fragte Achal.

Tara schüttelte den Kopf. »Nein, das nicht. Aber da war eine Frau, eine junge Frau. Ich glaube, eine Ausländerin. Hast du sie nicht gesehen?«

Achal verneinte. Er hatte die ganze Zeit den Verkehr beobachtet, um Tara und den Hund sicher über die Straße zu geleiten. Seit sie die Vororte der Stadt erreicht hatten, war seine Begleiterin zunehmend nervöser geworden. Er wusste, dass dies ihr erster Besuch in der Hauptstadt war, und konnte sich ihre Überforderung angesichts des lärmenden Durcheinanders vorstellen. Er kam selbst vom Land und erinnerte sich mit Schrecken an seinen ersten Besuch in Kathmandu. Seitdem waren allerdings zwanzig Jahre vergangen, und die Stadt hatte ihre Einwohnerzahl vervielfacht.

»Du wirst dich nicht geirrt haben. Es gibt viele Ausländer in Kathmandu. Aber nun komm, wir haben noch ein ordentliches Stück zu laufen. Oder möchtest du ein Taxi nehmen?«

Tara wehrte ab. »Viel zu teuer. Jetzt bin ich so viele Tage gewandert, da kommt es auf eine Stunde mehr oder weniger nicht mehr an.« Sie versuchte ein Lächeln. »Ich bin nur ein dummes Dorfhuhn. Gib mir etwas Zeit, um mich zurechtzufinden.«

Gemeinsam eilten sie über die Straße. Auf der anderen Seite tauchten sie erneut in den Schatten hoher Häuser. Tara blickte ungläubig nach oben zu dem schmalen Streifen milchigen Blaus zwischen den Dächern. Wie ein Fluss, dachte sie, nur fließt er nicht über die Erde, sondern über den Himmel. In den Häusern lebten die Menschen übereinander, in drei oder vier Stockwerken, und Tara kam es vor, als seien in jedem einzelnen der Häuser so viele von ihnen zusammengepfercht, wie Raato Danda Einwohner hatte. Mit traumwandlerischer Sicherheit führte Achal sie durch die engen Straßen, vorbei an Läden und Tempeln und Wohnhäusern. Die überbordende Fülle der Waren, das Klingeln und Hupen, der schwere Geruch nach Menschenleibern, verrottendem Obst und Räucherstäbchen brandete erbarmungslos gegen Taras überreizte Sinne an, bis sie den Blick fest auf Achals Rücken heftete und sich von ihm führen ließ. Sie war entsetzlich müde – an die Stadt konnte sie sich auch morgen gewöhnen.

Stattdessen grübelte sie über die seltsame Fremde in dem Bus nach. Bisher hatte Tara erst ein einziges Mal in ihrem Leben Touristen gesehen, und auch das nur kurz. Vor vier oder fünf Jahren, genau wusste sie es nicht mehr, hatte sie ihre Mutter und Bahadur zum Einkaufen nach Gorkha begleitet. Damals war ihr die Provinzhauptstadt mit ihren zwölftausend Einwohnern unfassbar riesig erschienen. Die Touristen waren erschreckend groß und breit gewesen, mit hellen Haaren und rosafarbenen Gesichtern. Sowohl die Männer als auch die Frauen hatten kurze Hosen getragen, und Tara hatte verwundert auf die bloßen Beine der Touristen gestarrt, die schwatzend die steilen Stufen zum alten Königspalast hinaufstapften. Keine Nepalesin, welcher Kaste sie auch angehörte, hätte jemals ihre Beine gezeigt, aber anstatt die Touristen zu tadeln, verabreichte ihre Mutter Tara eine Ohrfeige für ihr unhöfliches Glotzen. Bahadur hatte gelacht. So seien die Fremden nun mal, hatte er gesagt. Wasserbüffeln gleich, scherten sie sich um gar nichts, waren jedoch gutmütig und oft sehr nett. Er musste es wissen, hatte doch die Familie alles Geld zusammengekratzt, um ihn für zwei Jahre zur Schule in Pokhara zu schicken. Er sprach ein wenig Englisch und hatte bestimmt viele Touristen kennengelernt.

Die Frau in dem Bus hatte keine Ähnlichkeit mit einem Wasserbüffel gehabt, eher mit einem jederzeit fluchtbereiten Vogel. Die Blässe ihrer Haut, noch unterstrichen von ihren offen getragenen Haaren, nicht hell, sondern dunkel wie die einer Nepalesin, hatte sie zerbrechlich wirken lassen. Die Frau musste einige Jahre älter sein als sie selbst, und doch meinte Tara eine mädchenhafte Unsicherheit in ihren riesigen Augen gesehen zu haben.

Und da war noch etwas gewesen, etwas schwer Greifbares. Es war, als hätte die Frau sie erkannt. Nicht, wie man jemanden wiedererkennt, den man lange nicht gesehen hat, sondern, als hätte die Frau Taras Inneres erkannt. Genau wie sie selbst einen Blick in die Seele der anderen geworfen hatte. Tara erschauderte unwillkürlich. Es war eine Verbindung entstanden, dessen war sie sich sicher, auch wenn ihr beim besten Willen nichts einfiel, was sie mit einer Frau aus einem fernen Land gemeinsam haben sollte.

Beinahe wäre Tara in Achal hineingelaufen. Er war stehengeblieben und wies auf einen unter einem Haus hindurchführenden Gang. Am anderen Ende des düsteren Tunnels schimmerte Licht.

»Wir sind da«, sagte er und tauchte in den Gang ab. Tara folgte ihm in einen kleinen Innenhof, wo eine Frau in ihrem Alter die Kleidung der Familie wusch. Die Frau grüßte, strich sich dann mit dem Unterarm eine gelöste Haarsträhne aus dem Gesicht und widmete sich wieder ihrer Arbeit. Durch die geöffneten Fenster hörte Tara Töpfeklappern und Gesprächsfetzen in Newari, einer ihr unverständlichen Sprache. Eine Mutter schimpfte offenbar mit ihrer greinenden Tochter, während aus einem anderen Raum die Töne eines nepalesischen Schlagers drangen, lautstark begleitet von der piepsigen Stimme eines Jungen. Tara atmete auf. Diese Geräuschkulisse erinnerte sie an ihr Dorf. Den Autolärm hatten sie glücklicherweise auf der Straße zurückgelassen.

Achal gönnte ihr keine Pause und stürmte in die dem Gang gegenüberliegende Tür und das Treppenhaus hinauf. Im zweiten Stock klopfte er an eine Tür, die kurz darauf von einer ergrauten Frau mittleren Alters aufgerissen wurde. Sie stieß einen überraschten Ruf aus, dann griff sie nach Achals Händen und drückte sie herzlich.

»So bald? Seit wann seid ihr wieder in der Stadt? Wo ist mein Sohn?« Bevor Achal antworten konnte, entdeckte die Frau Tara, die sich im Halbdunkel des Treppenhauses gegen die Wand gepresst hatte.

»Und wer ist diese schüchterne junge Dame?« Sie senkte die Stimme. »Braucht sie eine sichere Bleibe?«

Achal rollte zustimmend den Kopf wie eine liegende Acht hin und her. »Lass uns nicht im Treppenhaus darüber sprechen.«

»Recht hast du. Komm«, sagte die Frau und komplimentierte Tara in die Wohnung. Erst jetzt entdeckte sie den Hund und runzelte die Stirn. »Muss das sein?«

»Er ist ein Held«, antwortete Achal. »Ich würde ihn ungern sich selbst überlassen.«

Gleich im ersten Raum staunte Tara über ein großes Sofa, das so prächtig aussah, als gehöre es in einen Palast. Die Grauhaarige bot Tara einen Platz auf dem Prunkstück an, aber Tara lehnte ab. Der hellgrundige Blumenstoff des Bezugs war zu kostbar für ihre schmutzige Kleidung.

»Was für ein Unsinn. Das ist ein ganz normales Sofa, und das jüngste ist es auch nicht mehr. Im Übrigen auch nicht das sauberste«, sagte die Frau augenzwinkernd. »Aber du sollst deinen Willen haben. Möchtest du dich waschen und umziehen?«

»Sehr gern. Ich befürchte allerdings, dass auch meine andere Kurtha ziemlich verschmutzt ist. Wir waren lange unterwegs.« Sie konnte ein Gähnen nicht mehr unterdrücken. »Entschuldigung.«

»Das macht nichts. Ich zeige dir jetzt dein Bett und das Badezimmer, und dann legst du dich erst mal hin. Achal kann mir in der Zwischenzeit alles erzählen. Wenn er nicht selbst schon mit dem Schlaf liebäugelt.«

»Keine Angst, ich bleibe wach und befriedige deine Neugierde«, sagte Achal. Er hatte weniger Hemmungen gehabt und sich lang ausgestreckt des Sofas bemächtigt. Achal benimmt sich, als sei er hier zu Hause, dachte Tara verwundert. Aber mit dieser Dame kann er nie und nimmer verwandt sein, sie sieht ihm überhaupt nicht ähnlich. Bevor sie den Faden weiterspinnen konnte, nahm die Frau sie bei der Hand und führte sie in einen Flur, von dem drei weitere Türen abgingen. Im Zimmer hinter der ersten Tür standen drei Betten, ein Schrank und ein winziger Tisch.

»Meins ist das rechte Bett, nimm du das unterm Fenster. Die Männer schlafen im anderen Zimmer. Und jetzt das Bad.«

Die letzte Tür führte in die Küche. Auch hier stand ein Bett, das tagsüber als Sitzgelegenheit diente. Ein Badezimmer, so winzig, dass man unmöglich darin hätte umfallen können, war in eine Ecke des Raums eingezogen worden. Tara staunte. Eine Toilette und Waschgelegenheit im Haus, in der eigenen Wohnung sogar? Wer im Dorf hatte davon je gehört? Die Frau musste ungeheuer reich sein, dass sie sich so etwas leisten konnte.

Eine halbe Stunde später kuschelte sie sich unter eine warme Decke und ließ sich von dem aus dem Wohnzimmer dringenden Stimmengemurmel in den Schlaf singen. Das erste Mal seit ihrem Aufbruch aus Raato Danda fühlte sie sich wirklich sicher.

34

Lautes Scheppern auf dem Balkongang vor ihrem Zimmerfenster weckte Anna aus einem wirren Traum von Schneeleoparden, Hunden und Bussen. Auch wenn sie sich beim Aufwachen nicht mehr an etwas Konkretes erinnern konnte, war sie doch froh, dem Traum entkommen zu sein, angenehm war er nicht gewesen. Lieber hätte ich von Kim geträumt, dachte Anna und reckte sich. Das Nickerchen hatte trotzdem gutgetan, sie fühlte sich wach und hungrig. Draußen wurde es schon dämmrig, Zeit fürs Abendessen. Sie setzte sich auf – und kroch sofort wieder unter die Decke. Das Zimmer war eiskalt. Sie benötigte zwei weitere Anläufe, bis sie sich überwinden konnte, aufzustehen. Bibbernd tastete sie nach dem Lichtschalter neben der Tür.

Der Wecker zeigte halb sieben. Morgens. Sie hatte kein Nickerchen gehalten, sondern fünfzehn Stunden geschlafen. Umso besser, dachte Anna, dann kann der Tag nur schön werden. Gutgelaunt schlüpfte sie in ihre Badelatschen, zog sich die Fleecejacke über den Schlafanzug und schnappte sich die Zahnbürste und den letzten Rest Toilettenpapier. Die Zähne putzte sie sich draußen auf der Galerie – neben den Duschräumen gab es ein Waschbecken und einen Spiegel, den einzigen weit und breit. Während Anna die Bürste kreisen ließ, lehnte sie sich auf die Brüstung und genoss die knisternd kalte Luft. Die Welt lag noch im Schatten, aber die Sonne hatte den Himmel schon mit Pastelltönen gestrichen.

»Anna!«

Sie sah erstaunt nach unten. Zwischen den Tischen im Hof stand Ramesh, eine Pudelmütze auf dem Kopf und in einem viel zu großen Fleecepullover, und winkte ihr zu. Anna winkte zurück. Es freute sie ungemein, dass sich der gute Geist des Hauses ihren Namen gemerkt hatte. Langsam verstand sie, warum manche Reisende die luxuriösen Vier- oder Fünf-Sterne-Hotels verschmähten und lieber die Unbequemlichkeiten eines einfachen Mini-Hotels in Kauf nahmen. Es gab vieles, was mit Geld nicht zu bezahlen war.

»Kommst du zum Frühstück?«, fragte Ramesh auf Englisch und versenkte seine Hände wieder in den Taschen.

Weil sie den Mund noch voller Schaum hatte, nickte sie ihm nur zu. Zehn Minuten später saß sie dick eingepackt im Hof, dessen Wände mit Blumenampeln und Bildern von Hindugöttern dekoriert waren. Ein Junge von vielleicht dreizehn Jahren brachte ihr dampfenden Milchtee und eine Schüssel Müsli mit Joghurt. Aus der Schüssel strahlte ihr ein aus Mandarinenscheiben und Granatapfelkernen gestaltetes Smiley entgegen. Anna sah es als gutes Omen, dass selbst das Müsli ihr einen guten Morgen wünschte. Sie ließ sich Zeit, las in ihrem von Ingrid geliehenen deutschsprachigen Reiseführer, studierte die Karte und entwarf einen Plan für den Tag. Erst als sie sich erhob, trudelten die nächsten Gäste in dem Hof ein, ein Ehepaar, das sich in einer Sprache unterhielt, die Anna überhaupt nicht einordnen konnte. Finnisch? Norwegisch? Sie grüßte die beiden und verließ die Annapurna Lodge, um einen ersten Spaziergang zu machen.

Eine Stunde später stand Anna vor einem winzigen Kiosk schräg gegenüber der Annapurna Lodge. Sie hatte sich im Viertel umgesehen und dabei beinahe verlaufen, bis ein dringendes Bedürfnis sie zur Umkehr zwang. Bevor sie sich ins Hotel zurückziehen konnte, fehlte aber noch etwas Essenzielles.

»Do you sell toilet paper?«

»Sure.« Der hochgewachsene Nepalese hinter dem Verkaufstresen bückte sich und förderte tatsächlich eine einzelne Rolle zutage. »Do you need anything else?«

»Yes.« Anna inspizierte hilflos seine Auslage. Feuerzeuge, Schokolade, Bonbons, Zigaretten, Seife, bestickte Portemonnaies, selbstklebende Bindis, Haarspangen, Handtücher, nichts, was es nicht gab. Außer Zahnpasta. Und dafür fiel ihr das englische Wort nicht ein. »Zahnpasta«, murmelte sie, »verdammt noch mal, das kann doch nicht so schwer sein.«

»Toothpaste«, soufflierte der junge Mann lachend. »Wenn Sie möchten, können wir uns auch auf Deutsch unterhalten.«

Vor Verblüffung blieb Anna stumm.

»Welche möchten Sie?« Binnen Sekunden zauberte er aus seiner Vier-Quadratmeter-Wunderhöhle drei Tuben hervor und hielt sie Anna entgegen. Sie zeigte auf eine Tube mit der Aufschrift »Mega White«. Vielleicht war dies das Geheimnis der beneidenswert weißen Zähne, die selbstverständlich auch den hilfsbereiten Kioskbesitzer auszeichneten.

»Darf ich Sie zu einem Tee einladen?«, fragte der Mann, nachdem Anna bezahlt hatte. »Mein Deutsch braucht eine Auffrischung.«

Anna hatte ihre Sprache wiedergefunden. »Sehr gern«, sagte sie und zeigte grinsend auf ihr Klopapier. »Aber später, in Ordnung?«

Die schmale Seitengasse badete in Licht, als sie wieder aus ihrem Zimmer herunterkam. Die Winterkälte des Morgens war milden Temperaturen gewichen, denen Anna mit ihrem türkisfarbenen Salwar Kameez die Ehre erwies. Einige Jungen im Kindergartenalter tobten mit einem Fußball durch die Gasse und krakeelten ihre Lebensfreude in die Welt. Auch der Kioskbesitzer war seiner schattigen Höhle entflohen und hatte sich einen Hocker vor den Laden gestellt. Neben ihm lehnte Ramesh, ohne Jacke, aber noch immer mit der Mütze auf dem Kopf.

»Toll sehen Sie aus. Warten Sie, ich hole den Tee«, kommentierte der Kioskbesitzer Annas Aufzug und verschwand in der dunklen Türöffnung des Hauses gegenüber. Ein paar Minuten später tauchte er mit einem Hocker in der Hand und einer kleinen Frau im Schlepptau wieder auf. Die Frau balancierte ein Tablett mit vier Teegläsern und bot sie reihum an, bevor sie selbst ein Glas nahm und Anna über den Rand scheu anlächelte.

»Ich möchte Ihnen meine Frau Kopila vorstellen. Sie heißt Sie willkommen, kann es Ihnen aber leider nicht selbst sagen, da sie nur Nepalesisch spricht. Ich heiße übrigens Uma. Umakant, um genau zu sein. Und der dort« – er zeigte stolz auf einen Fußballspieler mit entzückenden, vor Anstrengung rot leuchtenden Segelohren – »ist mein Sohn Siddhartha. Kushum, die Ältere, ist in der Schule.«

Anna stellte ihr Glas beiseite und legte die Handflächen aneinander, wie sie es bei den Einheimischen beobachtet hatte. »Ich bin Anna. Annapurna, um genau zu sein.« Zum ersten Mal nahm sie den von ihrer Mutter gewählten Namen für sich in Anspruch. Erstaunlicherweise fühlte es sich genau richtig an.

»Annapurna?« Uma zog die Brauen in die Höhe.

Anna nickte.

»Ein ungewöhnlicher Name für eine Europäerin«, bemerkte er, ließ es aber auf sich beruhen. Sobald die Teegläser geleert waren, sammelte Kopila sie ein und ging wieder ins Haus. Ramesh verabschiedete sich ebenfalls, seine Pflichten riefen ihn in die Lodge. Anna setzte sich auf den Hocker, lehnte sich gegen die Hauswand und schloss die Augen. Es war erstaunlich, wie viel Kraft die Sonne trotz des weit vorangeschrittenen Jahres noch besaß – immerhin befand sich Kathmandu in beinahe anderthalbtausend Metern Höhe. In Darjeeling war es wesentlich kälter gewesen.

Der Mann namens Uma beschäftigte sie. Er wirkte ausgesprochen seriös, und dass er ihr sofort seine Familie vorgestellt hatte, beruhigte sie. Sie überlegte, ob sie ihn ins Vertrauen ziehen sollte, auch wenn es übereilt sein mochte. Aber war es das tatsächlich? Hier schien man schnell Freundschaften zu schließen, und Uma mit seinen Deutschkenntnissen konnte sich als ein Glücksfall herausstellen. Sie hatte sich schon gefragt, an wen sie sich überhaupt wenden sollte, denn Deutsch und Französisch halfen ihr in diesem Land nicht weiter.

Anna öffnete die Augen und räusperte sich. »Darf ich Sie etwas fragen?«

»Natürlich.«

»Warum sprechen Sie so gut Deutsch? Wo haben Sie es gelernt?«

»Das ist eine lange Geschichte, aber ich kann sie abkürzen: Ich habe mehrere Jahre als Assistent eines deutschen Fotografen gearbeitet. Wir sind gemeinsam durch Indien gereist und haben uns gegenseitig unsere Sprachen beigebracht.«

»Toll«, sagte Anna bewundernd. Dann fasste sie sich ein Herz. »Wir kennen uns zwar erst seit ein paar Minuten, aber ich benötige Hilfe. Die Sache hängt übrigens mit dem Namen Annapurna zusammen.«

»Ich dachte mir schon, dass eine Geschichte dahintersteckt. Erzählen Sie sie mir, dann sehen wir weiter. Wenn ich Ihnen helfen kann, werde ich es gern tun.«

»Seid ihr Nepalesen alle so?«, platzte Anna heraus.

»Was meinen Sie mit ›so‹?«

»So nett, so hilfsbereit.« Anna suchte nach Worten. »So liebenswert.«

Er freute sich offensichtlich über ihre Worte. »Nun, alle bestimmt nicht«, sagte er lächelnd. »Aber ich danke Ihnen für das Kompliment. Für die meisten Nepalesen sind Sie nämlich etwas Besonderes: ein Gast. Gäste haben bei uns den gleichen Stellenwert wie ein Gott. Und nun schießen Sie los. Sie haben mich neugierig gemacht.«

Es dauerte lange, bis Anna die Geschichte ihrer Mutter erzählt hatte. Umakant musste sie einige Male unterbrechen, um seine Kunden zu bedienen, aber auch Anna sorgte für Verzögerungen. Immer wieder verhaspelte sie sich, und zwei- oder dreimal zwang ein Kloß im Hals sie zum Pausieren. Als sie ihren Bericht beendet hatte, fühlte sie sich freier, das Atmen fiel ihr wieder leicht.

»Wie traurig, dass Sie Ihren Vater nie kennengelernt haben«, sagte Umakant. »Wie kann ich Ihnen helfen?«

»Sie waren sicher selbst erst ein kleines Kind, als meine Eltern in Kathmandu lebten, aber vielleicht kennen Sie Leute, die damals in ihrem Alter waren? Leute, die in der Freakstreet gearbeitet haben? Ich würde gern mit ihnen über die Hippies sprechen, um zu verstehen, was meine Mutter und Sylvain hier suchten. Mit etwas Glück erinnert sich sogar jemand an sie.«

»Da müssten Sie eine Menge Glück haben. Aber versuchen sollten wir es trotzdem.«

Anna strahlte. »Das heißt, Sie kennen jemanden?«

»Natürlich, ich lebe schließlich in diesem Viertel. Ich werde mich umhören. Bestimmt hat der eine oder andere Zeit und Lust, sich mit Ihnen zu unterhalten.«

»Wie wunderbar! Vielen, vielen Dank!«

»Nichts zu danken. Es ist mir eine Ehre, der Göttin der Fülle zu helfen.«

»Göttin der Fülle?«

»Annapurna. Wussten Sie nicht, dass Sie den Namen einer Göttin tragen? Annapurna ist die nahrungsspendende Göttin.«

»Ich wusste, dass Annapurna eine Göttin ist, aber nicht, welche. Ob meine Mutter ihre Bedeutung kannte?«

»Diese Frage vermag ich nicht zu beantworten.«

In dem Moment wirbelte ein etwa achtjähriges Mädchen heran und fiel Uma um den Hals. Als sich die Kleine von ihm löste, musterte sie Anna neugierig und streckte ihr dann höflich die Hand entgegen. »My name is Kushum.« Sofort wirbelte sie weiter, zum Haus hinüber. Zwei Minuten später steckte sie ihren Kopf aus einem der Fenster im ersten Stock und rief ihrem Vater etwas auf Nepalesisch zu. Uma erhob sich. »Das Essen ist fertig, ich gehe besser hinauf. Sehen wir uns später?«

»Auf jeden Fall. Warten Sie, mir fällt noch etwas ein. Wenn Sie Ihre Freunde besuchen, könnten Sie sie nach einem Deutschen namens Achim Bendig fragen? Er müsste jetzt etwa sechzig Jahre alt sein. Vielleicht lebt er noch in Kathmandu.«

»Natürlich.« Uma fischte seinen verschwitzten Sohn aus der Meute der kleinen Fußballspieler heraus und wandte sich zum Gehen. »Bis später dann. Ich wünsche Ihnen einen spannenden Tag in Kathmandu!«

35

Zum ersten Mal seit vielen Wochen konnte Tara die Nacht durchschlafen. Sie hatte weder die Gastgeberin ins Bett kommen hören noch die Ankunft des Hausherrn und eines weiteren Mannes bemerkt, der ebenfalls Schutz unter dem gastfreundlichen Dach der Wohnungsbesitzer gefunden hatte. Die Welt erschien ihr warm und wohlgesinnt, als sie am nächsten Morgen die Beine aus dem Bett schwang, und sie nahm es als gutes Zeichen, dass sie von ihrer Schwester geträumt hatte, einen lebhaften, hellen Traum.

In der Küche bekam Tara von der Gastgeberin eine Tasse Milchtee und einen Teller Dhal Bhat, dann wurde sie ins Wohnzimmer geschickt.

»Beeil dich, Mädchen, gleich werden die Nachrichten gesendet. Ich komme in einer Minute nach.«

Tara gehorchte verwundert. Die Nachrichten wurden gesendet? Sie hatte nicht die geringste Idee, was damit wohl gemeint war. Neugierig öffnete sie die Tür zum Wohnzimmer. Achal und ein älterer Herr, wahrscheinlich der Mann der Grauhaarigen, saßen auf dem prächtigen Sofa, drei jüngere Männer und eine Frau von etwa fünfzig Jahren hatten es sich auf dem abgenutzten Teppich bequem gemacht. Alle verfolgten das Geschehen im Fernseher. Tara suchte sich leise einen freien Platz und ließ sich im Schneidersitz nieder. Sie wusste, was ein Fernseher war, aber mehr als einen kurzen Blick hatte sie noch nie auf das bunte Gewimmel hinter der Glasscheibe werfen können. In Raato Danda und den umliegenden Dörfern gab es keinen Strom und demzufolge auch keine Fernseher.

Im Moment berichtete eine hübsche Frau von brutalen Übergriffen der Maoisten, ihrer Wortwahl zufolge nichts anderes als

Verbrecher. Dann wurden Bilder von zwei toten Polizisten vor einem Haus gezeigt, zerfetzt von Gewehrkugeln. Eine schreiende Frau, ein kleines Kind an ihrem Sari festgekrallt, wurde von den Toten fortgezogen.
Nach den verstörenden Bildern erschien wieder die hübsche Frau auf dem Bildschirm und erzählte von Dingen, die Tara so fern waren wie der Mond. Um fremde Länder ging es, um Wirtschaftszahlen und ein Zugunglück irgendwo in Indien. Sie hörte nicht mehr hin, zu sehr beschäftigten sie die Bilder der Toten. Obwohl ihr jüngerer Bruder Biraj angeschossen worden war, hatte sie den Gedanken an Tod und Gewalt bisher weit von sich geschoben. Die Maoisten wollten doch das Gute, aber nun nannte die Frau sie Verbrecher und Mörder. Ein Schauer lief ihr über den Rücken. Konnte Bahadur, ihr ernster und rechtschaffener Bruder, ein Mörder sein? Biraj und all die anderen aus dem Dorf? Waren sie Mörder? Ihre Kehle schnürte sich zu. War Sarung ein Mörder?
Sie warf einen hilflosen Blick zu Achal. Auch er? Und die anderen in diesem Raum? Hatten sie alle schon getötet? Achal fing ihren Blick auf und schien den Tumult in ihrem Kopf zu spüren. Er erhob sich von seinem Ehrenplatz auf dem Sofa und kniete neben ihr nieder.
»Ist dir nicht gut?«
»Nein«, stammelte sie.
»Möchtest du einen Spaziergang machen? Ich zeige dir die Stadt, während wir reden. Die Nachrichten haben dich ziemlich aufgewühlt, nicht wahr?«
Tara nickte. Froh, der Enge der Wohnung zu entkommen, folgte sie Achal auf die Straße, wo sich einige Kinder im Straßenstaub um ein Spielzeug balgten. Achal erklärte ihr, dass sie sich im Jaisidewal-Viertel südlich des Stadtzentrums befanden. Er bat sie, sich auf den Weg zu konzentrieren, und wies sie auf Orientierungspunkte hin: ein Teehaus mit blaugestrichener

Eingangstür, ein Schrein für den affenköpfigen Gott Hanuman, ein Barbierladen. Nachdem sie mehrmals die Richtung gewechselt hatten, öffnete sich die Gasse zu einem Platz. Tara hielt den Atem an: Im Zentrum des Platzes erhob sich ein riesiger Tempel. Eine Stufenpyramide aus rosenfarbenen Ziegeln türmte sich bis auf zehn Meter Höhe oder mehr. Auf der obersten Plattform der Pyramide stand der Raum für den Schrein, und über diesem gipfelten drei übereinander angeordnete Dächer.

»Das ist der Jaisidewal-Tempel«, erklärte Achal. »Hast du dir den Weg vom Haus bis hierher eingeprägt?«

Tara bejahte, noch ganz gefangen in dem prächtigen Anblick.

»Gut. Solltest du dich in Kathmandu verlaufen, frag nach diesem Tempel, jeder kennt ihn. Sobald du hier bist, findest du zurück. Für den Fall, dass es trotzdem schiefgeht, schreibe ich dir die Telefonnummer unserer Gastgeber auf. Dann rufst du uns an, und wir holen dich ab, wo auch immer du bist.«

»Vielen Dank«, sagte Tara.

»Wollen wir uns auf die Stufen setzen?« Ohne eine Antwort abzuwarten, führte er Tara zum Tempel, wo sie sich auf einer der oberen Stufen niederließen. Der Hund streckte sich neben ihr in der Sonne aus. Sie hatte ihn in der Wohnung lassen wollen, doch er hatte einen derartigen Aufruhr veranstaltet, dass ihr nichts anderes übriggeblieben war, als ihn mitzunehmen.

»Was ist mit dir?«, fragte Achal, als sie saßen.

Tara knetete nervös ihre Finger. »Diese Nachrichten«, sagte sie schließlich stockend, »die waren echt, oder? Die Maoisten haben tatsächlich die Polizisten umgebracht?«

»Ja.«

»Warum? Was haben sie euch getan? Hast du die Frau des Polizisten gesehen? Sie war so verzweifelt! Nun steht sie ganz allein da. Das kann doch nicht richtig sein.«

»Es herrscht Krieg, Tara. Im Krieg sterben Menschen. Ich weiß nicht, ob diese Polizisten uns persönlich etwas getan haben, wie du es bezeichnet hast, aber sie stehen auf der anderen Seite, also sind sie unsere Feinde. Wer sich auf eine Seite stellt, egal welche, muss damit rechnen, zu sterben.«

»Auch meine Brüder«, flüsterte Tara.

»Ja, auch die. Und vielleicht auch du. Auch Sarung. Und ganz sicher auch ich, aber ich kenne den Preis und bin bereit, für diese Sache zu sterben – und zu töten. Meine Kinder sollen in einem anderen Nepal aufwachsen. In einem Land, das ihnen die Möglichkeit gibt, zu lernen, zu arbeiten, etwas Großes zu werden, wenn sie das Zeug dazu haben.«

»Du hast Kinder?«

»Zwei.« Mehr wollte Achal offensichtlich nicht zu dem Thema sagen, aber Tara las aus seiner Miene, dass der Gedanke an die Kinder ihm weh tat.

»Die Frau im Fernsehen hat gesagt, es sei ein Hinterhalt gewesen. Das ist Mord, aber kein ehrlicher Kampf«, sagte Tara.

»Ehrlich?«, wiederholte Achal, und Tara erschrak über die plötzliche Wut in seiner Stimme. »Was ist denn ehrlich? Sind die anderen ehrlich? Wenn sie uns belügen und betrügen, wenn sie Menschen verschleppen? In den letzten Monaten sind Dutzende, wenn nicht Hunderte verschwunden, und nur wenige sind wieder aufgetaucht – gefoltert und gebrochen. Und ist es nicht auch Mord, sich Geld in die eigene Tasche zu stecken, das für den Bau von Krankenstationen bestimmt war? Wie viele Menschen könnten noch leben, wenn sich ein Arzt um sie gekümmert hätte, wenn genügend Medikamente zur Verfügung gestanden hätten? Du hast mich nach meinen Kindern gefragt. Ich habe zwei, weil zwei überlebt haben. Die anderen beiden sind am Durchfall gestorben.«

»Das wusste ich nicht.«

»Woher solltest du es wissen?«, sagte er bitter. »Ich rede selten darüber. Ich handle lieber.«

Tara nahm ihren Mut zusammen. »Hast du schon mal einen Menschen getötet?«, fragte sie leise.
Achal sah zu Boden. Sein Schweigen war Antwort genug.
»Bist du mir böse? Ich musste es einfach wissen.«
»Wie könnte ich dir böse sein? Du ahnst nicht, wie sehr auch mich diese Fragen quälen. Aber ich habe meine Entscheidung getroffen, nun muss ich dazu stehen.«
»Sind die Leute im Haus auch Rebellen?«
»Ja.«
»Sie sind doch aber reich!«
»Reich? Wie kommst du darauf?«
»Die große Wohnung, der Fernseher.« Tara zuckte die Schultern. »Einfach alles.«
»Ach, Tara.« Achal machte Anstalten, ihre Hand zu ergreifen, unterließ es dann aber. »Sarungs Eltern sind nicht reich. Arm sind sie natürlich auch nicht, aber selbst sie haben heutzutage Schwierigkeiten, über die Runden zu kommen. Sarungs Vater arbeitete an der Universität, aber er wurde vor die Tür gesetzt, nachdem er sich zu offen über die Veruntreuung von Hilfsgeldern äußerte, und seine Mutter ist Lehrerin.«
»Sarungs Eltern!« Taras Herz klopfte schneller. Wie hatte sie die Ähnlichkeit zwischen dem Hausherren und dem jungen Rebellenführer übersehen können? »Erzähl mir mehr.«
»Ihre Namen werde ich dir auf keinen Fall verraten. Außer mir kennt sie niemand, damit sie nicht in Gefahr geraten. Was soll ich dir erzählen?«
»Warum sie den Rebellen helfen. Und ich möchte gern mehr über Sarung wissen.«
»Seine Eltern machen mit, weil sie die Ungerechtigkeiten leid sind. Sie sind viel schlauer als ich und die meisten von uns, und deshalb können sie den Dingen auch besser auf den Grund gehen. Wer weiß, vielleicht wird Sarungs Vater einmal Minister im neuen Nepal. Um Sarung haben sie natürlich Angst, aber sie

akzeptieren seine Entscheidung. Er hat in Indien studiert und ist zurückgekommen, um zu kämpfen.«

»Er hat studiert«, murmelte Tara. Sarung hatte eine Saite in ihr zum Klingen gebracht, aber die winzige Hoffnungsflamme, auch der junge Rebellenführer könnte sich für sie interessieren, erstickte bei dieser Eröffnung. Sie war nur ein ungebildetes Bauernmädchen, zwischen seiner und ihrer Welt lag mehr als nur ein hoher Gebirgspass. Mit einem Seufzer verabschiedete sie sich von dem unmöglichen Traum, den sie während der endlosen Wanderstunden der letzten Tage im Verborgenen gehegt hatte. Sie war schließlich nicht zum Vergnügen hier. Ihre Schwester war wichtiger als alles andere.

Andererseits bezeichnete Sarung Achal selbst über die eigentlich unüberbrückbaren Kastengrenzen hinweg als seinen besten Freund. »Wie hast du Sarung kennengelernt?«

»Oh, das ist lange her, beinahe zwanzig Jahre. Ich war damals dreizehn und mit dem Segen meines Vaters nach Kathmandu gekommen, um mein Glück zu suchen. Nun, ich habe es gefunden, aber erst nachdem ich ganz unten angekommen war. Niemand wollte mir Arbeit geben, mir, einem Kamis. Ich hielt mich als Schuhputzer über Wasser, mehr schlecht als recht. Geschlafen habe ich auf der Straße, was mir viel Ärger mit der Polizei einbrachte. Eines Morgens wurde ich wieder einmal von den Fußtritten eines unter den Straßenjungen als besonders brutal verschrienen Polizisten geweckt. Ich hatte furchtbare Angst, weil ich kein Geld besaß, um ihn zu besänftigen. Ich versuchte ihm zu erklären, dass ich in den letzten Tagen keine Kunden hatte finden können, doch er riss mich einfach hoch. Plötzlich stand ein etwa zehnjähriger Junge vor uns. Gutgekleidet, Honighaut, mit Sicherheit einer der höheren Kasten zugehörig. In seinen Augen kochte eine solche Wut, dass wir ihn nur anstarren konnten. ›Lassen Sie meinen Freund in Ruhe!‹, herrschte er den Polizisten an. Der lachte ihm ins Gesicht, aber dann trat eine Frau hinzu: Sarungs Mutter. ›Wenn mein Sohn sagt, dieser Junge sei sein Freund, werden Sie es doch nicht anzweifeln?‹, zischte sie kalt, und tatsächlich ließ der Polizist mich in Ruhe. Die beiden nahmen mich mit zu sich nach Hause. Sarung ist ein Einzelkind, und so entschlossen sich seine Eltern, mich wie seinen Bruder zu behandeln. Ich verbrachte die nächsten fünf Jahre bei Sarungs Familie und bekam eine Schulbildung, bevor ich wieder in die Berge zurückging, um die von meinem Vater für mich ausgewählte Frau zu heiraten. Du siehst, Sarung und seine Eltern waren schon immer anders. Es gab viel Gerede, vor allem, weil ich unrein bin, aber sie störten sich nicht daran.«

Eine Viertelstunde später verließen sie den Tempel. Achal verabschiedete sich von Tara, da er zu einem Treffen musste, bei dem sie nicht dabei sein durfte. Er ermutigte sie, in die Innenstadt zu gehen und sich umzusehen. Dann drückte er ihr ein Bündel Rupien in die Hand.

»Was soll ich damit?«, fragte Tara verwundert.

»Dir eine neue Kurtha kaufen. Widerspruch zwecklos«, wehrte er ab, als Tara ihm das Geld zurückgeben wollte. »Es ist ein Geschenk von Sarungs Mutter. Du musst es annehmen, sonst beleidigst du sie.«

»Es ist mir peinlich«, sagte Tara, steckte das Geld aber in ihre Tasche. Sie durfte das Geschenk nicht zurückweisen. Sobald sie Achal aus den Augen verloren hatte, drehte sie sich um und entfernte sich in die entgegengesetzte Richtung, dorthin, wo laut Achal das Herz der Stadt schlagen sollte. Sie nahm sich fest vor, die nächsten Stunden möglichst wenig an ihre Probleme zu denken, da sie ohnehin nichts ausrichten konnte, solange Achal den Aufenthaltsort des Bhoots und ihrer Schwester nicht ausfindig gemacht hatte.

36

Nachdem sich Uma verabschiedet hatte, ging Anna in ihr Zimmer zurück und suchte die wichtigsten Dinge für den Tag zusammen: Stadtplan, Reiseführer, die Visitenkarte der Lodge, falls sie verlorenging, Fotoapparat, Sonnenbrille, Geld, die Fleecejacke für die kühlen Nachmittagsstunden und, ganz wichtig, eine Rolle Toilettenpapier. So gerüstet verließ sie die Annapurna Lodge, allerdings nicht, bevor Ramesh ihr eingeschärft hatte, vor Einbruch der Dunkelheit zurück zu sein, da die Straßen nicht mehr sicher waren, seit sich die Leute auch ohne den Zwang des Ausnahmezustands nachts lieber in ihren Häusern aufhielten.

Noch trug der lichtdurchflutete Tag keine Anzeichen von Gefahr, und Anna bog voller Tatendrang auf die Freakstreet, jene legendäre Straße, durch die schon ihre Eltern geschlendert waren. Tatsächlich hatten Bärbel und Sylvain und Achim und all die anderen sogar dazu beigetragen, der Straße ihren Namen zu verleihen, die eigentlich Jhochhen Thole hieß. Selbst die Einheimischen benutzten diesen Namen nicht mehr, und auch auf dem Stadtplan wurde er nur an zweiter Stelle genannt.

Freaks, dachte Anna, als sie an den Auslagen mit bunter Batikkleidung vorbeiging. In den Augen der Einheimischen waren ihre Eltern Freaks gewesen, Wesen vom anderen Stern, die man weder verstehen konnte noch wollte. Anna vermochte die Haltung der Nepalesen nachzuvollziehen. Zum Hippie hätte auch sie nicht getaugt, ob sich Annapurna nun in ihrer Brust rührte oder nicht. Das Schaufenster eines Schmuckgeschäfts buhlte um ihre Aufmerksamkeit, und Anna blieb stehen. Silberringe und Ketten, hübsch gemacht, aber nicht ihr Geschmack. Hippie-Schmuck eben. Unwillkürlich tastete sie nach ihrem An-

hänger. Auch er stammte von hier, passte vom Stil her zu allem anderen.
»Drinnen habe ich noch mehr. Wollen Sie reinkommen und gucken?«
Anna schrak zusammen. Sie hatte nicht bemerkt, dass der Ladenbesitzer zu ihr getreten war. Stotternd lehnte sie ab und ging ein paar Schritte rückwärts. Dass eine potenzielle Kundin Angst vor ihm hatte, war dem Ladenbesitzer wahrscheinlich noch nicht widerfahren, dachte Anna beschämt. Um der peinlichen Situation ein Ende zu bereiten, drehte sie sich um und marschierte davon, so selbstbewusst es eben ging, und war erleichtert, als sie das Ende der Freakstreet erreichte und auf die breite, zum Durbar-Platz führende Straße biegen konnte.

Tara stoppte abrupt und starrte der Frau nach, deren Profil sie für einen Sekundenbruchteil gesehen hatte, bevor sie aus einer Seitengasse auf die Straße getreten war. Von hinten wäre Tara niemals auf die Idee gekommen, die Frau in dem kostbar aussehenden Salwar Kameez und mit den dunklen, von einer Spange zusammengehaltenen Haaren könnte eine Touristin sein, aber der kurze Blick auf ihr Gesicht hatte sie davon überzeugt, dass es sich um die Fremde aus dem Bus handelte. Tara setzte sich wieder in Bewegung und folgte ihr in geringem Abstand. Die Frau übte eine unerklärliche Anziehungskraft auf sie aus.
Die Fremde hatte es nicht eilig. Hier und da betrachtete sie die bunten Mützen und Pullover vor den Geschäften, schlenderte dann weiter, wich einem anderen Touristen aus und stellte sich schließlich vor das Fenster eines Schmuckladens. Als Tara an dem Ladenbesitzer vorbeieilte, runzelte er die Stirn. Sie senkte den Kopf. Der Mann hatte bemerkt, dass sie die Ausländerin verfolgte.
Kurz hintereinander verließen die beiden Frauen die Straße mit den Touristen-Läden und gelangten auf einen weiten, von

prächtigen Häusern umgebenen Platz. Die Fremde wurde langsamer, besah sich alles ganz genau, und auch Tara fand Muße, die Häuser zu bestaunen. Die offizielle Würde der Gebäude schüchterte sie ein. Hier mussten wichtige Leute leben, vielleicht sogar der König, und auch wenn sie in den letzten Tagen nicht viel Gutes über ihn gehört hatte, war der Respckt vor ihm und aller Obrigkeit doch tief in ihrem Wesen verwurzelt. Die Fremde schien von den erhabenen Schwingungen der Gebäude nichts zu spüren. Ohne die vielen Händler zu beachten, die auf einem Abschnitt des Platzes Bronzegötter, Holzmasken, Marionetten und Gebetsmühlen feilboten, trat sie dicht an das Gebäude zur Rechten heran und studierte ausgiebig die Schnitzereien der Fensterrahmen. Nachdem sie genug gesehen hatte, mischte sie sich unter die in einem ununterbrochenen Strom zum Durbar-Platz, dem natürlichen Mittelpunkt der Stadt, strebende Menschenmenge. Tara hatte Mühe, sie nicht aus den Augen zu verlieren.

Der Platz vibrierte vor Leben. Die vielen Autos, Menschen und Lastenträger überwältigten Tara. Ehrfürchtig wanderte ihr Blick zum Himmel. Sie flüsterte die Namen der ihr aus Bahadurs Erzählungen bekannten Tempel und gelobte, noch am selben Tag eine Puja zu machen. Als sie den Blick wieder senkte, war die Fremde verschwunden. Ratlos suchte Tara die Menschenmenge ab, erkletterte schließlich sogar die unterste Stufe des Maju-Dewal-Tempels, aber es erwies sich als unmöglich, die Frau in dem Gewühl auszumachen. Tara fragte sich, warum sie so versessen darauf war, sie wiederzufinden. Vielleicht, weil auch sie neu in der Stadt war? Weil sie ebenfalls eine Suchende war? Hatte es nicht etwas zu bedeuten, dass sich ihre Wege zum zweiten Mal innerhalb kurzer Zeit kreuzten? Tara gab schließlich auf. Sollte ihre Begegnung wirklich von Bedeutung sein, würde sie die Frau finden, ohne nach ihr suchen zu müssen. Sie schickte sich an, von der hohen Stufe zu springen.

Und da stand sie, direkt vor ihr, und betrachtete sie neugierig. Eine kleine Unmutsfalte erschien auf ihrer Stirn, aber insgesamt wirkte sie freundlich. Tara versteinerte, konnte die Fremde nur anstarren. Sie erschien ihr beinahe unirdisch schön mit ihrer bleichen Haut und den tiefgründigen hellbraunen Augen. Ihre Gedanken rasten. Was sollte sie tun? Sie ansprechen? Aber in welcher Sprache? War die Fremde böse auf sie? Sie musste bemerkt haben, dass Tara ihr folgte, sonst hätte sie jetzt nicht hier gestanden.

Die Fremde nahm ihr die Entscheidung ab.

»Namaste«, sagte sie.

»Namaste«, antwortete Tara erleichtert und führte ihre aneinandergelegten Hände respektvoll bis zur Höhe ihres Gesichts. »Sei mir nicht böse. Ich wollte nicht –« Sie verstummte. Was wollte sie nicht? Sie war völlig verwirrt.

Die Fremde hatte konzentriert zugehört, aber die Ratlosigkeit in ihrem Gesicht verriet Tara, dass sie nichts verstand. Frustriert senkte Tara den Blick und erstarrte zum zweiten Mal, als sie den Anhänger am Hals der Fremden bemerkte. Die mit mehreren Türkisen und Korallen verzierte Silberplatte war ungewöhnlich, ganz anders als der Schmuck, den die nepalesischen Frauen und Männer schätzten. Die Leute aus dem hohen Himalaya verarbeiteten Korallen und Türkise, aber auch ihre Schmuckstücke sahen anders aus. Eine Erinnerung blitzte auf. Sie hatte einen ähnlichen, vielleicht sogar denselben Anhänger schon einmal gesehen! Aber wo? Wer hatte ihn getragen?

Eine Berührung ließ sie auffahren. Der Hund knurrte. Sofort nahm die Fremde ihre Hand von Taras Schulter und wich einen Schritt zurück. Ein Händler nutzte die entstandene Lücke und schob sich mit seinem turmhoch beladenen Handkarren zwischen sie und die Fremde. Tara zögerte keine Sekunde. Sie wollte nur noch fort von der fremden Frau. Die Deckung des Karrens ausnutzend, tauchte sie in der Menge unter.

Verblüfft schaute Anna auf die Stelle, an der sich zwei Sekunden zuvor noch die junge Nepalesin befunden hatte. Sie war so schnell verschwunden, als hätte sie sich in Luft aufgelöst. Auch von dem Hund war keine Spur geblieben. Womit hatte sie das Mädchen erschreckt? Die Berührung? Dass sie keine Männer anfassen durfte, hatte Anna mittlerweile verinnerlicht, aber galt diese Regel auch für Frauen? Oder war es etwas anderes gewesen?

Anna ging gedankenverloren weiter. Für den Augenblick mussten die Tempel und der alte Königspalast Hanuman Dhoka ohne ihre Bewunderung auskommen. Sie glaubte felsenfest, dass die junge Frau völlig harmlos und unschuldig war, aber warum verfolgte sie Anna? Sie war ihr samt Hund schon aufgefallen, als sie die Freakstreet verlassen hatte. Um sich zu vergewissern, hatte sie vor dem Haus mit den schönen Fensterrahmen bewusst getrödelt, und tatsächlich war die Nepalesin etwas entfernt ebenfalls stehengeblieben. Anna hatte sie erst auf dem belebten Durbar-Platz abschütteln können. Kurz darauf entdeckte sie die Frau erneut auf der untersten Stufe des zentralen Tempels. Der Hund, ihr ständiger Begleiter, saß neben ihr und beäugte misstrauisch die vorbeiwogenden Köpfe. Von ihrem erhöhten Standpunkt aus suchte die Frau systematisch die Menge ab, wahrscheinlich nach ihr. Ärgerlich hatte sich Anna einen Weg zum Tempel gebahnt, um die impertinente Verfolgerin zur Rede zu stellen.

Der Ärger verflog so schnell, wie er gekommen war. Die Angst und Verwirrung der Nepalesin weckten Annas Mitleid. Natürlich sprach die Frau nur Nepalesisch. Sie war entsetzlich schüchtern und traute sich kaum, Anna in die Augen zu sehen, hielt stattdessen den Blick auf ihren Hals geheftet. Erneut entfaltete die unerklärliche Austrahlung der Nepalesin ihre Kraft, doch sie lief davon, bevor Anna sie in ein Teehaus einladen konnte.

Anna schob die Gedanken an die geheimnisvolle junge Frau

beiseite. Ebenso wie sie auf die fremde Welt neugierig war, mochte Neugierde auch der Grund für das Interesse der anderen sein. Das Schicksal hatte sie zweimal zusammengeführt, sollte es wichtig sein, dass sie sich ein drittes Mal trafen, würde es auch geschehen.
Kaum hatte Anna ihr Grübeln aufgegeben, stürmte die laute, bunte, nach Räucherstäbchen duftende und nach Abfall stinkende Welt wieder auf sie ein. Es dauerte nur Minuten, bis sie das Erlebnis auf dem Platz verdrängt hatte und stattdessen der Umgebung ihre ungeteilte Aufmerksamkeit schenkte. Sie geriet in einen wahren Mahlstrom von Menschen, der durch eine Einkaufsstraße strudelte. Die Häuser auf beiden Seiten waren samt und sonders sehr alt, mit kunstvoll geschnitzten, aber schiefen und von starkem Gebrauch gezeichneten Fensterrahmen und Stützbalken, und bis unters Dach vollgestopft mit Menschen und Waren. Es wurde gehandelt, gerufen, gelacht und gestritten, hier blinkten Metallwaren, dort flatterten Baumwollsaris und glitzerndes Talmi. Anna merkte kaum, wie sie gestoßen und gedrückt wurde, und ließ sich einfach treiben.

Niemandem konnte die Verliebtheit des Paares entgehen. Mit ineinander verschränkten Händen liefen die beiden dunkelhaarigen jungen Leute durch die Gassen, blieben hier stehen und befühlten einen Apfel, strichen da einem kleinen Mädchen über den staubigen Schopf und spielten ihr Versteckspiel mit Anna. Immer, wenn Anna glaubte, sie endlich eingeholt zu haben, entzogen sie sich ihr mit einem lockenden Lachen, schlugen Haken, tauchten in dunkle Durchgänge und zeigten ihr auf der anderen Seite eine weitere Facette ihres verzauberten Reiches. Anna folgte den fröhlichen Geistern ihrer Eltern mit großen Augen, und am Ende des Tages hatte sie sich rettungslos in die Stadt verliebt. Kathmandu war alt, sehr alt, aber kein Freilichtmuseum. Zumindest im Innenstadtbereich schien sich nicht viel geändert zu haben seit der Zeit, als ihre Mutter staunend durch die Gassen und Bazare gelaufen war. Mit jeder Stunde fiel es Anna schwerer, ihr Alter Ego Annapurna zu bändigen – die Anna-Hülle platzte immer weiter auf. Immer mutiger wurde sie, lachte den Entgegenkommenden zu, und mit jedem zurückgegebenen Lächeln wuchs ihr Selbstbewusstsein. Es muss ein Zauber über dieser Stadt liegen, dachte Anna verwundert, als sie sich zum wiederholten Male in einen Laden locken und über einer Tasse süßem Milchtee in ein Verkaufsgespräch über Pashminaschals verwickeln ließ. Sie war bereits stolze Besitzerin von zwei Tüchern, wobei sie für das zweite nur halb so viel bezahlt hatte wie für das erste. Sie lernte dazu, und es machte einen Heidenspaß. Als die Abenddämmerung hereinbrach, begab sie sich mit Hilfe des Stadtplans auf den Rückweg, auch wenn sie Rameshs Warnung nicht mehr allzu ernst nahm. Den ganzen Tag über hatte sie nichts von dem Bürgerkrieg gespürt. Auf sie hatte es eher den Eindruck gemacht, als ginge das Leben seinen ganz normalen Gang, und auch die Menschen schienen nicht sonderlich beunruhigt zu sein.

Nach außen wirkte alles friedlich, doch Tara konnte das Raunen von Krieg und Tod deutlich vernehmen, das, wortlos und allgegenwärtig, durch die Gassen wehte. Die Angst ging um in der Stadt, kauerte in dunklen Winkeln und ließ sich selbst von den sonnigen Plätzen nicht vertreiben. Tara fröstelte. Außerdem hasste sie das Gedränge. Das Atmen fiel ihr schwer zwischen den hektisch hin und her eilenden Menschen. Lediglich der Hund bewahrte sie davor, ständig gegen die Häuserwände gedrückt zu werden, und sie sehnte sich nach Raato Danda, der frischen Luft und dem weiten Blick. Das Herz wurde ihr schwer, als sie an ihre kleine Schwester dachte. Beinahe ein Jahr musste sie schon in dieser Stadt mit ihrer stinkenden Luft ausharren. Sie schluckte. Wenn der Bhoot sie überhaupt auf die Straße ließ. Hoffentlich wurden Achal und seine Freunde bald fündig, damit sie endlich ihre Schwester aus den Klauen des Dämons befreien konnte.

In einer Gasse entdeckte Tara mehrere Geschäfte für Saris und Kurthas. Ihre Rupienscheine fest umklammernd, betrat sie einen der Läden, während sich der Hund neben den Eingang legte und döste. Eine Stunde später, nach zähen Verhandlungen, verließ Tara das Geschäft mit einer himmelblauen Kurtha und dazu passender Hose. Das Gewand war aus festem Winterstoff gearbeitet und würde sicher viele Jahre halten. Sie hatte so gut gehandelt, dass sie beschloss, noch nach einer passenden Strickjacke Ausschau zu halten. Sarungs Mutter würde sicher erfreut sein, wenn sie sah, wie umsichtig Tara mit ihrem Geld gewirtschaftet hatte.

Etwas später irrte sie mit dem Hund im Schlepptau durch die Gänge des chinesischen Bazars. Hier gab es tausend unbekannte Dinge und, in einem Innenhof, auch Berge preiswerter Strickwaren. Tara wählte eine dunkelblaue Jacke, zahlte und verließ fluchtartig den Gebäudekomplex. Von einem Moment zum anderen fühlte sie sich der Stadt nicht mehr gewachsen. Draußen in der Gasse fragte sie sich zum Durbar-Platz durch und ließ sich dort erschöpft auf dieselbe Tempelstufe fallen, von der sie Stunden zuvor nach der fremden Frau Ausschau gehalten hatte. Tara wollte vor der Dämmerung im Haus von Sarungs Eltern sein, aber noch blieb ihr Zeit zum Verweilen.

Ein alter Sadhu fesselte ihre Aufmerksamkeit. In gebückter Haltung schlurfte der heilige Mann auf den Maju-Dewal-Tempel zu, während die Menschen ihm respektvoll auswichen. Tara beschlich bei seinem Anblick ein unbehagliches Gefühl, ohne dass sie sich erklären konnte, woher es rührte. Mit seinem gelben Gewand, den zu fingerdicken Strähnen verfilzten Haaren und dem prächtigen rot- und graumelierten Bart fast bis zum Bauchnabel unterschied er sich nicht von all den anderen Wander-

asketen, die sie aus Raato Danda kannte, und doch spürte sie, dass mit diesem Sadhu etwas nicht stimmte.
Bevor sie ihm aus dem Weg gehen konnte, erkletterte der ausgemergelte Mann mit überraschender Behendigkeit die Stufe und ließ sich mit einem Schnaufen neben ihr nieder, ohne sich von dem grollenden Hund einschüchtern zu lassen. Stattdessen beugte er sich zu dem Tier, legte ihm die Hand auf die Schnauze und murmelte einige Sätze in einer Sprache, die Tara nicht verstand.
Der Hund legte den Kopf schief und verfolgte aufmerksam den seltsamen Singsang des Mannes. Tara war fassungslos. Nur einem Zauberer konnte es gelingen, den Hund derart einzulullen. Nun legte sich das mächtige Tier sogar auf die Seite und entblößte seine Kehle. Selbst Tara hatte diesen Vertrauensbeweis erst wenige Male von ihrem Begleiter erhalten, Fremde nie.
Der Asket war ihr zutiefst unheimlich. Aus seinem Gesicht ragte eine große Nase hervor, scharf und spitz wie ein Messer. Seine Lippen waren schmal und blutleer, und wenn er sprach, entblößte er ein unvollständiges Gebiss. Er roch sauer, was sicher auf mangelhafte Ernährung zurückzuführen war – Tara kannte diesen Geruch von den Wintern nach einer schlechten Ernte. Er wirkte krank, doch Tara erinnerte sich an die Leichtigkeit, mit der er die brusthohe Stufe erklommen hatte. Nein, der Sadhu war nicht krank.
In diesem Moment ließ er von dem Hund ab und wandte sich an Tara. »Du bist neu in der Stadt«, stellte er fest. Sein Nepalesisch, obwohl fehlerfrei, hatte einen starken Akzent, aus dem Tara den Singsang heraushörte, mit dem er den Hund betört hatte. »Sonst wüsstest du, dass dies mein Platz ist.«
Tara erschrak. »Ich werde sofort gehen«, stotterte sie, fühlte sich aber außerstande, ihr Vorhaben auszuführen. Der Blick des Mannes lähmte sie.

»Bleib ruhig hier«, antwortete er und kramte in seiner Umhängetasche, deren Inhalt offensichtlich seinen gesamten Besitz darstellte. Tara wunderte es nicht, wählten die Wanderasketen doch ein Leben der Entsagung und Besitzlosigkeit. Mit einem erleichterten Seufzer zog der Mann schließlich einen kleinen Beutel hervor, entnahm ihm eine Haschischzigarette, klemmte sie zwischen die Lippen und zündete sie umständlich an. Auch dies war für Tara normal. Viele Sadhus erlangten Erkenntnisse im Rausch, und auch in ihrem Dorf rauchten die älteren Leute häufig die getrockneten Blätter des Hanfs aus ihren Gärten.
»Woher kommst du?«, fragte der Sadhu und blies mit zurückgelegtem Kopf eine Rauchwolke in die Luft. »Was ist dein Auftrag?«
»Ich habe keinen Auftrag«, sagte Tara und schüttelte sich in einem vergeblichen Versuch, den Bann zu lösen.
»Natürlich hast du einen Auftrag. Ich kann es an deiner Aura erkennen. Auch der Hund hat mir davon erzählt.«
»Der Hund hat Ihnen etwas erzählt?«, fragte Tara skeptisch. Entweder war der Mann tatsächlich ein Zauberer, oder verrückt. »Niemand kann mit Hunden sprechen.«
Der Sadhu zuckte die Schultern. »Der heilige Franziskus hat es mir beigebracht.« Seine Miene nahm einen entrückten Ausdruck an. »Damals, in Assisi …«
Tara wartete auf eine Erklärung, wo dieses Assisi sei. Auch der heilige Franziskus war ihr unbekannt. Der Priester hatte ihn nie erwähnt, und sie hätte gern gewusst, wessen Inkarnation er war und wie es sein konnte, dass er sein Wissen mit einem Sterblichen teilte. Leider zog sich der Sadhu jetzt völlig zurück und geriet in einen tranceähnlichen Zustand. Satzfetzen in vielen Sprachen verließen seinen Mund. Tara graute es. Sie sprang auf, zog den widerstrebenden Hund am Nackenfell mit sich und suchte das Weite.

37

An ihrem dritten Morgen in Kathmandu stand Anna früh auf und brach, mit einem Stadtplan bewaffnet, zu einer Wanderung auf. Ihr Ziel war der große Stupa von Bodhnath in einem nordöstlich der Stadt gelegenen Ort. Nach anderthalb Stunden Marsch durch die neueren Viertel von Kathmandu erreichte sie schließlich Pashupatinath, wo die hinduistischen Nepalesen ihre Toten verbrannten. Anna fühlte sich der Konfrontation mit dem Tod nicht gewachsen und umrundete die in einem Flusstal gelegene Tempelanlage, erklomm einen niedrigen Hügel und fand sich kurz darauf am Stadtrand wieder. Vor ihr erstreckten sich staubige Felder, und in etwa zwei Kilometern Entfernung konnte sie einen ersten Blick auf die goldene Spitze des Stupas erhaschen. Da der Marsch in der prallen Sonne sie ins Schwitzen gebracht hatte, kaufte sie sich in einem kleinen Laden eine Flasche Wasser und setzte sich im Schatten des Hauses auf eine Mauer. Neugierige Kinder umdrängten sie, und sie beantwortete geduldig ihre Fragen, bis den Kindern ihr mageres Englisch ausging und sie sich wieder ihrem Spiel widmeten. Anna blieb auf der Mauer sitzen und dachte über die letzten Tage nach.

Ihre Begeisterung für Kathmandu und seine Bewohner war nicht abgeebbt, im Gegenteil. Die Stadt tat ihr gut. Gern hätte sie die neuen Eindrücke mit Kim geteilt, doch gleichzeitig war sie stolz auf ihre Fortschritte. Niemals hätte sie sich zugetraut, in einem so fremden Land allein zurechtzukommen, und jetzt zwängte sie sich bereits ganz selbstverständlich zu den Einheimischen in die lokalen Sammeltaxis, handelte mit Vergnügen um jeden Apfel und hatte sich sogar schon in ein etwas schmuddelig aussehendes Restaurant getraut, wo sie befriedigt feststellte, dass sich auch ihr Gaumen den Umständen anpasste. Das vor wenigen Tagen noch viel zu scharfe Curry hatte ihr ausgezeichnet geschmeckt. Die fremde Welt überwältigte sie, ohne sie zu ängstigen, und sie konnte zunehmend nachvollziehen, was die Hippies in diesem Land gefunden hatten: Freundlichkeit, Exotik und Farbe anstelle der dumpfen Braun- und Grautöne in Deutschland, wo die wöchentlich polierten Blätter der Gummibäume die einzigen Glanzpunkte setzten.

Anna fühlte sich wunderbar. Nur eine Sache trübte ihre Stimmung ein wenig – sie schaffte es einfach nicht, eine E-Mail an Kim oder Rebecca abzusenden. In der Freakstreet gab es zwar zwei Internetcafés, doch leider erwies sich die Benutzung der Computer wegen der langen Ladezeiten und häufig auftretenden Stromausfälle als Glücksspiel. Gestern hatte Anna endlich eine Mail von Kim, in der er euphorisch vom ersten Gespräch mit seinem zukünftigen Doktorvater berichtete, öffnen können, doch kaum hatte sie geantwortet, dass sie sich auf Kalkutta freue und es ihr in Nepal sehr gut gefiele, brach die Internetleitung zusammen. Auf ihre Frage, wann die Computer wieder funktionieren würden, erntete sie von dem Cafébetreiber lediglich ein fatalistisches Schulterzucken. Er wusste es nicht, und es war ihm auch gleichgültig. Sein Geschäft zielte hauptsächlich auf die Touristen ab, doch außer Anna war heute noch niemand in seinem Laden erschienen. Überall war es dasselbe: In den Restaurants, den Lodges, den Touristenläden herrschte gähnende Leere, und die Höflichkeit Anna gegenüber täuschte sie nicht darüber hinweg, dass die Geschäftsleute resigniert hatten. Eine einzelne Touristin, so spendierfreudig sie auch sein mochte, reichte nicht zum Überleben.

Die Telefonleitungen waren nur unwesentlich zuverlässiger, aber immerhin gelang es Anna, ein paar Worte mit Ingrid und Rebecca zu wechseln. Kim hatte ihr leider keine Telefonnummer geben können. Sie versuchte es auch bei Eddo, doch er ging nicht ans Telefon. In Annas Erleichterung, noch nicht mit ihm sprechen zu müssen, mischte sich Sorge über seinen Zustand, doch sie beruhigte sich damit, dass Rebecca nichts über Eddo berichtet hatte. Sie hatte sich bereit erklärt, einmal die Woche bei ihm nach dem Rechten zu schauen, ob es ihm gefiel oder nicht.

Ein Knäuel zusammengebundener Gummibänder landete in ihrem Schoß. Anna sah auf und direkt in vergnügte Kindergesichter.

»Also gut«, sagte sie lachend und sprang auf den Boden, »ich versuche es.«

Die Kinder amüsierten sich prächtig, als Anna vergeblich versuchte, das Knäuel mit dem Fuß in der Luft zu halten. Sie warf es den Kindern zu. Ein Mädchen fing es und kickte es dann in die Luft, fünfmal, zehnmal, zwanzigmal. Anna applaudierte. Die Kinder von Kathmandu waren wahre Meister in diesem seltsamen Spiel. Dann schulterte sie ihren Tagesrucksack und wanderte weiter.

Vor der zum Stupa führenden Gasse wimmelte es von Taxifahrern und Andenkenverkäufern, die ihre Kundschaft jedoch unter den einheimischen Besuchern vermuteten und Anna unbehelligt vorbeischlüpfen ließen. Sie kaufte sich eine Eintrittskarte, trat auf den mit Gebetsfahnen überspannten Platz und blieb überrascht stehen.

Obwohl ein buddhistisches Heiligtum, hatte die Weltpresse den Bodhnath-Stupa zum Symbol des hauptsächlich hinduistischen Nepal stilisiert, und auch Anna hatte über die Jahre Dutzende Bilder des markanten Gebäudes gesehen, doch keines der Fotos hatte sie auf die schiere Größe vorbereitet. Der Stupa ragte beinahe vierzig Meter in den Himmel. Von allen Seiten des obersten Aufbaus blickten die Augen Buddhas in die Unendlichkeit. Keine der vier Himmelsrichtungen entging seiner gütigen Aufmerksamkeit.

Anna folgte einem Schild, das ein Restaurant auf der Dachterrasse eines der umgebenden Häuser anpries. Bevor sie die Gegend genauer erkundete, musste sie erst ihren Durst löschen. Außer Atem erreichte sie die Terrasse im sechsten Stock und fand sich auf gleicher Höhe mit Buddhas Augen wieder. Nachdem sie eine Kanne heiße Zitrone und eine Portion Momos bestellt hatte, lehnte sie sich über die gemauerte Balustrade und beobachtete das Treiben auf dem Platz. Die summende Geschäftigkeit glich mehr einem fröhlichen Rummel als stiller Andacht. Laien und dunkelrot gewandete Mönche standen schwatzend beisammen, Kinder jagten zwischen den Beinen jener herum, die mit in sich gekehrten Mienen die Basis des Stupas umrundeten, Mantras murmelten und die in die Außenmauer eingelassenen Gebetsmühlen in Gang setzten. In einer Nische mit Holzpritschen verrichteten mehrere Gläubige ihre Gebete. Es machte einen ausgesprochen sportlichen Eindruck, wie die Menschen mit erhobenen Händen in die Knie gingen, dann den Oberkörper flach auf die Pritsche sinken ließen, die Stirn zu Boden drückten, wieder in die Hocke und in den Stand kamen, nur um die Prozedur erneut zu beginnen. Insbesondere eine Frau mit langen Zöpfen beeindruckte Anna. Die Bewegungsabfolge musste ziemlich schweißtreibend sein, doch die Frau wiederholte sie trotz ihres dicken Wollmantels ein ums andere Mal. Anna begann mitzuzählen. Als sie bei etwa dreißig Kniefällen angelangt war, schweiften ihre Gedanken ab.

Sosehr sie ihre Zeit in Kathmandu genoss, so häufig mischten sich Wermutstropfen in ihre neue Daseinsfreude. Ihr Leben wäre anders verlaufen, hätten ihre Mutter und Eddo ihr reinen Wein eingeschenkt. Im Kielwasser der großen Lüge schwammen tausend kleinere, die es ihr unmöglich gemacht hatten, das wahre Wesen ihrer Mutter, aber auch ihr eigenes Potenzial zu erkennen. Widerspruchslos hatte sich Anna in die von ihren Eltern für sie vorgesehene Rolle gefügt. Plötzlich hasste sie ihre

Mutter und mehr noch Eddo dafür, dass sie nie erkannt hatten, wie wenig glücklich ihre Tochter war. Sie hatte funktioniert, durchaus zufrieden, aber das himmelhoch Jauchzende hatte genauso gefehlt wie das zu Tode Betrübte. Seit Ingrids Eröffnung hatte die Fieberkurve ihres Lebens, bisher eine sanfte Welle mit meterlangen Schwingungen, hektisch Fahrt aufgenommen, mit Ausschlägen nach unten und nach oben, die sie nicht für möglich gehalten hatte. Und es gefällt mir, dachte Anna mit einem Anflug von Trotz. Ihr habt mich betrogen, aber euch selbst ebenfalls, denn ihr habt euch um ein unbeschwertes, spannendes Leben gebracht. Wenn es nicht so traurig wäre, würde ich sagen, es geschieht euch recht.

Ein Räuspern riss sie aus ihrer Versunkenheit. Der Kellner hatte das Zitronenwasser und die Momos auf den Tisch gestellt und bedeutete ihr, zu essen, bevor die Teigtaschen kalt wurden. Noch immer wütend auf Bärbel und Eddo, setzte sich Anna an den Tisch und attackierte ihre Momos, als wären es Feinde. Immer häufiger gewann gesunde Wut die Oberhand über ihr Selbstmitleid, und auch dies gefiel Anna. Bisher hatte sie sich Wut nicht erlaubt und war stets um Ausgleich bemüht gewesen, doch nun stellte sie fest, dass von diesem Zustand eine erfrischende Kraft ausging.

Tatsächlich fühlte sie sich kurz darauf wesentlich leichter, als würde Steinchen für Steinchen ein auf ihrer Seele lastender Lügenberg abgetragen, von dessen Existenz sie erst seit einer Woche wusste. Nachdem sie bezahlt hatte, sprang Anna gutgelaunt die Treppe hinunter und mischte sich auf dem Platz unter die buddhistischen Pilger, drehte gemeinsam mit ihnen ein paar Runden um den Stupa und brachte die Gebetsmühlen zum Rotieren. Annas Gebete richteten sich an keinen bestimmten Gott, und sie begannen nicht mit dem Wort ›Bitte‹, sondern einem tiefempfundenen ›Danke‹ für ihr neues Leben, das endlich seinen Anfang nahm.

Gegen drei Uhr nachmittags war sie zurück in der Freakstreet. Sie hatte sich für den Rückweg von Bodhnath ein Taxi genommen und kaum die Autotür geöffnet, als Umakant aus seinem Laden eilte und sie begrüßte. Er hatte gute Nachrichten: Ein Cafébesitzer hatte Zeit und Lust, Anna von der Hippiezeit zu erzählen, die er selbst als junger Mann erlebt hatte. Anna bat sich eine Stunde Pause aus. Sie wollte sich den Staub der Wanderung abspülen und sich auf die Begegnung vorbereiten.

Pünktlich um vier fand sie sich vor Umas Laden ein. Kopila hatte den Platz hinterm Verkaufstresen übernommen, und sie konnten sofort aufbrechen. Siddhartha und Kushum schlossen sich ihnen begeistert an, weil Anna für jeden ein Stück Kuchen in Aussicht stellte.

Das Café lag gleich um die Ecke. Sie waren kaum zwei Minuten gegangen, als Umakant vor einem Ladeneingang stoppte, so unscheinbar, dass Anna schon mindestens ein Dutzend Mal daran vorbeigelaufen sein musste, ohne ihn bemerkt zu haben. Im Schaufenster standen einige ausgesprochen appetitlich aussehende Schokoladen- und Apfeltorten. Uma wies nach oben, wo ein Schild mit der Aufschrift ›Snow Man Café‹ prangte.

»Der Besitzer heißt Ram«, informierte Uma, bevor sie eintraten. »Er betreibt den ›Schneemann‹ seit 1965, allerdings hat er damals noch keinen Kuchen gebacken, sondern Fruchtsäfte verkauft. Er hat mir erzählt, dass die Hippies ganz wild darauf waren, weil das Ganja ihnen Heißhunger und Durst bescherte.«

»Ganja? Was ist das?«

»Marihuana. Ganja ist das indische Wort für Hanf.«

»Aha. Und davon bekommt man Hunger?«

Umakant sah Anna an, als hätte er plötzlich ein Marsmännchen vor sich. »Kaum zu glauben«, sagte er. »Du hast tatsächlich noch nie etwas geraucht?«

Anna schüttelte den Kopf. Noch eine Erfahrung, die sie verpasst hatte.

»Na ja, dann kannst du es jetzt auch lassen«, sagte er und stieß die Tür auf. Seine Kinder drängelten sich aufgeregt plappernd an ihm vorbei und steuerten sofort das Fensterregal mit den Torten an. Anna folgte ihnen in gemessenem Tempo, aber nicht minder aufgeregt. Bestimmt hatten auch ihre Mutter und der Franzose hier gesessen und gekifft und Fruchtsäfte geschlürft. Das düstere Café bot Platz für ein halbes Dutzend Tische, von denen drei von westlich gekleideten jungen Nepalesen, wahrscheinlich Studenten, besetzt waren. Über jedem Tisch hingen bunte Papierlaternen mit hinduistischen und buddhistischen Motiven, und an den Wänden fand sich ein Sammelsurium von buddhistischen Thankas, eingestaubten Holzmasken und gerahmten Zeichnungen mit psychedelischen Anklängen. Ein Bob-Marley-Poster vervollständigte den Hippie-Charme des Cafés. Bis in Kopfhöhe hatten Hunderte, wenn nicht Tausende von Gästen die Wände mit ihren Namen bekritzelt. Annas Herz machte einen Sprung: Ob sich auch ihre Eltern hier verewigt hatten? Sie musste später unbedingt die Wände absuchen! Im hintersten Winkel, neben einer in die oberen Stockwerke führenden Treppe, entdeckte sie noch einen weiteren Gast, einen alten Mann mit langem Bart, aber bevor Anna einen genaueren Blick auf ihn werfen konnte, gesellte sich Ram, der Besitzer des Snow Man, zu ihnen und stellte sich vor. Er war ein für nepalesische Maßstäbe großer und breitschultriger Mann mit einem ergrauten, beneidenswert vollen Haarschopf, dessen Pony ihm bis fast in die Augen hing. Eine silberne Metallbrille zierte sein offenes Gesicht, und Anna fiel auf, dass sie bisher so gut wie gar keine brillentragenden Inder oder Nepalesen gesehen hatte. Hatten die Menschen hier alle Adleraugen, oder konnten sie sich keine Brillen leisten? Sie würde Uma später danach fragen. Jetzt galt es, Dringenderes zu organisieren: die Auswahl der Torte. Kushum las Siddhartha in voller Lautstärke die kleinen Schilder neben den Torten vor, und es deutete sich an, dass die beiden zu

keiner Entscheidung gelangen würden. Ihr Vater und Ram intervenierten, und es entstand ein lustiger Trubel am Kuchenregal, der die neugierigen Blicke der anderen Gäste auf sich zog.
Sobald sich alle etwas ausgesucht hatten und die Teller vor ihnen standen, kehrte vorübergehend Ruhe ein. Anna beobachtete die Kinder. Selbstvergessen, mit feierlichem Ernst löffelten sie ihre Schokoladentorte. Als würden sie zum ersten Mal so etwas essen, dachte Anna amüsiert, doch dann blieb ihr das Lachen im Hals stecken: Wenn es vielleicht auch nicht der erste Kuchen im Leben der Kinder war, dürfte er trotzdem ein äußerst seltener Genuss sein. Umakants Familie machte keinen wohlhabenden Eindruck, und Anna hatte das Preisgefüge in Kathmandu mittlerweile so weit durchschaut, dass sie den Preis des Kuchens ins Verhältnis zu anderen Lebensmitteln setzen konnte. Jedes einzelne Tortenstück kostete eine Summe, mit der Uma seine Lieben wahrscheinlich einen ganzen Tag lang ernähren konnte.
Sie schaute unauffällig zu den Nachbartischen. Die Studenten tranken lediglich Tee, nur an einem der Tische teilten sich drei Mädchen ein Stück Torte.
Ram brachte Tee für die Kinder und Milchkaffee für die Erwachsenen und setzte sich zu ihnen. Nach kurzem Hin und Her stellte sich heraus, dass Rams Englisch mindestens ebenso eingerostet war wie Annas, und sie einigten sich darauf, dass Uma vom Nepalesischen ins Deutsche übersetzte und wieder zurück.
Zu Annas Enttäuschung konnte sich Ram weder an ihre Mutter noch an Sylvain erinnern. Anna zeigte ihm ein Foto von Bärbel, aber es half auch nicht weiter. Selbst Anna musste zugeben, dass sie keine Verbindung von dem Hippiemädchen aus dem Hare-Rama-Hare-Krishna-Film zu der deutlich gesetzteren, melancholisch auf die Nordsee blickenden deutschen Hausfrau hätte ziehen können.
Dafür konnte Ram umso mehr über die verrückte Hippie-Zeit

berichten. Er war 1969 Mitte zwanzig gewesen, und sein Café eines der beliebtesten der Stadt. Damals stand an der Stelle des heutigen Gebäudes noch ein sehr altes Haus, und der Snow Man okkupierte lediglich das Erdgeschoss. Dunkel wie eine Höhle war es, von den unter Bambuskörben versteckten Glühbirnen kaum erhellt, die Decken nicht einmal zwei Meter hoch, die Lehmwände mit grünen Tüchern abgehängt. Nepalesen hatten sich nicht ins Café verirrt, da ihnen die Atmosphäre nicht behagte, und so blieben die Hippies unter sich. Sie waren ein bunter Haufen, sagte Ram, genügsam und ziemlich lustig. Der Snow Man bot gerade Platz für zwanzig Gäste, aber beinahe jede Nacht versammelten sich hundert und mehr Menschen auf der Straße direkt vor seinem Laden, spielten Gitarre, kifften, tanzten barfuß durch den Staub. Für die wenigen Autos der Stadt gab es kein Durchkommen, aber die Bewohner Kathmandus übten sich in Toleranz und machten einen Umweg. Auf Annas Frage, ob er auch Freunde unter den jungen Europäern und Amerikanern gefunden habe, antwortete Ram, dass keine echten Freundschaften entstanden seien. Die Hippies waren in ihrer eigenen Welt gefangen, und es gab nur wenig Berührungspunkte zwischen ihnen und den Nepalesen. Ram war damals bereits Vater gewesen und hatte die Verantwortung für eine Familie zu tragen, während die Hippies einfach in den Tag hineinlebten. Nicht wenige drifteten später in die Drogenabhängigkeit ab, und die Botschaften hatten alle Hände voll zu tun, die Gestrandeten in ihre Heimatländer zurückzusenden.
Die drei Studentinnen am Nachbartisch machten ein Zeichen, und Ram entschuldigte sich, um zu kassieren. Uma schickte seine Kinder, die schon eine ganze Weile gelangweilt auf ihren Stühlen herumgerutscht waren, wieder zu ihrer Mutter zurück. Nachdem die Studentinnen gegangen waren, durchwühlte Ram seine Schreibtischschublade, bis er die Stirn runzelte und Uma etwas zurief.

»Ram möchte wissen, ob deine Mutter und dieser Franzose eventuell Spitznamen hatten«, übersetzte Uma.
»Meine Mutter wurde Babsi genannt. Ob Sylvain auch anders gerufen wurde, kann ich dir nicht sagen. Sein Familienname war Meunier, vielleicht hilft das weiter?«
Uma antwortete Ram, doch Anna konnte lediglich die Namen ihrer Eltern heraushören. Gespannt beobachtete sie Rams Miene. Eine steile Falte hatte sich zwischen seinen Brauen gebildet, und sie hörte beinahe, wie die Zahnräder seiner Erinnerung ineinandergriffen. Zwei Minuten später setzte er sich wieder zu ihnen und legte ein abgegriffenes Fotoalbum auf den Tisch. Nach kurzem Suchen schob er es zu Anna hinüber und tippte mit dem Finger auf eine Personengruppe neben dem blaugestrichenen Eingang des damaligen Snow Man. Insgesamt waren bestimmt dreißig Menschen auf dem Foto abgebildet. Anna hielt sich das Album dicht vor die Augen. Die Farben des alten Fotos waren verblichen und die Abgebildeten so klein, dass Anna keine Gesichtszüge ausmachen konnte. Die bezeichnete Personengruppe bestand aus zwei Männern und einer Frau. Die mit dem Rücken zur Kamera stehende Frau und einer der Männer waren eher klein und dunkelhaarig, während der dritte den Türsturz des Café-Eingangs in Augenhöhe hatte. Seine dunkelblonden Haare hingen ihm lang und glatt bis weit über die Schultern. Die drei waren ins Gespräch vertieft und hatten den Fotografen offensichtlich nicht bemerkt.
Anna legte das Album wieder auf den Tisch. »Ich weiß nicht, ob sie es sind«, sagte sie zweifelnd.
Ram tippte erneut auf die Frau. »This is Babsi«, sagte er bestimmt und wandte sich dann an Uma.
Uma übersetzte: »Bärbel hatte ihm nichts gesagt, aber der Name Babsi kam ihm bekannt vor. Er ist sich ganz sicher, dass sie es ist.«
Anna zweifelte noch immer. Die in ein grünes Tuch gehüllte

Frau hätte jede Frau sein können. Plötzlich stutzte sie. Das grüne Tuch! Ingrid hatte es explizit erwähnt, und nicht nur das: Anna hatte dieses Tuch bereits in den Händen gehalten. Es hatte mit den anderen Erinnerungsstücken in der Kommode ihrer Mutter gelegen.

»Ram sagt, der kleinere der beiden Männer sei ein Franzose und er und Babsi seien unzertrennlich gewesen. Der Franzose ist ihm recht gut im Gedächtnis geblieben, weil er sich bemüht hatte, ein paar Brocken Nepalesisch zu lernen und durch seine Ernsthaftigkeit aus der Masse der Hippies herausstach.«

Annas Finger zitterten, als sie über die winzige Gestalt strich. Dies war also ihr Vater. Sie hätte schreien mögen, schreien und heulen und lachen gleichzeitig. Endlich hielt sie ein Foto von ihm in den Händen, vielleicht das einzige Bild, das sie jemals zu sehen bekäme, und es gab nicht mehr her als eine verschwommene Ahnung seiner kaum erbsengroßen Gesichtszüge. Papi? Hätte ich dich Papi genannt? Hättest du mich geliebt? Sie schluckte hart. Um nicht mitten im Café in Tränen auszubrechen, riss sie sich von dem Bild ihres Vaters los und tippte auf den hochgewachsenen dritten Mann. »Könnte es sein, dass dies Achim Bendig ist?«

Uma übersetzte, aber Ram zuckte lediglich die Schultern. Seine Erinnerung hatte einige wenige Details aufblitzen lassen, mehr nicht. Immerhin lag all das über dreißig Jahre zurück, sagte er entschuldigend. Er löste das Foto aus dem Album und gab es Anna, damit sie eine Kopie davon machen lassen konnte.

Sie unterhielten sich noch eine Weile, bis sich Ram seiner Arbeit zuwenden musste. Das Café hatte sich mit Gästen gefüllt, die seine Aufmerksamkeit erforderten. Er versprach Anna, sich ebenfalls nach Achim Bendig umzuhören – Uma hatte bisher nichts herausfinden können, da er erst Ende der siebziger Jahre als Junge nach Kathmandu gekommen war und längst nicht so viele Alteingesessene kannte wie Ram. Kurz darauf verließen

Anna und Uma das Café. Als sich Anna in der Tür noch einmal umdrehte, bemerkte sie, dass sich der bärtige alte Mann unbemerkt von ihr an den Tisch direkt hinter ihr gesetzt hatte. Unbehaglich fragte sie sich, ob er schon lange dort gesessen und ihrem Gespräch gelauscht haben mochte. In diesem Moment traf sie der Blick des Alten. Er musterte sie mit unverhohlener Neugierde. Anna schauderte. Welches Interesse konnte dieser Mensch mit seinen Dreadlocks an ihr haben? Der Mann sah wieder beiseite, und Anna verließ fluchtartig das Café.

»Was ist denn mit dir los?«, fragte Uma, nachdem er auf die Straße getreten war.

»Hast du den gelbgekleideten Alten gesehen?«

Uma nickte. »Hat er dir Angst eingejagt?«

»Ein wenig«, gab sie zu.

»Ich kann es verstehen. Der Alte ist tatsächlich ein schräger Vogel, aus dem keiner so recht schlau wird. Ich glaube, er ist Italiener, vielleicht auch Franzose, nennt sich aber Khagendra, der Herr der Vögel. Er taucht regelmäßig in Kathmandu auf, bleibt ein paar Monate und verschwindet dann wieder, niemand weiß, wohin. Seine Aufmachung weist ihn als Sadhu aus, aber ich traue ihm nicht über den Weg. Manchmal stellt er sich auf die Freakstreet oder den Durbar-Platz und predigt den Leuten wirres Zeug, das mit Hinduismus nicht viel zu tun hat. Ich glaube, er ist ein harmloser Irrer, aber halte dich besser von ihm fern.«

Anna lachte verlegen. »Ich glaube, meine Nerven sind etwas überreizt.«

»Das schätze ich auch. Und deshalb tun wir jetzt etwas dagegen: Ich soll dir von Kopila ausrichten, dass du heute Abend bei uns zum Essen eingeladen bist. Es gibt Dhal Bhat.«

»Was ist das?«

»Unser Nationalgericht: Reis, Linsen und eingelegtes Gemüse.«

38

Etwa zur gleichen Zeit, als Anna an die Tür von Umas Wohnung klopfte, schlenderte Tara in einem der nobleren Stadtviertel Kathmandus an der mit Eisenspitzen bewehrten Gartenmauer einer Villa entlang und warf einen unauffälligen Blick durch das vergitterte Tor der Auffahrt. Wie schon die letzten sechs oder sieben Male war keine Menschenseele zu sehen. Um die Mittagszeit herum waren Stimmen aus einem der oberen Fenster gedrungen, und am Nachmittag hatte ein großes Auto das Grundstück verlassen, ohne dass Tara die hinter den spiegelnden Scheiben verborgenen Insassen hätte erkennen können. Etwas später verließ eine ältere Frau das Anwesen. Tara war der Frau mit klopfendem Herzen gefolgt und hatte auf eine Gelegenheit gewartet, sie anzusprechen, doch auch das war ihr nicht gelungen. Die Frau erledigte ihre Einkäufe und verschwand dann wieder hinter den abweisenden Mauern.

Tara verbarg sich hinter einem Mauervorsprung, um das Gartentor zu beobachten. Abwesend spielte sie mit den Ohren des Hundes. Achals Freunde hatten die Adresse des Bhoots schnell in Erfahrung gebracht, und nun belauerte sie schon den zweiten Tag sein parkgroßes Anwesen, ohne dass sie ihre Schwester gesehen, geschweige denn sich eine Möglichkeit ergeben hätte, ihr eine Nachricht zukommen zu lassen. Es war nicht einfach, ein Haus in dieser Gegend zu beobachten, wo alles ordentlich war und sich kaum Menschen auf der Straße aufhielten. Die Anwohner bedachten sie bereits mit misstrauischen Seitenblicken, und Tara sorgte sich, jemand könne dem Bhoot zutragen, dass sich eine junge Frau in Begleitung eines großen Hundes für ihn interessierte. Tara gab dem Hund einen Klaps.

Morgen musste sie ihn in der Wohnung lassen, auch wenn es eine Zumutung für Sarungs Eltern darstellte. Durch ihn fiel sie zu sehr auf.

Sie bemerkte gerade noch rechtzeitig das Geräusch eines sich nähernden Autos und zog sich tiefer in ihre Deckung zurück, um dem Scheinwerferlicht auszuweichen. Wie konnte sie nur derart unaufmerksam sein! Der Bhoot durfte sie auf keinen Fall bemerken. Als sie vorsichtig um den Mauervorsprung spähte, sah sie einen Mann aus dem Wagen steigen und sich am Tor zu schaffen machen. Trotz der Dunkelheit wusste Tara instinktiv, dass es sich um den Peiniger ihrer Familie handelte. Die Härchen auf ihren Unterarmen richteten sich auf. So nahe war er, und doch durfte sie, konnte sie nichts tun. Um nicht vor Verzweiflung aufzuschreien, biss sie sich in die geballte Faust, bis es schmerzte. Der Hund knurrte. Tara hatte Mühe, ihn zurückzuhalten. Der Geruch des Bhoots war zu ihm herübergeweht, und er erkannte in ihm jenen Mann, der ihm vor drei Sommern einen so heftigen Tritt versetzt hatte, dass er mehrere Tage kaum hatte laufen können.

Sobald das schwarze Auto auf das Grundstück gefahren und die Straße wieder still war, hastete Tara zum Tor. Während des Laufens nestelte sie das Schultertuch über ihre Haare und halb übers Gesicht. Beim Tor angekommen, krümmte sie den Rücken und verfiel in das Schlurfen einer alten Frau. Während sie langsam am Tor vorbeihumpelte, entstiegen dem Wagen der Bhoot und zwei Frauen, eine junge und eine ältere. Der Kegel einer über der Haustür angebrachten Lampe ließ ihre Kleidung aufleuchten, doch leider kehrten sie Tara die Rücken zu. Die Frau vom Nachmittag öffnete die Haustür, begrüßte die Ankömmlinge ehrerbietig und trat dann einen Schritt zurück, um die ältere Frau eintreten zu lassen. Tara blieb stehen. Die junge Frau war draußen geblieben und sprach mit dem hinter der Kofferraumklappe verborgenen Bhoot. Ihr schillernder Seidensari überstieg alles an Pracht, was Tara je gesehen hatte. Sollte diese elegante Frau tatsächlich ihre Schwester sein? Dreh dich um, betete Tara, dreh dich bitte um! Der Hund wurde unruhig, und bevor Tara ihn hindern konnte, ließ er ein freudiges Kläffen hören. Die junge Frau wandte sich um. Taras Magen krampfte sich zusammen, als sie die vertrauten Züge sah. Sie schob ihr Tuch beiseite, und im nächsten Moment zuckte Erkennen über das Gesicht ihrer Schwester.

Ihnen war nur ein winziger Augenblick vergönnt, bevor die rauhe Stimme des Bhoots ertönte. Sofort verschwand das Lächeln aus dem Gesicht ihrer Schwester. Mit einem traurigen Blick verabschiedete sie sich von Tara und lief mit hängenden Schultern ins Haus.

Tara musste sich an die Metallstäbe des Tors klammern, um nicht zu stürzen. Mit dem Verschwinden ihrer Schwester wich auch all ihre Kraft. Kalter Schweiß stand ihr auf der Stirn. Ein Schwindel erfasste sie, und sie schloss die Augen. Bahani, dachte sie, was haben wir dir angetan?

»Was willst du, Alte? Hier bettelst du vergeblich. Verschwinde!« Der Bhoot war hinter dem Auto hervorgekommen und hatte das Tor schon fast erreicht.

Tara gelang es gerade noch, sich das Tuch vor Mund und Nase zu ziehen. Etwas Unverständliches vor sich hin brabbelnd, schlurfte sie davon, verfolgt von seinen kalten Blicken, deren Eisblitze sie im Rücken spürte wie Stiche. Den ganzen langen Weg nach Jaisidewal traute sie sich nicht, ihre Tarnung aufzugeben. Vielleicht wollte sie es auch nicht. Sie fühlte sich ohnehin wie eine Greisin.

Am übernächsten Tag wurde Anna das Gefühl nicht los, verfolgt zu werden, doch sooft sie sich auch umdrehte, konnte sie niemanden entdecken, der ihr besondere Aufmerksamkeit schenkte. Andererseits wäre es jedem Verfolger ein Leichtes, im

Gedränge von Kathmandus Straßen unterzutauchen, sobald Anna versuchte, ihn zu erspähen.
Wahrscheinlich war der Verfolger ohnehin nur ein Hirngespinst, geboren aus ihrer Verunsicherung. Anna war sich nicht im Klaren darüber, ob die Soldaten schon am Tag ihrer Ankunft in der Stadt gewesen und ihr in ihrer Begeisterung für alles Neue einfach nicht aufgefallen waren, oder ob ihre Zahl in den letzten beiden Tagen tatsächlich zugenommen hatte. Es war müßig, darüber nachzudenken, denn jetzt waren sie da, und ihre Camouflage-Anzüge, die schwarzen Schnürstiefel und vor allem ihre Gewehre waren erschreckend real. Anna hätte gern mit jemandem über ihre Beobachtung gesprochen, am liebsten mit Umakant, doch der war mit seiner Familie am gestrigen Morgen überstürzt in sein Dorf abgereist. Am Abend zuvor, als sie alle gemeinsam in Umakants Wohnung Dhal Bhat gegessen hatten, war plötzlich ein totenbleicher junger Mann mit der Nachricht in den Raum gestürmt, dass Umas Vater verstorben sei und er sofort ins Dorf müsse, um die notwendigen Riten einzuleiten. Anna hatte es sich nicht nehmen lassen, Umakant, Kopila und die Kinder in aller Frühe zum Busbahnhof zu begleiten. Umakant nahm ihr das Versprechen ab, mit ihrer Abreise bis zur Rückkehr seiner Familie in etwa anderthalb Wochen zu warten. Sie verabschiedeten sich wie alte Freunde, und dann hatte Anna allein vor dem Busbahnhof gestanden und dem davonfahrenden Bus nachgewunken, bis er um eine Kurve und außer Sicht verschwand. Danach war sie in die Altstadt zurückgewandert und hatte die Soldaten gesehen.
Um der gedrückten Stimmung in der Stadt zu entkommen, war Anna mit einem Sammeltaxi in Kathmandus Schwesterstadt Patan gefahren. Tatsächlich schienen die Menschen dort etwas entspannter zu sein, und Anna hatte den Tag damit verbracht, auf Tempeln herumzuklettern, zu fotografieren und das Museum zu besuchen. Am Abend, nach einer weiteren erfolglosen

Sitzung im Internetcafé, war sie früh ins Bett gegangen, hatte ein paar Seiten gelesen und dann versucht zu schlafen, aber der Schlaf hatte lange auf sich warten lassen und war von wirren, bedrohlichen Träumen durchtränkt gewesen. Mehrmals schreckte sie mit dem Gefühl auf, dass sich etwas Furchtbares ereignet hatte oder aber noch ereignen würde. Die düsteren Vorahnungen hatten sie bis in den Morgen hinein verfolgt und sich nur schwer abschütteln lassen.

Dementsprechend dünn war ihr Nervenkostüm. Seitdem sie am Mittag die Annapurna Lodge verlassen hatte, kehrte ihre altvertraute Unsicherheit mit Riesenschritten zurück. Gestern noch interessante und aufregende Situationen überforderten sie heute. In jedem Händler witterte sie einen Betrüger, jeder Lastenträger rempelte sie mit voller Absicht aus dem Weg, und auch die barfüßigen Kinder mit ihren Schnurrbärten aus Rotz und den ausgestreckten Bettelhändchen schienen sich ausschließlich an ihre Fersen zu heften. Und dann war da noch die Sache mit dem Verfolger. Anna fühlte sich beobachtet, daran gab es nichts zu rütteln, und das Gefühl war unangenehm genug. Am späten Nachmittag machte sie sich auf den Rückweg zur Freakstreet. Kathmandus Sehenswürdigkeiten würden auch morgen noch existieren – sie hatte fürs Erste die Nase voll.

Kurz vor der Lodge kam sie am Snow Man Café vorbei. Sie zögerte kurz und stieß dann die Tür auf. Auch wenn sie sich mit Ram kaum unterhalten konnte, lockten das Café und sein freundlicher Besitzer wie ein sicherer und gemütlicher Hafen. Im Übrigen würde ein Stück Schokoladentorte genau das Richtige sein, um den Geschmack des verdorbenen Tages zu vertreiben.

Im Café war lediglich der unattraktive Tisch neben der Treppe frei. Anna wollte sich gerade nach hinten durchdrängeln, als eine große Gruppe an den beiden vorderen Tischen Ram um die Rechnung bat. Anna wartete, bis die Studenten gegangen

waren, und setzte sich dann auf einen der frei gewordenen Stühle. Sichtlich erfreut über ihren Besuch, brachte Ram unaufgefordert einen Milchtee und schnitt ihr dann ein großzügig bemessenes Stück Torte ab. Er hätte sich gern zu ihr gesetzt, aber seine Gäste erlaubten ihm keine Pause. Anna nickte verständnisvoll. Sie hatte alle Zeit der Welt und konnte warten, bis das Geschäft abflaute. Es war schön zu sehen, dass wenigstens ein Mensch in der Straße etwas Umsatz machte, wenn auch die Ausländer fehlten, für die das Café vor beinahe vier Jahrzehnten seine Pforten geöffnet hatte. Sie suchte ihren Reiseführer aus der Tasche und vertiefte sich in die Beschreibungen der Bergwanderungen. Uma hatte ihr vorgeschlagen, eine einwöchige Wanderung zu unternehmen. Er begleitete häufiger Touristen in die Berge und kannte sich gut aus. Anna hatte spontan abgelehnt, doch mittlerweile fand sie die Vorstellung immer attraktiver, in die Berge zu gehen und dort dem Geist ihres Vaters nachzuspüren. Die Lektüre des Reiseführers war vielversprechend. Es gab gut organisierte und bezahlbare Trekkingtouren aller Schwierigkeitsgrade und von unterschiedlicher Dauer. Schade nur, dass sie nicht mit Uma wandern konnte. Sie barg ihr Gesicht in den Handflächen und ließ ihre Gedanken zu dem ihr unbekannten Heimatdorf von Umas Familie fliegen. Wie mochte es ihnen ergehen?
Als sie den Kopf wieder hob, fand sie sich einem der Wesen aus den Alpträumen der letzten Nacht gegenüber. Anna blinzelte verblüfft, doch das Wesen löste sich nicht in Nebel auf, leider.
»Jesus, auch genannt Yuz Asaf, Allah und Shiva seien mit dir!«, sagte der Nachtmahr. Auf Französisch. Und schlug ein Kreuz. Anna verschlug es vollends die Sprache.
Vor ihr saß der gelbgekleidete Alte, der ihr schon vor drei Tagen aufgefallen war, und starrte sie ungeniert aus tabakbraunen Augen an. Obwohl er sich große Mühe gab, wie ein einheimischer Sadhu auszusehen, konnte er seine europäische Abstammung

nicht verleugnen. Seine kuriose Aufmachung verwirrte Anna, andererseits hatte sie auf dem Subkontinent schon einige exzentrisch ausstaffierte heilige Männer gesehen. Immerhin war dieser weder nackt, noch hatte er sich mit Asche oder Kuhmist eingeschmiert. Auf seiner Stirn prangte ein mit gelber und roter Farbe aufgetragenes geometrisches Muster, sein hagerer Schädel mit der an einen Vogelschnabel erinnernden Nase wurde von einem schmuddelig gelben, nachlässig geschlungenen Turban gekrönt. Dreadlocks schlängelten sich wie Tentakel darunter hervor und bedeckten seine mageren Schultern und den Rücken. Es musste den Mann Jahrzehnte gekostet haben, bis sie diese Länge erreicht hatten. Der im Gegensatz zu den verfilzten Haaren sauber ausgekämmte Prachtbart war ebenfalls bemerkenswert lang und bis auf die Farbe, ein dumpfes Grau mit roten Strähnen, des Weihnachtsmanns würdig. Um den Hals und an den Handgelenken trug er Unmengen von Ketten aus braunen Holzkugeln. Sein gelbes Baumwolloberteil war für die herrschenden Temperaturen viel zu dünn, doch der Mann schien unempfindlich gegen die Kälte zu sein. Verwaschene Tätowierungen bedeckten seine bloßen Arme. Neben seinem Stuhl lehnte ein Dreizack.

»Die Welt ist voller Wunder«, intonierte der Mann nun salbungsvoll. Sein Blick ließ Anna endlich frei und umfasste in seiner Unbestimmtheit die ganze Welt. Anna schwankte zwischen Faszination und gebotener Wachsamkeit. Umas Mahnung, sich von dem komischen Kauz fernzuhalten, klang ihr im Ohr. Andererseits, was konnte er ihr in einem gutbesuchten Café anhaben? Sie spähte zur Seite. Ram stand hinter seinem Tresentisch und nickte ihr aufmunternd zu. Anna entspannte sich. Was würde als Nächstes kommen?

Sie räusperte sich, um ihre Stimme wiederzufinden. »Ja, das ist sie wohl«, antwortete sie. »Wunder Nummer eins: Woher wussten Sie, dass ich Französisch spreche?« Die Frage war mehr als berechtigt. Hinter ihrem Zusammentreffen steckte offensichtlich mehr, als sie anfangs vermutet hatte. Handelte es sich bei ihrem eingebildeten Verfolger vielleicht um den Alten? Anna verwarf die Möglichkeit sofort wieder: Sein Paradiesvogelaufzug war nicht dazu angetan, unentdeckt zu bleiben.

Er beendete seine Inspektion der Unendlichkeit und verkündete: »Ich habe einen guten Draht zu Shiva und San Francesco.«

Der Mann war eindeutig verrückt. Shiva und Franziskus, der mit den Vögeln sprechen konnte? Hatten dessen gefiederte Freunde ihm einen Tipp gegeben?, dachte Anna mit einem Anflug von Belustigung.

Sie hatten. »Die Vögel sind ihre Botschafter«, sagte der Mann beiläufig. »Ich bin ihrem Ruf gefolgt, um mit Ihnen zu sprechen, bevor andere es tun.«

»Was wollen Sie von mir?«

»Lautet die Frage nicht eher: Was wollen Sie von mir?«

»Sie sprechen in Rätseln.«

»Das Leben ist rätselhaft.« Wieder glitt sein Blick ins Nirwana oder zumindest dorthin, wo er es vermutete. »Die Götter treiben ihr Spiel mit uns, indem sie die Lösungen verschleiern und uns im Dunkeln tappen lassen. Kaum einem Sterblichen gelingt es, die Nebel zu zerreißen.«

»Aber Sie gehören zu den Auserwählten?« Anna erschrak über den scharfen Ton ihrer Stimme.

Er ignorierte ihre Aggressivität. »Manchmal ist es mir vergönnt, einen Zug auf dem großen Spielplan des Universums zu verstehen.« Seine Augen hatten einen glasigen Ausdruck angenommen.

Ja, dachte Anna, wenn du so bekifft bist, dass du nicht mehr weißt, wie du heißt. Und jetzt lass mich in Ruhe. Sie machte Anstalten, sich zu erheben, als sich der Alte blitzschnell vorbeugte. Anna drückte sich unwillkürlich gegen ihre Stuhllehne, um Distanz zu dem Mann zu schaffen. Der schlangenhaarigen

Medusa gleich schienen sich seine Haare zu winden und aufzubäumen. Hatte Uma nicht erwähnt, der Alte würde sich der Herr der Vögel nennen? Nun, Herr der Schlangen wäre passender gewesen. Sein vor wenigen Sekunden noch entrückter Blick war mit einem Mal wach und hart. »Bleiben Sie sitzen«, zischte er. »Hören Sie mir zu, sonst bekommen Sie großen Ärger.«

»Was wollen Sie von mir?«, wiederholte Anna schrill. Die ersten Gäste drehten neugierig ihre Köpfe.

»Was haben Sie mit Sylvain Meunier zu schaffen?« Als er sah, wie Anna auffuhr, machte er eine beschwichtigende Handbewegung. »Unterbrechen Sie mich nicht. Um ihre Frage vorwegzunehmen: Sie und Ihre Freunde haben vor ein paar Tagen seinen Namen laut genug herausgebrüllt. Leider habe ich erst zu spät an den Nebentisch wechseln und somit nicht herausfinden können, in welchem Verhältnis Sie zu ihm stehen.« Er kniff die Augen zusammen. »Kennen werden Sie ihn wohl kaum. Sylvain ist seit über dreißig Jahren tot. Warum stochern Sie in der Vergangenheit herum?«

Anna fühlte sich wie betäubt. Ausgerechnet dieser seltsame Heilige entpuppte sich als Bindeglied zu ihrem Vater. Wäre es doch nur ein anderer gewesen, jemand, dem sie ihr Vertrauen leichter hätte schenken mögen!

»Sie kannten Sylvain?«

»Vielleicht. Vielleicht auch nicht.«

Anna wartete, aber der Alte besaß mehr Geduld. Schließlich fasste sie sich ein Herz. Ihre Geschichte war kein Geheimnis, auch wenn ihr Gegenüber das anders sah. »Ich bin Annapurna, die Tochter von Babsi Eckle und Sylvain Meunier«, sagte sie fest.

»Was?«

Anna erschrak über die heftige Reaktion des Sadhus. Er hatte unwillkürlich zu seinem Dreizack gegriffen und klammerte sich Halt suchend daran fest. In seinem bemalten Gesicht spiegelten

sich Überraschung und Entsetzen, und es verging einige Zeit, bis er seine Züge wieder unter Kontrolle hatte.
»Das ist unmöglich«, sagte er schließlich. »Sylvain hatte keine Kinder.«
»Zumindest keine, von denen er wusste«, sagte Anna trocken. »Ihr Freund, ich nehme jedenfalls an, Sie waren befreundet, hatte durchaus ein Sexualleben. Und dabei entstehen hin und wieder Kinder.«
»Zut alors!«
Also kein Italiener, wie Uma angenommen und seine italienische Bezeichnung des heiligen Franz nahegelegt hätte, sondern ein Franzose, dachte Anna. Menschen fluchten immer in ihrer Muttersprache. Auch wenn es klang, als hätte er sie lange nicht benutzt. »Den Grund zu fluchen, hätte wohl eher ich«, sagte sie. »Ich habe es nämlich auch erst vor wenigen Tagen erfahren.«
»Können Sie es beweisen?« Der Alte wirkte, als hätte man ihm die Luft abgelassen.
Anna zuckte die Achseln. »Nein. Meine Papiere sind gefälscht, und meine Eltern tot. Ich kann mich lediglich auf die Erzählung einer guten Freundin meiner Mutter berufen. Ihr Name ist Ingrid. Ingrid Doggenfuss.«
»Babsi ist tot?«, stotterte er, ohne darauf einzugehen, ob er Ingrid kannte oder nicht.
»Ein Unfall. Vielleicht aber auch Selbstmord. Meine Mutter war ihr Leben lang traurig.« Anna schluckte. Gleich sprang er sie wieder an, der Verdacht, dass ihre Mutter nicht geträumt, sondern sich in vollem Bewusstsein der Ebbe ausgeliefert hatte. Dann fiel ihr etwas ein. Sie öffnete den Verschluss ihrer Kette und reichte sie dem Sadhu. »Reicht Ihnen dieser Anhänger als Beweis?«
Er untersuchte die Silberplatte mit den Türkisen und Korallen eingehend. Anna beobachtete seine Miene, konnte aber nichts daraus lesen.

»Er reicht mir«, sagte er schließlich. »Und jetzt? Was wollen Sie wissen?«

»Alles, was Sie mir über meinen Vater berichten können, und auch über meine Mutter. Wie waren sie, wie haben Sie die beiden erlebt?«

Er unterbrach sie. »Ich bin kaum der Richtige für Ihre Fragen. Aber es gibt in Nepal jemanden, der Sylvain und Babsi gut kannte und Ihnen wesentlich mehr erzählen könnte.«

»Bringen Sie mich zu ihm!«

»Das ist nicht einfach. Er hat Kathmandu vor kurzem verlassen, um in sein Bergversteck zurückzukehren.«

»Bergversteck? Wie meinen Sie das?«

»Wie ich es sagte. Der Pangje kommt viel herum und sieht mehr als andere.« Er hatte seine Stimme zu einem Flüstern gesenkt, so dass Anna ihn kaum verstehen konnte.

»Wer ist der Pangje?«, fragte sie.

»Nicht so laut! Am besten, Sie vergessen es sofort wieder«, erwiderte er scharf. Er wollte gerade noch einen Satz anfügen, als er plötzlich erstarrte. Etwas hinter Annas Rücken erregte seine Aufmerksamkeit. Sie drehte sich um. Der Raum hatte sich bis auf den letzten Platz gefüllt, während sie mit dem Herrn der Vögel gesprochen hatte, aber niemand interessierte sich für sie. Der Alte beugte sich dicht zu ihrem Ohr. »Ich muss weg. Seien Sie morgen Abend um sieben vor der Annapurna Lodge.«

Bevor Anna ihn aufhalten konnte, war er schon aus der Tür. Anna sprang auf und eilte ihm nach, prallte aber mit einem stämmigen Nepalesen zusammen. Anna murmelte eine Entschuldigung und ließ dem Mann den Vortritt. Als sie endlich auf der Straße stand, sah sie gerade noch den Zipfel des gelben Wickelrocks um die nächste Straßenecke verschwinden. Anna schickte dem Mann, der sich in dieselbe Richtung wie der Alte entfernte, einen Fluch hinterher. Wäre der ungehobelte Kerl nicht gewesen, hätte sie den Herrn der Vögel vielleicht noch

einholen können. Ihn und ihren Anhänger. Den hatte er nämlich in der Aufregung behalten.
Verärgert setzte sie sich wieder auf ihren Platz. Was sollte das alles? Warum diese Geheimniskrämerei? Ram brachte ihr ein neues Glas Milchtee, verdrehte die Augen und vollführte mit dem Zeigefinger einen Kreis vor seiner Stirn. Er teilte offenbar die allgemeine Meinung, dass der Mann verrückt war, aber Anna war sich dessen nicht mehr so sicher. Zumindest zeitweise hatte er durchaus vernünftig gewirkt.
Und dann lief es ihr kalt den Rücken herunter. Seine Augen! Sie kannte dieses ungewöhnliche Tabakbraun nur zu gut.
Weil sie es jeden Morgen sah.
Im Spiegel.

Zum Abendessen ging Anna ins Restaurant der Annapurna Lodge. Da es empfindlich abgekühlt war, zogen die wenigen Gäste den Innenraum dem Hof vor. Während Anna einen Tisch wählte, drangen Gesprächsfetzen in Schwyzerdütsch an ihre Ohren, und sie fragte die beiden jungen Männer spontan, ob sie sich zu ihnen setzen dürfe. Etwas Ablenkung würde ihr guttun. Ihre Gedanken hatten sich in einer Endlosschleife festgefahren, die zu durchbrechen ihr wohl ohnehin erst morgen, beim Treffen mit dem Herrn der Vögel, gelingen würde.
Matthias und Peter waren versierte Bergwanderer aus Graubünden und hatten sich mit ihrem dreimonatigen Nepalurlaub einen Herzenswunsch erfüllt. Voller Bewunderung lauschte Anna ihren Erzählungen über die vielen Touren der letzten Monate, und obwohl die Männer die Anstrengungen nicht kleinredeten, wuchs in ihr der Wunsch, ebenfalls zu den Himalaya-Riesen aufzubrechen. Seit ihrer Ankunft in Kathmandu hatten sich die Berge nicht gezeigt, ihr kam es fast schon vor, als würde sie einem gigantischen Betrug aufsitzen und die Berge existierten gar nicht.

»Seid ihr auf Rebellen gestoßen?«, fragte Anna. »Ich habe gehört, dass es in den Bergen von ihnen wimmeln soll.«
»Wimmeln ist vielleicht nicht der richtige Ausdruck«, sagte Matthias. »Aber man trifft hin und wieder auf kleinere Gruppen.«
»Ist das nicht gefährlich?«
»Für Soldaten vielleicht, aber nicht für Touristen. Sie knöpfen dir etwa hundert Dollar ab als eine Art Revolutionssteuer.«
»Hundert Dollar? Das wird auf Dauer aber teuer.«
»Das befürchteten wir auch. Aber du bekommst eine Quittung und legst sie dann der nächsten Gruppe vor.«
»Ihr macht Witze!«
Matthias und Peter schüttelten grinsend die Köpfe. »Ich kann die Quittung holen«, erbot sich Peter.
Anna winkte ab. »Das ist zu verrückt, um es sich auszudenken. Trotzdem stelle ich es mir unheimlich vor, in der Wildnis einer Gruppe Bewaffneter gegenüberzustehen. Mir reichen schon die Soldaten in der Stadt.«
»Sie waren nett, und wenn jemand Englisch sprach, versuchten sie, uns über ihre Motive aufzuklären. Unheimlich? Nein, da haben wir Schlimmeres erlebt. Mir läuft heute noch eine Gänsehaut über den Rücken, wenn ich daran denke.«
»Was denn?« Erstaunt bemerkte Anna, wie die robusten Männer unsichere Blicke tauschten.
»Vor etwa zwei Monaten hatten wir eine Begegnung der dritten Art«, erzählte Peter schließlich und begann von ihrem gruseligen Erlebnis auf der Passhöhe des Annapurna-Rundwegs zu berichten.
Anna lauschte verwirrt. Die Schweizer wirkten zu erdverbunden, um an Yetis oder sonstige übernatürliche Wesen zu glauben. Machten sie sich über sie lustig? Ihre ernsten Mienen ließen das Gegenteil vermuten. »Habt ihr herausgefunden, was es war?«, fragte sie.

»Nein. Aber wir haben Geschichten gehört. In den Bergen soll sich ein Mann herumtreiben, der sich ganz nach Belieben in einen Schneeleoparden verwandelt. Warum er das tut, konnte oder wollte uns niemand sagen. Seltsam fanden wir auch, dass die meisten zwar von ihm gehört hatten, aber niemand über ihn sprechen wollte. Ich glaube, sie hatten Angst, den Pangje durch bloße Erwähnung in ihren Vorgarten zu zitieren. Was ist mit dir?« Peter beugte sich besorgt zu Anna.

»Nichts.« Anna zwang ein Lächeln auf ihr Gesicht, obwohl ihr nicht danach zumute war. Was hatte der Alte mit den Tabakaugen gesagt? *Der Pangje kommt viel herum und sieht mehr als andere.* Und dass er ihr etwas über ihren Vater erzählen könne. Langsam, aber sicher bekam sie es mit der Angst zu tun.

39

Tara trommelte nervös gegen die Fensterscheibe der Beifahrertür, bis Achal sie bat, damit aufzuhören. Er hatte lange nicht am Steuer eines Autos gesessen und musste sich auf den abendlichen Verkehr konzentrieren. Keinesfalls durfte er die Aufmerksamkeit der Polizei auf sich ziehen, denn weder besaß er einen Führerschein, noch gehörte ihm das Taxi, in dem er und Tara unterwegs waren. Tara hielt mit dem Trommeln inne, aber nach kurzer Zeit wippte sie mit dem Fuß auf und ab, um ihrer Anspannung ein Ventil zu geben. Bald war es so weit. Bald würde sie ihre Schwester in die Arme schließen. Tara konnte immer noch nicht fassen, wie sich nach den langen Tagen des Wartens und Lauerns doch noch alles gefügt hatte.

An dem Tag, nachdem ihre Schwester sie erkannt hatte, war Tara von der Haushälterin angesprochen worden. Wie Tara vermutet hatte, durfte ihre Schwester das Haus nicht allein verlassen, und so hatte sich die vor Mitleid überfließende Frau bereit erklärt, den Schwestern zu helfen. Als Mittlerin war sie zwischen dem Haus und Taras Versteck gependelt, bis ihr Plan stand. Die Eröffnung, der Bhoot habe ihre Schwester nicht geheiratet, beruhigte Tara ein wenig, obwohl der Status als Geliebte im Grunde noch furchtbarer war als eine Ehe.

Heute Abend sollte der Plan umgesetzt werden. Der Bhoot war direkt nach seiner Arbeit im Büro zu einem Geschäftsessen verabredet, und ihre Schwester wollte sich mit Hilfe der Haushälterin, die es auf sich genommen hatte, der Hausherrin den Schlüssel für das Parktor zu entwenden, aus dem Haus schleichen. Tara und Achal würden bereitstehen, um sie zu Sarungs Eltern nach Jaisidewal zu bringen. Noch war nicht klar, wie es dann weitergehen sollte – in Raato Danda würde der Bhoot sei-

ne flüchtige Geliebte sofort aufstöbern, also musste sie wohl oder übel untertauchen. Tara atmete tief durch. Darüber konnte sie sich Gedanken machen, sobald ihre Bahani in Sicherheit war.
»Wo ist es?«, fragte Achal. Er hatte bisher keine Zeit gefunden, Tara zu begleiten, doch für den heutigen Abend stellte er alle anderen Verpflichtungen hintan.
Tara deutete nach vorn. »Das gelbe Haus, dort, wo die Lampe am Tor brennt. Stell das Auto aber schon hier ab. Sobald meine Schwester auf die Straße tritt, steige ich aus und winke sie heran. Wie spät ist es?«
»Sechs Uhr. Wir sind eine halbe Stunde zu früh.« Achal wendete den Wagen und parkte ihn hinter einem teuren Landrover. Dann kurbelte er das Seitenfenster herunter und stellte den Spiegel so ein, dass er das Tor im Blick behalten konnte. Tara justierte den Spiegel auf ihrer Seite. Schweigend warteten sie auf das Erscheinen von Taras Schwester.

»Sie kommt nicht mehr«, flüsterte Tara. »Er hat es herausgefunden! Was tun wir jetzt bloß?« Ihr Flüstern schlug in panikschrilles Rufen um. Mittlerweile war über eine Stunde vergangen, und es war dunkel geworden, ohne dass sich ihre Schwester gezeigt hatte. Lediglich die Fenster im Obergeschoss des Hauses, zuvor hell erleuchtet, waren eines nach dem anderen erloschen. Was sich im Untergeschoss zutrug, verbarg sich vor ihren Blicken, zu hoch war die Gartenmauer.
»Beruhige dich. Sie wird jeden Moment erscheinen. Und sollte sie es heute nicht schaffen, werden wir morgen Abend wieder hier stehen, und übermorgen wieder.«
»Hör auf, bitte hör auf! Was passiert, wenn er ihr auf die Schliche gekommen ist?«
»Ich möchte es gar nicht wissen«, murmelte Achal.
Plötzlich erschien die Gestalt einer Frau. Das Gartentor schwang nach innen auf. Tara war schon halb aus dem Auto, als Achal sie

zurückriss. »Bist du sicher, dass sie es ist? Warum macht sie das Tor ganz auf? Warte lieber noch.«

»Lass mich!«

»Es ist nicht deine Schwester. Es ist das Auto!«

Tatsächlich rollte jetzt der schwarze Wagen auf die abenddunkle Straße. Die Frau am Gartentor ging zum Fond des Wagens und beugte sich hinunter. Ob sie ebenfalls einsteigen oder nur ein paar Worte mit den Passagieren auf dem Rücksitz wechseln wollte, war aus der Entfernung nicht auszumachen. Im nächsten Moment taumelte sie zurück. Die Autotür sprang auf, und eine weitere Frauengestalt erschien. Ohne auf die Gestrauchelte zu achten, rannte die Frau davon.

»Bei den Göttern, sie ist es! Achal, sieh nur, sie läuft in die falsche Richtung. Schnell, wir müssen sie einholen!«

Bevor Achal das Taxi anlassen konnte, schoss ein großer Mann aus dem schwarzen Auto und nahm die Verfolgung auf. Achal nestelte am Zündschlüssel, aber der Wagen sprang nicht an. Der Mann schloss zu der Frau auf und riss an ihrem Zopf. Sie prallte mit dem Rücken gegen ihn. Entsetzt musste Tara mit ansehen, wie der Bhoot ihrer Schwester ins Gesicht schlug. Dann zerrte er sie zurück zum Wagen und stieß sie in den Fond. Er selbst glitt wieder auf den Fahrersitz, und wenige Sekunden später raste das schwarze Auto an ihnen vorbei und um die nächste Straßenecke, bevor Tara und Achal begriffen hatten, was geschehen war.

»Meinst du, er hat es herausbekommen?«, flüsterte Tara.

»Ich weiß es nicht«, sagte Achal. »Vielleicht nicht. Vielleicht hatte er ohnehin vor, den heutigen Abend woanders zu verbringen und deine Schwester mitzunehmen. Ein Mann wie er hält es sicher nicht für nötig, seine Geliebte über seine Pläne zu unterrichten.«

»Aber nun hat sie versucht zu flüchten.« Tara sank in sich zusammen. »Er wird sie noch stärker bewachen.«

»Das hat er doch ohnehin schon ausreichend getan. Bestimmt war es nicht ihr erster Fluchtversuch.«
»Meinst du?« Tara schöpfte neue Hoffnung. Sie war Achal dankbar für den Strohhalm.
»Aber sicher. Wenn deine Schwester nur halb so mutig ist wie du, wird sie sich schon häufiger gegen ihr Schicksal aufgelehnt haben.«
»Meinst du, wir sollten auf die Rückkehr des Autos warten?«
»Ich glaube kaum, dass das sinnvoll ist. Hast du gesehen, welch prächtigen Sari deine Schwester trug? Bestimmt gehen sie auf eine Feier. Ich fürchte, du wirst noch einmal mit der Haushälterin Kontakt aufnehmen und einen neuen Termin ausmachen müssen.«
»Ja«, sagte Tara tonlos, »das muss ich wohl.« Dann stieg sie aus dem Taxi.
»Wo willst du hin?«
»Ich möchte einen Blick in den Garten werfen. Jetzt wissen wir ja, dass er nicht zu Hause ist.« Ohne auf Achals Einwände zu achten, ging sie zum Tor hinüber. Achal folgte ihr zögerlich. Bis auf seine Schritte lag die Straße in völliger Stille. Tara umklammerte die Gitterstäbe, wie schon drei Abende zuvor. Wie sollte sie jemals ihre Schwester aus dieser Festung befreien?
Das Tor gab nach. In all der Aufregung um ihre Schwester hatte der Bhoot vergessen, es zu schließen. Mit angehaltenem Atem schlüpfte Tara hindurch.
»Du bist verrückt!«, flüsterte Achal. »Was ist, wenn er Hunde hat? Oder einen Wächter?«
Tara schüttelte den Kopf. »Er hat keine Hunde. Komm!«
Die Deckung von Bäumen und Büschen nutzend, umrundeten sie das Haus. Tara spürte das Blut in ihren Ohren pochen. Die schwarzglänzenden Fenster erschienen ihr wie Tore zur Hölle, hinter denen Dämonen lauerten und jede ihrer Bewegungen verfolgten. Jeden Augenblick erwartete sie Hände um ihren

Hals, Zähne im Fleisch, und dann Finsternis und Entsetzen, doch nichts geschah. Unbehelligt erreichte sie den sich hinter dem Haus erstreckenden Garten, der von der Größe und Anlage her eher einem Park glich als einem privaten Grundstück. Unwillkürlich verhielt Tara ihre Schritte. In Kathmandu wurde es niemals ganz dunkel, und im diffusen Licht des Mondes und der Straßenlaternen erkannte sie beschnittene Bäume und Sträucher, einen Brunnen mit glitzerndem Wasser und steinerne Figuren. Sie roch die Blumen, spürte das frisch gesprengte, weiche Gras unter ihren Füßen, und sie ahnte, wie schön dieser Garten war. Tränen traten ihr in die Augen. Wie konnte etwas so Dunkles wie der Bhoot etwas so Wundervolles besitzen?
»Die Anlage sollte für alle zugänglich sein«, murmelte Achal. »Sie ist viel zu groß für eine Familie. Dieser Bhoot muss unglaublich reich sein, Tara. Woher hat er das Geld?«
Tara zuckte die Achseln. Sie wusste es nicht. Dann entdeckte sie eine ebenerdige, von einer Balustrade umgebene Terrasse mit einer Tür ins Haus. Alle Vorsicht außer Acht lassend, schwang sie sich über die Balustrade. Wenn sich die Terrassentür öffnen ließ, würde sie in das Haus gehen, nach Spuren ihrer Schwester suchen, vielleicht etwas finden, was sie dem Bhoot entwenden und womit sie ihm schaden konnte.
Die Tür war verschlossen. Vergeblich drückte Tara sich die Nase an der Scheibe platt. Das dunkle Innere des Hauses gab seine Geheimnisse nicht preis. Geschlagen rannte sie zu Achal zurück.
»Lass uns verschwinden. Mir kommt es hier nicht geheuer vor«, flüsterte er.
»Im Wald hattest du keine Angst. Was ist los? Hast du jemanden gesehen?«
»Nein. Aber ich spüre etwas Böses.«
Tara überlief es kalt. Natürlich war dieses Haus böse, wie sollte es anders sein? Aber Achal mit seinen feinen, vom Dschun-

gelkampf geschulten Fühlern hatte offensichtlich noch etwas anderes gemeint. Etwas Greifbareres. Dann hörten sie die Schreie.

Leise, wie aus weiter Ferne, wehten sie zu ihnen herüber. Tara und Achal sprangen zeitgleich auf die Füße.

»Bleib hier«, zischte Achal. »Ich sehe allein nach.«

»Ich denke nicht daran.« Tara folgte ihm lautlos zum hinteren, im Gegensatz zu den gepflegten Beeten und Bäumen des Parks völlig verwilderten Teil des riesigen Grundstücks. Der Schrei war aus diesem Dickicht erklungen. Sie entdeckten einen ausgetretenen Pfad und, nach kaum zwanzig Metern, ein heruntergekommenes Gebäude. Es war wesentlich kleiner als das Haupthaus, wahrscheinlich ein ehemaliges Dienstbotenhaus mit wenigen Räumen. Aus einem der ihnen zugewandten Fenster drang schwaches Licht und Stimmengemurmel. Wieder ertönte ein erstickter Schrei. Voller Angst drückten sich Tara und Achal abseits des Pfades ins Unterholz.

»Ich spähe durchs Fenster«, schlug Tara vor, aber Achal wollte nichts davon wissen. Sie berieten noch darüber, was sie tun sollten, als die Tür aufgestoßen wurde. Der herausfallende Lichtschein schnitt die Silhouette eines kräftigen Mannes aus der Dunkelheit. Tara und Achal zogen sich noch weiter in die Schatten der Büsche zurück und warteten.

»Vergiss ihn. Der ist hin«, sagte der Kräftige zu einem anderen im Inneren des Häuschens.

Er bekam eine Antwort, die Tara aber nicht verstand. Dann sprach der Kräftige erneut: »Ist doch egal. Er hat dem Boss alles Wichtige erzählt, wir brauchen ihn nicht mehr«, und dann, nach einer weiteren unverständlichen Antwort, platzte ihm der Kragen. »Lass ihn liegen, verdammt noch mal! Der krabbelt nirgendwo mehr hin. Wir bringen ihn mit dem Transporter zu den Raben.«

Ein weiterer Mann trat vor die Tür, schmaler als der andere.

»Shyam hat den Transporter mitgenommen«, sagte er mürrisch. »Wir müssen ihn erst holen.«

»Was für eine Scheiße ist das denn? Aber nicht zu ändern. Ich hole den Transporter, und du wartest hier. Spätestens in einer Stunde bin ich zurück.«

»Nein, ich begleite dich. Habe keine Lust, von seinem Geist heimgesucht zu werden«, sagte der Schmale mit einem Nicken in Richtung des Raumes.

»Dann komm eben mit.«

Der Schmale knipste das Licht aus. Sofort war es wieder stockdunkel in dem Dickicht. Die beiden Männer fanden den Pfad blind. Tara hielt den Atem an, als sie an ihr vorbeigingen, so nahe, dass es ausgereicht hätte, die Hand auszustrecken, um sie zu berühren. Dann waren sie fort, die Stimmen verloren sich. Achal folgte ihnen in geringem Abstand, um sich zu vergewissern, dass sie wirklich gingen.

Die wenigen Minuten bis zu Achals Rückkehr erschienen Tara wie Stunden. Ihre Gedanken überschlugen sich. Wen hatten die Männer in diesem Haus zurückgelassen? Und warum war es jetzt so still, dass sie die Fledermäuse durch die Luft zischen hörte? War der Mann tot? Tara zog ihr Tuch fest um den Oberkörper, um das Zittern zu mildern, doch es rührte nicht von der Kälte her. Sie hatte grauenhafte Angst vor dem, was sie im Haus finden mochten.

»Ich gehe jetzt hinein. Sie sind tatsächlich weg, aber wir sollten uns beeilen.« Tara erschrak. Sie hatte Achal nicht kommen hören, doch jetzt dröhnte sein Schnaufen wie das Trompeten von Elefanten. Er muss gerannt sein, um schnell wieder bei mir zu sein, dachte Tara dankbar und erhob sich. Gemeinsam näherten sie sich der Tür. Sie war abgeschlossen.

»Und jetzt?«

»Gib mir dein Tuch.«

»Was willst du tun?« Tara reichte es ihm. Kurz darauf zerbrach ein Klirren die Nacht. Tara hörte Achal fluchen, dann klirrte noch mehr Glas, es gab einen dumpfen Knall und Geschepper, und kurz darauf flammte eine einzelne Birne auf. Tara streckte den Kopf durch das jetzt glaslose Fenster. Und schrie, schrie ihr Entsetzen in den zur Hälfte mit Gartengeräten vollgestopften Raum.

Die andere Hälfte schwamm in Blut.

40

Anna stand wie verabredet vor der Annapurna Lodge und wartete auf den Sadhu. Er kam nicht. Viertel nach sieben. Halb acht. Viertel vor acht. Er war noch immer nicht erschienen. Anna schwankte zwischen Verärgerung und Erleichterung. Der Herr der Vögel hatte einen unheimlichen Eindruck auf sie gemacht, andererseits hatte er ihre Eltern gekannt und würde sicherlich interessante Geschichten zu erzählen haben. Und dann waren da noch die geheimnisvollen Andeutungen über den Schneeleoparden. Und seine Augen. Die Augen, die ihren so glichen. Anna schluckte. Versteige dich nicht in ein Hirngespinst, warnte sie sich insgeheim. Es ist nur die Augenfarbe, und die ist so ungewöhnlich nicht. Dein Vater ist tot. Seine Knochen bleichen in einer unzugänglichen Schlucht des Himalayas. Wenn sie nach über dreißig Jahren nicht längst zu Staub zerfallen sind.

Zehn vor acht. Anna zitterte mittlerweile vor Kälte, aber auch die seltsame Stille in der Stadt ließ sie schaudern. Während der letzten halben Stunde waren höchstens zwanzig Menschen die Freakstreet entlanggehastet, wo sonst Hunderte ihren Geschäften nachgingen. Irgendetwas stimmte nicht. Als hielte Kathmandu in Erwartung eines Schlages den Atem an. Anna fiel die Reisewarnung des Auswärtigen Amtes ein: Es könne zu Streiks und Ausgangssperren kommen. War dem so, und sie hatte es nicht mitbekommen? Hatte der Sadhu die Verabredung deshalb nicht einhalten können? Anna wartete noch weitere fünf Minuten und ging dann wieder zurück in die Lodge. Sollte er noch kommen, würde er sie auch im Restaurant finden. Ramesh hatte Dienst, und sie bat ihn, den Alten zu ihr zu bringen, falls er nach ihr fragte. Sie wählte einen Platz im kaum besetzten

Restaurant und bestellte ein Palak Paneer, indisches Curry aus Spinat und Frischkäse, sowie gebuttertes Naan-Brot. Möglichst unauffällig musterte sie die Gäste an den anderen Tischen. Die netten Schweizer waren abgereist, und die Handvoll anderer Leute kannte sie nicht. Kurz überlegte sie, ob sie sich zu einem sympathisch wirkenden Pärchen setzen sollte, verwarf den Gedanken aber wieder. Die beiden schienen sich selbst genug zu sein. Anna wollte sich nicht aufdrängen. Ihr Essen kam.

Ein Aufruhr in der Rezeption ließ sie aufblicken. Ramesh stritt mit einer Frau, deren Keifen unangenehm durch das Restaurant schrillte, und keine Sekunde später erschien die Frau im Durchgang zur Rezeption. Alle Unterhaltungen verebbten. So wie die Frau in den Raum starrte, starrten die Gäste zurück.

Sie musste um die siebzig sein, eine Europäerin mit verfilzten, nach allen Seiten abstehenden grauen Haaren. Ihre Kleidung bestand aus einem Sammelsurium von übereinandergetragenen bunten Röcken und Strickpullovern, wie es sie in der Freakstreet zu kaufen gab. Sie trug zwei verschiedene Turnschuhe. Sie war erschreckend dünn. Und erschreckend schmutzig.

»Was glotzt ihr mich so an?« Die Stimme der Frau war ebenso verbraucht wie ihr Äußeres. Zähne hatte sie kaum noch, ihr Mund war eine dunkle Höhle.

Anna zuckte zusammen. Deutsch. Die Frau hatte eindeutig deutsch gesprochen. Während sich die anderen Gäste peinlich berührt abwandten, fing die Frau Annas Blick auf und schlurfte umgehend auf sie zu.

»Na, Herzchen, was essen wir denn Schönes? Oh, Palak Paneer.« Ihre Zunge fuhr über die Lippen, während sie gierig auf Annas Teller starrte. Es kümmerte sie nicht, ob Anna sie verstanden hatte, nur das Essen war ihr wichtig. Ohne Unterlass brabbelte sie weiter, fiel vom Deutschen ins Englische und Nepalesische und wieder zurück. Anna wurde aus ihrem Wortschwall nicht schlau, wollte es auch nicht. Eigentlich wollte sie die Alte nur loswerden. Trotzdem schob sie ihr den Teller mit dem Brotfladen zu.

»Nehmen Sie das Naan und dann gehen Sie, bitte«, sagte sie und ärgerte sich im selben Moment, dass sie nicht nachdrücklicher aufgetreten war.

»Naan? Nur Naan für die hungrige Anita? Die Welt ist hart! Ein bisschen mehr Respekt vor dem Alter, Kleine!«, kreischte die Alte.

Im selben Moment hob auch Anna die Stimme. »Sie sind Anita?«, rief sie ungläubig.

Der Kopf der Frau ruckte hoch, wässrige Augen, gelbstichig von einer nicht ausgeheilten Hepatitis, tasteten Millimeter für Millimeter Annas Gesicht ab. »Klar, Herzchen. Anita. Sie ist immer noch da. Das wundert dich, was? Hast mich ja immer von oben herab behandelt. Warst was Besseres, weil du den feschen Franzosen gevögelt hast, hinter dem alle her waren. Hast dich nicht verändert, Kleine. Wo ist er denn, dein Liebster?« Bevor Anna antworten konnte, griff Anita blitzschnell nach Annas Curryschale, zog sie zu sich herüber und tunkte das Brot hinein. Anna verfolgte angeekelt ihr gieriges Schmatzen und Kauen. Anita hatte ihre Umgebung völlig ausgeblendet. In diesem Moment kam Ramesh und legte seine Hand auf die Schulter der Frau. Mühsam beherrscht redete er auf sie ein, aber sie kümmerte sich nicht um ihn, aß einfach weiter.

»Lass sie, Ramesh. Sie ist hungrig«, unterbrach Anna sein Schimpfen.

»Entschuldige. Ich würde sie gern rauswerfen, aber …« Er hob hilflos die Hände. »Ich kann sie doch nicht einfach wegzerren.«

»Doch, das können Sie. Anita! Was soll der Mist?«

Anna und Ramesh verstummten und gafften den Neuankömmling an, der unbemerkt von ihnen das Restaurant betreten hatte. Es war so still geworden, dass sie das Fettbrutzeln aus der Küche hörten. Der Mann beugte sich zu der ungerührt weiteressenden

Anita und griff ihr unter die Achseln. Sie wehrte sich wie eine Rasende, aber er ließ sich nicht beirren. »Du gehst jetzt nach Hause«, zischte er ihr zu. »Morgen lasse ich dir Essen und Geld bringen. Ich habe dir tausendmal gesagt, du sollst dich von den Hotels fernhalten. Willst du im Gefängnis enden? Wenn sie dich einsperren, kann ich dir auch nicht mehr helfen.« Anita kreischte und zeterte, dann verschwanden die beiden in Richtung Rezeption, eine Tür knallte, und gleich darauf kam der Mann wieder. Anna und Ramesh hatten sich nicht vom Fleck gerührt.
Er war eine beeindruckende Erscheinung. Hochgewachsen und schlank, besaß er die Athletik und Kraft eines Mittdreißigers, obwohl feine Falten in seinem glatt rasierten Gesicht verrieten, dass er wohl eher auf die fünfzig zuging. Seine Kleidung war pingelig sauber, was in Kathmandu nur durch große Sorgfalt zu erreichen war, wie Anna mittlerweile gelernt hatte. Er trug gutsitzende Jeans, helle Turnschuhe und eine dunkelgrüne Fleecejacke, unter der ein karierter Hemdkragen hervorblitzte. Ein gebügelter karierter Hemdkragen, stellte Anna fest. Seine Haare waren so kurz geschnitten, dass die Farbe nicht auszumachen war. Dafür war seine Augenfarbe umso auffälliger.
Blaugrau.
Auch dieser Mann war Europäer. Anna fragte sich, was der Tag noch an Überraschungen für sie parat haben mochte. Sie brauchte nicht lange zu warten. Der Mann streckte ihr mit einem umwerfenden Lächeln die Hand entgegen. »Sie sind unverkennbar Babsis Tochter. Ich freue mich, Sie endlich kennenzulernen.«
Anna schnappte nach Luft. »Wer sind Sie?«
»Oh, entschuldigen Sie den Fauxpas. Ich bin Achim Bendig.« Er hielt ihr noch immer die Hand hin. Anna bemerkte es und ergriff sie.
»Auf diese Idee wäre ich nie gekommen«, sagte sie. Ihre Verwirrung war vollständig. Erst der französische Heilige, dann Anita,

dann Achim Bendig. Die Leute fanden sie schneller als umgekehrt. »Sie müssen etwa im selben Alter wie Anita sein«, bemerkte Anna. »Aber während sie wie eine Greisin aussieht, hätte ich Sie nicht älter als Ende vierzig geschätzt.«
Er deutete eine Verbeugung an. »Herzlichen Dank für das Kompliment. Ich kann es nur zurückgeben: Auch Sie hätte ich kaum für – warten Sie, ich muss nachrechnen – zweiunddreißig gehalten. In Ihnen vereint sich die Schönheit Ihrer Eltern aufs wunderbarste. Aber setzen wir uns doch. Können Sie uns zwei Tassen nepalesischen Tee bringen, bitte?«, fügte er, zu Ramesh gewandt, hinzu.
Ramesh stürzte eilfertig davon. Auch ihm ist die Situation über den Kopf gewachsen, dachte Anna. Laut sagte sie: »Wieso sind Sie hier? Ich meine – heute, jetzt? Hat der Sadhu Sie geschickt?«
Die blauen Augen verengten sich fragend. »Ein Sadhu? Nein. Sie haben mich doch gerufen, zumindest indirekt. Die von Ihren Freunden in Gang gesetzte stille Post ist bei mir angekommen.« Er lachte auf. »Sogar mit der richtigen Adresse. Ich habe mich gleich nach der Arbeit auf den Weg zur Annapurna Lodge gemacht, und da bin ich. Ich nehme an, dass Sie sich nicht zufällig hier einquartiert haben? Aber sagen Sie mir erst, was es mit dem Sadhu auf sich hat. Haben Sie einen heiligen Mann auf mich angesetzt?«
Anna schüttelte den Kopf. »Nein, das würde ich nicht wagen. Ich war vor einer Stunde mit ihm verabredet. Er sieht ziemlich authentisch aus, ist aber Europäer und –«
»… bezeichnet sich als Herr der Vögel, stimmt's?« Nun lachte Achim Bendig aus vollem Hals. »Den kenne ich allerdings. Wahrscheinlich kennt ihn jeder in Kathmandu. Was wollte der Wirrkopf von Ihnen? Ihnen Dope andrehen?«
»Er sagte, er hätte meinen Vater gekannt.«
»Wie bitte?«

»Ach?« Anna ging erleichtert auf seinen lockeren Ton ein. »In welches Verlies wollen Sie mich denn verschleppen?«
»Das müssen Sie schon selbst herausfinden. Ich verrate nur so viel: Es liegt zwanzig Gehminuten von hier, und meine Frauen haben sich richtig ins Zeug gelegt, als sie hörten, es käme ein Gast aus Deutschland.«
»Dann nichts wie hin«, sagte Anna lächelnd und erhob sich. Sie schnappte sich ihre Fleecejacke und zog sie über. »Voilà. Ich bin ausgehfein.«
»Und ich bin beeindruckt. Kein Make-up, kein Geschmeide?«
»Besitze ich nicht.«
»Jetzt kennt meine Bewunderung keine Grenzen mehr. Sie haben Ihrer Schönheit nicht nachgeholfen?«
»Hören Sie sofort auf, Süßholz zu raspeln«, sagte Anna in gespieltem Ärger. Insgeheim gefielen ihr seine Phrasen, es tat einfach gut, bewundernde Worte zu hören. Hinter Achims höflichem Auftreten blitzte der von Ingrid beschriebene charmante Draufgänger hervor, und Anna verstand, was die Freundin ihrer Mutter so anziehend an ihm gefunden hatte. Er war noch immer sehr attraktiv, aber früher musste er eine geradezu unwiderstehliche Ausstrahlung besessen haben. Und er hatte tadellose Manieren. Formvollendet hielt er ihr die Hoteltür auf, was bei der schweren, in den Angeln knarzenden Eisentür ein echtes Husarenstück darstellte.
»Woher wussten Sie eigentlich, dass ich in Kathmandu lebe?«, fragte er.
»Ingrid Doggenfuss ist Ihnen auf die Spur gekommen«, sagte Anna und trat vor ihm auf die Gasse. »Aber ich erzähle Ihnen meine Odyssee am besten von Anfang an.«
»Darüber würde ich mich freuen« Er reichte Anna den Arm zum Unterhaken. »Aber bitte, duzen Sie mich doch. Ich bin Achim.«

41

»Er ist tatsächlich ein Dämon.« Achals Stimme brach. Langsam ließ er sich in die Hocke nieder.

Tara war schlecht. In ihrem Kopf summte ein Wespenschwarm. Alles in ihr wehrte sich dagegen, die Realität anzuerkennen. Sich einzugestehen, dass es sich bei dem zerstörten Etwas auf dem Lehmboden um einen Menschen handelte. Einen Menschen gehandelt *hatte*. Es war so viel Blut auf dem Boden, dass der Mann tot sein musste. Was hatte der Kräftige gesagt? Der Mann könne nirgendwo mehr hinkrabbeln? Tara spürte einen bitteren Geschmack auf der Zunge, doch ihr Mund war so trocken, dass sie nicht ausspucken konnte.

»Nur ein Dämon tut einem Menschen so etwas an«, krächzte Tara. Sie räusperte sich, aber ihre Stimme blieb rauh, hölzern, emotionslos. »Achal, der Bhoot schreckt selbst vor Mord nicht zurück!« Sie schrie schon wieder. »Er fürchtet nicht einmal die Götter!«

»Tara!« Auch Achal schrie jetzt. Seine Nerven lagen ebenso blank wie ihre. »Willst du die Kerle zurücklocken?«

Tara verstummte. Mit schreckgeweiteten Augen beobachtete sie, wie sich Achal zu dem bis zur Unkenntlichkeit geschwollenen Gesicht des Toten hinabbeugte. Ihre Hände umklammerten den Fensterrahmen, ohne dass sie spürte, wie sich Glassplitter in ihre Handfläche bohrten. Ihr Körper war so taub wie ihr Geist. Und dann richtete Achal sich wieder auf.

»Er lebt«, sagte er schlicht.

Dreimal, viermal, fünfmal warf sich Achal von innen gegen die Tür, bis endlich das Schloss splitterte. Tara, die von außen an der Klinke gezerrt hatte, stolperte nach hinten, rappelte sich wieder auf und stürmte in den Raum. Die Tatsache, dass sie etwas tun konnte, hatte den Schleier zerrissen, durch den sie ihre Umgebung seit der grässlichen Entdeckung wahrgenommen hatte. Sie sah alles mit überdeutlicher Schärfe. Ihre Handflächen pochten schmerzhaft und erlaubten ihr keine Ausflüchte.

»Wir brauchen etwas, worauf wir ihn transportieren können. Wenn in seinem Körper etwas verletzt ist und wir ihn tragen, stirbt er.« Hektisch wühlte sie sich durch den unordentlichen Haufen von Gartengeräten, fand aber nichts Brauchbares. »Hol das Taxi!«

Achal gehorchte. Fast schien er froh, dass Tara das Kommando übernommen hatte. Das Entsetzen stand ihm ins Gesicht geschrieben. Seltsam, dachte Tara, da konnte einer kämpfen und töten, doch hier schlotterten ihm die Knie. Als er fort war, bemerkte Tara einen moderigen, strengen Geruch, der wieder die Herrschaft über das Haus übernahm und den Geruch nach Blut und Angst überdeckte. Tara blickte sich um und entdeckte eine weitere Tür, halb verborgen hinter einer seltsamen Maschine mit vier kleinen Rädern und einem Griff, deren Sinn sie nicht erfasste. Sie schob die Maschine beiseite und schnüffelte an der Türritze. Der Gestank kam eindeutig aus dem dahinterliegenden Raum. Und jetzt wusste sie auch, woran er sie erinnerte. An tote Mäuse, die in verborgenen Winkeln verrotteten, nur stärker, viel stärker. Eine Gänsehaut kroch ihr über den Körper.

Um des Grauens Herr zu werden, ließ sie sich neben dem zerschundenen Mann nieder. Sie traute sich nicht, ihn zu berühren, aus Angst, ihm Schmerzen zuzufügen. Ohne darüber nachzudenken, begann sie leise die Worte eines Kinderliedes zu singen, eines, das sie ihren jüngeren Geschwistern immer vorgesungen hatte, wenn etwas sie beunruhigte oder sie sich verletzt hatten. Sie hörte erst auf, als sie das Tuckern des Taxis nahen hörte. Kurz darauf stand Achal wieder neben ihr. Vorsichtig, unendlich vorsichtig hoben sie den Mann an. Tara erwartete

Stöhnen oder Schreien, doch er rührte sich nicht. Hätte sie sich nicht selbst von seinen flachen Atemzügen überzeugt, wäre sie verzweifelt.

Taras Muskeln brannten vor Anstrengung, als sie den Mann zum Auto trugen. Achal hatte vorsorglich die hinteren Türen offen stehen lassen, so dass sie ihn ohne Absetzen hineinschieben konnten. Es dauerte lange, aber am Ende lag der Mann sicher auf die Rückbank gebettet. Tara breitete ihr von Glassplittern befreites Tuch über ihn. Mehr konnte sie fürs Erste nicht tun. Dann berichtete sie Achal von dem Gestank. Gemeinsam hasteten sie noch einmal zurück.

»Dort ist die Tür, neben dem Ding mit den Rädern.«

»Das Ding ist ein Motorrasenmäher«, bemerkte Achal beiläufig. »Ich rieche es jetzt auch. Dann wollen wir mal sehen.« Ohne Vorwarnung nahm er Anlauf und warf sich gegen die wenig stabil aussehende Tür, die ohne großen Widerstand aus den Angeln krachte. Achal rieb sich die Schulter. »Ich werde immer besser«, sagte er mit einem schiefen Lächeln und stieg über das Türwrack, um die Wand neben dem Rahmen abzutasten. Kurz darauf flutete Licht durch den Raum.

Tara und Achal erstarrten.

»Jetzt wissen wir, woher sein Reichtum kommt«, flüsterte Achal, nachdem er die Fassung wiedergewonnen hatte.

»Achal, was ist das alles?«, fragte Tara, obwohl sie es nur allzu gut wusste.

»Felle. Es müssen Aberdutzende sein. Tiger, Leoparden, sieh hier, sogar ein Schneeleopard. Elefantenstoßzähne, Rhinozeroshörner. Und das – « Achal würgte. »Hocker aus Elefantenbeinen. Tara, das ist krank, so krank.«

»Er ist ein Wilderer. Ein verdammter Wilderer!« Tara schrie wütend auf. »Er tötet und tötet ohne Not, während wir Bauern bestraft werden, wenn wir uns gegen einen dreisten Räuber wehren.«

»Lass uns gehen, bitte. Ich will fort von diesem Teufelshaus. Wir können uns später überlegen, was wir tun. Jetzt benötigt der kranke Mann unsere Hilfe.«
Schweigend stolperten sie über den Pfad durch das Gestrüpp. Nach der entsetzlichen Entdeckung erschien Tara das Taxi wie eine sichere Festung. Erleichtert riss sie die Beifahrertür auf.
»Er muss in ein Krankenhaus«, sagte sie, nachdem sie eingestiegen war. »Aber würde der Bhoot nicht als Erstes dort suchen, sobald er merkt, dass der Mann fort ist?«
»Das steht zu befürchten. Ich kann es immer noch nicht fassen«, murmelte Achal und ließ den Motor an. »Wir bringen ihn nach Jaisidewal. Wenn Sarungs Eltern ihn nicht aufnehmen wollen, finden wir einen anderen sicheren Platz. Ich kenne vertrauenswürdige Ärzte. Los!« Er trat aufs Gaspedal und fuhr um eine Baumgruppe, die den Blick auf das Haus verstellte. Tara lehnte sich zurück. Die Anspannung ließ langsam nach, bald würden sie in Sicherheit sein. Dann traf sie der Gedanke an ihre Schwester wie ein Hieb. Der Mann war vielleicht gerettet, aber welche Konsequenzen würde seine Rettung für ihre Schwester haben?
Plötzlich wurde sie von grellem Licht geblendet. Sie blinzelte. Achal sah es im selben Moment. »Bei allen Göttern!«, schrie er. »Sie sind zurück. Wir waren zu langsam!«
Wie gelähmt starrte Tara in das Scheinwerferlicht des entgegenkommenden Fahrzeugs. Die Folterer mussten sie entdeckt haben, denn sie rasten quer über die Rasenfläche direkt auf ihr Taxi zu.
»Halt dich fest!«
Tara fingerte nach einem Halt, doch es gab keinen. Achal riss das Lenkrad herum. Sie knallte mit dem Kopf gegen die Scheibe, wurde zurückgeschleudert, prallte gegen Achal, der wie ein Wahnsinniger um Büsche herumkurvte und durch Beete rumpelte. Im selben Moment rauschte der Lieferwagen nur wenige

Meter an ihnen vorbei. Achal trat das Gaspedal durch. Der Motor jaulte auf, Erde flog, die Räder bekamen wieder Halt, und der Wagen schnellte nach vorn, direkt auf die Terrasse des Hauses zu.

»Nach links! Auf den Kiesweg!«

Ein Augenblinzeln später rasten sie über den Weg. Kies spritzte zu den Seiten. Tara betete im Stillen zur Schutzgöttin ihres Dorfes. Lass das Tor offen stehen, bitte, lass es offen stehen!

Ihre Gebete wurden erhört. Noch eine scharfe Linkskurve, und vor ihnen erschienen das geöffnete Tor und eine winzige Hoffnung auf eine glückliche Flucht. Hinter ihnen ertönte lautes, an den Nerven zerrendes Hupen. Der Lieferwagen hatte gewendet und holte auf. So ein großes Auto, dachte Tara noch, sicherlich ist es viel schneller als unser Taxi, dann schoss Achal ungebremst auf die Straße, wich mit knapper Mühe einem Minibus aus und verlor die Kontrolle über den Wagen. Immer näher kam die Mauer auf der gegenüberliegenden Straßenseite.

Achal bremste und kurbelte und bremste und kurbelte, Metall knirschte auf Stein, Funken flogen, der Außenspiegel riss ab, und dann waren sie zurück auf der Straße. Achal gab Gas. Der Lieferwagen war keine fünfzig Meter hinter ihnen.

Sie wurden ihn nicht los, sosehr Achal auch versuchte, ihn abzuhängen. Sobald er den Stadtteil der Reichen hinter sich gelassen hatte, bog er in ein Viertel mit engen, gewundenen Straßen ab, schlug Haken und suchte die Nähe von anderen Menschen und Autos in der Hoffnung, sich mit seinem kleinen Wagen leichter durchschlängeln zu können, doch der Fahrer des Lieferwagens erwies sich als skrupellos. Laut hupend pflügte er durch den Verkehr. Manchmal war der Wagen so nahe, dass Tara die wutverzerrten Fratzen der Insassen erkennen konnte. Mit einem halsbrecherischen Manöver lenkte Achal das Taxi in eine kaum autobreite Gasse. Tara stöhnte. Sollten sie in einer Sackgasse gelandet sein, waren sie verloren.

Und dann ging das Licht aus.
In den Läden. In den Häusern.
Auf den Straßen. In den Tempeln.
Überall.
»Du auch. Schalte die Scheinwerfer aus!«
Achal reagierte sofort. In völliger Dunkelheit manövrierte er sie durch die immer schmaler werdende Gasse. Tara stockte der Atem. Am Eingang der Gasse erschienen die Scheinwerfer des Lieferwagens.
»Fahr schneller!«
»Das geht nicht. Ich sehe kaum etwas. Hier sind Schreine und Vorsprünge. Und Leute.«
Tara antwortete nicht. Gebannt wie eine Ziege im Angesicht eines Leoparden, starrte sie nach hinten auf die sich nähernden Lichter. Und dann bewegten sich die Lichter nicht mehr, wurden sogar kleiner und schwächer. Achal bog in eine breitere Gasse ein. Tara beobachtete den Ausgang der engen Gasse, aber der Lieferwagen kam nicht.
»Sie sind stecken geblieben«, kreischte Tara und musste im nächsten Moment lachen. Es war alles so absurd! »Stecken geblieben!«
Achal fiel in ihr hysterisches Lachen ein. Sie waren davongekommen. Ohne die Scheinwerfer des Taxis wieder einzuschalten und am ganzen Körper zitternd, steuerte er den Wagen durch die unwirkliche Dunkelheit. Die Menschen hatten sich in ihre Häuser zurückgezogen, hier und da flackerten die ersten Kerzen auf. Stromausfälle waren in der Hauptstadt nichts Ungewöhnliches, und man wusste sich zu helfen.
Trotz der Dunkelheit gelang es Achal bald, sich zu orientieren. Weder ihm noch Tara war nach Reden zumute, und so legten sie den Weg durch die geisterhafte Stadt in absoluter Stille zurück. Plötzlich riss Achal den Wagen nach links. »Mist«, fluchte er. »Können die nicht aufpassen?«

Tara sah gerade noch die Umrisse eines sehr großen Mannes und einer Frau in den Schutz eines Hofeinganges springen.

»Das war knapp«, murmelte sie. »Du hättest sie beinahe überfahren.«

»Was rennen sie auch an solch einem Abend hier herum? Alle Welt ist schon zu Hause.«

Tara ließ seine Bemerkung unkommentiert. Außer uns, dachte sie.

Endlich brachte Achal den Wagen vor dem Tunnel zum Hof des Hauses in Jaisidewal zum Stehen. Bevor er ausstieg, um Sarungs Eltern ins Vertrauen zu ziehen, wandte er sich noch einmal an Tara. »Mir ist etwas durch den Kopf gegangen«, sagte er. »Es ist allerdings nur eine Vermutung. Was meinst du, stecken dein Dämon und der Schneeleopard unter einer Decke? Der Bhoot wird sich die Finger nicht schmutzig machen, also braucht er jemanden in den Bergen, der das Töten übernimmt und die Wilderer organisiert.«

Anna befand sich mitten in ihrer Erzählung über den Fund der Briefe, als das Licht ausging. Von einer Sekunde zur anderen herrschte Finsternis. Ein vielstimmiger Ruf erscholl, halb ärgerlich, halb ängstlich, verebbte und wich einem vielhundertfachen Rascheln und Knistern. Leises Flüstern erhob sich, hier und da entzündete jemand eine Kerze, ausreichend Licht, um die Fenster zu illuminieren. Je mehr Fenster in weichem Kerzenlicht erstrahlten, desto mehr erinnerte Anna die Gasse an einen Adventskalender.

»Was ist los?«

»Stromausfall«, sagte Achim. »Kein Grund zur Beunruhigung.« Um seine Aussage zu unterstreichen, drückte er ihren noch immer untergehakten Arm. »Entweder haben die Rebellen mal wieder das Stromnetz lahmgelegt, oder die Regierung will Strom sparen.«

»Die erste Möglichkeit finde ich durchaus beunruhigend. Es ist doch keine Ausgangssperre verhängt worden, oder? Ich habe den Eindruck, als wären heute Abend viel weniger Menschen auf der Straße als sonst.«

»Dein Eindruck täuscht dich nicht«, brummte Achim. »Es liegt tatsächlich etwas in der Luft. Von einer Ausgangssperre weiß ich nichts, aber wir sollten trotzdem zusehen, dass wir so schnell wie möglich nach Hause kommen. Es ist nicht mehr weit.«

Sie setzten ihre Wanderung durch die verwinkelten Straßen der Altstadt fort. Anna berichtete Achim gerade in Kürze von ihrem Ausflug zum Foelkenorth bis hin zu ihrer ersten Begegnung mit Ingrid, als er sie plötzlich hart am Arm packte und zurückriss.

»He! Was soll das?« Vergeblich versuchte Anna, sich aus seiner Umklammerung zu befreien, und sah gerade noch, wie ein Auto mit viel zu hohem Tempo nur wenige Zentimeter an ihr vorbeizischte.

»Verdammt, warum hat der kein Licht an?«, schimpfte Achim dem Wagen nach. »Das muss doch zu einem Unfall führen.«

Achim hatte Anna nicht losgelassen und drückte sie jetzt noch stärker an sich. Sie hatte seiner Kraft nichts entgegenzusetzen, wehrte sich aber trotzdem. »Lass mich bitte«, keuchte sie. »Die Gefahr ist vorüber.«

Sofort löste er seine Arme und trat einen Schritt zurück. »Entschuldige. Ich habe mich so über diesen Idioten erschrocken.«

»Kein Problem.«

Den Rest des Weges legten sie schweigend zurück. Anna saß der Schreck über den Beinahe-Unfall und Achims Reaktion noch in den Gliedern. Seine Umklammerung hatte etwas unangenehm Forderndes gehabt. Sie war irritiert, dabei wäre sie ohne sein Eingreifen jetzt wahrscheinlich auf dem Weg ins Krankenhaus. Oder tot. Sie sollte ihm dankbar sein.

Nach wenigen Minuten legte Achim seine Hand leicht auf ihre

Schulter und lenkte sie in einen Durchgang, über einen großen Innenhof und in einen weiteren Durchgang, an dessen Ende sich die Stäbe eines Gitters vor verschwimmendem Kerzenlicht abzeichneten. Achim öffnete ein Vorhängeschloss, stieß das Gitter auf und überließ Anna den Vortritt. Neugierig verließ sie den dunklen Tunnel – und blieb wie festgenagelt stehen. Vor ihr lag ein Hof, in dessen Mitte ein viereckiger, nur wenig über mannshoher Schrein thronte. Das Dach des Schreins hatte die Form einer halben, auf die Schnittfläche gestellten Honigmelone und gipfelte in eine von stilisierten Lotusblättern umgebene Krone, während die Wände des kleinen Heiligtums mit Reliefs von Göttern geschmückt waren. Anna hatte in Kathmandu Dutzende ähnlicher Schreine gesehen, und dieser unterschied sich in seiner Kunstfertigkeit nicht von allen anderen. Nein, etwas anderes ließ ihr den Atem stocken.

Rings um den Schrein verlief ein kniehohes Eisengeländer, auf das Dutzende und Aberdutzende Näpfchen geschmiedet waren. In jedem einzelnen flackerte ein Öllicht, was dem Hof einen märchenhaften, der Welt entrückten Zauber verlieh.

»Herzlich willkommen in meinem bescheidenen Heim«, sagte Achim. Stolz schwang in seiner Stimme mit, aber auch überraschende Zärtlichkeit. Er liebt diesen Ort, dachte Anna. Kein Wunder.

»Ich habe selten etwas Schöneres gesehen.« Jetzt nahm sie auch die den Hof umgebenden Fassaden wahr. Die Häuser ragten drei Stockwerke in den schwarzen Nachthimmel. Umso einladender erstrahlten die vielen von Kerzenlicht erhellten Fenster. Sattbraune, mit reichen Schnitzereien versehene Fensterrahmen standen in sauberem Kontrast zu der strahlend weiß getünchten Wand, und über allem schwebten einige Balkone mit schiefen Holzgeländern im selben Dunkelbraun. Die Restaurierung des alten Gebäudes musste ein Vermögen gekostet haben, aber in Annas Augen war sie jede Rupie wert.

»Was für eine dramatische Präsentation«, bemerkte sie. »Hast du den Stromausfall extra bestellt?«
Er lachte. »Wer weiß? Aber sieh doch, die Damen des Hauses.« Er zeigte auf einen der Balkone, wo eine junge und eine ältere Nepalesin herausgetreten waren und neugierig auf Anna herunterschauten. Anna hob die Hand zum Gruß, und die ältere winkte zurück, bevor sich beide wieder ins Innere des Gebäudes zurückzogen.
Wenig später saßen sie zu viert um einen vom Alter gezeichneten Holztisch. Achim hatte nicht zu viel versprochen: Seine Frau Brinda und seine Adoptivtochter Sapana hatten ein Festmahl vorbereitet. Vier verschiedene Currys verbreiteten ihren Duft von Sternanis und Nelken, Kurkuma und Kreuzkümmel und Kardamom in dem behaglichen Raum. Er hatte eine niedrige, von tragenden Balken durchzogene Decke und einen von jahrhundertelanger Benutzung blankpolierten Dielenboden. Außer dem antiken Tisch und einem geschmackvollen Sammelsurium aus ebenfalls alten Stühlen war der Raum beinahe leer, lediglich zwei Silberleuchter mit Platz für mindestens zwanzig Kerzen flankierten den Tisch. Auch die Wände waren bis auf die prachtvolle Schnitzerei eines Pfaus schmucklos.
Anna wusste bereits, dass sich diese puristische Zurückhaltung in den angrenzenden, ebenfalls von Kerzen erleuchteten Räumen fortsetzte – bevor die Frauen zum Essen riefen, hatte Achim sie einmal durch das erste und, wie er augenzwinkernd bemerkte, den offiziellen Anlässen vorbehaltene Stockwerk geführt. Es gab keine Flure, ein Zimmer ging in das andere über, mit Fenstern zu beiden Seiten, wo das Haus nicht an ein Nachbarhaus stieß. Durch die spärliche Möblierung wirkten die Räume wie eigenständige Kunstwerke. In jedem Raum befand sich unter den Fenstern eine eingebaute, sich von Wand zu Wand erstreckende Bank, belegt mit zahllosen Seidenkissen, deren Farben von Raum zu Raum variierten: Herrschten in einem Zimmer die

Schattierungen von Pink über Orange bis Rot vor, so überraschte das nächste mit einer Symphonie in Violett, das übernächste war grün gehalten, und zu Annas Entzücken gab es auch einen Raum in Türkis- und Blautönen. Wenige weitere Gegenstände schmückten die Räume: chinesische Kommoden, Statuen aus Holz und Stein, verwitterte, auf wurmstichige Holzplanken aufgebrachte Malereien, Thankas – es war eine Augenweide. Wären die Kissen nicht gewesen, hätte sie sich in ein Museum versetzt gefühlt, so aber strahlten die durchweg kleinen Räume erstaunliche Behaglichkeit aus. Als letzte Überraschung hatte Achim Anna das Badezimmer gezeigt, einen modernen, vor Sauberkeit blitzenden hellblauen Raum mit Wanne, WC und Duschkabine. Anna war überwältigt. Dann hatte das helle Gebimmel einer Glocke sie zurück ins Esszimmer gelockt.
Während des Essens redeten fast nur Anna und Achim. Seine Frau und Tochter sprachen weder Deutsch noch Englisch, überboten sich dafür gegenseitig in ihrer Aufmerksamkeit, bis Anna sie daran hindern musste, ihr immer wieder den Teller aufzufüllen.
»Achim, bitte sage ihnen, dass ich gleich platze.«
Achim grinste und sprach mit seinen beiden Frauen, wie er sie gern nannte. Die ältere kicherte, während die junge, eine Schönheit von etwa zwanzig Jahren, weiterhin ernst blieb. Anna fiel auf, dass die junge Frau rotgeweinte Augen hatte.
»Es geht mich wahrscheinlich nichts an«, sagte sie, zu Achim gewandt, »aber ist Sapana traurig? Sie ist so zurückhaltend.«
»Oh, du hast es natürlich gemerkt, dabei hat sie sich solche Mühe gegeben, die Stimmung nicht zu trüben. Sie ist tatsächlich traurig, und wahrscheinlich würde sie mir die Augen auskratzen, wenn sie wüsste, dass ich dir den Grund verrate.«
»Dann lass es sein«, sagte Anna mit einem Seitenblick auf Sapana, die mit dem Löffel in ihrem Essen herumrührte, ohne einen Bissen zum Mund zu führen.

Achim strich zärtlich über Sapanas Haar. »Sie hat Liebeskummer. Der junge Mann, den sie gern heiraten möchte, hat vor wenigen Tagen beschlossen, sich den Rebellen anzuschließen. Du kannst dir vorstellen, dass sie vor Angst vergeht.«

»Kannst du ihn nicht umstimmen?«

»Zu spät, er ist schon fort. Ich hoffe nur, er besinnt sich, bevor etwas Schreckliches passiert.« Er seufzte. »Ich möchte Sapana die Wahl ihres Ehemanns überlassen, aber manchmal habe ich das Gefühl, es wäre gar nicht so schlecht, wenn ich mich nach der nepalesischen Tradition richtete und ihr einen aussuchte. Es wäre jedenfalls weniger kompliziert.«

»Das meinst du nicht ernst! Verheiratet zu werden ist doch furchtbar.«

»Nicht unbedingt.« Er lachte. »Nun mach nicht solch ein entsetztes Gesicht. Ich habe gescherzt. Wie sieht es aus, wollen wir ins türkisfarbene Zimmer gehen und über alte Zeiten reden? Ich habe den Eindruck, dass Brinda und Sapana sich gern zurückziehen würden. Es ist langweilig, wenn man nichts versteht.«

Anna bedankte sich bei den Frauen und folgte Achim durch die Zimmerflucht. Nachdem sie es sich auf den Kissen bequem gemacht hatte, brachte Achim ihr eine Wolldecke und zauberte eine Flasche echten schottischen Whisky und zwei schwere Gläser aus der chinesischen Kommode.

Anna hob das Glas und prostete Achim zu. »Darf ich eine indiskrete Frage stellen? Wie kann man in Nepal genug Geld verdienen, um sich dieses Haus und seine Renovierung leisten zu können? Mal ganz abgesehen von den schönen Antiquitäten.«

»Ich finde deine Frage nicht indiskret, sondern verständlich. Die Antwort ist einfacher, als du denkst: Handel. Ich bin Spezialist für tibetische Teppiche und habe im Laufe von drei Jahrzehnten einen beträchtlichen Kundenstamm in Europa und Amerika aufgebaut. Die Exiltibeter in Nepal sind nicht nur kunstfertig, sondern auch enorm produktiv, aber auch die Nepalesen sind phantastische Kunsthandwerker. Vieles von dem nepalesischen Kunstgewerbe, das du in Deutschland in den besseren Einrichtungsgeschäften kaufen kannst, ist zuvor durch meine Hände gewandert. Und was das Haus anbelangt, würdest du erstaunt sein, wie wenig es mich gekostet hat. Ich habe es Anfang der Achtziger in einem erbärmlichen Zustand erworben und dann nach und nach renovieren lassen. Es steckt übrigens auch eine Menge meiner eigenen Arbeit darin. Die Nepalesen waren ganz aus dem Häuschen, als ich gemeinsam mit ihnen Steine schleppte und Wände mauerte.«

»Ingrid erwähnte, dass du eine handwerkliche Ader besitzt. Sie meinte, ohne dich wäre der Foelkenorth wahrscheinlich zerbröselt.«

»Ein wahres Wort. Ich nehme an, genau das ist passiert, oder?«

»Fast.«

Achim setzte sich ebenfalls auf die Bank, lehnte sich gegen die Wand und legte die Beine hoch. »Foelkenorth«, murmelte er. »Ich habe lange nicht an diese Zeit gedacht.«

42

1969 BIS 1970

Achim rüttelte prüfend am Fensterflügel. Er saß wieder fest. Zufrieden klaubte er sein Werkzeug zusammen und ging um das Wohnhaus herum in den Garten, wo sich die Bewohner des Foelkenorths ausnahmsweise einmal nützlich machten, Tische, Teller und Getränkekisten heranschleppten, den Wildwuchs auf dem Rasen zurückstutzten und das Gemüse ernteten, das der Esel Jim übrig gelassen hatte. Er grinste in sich hinein. Es ging doch.

Seit gut einem Jahr lebte er nun auf dem Foelkenorth, nicht aus echter Überzeugung, sondern mangels Alternative. Es gefiel ihm im Grunde recht gut, und während sich der Rest der Truppe in seligem Nichtstun erging, kümmerte er sich darum, das Haus vor dem Verfall zu bewahren. Lauter Kinder, dachte er, behütete Bürgerkinder, nicht in der Lage, einen Nagel in die Wand zu schlagen.

Oder ein ordentliches Lagerfeuer zu entfachen. Eigentlich sollte ich sie ihre Würstchen roh essen lassen. Dann würde er allerdings auch keines bekommen, was sehr schade wäre. Schließlich hatte es ihn genügend Nerven gekostet, seine Mitbewohner zu einem deftigen Grillfest mit allem Drum und Dran zu überreden und einen Einkauf beim Klassenfeind in der Schlachterei Harms zu initiieren.

Pieter kam mit einem Arm voller Zweige und Äste angeschwankt. »Wohin damit?«

»Lass es einfach fallen«, knurrte Achim, »und dann sieh mir zu. Beim nächsten Mal machst du es. Wer weiß, wie oft wir auf der

Fahrt nach Indien auf uns selbst gestellt sein werden?« Er warf tote Äste und Zunder auf einen Haufen und schichtete dann große Holzscheite darüber, die er selbst vor einigen Wochen gespalten und zum Trocknen in der Scheune gelagert hatte. Angesichts Pieters kindlicher Neugierde, mit der er jedem seiner Handgriffe folgte, konnte sich Achim ein Lachen nicht verkneifen. Sobald sein Werk vollendet war, hieb er dem Jüngeren die Hand so fest auf den Rücken, dass er vor Schmerz ächzte. »Hat dein Alter dir das denn nicht beigebracht?«

»Nein.« Pieter schüttelte den Kopf. »Der ist Oberstudienrat. Ich schätze, er weiß selbst nicht, wie man ein Feuer macht.«

»Sollte er aber. Hat man doch bei der Wehrmacht gelernt.«

Pieter zuckte zusammen. »Wie kommst du darauf, dass mein Vater bei der Wehrmacht war?«

»Weil alle da waren. Zumindest fast alle.« Achim drehte sich um und ließ Pieter stehen. So war es immer: Seine Mitbewohner echauffierten sich über die Naziväter im Allgemeinen, aber wenn es um die eigene Familienvergangenheit ging, steckten sie den Kopf in den Sand. Vielleicht war es gut so. Hier probierten sie etwas Neues, und das tat man besser unbelastet.

Zwei Stunden später hatten sich alle dreizehn Bewohner des Foelkenorths um das Feuer geschart. Die Männer steckten in flickenbesetzten Jeans, während sich die Frauen mit Baumwollblusen, langen Ketten und indischen Zigeunerröcken herausgeputzt hatten, deren eingenähte Spiegelscheiben im Feuerschein blitzten. Alle waren barfuß und, wie Achim nicht ohne eine Spur von Häme feststellte, futterten begeistert ihre Ausbeuterwürstchen samt Kapitalistenketchup. Was sie allerdings nicht davon abhielt, auf ebendiese Ausbeuter und Kapitalisten lautstark zu schimpfen, ohne wirklich gute Vorschläge für eine bessere Welt präsentieren können. Nachdem der siebte oder achte Joint herumgereicht worden war, einigten sie sich darauf, dass sich sowieso nichts ändern würde, solange die Reaktionäre am

längeren Hebel saßen, und man deshalb besser für sich bliebe, hier auf dem Foelkenorth. Irgendwann würde sich ihre Art zu leben durchsetzen. Und wenn nicht – wen kratzte es?
Mich, dachte Achim und zog an dem Joint. Er hatte mehrere Runden ausgelassen und war längst nicht so bekifft wie die anderen. Ja, mich kratzt es. Ich hasse es, das Leben einfach so dahinplätschern zu lassen, ohne Perspektive, ohne Plan. Ohne etwas zu tun.
Achim schnippte den Joint ins Feuer und starrte abwesend den aufstiebenden Funken nach. Tatsächlich war er der Einzige, der etwas zur Aufbesserung der Haushaltskasse tat, indem er hin und wieder kleineren Drogengeschäften nachging. Es war lachhaft einfach, mit Kurierfahrten Geld zu verdienen, wenn man sich nicht erwischen ließ, aber eine Zukunftsperspektive war das nicht, zumal es immer schwieriger wurde, sich nicht erwischen zu lassen. Bei der letzten Tour hatte einer der Zollschnüffler eine verdammt gute Nase für seine üblichen Verstecke bewiesen und eines nach dem anderen kontrolliert. Achim entging der Verhaftung nur, weil er in einem Anfall arroganter Sorglosigkeit einen Riesenbatzen Shit einfach in seine Umhängetasche gestopft hatte – den einzigen Ort, der nicht gefilzt wurde. Und dabei bereiteten ihm die Zöllner nur halb so viel Sorgen wie die Großdealer. Seit einiger Zeit ging es nicht mehr nur um Haschisch, sondern um härtere Sachen. Ganz abgesehen davon, dass Achim nichts von Heroin hielt, war ihm die Sache zu heiß. Wenn sie dich mit H erwischten, fuhrst du bis Sankt Nimmerlein in den Bau, das war echte Kriminalität, kein Kavaliersdelikt wie Cannabis-Schmuggel. Nein, er würde mit den Kurierfahrten aufhören, es wurde einfach zu gefährlich. Sich nach Indien abzusetzen war eine elegante Möglichkeit, sich aus der Affäre zu ziehen und potenziell gefährliche Verbindungen zu kappen.
Achim ertappte sich dabei, wie er auf Ulrikes gewölbten Bauch starrte. Ob es seins war? Unmöglich war es nicht, aber selbst

wenn, würde es keine Konsequenzen für ihn haben. Es kamen mindestens zwei weitere Väter in Betracht, und Ulrike hatte ohnehin klar gestellt, wem das Kind gehörte: ihr und niemandem sonst. Trotzdem war auch dies eine Affäre, aus der er sich gern zog.

Er schüttelte belustigt den Kopf. Die bunten Vögel vom Foelkenorth waren sogar noch schräger als die Bewohner aus seiner eigenen Welt, in der es seinem trunksüchtigen Vater spielend gelungen war, dem Sohn psychedelische Höllentrips zu bescheren, lange bevor LSD erfunden wurde. Irgendwann verschwand der Vater, und mit ihm die letzten Wertsachen. Die Mutter bekam eine Stelle am Fließband einer Keksfabrik, Wechselschicht für einen Hungerlohn, und Achim wurde zum Schlüsselkind, das sich draußen herumtrieb und sich mehr durch Vandalismus als gute Schulnoten auszeichnete. Rabenmutter, hatten die Spießer seine Mutter genannt, Spießer wie die Eltern dieser Hippies hier, und orakelt, dass aus dem Jungen nichts werden würde. Anmaßende Mistkerle. Die Erinnerung an die selbstherrlichen Moralapostel ließ Achim die Galle hochkommen. Er liebte seine Mutter mit schmerzhafter Wut, diese fleißige, verhärmte Frau, vor der Zeit gealtert und niemals glücklich, und er würde es allen zeigen, die den Stab über sie beide gebrochen hatten. Er wusste nur noch nicht, wie. Nun, vielleicht brachte Indien ihn auf neue Ideen.

Ingrids erschrockener Blick traf ihn, und sofort knipste Achim sein Lächeln an und zwinkerte ihr zu. Ingrid brauchte nicht zu wissen, was ihn quälte. Wenn er auch dazu neigte, die Anwesenden über einen Kamm zu scheren, so tat er zumindest Ingrid damit unrecht. Sie war ebenso zupackend wie er, konnte sogar kochen und gab sich nicht mit wenig zufrieden. Sie wollte mehr. Mehr erfahren, mehr sehen, mehr ausprobieren, weshalb er nie daran gezweifelt hatte, dass sie sich den Indienfahrern anschließen würde. Er freute sich, sie dabeizuhaben – gemein-

sam würden sie den Bus sicher über den Hindukusch schaukeln. Er und Ingrid und Babsi. Dass auch Pieter und Marten mitfuhren, nahm er zur Kenntnis, aber er hatte nie einen echten Draht zu den jungen Männern gefunden, zu fern lagen ihm ihre von Gymnasium und Wohlstand geprägten Denkweisen.
Ein zarter, auf seine Wange gehauchter Kuss unterbrach seine Grübeleien. Babsi hatte sich unbemerkt neben ihm niedergelassen und lehnte sich gegen ihn, ohne Hintergedanken, wie er wusste.
»Du siehst einsam aus«, sagte sie. »Gefällt dir unser Fest nicht?«
Achim legte den Arm um Babsi und drückte sie vorsichtig. Wie jedes Mal wenn er sie im Arm hielt, hatte er Angst, sie zu zerbrechen. »Danke dafür, dass du dich um mich sorgst«, sagte er schlicht. Dann lachte er. »Ich kann mich doch gar nicht über das Fest beschweren, schließlich war es meine Idee.«
»Stimmt. Trotzdem wüsste ich gern, ob mit dir alles in Ordnung ist.«
Achim gab Babsi einen Kuss auf die Stirn. »Alles ist in Ordnung, Vögelchen. Wir fahren bald nach Indien.«
Ihre Augen leuchteten auf, aber sie sagte nichts, sondern schmiegte sich nur enger an ihn. Nach und nach erstarben auch die Gespräche der anderen, bis nur noch das Prasseln und Knistern des herunterbrennenden Feuers die Nacht erfüllte. Achim spürte Babsis warmen Körper, doch ihre Nähe weckte kein Verlangen, zumindest kein sexuelles. In seinen Augen war Babsi ein Kind, das er beschützen musste, weil ihm das Leben übel mitgespielt hatte. Sie hatte ihm nie über die Vorfälle in der Vergangenheit erzählt, und er drängte sie nicht. Er wusste auch so, dass etwas in ihr zerstört war, ebenso wie in ihm. Sie waren verwandte Seelen.
Schon beim ersten Zusammentreffen mit Babsi hatte sich ihm dieser Vergleich aufgedrängt. Es war im letzten Herbst gewesen, in einer jener Oktobernächte, so stürmisch und regnerisch, dass

man den Schimmelreiter höchstpersönlich vorbeijagen sah. Im Foelkenorth hatten sie alle Fensterläden verrammelt, den Ofen angeworfen und es sich in der Stube gemütlich gemacht. Horst, der sich allerdings Frank nannte, nach Frank Zappa, spielte auf seiner Gitarre, einige sangen, andere quatschten, ein paar Frauen kümmerten sich ums Kochen. Und niemand hörte das beharrliche Klopfen, erst an der Haustür, dann an den Fensterläden.

Es musste gegen drei Uhr morgens gewesen sein, als Achim die mittlerweile stark gelichtete Runde im Wohnzimmer verließ und auf dem Weg ins obere Stockwerk an den Esel dachte. Jim lebte ganz allein im ehemaligen Kuhstall, was ihm in normalen Nächten nichts ausmachte, zumal er die Tage frei und ungebunden durch den Garten und die anliegenden Felder streunen durfte und fraß, was eigentlich im Salat der Kommune landen sollte. Ob ihm die Sturmnacht mit den klappernden Schindeln und sintflutartigen Regenfällen allerdings behagte, wagte Achim zu bezweifeln. Er mochte das Tier, dessen sprichwörtliche Sturheit einem rebellischen Geist entsprang, der dem Foelkenorth zur Ehre gereichte. Eine heftige Böe pfiff über die offenen Felder und verfing sich im Dach und in den Fensterläden des Hauses. Der ohrenbetäubende Lärm gab den Ausschlag. Achim eilte in den Raum, den er sich mit Horst-Frank und Marten teilte, wühlte eine Regenjacke und eine Taschenlampe hervor und sprang die Treppe wieder hinunter.

Der Wind riss ihm die Haustür aus der Hand. Krachend schlug sie gegen die Wand, und in der nächsten Sekunde traf ihn der aus allen Richtungen peitschende Regen. Achim zögerte angesichts des wütenden Sturms nur einen Wimpernschlag, dann stürzte er sich gebückt in die pechschwarze Nacht. Der Esel war wahrscheinlich schon halb tot vor Angst. Achim hatte keine Ahnung, was er unternehmen wollte, aber wenn es gar nicht anders ging, würde Jim im Wohnzimmer übernachten, basta. Der Weg über den Vorhof zur Scheune konnte keine Minute gedauert haben, doch als sich Achim gegen das Scheunentor stemmte, hatte der Regen schon einen Weg in seinen Kragen und den Rücken hinunter gefunden. Egal, in zehn Minuten konnte er sich umziehen. Er drückte das Tor wieder zu und knipste die Taschenlampe an. Seine Befürchtungen bestätigten sich: In armdicken Strömen rauschte Wasser durch das löchrige Dach, und es herrschte ein Krach, als sei er im Probenraum des Höllenorchesters gelandet.

»Jim?«, schrie er und hastete zur Box am Ende des Stalls. »Halt durch, Alter, gleich wird es besser.« Ein klägliches I-ah drang an sein Ohr, und er verfiel ins Laufen. Der Stall war enorm groß, einst hatten hier sicher fünfzig, sechzig Kühe gestanden. Ein Palast für Jim, wenn auch ein verfallener. Endlich streifte der Lichtkegel der Taschenlampe den grauen Körper des eng an die Wand gepressten Esels, seine geblähten Nüstern und die zuckenden Ohren. Das Weiße der panisch verdrehten Augen leuchtete unheilverkündend aus der Dunkelheit. Achim fluchte. Es würde ein hartes Stück Arbeit werden, Jim ins Haus zu lotsen. Aus den Augenwinkeln nahm er kurz außerhalb des Lichtkreises ein dunkles Bündel neben Jims Strohhaufen wahr. Sofort richtete er seine Taschenlampe auf das Bündel.

Riesige Augen starrten ihm entgegen, flackerten im totenbleichen Gesicht eines Mädchens. Lange braune Haare klebten dem zierlichen Geschöpf am Kopf, sein grüner Mantel war dunkel vor Nässe. Achim stand wie festgenagelt, ohne die Lampe wegzubewegen, bis er endlich die dem Mädchen über die Wangen rinnenden Tränen bemerkte, das Zähneklappern und den fiebrigen Glanz seiner Augen. Mit einem Satz war er bei ihm und riss es in seine Arme. Ohne sich um den Esel zu kümmern, rannte er mit seiner Last durch den Stall und über den sturmgepeitschten Hof ins Haus und schrie nach Hilfe. Jemand drückte den Schalter, das Flurlicht flackerte auf. Ingrid stürzte ihm verstört entgegen.

»Was ist los? Wer ist das?« Sie stockte, ihre Augen weiteten sich in einer Mischung aus Erstaunen und Entsetzen. Und dann schrie sie: »Babsi!«

Zwei Stunden später wachte Achim mit Ingrid im Wohnzimmer über Babsis Schlaf. Während sich Ingrid um heißen Tee und kalte Wadenwickel kümmerte, hielt Achim Babsis winzige Hand in seiner großen, spürte, wie das Zittern ihren Körper verließ und ein heilender Schlummer sie umfing. Er war noch immer erstaunt, in der Scheune kein Kind, sondern eine junge Frau gefunden zu haben. Sie war so klein!

Ingrid legte ihre Hand in seinen Nacken und streichelte ihn leicht. »Deine Kleider sind noch nass. Ich habe dir einen großen Topf Wasser heiß gemacht. Du solltest dich waschen und dann ins Bett gehen.« Als er protestierte, griff sie fest zu und schüttelte ihn leicht. »Keine Widerrede«, sagte sie. »Es nutzt niemandem, wenn du auch krank wirst. Sollte ihr Fieber morgen immer noch so hoch sein, müssen wir sie zum Arzt bringen.«

Bedauernd ließ Achim Babsis Hand frei und gab Ingrid einen Gutenachtkuss auf die Wange. In der Tür drehte er sich noch einmal um. Der federleichte Körper der jungen Frau zeichnete sich kaum unter der Decke ab, nur ihr weißes, mit brennend roten Fieberflecken gezeichnetes Gesicht leuchtete aus dem Kranz dunkelbrauner Haare. Achim fühlte eine Zärtlichkeit in sich aufwallen, wie er sie nie zuvor gespürt hatte. Sie sah so verletzlich aus. Verletzlich und zerbrechlich wie ein aus dem Nest gefallenes Vögelchen.

43

Ingrid meint, du seist in meine Mutter verliebt gewesen«, tastete sich Anna vorsichtig in das entstandene Schweigen. Achim hatte einige Minuten lang nicht gesprochen und nur gedankenverloren sein Whiskyglas geschwenkt.

Er räusperte sich. »Wenn Ingrid es meint, wäre Leugnen wohl zwecklos«, sagte er. »Natürlich war ich verliebt, ich war verrückt nach ihr, aber es war ein abstraktes Gefühl. Ein seltsames Wort in diesem Zusammenhang, ich weiß, aber es drückt mein Empfinden am besten aus. Ich wollte mit deiner Mutter zusammen sein, aber mit ihr zu schlafen ist mir gar nicht in den Sinn gekommen. Obwohl ich selten etwas anbrennen ließ, wie Ingrid dir bestätigen wird.« Das unwiderstehliche Jungenlachen schlich sich zurück in sein Gesicht. »Wenn sie mir nicht schon zuvorgekommen ist«, fügte er hinzu.

Anna nickte. »Sie ist dir zuvorgekommen. Ich kann dir verraten, dass sie sich gern an dich erinnert.«

»Das hebt mein Selbstbewusstsein in schwindelnde Höhen.« Er wurde wieder ernst. »Ich war wirklich nicht prüde, doch Babsi rührte mich auf eine andere Art. Ich habe ewig gebraucht, in ihr nicht ein Kind, sondern eine junge Frau zu sehen, und da war es bereits zu spät.«

»Zu spät?«

Er zuckte die Schultern. »Verstehe mich nicht falsch, ich hatte keine konkreten Pläne in Bezug auf deine Mutter, aber wenn ich welche gehegt hätte, so könnte man wohl sagen, dass Sylvain sie mir durchkreuzte. Von der ersten Minute an. Ihn ließ sie an sich heran, er machte sie zur Frau, er war derjenige, an den sie sich hängte, der sie beschützen sollte. In deinen Ohren muss ich mich anhören wie ein verbitterter alter Mann, aber dem ist nicht so. Ich gönnte Babsi ihr Glück von Herzen, auch wenn ich bezweifelte, dass Sylvain in der Lage gewesen wäre, sie gegen alle Widrigkeiten des Lebens abzuschirmen.« Er lachte freudlos. »Du siehst, Anna, ich bin ein bisschen größenwahnsinnig. Natürlich hätte auch ich es nicht gekonnt, aber damals war ich fest davon überzeugt.«

»Was hat Mami denn in Sylvain gesehen? Warum hat sie ihn vorgezogen?«

Er lachte wieder, herzlich diesmal. »Warum wohl?«, sagte er, und, als Anna nur fragend die Brauen hob, fuhr er fort: »Weil Sylvain ein großartiger Kerl war. Meistens ernst und in sich gekehrt, aber er konnte auch witzig sein. Ein kluger Mensch mit Prinzipien, für meinen Geschmack allerdings ein wenig zu moralisch. Zudem sah er blendend aus, jedenfalls wenn man auf halbe Portionen steht. Ich nehme an, dass dies für deine Mutter sehr wichtig war: Sylvain machte ihr keine Angst. Er war einer dieser zarten Tänzertypen und konnte kaum über die Tischkante gucken. Ich dagegen war ungefähr einen Kopf größer als deine Mutter, und muskulös war ich damals schon. Ich hatte manchmal den Verdacht, dass ich auf Babsi einschüchternd wirkte, auch wenn das ganz und gar nicht in meiner Absicht lag. In mir hat sie den Freund gesehen, aber ganz sicher nicht den zukünftigen Ehemann.« Er erhob sich. »Möchtest du noch einen Whisky?«

»Ja, gern. Entschuldige mich für einen Moment, ich muss mal ins Bad.« Anna drückte ihm das schwere Glas in die Hand und nahm sich einen Kerzenleuchter. Es gab noch immer keinen Strom.

Als sie zurückkam, stand Achim mit dem Rücken zum Raum und blickte aus dem Fenster. Etwas verwundert bemerkte Anna, wie er die Hand hob und eine Bewegung machte, als wolle er jemanden verscheuchen. Sie trat an das zweite Fenster, konnte auf der dunklen Straße aber niemanden entdecken.

»Wem hast du gewunken?«
Achim fuhr herum. »Hast du mich erschreckt! Ich habe dich nicht kommen hören. Da war niemand, warum fragst du?«
»Es schien mir, als hättest du jemanden verjagen wollen.«
»Nicht jemanden, sondern etwas. Böse Erinnerungen. Andererseits bist du hier, um sie zu hören, also sollte ich sie wohl eher anlocken.« Er reichte Anna ihren Whisky und setzte sich. »Es wird nicht leicht werden, aber ich gebe mir Mühe. Frage einfach nach, wenn du das Gefühl hast, ich unterschlage dir Details.«
»Danke, das werde ich tun.« Anna druckste herum, dann nahm sie sich ein Herz. »Bevor du fortfährst, würde ich dir tatsächlich gern eine Frage stellen. Es ist mir ein wenig unangenehm.«
»Worum geht es denn?«
»Um die Drogen. Du hast wirklich mit Drogen gehandelt?«, fragte sie kleinlaut.
»Ach Gott, ja, aber das ist schon eine Ewigkeit her, und es war damals auch etwas anderes. Drogen gehörten bei uns Hippies einfach dazu, es wurde mit Haschisch, LSD und Pilzen experimentiert. Nun, und ich war halt einer von den vielen, die für Nachschub sorgten. Ich hätte es dir verheimlichen können, aber warum sollte ich? Es gehört zu meinem Leben, und ich schäme mich auch nicht dafür. Zugegeben, ich habe Geld damit verdient, aber reich geworden bin ich ganz sicher nicht. Es langte gerade fürs Benzin und einen dringend nötigen Beitrag zum Leben auf dem Foelkenorth. Außerdem habe ich immer die Finger von harten Drogen gelassen, sowohl beim Verkauf als auch beim Konsumieren. Zum Glück, du hast Anita ja vorhin gesehen. Es ist ein Wunder, dass sie noch lebt. Ein Wunder, dem ich sentimentaler Trottel nachhelfe, indem ich sie immer wieder aus dem Sumpf ziehe und ihr Zimmer und ihr Essen bezahle.«
»Das disqualifiziert dich weder als sentimental noch als Trottel. Ich finde es großartig, dass du sie unterstützt«, sagte Anna.

»Entschuldige, dass ich dieses Thema angesprochen habe, aber es war mir wichtig.«
»Das ist in Ordnung. Du musst schließlich wissen, mit wem du es zu tun hast. Aber wie gesagt, urteile nicht zu hart, es waren andere Zeiten.«
Anna nickte. »Das ist mir mittlerweile auch klargeworden. Hast du überhaupt Lust, noch weiterzuerzählen, oder ist es schon zu spät?«
»Gerade halb elf«, stellte Achim mit einem Blick auf seine Armbanduhr fest. »Ich gehe selten vor Mitternacht ins Bett, im Gegensatz zum Rest der Stadt. Wie steht es mit dir?«
»Ich bin hellwach.«
»Na dann. Ich nehme an, Ingrid hat dir schon alles über die Fahrt berichtet?«
Anna nickte. »Sicher nicht alles, aber du kannst sie gern auslassen.«
»Gut, dann springe ich gleich nach Kathmandu. Oder Delhi? Ich weiß noch genau, wie mies ich mich fühlte, als diese Bayern, ich habe ihre Namen vergessen, mit Ingrid, Marten und Mauro auf der Rückbank nach Süden abgehauen sind. Mit Marten und Mauro verband mich nichts, aber Ingrid ziehen zu lassen kostete mich Überwindung. Wir hatten so viel zusammen erlebt und durchgestanden, sie war diejenige, auf die ich mich verlassen konnte.« Seine Stimme war immer leiser geworden.
»Hättest du Ingrid denn nicht überreden können, mit nach Kathmandu zu reisen?«
Achims blaue Augen blitzten belustigt. »Machst du Witze? Du hast sie doch kennengelernt und solltest es besser wissen: Wenn sich Ingrid etwas in ihren Dickschädel setzt, dann zieht sie es auch durch.«
»Das stimmt allerdings«, bestätigte Anna und dachte daran, wie Ingrid um und für Kim gekämpft hatte. Sie war eine bemerkenswerte Frau.

»Ingrid ist eine bemerkenswerte Frau«, sprach Achim ihren Gedanken laut aus. »Wer weiß, ob nicht doch noch ein Ehepaar aus uns geworden wäre, wenn sich unsere Lebenswege nicht getrennt hätten. Zu dem Zeitpunkt ahnte ich nicht, dass ich sie nie wiedersehen würde. Apropos: Du würdest mich glücklich machen, wenn du mir ihre Telefonnummer geben könntest. Es wäre schön, mit ihr über alte Zeiten zu quatschen.«
»Sie hat es mir verboten.«
»Ist das dein Ernst?«
»Ja, leider. Sie meinte, sie brauche keine Komplikationen in ihrem Leben.«
Achims Lächeln wurde noch breiter. »Schau einer an«, murmelte er. »Nach so langer Zeit befürchtet sie Komplikationen. Ich fühle mich geschmeichelt. Anna, darüber müssen wir morgen noch einmal sprechen.«
»Ehrlich gesagt, ich glaube, dass sie in Wahrheit gern von dir hören würde. Ihr habt vieles gemeinsam, sogar die Sache mit dem Adoptivkind. Ich werde sie anrufen und fragen, ob es ihr nicht doch recht wäre. Immerhin seid ihr beide glücklich verheiratet.« Sie lachte. »Wenn auch jeweils mit jemand anderem.«
»Eben.« Achim straffte sich. »Aber nun lass uns Ingrid für den Moment vergessen.«

44

Ich habe euch beobachtet, und was ich sehe, gefällt mir nicht.«

»Wie bitte?«

Sylvain hatte Deutsch in der Schule gelernt, aber manchmal war sich Achim nicht sicher, ob er die Sprache gut genug beherrschte, um versteckte Anspielungen zu verstehen, also erklärte er: »Du und Babsi. Ich habe das Gefühl, zwischen euch ist nicht mehr alles in Ordnung.«

»Und wenn, was ginge es dich an?« Seinen pampigen Worten zum Trotz wirkte Sylvain verunsichert. Er traute sich offenkundig nicht, Achim ins Gesicht zu sehen und fixierte stattdessen das Langtang-Massiv in der Ferne, dessen scharfgezackte Gipfel wie ein weißglitzerndes Sägeblatt den Himmel bedrohten.

Achim legte dem Franzosen begütigend seine Hand auf die Schulter. »Es geht mich sehr wohl etwas an. Ich mache mir Sorgen, wenn ich auch gestehen muss, dass sie sich mehr auf Bärbel beziehen als auf dich. Ich will, dass es ihr gutgeht.«

Die Worte blieben in der Luft hängen. Achim wartete. Schließlich riss sich Sylvain von den Bergen los. Ein feines Lächeln hatte sich in sein Gesicht gestohlen. »Einen Freund wie dich hätte ich auch gern«, sagte er.

»Das hast du – wenn du es willst. Babsi und mich gibt's nämlich nur im Doppelpack.«

Sylvains Lächeln verstärkte sich. »Ich habe nichts dagegen.« Dann streckte er sich lang im Gras aus. Achim sah ihm an, dass er nach Worten suchte, und ließ ihm Zeit.

»Ich liebe Babsi wie verrückt«, setzte Sylvain schließlich an, »trotzdem nimmt sie mir die Luft zum Atmen. Wenn es nach ihr ginge, würden wir jede Sekunde des Tages miteinander verbringen. Aber ich brauche auch Zeit für mich, Zeit, um zum Beispiel eine Wanderung zu unternehmen, wie wir es gerade tun.«

»Aber du bist doch hier, ohne sie. Und als wir vorgestern aus Kathmandu aufgebrochen sind, hat sie gelacht und uns schöne Tage gewünscht.«

»Sie zwingt sich zum Lachen. Sie lässt mich gehen, um mich nicht zu verlieren. Verstehst du, was ich meine?«

»Allerdings«, brummte Achim und stützte sich rücklings auf seine Ellbogen.

»Sie ist entsetzlich unselbständig und klammert sich mit aller Macht an mich. Stell dir bloß vor, mir würde etwas zustoßen. Was dann?«

»Daran möchte ich gar nicht denken. Babsi wäre am Boden zerstört. Sieh also gefälligst zu, dass dir nichts passiert. Ich würde es übrigens auch ziemlich blöd finden«, fügte Achim hinzu. Er kannte Sylvains düstere Seite und hatte keine Lust, an diesem schönen Tag über den Tod zu sprechen. An diesem Tag nicht und an keinem anderen. Der Tod konnte ihn mal.

»Sterben ist leicht«, beharrte Sylvain. »Ein Fingerschnippen der Götter, und das war's. Egal ob ich mir eine Krankheit zuziehe, einen Verkehrsunfall habe oder meinetwegen heute Nachmittag auf dem Weg zurück ins Tal in eine Schlucht stürze. Denkst du nie darüber nach?«

»Nie. Ich bin unsterblich.«

Sylvain setzte sich mit einem Ruck auf und starrte Achim ins Gesicht. »Das meinst du nicht ernst«

»Was glaubst du?« Sylvains Fassungslosigkeit amüsierte Achim. »Aber zurück zu euch. Ich denke, ich kann dein Dilemma nachvollziehen. Soll ich mit Bärbel darüber sprechen? Sie vertraut mir und wird mir zuhören.«

»Nein, das möchte ich nicht.«

»Und warum nicht? Sei doch nicht dumm und nimm meine Hilfe an. Ich sehe es genauso wie du: Sie muss lernen, ein wenig fester auf den eigenen Beinen zu stehen und sich nicht ständig mit Zweifeln zu quälen. Du liebst sie schließlich.«

»Lach nicht, ich habe sogar schon darüber nachgedacht, sie zu heiraten.«

»Was?« Achim fuhr aus seiner bequemen Position auf.

»Himmel, jetzt tu nicht so schockiert. Menschen, die sich lieben, heiraten manchmal.«

Achim räusperte sich. »Hippies nicht.«

»Ich bin kein Hippie. Du etwa?«

»Habe nie darüber nachgedacht. Nein, eher nicht.«

»Na also.«

Sie legten sich beide zurück ins Gras und genossen die wärmende Wintersonne. Der Wind trug das heisere Protestgebrüll von Wasserbüffeln herüber, vermischt mit den ärgerlichen Anfeuerungsrufen ihres Besitzers, der vergeblich versuchte, die Tiere zur Arbeit vor dem Pflug zu animieren. Am Himmel segelte ein Schwarzmilan in langgezogenen Achten. Plötzlich fuhr er auf einen kleineren Vogel hinab. Ein geschicktes Manöver rettete den kleinen vor dem sicheren Tod, und sofort schraubte sich der Greifvogel nach oben und nahm seine rastlosen Runden wieder auf. Sylvain sang leise ein Lied:

»L'oiseau que tu croyais surprendre
battit de l'aile et s'envola –
l'amour est loin, tu peux l'attendre;
tu ne l'attends plus, il est là!«

»Die Melodie kommt mir bekannt vor. Was ist das?«, fragte Achim träge.

»Opernweisheit«, sagte Sylvain.

Sie verfielen wieder in faules Schweigen. Es war alles gesagt.

»Akkim?«

Achim schlug erschrocken die Augen auf, als sich eine Hand auf seinen Arm legte und ihn leicht schüttelte. Direkt über ihm

schwebte Moons schmales Gesicht, das so gar nicht zu seinem Namen passen wollte. Er schüttelte Moons Hand ab und rieb sich die Augen. »Habe ich lange geschlafen?«
Moon wiegte den Kopf. »Es ist immer noch Mittag. Hast du Hunger?«
»Wie ein Bär. Wo ist Sylvain?«
»Pinkeln.« Moon ließ sich im Schneidersitz neben Achim nieder und breitete auf einem Tuch seine Schätze aus: Fünf hartgekochte Eier, eine zerbeulte Blechschüssel mit Reis, eine weitere mit wässriger Linsensuppe und zwei Äpfel. Daneben stellte er eine Thermoskanne und drei Blechtassen. »Das Geschirr und die Kanne muss ich der Bäuerin nach dem Essen zurückbringen«, erklärte er beiläufig und pellte ein Ei.
»Du bist wirklich gut darin, Sachen aufzutreiben«, sagte Achim anerkennend und schenkte sich einen Becher mit dampfend heißem Schwarztee ein.
Sylvain gesellte sich zu ihnen. Auch er lobte Moon für seine Findigkeit, was den jungen Nepalesen sichtlich freute. Mit gutem Appetit vertilgten sie das einfache Mahl, dann trollte sich Moon, um die geliehenen Sachen zurückzubringen und das Essen zu bezahlen. Als er zurückkam, hatte Achim bereits ein Chillum gestopft und reichte es herum. Moon erklärte ihnen, wie das Bewässerungssystem der sich über die Berghänge erstreckenden Terrassenfelder funktionierte, und Achim stellte einmal mehr belustigt fest, wie leicht die Verständigung klappte, wenn man nur wollte. Sowohl er als auch Sylvain hatten mittlerweile ausreichend Nepalesisch und sogar Newari, die Sprache des Tals, aufgeschnappt, um die wichtigsten Dinge regeln zu können. Moon selbst wiederum hatte zwar nie eine Schule von innen gesehen, sich aber im Umgang mit den anderen ein passables Englisch angeeignet. Er war enorm wissbegierig und setzte momentan seinen gesamten Ehrgeiz daran, Deutsch zu lernen, mit durchwachsenem Ergebnis. Die Aus-

sprache des Deutschen machte ihn mindestens genauso verrückt wie Achim die Aussprache des Nepalesischen, ganz abgesehen von der vertrackten Grammatik. Doch wenn er, Sylvain und Moon zusammensaßen, gab es kaum Probleme, notfalls reichte auch eine Aneinanderreihung von Hauptwörtern. Und wenn Moon ihn Akkim nannte, weil das ›ch‹ ihm unmöglich war, wer scherte sich darum?

Moon klopfte die aufgerauchte Chillumpfeife aus. »Gefällt es euch hier?«, fragte er.

»Merkt man das nicht? Ich bin beeindruckt«, sagte Sylvain und ließ seine rechte Hand in einer Bauernhäuser und Felder, Greifvögel und Schneeberge umfassenden, theaterreifen Geste durch die Luft gleiten. »Am liebsten würde ich einfach losstürmen, mich zu den hohen Bergen aufmachen und hinter dem Horizont nach Hiltons Shangri-La suchen!«

»Wirklich?« In Moons Stimme hatte sich eine erwartungsvolle Spannung geschlichen. »Und du, Akkim?«

»Ich wäre dabei«, sagte er lachend. »Aber du führst doch etwas im Schilde?«

»Im Schilde? Was meinst du damit?«, fragte der Nepalese verwirrt.

»Nur eine Redensart. Ich möchte wissen, warum du fragst.«

Moon wurde ernst und spielte mit den Senkeln seiner abgetragenen Halbschuhe, die er von einem Hippiemädchen geschenkt bekommen hatte. »Ich habe Sehnsucht nach meinem Zuhause«, sagte er leise. »Seit fünf Jahren habe ich meine Familie nicht mehr gesehen, weiß nicht einmal, ob meine Eltern noch leben.« Er zerrte an dem Schnürsenkel, bis er riss. Dann hob er den Kopf. »Ich habe kein Geld und kann mir die Reise nicht leisten, und da dachte ich –« Er stockte.

»Da dachtest du, wenn wir dich begleiten und für dein Essen und deine Unterkunft aufkommen, wäre es möglich«, beendete Achim den Satz für ihn.

Moon nickte unglücklich.
»Zieh nicht so ein Gesicht. Ich finde die Idee ziemlich gut. Sylvain, was meinst du?«
Sylvains Augen leuchteten. »Wann geht's los? Und wo liegt dein Dorf eigentlich?«

»Du! Du hast ihm diesen Floh ins Ohr gesetzt!« Babsi trommelte außer sich auf Achims Brust, bis er ihre kleinen Fäuste packte und sanft nach unten drückte. Er wünschte, sie würde sich zusammenreißen. Sie war auf ihn zugestürmt, als er gerade vom Einkaufen kam, und nun standen sie mitten auf der Jhochhen Thole. Achim spürte die neugierigen Blicke der Passanten. Obwohl es ihn sonst wenig kümmerte, was andere über ihn dachten, war ihm die Situation unangenehm.
Sobald Babsi sich ein wenig beruhigt hatte, dirigierte er sie ins Snow Man Café. Zum Glück war das Café fast leer, die meisten Hippies schliefen noch. Achim führte Babsi zu einem Tisch an der hinteren Wand und bat Ram im Vorübergehen, ihnen Apfelsaft zu bringen. Dann reichte er über die Tischplatte und nahm Babsis Hände in seine.
»Sylvain hat dir also von unseren Plänen erzählt. Und sie gefallen dir nicht«, stellte er fest.
»Wie könnten sie mir gefallen?«, fragte sie und sank tief in ihren Stuhl. Ihr grüner Schal verschmolz mit den grün abgehängten Wänden des an eine gemütliche Höhle erinnernden Cafés, und Achim bekam plötzlich Angst, sie könnte sich vor seinen Augen auflösen. Unwillkürlich verstärkte er seinen Druck auf ihre Hände.
»Au! Du tust mir weh.«
»Entschuldige.« Achim lockerte den Druck, ließ sie aber nicht los, als wollte er verhindern, dass sie davonflatterte. »Ich bin froh, dass er sich getraut hat, es dir zu beichten. Ich möchte mit dir darüber sprechen.«

»Was gibt's da schon zu sagen? Ihr geht ja doch fort.« Babsis Mund zuckte.
»Nein, das tun wir nur, wenn du uns deinen Segen gibst. Und genau das haben wir zu besprechen.«
Sie zog den Schal dichter um sich. »Ich bin gespannt«, sagte sie bitter.
Und dann redete er und redete und redete. Versuchte ihr klarzumachen, dass es kein Zeichen erkaltender Liebe war, wenn Sylvain Zeit für sich beanspruchte, und wie viel ihm daran lag, in die Berge zu gehen.
»Mehr als an mir«, warf Babsi ein, aber sie wirkte schon weniger verzweifelt.
»Das ist Unsinn, und du weißt es. Er wird vier Wochen fort sein, da bleiben noch locker vierzig Jahre für euch. Und sollte er den Bergmädchen schöne Augen machen, werde ich ihm den Kopf zurechtrücken.«
Endlich zeigte sich ein Lächeln auf ihrem Gesicht. »Ich bin froh, dass du dir so viel Mühe gibst, *meinen* Kopf zurechtzurücken.«
Erleichtert lehnte er sich zurück. »Heißt das, du lässt uns ziehen?«
Sie nickte.
»Und du wirst dich hier in Kathmandu nicht im Zimmer einschließen, sondern dir eine schöne Zeit machen?«
»Ich werde es zumindest versuchen. Reicht dir das?«
»Knapp«, sagte er.

Zwei Wochen später, an einem sonnigen Morgen Anfang März, waren sie aufbruchbereit. Pieter und Babsi begleiteten Sylvain, Achim, Moon und Ganesh, einen Freund von Moon, der ebenfalls seinem Heimatdorf in der Gorkha-Region einen Besuch abstatten wollte, in die Felder westlich von Kathmandu. Achim ging an der Spitze der kleinen Gruppe, während Babsi und Sylvain das Schlusslicht bildeten. Achim sah sich nicht um, aber er konnte Babsis Anspannung beinahe körperlich spüren. Seit dem Morgen hatte sie kaum ein Wort gesprochen, aber er rechnete ihr hoch an, dass sie nicht im letzten Moment versuchte, Sylvain zurückzuhalten. Ihm war bewusst, dass die nächsten Wochen für sie eine echte Prüfung darstellten, und hatte Vorkehrungen getroffen, um sie davor zu schützen, allzu viel Trübsal zu blasen: Einige seiner Freunde würden sich um sie bemühen und möglichst unauffällig ein wachsames Auge auf sie haben. Achim hegte insgeheim die Hoffnung, dass sich Babsi, nun, da sie ausnahmsweise einmal auf sich allein gestellt war, von Sylvain emanzipieren, stärker und unabhängiger werden würde und endlich lernte, eigene Entscheidungen zu treffen. Zum Beispiel, Sylvain zu verlassen und mit ihm, Achim, ein Leben in Kathmandu aufzubauen.

Achim beschleunigte unwillkürlich seine Schritte. Seine Hände ballten sich um den Tragegurt seiner Tasche. Warum nur träumte er noch immer davon? Babsi war nicht in ihn verliebt, war es nie gewesen, und er würde es nicht erzwingen können – ganz abgesehen davon, dass er das auch nicht wollte. Er würde keinen Keil zwischen Babsi und Sylvain treiben, niemals. Achims Finger lösten sich langsam wieder. Es ist, wie es ist, dachte er fatalistisch.

So gut sich Babsi in den letzten Tagen gehalten hatte, so bitter wurde der Abschied. Achim stand unbehaglich ein Stück entfernt, als sie sich mit herzzerreißendem Schluchzen an Sylvain klammerte, und auch die beiden Nepalesen wussten nicht, wohin sie schauen sollten. Derartige Gefühlsausbrüche waren ihnen fremd. Endlich übergab Sylvain Babsi sein Abschiedsgeschenk, endlich konnte auch Achim Babsi in die Arme nehmen. »Sei tapfer«, flüsterte er ihr ins Ohr, und dann, endlich, waren sie unterwegs.

45

Ungefähr zu Beginn der zweiten Woche entluden sich die Spannungen zwischen Moon und Sylvain zum ersten Mal. Achim hatte zwar bemerkt, dass sich die beiden seit einigen Tagen nicht grün waren, doch dass es so schlimm stand, hatte er nicht vermutet.

Vor dem letzten Anstieg des Tages legten sie an einem Chautari eine Pause ein, und Sylvain und Moon hatten erst gescherzt und gefrotzelt, dann war der Ton schärfer geworden, ein Wort hatte das andere gegeben, und als Achim den Ernst der Lage endlich begriff, war es bereits zu spät. Die beiden Kontrahenten standen sich gegenüber wie zwei kläffende Köter.

»Du denkst nur an dich!«, keifte Sylvain gerade. »Dir ist doch egal, ob ich erkältet bin und mir jeder Schritt dreimal so schwerfällt wie dir. Alle müssen hinter dir herlaufen, alles muss nach deinem Kopf gehen.«

Moons Fäuste zuckten, doch bevor er handgreiflich werden konnte, sprang Ganesh zu seinem Freund und ergriff seine Arme. »Natürlich«, konterte Moon. »Ich bin derjenige, der sich hier auskennt, nicht du.«

»Dann solltest du vielleicht einmal darüber nachdenken, dass ich derjenige bin, der dein Essen und deine Unterkunft bezahlt.« Mit diesen Worten drehte sich Sylvain um, schnappte seinen Rucksack und erklomm die ersten Stufen zu einem etwa zweihundert Meter über ihnen thronenden Dorf.

Moon riss sich von Ganesh los und wollte Sylvain folgen, doch Achim verstellte ihm den Weg und zog ihn zurück auf den Chautari. Mit sanftem Druck zwang er den Nepalesen, sich zu setzen, und ließ sich dann neben ihm nieder. »Ich glaube, wir müssen etwas klären«, sagte er.

Eine halbe Stunde später hatte er sein Ziel erreicht. Moon gab zu, dass er Sylvain für einen Schwächling hielt und ihm deshalb eine Lektion erteilen wollte. An die Erkältung hätte er gar nicht gedacht, schließlich sei das keine schlimme Krankheit.

»Aber eine, die dir Kraft raubt, du weißt es doch selbst«, bemerkte Achim.

Moon senkte zerknirscht den Kopf.

»Ja«, sagte er leise. »Das weiß ich.«

»Also ist da noch mehr?«

Moon schwieg.

»Hast du doch Probleme damit, von Sylvain Geld anzunehmen? Oder von mir?«, fragte Achim. Es war ein Schuss ins Blaue, aber er traf.

Moon holte tief Luft. Dann hob er den Kopf und sah Achim gerade ins Gesicht. »Es ist nicht leicht, arm zu sein«, sagte er einfach.

Achim massierte seine Stirn. Das war es also: Moons Stolz war verletzt und hatte sich ein Ventil gesucht. Es war Achim zwar nicht klar, warum sein Zorn ausgerechnet Sylvain getroffen hatte und nicht sie beide, andererseits war es durchaus möglich, dass Moon Sylvains schweigsame Art als Arroganz missdeutet hatte. Was für ein Dilemma. Und Sylvains letzte Äußerung war nicht gerade dazu angetan gewesen, die Wogen zu glätten. Er musste sich Sylvain zur Brust nehmen, wenn sie nicht den Rest ihrer Wanderung in mieser Stimmung verbringen wollten.

Die nächsten Tage verliefen ohne Zwischenfall. Sylvain und Moon gaben sich Mühe, und bald gingen die beiden wieder entspannt und freundschaftlich miteinander um. Gutgelaunt marschierte die kleine Gruppe durch Laubwälder und entlang gelbblühender Senffelder und erreichte schließlich das Tal des Daraundi Khola. Angeschwollen durch die bereits einsetzende Schneeschmelze in den höheren Regionen, schäumte der eisblaue Fluss Indien und dem Ganges entgegen. Stark verästelte

Seitenarme verwandelten den gesamten Talboden in ein glitzerndes Labyrinth. Eine Brücke war weit und breit nicht zu sehen. »Gibt es eine Furt?«, fragte Achim.

Moon wies nach Norden. »Weiter oben«, sagte er. »Vielleicht ist die Winterbrücke noch intakt, vielleicht nicht. Aber wir werden es schon schaffen.«

Den ganzen Nachmittag führte ihr Weg sie entlang des Flusses. Immer wieder passierten sie kleine Dörfer, so vollständig von allen Vorzügen und Nachteilen der modernen Welt abgeschnitten, dass sich Achim um Jahrhunderte zurückversetzt fühlte. Kein Strom, kein fließendes Wasser, oft nicht einmal ein Abort. Büffel, die die Arbeit von Maschinen verrichteten, und Menschen, die schufteten wie die Büffel. Und trotzdem lachten sie. Wollten sich ausschütten vor Lachen, sobald die erste kurze Scheu verflogen war, kicherten über Achims von der Tageswärme und Anstrengung verschwitztes Gesicht, seine falsch ausgesprochenen nepalesischen Grüße und seine langen, von der starken Bergsonne ausgeblichenen Haare. Er mochte die Menschen sehr.

Die Nacht verbrachten sie in einer einfachen Herberge, und am nächsten Morgen verabschiedete sich Ganesh. Sein Dorf lag diesseits des Flusses, nur einen Tagesmarsch entfernt aufwärts. »Wenn ihr bei Moons Eltern angekommen seid, winkt mit einer Decke. Ich wohne genau gegenüber«, scherzte er, nahm sein schweres Gepäck auf, in dem sich bescheidene Geschenke für seine Eltern und Geschwister, Onkel, Tanten, Nichten und Neffen verbargen, und zog los. Achim sah ihm nach, bis er hinter einer Felsnase verschwand. Ganesh war ein angenehmer Begleiter gewesen, ruhig und besonnen, im Gegensatz zu Moon, dessen aufbrausendes Wesen mehr als einmal für Unruhe in ihrer kleinen Gemeinschaft gesorgt hatte.

Nachdem sie ihre Rechnung beglichen hatten, schulterten auch Achim, Sylvain und Moon ihr Gepäck und verließen die Herberge. Etwa einen Kilometer jenseits des Dorfes senkte sich der Sommerpfad wieder dem Flussbett entgegen. Der Hauptstrom des Daraundi Khola war an dieser Stelle sehr breit, mit einigen Seitenarmen. Schon von oben hatte Achim gesehen, dass sich hier und da große, zum Teil mit Baumstämmen verbundene Felsen über das Wasser erhoben. Das Ganze machte weder von weitem noch aus der Nähe einen sonderlich vertrauenserweckenden Eindruck, und auch das Wasser schoss schneller zu Tal, als ihm lieb war, aber laut Moon bestand an dieser Stelle die einzige Möglichkeit, ans andere Ufer zu gelangen.

»Wenn es den Nepalesen reicht, werden wir es auch schaffen«, sagte Sylvain und erkletterte die erste Baumstammbrücke. Mit einem Fuß prüfte er die Festigkeit des Stammes und überquerte ihn dann mit vier, fünf beherzten Schritten. »Halb so wild!«, rief er grinsend und sprang auf den kieseldurchsetzten Sand auf seiner Seite des Nebenarms.

Achim und Moon taten es ihm nach, und die folgenden Wasserläufe überwanden sie ebenfalls ohne Schwierigkeiten, wenn auch mit nassen Schuhen. Das Unglück ereignete sich erst beim Hauptstrom. Angespornt durch Sylvains Lässigkeit, war Moon immer sorgloser von einem Stein zum anderen gesprungen und hatte das andere Ufer, wo Sylvain mit einem triumphierenden Lachen auf ihn und den vorsichtigeren Achim wartete, fast erreicht, als er auf einem glatten Stein ausrutschte. Achim verlor beinahe selbst den Halt, als er Moons entsetzten Aufschrei hörte. Er sah ihn gerade noch mit den Armen rudern, dann stürzte der Nepalese in das brodelnde Wasser und verschwand, keine fünf Meter von Sylvain entfernt.

Nach einer Schrecksekunde ließ Achim alle Vorsicht außer Acht. Angetrieben von seinem Entsetzen, hastete er über die glatten Felsen und Baumstämme, doch er kam zu spät. Einmal, zweimal sah er Moons Kopf noch in der weißen Gischt auftauchen, dann entzog ein Felsblock ihn endgültig seinen Blicken.

Sylvain stand wie vom Blitz getroffen. Es konnten kaum mehr als zwanzig Sekunden vergangen sein, seit Moon in den Fluss gestürzt war, doch Achim erschien es wie eine Ewigkeit. Warum tat Sylvain nichts? Achim verdoppelte seine Anstrengung, verlängerte seine wahnwitzigen Sprünge und erreichte schließlich das jenseitige Ufer. Sylvain starrte mit versteinertem Gesicht den Fluss hinunter. Achim versetzte ihm eine heftige Ohrfeige, um ihn aus seiner Starre zu wecken, dann hastete er weiter, umrundete den Felsblock, rannte wieder zum Ufer, die Augen fest auf das Wasser gerichtet. Ausgerechnet hier ergoss es sich über flache Stromschnellen, ein Hexenkessel aus Felsen und Schotter und Gischt und Strudeln. Von Moon keine Spur. Panik wallte in ihm auf. Wie sollte sein Freund diese eiskalte Hölle überleben? War er mit dem Kopf gegen einen Stein geknallt und ertrunken? Nach weiteren fünfzig Metern, am Ende der Stromschnellen, zwang sich Achim zum Anhalten. Obwohl seine Lungen brannten, brüllte er immer wieder Moons Namen, suchte den Fluss mit den Augen ab, Meter für Meter, und dann endlich sah er es, ein dunkles, gegen einen Felsen gepresstes Bündel. Hoffnung überflutete ihn. Sofort stürmte er das Ufer wieder hinauf und sprang ohne nachzudenken ins Wasser. Die Strömung prallte mit unfassbarer Gewalt gegen seine Beine, und hätte nicht die Verzweiflung seine Kräfte verdoppelt, wäre er verloren gewesen. Zum Glück war der Felsen, an den sich Moon klammerte, keine zehn Meter vom Ufer entfernt. Mit angstvoll aufgerissenen Augen blickte Moon ihm entgegen, und Achim registrierte mit Erleichterung, dass er bei Sinnen war. Mit aller Kraft stemmte er sich gegen die Strömung und watete auf Moon zu. Etwa zwei Meter entfernt, noch außerhalb seiner Reichweite, wurde der Fluss abrupt tiefer, und beinahe hätte Achim dasselbe Schicksal ereilt wie Moon, doch es gelang ihm, das Gleichgewicht zu wahren. Fluchend kämpfte er sich wieder einen Schritt zurück. Was nun?

»Bist du verletzt?«, schrie er über das Toben des Flusses hinweg.
»Nein!«, rief Moon mit überraschend kräftiger Stimme. »Ich glaube, es ist alles in Ordnung.«
»Gut. Aber wir haben ein Problem: Ich kann nicht zu dir kommen, allerdings habe ich hier einen einigermaßen festen Halt. Traust du dir zu, dich mit ausgestreckten Armen von dem Felsen abzustoßen, so dass ich dich greifen kann?«
Moon blickte zweifelnd auf den brodelnden Wasserstreifen zwischen sich und Achim. Dann verengten sich seine Augen. »Ich kann es!«, schrie er.
»Wir haben nur einen Versuch.«
»Ich weiß.«
»In Ordnung. Sag Bescheid, wenn du bereit bist.«
Beide sammelten sich. Achim grub seine robusten Schuhe in das Kiesbett und verkantete den rechten Fuß zwischen zwei Steinen, eine bessere Möglichkeit zum Verankern fand sich nicht. Moon nickte. Achim beugte sich vor und streckte die Arme aus. Nur einen Meter, dachte er. Du musst mir nur einen Meter entgegenkommen. »Jetzt!«
Moon schnellte vor wie ein Fisch, Sekundenbruchteile später spürte Achim seine Finger um sein linkes Handgelenk. Mit der Rechten packte er zu, umklammerte Moons Arm mit beiden Händen und zog, zog mit der Kraft eines Bären, während der Strom den hilflosen Moon in die andere Richtung zerrte, aber er ließ nicht los, kämpfte sich Schritt für Schritt rückwärts zum Ufer, bis Sylvain seine Taille griff und ihn in seiner Anstrengung unterstützte. Keine Minute später sanken die drei Männer auf die Kiesel am Ufer. Niemand sprach ein Wort.
Achim horchte in sich hinein. Alles war heil geblieben. Er wälzte sich zur Seite und begutachtete Moon. Der junge Mann lag mit geschlossenen Augen auf dem Rücken und bewegte stumm die Lippen. Ein Gebet, dachte Achim, ein Dankesgebet, zu

welchem Gott auch immer. Sie waren davongekommen. »Alles okay?«
Moon beendete sein Gebet und schlug die Augen auf. Eins nach dem anderen bewegte er seine Glieder, drehte den Kopf hin und her und grinste schließlich breit. »Nepalesen sind hart im Nehmen«, sagte er.
Was zu viel war, war zu viel. Achim rastete aus. Er sprang auf und starrte auf Moon hinunter.
»Was habt ihr euch dabei gedacht?«, brüllte er. Die Anspannung verließ seinen Körper und machte einer reinigenden Wut Platz, die ihn seine eigene durchweichte Kleidung und die Kälte vergessen ließ. »Seid ihr wahnsinnig geworden? Ihr habt euch benommen wie übermütige Kinder, die Gefahren nicht einschätzen können. Die Berge sind kein Spielplatz!«
»Aber es war doch zu schaffen«, erklang Sylvains Stimme in seinem Rücken. »Ich bin problemlos hinübergekommen.«
Achim wirbelte herum. »Du hältst besser das Maul!«, schrie er. »Wenn du nicht mit dem Irrsinn begonnen hättest, wäre Moon gar nicht erst auf die Idee gekommen, aus der Überquerung einen Wettkampf zu machen. Und als der Herr wirklich Mut hätte beweisen können, stand er nur wie ein Ölgötze am sicheren Ufer und wartete, bis ich kam, um die Kohlen aus dem Feuer zu holen. Entschuldigung, falsches Bild: um den zweiten Idioten aus dem Wasser zu ziehen.« Achim war so erregt, dass es ihm die Stimme verschlug. Heftig nach Luft ringend, drehte er sich um und stapfte davon. Er musste jetzt allein sein, bis seine Wut verraucht war, sonst würde er die beiden verprügeln. Verdient hatten sie es.
In den nächsten Stunden bekamen Sylvain und Moon kaum die Zähne auseinander. Sie vermieden alles, was Achim reizen konnte, kümmerten sich um das Trocknen der Kleidung, suchten und fanden Moons Tasche in einer flachen Bucht jenseits der Stromschnellen und trotteten nun in sicherem Abstand hin-

ter Achim den Berg empor. Miteinander sprachen sie allerdings auch nicht, sondern beäugten sich mit scheelen Blicken. Achim hatte keine Ahnung, was in der Stunde seiner Abwesenheit zwischen ihnen vorgefallen war, und es interessierte ihn nicht. Auch wenn sein Ärger langsam verflog und er sich eingestand, dass er ebenfalls nicht vor Leichtsinnigkeit gefeit war, so saß ihm der Schreck noch immer in den Gliedern.

Durch den Zwangsaufenthalt am Fluss erreichten sie Moons Dorf erst lange nach Einbruch der Dunkelheit. Moons Verwandte schliefen schon, doch nachdem er sie herausgeklopft hatte, verwandelte sich der Hof in einen Jahrmarkt. Brüder und Schwestern, die Mutter und der Vater, die Großeltern – alle eilten mit Kerzen in der Hand von hier nach dort, liehen Decken bei den Nachbarn, entfachten ein Küchenfeuer und tischten den Überraschungsgästen ein mitternächtliches Dhal Bhat auf. Alle schwatzten aufgeregt durcheinander, und Achim fühlte eine altbekannte Faust sein Herz zusammendrücken, als er die unverkennbare Freude bemerkte, mit der Moon in den Schoß der Familie zurückfand. Sie hatten ihn offensichtlich genauso vermisst wie er sie, und trotz der ärmlichen Umgebung, trotz ihres harten Lebens beneidete Achim sie um den Zusammenhalt ihrer Großfamilie.
Sobald sie aufgegessen hatten, zeigte Moons Vater Achim und Sylvain ihre Unterkunft, einen winzigen Raum in dem niedrigen, aus zwei Zimmern bestehenden Nebenhaus. Eine Außentür führte direkt auf die Veranda, die Wände waren aus groben Holzplanken gefügt, und durch die offenen, weder durch Glas oder Stoff geschützten Fensteröffnungen drang die Nachtkälte hinein. Trotzdem wickelte sich Achim erleichtert in seine kratzige Decke. Als Matratze diente, wie überall in den Bergen, lediglich eine kaum fingerdicke Strohmatte, doch es störte ihn nicht.

Er war fast eingeschlafen, als sich Sylvain räusperte. »Bist du noch sauer auf mich?«, fragte er kleinlaut.
»Ein bisschen.« Achim war froh, dass die Dunkelheit sein Grinsen verbarg. Sylvain sollte sich ruhig noch ein wenig mit seinem schlechten Gewissen herumplagen, bevor er ihm morgen früh offiziell Absolution erteilte. Ihm und Moon.
Nach drei ruhigen Tagen rüsteten sie erneut zum Aufbruch. Ihr Gepäck war leicht, doch das änderte sich, als Moons Vater jedem von ihnen einen Wollumhang aufdrängte.
»Mann, ist der schwer.« Sylvain faltete ratlos das unförmige braun-graue Gewebe auseinander. Im Grunde waren es nur zwei rechteckige, an zwei Seiten übereck zusammengenähte Bahnen. Moons Vater nahm Sylvain das Ding wieder ab und stülpte es ihm über den Kopf. Jetzt fungierte es als vorne offener Umhang mit Kapuze. »Man nennt es Bhakhu«, erklärte Moons Vater. »Die Hirten haben immer solche Umhänge dabei. Sie sind sehr wertvoll, aber ich leihe sie euch gern für eure Wanderung.«
Achim schüttelte sich vor Lachen. »Sylvain, du siehst aus wie Rumpelstilzchen.«
Sylvain zog den Umhang vor der Brust zusammen. »Er ist unglaublich warm«, stellte er fest. »Dafür scheint ein Schaf seine gesamte Wolle hergegeben zu haben.«
»Hat es auch«, sagte Moons Vater. »Der Bhakhu wird euch schützen, wenn schlechtes Wetter kommt. Noch ist die Zeit der Schneestürme nicht vorbei.«
»Schneestürme?« Achim blickte in den wolkenlosen Frühlingshimmel. »Was für ein Unsinn.«

Alle Anstrengungen auf ihrem Weg von Kathmandu verblassten zu bloßen Aufwärmübungen im Vergleich zu dem, was der dritte Tag seit ihrem Aufbruch von Moons Dorf ihnen abverlangte. Achim setzte stoisch einen Fuß vor den anderen, zählte jeden

Schritt und zwang sich, erst nach dem hundertsten innezuhalten, wie schon bei den hundert Schritten zuvor und denen davor. Erschöpft stützte er die Hände auf seine Oberschenkel und rang nach Luft, aber es gab nicht genug.
Vom Dorf aus hatte der Weg zu ihrem Ziel, dem heiligen Milchsee, gewirkt wie ein Spaziergang, aber sie hatten die Berge unterschätzt. Was vorher ausgesehen hatte wie sanft ansteigendes Gelände, erwies sich als tückisch und steil. Der Pfad war kaum ausgetreten und schwer zu begehen. In im wahrsten Sinne des Wortes atemberaubendem Tempo gewannen sie an Höhe und litten bei jedem Schritt in der zunehmend dünner werdenden Luft.
Trotzdem lohnte sich die Quälerei. Der Blick zurück in die Täler, kilometerweit unter ihnen, entschädigte für vieles, und der Blick nach vorn, auf die näher rückenden Gipfel des Himalayas, für den Rest. Achim war nicht so naiv zu glauben, sie könnten mit ihrer Minimalausrüstung auch nur den niedrigsten der Gipfel bezwingen, und doch hatte die Magie der stummen, menschenleeren Bergwelt alle drei in ihren Bann gezogen. Ein bisschen höher wollten sie noch, und noch ein bisschen, soweit es eben ging.
Er atmete noch einige Male tief durch und wartete, bis sich sein Herzschlag beruhigt hatte, dann raffte er sich auf und nahm die nächsten hundert Schritte in Angriff. Sylvain und Moon waren ihm ein wenig voraus, und er staunte einmal mehr über die Zähigkeit des zarten Franzosen. Der Glückliche hatte wesentlich weniger Probleme mit dem Anstieg und der dünnen Luft.
Nach weiteren vierzehn- oder fünfzehnmal hundert Schritten erscholl ein freudiger Ruf. Achim blickte auf. Sylvain stand auf einer Bodenwelle etwa dreißig Meter über ihm und winkte ihm zu. »Wir haben es geschafft!«, schrie er und verschwand.
Achim biss die Zähne zusammen, und wenige Minuten stand auch er auf der Kuppe. Sie hatten ihn tatsächlich erreicht: Dudh

Pokhari, den Milchsee. Er musste nicht fragen, wie der gletschergespeiste See zu seinem Namen gekommen war: Das Wasser glomm in einem unwirklichen hellen Grün und wirkte von seinem Standpunkt aus so undurchsichtig wie, nun ja, wie Milch, obwohl es sicher das jungfräulichste Gewässer war, das er jemals zu Gesicht bekommen hatte, bar jeglichen Lebens und der normalerweise daraus resultierenden Verunreinigungen. Als sie schließlich gemeinsam am Ufer standen, erzählte Moon, dass die Nepalesen an einem bestimmten Tag im Sommer zu Hunderten zum Milchsee pilgerten, denn sein Wasser hatte die Macht, die Menschen von Sünden reinzuwaschen.

»Nur die Jungen, Starken?«, fragte Achim, obwohl er die Antwort ahnte.

Moon schüttelte den Kopf. »Alle. Auch Alte, manchmal Kinder und sogar Kranke.«

Achims Achtung vor den Einheimischen stieg ins Unermessliche. Nie zuvor hatte er Menschen kennengelernt, die trotz einer einseitigen, wenig gehaltvollen Ernährung derart respekteinflößende Leistungen vollbringen konnten.

Während er noch seinen Gedanken nachhing, zog sich Moon aus und wagte einen ersten Schritt ins Wasser. Es schien ihm nicht zu behagen, aber er ging weiter, bis es ihm zur Hüfte reichte. Dann stieß er einen triumphierenden Schrei aus und tauchte vollständig unter. Prustend kam er wieder an die Oberfläche. Achim bekam stellvertretend für Moon eine Gänsehaut, aber als sich auch Sylvain seiner Kleidung entledigte und in den See watete, hielt es ihn nicht länger. Er glaubte zwar nicht an die spirituelle Kraft des Wassers, aber durchaus an seine säubernde. Schlimmer als ein Kneippbad würde es schon nicht sein, und dafür waren selbst die verweichlichten Deutschen hart genug.

Es war schlimmer.

Fluchend flüchtete Achim wieder ans Ufer, während Sylvain und Moon mit Wasser in seine Richtung spritzten. Sobald er außerhalb ihrer Reichweite war, zerrte er ein kleines Handtuch aus seiner Tasche und begann, sich abzurubbeln. Langsam kehrte eine angenehme Wärme in seinen Körper zurück. Nackt, wie er war, drehte er sich um seine eigene Achse, nahm das unglaubliche Panorama in sich auf, die Ödnis der dunklen Felshänge, das geheimnisvolle Grün des Sees, die nur wenig entfernten ersten Schneefelder, die –

»Mist!«

Unbemerkt, in rasendem Tempo, hatten sich in seinem Rücken dunkelgraue, unheilverheißende Wolken über den nächsten Gipfeln zusammengeballt und rollten unaufhaltsam auf den See zu.

Kaum eine Viertelstunde später brach der Sturm los, ein entfesseltes Ungeheuer, vor dem sie sich im letzten Moment in eine primitive Schutzhütte flüchteten. Zusammengekauert unter ihren Bhakhus, lauschten sie noch lange dem Wüten der Elemente, bis einer nach dem anderen einschlief.

Der nächste Morgen begrüßte ihre kleine Gruppe mit lockerer Bewölkung und einer geschlossenen Schneedecke, die beinahe bis ins Tal reichte. Während des Frühstücks beratschlagten sie, was sie nun tun sollten. Der Schnee nötigte Achim Respekt ab. Er riet zur Umkehr, doch Sylvain wollte unbedingt noch höher steigen. Moon erinnerte sich an ein Dorf jenseits des Passes, das in einem kurzen Tagesmarsch zu erreichen war, und letztendlich wurde Achim von den beiden überstimmt. Trotz seiner Bedenken fügte er sich gern – zu verlockend war die Aussicht, seine Spuren in den unberührten, weißglitzernden Schnee zu stempeln.

Nachdem sie ihre Sachen zusammengepackt und Sylvain von einem kurzen Spaziergang rund um den kleinen See zurückgekehrt war, brachen sie auf und schlugen eine nordöstliche Richtung ein.

Anfangs war trotz des Schnees tatsächlich ein Weg zu erahnen, doch nach etwa einer Stunde wurde das Gelände schwieriger, und der Pfad verlor sich. Mit bangem Gefühl folgte Achim Moon und Sylvain und hoffte, dass den Nepalesen seine vermeintliche Ortskenntnis nicht trog. Nach einer weiteren Stunde zwang sie ein Erdrutsch, der in einer Breite von sicherlich hundert Metern alles mit sich in die Tiefe gerissen hatte, zum Innehalten. Der Abbruch war so steil, dass sich nur wenig Schnee darauf festgesetzt hatte, lediglich in etwa zwanzig Metern Tiefe hatte er sich auf mehrere Vorsprünge und Felsbalkone gelegt. Sylvain und Achim tauschten skeptische Blicke. Sollte dieser Weg tatsächlich zu dem angekündigten Dorf führen? Oder hatten sie sich verirrt? Moon allerdings ließ keine Zweifel aufkommen. Unbeirrt prüfte er das Gelände und fand dann einen Einstieg in die Halde. Sylvain und Achim folgten vorsichtig.

Die hundert Meter dehnten sich ins Endlose. Bis zur Hälfte der Strecke war Achim bereits dreimal auf dem losen Geröll ausgerutscht und hatte sich schmerzhafte Prellungen zugefügt. Sylvain war es nicht besser ergangen, und auch Moon verlor hin und wieder den Halt. Ziemlich genau in der Mitte des Erdrutsches erreichten sie endlich einen vorspringenden Felsen, dessen einigermaßen ebene Oberseite genügend Platz für eine Pause und eine weitere Besprechung bot. Sie mussten dringend eine Entscheidung treffen. Achim für seinen Teil wollte nur noch umkehren. Sobald er den Felsen erklettert hatte, ließ er sich erschöpft fallen. Die Luft war noch dünner als am Tag zuvor, und jeder Schritt verlangte ihm das Äußerste ab. Nur langsam drangen die streitenden Stimmen seiner Begleiter in sein Bewusstsein vor. Wild gestikulierend standen sie am hinteren Ende der Plattform.

»Gib endlich zu, dass wir uns verlaufen haben«, forderte Sylvain. »Du warst hier noch nie.«

»Warum sollte ich je hier gewesen sein? Hier ist doch nichts!«,

brüllte Moon. »*Du* wolltest doch unbedingt weitergehen, obwohl ich abgeraten hatte.«
»Du hast abgeraten? Das ist ja etwas ganz Neues. Warum hast du dann behauptet, es gäbe einen Pass und auf der anderen Seite ein Dorf?«
Moon zuckte die Achseln. »Ich habe davon gehört. Als ich vor zehn Jahren das letzte Mal am See war, kamen Menschen über den Pass und erzählten von dem Dorf.«
»Gehört, gehört«, höhnte Sylvain und schlug sich vor die Stirn. »Ich muss bescheuert gewesen sein, mich auf einen Führer zu verlassen, dessen einzige Ortskenntnis auf zehn Jahre alten Gerüchten beruht.«
Obwohl Achim ihm im Stillen recht gab, wünschte er, Sylvain würde seine Worte bedächtiger wählen. Schon sah er, wie der durch seinen angeknacksten Stolz so leicht aus der Fassung zu bringende Moon in ohnmächtiger Wut die Fäuste ballte. Seinetwegen sollten sie sich prügeln, aber nicht hier.
»Reißt euch zusammen«, begann er, aber sein Beschwichtigungsversuch kam zu spät.
»Du bist ein dämlicher, nichtsnutziger Idiot«, sagte Sylvain und wandte sich ab. Im selben Moment sprang Moon vor und verpasste ihm einen Hieb gegen den Oberarm. Von der Wucht des Aufpralls geriet Sylvain ins Taumeln. Mit einem wütenden Ausruf griff er nach Moon und bekam seinen Ärmel zu fassen, aber der Nepalese schüttelte ihn ab und drang erneut auf Sylvain ein. Sylvain wich einen Schritt zurück, einen zweiten – und trat ins Leere. Während er stürzte, gelang es ihm noch, sich nach vorn zu werfen. Er schlug mit dem Oberkörper auf die Felskante, doch sein Schwerpunkt ragte zu weit über den Abgrund hinaus. Unaufhaltsam rutschte er weiter seinem Verderben entgegen, bis seine Hände endlich einen Halt fanden. Er schrie und schrie, während Moon auf ihn hinunterblickte, ob festgefroren in Panik oder triumphierend über seinen Sieg, wusste Achim nicht.

Achim sprang auf und stürzte an Moon vorbei zu Sylvain, warf sich auf den Bauch und griff nach seinen Händen, doch zu spät. Im selben Moment verließen Sylvain die Kräfte, und er rutschte ab. Fassungslos musste Achim mit ansehen, wie sein Freund fiel und fiel und auf die Geröllhalde prallte.

Sofort verstummten die Schreie.

Der Schotter geriet in Bewegung und riss das leblose Bündel, das einmal Sylvain gewesen war, mit sich in die Tiefe.

Achim lag noch bewegungslos, als das letzte Poltern der fallenden Steine verklungen war. Dann richtete er sich langsam auf und wandte sich zu Moon um, der sich ebenfalls nicht gerührt hatte.

»Geh«, sagte er tonlos. »Geh zurück nach Raato Danda und versuche, mit deiner Schuld zu leben. Und wage es nicht, mir jemals wieder unter die Augen zu treten.«

46

»Mord.«

Obwohl Anna geflüstert hatte, verstand Achim sie. »Das dachte ich zuerst auch«, sagte er, seine Stimme ebenfalls ein rauhes Flüstern, »doch später habe ich anders darüber geurteilt. Wir waren angespannt bis in die Haarwurzeln und hoffnungslos überfordert. Spätestens auf dem Erdrutsch mussten wir uns eingestehen, dass wir uns überschätzt hatten, doch keiner wollte der Erste sein, es zuzugeben.« Achim machte eine Pause. »Wir waren junge Männer«, fügte er hinzu, als erkläre allein dieser Umstand alles.

»Aber du sagtest doch, Moon hätte ihn von dem Stein gestoßen?« Anna wunderte sich über sich selbst. Trotz der ungeheuerlichen Erkenntnis war sie ruhig und gefasst, ganz anders als bei Ingrids Eröffnungen, als sie heulte, wütete, verzweifelte. Sie stand, von Achim abgekehrt, vor dem Fenster und blickte auf die dunkle Gasse unter ihr, ohne wirklich etwas zu sehen – zu sehr beschäftigte sie das Gehörte.

»Ich sagte, Moon hat ihn geschlagen, woraufhin Sylvain abgestürzt ist, nicht dass er ihn von dem Stein gestoßen hat. Das ist ein großer Unterschied.«

»Es fällt mir schwer, den Unterschied auszumachen«, sagte Anna hart. »Er hat meinen Vater getötet.«

»Im Affekt. Moon war wütend, genau wie Sylvain. Die beiden umschlichen sich schon zuvor wie Hund und Katze, und obwohl sie sich immer wieder zusammenrissen, kam es regelmäßig zum Streit. Die Chemie zwischen den beiden stimmte einfach nicht. Ich finde eine Prügelei im Prinzip nicht schlimm, im Gegenteil, sie kann die Atmosphäre reinigen, aber leider haben sich die beiden dafür den schlechtesten aller Plätze ausgesucht.«

Anna schwieg. Und wenn dieser Moon nun genau auf diesen schlechtesten aller Plätze spekuliert hatte?
»Es hätte auch andersherum ausgehen können.«
Anna fuhr herum und sah Achim endlich ins Gesicht. »Was meinst du?« Sie wusste es genau.
»Nun, wenn Sylvain die Oberhand behalten hätte, wäre vielleicht Moon statt seiner in die Schlucht gestürzt. Hättest du deinen Vater dann auch als einen Mörder bezeichnet?«

47

Der sportliche, hochgewachsene Mann inspizierte mit gerunzelter Stirn die zersplitterte Außentür, stieg über die Trümmer, machte einen Bogen um die Blutlache auf dem Boden und schob dann die zweite zerstörte Tür auf. »Fehlt etwas?«, fragte er beiläufig und ließ seinen Blick über die Regale mit den Tierfellen gleiten.

»Nein, Boss«, sagte sein Begleiter. Obwohl von ausgesprochen kräftiger Statur, verhielt er sich dem anderen gegenüber unterwürfig. Seine Hände, die von seinen Ohrläppchen zu den Haaren, zurück zu den Ohrläppchen, in die Hosentaschen und wieder hinaus wanderten, verrieten seine Nervosität. Er wünschte, sein Boss würde ihn anbrüllen, ihm Vorhaltungen machen. Stattdessen zerschellte jeder seiner Versuche, sich für sein Versagen in der letzten Nacht zu rechtfertigen, an der glatten, emotionslosen Miene des anderen. Und die war unheimlicher als Schakalgeheul um Mitternacht.

Trotz stieg in ihm auf. »Wenn ich meine Beschattung nicht so gut durchgezogen und im Snow Man Café den Sadhu und diese Touristin unbemerkt belauscht hätte, wären Sie überhaupt nicht darauf gekommen, dass er den Pangje kennt. Und dabei haben sich die beiden in einer fremden Sprache unterhalten, ich habe mir alles selbst zusammengereimt.«

»Das hast du fein gemacht.«

Der ätzende Unterton seines Bosses ließ den Kräftigen zusammenschrumpfen wie einen kaputten Fußball. Trotzdem versuchte er es ein weiteres Mal.

»Es ist uns wirklich niemand gefolgt, als wir den Alten schnappten«, beteuerte er.

»Ach ja? Und warum treiben sich dann fremde Leute auf meinem Grundstück herum? Wie sind sie überhaupt hereingekommen? Durchs offene Tor?«

Der Kräftige zuckte zusammen. Es war ein unverzeihlicher Fehler gewesen, das Tor nicht abzuschließen, aber wer konnte ahnen, dass diese Nachlässigkeit derart katastrophale Folgen haben würde? Er biss sich auf die Unterlippe. Was sollte er nur zu seiner Entschuldigung vorbringen? Faulheit – und um die handelte es sich – war wohl kaum eine Erklärung, die seinen Boss milde stimmen würde.

»Dein Schweigen ist Antwort genug«, konstatierte der Sportliche. »Du kannst nur hoffen, dass ihr ganze Arbeit geleistet habt, bevor er weggeschleppt wurde. Sollte er noch fähig sein auszupacken, haben wir alle ein Problem, du allerdings ein besonders großes.«

»Ich wollte doch nicht … Ich habe doch nur –«

»Halt's Maul!« Endlich schreit er, dachte der Kräftige erleichtert. Trotzdem zog er unbewusst den Kopf ein, als der andere weiterdonnerte: »Neel und du, ihr habt kläglich versagt, und ich muss zusehen, wie sich der Schaden begrenzen lässt!«

»Ich werde alles tun –«

»Ich habe nichts anderes erwartet«, unterbrach ihn der Boss. »Aktiviere unsere Ohren in der Stadt. Sollte der Mann noch leben, werden sie es erfahren. Und sieh zu, dass du mit den Jägern im Kali-Gandaki-Gebiet Kontakt aufnimmst. Wir müssen den Pangje finden, bevor er Wind von der Sache bekommt.«

Anna öffnete die Augen, und sofort schoss ein scharfer Schmerz durch ihren Kopf. Stöhnend ließ sie sich zurück aufs Kopfkissen sinken. Es war letzte Nacht einfach zu viel Alkohol gewesen. Sie hatte einen ausgewachsenen Kater und bereute kurz ihre Maßlosigkeit. Andererseits hatte Achims Whisky sie die Wahrheit leichter ertragen lassen. Wie mochte es Achim gehen? Er hatte mindestens ebenso viel getrunken wie sie, und auch er war emotional sehr aufgewühlt gewesen. Peinlich berührt fiel Anna ein, dass sie irgendwann eng aneinandergeklammert auf der Bank gesessen und ihre Toten beweint hatten. Danach war es ihr bessergegangen, und Achim hatte sie zu einem Gästezimmer im oberen Stockwerk geführt, das er vorausschauend schon hatte herrichten lassen. Als Anna protestierte und meinte, in der Annapurna Lodge würde man sich Sorgen machen, hatte er ihr gestanden, Ramesh vorgewarnt zu haben, dass sie unter Umständen als Gast in seinem Hause bliebe. Erleichtert hatte sich Anna gefügt und war trotz gegenteiliger Befürchtungen bald eingeschlafen und auch nicht von Träumen heimgesucht worden.

Doch jetzt kamen die von Achims Erzählung heraufbeschworenen Bilder zurück, und eine Gänsehaut überlief sie. Der Streit, der Sturz. Das Entsetzen ihres Vaters, als ihm klarwurde, dass er sterben würde. Aber auch Achims und Moons vergeblicher Versuch, zu Sylvain vorzudringen – Moon war natürlich nicht sofort gegangen, sondern hatte, getrieben von Entsetzen und Schuldgefühlen, darauf bestanden, die Leiche zu bergen. Beinahe wären bei dem riskanten Versuch auch Achim und Moon abgestürzt, und so mussten sie schließlich aufgeben und verließen den Ort der Katastrophe. Es gab nichts, was sie tun konnten. Sylvain hatte seine letzte Ruhestatt inmitten der wilden Bergwelt gefunden. Anna schluckte schwer. Vor ihrem inneren Auge sah sie Krähen auf Sylvains Körper herumhüpfen, Geier, die sich vom Himmel herabschraubten.

»Hör auf!« Anna hatte unwillkürlich laut gerufen, und es funktionierte: Die Bilder verschwanden, und sie wagte ein zweites Mal, die Augen zu öffnen. Die Kopfschmerzen waren nicht schwächer geworden, trotzdem setzte sie sich auf. Langsam, ganz langsam. Jemand hatte eine Wasserflasche neben das Bett gestellt. Anna nahm dankbar einen großen Schluck, dann inspizierte sie das Zimmer. Viel gab es nicht zu entdecken: ein

schöner antiker Schrank mit einer naiven, von Alterspatina überzogenen Bemalung von Bergen und Kringelwölkchen, Mönchen und Klöstern und stark verfremdeten Schneeleoparden, ein kleiner Tisch und das Bett, ebenfalls antik. Vorhänge aus einem hellen, handgewebten Wollstoff. Auf dem Boden ein wunderbarer Knüpfteppich mit einem bunten Tigermotiv.
Und auf dem Teppich ihr Rucksack sowie eine Nachricht. Anna nahm den Zettel. Er stammte von Achim, der ihr einen guten Morgen wünschte und sich dafür entschuldigte, über ihren Kopf hinweg gehandelt zu haben. Er hätte sich erdreistet, auf seinem Weg zum Büro in der Lodge vorbeizuschauen und ihre Sachen zu packen. Sie möge nachschauen, ob nichts fehlte. Da es in der Stadt immer gefährlicher würde, sei es ihm lieber, sie in der Sicherheit seines Hauses zu wissen. Er hoffe, sie würde sich gut fühlen, und freue sich, sie am Mittag bei einem gemeinsamen Mahl wiederzusehen.
Im ersten Moment ärgerte sich Anna tatsächlich. Was bildete sich Achim eigentlich ein? Doch ihr Ärger verflog so schnell, wie er gekommen war, und sie lächelte. Aus jeder Zeile sprach Fürsorglichkeit, und dass es in der Stadt nicht ungefährlich war, hatte sie spätestens am Abend zuvor begriffen. Es war gut, dass Achim die Entscheidung für sie getroffen hatte. Sie stand auf, suchte ihren Kulturbeutel aus dem Rucksack und verließ das Zimmer. In diesem Stockwerk gingen die Räume nicht ineinander über, sondern waren durch einen langen Flur verbunden, dessen Fenster sich ausnahmslos zu der vom Innenhof abgewandten Seite öffneten, entweder auf die Gasse oder aber in einen weiteren Hof, der von den Anwohnern als Parkplatz für Mofas und zum Trocknen von Wäsche benutzt wurde. Leider gab es keinerlei Hinweise, hinter welcher Zimmertür sich das Bad befand, doch bevor Anna aufs Geratewohl die erste Tür öffnen konnte, erschien Achims Adoptivtochter und zeigte es

ihr. Gestenreich bedeutete die junge Frau Anna, sie möge ins Esszimmer kommen, sobald sie fertig sei.

Achim saß schon am Tisch und las in einer Zeitung, als Anna das Esszimmer betrat. »Guten Morgen«, machte sie sich bemerkbar und setzte sich auf einen der freien Stühle.
Achim sah auf. »Guten Morgen.« Dann zeigte er auf die bereitstehenden Teller. »Wie ich sehe, hast du ausschlafen können. Es ist bereits Mittag, meine Frau und Sapana werden gleich das Essen bringen.« Er faltete die Zeitung zusammen und legte sie neben seinen Teller. »Ich hoffe, es war dir recht, dass ich deine Sachen geholt habe.«
Anna nickte. »Ich möchte mich für deine Mühe bedanken. Es ist völlig in Ordnung.«
»Das erleichtert mich sehr, denn die Situation scheint sich zuzuspitzen. Es gehen Gerüchte um, die Regierung wolle erneut eine Ausgangssperre verhängen, und dann würdest du in der Lodge ziemlich dumm dasitzen, ohne die Möglichkeit, einzukaufen oder Ähnliches.«
»Ist es so schlimm?«
»Es sind lange keine Bomben explodiert, es gibt keine Kämpfe in den Straßen, wenn du das meinst. Aber die Menschen sind äußerst angespannt und hamstern bereits Lebensmittel – sofern sie es sich leisten können, was längst nicht bei allen Bewohnern Kathmandus der Fall ist. Außerdem habe ich gehört, dass sich die Rebellen um Gorkha herum zusammenziehen. Die Region ist eine ihrer Hochburgen. Meine Quellen sind allerdings alles andere als zuverlässig.« Mit einem, wie Anna fand, unangebrachten Grinsen wies er auf die Zeitung. »Wie dem auch sei«, fuhr er fort, »ich würde es vorziehen, wenn du im Haus bleibst, bis ich Entwarnung geben kann.«
»Wie bitte? Ich möchte doch etwas sehen!«
»Das wirst du auch, aber gemeinsam mit mir. Ich habe mir den

heutigen Nachmittag freigenommen, um mit dir etwas zu unternehmen. Was hältst du davon?«

»Viel. Aber kann ich das annehmen? Du hast schließlich eine Firma.«

»Das stimmt, aber erstens kann mein Vertrauensmann mich eine Weile vertreten, zweitens sind uns momentan die Hände gebunden. Die gesamte Kommunikation funktioniert den größten Teil des Tages nicht. Kein Telefon, kein Internet.«

»O nein! Irgendwann muss ich aber mal meine E-Mails absenden oder telefonieren. Meine Leute machen sich bestimmt schon fürchterliche Sorgen.«

»Hmm. Das ist natürlich wichtig.« Er lehnte sich zurück und glättete abwesend seine Haare. »Die Internetcafés kannst du vergessen. Ich hätte einen Vorschlag, allerdings …« Er zögerte. »Nein, das geht nicht.«

»Was geht nicht?«

»Nun ja, ich habe in der Firma einen Internetanschluss. Du könntest mir deine Adresse und dein Passwort geben sowie die Adressen der Leute, an die du schreiben möchtest. Ich würde es Morgen den ganzen Tag versuchen und hoffen, einen der Momente zu erwischen, in denen doch mal etwas funktioniert, um deinen Freunden und Verwandten mitzuteilen, dass es dir gutgeht.« Er unterbrach sich erneut. »Ach, vergiss es, es ist eine blöde Idee. Versuche lieber, von hier aus anzurufen. Vielleicht hast du ja Glück.«

»Ich finde die Idee nicht blöd, im Gegenteil«, sagte Anna. »Ich würde dein Angebot gern annehmen.«

»Überlege es dir in Ruhe. Jetzt essen wir erst mal.« Zufrieden lächelte er Sapana und seiner Frau entgegen, die mit beladenen Tabletts den Raum betraten.

Nach dem ausgezeichneten Essen zogen sich die Frauen zurück, und Anna blieb mit Achim im Esszimmer sitzen. Nach einigen Belanglosigkeiten über Kochzutaten und das Wetter knüpfte Anna an den gestrigen Abend an. Noch gab es einige lose Enden, die sie gern mit dem Rest der Geschichte verbinden wollte.

»Was ist eigentlich mit Moon geschehen?«, platzte sie heraus. »Ist er vor Gericht gestellt worden?«

Achim sah sie einen Moment lang ungläubig an, dann lachte er kurz auf. »Gericht? Nein! Was glaubst du, was passiert wäre, wenn wir zur Polizei gegangen wären?«

»Wenn du schon so fragst: nichts Gutes.«

»Richtig. Hier funktioniert alles anders oder gar nicht, und ich wollte nicht riskieren, ebenfalls in Untersuchungshaft zu geraten. Tatsächlich lag mir ohnehin nicht daran, Moon vor einen dubiosen und höchstwahrscheinlich voreingenommenen Richter zu zerren. Der arme Kerl war schon gestraft genug.«

»Der arme Kerl?«

Achim zuckte die Achseln. »Natürlich. Er hat im Affekt gehandelt. Es ändert nichts am Ergebnis, aber das Letzte, was ich ihm unterstelle, ist eine Mordabsicht. Moon war ein Hitzkopf, und er trägt sicher schwer an seiner Schuld. Ich habe ihn gemocht, weißt du?«

Anna senkte den Kopf. »Ja, das sagtest du schon. Was ist aus ihm geworden?«

»Keine Ahnung. Nach unserem missglückten Versuch, zu Sylvain zu gelangen, wanderten wir so schnell es ging zurück zum See und weiter nach Süden. Schon während wir auf dem Erdrutsch herumkletterten, hatte es wieder leicht zu schneien begonnen, und wir befürchteten einen neuen Schneesturm. Am nächsten Morgen haben wir uns dann getrennt. Ich weiß nicht, wohin sich Moon gewandt hat, nehme aber an, er ist in sein Dorf zurückgekehrt. Ich selbst bin fast blind vor Tränen und Wut einfach weitergestolpert und habe die ersten zwei Nächte im Freien verbracht. Dann waren meine Vorräte aufgebraucht, und ich musste wieder in die Dörfer. Der Weg zurück nach Kathmandu entwickelte sich zu einer schlimmen Odyssee. Ich verlief mich häufig, was ich leicht hätte vermeiden können, wenn ich nach dem Weg gefragt hätte. Ich redete mir ein, so schnell wie möglich nach Kathmandu zurückkehren zu wollen, doch ich fürchtete mich derart davor, Babsi die schlimme Nachricht zu überbringen, dass mir jeder Umweg zupasskam.«

»Es muss furchtbar gewesen sein.«

»Allerdings. Babsi brach zusammen, und ich hatte selbst kaum noch Kraft. Als sie mir dann auch noch von ihrer Schwangerschaft berichtete, war ich am Boden zerstört. In seiner Sinnlosigkeit war Sylvains Tod doppelt grausam. Babsi und ich rückten in unserer Trauer näher zusammen als je zuvor, doch als ich sie fragte, ob sie sich ein Leben mit mir vorstellen könnte, zog sie sich zurück. Ich gebe zu, dass mich ihre Ablehnung traf, schließlich war ich bereit, Sylvains Kind – dich – zu akzeptieren. Aber dieses Gefühl legte sich schnell, ich konnte sie ja verstehen. Ich habe dann ihre Rückreise organisiert und bin hiergeblieben. Es erschien mir das Naheliegende. Nach ein paar Monaten verließ ich Nepal, um in Indien Kontakte zu knüpfen, flog später sogar nach Deutschland, wobei ich aber den Foelkenorth mied. Mit einem Adressbuch voller Interessenten und Geschäftspartner kehrte ich nach Kathmandu zurück. Tja, und hier bin ich noch immer, glücklich verheiratet, wohlhabend, in einem der schönsten und gleichzeitig gebeuteltsten Länder der Welt. Seltsam, nicht wahr?«

»Hattest du Kontakt zu meiner Mutter?«

»Ich schrieb ihr häufig, sie antwortete zweimal, das war's. Immerhin wusste ich, dass sie ein gesundes kleines Mädchen namens Annapurna zur Welt gebracht hatte. Danach gab ich es auf. Ich war dabei, mir ein neues Leben aufzubauen, und beschloss, die alten Geschichten ruhenzulassen. Meistens gelang es mir auch.«

»Bis ich daherspaziert kam.«

»Genau. Aber ich bin froh darüber. Wenn ich dich ansehe, ärgere ich mich beinahe, nicht doch beharrlicher um deine Mutter geworben zu haben. Ich hätte dich gern aufwachsen sehen, wäre dir gern ein Vater gewesen. Du hättest gut nach Kathmandu gepasst.« Plötzlich wirkte er linkisch wie ein kleiner Junge. Ehe es sich Anna versah, war er aufgesprungen, hatte sie aus ihrem Stuhl gehoben und fest in die Arme genommen. »Aber jetzt bist du da! Du glaubst gar nicht, wie sehr ich mich darüber freue.«

48

»Er ist übel zugerichtet, aber er wird es schaffen.« Der Arzt kontrollierte ein letztes Mal den Herzschlag des Kranken und erhob sich dann von der Bettkante.

Tara fiel ein Stein vom Herzen. Sie hatte die ganze Nacht neben dem gefolterten Mann Wache gehalten und war völlig erschöpft.

»Ich weiß, dass es besser ist, wenn Sie mir nichts erzählen, aber ich bin entsetzt. Wer schlägt einen alten Mann, noch dazu einen Asketen, so grauenhaft zusammen?«

»Es ist besser, wir ziehen Sie nicht noch weiter in die Geschichte«, sagte Achal. »Wir wissen, wer es war, das heißt: Wir wissen, wer die Leute angewiesen hat, den armen Kerl so zu misshandeln. Der Grund jedoch ...« Achal zuckte die Schultern. »Ich kann nur vermuten, und keine der Vermutungen gefällt mir.«

»Dann werde ich mich wieder in meine Praxis begeben. Rufen Sie mich, wenn etwas Unvorhergesehenes passiert. Heute Abend komme ich, um die Verbände zu wechseln und ihm eine schmerzstillende Spritze zu geben. Kühlen Sie die Schwellungen in seinem Gesicht und versuchen Sie, ihm ein wenig Flüssigkeit einzuflößen, Tee oder Wasser. Wenn es nicht klappt, bemühe ich mich, einen Tropf aufzutreiben.«

»In Ordnung. Was schätzen Sie, wann er wieder zu sich kommt?«

Der Arzt warf einen prüfenden Blick auf die ausgemergelte Gestalt. »Schneller, als Sie denken. Soweit ich es im Moment beurteilen kann, ist lediglich der linke Unterarm gebrochen, alle anderen Knochen sind unverletzt. Wegen der ausgeschlagenen Zähne wird er wahrscheinlich ein paar Tage nicht sprechen können, und er hat überall Prellungen und Platzwunden und mit

Sicherheit eine böse Gehirnerschütterung, aber ich kenne diese Asketen. Sie sind zäh wie Gummi und können enorm viel einstecken. Sorgen mache ich mir über innere Verletzungen, aber um feststellen zu können, ob seine Organe in Ordnung sind, müsste er im Krankenhaus untersucht werden.«

»Das wäre sein sicherer Tod«, warf Tara ein. »Wenn der Bhoot ihn aufstöbert, wird er auch Mittel und Wege finden, sein Vorhaben zu Ende zu führen.«

Tara spürte die Hand des Arztes auf der Schulter und blickte auf.

»Vertrauen Sie mir, er wird wieder gesund. Sein Körper funktioniert normal, sein Herz ist stark wie das eines Elefanten, und er hat kein Blut im Urin. Das sind sehr gute Zeichen.« Er lächelte ermutigend. »Er ist in diesem Haus ganz offensichtlich in besten Händen. Ist er ein Bekannter von Ihnen?«

Tara schüttelte den Kopf. »Ich habe ihn nur ein einziges Mal gesehen.«

»Wie auch immer, ich muss jetzt los. Bis heute Abend.«

Sobald der Arzt gegangen war, wandte sich Achal an Tara. »Du hast ihn schon einmal getroffen? Du weißt, wer er ist? Warum hast du nichts gesagt?«

»Weil ich mir nicht sicher war. Es war ein zufälliges Zusammentreffen völlig ohne Bedeutung.« Sie erhob sich ebenfalls. »Ich gehe jetzt.«

»Ja, du solltest schlafen.«

»Nicht schlafen. Ich gehe zum Tempel und mache eine Puja für den Mann. Er muss wieder zu sich kommen. Er muss uns berichten, was los ist. Vielleicht weiß er, wohin meine Schwester gebracht wurde.« Sie beugte sich zu dem Hund. »Komm«, sagte sie, »wir machen einen Ausflug.« Der Hund stand auf und wedelte mit dem Schwanz, doch als Tara das Zimmer verlassen wollte, zögerte er. Unentschlossen huschte sein Blick zwischen Tara und dem Kranken hin und her.

»Seltsam«, murmelte Achal. »Ich habe das Gefühl, als verbinde ihn etwas mit dem Mann. Er ist die ganze Zeit nicht von seinem Bett gewichen.«

Endlich entschied sich der Hund, Tara zu folgen. Bevor Tara auf den Flur trat, drehte sie sich noch einmal um. »Der Sadhu hat mit dem Hund gesprochen«, sagte sie und schloss die Tür, ohne Achals Antwort abzuwarten.

Tara war froh, das mutige Tier an ihrer Seite zu haben. Seit den Ereignissen der letzten Nacht erschien ihr die Stadt noch bedrohlicher als zuvor. Die wenigen Menschen auf den Straßen hielten den Blick gesenkt, niemand lachte, niemand scherzte. So schnell es ging, ohne Aufmerksamkeit zu erregen, hastete Tara zum Stadtzentrum, überquerte den gespenstisch ruhigen Durbar-Platz und tauchte jenseits der großen Tempel erneut in die Schatten der Gassen. Bei einem der Händler am Indra Chowk kaufte sie eine Girlande aus orangefarbenen Tagetes und ein Bündel Räucherstäbchen und eilte weiter. Kurz vor dem Kel Tole trat sie zwischen zwei große Schneeleopardenfiguren aus Metall in einen unscheinbaren Eingang. Im Vorbeigehen rieb sie über die blanken Flanken der Bronzeskulpturen und huschte dann in den hinter dem Durchgang liegenden Hof. Tauben stoben auf, doch Tara beachtete sie nicht und überquerte ohne Zögern den Vorplatz bis zum eigentlichen Tempelgebäude. Sie verneigte sich tief vor der Figur des Seto Machhendranath und legte ihre Gaben vor ihr ab. In ihrer hinduistischen Glaubenswelt stellte Seto Machhendranath eine Inkarnation Shivas dar, doch heute lag Tara mehr an der buddhistischen Sichtweise, denn die Buddhisten betrachteten ihn als Avalokiteshvara, den Bodhisattva, der die Klagen der Leidenden hört. Sie hatte ihm viel zu erzählen und um vieles zu bitten.

49

Als Tara gerade vor dem Tempel ihren Kopf beugte und um Barmherzigkeit für den Alten und ihre Schwester bat, schraubte sich Achims Geländewagen auf einer erstaunlich gut ausgebauten Straße im Nordosten des Kathmandu-Tals höher und höher einen Berghang hinauf. Achim hatte Anna nicht verraten, wohin ihr Ausflug sie führte, also genoss sie einfach die Fahrt und stellte keine Fragen. Sosehr sie Kathmandu auch mochte, so gut tat es, den Mauern und dem Smog der Stadt zu entkommen und durch Felder und Dörfer zu fahren.

»Schade«, murmelte Achim.

»Was meinst du?«

Er wies voraus. »Wir haben den höchsten Punkt erreicht, und bei klarer Sicht ist das Langtang-Massiv zum Greifen nah. Wir haben nur leider keine klare Sicht.«

Anna lachte. »Wenn ich es nicht besser wüsste, würde ich sagen, du bindest mir einen Bären auf und es gibt überhaupt keinen Himalaya. Vielleicht hat ihn jemand fortgezaubert?«

»Könnte sein. Hanuman zum Beispiel, der hat Übung darin. Ich wollte dich mit einem großartigen Panorama überraschen, und nun das. Ich hatte zwar schon bei unserer Abfahrt befürchtet, dass es ziemlich diesig sein wird, aber dass die Berge ganz verschwunden sind, finde ich richtig gemein.« Er steuerte den Wagen einen staubigen Weg hinunter und hielt vor einem hässlichen Betonhaus. »Möchtest du trotzdem einen Spaziergang machen? Wir können uns dann später ins Restaurant dieses Hotels setzen und etwas essen.«

»Das hört sich gut an.«

Kurz darauf schlenderten sie über einen Weg, der von dem Ort Nagarkot mit seinen unattraktiven Hotelbauten fortführte.

Unter ihnen breiteten sich Terrassenfelder aus, die sich bald im Dunst verloren. »Ist dies der Ort, an dem ihr euch damals entschieden habt, mit Moon in die Berge zu wandern?«

Achim nickte. Ein paar Schritte später hielt er an. »Was würdest du davon halten, ebenfalls in die Berge zu gehen?«

»Was meinst du?«

»Nun, einen längeren Treck zu machen. Wenn die Großen Weißen sich nicht zeigen mögen, gehen wir ihnen eben entgegen. Hier in Kathmandu sind wir zum Nichtstun verurteilt, und außerdem darf eigentlich niemand Nepal verlassen, bevor er nicht eine ausgedehnte Bergtour unternommen hat.«

»Überlegt hatte ich das auch schon«, sagte Anna nachdenklich. »Meinst du denn, ich könnte so etwas schaffen? Ich hatte immer Respekt vor den Bergen, aber seit ich über meinen Vater Bescheid weiß, habe ich richtig Angst. Ich bin genauso schwach wie meine Mutter, fürchte ich.«

»Rede keinen Unsinn. Du magst ihr sehr ähnlich sehen, aber das war's auch schon. Du bist viel selbstbewusster. Deine Mutter hätte sich zum Beispiel mit Sicherheit nicht allein in den Bus von Darjeeling nach Kathmandu gesetzt. Im Ernst, ich glaube, eine solche Wanderung würde dir gut gefallen.«

»Ich glaube, auch.« Anna strich die Haare hinter die Ohren. »Ja, ich finde die Idee gut«, bestätigte sie noch einmal. »Wohin soll es denn gehen? Und wie lange? Könnten wir vielleicht –« Sie brach ab.

Achim musterte sie voller Mitleid. »Ich weiß, was du fragen wolltest«, sagte er leise. »Nein, wir werden nicht zum Milchsee gehen. Erstens kann es in der Gorkha-Region jeden Moment zu Kämpfen zwischen der Armee und den Rebellen kommen.«

Anna wartete. »Und zweitens?«, fragte sie schließlich.

»Zweitens halte ich es für keine gute Idee. Du würdest dich nur unnötig quälen. Lass Sylvain dort ruhen. Du brauchst keinen Ort, um an ihn zu denken.«

Anna schob die Hände in die Hosentaschen und blickte in die berglose Ferne. Nach einigen Minuten drehte sie sich wieder um. »Gut«, sagte sie. »Also, was schlägst du vor?«
»Einen Treck, den viele Touristen gehen: Wir wandern einen Teil des Annapurna-Rundwegs und dann vielleicht noch nach Mustang. Du musst doch deine Namenspatronin kennenlernen. Dort gibt es zwar auch Rebellen, aber ich habe gehört, dass sie Ausländer in Ruhe lassen.«
»Außer dass sie einem Geld abknöpfen.« Anna lachte. »Ich habe zwei Schweizer getroffen, die vor kurzem dort waren. Sie schwärmten in den höchsten Tönen von den netten Maoisten.«
»Na also. Ist es abgemacht?«
»Abgemacht.« Er dachte kurz nach. »Ich denke, in spätestens drei Tagen können wir aufbrechen. Ich kenne einige vertrauenswürdige Bergführer und Träger. Zelte, Schlafsäcke und Ähnliches habe ich ohnehin. Besitzt du anständige Schuhe?«
Anna wies auf ihre Turnschuhe.
»Also nicht. Macht nichts, Schuhe bekommen wir problemlos in Thamel.«
Sie spazierten noch eine Weile lang über den Bergrücken, und Anna lauschte fasziniert Achims begeisterten Ausführungen über den bevorstehenden Treck. Wenn sie noch Zweifel an seiner Bergerfahrung gehabt hatte, so verflogen sie endgültig, als er sie über Schuhe und Unterkünfte, über Ziegen und Höhenkrankheit, Eselkarawanen und Giardia informierte. Sie war in besten Händen.
»Wenn ich abergläubisch wäre, würde ich sagen, es ist ein schlechtes Omen, eine solche Reise ausgerechnet hier zu planen«, bemerkte Anna, als er endlich eine Pause machte. »Zum Glück bin ich es aber nicht.«
»Das ist allerdings ein großes Glück«, sagte Achim und bedachte sie mit einem seltsamen Blick.
Anna bekam eine Gänsehaut und wusste nicht, warum.

Später saßen sie in dem Restaurant, vor dem Achim den Wagen geparkt hatte, und aßen Momos und Tütennudelsuppe, mehr gab die Küche nicht her. »Schlechte Zeiten«, hatte die Wirtin gejammert, »es kommt ja kaum noch jemand hier herauf.«
Anna schmeckte es trotzdem, und auch Achim mäkelte nicht. »Auf dem Treck freuen wir uns über so etwas«, sagte er augenzwinkernd und schlürfte seine Suppe. »Immerhin wärmt sie von innen.«
»Ich möchte dich noch etwas fragen. Es ist mir vorhin eingefallen.«
»Schieß los.«
»Ich hatte dir doch von dem seltsamen Heiligen erzählt.«
Achim nickte. »Dem Herrn der Vögel.«
»Dass er meinen Vater gekannt hat, habe ich dir auch berichtet. Aber da ist noch etwas, was mir im Kopf herumschwirrt. Er erwähnte einen Mann, der angeblich mehr über meinen Vater weiß, allerdings würde dieser Mann in einem Bergversteck hausen. So zumindest habe ich den Sadhu verstanden. Und – er nannte ihn den Pangje. Die Schweizer wiederum hatten auf dem Annapurna-Rundweg eine unheimliche Begegnung.«
Achim hob die Hände. »Stopp! Ich bin wirklich erstaunt, wie schnell die Gerüchte bei dir angelangt sind«, sagte er lachend. »Die Schweizer hatten also eine Begegnung der dritten Art?«
»Es scheint so.«
»Dann sind sie einem begabten Geschichtenerzähler aufgesessen. Was mich hingegen nachdenklich stimmt, ist die Tatsache, dass der Herr der Vögel diesen Schneeleoparden kennen will.«
»Diesen Schneeleoparden? Der Herr der Vögel sagte ›Pangje‹.«
»Das ist ein und dasselbe. ›Pangje‹ bedeutet ›Schneeleopard‹ in der Sprache der Menschen in Mustang und Manang.«
»Ach so. Was weißt du über den Pangje? Und was verbindet diesen Mann mit meinem Vater?«
»Deine zweite Frage kann ich beim besten Willen nicht beant-

worten. Es ist möglich, dass er Moon über den Weg gelaufen ist und durch ihn von Sylvain erfahren hat. Ansonsten kenne auch ich nur Gerüchte, aber sie halten sich hartnäckig: Er soll ein Wilderer sein, in ganz großem Stil. Mit seinen Spießgesellen macht er seit Jahren, wenn nicht seit Jahrzehnten die Berge und auch die Nationalparks im Süden unsicher. Die Bande tötet alles, was selten und wertvoll ist: Schneeleoparden, Blauschafe, Argalis, Tiger, Nashörner, Tibetantilopen. Aber obwohl es ein sehr lukratives Geschäft sein muss, verkriecht sich der Mann irgendwo in der Abgeschiedenheit der Hochtäler. Niemand kennt sein Versteck, niemand weiß, wie er aussieht, aber alle haben Angst. Ich nehme an, er selbst hat die Geschichte verbreitet, er könne sich in einen Schneeleoparden verwandeln, denn bei der abergläubischen Bevölkerung dort oben ist es natürlich ein phantastischer Schutz.«

»Aber wie passt der Herr der Vögel ins Bild? Er ist doch nur ein alter Mann.«

»Na, na, so alt, wie er aussieht, ist er längst nicht. Höchstens sechzig.« Achim legte die Fingerspitzen zusammen und dachte nach. »Was hältst du von dieser Vermutung? Der Herr der Vögel könnte der Mittelsmann des Schneeleoparden sein. Vielleicht tätigt er die Geschäfte in Kathmandu? Es würde zumindest erklären, warum er immer wieder für Monate verschwindet. Seine Tarnung als Wanderasket wäre perfekt. Niemand hält diese Männer auf, niemand verdächtigt sie schlimmerer Dinge als des Besitzes von Drogen zum Eigenbedarf.«

Die Geschichte hört sich schlüssig an, dachte Anna. Aber irgendetwas stimmte nicht. Der Herr der Vögel mochte ihr unheimlich gewesen sein, aber sein Entsetzen über die Enthüllung, Bärbel sei gestorben, war echt gewesen. Hätte ein Schurke so reagiert? Und überhaupt: Warum hatte er sie zum Schneeleoparden bringen wollen? Anna setzte gerade an, ihre Zweifel zu äußern, als sie ein weiteres Mal an diesem Tag Achims undeutbarer

Blick traf. Irritiert sah sie beiseite, dann rang sie sich ein Lächeln ab, das von Achim sofort erwidert wurde. »Ist ja auch nicht so wichtig«, sagte sie leichthin. »Vielleicht treffen wir den mysteriösen Schneeleoparden ja auf unserer Wanderung und können ihn selbst fragen, woher er meinen Vater kennt.«

50

NOVEMBER 2003

Zum dritten Mal an diesem Nachmittag ging Anna ihre Sachen für die Wanderung durch, und mit jedem Teil, das sie in die Hand nahm, wuchs ihre Vorfreude. Morgen in aller Frühe ging es endlich los.

Seit vor zwei Tagen die Entscheidung für die Bergtour gefallen war, fühlte sie sich rastlos. Da Achim mit den Vorbereitungen beschäftigt gewesen war, hatte er gestern und auch heute kaum Zeit für sie gehabt. Sie war seiner Bitte nachgekommen und im Haus geblieben und hatte sich die Zeit mit Lesen verkürzt, immer wieder unterbrochen von vergeblichen Versuchen, zu telefonieren. Die Leitung blieb tot, und auch Achim konnte bisher keinen Erfolg vermelden, obwohl er ständig von seinem Büro aus versuchte, mit der Außenwelt zu kommunizieren.

Nachdem Anna ihren Rucksack endgültig gepackt hatte, schnappte sie sich ihr Schreibzeug und begab sich ins Esszimmer, um Briefe an Kim, Ingrid, Eddo und Rebecca zu schreiben. Achim wollte sie am nächsten Morgen von einem seiner Angestellten zur Post bringen lassen. Wahrscheinlich würden sie erst ankommen, wenn sie wieder zurück war, in Kathmandu oder Kalkutta oder sogar in Deutschland, doch mehr konnte sie im Moment nicht tun.

Achim kam am frühen Abend mit blendender Laune nach Hause und stürmte sofort in den Raum mit den türkisfarbenen Kissen, in dem Anna es sich mit einem Buch gemütlich gemacht hatte.

»Alles ist erledigt«, verkündete er. »Jetzt würde ich gern ein

Bier trinken. Möchtest du auch eines? Weißt du, wo Brinda ist?«

Anna schüttelte den Kopf. Achims Frau und Sapana hatten sie den ganzen Tag mit Tee, Früchten und Keksen versorgt und sich ansonsten irgendwo in den Tiefen des großen Hauses aufgehalten. Anna hätte gern mehr Zeit mit ihnen verbracht, doch die Frauen waren zu schüchtern, um sich auf sie einzulassen. Anna konnte nur hoffen, dass sie ihr nicht böse waren, weil sie ihnen den Mann und Vater für einige Tage entführte.

»Warte, ich suche sie. Was ziehst du vor: Kingfisher oder Everest?«

Eine Viertelstunde später kehrte er mit zwei Flaschen Everest-Bier und zwei Gläsern zurück und setzte sich neben Anna.

»Ich habe meine Frau gebeten, das Abendessen schon um sieben Uhr aufzutragen, weil wir morgen früh um sechs Uhr aufstehen müssen. Ist das für dich in Ordnung?«

»Natürlich«, sagte Anna und nahm ihr Bierglas entgegen.

Achim trank einen tiefen Zug, dann lehnte er sich bequem zurück. »Liebe Grüße von Ingrid und Rebecca«, sagte er beiläufig.

Anna fuhr auf. »Du hast sie tatsächlich erreicht?«, rief sie aufgeregt. »Wie geht es ihnen? Hat Ingrid etwas über Kim erzählt? Wie geht es meinem Vater?«

Achim zog die Brauen hoch. »Deinem Vater?«, fragte er.

»Ja, meinem … ich meine, Eddo.«

»Er hat nicht abgehoben, war wohl nicht zu Hause, aber deine Freundin Rebecca bat mich dir auszurichten, dass er wieder obenauf ist. Die Krise scheint vorüber zu sein.«

»Das ist ja unglaublich! Was hat sie noch gesagt? Nun spann mich doch nicht so auf die Folter.«

»Eigentlich nichts. Ich habe sowohl ihr als auch Ingrid nur das Wichtigste durchgegeben: dass ich dich unter meine Fittiche genommen habe, dass es dir gutgeht und wir auf dem Weg in

die Berge sind. Die Leitungen konnten jederzeit wieder zusammenbrechen – was sie im Übrigen während meines Gesprächs mit Ingrid auch taten.«
»Wie hat sie reagiert, als du anriefst?«
»Verblüfft. Völlig verblüfft«, sagte Achim. Sein Grinsen reichte von Ohr zu Ohr. »Sie hat sich gefreut. Du brauchst dir also keine Sorgen zu machen, dass sie dir den Kopf abreißt, weil du mir ihre Nummer verraten hast. Ich habe ihr nur kurz die momentane Situation in Nepal geschildert und mit ihr abgesprochen, später einen längeren Schwatz zu halten. Sie wünscht uns jedenfalls eine tolle Wanderung.«
»Und was ist mit Kim? Wie geht es ihm in Kalkutta? Kommt er voran? Bleibt es dabei, dass ich ihn besuche?«
»Besuchen?«
Achim schien irritiert, und das wiederum irritierte Anna. »Ich will doch vor meiner Abreise nach Deutschland ein paar Tage mit ihm in Kalkutta verbringen«, sagte sie, nicht sicher, ob sie Achim davon erzählt hatte. »Hat er denn gar nicht mit seiner Mutter gesprochen?«
»Oh, doch, doch. Natürlich hat er das. Ingrid sagte, in Kalkutta liefe alles nach Plan.«
»Mehr nicht?«
Achim zuckte die Achseln. »Wie ich schon sagte, bevor Ingrid und ich wirklich zu Einzelheiten kommen konnten, brach die Verbindung ab.«
»Schade«, sagte Anna, mehr zu sich selbst als zu Achim. »Aber egal, es ist ja alles in Ordnung, und von Ingrid wird er erfahren, warum ich ihm keine E-Mail schreiben konnte.« Sie hob das Glas. »Auf unsere Wanderung!«
Achim stieß mit ihr an. »Auf unsere Wanderung.«

Kim sprang aus einem Taxi und hastete in den Flughafen von Kalkutta. Bis zum Abflug seiner Maschine blieb ihm nur eine

Stunde – eine viel zu kurze Zeit für die lahmen Flughafenangestellten. Und sein Gepäck musste er auch noch aufgeben. Entgegen seiner sonstigen Gelassenheit trat Kim von einem Fuß auf den anderen, als er sich erst in der Schlange vor dem Schalter der Fluggesellschaft und dann in jener vor der Passkontrolle wiederfand.

Er schaffte es. Zweiundfünfzig Minuten nachdem er in den Flughafen gestürmt war, ließ er sich erleichtert in den Sitz seines Flugzeugs sinken.

Zwei Stunden später hatten sie noch immer keine Starterlaubnis. Die Sonne war längst untergegangen und damit Kims Hoffnung, in Patna den Nachtbus zur nepalesischen Grenze zu erwischen. Nachdem sein Ärger über die Verspätung verflogen war, fügte er sich ins Unvermeidliche und zwang sich, positiv zu denken. Anlass zur Freude gab es genug: Der Professor hatte ihn als Doktoranden akzeptiert und ihm eine Vorlesungsreihe in Aussicht gestellt. Seine Gespräche mit den Aktivisten einer Tierschutzorganisation waren ebenfalls interessant und in einer guten Stimmung verlaufen, und sein Freund hatte ihm das zweite Zimmer in seiner Wohnung angeboten – sein bisheriger Mitbewohner würde im März nach Delhi ziehen. Alles lief gut, so gut, dass es schon fast unheimlich war.

Der Dämpfer seiner Euphorie kam von anderer Seite: Anna. Seit ihrem Anruf bei seiner Mutter vor beinahe einer Woche hatten weder er noch Ingrid von ihr gehört. Er wusste von Ingrid um die Kommunikationsprobleme in Nepal, aber ein wenig seltsam schien es ihm doch, dass es ihr nicht gelungen war, eine E-Mail abzusetzen. Andererseits war das Netz auch in Indien nicht unbedingt das zuverlässigste. Wie sollte es dann erst in Nepal aussehen, wo Anna zu allem Überfluss auf öffentliche Internetcafés angewiesen war?, versuchte er sich zu beruhigen. Und doch schlich sich immer wieder der unangenehme Gedanke in seinen Kopf, dass sie ihm vielleicht gar nicht schreiben wollte. Dass seine Anziehungskraft verblasst war, sobald sie sich getrennt hatten. Dass er sie vielleicht von Anfang an falsch verstanden hatte, dass sie … Kim seufzte so laut, dass der Passagier neben ihm von seiner Zeitung aufsah und ihn fragte, ob alles in Ordnung sei.

Nach einer weiteren halben Stunde des Wartens setzte sich die Maschine endlich Richtung Rollfeld in Bewegung. Die Knoten in Kims Gedärmen lockerten sich, und es gelang ihm, sich ein wenig zu entspannen. Er konnte schließlich von Glück reden, dass der Professor ihn erst Anfang Dezember erwartete und er demzufolge über seine Zeit frei verfügte. Nach dem Gespräch mit dem Professor hatte er sofort beschlossen, Anna in Nepal zu überraschen. Ob die Überraschung willkommen war oder nicht, würde er morgen erfahren. Bis dahin musste er die von der Ungewissheit hervorgerufenen Bauchschmerzen ertragen wie ein Mann. Wie ein liebeskranker Mann, dachte er. Ich habe mich Hals über Kopf in Anna verknallt, und wenn sie nicht so empfindet wie ich, steht mir eine schlimme Zeit bevor.

Die Twin Otter nahm geräuschvoll Anlauf und erhob sich in den über dem Tal liegenden Dunst. Trotz ihrer Jacke fror Anna in dem kleinen Flugzeug, das nicht für große Höhen ausgelegt und dessen Außenisolierung dementsprechend dünn war. Sie presste die Stirn an das Flugzeugfenster und blickte auf die dunkelrote Stadt hinunter. Zwar hatte die Morgendämmerung schon eingesetzt, doch das Kathmandu-Tal lag noch im Schatten der Berge, lediglich die weiße Halbkugel des Bodhnath-Tempels ließ sich deutlich ausmachen. Das Flugzeug kippte nach links, beschrieb einen Viertelkreis, durchbrach die Dunstschicht und schwang sich in das eisvogelblaue Himmelsgewölbe.

Anna stieß unwillkürlich die Luft aus. Achim hatte aus gutem Grund darauf bestanden, dass sie sich auf die rechte, nach

Norden zeigende Seite setzte, dorthin, wo nun die gewaltige Barriere des Himalayas zum verblassenden Mond hinaufwuchs, die Schneegipfel gehüllt in gelbe und violette, orange- und rosafarbene Tücher, gewebt aus den Strahlen der aufgehenden Sonne.

Achim löste seinen Sicherheitsgurt und nahm den Platz hinter Anna ein. Mit leiser Stimme begrüßte er die Berge mit ihren magisch klingenden Namen: Langtang Lirung, Shisha Pangma, Ganesh Himal, dann, nach einer Viertelstunde, Gorkha Himal mit Himal Chuli und dem über achttausend Meter hohen Manaslu.

»Ist es dort passiert?«, fragte Anna beklommen.

Der Gebirgsstock des Gorkha Himal unterschied sich kaum von dem des Langtang- oder Ganesh-Himal-Massivs: Ähnlich waren sich die schartigen, zerklüfteten Gipfelregionen, die Gletscher und Schneefelder, ähnlich die Vorgebirge mit ihren tiefeingeschnittenen Tälern, durch deren Grund sich die hellen Bänder der Flüsse wanden, ähnlich die schwarzgrünen Wälder und die dunkelbraune Erde, nur selten unterbrochen vom leuchtenden Grün eines noch spät im Jahr bestellten Feldes. Und doch empfand Anna das Bergmassiv als bedrohlich. An seinen steil abfallenden Flanken war ihr Vater umgekommen.

Anna löste den Blick von den Gipfeln und sah nach unten. Sie flogen tief genug, um die Dörfer des Mahabharat zu erkennen, trotzige Zeugnisse der Willenskraft ihrer Bewohner, die sich in einer für die Besiedlung durch Menschen wenig tauglichen Welt behaupteten. Sie krallten sich an die Hänge, beanspruchten jede halbwegs beackerbare Fläche und hatten dem Land ein engmaschiges Netz aus Wegen übergeworfen.

Das Flugzeug hatte kaum den Manaslu hinter sich gelassen, als die Stewardess zu Anna trat und sie aufforderte, ins Cockpit zu kommen. Anna drehte sich überrascht zu Achim um. Er nickte bestätigend. »Wenn ich schon ein Flugzeug chartere, werde ich meinem Gast doch den großartigsten Ausblick der Welt nicht vorenthalten«, sagte er. »Ich komme mit, um dir alles zu erklären.«

Der Blick aus dem Cockpit war umwerfend. Die lange Kette des Himalayas schälte sich aus dem Dunst im Westen und erstreckte sich bis in den Nordosten, wo Anna den Everest und den Kangchenjunga vermutete. Direkt vor der Nase des Flugzeugs erhob sich die perfekt geformte Pyramide eines frei stehenden Gipfels etwas südlich des Hauptkamms.

»Der Machapuchare. Keiner der höchsten, doch einer der schönsten Berge, wie ich finde«, bemerkte Achim. »Niemand hat ihn bisher erklommen, denn er ist den Nepalesen heilig.«

»Und alle halten sich daran?«

»Nicht unbedingt, aber es gibt schon seit Jahrzehnten keine Besteigungserlaubnis mehr. Irgendwann in den Fünfzigern hätten einige Bergsteiger, ich glaube, sie waren Engländer, beinahe den Gipfel erreicht, mussten aber wegen technischer Probleme den Versuch abbrechen. Es geht allerdings das Gerücht, ihre nepalesischen Begleiter hätten sie wenige Meter unterhalb des höchsten Punktes zur Umkehr gezwungen.«

»Schon wieder ein Gerücht. Diese Berge sind getränkt mit Legenden, Gerüchten und Mythen.«

»Wundert es dich?«

Anna schüttelte den Kopf. Der Pilot flog eine sanfte Rechtskurve, und sie nahmen Kurs nach Norden, direkt auf die Berge zu.

Achim wies rechts voraus auf einen Gipfel. »Darf ich vorstellen? Annapurna.«

Annas Herz machte einen Sprung. Hier wohnte sie also, ihre Namenspatronin. Ein prächtiger Wohnsitz, dachte sie und nickte grüßend zu dem ehrfurchteinflößenden Gebirgsstock mit seinen Dutzenden und Aberdutzenden Gipfeln. Plötzlich musste sie lachen. Wie war ihre Mutter bloß auf die Idee gekommen,

ihre winzige Tochter ausgerechnet nach etwas so Erhabenem und Großartigem zu benennen?
»Und das dort ist Dhaulagiri«, fuhr Achim fort und wies auf das Gebirge weiter zur Linken. »Ebenso wie Annapurna ragt sein Hauptgipfel über achttausend Meter in den Himmel. Und noch ein Superlativ: Das Tal zwischen den beiden Massiven ist das tiefste der Welt. Und genau dort fliegen wir jetzt hinein.«
Anna kam aus dem Staunen nicht heraus. Sobald sie das Tal erreicht hatten, türmten sich die Berge zu beiden Seiten immer höher, und sie musste sich vorbeugen und den Kopf in den Nacken legen, um ihre Spitzen sehen zu können. Sie flogen mit einem Abstand von höchstens zweihundert Metern an einem gewaltigen Gletscher vorbei, an unbezwingbaren Felswänden, während sich im Tal die Wasser des jungen Kali Gandaki mit wilder Kraft einen Weg fraßen. In den ersten Minuten bedeckte erstaunlich üppige Vegetation das Tal und die Hänge, dann lösten immer spärlicher wachsende Sträucher die Bäume ab, bis sie schließlich in eine Welt aus Steinen hineinflogen. Das Tal wurde weiter, und Braun und Grau wurden die vorherrschenden Farben. Hier und da ein Dorf, ebenfalls aus Stein errichtet, umgeben von winzigen Feldern. Als die Landepiste von Jomsom in Sicht kam, schickte der Pilot Anna und Achim zurück in die Kabine. Auf seinem Gesicht lag ein wissendes Lächeln, und Anna lächelte zurück. Sicher war sie nicht die erste verzückte Passagierin, der er einen Blick auf diese Wunder ermöglicht hatte.
Sie setzten mit allerhand Geruckel auf der kurzen Piste auf, und wenige Minuten später stand Anna im Freien. Ein heftiger Wind aus dem Tal zerrte an ihren Haaren, trieb Staub und Sand vor sich her und verlieh der Umgebung den trostlosen Charme einer Wildweststadt aus den Filmen der 1950er Jahre. Sie zog eine Mütze über den Kopf. »Was für ein Wind!«
Achim lachte. »Das ist noch gar nichts«, sagte er. »Nach dem Mittagessen wird es schlimmer.«

»Wie kannst du das so genau wissen?«

»Weil jeden Tag das Gleiche passiert. Es ist ein lokales Phänomen, über das sich die Wetterfrösche schon lange die Köpfe zerbrechen. Wegen des Windes mussten wir auch so früh starten: Die Flugzeuge können nur bis zum Mittag in Jomsom landen. Außerdem ist er einer der Gründe, warum wir heute Nacht hierbleiben. Es ist verflixt unangenehm, in dem Sturm zu wandern, gerade auf dem ersten Abschnitt von hier aus. Wir nutzen besser die frühen Morgenstunden, wenn der Wind noch relativ harmlos ist.«

»Du sagtest ›Gründe‹?«

»Ich möchte, dass wir uns wenigstens eine Nacht akklimatisieren, immerhin sind wir eben auf fast dreitausend Meter Höhe gehüpft. Außerdem werde ich noch einige Träger rekrutieren. Aber jetzt komm.«

Die beiden mitgereisten Träger aus Kathmandu waren mittlerweile mit dem Entladen des Gepäcks fertig, schulterten einen Teil der schweren Kiepen und Taschen und begaben sich über die Rollbahn zu dem winzigen Abfertigungsgebäude. Anna und Achim nahmen ihre Rucksäcke und folgten ihnen. Obwohl vor allem der eine der beiden Träger recht kräftig wirkte, fragte sich Anna, wie es ihm möglich war, das enorme Gewicht zu tragen. Sie war froh, dass Achim noch weitere Träger anheuern wollte.

Etwa zwei Stunden nach dem morgendlichen Aufbruch aus Patna, irgendwo zwischen Muzaffapur und Birganj, inmitten brettebener, hellroter Felder und ärmlicher Dörfer, stoppten Polizisten den Bus und verhafteten den Busfahrer. Kim blickte fassungslos der Staubwolke des entschwindenden Polizeiautos nach und wusste nicht, ob er schimpfen oder lachen sollte. Da hatte er Anna gepredigt, sie solle die Dinge nehmen, wie sie kommen und ein wenig mehr Gelassenheit an den Tag legen, und nun stand er hier und wollte am liebsten jedem einzelnen seiner Landsleute in den Allerwertesten treten. Wenn er geahnt hätte, wie sich die Reise entwickelte, hätte er besser auf einen Direktflug von Kalkutta nach Kathmandu gewartet.

Für einen Moment verstummten auch die anderen Passagiere des Fernbusses, nur um ihrem Ärger wenig später umso lauter Luft zu machen. Niemand wusste, warum man ihnen den Busfahrer entführt hatte. Die Theorien reichten von nicht bezahlter Mitgift, was wahrscheinlich war, über Schmuggel, auch dies lag im Bereich des Möglichen, da der Mann die Strecke Patna–Kathmandu mit Sicherheit regelmäßig fuhr, bis hin zu Unfallflucht, die wahrscheinlichste aller Möglichkeiten, wenn sie den Fahrstil des Mannes in Betracht zogen. Doch so laut sie auch keiften und spekulierten, es änderte nichts an der Tatsache, dass sie gestrandet waren, denn bis die Polizisten den Fahrer wieder herausrückten, konnten Tage vergehen.

Nach zwei Stunden des Wartens auf einen Ersatz für den abhandengekommenen Busfahrer, der natürlich nicht kam, kletterten die ersten Passagiere, unter ihnen Kim, auf das Busdach, zerrten ihr Gepäck herunter und winkten vorbeifahrenden Lastwagen und Bussen. Hin und wieder hielt ein mitleidiger Fernfahrer und quetschte so viele Menschen wie möglich in seine Fahrerkabine. Kim hatte Glück im Unglück und erwischte einen freundlichen Mann, der mit einer Ladung Taschenlampen »made in India« auf dem Weg in Nepals Hauptstadt war. Die Freude währte nur kurz: Dreißig Kilometer weiter gab das Getriebe des Lastwagens mit einem finalen Kreischen den Geist auf.

Achims Wind- und Wetterprognose erwies sich als zuverlässig. Als Anna früh am nächsten Morgen vor die Tür ihres Hotels trat, wehte lediglich eine leichte Brise durch Jomsoms Hauptstraße. Die Träger hatten sich bereits versammelt und sortierten unter Achims Aufsicht das umfangreiche Gepäck. Achim hatte mehrere Zelte, Geschirr, Decken, Matten und Lebensmittel aus Kathmandu mitgeführt, da er das Campen einer Übernachtung in den Gast- und Teehäusern der Region vorzog, was Anna erstaunte. Zumindest die Unterkunft in Jomsom fand sie den Umständen entsprechend komfortabel, ein einfaches Bett mit einer dicken, in saubere Wäsche gehüllten Decke gehörte ebenso zur Einrichtung ihres Zimmers wie ein Schränkchen und ein Teppich. Die Gemeinschaftstoilette war weniger angenehm und eine Dusche nicht vorhanden, aber da Anna mit nichts anderem gerechnet hatte, war sie auch nicht enttäuscht.

Sie reckte sich und blickte in den wolkenlosen Himmel. Der Tag versprach schön zu werden, und die Luft war so klar, dass sie jedes Detail des hohen Schneebergs Nilgiri im Südosten erkennen konnte. Der Morgen versöhnte Anna mit Jomsom, das ihr jetzt ungleich freundlicher erschien. Am gestrigen Nachmittag hatte der heftige Wind Mensch und Tier mit fliegendem Sand und kleinen Steinchen gepeinigt und jeden Spaziergang in einen Kraftakt verwandelt. Anna begriff, warum die Häuser wie Festungen wirkten, warum die Fenster so winzig und die Mauern so dick waren.

Ein vielstimmiges Blöken und Meckern kündigte eine Herde an, und tatsächlich bogen im nächsten Moment hundert oder mehr Schafe und Ziegen um die Straßenecke, überfluteten den Weg, erschraken vor nichts und allem, verwirrten sich zu Knäueln aus Haar und Hufen, Hörnern und Ohren und Schwänzen, bis einer der Hirten einen Stein aufhob und ihn gezielt einem der Tiere auf den Hintern pfefferte. Erschrocken machte das Böckchen einen ausgewachsenen Bocksprung, die anderen stoben auseinander und verkeilten sich wenige Augenblicke später erneut mit ihren Artgenossen. Anna liefen Lachtränen die Wangen hinunter, als sie die Hirten bei ihren Bemühungen beobachtete, die Herde wieder in Marsch zu setzen. Sie stieg die Treppe zur Straße hinab, um eine der kleinen Ziegen zu streicheln. Eine schlechte Idee, denn sofort brach eine Panik aus, die Anna nicht nur strafende Blicke von den Hirten, sondern auch ein Stirnrunzeln von Achim eintrug.

Anna zuckte verlegen die Schultern und stellte sich neben Achim. »Entschuldigung«, sagte sie, noch immer lachend. »Dass die Viecher aber auch so schreckhaft sind!«

»Sie haben allen Grund dazu. Für Tiere wie diese lauert der Schrecken hinter jeder Ecke. Du würdest auch schreckhaft sein, wenn du nicht wüsstest, was am Ende des Weges auf dich wartet.«

Anna verging das Lachen. »Meinst du, sie werden geschlachtet?«

Achim legte seine Hand auf Annas Schulter und drückte sie kurz. »Ich wollte dir nicht den Morgen verderben. Nein, du brauchst dich nicht zu sorgen, die Menschen hier oben töten keine Tiere. Wie sieht es aus«, wechselte er das Thema, »hast du schon gefrühstückt?«

Eine Stunde später verließ die auf acht Personen angewachsene Gruppe Jomsom mit seinen blattlosen Bäumen und grauen Häusern. Am Ende des Dorfes passierten sie Felder, auf denen lediglich Steine im Überfluss wuchsen und robuste Pferde standen, die sich von ebendiesen Steinen zu ernähren schienen. Eine Reihe von etwa mannshohen, kubischen Bauwerken erregte Annas Aufmerksamkeit. Aus grob behauenen Steinen gefügt, zum Teil mit weißem und orangefarbenem Lehm verputzt, wirkten sie primitiv und würdevoll zugleich.

»Das sind die kleinen Geschwister der großen Stupas, die du in Kathmandu gesehen hast. Man nennt sie Tschörten«, erklärte Achim. »Viele der hier lebenden Menschen sind Buddhisten oder glauben an eine Mischform aus Buddhismus, Hinduismus und Schamanismus. Die Tschörten halten das Böse von den

Dörfern fern. Wenn du sie umrundest, erweist du dem Buddha und allen anderen Göttern, Geistern und Dämonen die Ehre, die hier oben das Sagen haben.« Er machte eine auffordernde Handbewegung.
Anna ließ sich nicht zweimal bitten und ging um den größten der Tschörten herum. Es konnte nicht schaden, zumal sie bereits an ihrer Bergtauglichkeit zweifelte. Das Atmen war beschwerlich, der Rucksack drückte schon jetzt wie ein Zementsack auf ihre Schultern, und die Landschaft flößte ihr in all ihrer grandiosen Kargheit Angst ein, obwohl Achim versichert hatte, dass sie heute lediglich drei oder vier Stunden laufen und dabei keine nennenswerten Steigungen bewältigen mussten. Sie würden sich die meiste Zeit durch den beinahe ebenen Talgrund bewegen und nur dann auf die Pfade an den Flanken der ockerfarbenen Berge ausweichen, wenn der Fluss sie dazu zwang.
Anna rückte den Rucksack zurecht, atmete tief durch und beschleunigte ihre Schritte, um zu Achim aufzuschließen. Wie peinlich wäre es, jetzt schon schlappzumachen!

Kim hatte es mit seinem Nachtquartier wesentlich schlechter getroffen als Anna. Scharen von Bettwanzen waren in der Nacht über ihn hergefallen, und die Luft in der schmutzigen Grenzstadt Raxaul, die er gegen alle Wahrscheinlichkeit noch spät am gestrigen Abend erreicht hatte, schmeckte nach den Dieseldämpfen der vorbeidonnernden Lastwagen. Kim war heilfroh, das Hotel beim ersten Grauen des Tages verlassen und die Grenze nach Nepal überschreiten zu können.
Und während Anna die ersten Schritte nach Norden wagte, ließ sich Kim erleichtert auf dem Sitz neben dem Fahrer eines Privatautos nieder, der ihn und zwei amerikanische Touristen nach Kathmandu fahren würde. Der Preis für den Transfer lag zwar erheblich höher als der für ein Busticket, aber die Reise von Kalkutta bis Raxaul hatte Kim zermürbt. Zur Feier seines neuen

Jobs durfte er sich einen derartigen Luxus durchaus gönnen. Außerdem konnte er es kaum erwarten, Anna zu sehen: Wenn alles gutging, würde er statt am späten Abend schon am frühen Nachmittag in Nepals Hauptstadt eintreffen.

51

»Er ist aufgewacht, und ich glaube, er will reden. Kommt schnell!«, rief Tara in den Wohnraum und machte wieder kehrt. Sie durfte den Kranken keine Sekunde länger als nötig allein lassen, keines seiner Worte versäumen.

Tara saß schon wieder am Bett des Mannes, als Achal und Sarungs Mutter hereinstürzten und sich auf der Kante des zweiten Betts niederließen. Angespannt beobachteten sie jede Regung im noch immer geschwollenen und mit dunklen Blutergüssen entstellten Gesicht ihres Schützlings. Würde er sprechen? Schon gestern hatte er es versucht, aber die gelallten Satzfragmente ergaben keinen Sinn. In den Augen des Verletzten hatten sie die Verzweiflung über seine Sprachlosigkeit ablesen können. Bald war er wieder in Schlaf gesunken, und diese Nacht hatte er zum ersten Mal durchgeschlafen, ohne zu stöhnen und zu schwitzen. Sie hegten die Hoffnung, dass das Schlimmste überstanden war.

Tatsächlich versuchte er sich an einem Lächeln. Tara ergriff seine Hand und drückte sie vorsichtig. »Seien Sie willkommen, heiliger Mann.«

Der Mann öffnete den Mund, räusperte sich, bewegte seinen Kiefer. Es schien ihm Mühe zu machen, doch dann erklang seine Stimme, noch rauh und schleppend, aber verständlich: »Hab Dank. Wer seid ihr? Wo bin ich? Bin ich doch nicht tot?« Plötzlich leuchteten seine Augen auf. »Du bist das Mädchen mit dem prächtigen Hund«, stellte er fest.

Tara lachte befreit auf. Wenn sich der Mann an eine derart unwichtige Kleinigkeit erinnerte, würde auch alles andere nicht vergessen sein. »Mein Hund ist hier«, sagte sie. »Unter Ihrem Bett. Er weigert sich, Sie unbewacht zu lassen.« Sie nahm seine

Hand und legte sie auf den Kopf des Hundes. Der Sadhu kraulte das Tier und stöhnte leise. »Es scheint, es war noch nicht meine Zeit zu gehen«, flüsterte er.
»Nein«, sagte Tara. »Sie werden gesund. Wie fühlen Sie sich?«
»Furchtbar, aber –« Er unterbrach sich und bewegte vorsichtig erst seinen rechten Arm und die Beine und dann den Kopf. »Bis auf den linken Arm scheine ich zu funktionieren. Ist er gebrochen?«
Tara nickte und stellte sich und die anderen vor.
Der Alte musterte neugierig einen nach dem anderen. Es war ihm anzusehen, dass er sich den Kopf zermarterte, warum und unter welchen Umständen er gerettet worden war. »Man nennt mich Khagendra, den Herrn der Vögel«, sagte er.
»Fühlen Sie sich in der Lage, uns einige Fragen zu beantworten?«, fragte Achal. »Ich quäle Sie nicht gern mit diesen schrecklichen Erinnerungen, aber ich muss alles über die Geschehnisse im Haus des Bhoots wissen: Wie sind Sie auf das Grundstück des Bhoots geraten? Warum wollte er Sie töten? Was verbindet Sie mit ihm?«
»Der Bhoot, sagen Sie? Sie nennen ihn einen Dämon? Wie passend.« Der Sadhu schüttelte den Kopf. »Ich bin wach und werde Ihnen alles berichten. Die Zeit drängt, denn die Männer Ihres Bhoots haben eine Menge aus mir herausgeprügelt.«

Mit betrübter Miene übertrug Ramesh die Daten von den Anmeldezetteln der neuen Gäste ins Gästebuch. Gerade zwei Touristen hatten sich heute in die Annapurna Lodge verirrt, was die Auslastung des Hotels auf drei Zimmer erhöhte. Wenn es so weiterging, würde er bald arbeitslos sein. Und dann? Allen anderen Hotels erging es ähnlich, die Touristen wurden von Saison zu Saison weniger, abgeschreckt von Streiks und Bomben und Kämpfen. Er konnte in sein Dorf zurückgehen, aber was würde es nutzen? Dort lebten schon viel zu viele Familienmitglieder von den Erträgen weniger Felder. Sich den Maoisten anzuschließen war ebenfalls keine Option. Sicher, sie wollten bessere Lebensbedingungen für Leute wie ihn erreichen, doch schreckten ihn die Konsequenzen ab. Ramesh wollte nicht kämpfen, wollte nicht morden. Und ein Nepal ohne König, wäre das überhaupt möglich? Er stützte das Gesicht in seine Hände. Was für ein Dilemma.

Zwei Besucher, eine junge nepalesische Frau in einer hellblauen Kurtha und ein dunkler Mann, wahrscheinlich ein Unberührbarer, traten durch die Eingangstür und rissen ihn aus seinem Grübeln. Die beiden wirkten nervös.

»Guten Tag«, begrüßte Ramesh das seltsame Paar. »Kann ich Ihnen helfen?« Er fragte sich, was die Frau, die durchaus Brahmanin sein konnte, mit einem Unberührbaren zu schaffen hatte. Ein Liebespaar waren die beiden wohl kaum.

Der Mann ergriff das Wort. »Wir müssen dringend mit einer jungen Deutschen namens Anna sprechen. Sie ist klein und hat schulterlange dunkelbraune Haare. Ist sie in ihrem Zimmer? Welche Zimmernummer hat sie?«

»Anna? Die wohnt nicht mehr hier, leider. Wir haben selten so freundliche Gäste wie sie.« Ramesh stutzte. Was hatten diese Leute mit seinem europäischen Gast zu schaffen? Die nette Deutsche hatte keine Berührungsängste in Bezug auf die Nepalesen gezeigt, aber diese beiden hier machten ihn misstrauisch. Irgendetwas stimmte da nicht.

»Wann ist sie ausgezogen?«, fragte die junge Frau mit unüberhörbarer Besorgnis in der Stimme. »Wohin ist sie gegangen? Bitte, erzählen Sie uns alles, was Sie wissen. Anna schwebt möglicherweise in großer Gefahr.«

»Gefahr?« Ramesh blieb ein aufsteigendes Lachen angesichts der ernsten Gesichter der beiden anderen im Hals stecken. »Ich glaube kaum, dass sie in Gefahr ist«, fuhr er ernüchtert fort. »Vor fünf Tagen hat ein älterer Firangi, mit dem sie offensichtlich bekannt war, sie hier abgeholt. Ein ausgesprochen freundlicher Firangi übrigens, falls es Sie beruhigt.«

Die junge Frau riss entsetzt die Augen auf. »Ein älterer Firangi?«, flüsterte sie. »War er sehr groß? Schlank und sportlich? Mit kurzen grauen Haaren und einem kantigen Gesicht?«

Ramesh kam aus dem Wundern nicht mehr heraus. »Genau so sah er aus«, bestätigte er. »Der Mann lebt in Kathmandu und spricht fließend Nepalesisch und sogar Newari. Anna freute sich, ihn zu sehen, und am nächsten Morgen kam er vorbei und richtete mir Grüße von ihr aus. Wegen der unsicheren Lage in der Stadt habe er sie eingeladen, bei seiner Familie zu bleiben. Er packte ihre Sachen und bat mich, sie zu seinem Haus bringen zu lassen. Habe ich etwas falsch gemacht? Was ist denn bloß los?«, fragte Ramesh verunsichert.

»Geben Sie uns die Adresse. Bitte!«

Irritiert kam Ramesh der Bitte nach, schrieb die Adresse auf einen Zettel und reichte ihn der Frau, die ihn sofort an den Mann weitergab. »Ist es die Adresse, die der Herr der Vögel uns genannt hat?«, fragte sie.

Der Mann nickte unglücklich. »Vor fünf Tagen. Das war der Abend, an dem wir den Sadhu gefunden haben. Komm, Tara. Auf dem Weg zum Haus können wir überlegen, was wir unternehmen.«

Bevor Ramesh eine weitere Frage stellen konnte, hatten sie die Lodge schon wieder verlassen. Kopfschüttelnd umrundete er seinen Tresen und stellte sich in die Tür. Er sah gerade noch, wie das ungleiche Paar auf die Freakstreet bog, einen großen Berghund im Gefolge, der ihm zuvor nicht aufgefallen war.

Ramesh stand noch immer in der Tür, als wenige Minuten später ein Auto in die Gasse bog und direkt vor ihm hielt. Ein westliches Paar kletterte aus dem Fond und sah skeptisch die Fassade der Annapurna Lodge hinauf. Die beiden sprachen kurz miteinander, dann stiegen sie wieder in den Wagen, ohne

Ramesh eines Blickes gewürdigt zu haben. Dann eben nicht, dachte er, auf unhöfliche Gäste können wir gut verzichten. Er wollte sich gerade umdrehen und hinter seinen Tresen zurückkehren, als zwei weitere Männer dem Wagen entstiegen, zum Kofferraum gingen, eine kleine Reisetasche herausnahmen und sich dann herzlich voneinander verabschiedeten. Sobald der Wagen außer Sicht war, wandte sich der Mann an Ramesh.
»Namaste. Können Sie mir verraten, ob Ihr Hotel das einzige in der Stadt mit dem Namen Annapurna Lodge ist?«, fragte er in einem gutverständlichen Gemisch aus Nepalesisch und Hindi.
Ramesh nickte. »Es gibt das Hotel de L'Annapurna, das Annapurna Guesthouse, aber nur eine Annapurna Lodge. Suchen Sie ein Zimmer?«
»Das auch. Vorrangig suche ich aber Anna Siefken. Ist sie in ihrem Zimmer?«

Kim bemerkte das Paar mit dem Hund sofort. Sie lehnten gegen eine gemauerte Tischtennisplatte und redeten aufeinander ein, ohne den Vordereingang des Hauses gegenüber aus den Augen zu lassen. Kim erkannte das Haus als jenes, zu dem der verwirrte Rezeptionist der Annapurna Lodge ihn geschickt hatte. Er zögerte keinen Moment und ging direkt auf die beiden zu.
»Namaste, mein Name ist Kimball Dashgupta«, stellte er sich ohne Umschweife vor. »Und wer sind Sie? Was haben Sie mit meiner Freundin zu schaffen? Warum beobachten Sie das Haus?«
Die beiden erschraken, wie nur jemand erschrecken kann, der Verbotenes tut. Kim wurde unbehaglich zumute. Diese beiden wirkten nicht, als hätten sie Böses im Sinn, sondern verängstigt wie Mäuse im Angesicht der Katze.
Der Mann fing sich als Erster. »Ihre Freundin, sagen Sie? Anna ist Ihre Freundin?«, fragte er ungläubig.
»Allerdings.«

»Warum haben Sie dann nicht verhindert, dass sie mit ihm geht?«

Was ist hier los?, fragte sich Kim mit zunehmender Beklommenheit. »Ich bin erst seit einer Stunde in der Stadt. Ich wollte sie überraschen.«

Der Mann schluckte schwer. »Sie sind zu spät gekommen. Sie ist fort.«

»Fort?« Kim zuckte vom schrillen Ton seiner eigenen Stimme zusammen und versuchte es noch einmal ruhiger: »Was meinen Sie mit ›fort‹?«

»Wir haben es gerade eben von einer Nachbarin erfahren. Ihre Freundin ist gestern Morgen mit dem Besitzer dieses Hauses zu einer Bergtour aufgebrochen«, sagte er tonlos. »Das ist schlimm.«

»Ich verstehe überhaupt nichts mehr. Anna ist mit einem Europäer unterwegs, der sich gut im Land auskennt, zumindest hat der Mann aus der Lodge es behauptet. Was ist daran so furchtbar, dass Sie vor Angst schlottern?«

»Nein, Sie verstehen tatsächlich überhaupt nichts«, warf die Frau heftig ein. »Sie ist mit einem Dämon in die Berge gegangen!«

Kim Unsicherheit wich Ärger. »Einem Dämon?«, fragte er ungläubig. »Sie haben eine blühende Phantasie. Aber wenn Sie schon so genau über den Bewohner dieses Hauses Bescheid zu wissen glauben, können Sie mir vielleicht verraten, wie er heißt. Der Rezeptionist konnte sich leider nicht erinnern.«

Die junge Frau zitterte mittlerweile am ganzen Leib. »Akkim«, sagte sie schließlich kaum hörbar, als ob sie befürchtete, allein das Aussprechen des Namens könne ihren Dämon heraufbeschwören. »Er heißt Akkim Bendig.«

Anna bemerkte das Gewehr bei ihrer ersten Rast. Der kräftige Träger hatte die Waffe unter einer Decke verborgen, die ihm

beim Herumwühlen in seiner Kiepe verrutschte. Unbehaglich starrte Anna auf den abgenutzten Kolben und den Abzug. Warum war der Mann bewaffnet? Achim hatte doch gesagt, für ihre Gruppe bestünde keine Gefahr von Seiten der Rebellen. Wusste vielleicht auch Achim nichts von dem Gewehr, handelte der Mann auf eigene Faust? Sie starrte noch immer auf die Waffe, als ein Blick des Trägers sie traf. Er realisierte, worauf ihre Aufmerksamkeit gerichtet war, und verbarg hastig das Gewehr. Wieder sah er Anna an, und ihr lief es kalt den Rücken herunter. Obwohl sie erst seit zwei Stunden unterwegs waren, hatte sie bereits genügend von den Trägern mitbekommen, um sich Sorgen über ihre und Achims Sicherheit zu machen. Von ihren sechs Begleitern empfand sie den kräftigen als den unangenehmsten, doch auch die anderen Männer waren ihr nicht geheuer. Sie hatte die Nepalesen bisher als freundliche, zuvorkommende Menschen erlebt, die selten die Stimme erhoben, doch diese Gruppe trampelte grob und laut durch das Tal und scherte sich nicht um die einheimischen Wanderer. Andererseits wirkten sie sehr vertraut mit der Umgebung, was für Achim den Ausschlag gegeben haben mochte, sie anzuheuern.
Anna wandte sich von dem Kräftigen ab und langte nach ihren Wanderschuhen, die sie in der Pause von den Füßen gestreift hatte. Sie hatte Achims Rat beherzigt und zwei Paar Socken übereinandergezogen, damit Socke an Socke scheuerte und nicht an ihrer Haut, weshalb sich tatsächlich keine Blasen ankündigten. Trotzdem erwies sich das Gehen auf den großen Steinen im Flussbett als beschwerlich und belastete die Knie, während die Pfade an den Berghängen zwar einen vergleichsweise glatten Untergrund boten, dafür aber wesentlich mehr Aufs und Abs. Sie war noch nicht ausreichend akklimatisiert und hatte Achim gebeten, die Nacht im nächsten Dorf verbringen zu dürfen, und nicht wie geplant im übernächsten. Er hatte eingewilligt, wenn auch ungern. Als Anna fragte, was gegen das

Dorf spräche, hatte er nur abgewinkt und gemeint, es wäre schon in Ordnung.
Überhaupt erwies sich Achim seit dem Abmarsch aus Jomsom im Gegensatz zu seiner bisherigen Redseligkeit als maulfaul und blieb für sich. Anna schob es auf die Anstrengungen des Marsches – auch sie hatte keine Luft zum Reden zu verschwenden, und Achim war immerhin schon einundsechzig Jahre alt. Ihre Stiefel lenkten sie vom Grübeln ab: Sie mussten im Laufe der einstündigen Rast um mindestens zwei Nummern geschrumpft sein.
»Behalte sie bei der nächsten Rast besser an.«
Anna sah auf. Achim hatte sich neben ihr niedergelassen und half ihr mit dem Schnüren der Senkel. Nachdem alles saß, wie es sitzen sollte, richtete er sich wieder auf. »Du hältst dich gut«, bemerkte er. »Ich habe doch geahnt, dass du zäher bist als deine Mutter.« Ein breites Lachen erschien auf seinem Gesicht, so freundlich und ermutigend, dass sich Anna für ihre Sorgen und Zweifel schämte. Also war seine Schweigsamkeit und Ruppigkeit tatsächlich auf den Marsch zurückzuführen.
»Das mag sein, aber ich bin trotzdem kaputt. Ich habe nie zuvor eine solche Wanderung gemacht. Ist es denn noch weit bis Kagbeni?«
Achim schüttelte den Kopf. »Steh auf«, forderte er sie auf und wies talaufwärts. »Siehst du den roten Fleck?«
Anna blinzelte. Braun-gelbe Berghänge schoben sich Kulissen gleich in das Tal. Davor entdeckte sie mehrere sich bewegende dunkle Punkte, Menschen wohl, oder Pferde oder Dzos, eine Kreuzung aus Yak und Rind. Und einen roten Punkt auf einer Klippe. »Das Dorf?«
»Ja. Das rote Gebäude ist das Kloster. Ich denke, in einer Stunde sollten wir dort sein, aber wir brauchen uns nicht zu beeilen. Ich schicke die Träger vor, damit sie nicht ungeduldig werden.«
»Ungeduldig? Achim, die Männer sind mir unheimlich. Einer

von ihnen führt sogar ein Gewehr mit sich! Wusstest du davon? Er hat sehr heimlich damit getan.«

»Oh. Ich hatte gehofft, du würdest es nicht entdecken.« Achim streifte die Träger mit einem verärgerten Seitenblick. »Ich wollte dich nicht unnötig beunruhigen. Natürlich wusste ich davon, ich habe die Gewehre ja mitgebracht, weil ich es trotz allem für besser halte, wenn wir wehrhaft sind. Auch wenn ich nicht glaube, dass uns etwas passiert, so sind es doch unruhige Zeiten.«

Obwohl Anna auf Achims Drängen hin ihren Rucksack einem der Träger aufgebürdet hatte, benötigten sie dann doch weit mehr als eine Stunde. Achim fand zu seiner guten Laune zurück und wies Anna auf interessante Felsformationen hin, hielt ihr einen amüsanten Vortrag über die Entstehungsgeschichte des höchsten Gebirges der Welt – »Die Inder konnten noch nie fahren und sind mit Volldampf in die eurasische Platte hineingescheppert«, sagte er augenzwinkernd – und suchte gemeinsam mit ihr das Flussbett nach versteinerten Ammoniten ab, Meerestieren, die hier gelebt hatten, als die Berge noch den Boden des Tethysmeeres bildeten. Sie fanden keine, aber das machte nichts. Anna genoss den Nachmittag und freute sich auf alles Neue, das die nächsten Tage noch bringen mochten.

52

Achal gab das Kommando, und die fünf Männer, unter ihnen auch der Inder Kimball, setzten sich lautlos in Bewegung. Sie hatten eine leichte Aluminiumleiter mitgebracht und legten sie an die hohe Mauer an. Einer nach dem anderen kletterten die Männer geschmeidig wie Katzen die Leiter hinauf und verschwanden im Dunkel des stillen Parks. Achal war der Letzte. Er zog die Leiter hoch und reichte sie einem der Männer auf der anderen Seite, dann winkte er Tara aufmunternd zu und sprang ebenfalls außer Sicht. Tara zog sich in den Schatten des erneut geliehenen Taxis zurück, das jetzt keinen Außenspiegel mehr hatte, und beobachtete mit klopfendem Herzen die Villa hinter dem verschlossenen Gartentor. Hoffentlich lief alles nach Plan.

Sie atmete tief durch, um ihr Zittern und ihre Angst in den Griff zu bekommen. Bisher hatten ihr die hektischen Vorbereitungen keinen Raum zum Nachdenken gelassen, doch nun, verdammt zur Untätigkeit, jagten alptraumhafte Vorstellungen durch ihren Kopf. Was, wenn es den Männern nicht gelang, die Wachen zu überrumpeln? Was, wenn geschossen, wenn jemand verletzt oder gar getötet wurde? Würde ihre Schwester die Frau des Bhoots in Schach halten können, die, obwohl sie um seine Machenschaften wusste, selbst dann noch loyal zu ihrem Mann gehalten hatte, als er Sapana als seine Geliebte ins Haus holte? Tara grübelte über diese Frau nach. Warum war sie geblieben? War sie vielleicht selbst zu stark verstrickt in seine Geschäfte und fürchtete die Konsequenzen? Liebte sie ihn? Tara schüttelte sich. Niemand konnte den Dämon auch nur ansatzweise mögen. Die Haushälterin tat es jedenfalls nicht – nachdem Achal herausgefunden hatte, das Akkim Bendig seinen Haushalt wieder aus dem Stadthaus in die Vorstadtvilla verlegt hatte, war Tara sofort zu dem Anwesen geeilt, um mit der freundlichen Frau Kontakt aufzunehmen. Die Frau willigte ein, Sapana zu helfen, und entschied sich spontan, ebenfalls die Gelegenheit zu nutzen und das Weite zu suchen. Von der Haushälterin erfuhr Tara auch von den drei Wachen im Haus und auf dem Grundstück.

Entmutigt war Tara in die Wohnung in Jaisidewal zurückgekehrt, bis schließlich Sarungs Vater eine Entscheidung traf: Wenn sie Sapana nicht mit einer List befreien konnten, dann würden sie es mit Gewalt tun. In kürzester Zeit hatten sie genügend zum Handeln bereite Rebellen zusammengetrommelt. Die Männer waren so empört über das Gehörte, dass sie am liebsten gleich, am helllichten Tag, losgestürmt wären.

Tara sah auf die Armbanduhr, die der Inder ihr geliehen hatte. Halb drei, die dunkelste Stunde der Nacht. Die anderen waren seit einer Viertelstunde auf dem Grundstück. Hatten sie die Wachen bereits unschädlich gemacht? Trotz der Kälte brach Tara der Schweiß aus. Sie musste sich zurückhalten, um nicht zum Tor zu rennen und zu schreien. Und dann entfuhr ihr doch ein Schreckensruf.

Ein Jeep bog auf die Straße ein und kam im Schritttempo auf sie zu. Tara wich entsetzt auf den Bürgersteig zurück und drückte sich eng gegen das Taxi. Ihr Herz raste. Wer saß in dem Jeep? Akkim Bendigs Leute? Polizisten? Beides wäre eine Katastrophe: Seit der Sadhu wieder sprechen konnte, wusste sie, dass große, machtvolle Leute ihre schützenden Hände über den Bhoot hielten. Er konnte machen, was er wollte, ohne die Polizei fürchten zu müssen. Angstvoll lauschte sie auf das sich nähernde Motorengeräusch. Der Wagen schlich langsam an ihr vorbei, und sie wollte gerade aufatmen, als das Dröhnen plötzlich zu einem leisen Blubbern verebbte. Sie hatten angehalten! Zentimeter für Zentimeter schob Tara ihren Kopf hinter dem

Heck des Taxis hervor. Sie hätte schreien mögen vor ohnmächtiger Wut: Gerade stieg einer der Insassen aus, schlenderte zum Tor und lehnte sich dagegen. Sie hörte das unverständliche Murmeln eines Gesprächs, dann flammte ein Feuerzeug auf. Der Mann aus dem Auto blieb stehen, redete, lachte. Unerträglich lange Minuten später schnippte er seine aufgerauchte Zigarette fort, stieg wieder in den Jeep und fuhr davon, schneller nun. Der Wagen war kaum außer Sicht, als ein Schuss knallte.

Tara besann sich keine Sekunde. Sofort rannte sie hinter dem Jeep her. Sollten die Männer den Schuss gehört haben und zurückkommen, musste Tara etwas tun, um sie abzulenken. Nur was? In ihrer Verzweiflung war sie bereit, sich vor das Auto zu werfen, um die Männer vom Haus fernzuhalten.

Der Jeep kehrte nicht zurück. Stattdessen hörte sie ihren Namen rufen. Tara fuhr herum, verlor das Gleichgewicht, stürzte. Dann rappelte sie sich wieder auf und rannte auf die zarte Gestalt zu, die gerade das Grundstück verließ. Mit einem Freudenschrei nahm sie Sapana in die Arme.

»Euer Wiedersehen könnt ihr später feiern«, flüsterte eine Männerstimme. »Ins Taxi, schnell!«

Tara riss sich zusammen, löste sich von Sapana und zog sie über die Straße und zum Auto. Atemlos beobachtete sie, wie zwei der Männer aus dem Tor traten und misstrauisch die Straße sicherten. Eine Frau folgte ihnen, die Haushälterin. Dann ein Ruf, und zwei weitere Männer erschienen, die einen dritten zwischen sich führten. Tara erstarrte: Es war Achal! Sein Kopf baumelte vornüber, seine Beine schleiften über den Boden. Bevor Tara noch aus dem Auto springen konnte, wurde die Vordertür aufgerissen. Die beiden Männer schoben Achal auf den Beifahrersitz. Tara hörte ihn aufstöhnen und sah, wie er sich eigenständig zurechtsetzte. Er lebte! Währenddessen schwang sich Kim hinters Lenkrad und ließ den Motor an.

»Achal hat es erwischt«, sagte er gepresst. »Kennst du den Weg?«
»Ich glaube, schon«, stotterte sie. »Was ist passiert?«
»Später. Erst müssen wir möglichst weit fort von hier.« Er fuhr ruckhaft an, dann nahm das Taxi Fahrt auf. Tara sah noch, wie die Schemen der anderen Männer und der Haushälterin um eine Ecke verschwanden, wo in einer Seitenstraße der zweite Wagen parkte.
Die Rückfahrt verlief ohne Zwischenfälle. Sobald sie den Stadtteil der Reichen hinter sich gelassen hatten, drosselte Kim das Tempo und passte seine Geschwindigkeit den wenigen Fahrern an, die um diese Zeit unterwegs waren. Tara löste sich aus der Umklammerung ihrer leise weinenden Schwester und beugte sich zwischen die Vordersitze.
»Bist du schwer verletzt? Sollen wir dich ins Krankenhaus bringen?«
Achal schnaufte. »Nein, auf keinen Fall. Ich glaube, es ist harmlos, auch wenn es höllisch weh tut.«
»Der Schuss?«
»Ja. Er hat meinen Oberschenkel getroffen. Es blutet, aber nicht sehr stark.« Seine Hand tastete nach hinten, bis er Taras Hand fassen konnte. »Mach dir keine Sorgen um mich. Ich überstehe das.«
»Was ist denn eigentlich geschehen? Als der Schuss fiel, glaubte ich, mein Herz bliebe stehen.«
Achal stieß ein kurzes Lachen aus, das sich sofort in ein Keuchen verwandelte. Seine Verletzung ist schlimmer, als er zugibt, dachte Tara erschrocken.
Er hatte sich schnell wieder im Griff. »Uns ging es nicht anders. Der Wachmann am Tor war der Letzte, den wir außer Gefecht setzen mussten. Als ich gerade den Ätherlappen vor die Nase des Mannes presste, fuhren diese Polizisten vor. Wir schleppten den Mann schleunigst in den Schatten der Mauer. Als der Polizist den Wachmann beim Namen rief, dachte ich, alles sei vorbei.

Schweigen hätte ihn misstrauisch gemacht, also meldete ich mich mit weinerlicher Stimme, so als würde es mir schrecklich gehen.« Wieder lachte Achal, und diesmal folgte zu Taras Erleichterung kein Stöhnen. »Ich behauptete, gerade mit Durchfall hinter einem Busch zu sitzen. Der Typ hat es anstandslos geglaubt. War ich froh, als er diese verdammte Zigarette endlich aufgeraucht hatte!«

»Aber der Schuss?«

»Pech. Der Wachmann kam leider viel zu schnell wieder zu sich. Bevor wir uns von unserem Schreck erholen konnten, zog er seine Pistole. Glücklicherweise war er zum genauen Zielen zu benommen, und ich bin mit einer Beinwunde davongekommen. Der Rest war ein Spaziergang. Die Haushälterin hat dem gesamten Personal einschließlich Achim Bendigs Frau mit Valium eine wunderbare Nacht beschert. Sie und deine Schwester standen schon mit dem Torschlüssel bereit und warteten.« Er unterbrach sich. »Entschuldige, Tara, ich glaube, ich muss Kim jetzt durch die Gassen leiten.«

»Kein Problem.« Tara lehnte sich wieder zurück und kuschelte sich an Sapana. Ihre Schwester hatte bisher keinen Ton gesprochen, aber langsam, ganz langsam, breitete sich ein Lächeln auf ihrem Gesicht auf. Sie begriff, dass der Alptraum endlich vorbei war.

»Ich komme mit euch.« Tara verschränkte die Arme vor der Brust. »Ihr könnt noch so viel dagegenreden, mein Entschluss steht fest.« Sie hob die Hand, um die Einwände der anderen zu unterdrücken, die sich zum Kriegsrat in der Wohnung in Jaisidewal versammelt hatten: Sarungs Eltern, Kim, Achal, der Arzt, den sie nun schon zum zweiten Mal innerhalb weniger Tage aus dem Bett geholt hatten, Sapana, Tara und der Herr der Vögel, dessen rasante Gesundung selbst den Arzt verblüffte. Der Alte sah zwar durch die Blutergüsse im Gesicht nach wie vor ziemlich mitgenommen aus, bewegte sich aber trotz seines eingegipsten Arms durch die Wohnung, als sei nichts gewesen. Es musste ihn eine enorme Willensanstrengung kosten, aber er hatte triftige Gründe, wieder auf die Beine zu kommen. In drei Stunden startete das Flugzeug in die Berge, und außer ihm kannte niemand den Weg.

»Und auch ich werde in dieses Flugzeug steigen«, spann Tara ihren Gedanken laut weiter. »Wir haben drei Plätze gebucht, aber da Achal nun ausfällt, nehme ich seinen Platz ein.«

»Es könnte sehr gefährlich werden«, warnte Achal.

Tara lachte leise und kniete sich vor das Sofa, wo er lang ausgestreckt lagerte. »Das sagst ausgerechnet du, lieber Freund? Haben wir in den letzten drei Wochen auch nur einen Tag erlebt, der keine Gefahren barg?«

Achal ließ sich nicht beirren. »Sapana ist frei. Du hast dein Ziel erreicht.«

»O nein, da täuschst du dich gewaltig. Die Geschichte ist erst zu Ende, wenn ich den Bhoot vernichtet habe.«

Sapana schaltete sich ein. »Tara, lass die Männer allein gehen. Was geht dich die fremde Frau an? Ich will keine Rache.«

Tara fuhr herum. »Aber ich!« Ihre Wangen brannten vor Ärger, als sie in die angstvoll aufgerissenen Augen ihrer Schwester blickte. »Das kann nicht sein, Bahani! Du kannst unmöglich wünschen, dass der Bhoot davonkommt. Seit ich denken kann, hat er unsere Familie gequält. Er hat dir Gewalt angetan!«

Sapana senkte den Kopf.

»Und was Anna anbelangt: Sie geht mich durchaus etwas an. Schon als ich sie das erste Mal sah, wusste ich, dass unsere Schicksale miteinander verwoben sind. Die Götter haben uns zusammengeführt und mich dazu bestimmt, den Bhoot zu zerstören. Im Übrigen hat Kim keinen Moment gezögert, bei deiner Befreiung mitzumachen, und nun werde ich helfen, seine Freundin zu retten.«

»Aber was soll eine Frau denn tun? Kämpfen ist Männersache«, flüsterte Sapana.
Das Tier, das schon so lange in Taras Innerem wuchs, befreite sich mit einem letzten Ruck. Sie richtete sich auf und ließ den Blick über ihre neuen Freunde wandern. »Ich bin genauso gut wie jeder Mann«, sagte sie und staunte über die Härte in ihrer Stimme. »Und deshalb treffe ich meine Entscheidungen auch selbst. Ich fliege.«
Achal stieß einen resignierten Seufzer aus. »Du bist die sturste Frau, die ich kenne. Und die tapferste.« Dann nahm er ihre Hände in seine. »Geh. Hier findest du ohnehin keine Ruhe. Aber versprich mir, auf dich aufzupassen.«

»Zum letzten Mal: Nein!«
»Aber ich kann ihn doch nicht fortjagen«, flehte Tara. Die Gefühlsaufwallung hatte sie völlig unvorbereitet getroffen – wer hätte je davon gehört, dass eine Bauerntochter wegen eines Tieres weinte, doch jetzt war sie den Tränen nahe. Hilfesuchend flatterten ihre Blicke zwischen dem Mann von der Sicherheitskontrolle, dem Sadhu, Kim und dem Hund hin und her. Der Hund drückte sich mit schief gelegtem Kopf gegen sie und verfolgte aufmerksam das Geschehen. Tara spürte die Wärme seines Körpers an ihrem Bein. Der Gedanke, dass sie den Hund nicht mit ins Flugzeug nehmen durfte, war ihr überhaupt nicht gekommen, andernfalls hätte sie ihn in Jaisidewal zurückgelassen. Niemand hatte darüber nachgedacht, vielleicht war es den anderen in der Hektik auch entgangen, dass sie gemeinsam mit ihm ins wartende Taxi gestiegen war. Und nun wusste sie nicht mehr ein noch aus. Die große Halle des Flughafens, zu dieser frühen Stunde beinahe menschenleer, schüchterte sie ein, ebenso die grimmigen Soldaten, die überall herumstanden und jeden Fluggast wachsam beäugten, und am meisten dieser Mann, von dem es nun abhing, was weiter geschah. Da sie ohne Beglei-

tung zum Flughafen gefahren waren, konnte sie den Hund niemandem anvertrauen.
»Und wenn wir Ihnen Geld geben?«, fragte sie verzweifelt.
Der Mann lachte trocken. »Geld? Wollen Sie mich bestechen?«, sagte er und musterte Tara und den nach wie vor furchtbar aussehenden Herrn der Vögel mit unverhohlenem Misstrauen. »Wie können Sie es sich überhaupt leisten zu fliegen?«
»Der heilige Mann –«, begann Tara, als der Herr der Vögel sie mit einem schmerzhaften Griff um den Oberarm zum Schweigen brachte.
Kim reagierte schnell. »Das geht Sie im Grunde nichts an«, sagte er. »Aber da es kein Geheimnis ist: Ich habe meine Freunde eingeladen.« Tara begriff, dass Kim als Einziger von ihnen wirkte, als verfüge er über Geld. Seine Kleidung war teuer, zumindest in ihren Augen, und er hatte das nötige selbstbewusste Auftreten.
Der Mann schnaubte verächtlich. »Ihre Freunde? Ein dummes Mädchen und ein schmutziger Alter? Dass ich nicht lache! Aber mir soll es egal sein. Schaffen Sie den Hund nach draußen und machen Sie, dass Sie ins Flugzeug kommen, sonst startet es ohne Sie.«
»Sofort, mein Herr«, sagte der Herr der Vögel unterwürfig. Er schob Tara zum Ausgang und lockte den Hund. Mit ungebrochener Faszination für den heiligen Mann folgte das Tier bereitwillig. Sobald sie vor der Tür standen, bückte sich der Sadhu, strich dem Hund über den Kopf und sprach zu ihm in seiner seltsam singenden Muttersprache. Dann erhob er sich, nicht ohne Mühe. »Verabschiede dich von ihm. Er wird allein zurechtkommen müssen.«
Tara vergrub ihr Gesicht im Fell des Hundes. Du hast mir das Leben gerettet!, schrie es in ihr, du hast mir vertraut, und nun verstoße ich dich. Jetzt weinte sie wirklich, haltlos, verzweifelt, und ihr wurde klar, dass sie nicht nur um den Hund weinte. All

die zurückgehaltenen Tränen der letzten Jahre, wenn sie die Zähne zusammengebissen hatte, stark sein musste, brachen sich endlich Bahn. Der Sadhu überließ sie ihrer Trauer, doch nach einigen Minuten zog er sie sanft von dem Hund fort. »Komm«, sagte er leise. »Wir haben nur noch wenige Minuten bis zum Abflug.«

Tara brach es das Herz, als sie sich in der Mitte der Halle ein letztes Mal umdrehte. Der Hund saß vor der Glastür und ließ sie nicht aus den Augen. Dann drehte sie sich um und ging steif auf die Tür zur Abflughalle zu. Sie wusste, dass das Bild des traurigen Hundes sie ein Leben lang verfolgen würde.

Eine Stunde später hob das Flugzeug ab. Tara war vor Angst wie gelähmt. Sie hätte es sich nie träumen lassen, jemals zu fliegen, und auf diese Erfahrung gern verzichtet. Sie atmete tief durch. Sie hatte darauf bestanden, in dieses Flugzeug zu steigen, also durfte sie sich jetzt auch nicht anstellen wie ein Feigling. Tara raffte all ihren Mut zusammen und nahm ihre Hände vom Gesicht. Fassungslos starrte sie auf die weißen Gipfel und hinunter in die dunklen Täler. So mächtig waren die Berge, so riesig. Und sie nur ein winziger Mensch, unsichtbar für die Augen der Götter.

Während Tara zum ersten Mal in ihrem Leben die Welt aus der Götterperspektive betrachten durfte, kam Anna beim Anblick der beiden Bergspitzen links und rechts des Thorung-La-Passes zu demselben Schluss wie die Nepalesin: Sie fühlte sich klein und unbedeutend. Annas körperlicher Zustand war ebenfalls nicht dazu angetan, ihr Selbstbewusstsein zu heben. In der vorletzten Nacht hatte ein fürchterlicher Durchfall mit Erbrechen sie alle halbe Stunde auf die wenig einladende Toilette der Herberge in Kagbeni gezwungen. Giardia, hatte Achim nach einem peinlichen Kreuzverhör bezüglich Annas Stuhlgang diagnostiziert und ihr einige Tabletten sowie grauenhaft schmeckende Elektrolytlösung eingeflößt. Die Medizin wirkte: Bereits am Abend zuvor hatte Anna wieder ein wenig Reis und Linsen zu sich nehmen können.

Anna hob ihre Kamera und fotografierte die Berge und den Pass. Von ihrem Standpunkt auf dem Flachdach des Gasthauses aus hatte sie einen freien Blick das Seitental hinauf, und sie schauderte. Von Achim wusste sie, dass der Pass noch weitere zweieinhalb Kilometer höher lag, und er erschien ihr abweisend und unbezwingbar. Sie war froh, dass ihr Weg nicht dort hinaufführte, sondern entlang des fast ebenen Flussbetts. Zufrieden mit den Bergbildern, widmete sich Anna dem Ort. Kagbeni war sehr alt, und auf Anna wirkte es, als sei es kein Menschenwerk, sondern aus den Bergen herausgewachsen. Lediglich schmale Gassen durchschnitten die kompakte Masse der Häuser, zwei bis dreistöckige kunstlose Quader, mit schmutzig weißem oder ockerfarbenem Lehm verputzt, die Flachdächer umrahmt von Mauern aus sauber aufgestapeltem Knüppelholz. Hier und da blähte sich auf den Dächern ein buntes Tuch, ein wattierter Cholo, ein Handtuch zum Trocknen im Wind. Alte Frauen spannen im Windschatten der Holzstapel grobe Yak-, Ziegen- und Schafwolle oder strickten, und kleine Kinder tollten herum, um sich warm zu halten, bis endlich die Sonne über die Bergkämme stieg und die Nachtkälte vertrieb.

Direkt unter ihr trat Karsang in die Gasse und eilte mit einer leeren Kiepe auf dem Rücken davon. Anna verspürte einen Stich. Das junge Mädchen hatte sich gestern rührend um sie gekümmert, ihr Brühe gekocht, ihre Hand gehalten und ihr sogar einen Eimer mit warmem Wasser gebracht, damit sie sich waschen konnte. Am Nachmittag hatte sich Anna einigermaßen erholt gefühlt und den Weg in die Küche gefunden, einen großen, rußgeschwärzten Raum im Bauch des Hauses, wo sie herzlich willkommen geheißen und in eine mit Teppichen bedeckte

Ecke komplimentiert wurde. Es ging zu wie in einem Taubenschlag. Träger und Dorfbewohner, ein tauber Hirtenjunge und neugierige Nachbarinnen kamen und gingen, ließen sich Tee anbieten und bezahlten ihn mit dem neuesten Klatsch und Tratsch. Anna fühlte sich dank der robusten Herzlichkeit der Leute ausnehmend wohl, auch wenn sie kein Wort verstand.
Lediglich Karsang sprach ein wenig Englisch, und sie fand immer wieder ein paar Minuten zwischen Kochen, Putzen und Organisieren, um sich zu Anna zu setzen. Die beiden Frauen brauchten eine kleine Ewigkeit, sich über die simpelsten Dinge auszutauschen, trotzdem erfuhr Anna nach und nach die Lebensgeschichte der stämmigen jungen Nepalesin mit dem dicken schwarzen Zopf, den schräg stehenden Augen und kälteroten Wangen: Als zweitjüngstes von sieben Kindern war Karsang im Alter von acht Jahren aus ihrem drei Tagesmärsche entfernten Dorf zum Arbeiten nach Kagbeni geschickt worden. Seitdem schuftete sie in dem Gasthaus und hatte sich zu einer exzellenten Köchin und Organisatorin entwickelt, die aus einfachen Zutaten und ein paar Gewürzen schmackhafte Gerichte zauberte, eine Seltenheit in Nepal, wie Anna mittlerweise wusste. Den Hausherrn bezeichnete Karsang konsequent als ihren Besitzer und beharrte auch darauf, als Anna entsetzt nachhakte, ob sie nicht ein falsches englisches Wort benutzte.
Offenbar war Karsang vor ein paar Jahren an Gelbsucht erkrankt und musste in Kathmandu behandelt werden. Der Herbergsbesitzer hatte ihre Behandlung unter der Voraussetzung bezahlt, dass sie die Summe abarbeitete, und so war sie auf Jahre, vielleicht Jahrzehnte als Schuldsklavin an ihn gebunden.
Karsangs Geschichte hatte Anna lange wach gehalten. Niemals hätte sie geglaubt, dass es noch solche Zustände gab, aber sie musste sich eingestehen, bisher viel zu wenig über den europäischen Tellerrand geschaut zu haben, um sich wirklich ein Bild von anderen Teilen der Welt machen zu können.

Über ihren Grübeleien war Karsang zurückgekehrt und winkte Anna aus den Tiefen der Gasse zu. Ihre Kiepe war mit Stroh vollgestopft, Futter für die beiden rehkleinen Kühe im Innenhof. Wenige Minuten später trat die fleißige Nepalesin neben Anna aufs Dach und bat sie um Hilfe. Anna folgte ihr in einen Raum neben der Küche. Sie traute ihren Augen nicht.
In dem Raum stand eine blank polierte, strahlend weiße Waschmaschine.
Vor zwei Jahren war eine Stromleitung vom Tiefland bis nach Kagbeni gezogen worden, und ihr Besitzer hatte die Waschmaschine kurz darauf angeschafft, gab Karsang mit viel Lachen und Gestikulieren zu verstehen. Vier Träger hätten sie heraufgebracht. Die Maschine sei – vorausgesetzt genügend Strom und Wasser war vorhanden – wirklich ein Segen, doch leider seit drei Wochen kaputt. Ob Anna vielleicht wüsste, wie man eine solche Maschine wieder zum Laufen brachte?
Anna wusste es nicht, ließ sich aber das Handbuch geben, das wundersamerweise noch nicht verfeuert worden war, und fand tatsächlich eine englischsprachige Gebrauchsanweisung. Kopfschüttelnd entzifferte sie die Liste der möglichen Krankheiten, die eine Waschmaschine im hohen Himalaya befallen konnte: eingefrorene Wasserrohre, kein Wasser, Steinschlag, von Tieren angefressene Leitungen und Kabel … Anna und Karsang krochen gerade um die Waschmaschine, um alle Leitungen zu überprüfen, als Achim den Raum betrat.
»Ich suche dich überall«, sagte er barsch. »Was machst du hier?«
Anna erhob sich. Sie spürte leichten Ärger aufkeimen, und dementsprechend patzig fiel ihre Antwort aus: »Wonach sieht es denn aus?«
»Nach Blödsinn«, schnappte er zurück. »Als ob du eine Waschmaschine reparieren könntest.«
»Dann hilf du doch Karsang, wenn du es besser kannst.« Anna erschrak über sich selbst. Andererseits war Achim auch nicht

gerade die Freundlichkeit in Person – sie hatte seine Verstimmung schon gestern bemerkt. Er zeigte deutlich, dass ihm die durch Annas Durchfall erzwungene Verzögerung nicht passte. »Ich werde ganz sicher nicht hier im Dreck herumrutschen«, sagte er. Sein arroganter Unterton missfiel Anna gewaltig, aber sie hielt sich zurück. »Die Träger stehen bereit. Hol deine Sachen, wir müssen los.« Damit verließ er den Raum und knallte die Tür zu.

Anna starrte ihm verblüfft nach. Was hatte sie ihm getan? Dann wandte sie sich an Karsang. »Ich muss weiter«, sagte sie. »Ich wünsche dir viel Glück.« Sie drückte der Nepalesin ein Bündel Rupienscheine in die Hand und flüchtete, bevor die nicht minder verblüffte Karsang ihr das Geld zurückgeben konnte, aus dem Waschraum und durch die Küche nach oben. Fünfzehn Minuten später trat sie mit gepacktem Rucksack auf die Gasse, wo Achim und die Träger bereits auf sie warteten.

Als sie losmarschieren wollten, kam Karsang um die Hausecke und nahm Anna in den Arm. Aufgeregt flüsterte sie Anna etwas ins Ohr, aber ihr Englisch war so wirr und unzusammenhängend, dass Anna nicht verstand, was die Nepalesin von ihr wollte. Wahrscheinlich bedankt sie sich, dachte Anna. Sie löste sich aus der Umarmung und schob das junge Mädchen von sich. »Auf Wiedersehen, Karsang«, sagte sie auf Deutsch, dann gab Achim das Zeichen zum Aufbruch, und sie setzten sich in Bewegung. Bevor die Gasse einen Knick machte, drehte sich Anna noch einmal um. Karsang stand mit hängenden Schultern vor dem Haus. Anna winkte ihr ein letztes Mal zu und bog um die Ecke.

Wenig später ließ ihre Gruppe Kagbeni hinter sich und betrat den Verwaltungsbezirk des ehemaligen Königreichs Mustang.

53

Sie hatten Jomsom nach Mietpferden regelrecht durchkämmt, doch auch nach zwei Stunden intensiver Suche stand ihnen nur eine alte, wenn auch kräftige und gesund wirkende Stute zur Verfügung.

»Es wird gehen«, beschied Tara. »Ich bin das Laufen gewöhnt. Wie sieht es mit dir aus, Kim?«

»Ich lebe in den Bergen und bin immer viel zu Fuß gegangen. Die Höhe ist auch kein Problem.«

Tara nickte, obwohl sie nicht verstand, was Kim meinte. Welche Probleme sollte die Höhe bereiten? Da hatten sie wirklich andere Sorgen.

Der Herr der Vögel kümmerte sich unterdessen um das Pferd. Sein Zauber wirkte auch auf dieses Tier: Lammfrom ließ sich die Stute von ihm herumführen und stieß ein zufriedenes Schnauben aus, als er ihr über die Flanken strich.

»Hinaufhelfen müsst ihr mir allerdings«, sagte er zu Tara und Kim. »Der gebrochene Arm behindert mich doch sehr.« Er schob einen Fuß in den Steigbügel, und Kim hob ihn hoch. Das Pferd zuckte mit den Ohren, akzeptierte aber seinen Reiter. Minuten später setzten sie sich in Richtung Norden in Bewegung. Der Wind frischte auf.

Anna arbeitete sich mit zusammengebissenen Zähnen eine neuerliche Steigung hinauf und sehnte das Zeichen für den Aufbau ihres Zeltlagers herbei. Dabei hatte der Tag, von Achims Streitlust abgesehen, recht harmlos angefangen: Bis zum Mittag waren sie den verhältnismäßig einfach zu bewältigenden Pfad am Talboden entlanggetrottet, vorbei an winzigen Häuseransammlungen und Tschörten mit windzerzausten Gebetsfahnen. Doch dann, kurz vor dem Eingang einer unheimlich aussehenden Schlucht, führte der Pfad sie in westlicher Richtung vom Haupttal fort, schnurstracks auf die sich dort türmenden Berge zu. Seitdem kämpften sie sich bergauf, immer bergauf, und je weiter der Tag fortschritt, mit desto spitzeren Zähnen biss der Wind.

Anna fühlte sich völlig ausgelaugt und litt zudem unter Kopfschmerzen. Sie wanderten nun seit mindestens drei Stunden durch die ockergelbe Hochgebirgswüste, vorbei an durch Winderosion zu bizarren Formen geschliffenen Bergen, tiefeingeschnittenen Canyons, über Geröllhänge und flache Kuppen. Achim war unruhig und gönnte Anna nur kurze Pausen, in denen er sie mit Traubenzucker und Marsriegeln fütterte, um sie wieder aufzupäppeln. Dies war allerdings auch seine einzige Fürsorge – immer wieder trieb er sie zur Eile an, um die weit voraus marschierenden Träger nicht aus den Augen zu verlieren. Anna wurde es zunehmend mulmiger. Vergeblich versuchte sie sich einzureden, dass sie sich das Gangstergehabe der Träger nur einbildete, und auch für Achims schlechte Laune musste es eine harmlose Erklärung geben. Trotzdem wurde sie das Gefühl nicht los, nicht mehr Herrin ihrer Entscheidungen zu sein. Sie hatte sich in dieser feindlichen Wildnis völlig in Achims Gewalt begeben, und der Gedanke behagte ihr ganz und gar nicht.

Noch fünfzig Schritte, dachte Anna, dann werde ich darauf bestehen, anzuhalten. Noch vierzig, noch dreißig. Beim achtundzwanzigsten Schritt trat sie unglücklich auf einen Stein, rutschte ab und stürzte nach vorn. Ein heftiger Schmerz schnitt durch ihren Körper, als sie unsanft mit den Handflächen voran zu Boden fiel, dann knickten ihre Arme ein, und sie blieb einfach liegen. Sie konnte nicht mehr. Ihre Beine trugen sie keinen weiteren Meter, und das Pochen im Kopf war nicht mehr zu ignorieren.

»Himmel, kannst du nicht aufpassen?«

Anna drehte sich vorsichtig auf den Rücken, machte aber keine Anstalten, sich zu erheben. Achim hatte sich neben ihr aufgebaut und sah sie mit einem Ausdruck mühsam unterdrückter Wut an. Wut, die Anna sich nicht erklären konnte und die ihr Angst einjagte, aber auch ihren Widerspruch reizte.
»Wie du siehst, kann ich es nicht. Ich war krank, wenn du dich erinnerst. Außerdem brummt mir der Schädel.«
»Kopfschmerzen?«, fragte Achim alarmiert. Auch auf diese Reaktion konnte sich Anna keinen Reim machen.
Sie nickte. »Ich muss schlafen. Sag den Trägern, sie sollen das Lager errichten.«
Achim rieb sich das Kinn, dann befahl er ihr, sich nicht vom Fleck zu rühren, und hastete bergauf. Anna hörte ihn nach den Trägern rufen, dann nur noch ihren eigenen Atem. Sie schloss die Augen. Als sie sie wieder aufschlug, war die Dämmerung hereingebrochen. Wie lange mochte Achim fort sein? Dreißig Minuten, vierzig? Anna setzte sich auf und versuchte das graue Zwielicht zu durchdringen, etwas zu erlauschen, doch um sie herum herrschte absolute Stille.
Ein Stein klackerte. Sie bemerkte eine Bewegung, etwas unterhalb am Hang. Nur ein Schatten, geschmeidig, gleitend, dann war er wieder fort. Adrenalin schoss durch ihren Körper, schärfte ihre Sinne. Sie beugte sich vor, versuchte, den Schatten erneut auszumachen. Nichts. Sie dachte an die Erzählung der Schweizer. Ein Schrei arbeitete sich ihre Kehle hinauf, als plötzlich Achim neben ihr auftauchte.
Jetzt schrie sie wirklich.
»Nun, nun«, sagte er beschwichtigend und hockte sich neben sie.
Anna war so froh über sein Auftauchen, dass sie seine streichelnde Hand auf ihrer Wange zuließ. Alle Animositäten und Ängste des Tages waren plötzlich wie fortgeblasen. Sie hatte sich getäuscht. Achim sorgte sich um sie, war ihr Freund.

Wie zur Bestätigung bat Achim um Entschuldigung. »Es tut mir leid«, flüsterte er. »Ich habe zu viele meiner Probleme mit in die Berge gebracht und gar nicht gemerkt, was für ein Kotzbrocken ich war. Ich habe völlig übersehen, wie schlecht es dir geht, und mich furchtbar benommen. Kannst du mir verzeihen?«, fragte er zerknirscht.
Anna nickte. Achim musste die Bewegung ihres Kopfes mehr gespürt als gesehen haben. »Das erleichtert mich ungemein«, sagte er. Dann ließ er sie los, kramte in seiner Jackentasche und reichte Anna eine Wasserflasche und eine Tablette. »Hier, diese Tablette hilft hervorragend gegen Kopfschmerzen. Ab jetzt bekommst du jeden Morgen und jeden Abend eine. Wahrscheinlich hast du einen leichten Sonnenstich, das kommt in den Bergen oft vor.«
Anna schluckte die Tablette. Achim nahm die Wasserflasche zurück und streckte ihr seine Hand entgegen. »Komm«, sagte er und half ihr hoch. »Die Männer bauen die Zelte schon auf, nur zehn Minuten von hier haben wir eine ebene Stelle gefunden. Soll ich dich tragen?«
Anna lächelte. »Das ist lieb von dir, aber ich denke, ich werde es schaffen.« Die Welt war wieder in Ordnung. Ihre Vision behielt sie wohlweislich für sich. Achim brauchte nicht zu erfahren, dass sie sich vor Geistern fürchtete.

Während sich Anna die Berge von Mustang hinaufquälte, kämpften Tara, Kim und der Sadhu mit anderen Problemen: Soldaten. Die Männer traten ihnen am Ortsausgang von Kagbeni entgegen und verwehrten ihnen den Zugang nach Mustang. Kim war einer Panik nahe. Seine Angst um Anna wuchs stündlich. Hatte er anfangs noch vermutet, der Alte, Tara und Achal würden übertreiben, so hatte ihn die Befreiungsaktion von Taras Schwester endgültig davon überzeugt, dass etwas Ungeheuerliches im Gange war. Und nun diese Soldaten. Er wollte gerade eine Diskussion vom Zaun brechen, als der seltsame Heilige mit dem erstaunlich gut gefüllten Bankkonto das Wort ergriff und die Situation rettete. Verständnis heuchelnd für die Anweisungen der Soldaten, verwickelte er sie in ein freundliches Gespräch, segnete sie mit einer Tika aus rotem Farbpulver, von dem er wie durch Zauberei plötzlich einen kleinen Beutel in der Hand hielt, und trat schließlich den Rückzug an. Kim folgte ihm und Tara mit widerstreitenden Gefühlen. Natürlich wäre ein Kräftemessen unvernünftig gewesen, doch alles in ihm strebte nach Norden, zu Anna. Zumindest vermutete der Sadhu sie irgendwo in Mustang, wenn Kim der Grund dafür auch ziemlich abenteuerlich vorkam. Noch hegte er die Hoffnung, der Alte würde sich lediglich wichtig machen und hätte alles nur erfunden. Andererseits wirkte auch er gehetzt und am Rande der Verzweiflung.

Sobald sie außer Hörweite der Soldaten waren, stieß der Sadhu einen ärgerlichen Ruf aus.

»Merde«, zischte er. »Ich dachte, die Rebellen hätten das Gebiet unter Kontrolle. Die Soldaten müssen mit Flugzeugen nach Jomsom gebracht worden sein.«

»Und nun?«, fragte Kim. Er hätte schreien mögen ob der eigenen Ohnmacht.

»Nun müssen wir warten, bis es dunkel ist und Kagbeni schläft, damit wir sicher an dem Posten vorbeischleichen können. Wir verlieren Stunden!«

»Die wir wieder aufholen, wenn wir die Nacht durchmarschieren«, warf Tara ein. »Lasst uns etwas essen und ausruhen, damit wir später umso mehr Kraft haben.«

Die Tür eines großen Hauses öffnete sich, und ein appetitlicher Duft drang heraus. »Wenn das kein Fingerzeig der Götter ist«, sagte der Herr der Vögel und ergänzte, nach einem Blick auf das Schild über der Tür: »Ein Gasthaus. Wir sind richtig.«

Wenig später, das Pferd stand zufrieden Heu knabbernd neben

zwei winzigen Kühen im Innenhof des Gasthauses, saßen sie in einer behaglichen Ecke der großen Küche, schlürften gesalzenen Buttertee und besprachen leise ihre Situation. Im Hintergrund hantierte ein junges Mädchen mit Töpfen und Pfannen, es zischte und brutzelte, und bald darauf füllte sie ihre Teller mit Reis, Linsen, Gemüse, Rühreiern und gebratenen Pilzen.

Tara schnupperte an dem Essen. »Du bist eine phantastische Köchin«, bemerkte sie. »Wenn ich Zeit hätte, würde ich dich bitten, mir deine Geheimnisse zu verraten. Ich bin übrigens Tara«, fügte sie hinzu und deutete dann nacheinander auf ihre beiden Begleiter. »Kim und Khagendra.«

»Ich heiße Karsang«, sagte das Mädchen strahlend. »Vielen Dank für dein Lob.«

Das Mädchen freute sich so sehr, dass Tara nachhakte: »Das musst du doch jeden Tag hören.«

»Ach nein. Die Leute hier haben sich an mein Essen gewöhnt, und mit den Ausländern spreche ich kaum.« Ihre Miene wurde ernst, beinahe traurig. »Wobei mir gerade gestern tatsächlich eine Ausländerin ein Kompliment gemacht hat. Sie war sehr nett, ganz anders als ihr Begleiter. Der war mir unheimlich.«

Kim horchte auf. »Die Ausländerin, wie sah sie aus? Kennst du ihren Namen?«, fragte er.

»Ja, natürlich. Sie saß ja den ganzen Nachmittag und Abend genau da, wo du jetzt sitzt. Sie hieß Anna und –«

»Anna! Sie war hier!«, schrie Tara so laut, dass der Herr der Vögel erschrocken zusammenfuhr.

»Nicht so laut, Mädchen«, brummte er, dann wandte er sich an die verdatterte Karsang. »Setz dich und erzähle uns alles.«

Beunruhigt lauschten Kim und seine Freunde Karsangs Bericht über Annas Krankheit und die seltsamen Männer, die sie begleiteten. »Ich glaube, es waren keine Träger«, sagte Karsang und blickte sich nervös um, als erwartete sie im nächsten Moment einen der Männer aus dem Dunkel hervorspringen zu sehen. »Sie jagten mir Angst ein mit ihren Gewehren und ihrem Gerede. Sie waren furchtbar grob und unhöflich.«

»Gerede?«, fragte der Herr der Vögel mit hochgezogenen Augenbrauen. »Worüber sprachen sie?«

Karsang wich dem Blick des heiligen Mannes aus und starrte auf ihre Hände. Die anderen schwiegen erwartungsvoll, bis sie sich räusperte und vorbeugte. »Ich habe sie heute Morgen, kurz bevor sie aufbrachen, belauscht. Sie sprachen über den Pangje«, flüsterte sie kaum hörbar. »Ich weiß nicht, was sie mit ihm zu schaffen haben, aber sie sprachen von Rache, von Gewalt und Tod. Und sie äußerten sich abfällig über Anna. Ich wollte Anna warnen, aber die Zeit reichte nicht mehr. Mein Englisch ist sehr schlecht. Was hätte ich tun sollen?«

Der Herr der Vögel stieß zischend den Atem aus. »Nun, es ist nicht wirklich eine Überraschung«, murmelte er. »Unsere schlimmsten Befürchtungen haben sich bewahrheitet.«

Kim hielt es nicht länger auf seinem Platz. Er schob den Teller von sich und sprang auf. »Sie haben nur einen Tag Vorsprung. Lasst uns aufbrechen, jetzt, sofort!«

Obwohl Kim kaum zu beruhigen war, gelang es den anderen, ihn zu überzeugen, noch bis zum Einbruch der Dunkelheit zu warten. Er versuchte, seine Angst zu verdrängen, und überbrückte die Wartezeit mit der Reparatur der Waschmaschine.

Um zwanzig Uhr war es endlich so weit. Das geduldige Pferd am Zügel führend, stiegen sie ins Flussbett hinunter und huschten, sich eng an die Böschung haltend, an den letzten Häusern Kagbenis und dem Soldatenposten vorbei.

Der nächste Wandertag verlief wesentlich angenehmer als der vorige, obwohl sie weiterhin an Höhe gewannen. Die Kopfschmerzen waren vergangen, und Achim erwies sich als die Zuvorkommenheit in Person. Er blieb ständig an Annas Seite, half ihr bei schwierigen Wegabschnitten und plauderte über dieses und jenes. Als Anna ihn fragte, ob er seine Probleme gelöst hätte, zuckte er nur mit den Schultern und meinte, dass er sich ihnen ohnehin erst wieder zu Hause stellen konnte. Die momentane Lage in Nepal sei leider so angespannt, dass er seine Existenz bedroht sah. Anna verstand ihn gut. Es musste furchtbar sein, sein Lebenswerk in Gefahr zu wissen und nichts dagegen unternehmen zu können.

Sie waren heute wesentlich langsamer unterwegs als am Tag zuvor. Oft legten sie Pausen ein, in denen Achim und der kräftige Träger, bewaffnet mit einer detaillierten Karte und einem Satellitenausdruck von Google Earth, die Umgebung erkundeten. Gegen Nachmittag hatten sie offensichtlich die gesuchte Abzweigung gefunden, denn die Gruppe schulterte ihre Lasten erneut und bog vom Hauptpfad ab. Weiter ging es bergauf, die hohen Berge kamen näher und näher, und Anna war beeindruckt von der Leere des Landes. Statt in Mustang hätte sie genauso gut auf dem Mond wandeln können. Trotzdem glaubte sie zweimal, jenen großen Schatten am Rande ihres Gesichtsfeldes wahrzunehmen, doch wenn sie sich umsah, war da nichts. Die Gegend schien bar jedes Lebens, kein Vieh und kein Haus, nicht einmal ein Tschörten wies darauf hin, dass hier Menschen lebten. Allerdings gab es den Pfad, kaum sichtbar zwar, aber es war eindeutig ein Pfad.

Nach einem besonders steilen Wegstück blieb Anna stehen und ließ sich gegen eine Felswand sacken. Das Atmen fiel ihr zunehmend schwerer, und auch die Kopfschmerzen kamen zurück. »Wohin gehen wir eigentlich?«, schnaufte sie. »Ich meine, haben wir ein bestimmtes Ziel, oder ist dieser Weg die eigentliche Sehenswürdigkeit? Wenn dem nämlich so ist, muss ich gestehen, dass ich kurz vorm Aufgeben bin.«

»Hmm.« Achim war neben ihr stehengeblieben und ließ seinen Blick über die abweisenden Berge schweifen. »Es ging mir tatsächlich um den Weg, ein Bekannter hat mir begeistert von dieser Tour berichtet, und ich dachte, auch dir würde sie gefallen. Aber wenn du lieber umkehren möchtest …«

Anna war wieder zu Atem gekommen und richtete sich auf. »Verstehe mich nicht falsch. Ich bin sehr beeindruckt, aber es ist schrecklich anstrengend.« Sie stellte sich neben Achim und folgte seinem Blick. Eine Bergwüste, dramatisch und leblos, und doch voller Anziehungskraft. Trotzdem. »Ich möchte umkehren«, flüsterte sie. »Bist du böse?«

Er schüttelte den Kopf, dann setzte er sich auf den Boden, zog die Karte hervor und breitete sie aus. Nachdem er sie eine Weile studiert hatte, zeigte er auf einen Punkt. »Dies wäre der Scheitelpunkt unseres Weges. Wenn ich es richtig einschätze, liegt er zwei, maximal drei Gehstunden entfernt und nur wenig höher als unser jetziger Aufenthaltsort. Danach würden wir in einem großen Bogen wieder in Richtung des Flusses, also abwärts, laufen. Hier, sieh.« Er fuhr mit dem Finger über das Papier.

Anna bemühte sich, Achims Informationen aus der Karte herauszulesen, gab aber schnell auf. Mit Karten, insbesondere den Exemplaren mit Höhenlinien und sonstigen geographischen Details, stand sie auf Kriegsfuß. »Und was finden wir dort? Lohnt es sich?«

»Keine Ahnung. Mein Bekannter schwärmte von einem besonders tollen Panorama und außergewöhnlichen Felsformationen. Er kann natürlich auch übertrieben haben.« Achim sah Anna ins Gesicht und lachte. »Ich sehe schon, mit tollen Felsformationen kann ich dich nicht mehr locken. Wir kehren um.«

»Nein. So habe ich es nicht gemeint. Drei Stunden schaffe ich auch noch«, widersprach Anna. »Allerdings nicht heute.«

»Das hatte ich ohnehin nicht vor. Der Nachmittag ist schon weit fortgeschritten, und die Männer haben Anweisung, nach einem geeigneten Zeltplatz Ausschau zu halten. Morgen gehen wir zurück.«

»Nein.«
»Doch.«
»Nein, nein, nein!« Anna musste lachen. Die Situation war absurd. Vor wenigen Minuten war sie davon überzeugt gewesen, aufgeben zu wollen, und nun das. Unbewusst hatte sie aus Achim den Widerspruch herausgekitzelt, den sie benötigte, um weiterzulaufen, um die eigenen Grenzen zu überwinden oder es zumindest zu versuchen. Genau aus diesem Grund hatte Gott schließlich Berge gebaut, oder? Damit sich Menschen daran versuchten.
Achim stimmte in ihr Lachen ein. »Ich glaube, du hast gerade erkannt, was Bergsteiger antreibt«, sagte er und traf damit den Nagel auf den Kopf. »Komm, wir suchen das Lager. Du schläfst dich aus und entscheidest morgen.«
Anna ergriff seine ausgestreckte Hand. »Abgemacht«, sagte sie und ließ sich auf die Beine ziehen.
Mit neuer Energie folgte sie Achim die letzten drei- oder vierhundert Meter bergan, bis sie um einen Felsvorsprung traten, hinter dem die Männer tatsächlich schon das Lager errichtet hatten. Klappstühle und ein Tisch standen bereit, die Abendmahlzeit kochte auf dem transportablen Gaskocher und verbreitete den angenehmen Duft von Tomatensoße, und sogar die Träger lächelten ihnen entgegen. Anna wickelte sich dankbar in eine Decke, die der Kräftige ihr reichte, und setzte sich. Bisher hatte sie viel zu wenig auf die Landschaft um sie herum geachtet, doch nun fand sie endlich Muße, und das Herz ging ihr auf. Die untergehende Sonne tauchte die öde Wüstenei Mustangs in unwirkliches orangefarbenes Licht, während nicht allzu weit entfernt das Annapurna-Massiv aufragte. Die unwirkliche Schönheit der Berge nahm sie gefangen, und sie bezweifelte nicht, wie ihre Entscheidung am nächsten Morgen ausfallen würde.

Anna erwachte mit einem Ruck. Sie war ziemlich benommen und wusste nicht, was sie geweckt hatte, im ersten Moment nicht einmal, wo sie war. Wieder plagten sie Kopfschmerzen, stark genug, um ihr ein leises Stöhnen zu entlocken. Um ihren rasenden Puls zu beruhigen, atmete sie tief ein und aus und lauschte in die Dunkelheit. Es war unheimlich still. Nicht einmal Achim, mit dem sie das Zelt teilte, ließ auch nur das geringste Schnarchen hören.

Nicht das geringste Schnarchen. Oder Atmen. Nichts.

Seltsam. Beklommen suchte Anna in den Tiefen ihres Schlafsacks nach ihrer Taschenlampe, fand sie und leuchtete zur zweiten Schlafstelle.

Sie war leer.

Anna führte den Strahl der Lampe zum Handgelenk. Die Uhr zeigte kurz nach Mitternacht. Sicherlich war Achim hinausgegangen, um sich zu erleichtern, versuchte sich Anna zu beruhigen, doch aus einem unerklärlichen Grund gelang es ihr nicht. Die Stille im Lager war ihr plötzlich unerträglich – sollten nicht sechs erwachsene Männer selbst im Schlaf mehr Lärm verursachen? Sollten sie nicht schnarchen, sich räuspern, ihretwegen auch furzen? Aber da war nichts. Panik stieg in ihr auf. Die Männer hatten sie verlassen, alleingelassen in der Einsamkeit! Im nächsten Moment riss sie sich zusammen. Sie hatte wirklich nicht alle Tassen im Schrank. Warum, um Himmels willen, sollten die Männer sie hier aussetzen? Ganz abgesehen davon, dass es keinen Grund dafür gab, wäre auch die Mühe, sie ausgerechnet hier loszuwerden, verdammt groß gewesen. Dann schoss ihr ein neuer Gedanke durch Kopf: Was, wenn die Träger Achim beseitigen wollten? Er hatte sich ihnen gegenüber die ganzen Tage so herrisch aufgeführt, dass es Anna manchmal sehr unangenehm gewesen war. Hatten sie sich gegen ihn, und damit auch gegen sie verschworen? Sie dachte an die überraschende Freundlichkeit der Männer am Abend. Ein Ablenkungsmanö-

ver? Anna saß wie gelähmt auf ihrem Feldbett und lauschte nach draußen, doch die Stille blieb.
Nach einer gerade fünfzehn Minuten währenden Ewigkeit schälte sie sich aus dem Schlafsack und schlich gebückt zum Zelteingang. Das Lager lag im Dunkeln, niemand war zu sehen. Fieberhaft überlegte sie, was nun zu tun sei, aber ihre Kopfschmerzen hinderten sie am Denken. Kopfschmerzen. Ihr fielen die Tabletten ein, die Achim im oberen Fach seines kleinen Rucksacks aufbewahrte. Sofort knipste sie die Taschenlampe wieder ein und suchte das Zelt ab, bis sie den Rucksack unter dem Kopfende seines Feldbetts fand.
Sie zögerte kurz, bevor sie den Reißverschluss der Klappe öffnete. Es war eigentlich nicht ihre Art, in den Sachen anderer Leute zu wühlen, aber dann beruhigte sie sich. Sie wühlte nicht, sondern wollte lediglich eine Tablette haben. Achim würde es überhaupt nicht bemerken, wenn er zurückkam.
Anna riss den Verschluss mit einem Ruck auf und leuchtete in das Fach.
Das Erste, was sie sah, war ihr Anhänger.
Der silberne Anhänger mit den eingearbeiteten Türkisen und Korallen in Form des Buchstabens ›S‹. Die Initiale des Namens ihres Vaters.
Der silberne Anhänger, den der seltsame Heilige ihr vor einiger Zeit gestohlen hatte. Jener seltsame Heilige, der nicht zu ihrer Verabredung erschienen war und an dessen Stelle sich Achim in ihr Leben gedrängt hatte. Anna presste die Faust in ihren Mund, um nicht laut zu schreien. Mit voller Wucht traf sie die Erkenntnis, dass sie von vorn bis hinten belogen worden war. Dass sie in höchster Gefahr schwebte, wenn sie auch nicht ahnte, warum.
Und plötzlich kam ihr ein furchtbarer Verdacht. Mit erschreckender Klarheit rekapitulierte sie das Gespräch über Achims Telefonate mit Rebecca und Ingrid. Er hatte nichts von Kim

gewusst, und, als sie ihn nach Eddo fragte, behauptet, ihm ginge es prima. Was für ein Unsinn! Eddo trauerte seit anderthalb Jahren und würde kaum in drei Wochen ins Leben zurückgefunden haben. Sie hatte Achim geglaubt, weil sie ihm glauben wollte, dabei hatte er nie mit den Frauen gesprochen. Anna stöhnte. Sie war ein williges Opfer gewesen: Selbst ihre Briefe an Ingrid, Kim, Rebecca und Eddo hatte sie ihm ausgehändigt, als er ihr anbot, sie zur Post zu bringen, wo sie mit Sicherheit nie gelandet waren. Niemand wusste, wo sie sich befand, geschweige denn, mit wem.

Und jetzt? Irgendeine Teufelei war im Gange. Hatte Achim ihr in Jomsom, als sie die Ziegen bewunderte, nicht sogar einen Hinweis gegeben? Sie war das unbedarfte Vieh auf dem Weg zur Schlachtbank. Aber warum?, schrie es in ihr. Was hast du vor? Ihre Gedanken überschlugen sich. Sie musste handeln, und zwar schnell. Noch einmal leuchtete sie in das Rucksackfach, fand die Tabletten und stopfte sie gemeinsam mit dem Anhänger in ihre Hosentasche. In blinder Hast schlüpfte sie in ihre warme Kleidung, dann schnappte sie sich den Schlafsack, eine angebrochene Kekspackung und eine Wasserflasche und schlich aus dem Zelt. Zwei Minuten später ließ sie den verwaisten Lagerplatz hinter sich und stürmte den wenige Stunden zuvor mühsam erklommenen Pfad hinab.

Sie war schon mindestens eine Stunde vorangestolpert, als ihr aufging, dass sie den Weg verlassen musste – wenn sie sich überhaupt noch darauf befand, denn bei der herrschenden Dunkelheit war es gut möglich, dass sie ihn längst verfehlt hatte. Achim und seine Spießgesellen würden sie als Erstes hier suchen, und sie machte sich keine Illusionen, dass sie ihnen entkommen konnte – zu geschwächt war sie, zu wenig vertraut mit den Bergen. Sie atmete kurz durch und erkletterte dann beherzt einen mäßig steilen Abhang.

Sie hatte sich keinen Moment zu früh entschieden. Gerade als sie die obere Kante des Abhangs erreichte, vernahm sie unter sich Schritte und unterdrückte Stimmen. Sie presste sich flach auf die Erde und traute sich nicht, über den Rand zu spähen. Bewegungslos verharrte sie auf dem kalten Boden, bis die Geräusche verklangen, dann rappelte sie sich hoch, spülte endlich eine Tablette hinunter und torkelte in die Nacht davon. Sie fühlte sich wie eine Betrunkene und merkte, dass sie nicht mehr weit kommen würde.

54

Es kostete Achim enorme Überwindung, den Mann nicht niederzuschlagen. Anstatt wie aufgetragen während seiner Abwesenheit Anna und die Umgebung zu überwachen, hatte der Idiot Annas Flucht verschlafen. Außer sich vor Wut öffnete und schloss Achim seine Fäuste und verfluchte sich im Stillen für die unverzeihliche Dummheit, seinen Rucksack unbeaufsichtigt in ihrer Reichweite gelassen zu haben. Anna war nicht dumm, und nach dem Fund der Kette dürften ihr einige Lichter aufgegangen sein. Ruhig, beschwor er sich, es nutzt überhaupt nichts, jetzt die Nerven zu verlieren. Versuche, dich in sie hineinzuversetzen. Wann ist sie geflüchtet? Wohin hat sie sich gewandt?
Gereizt ging er zwischen den drei Zelten auf und ab, verfolgt von den beunruhigten Blicken seiner Männer. Seit der Entdeckung von Annas Flucht war ihnen ihre Großmäuligkeit abhandengekommen. Sie fürchten meinen Zorn, dachte Achim mit wütender Befriedigung. Und dazu haben sie verdammt noch einmal Grund.
»Also gut«, sagte er schließlich und bedachte den Wachmann mit einem giftigen Blick. »Gorakh behauptet, noch mindestens eine Stunde auf dem Posten gewesen zu sein, bevor der Schlaf ihn übermannte.« Der Wachmann wand sich und wollte etwas zu seiner Verteidigung vorbringen, doch Achim schnitt ihm das Wort ab. »Es ist jetzt zwei Uhr, im schlimmsten Fall hat das Mädchen also zwei Stunden Vorsprung. Ich gehe davon aus, dass sie bergab gelaufen ist, um möglichst schnell den Kali Gandaki zu erreichen. Zum Steigen hat sie keine Kraft, außerdem leidet sie unter Höhenkrankheit. Es ist also nur eine Frage der Zeit, bis sie zusammenbricht. Bishal!«
Der Kräftige trat furchtsam einen Schritt vor. »Ja?«

»Du wirst mit Gorakh das Gebiet südlich des Weges absuchen. Wir anderen folgen dem Pfad und haben ein Auge auf die übersichtlichere nördliche Seite.«

»Aber …« Der Strahl von Achims Taschenlampe traf Bishal direkt ins Gesicht. Er verstummte.

»Aber?«, fragte Achim lauernd.

Bishal nahm seinen Mut zusammen. »Es ist sinnlos, sie in der Dunkelheit zu suchen. Sollten wir nicht besser auf die Morgendämmerung warten?«

»Sollten wir das?« Achims Stimme war weich wie geschmolzene Butter.

Unter den Männern erhob sich zustimmendes Gemurmel. Achims Wut kochte erneut hoch. Was für ein Pack, abergläubisch, faul, undankbar und hinterhältig! Schon den Erkundungsgang hatten sie unter Murren absolviert, und nun das. Er explodierte.

»Ich will keine Widerrede hören!«, brüllte er. »Wer bezahlt euch? Wer ermöglicht euch und euren Familien ein sorgloses Leben? Ihr werdet tun, was ich sage. Und du« – er wies mit ausgestrecktem Finger auf Bishal – »hast seit der Sache mit dem klapprigen Sadhu noch etwas gutzumachen. Du wirst jeden Quadratzentimeter dieses verdammten Landes durchkämmen, bis sich das Mädchen wieder in unserer Gewalt befindet – und zwar, bevor sie erfriert oder an Höhenkrankheit stirbt. Haben wir uns verstanden?«

Tara war zum Umfallen müde, aber Ausruhen oder gar Aufgeben kam nicht in Frage. Mechanisch setzte sie einen Schritt vor den anderen, Gedanken machte sie sich schon lange nicht mehr. In ihrem Kopf hallte dumpf der Rhythmus ihrer Schritte wider: einszwei – dreivierfünf, einszwei – dreivierfünf, einszwei – dreivierfünf. Langsam und stetig fraß sie Kilometer um Kilometer in der Hoffnung, den Bhoot endlich einzuholen.

Nach ihrem Aufbruch aus Kagbeni vor mittlerweile einer Nacht und einem Tag und der Hälfte dieser Nacht waren sie gut vorangekommen, doch dann hatte die Stute kurz vor Tetang begonnen zu lahmen, und sie mussten sie in dem kleinen Dorf zurücklassen. Seitdem ging auch der alte Mann zu Fuß. Er fühle sich wie neu, hatte er behauptet, im Übrigen würde das Gelände ab jetzt so schwierig, dass ein Pferd ohnehin ein Hindernis sei. Tatsächlich konnte der Sadhu mit ihnen mithalten, war noch viel zäher, als der Arzt in Kathmandu vermutet hatte.

Ich muss doppelt wachsam sein, jetzt, wo der Bhoot in der Nähe ist, dachte Tara. In diesem Moment traf sie ein heftiger Schlag auf den Rücken. Sie schrie auf, dann folgte ein zweiter Schlag gegen ihr Kinn, und alles wurde schwarz.

Kim hob alarmiert den Kopf. »Hast du das gehört?«, flüsterte er.

»Ja.« Der Herr der Vögel flüsterte ebenfalls. »Das war Tara. Wir hätten ihr niemals erlauben dürfen, so weit vorzulaufen.«

»Stimmen! Sie kommen auf uns zu. Schnell, wir müssen uns unsichtbar machen.«

Hastig verließen die beiden den Pfad und glitten in eine Rinne, die als tiefschwarze Linie durch die nächtliche Landschaft schnitt. Sie hatten sich kaum auf den Boden gepresst, als zwei Männer hinter einer Biegung hervortraten. Ihre Silhouetten zeichneten sich scharf gegen das sternenübersäte Schwarzblau des Himmels ab. Lichtkegel von Taschenlampen zitterten über den Weg und die direkte Umgebung. Kim spannte alle Muskeln an. In wenigen Sekunden würden die Männer ihn und den Sadhu entdecken. Er würde ihre Haut teuer verkaufen, seine Haut, Khagendras und Taras. Und natürlich Annas.

Der Lichtstrahl huschte noch einen Moment lang durch die Dunkelheit, dann wurde die Taschenlampe ausgeschaltet. Die Männer blieben in Hörweite stehen.

»Sinnloser Blödsinn«, schimpfte der eine. »Das Mädchen finden wir in dieser Dunkelheit nie. Wahrscheinlich hat sie sich ohnehin schon den Hals gebrochen. Wir können genauso gut am Morgen weitersuchen. Lass uns zum Lager gehen.«

Kim schluckte. Welches Mädchen meinten sie? Tara? Anna? Wer war geflüchtet?

Der zweite Mann zögerte. »Ich weiß nicht«, sagte er dann. »Wenn diese Anna die ganze Nacht läuft, erreicht sie Tetang vor uns. Das darf auf keinen Fall geschehen.«

»Die und die ganze Nacht laufen? Du spinnst doch. Die war doch schon am ersten Tag völlig erschöpft. Es grenzt an ein Wunder, dass sie es überhaupt auf eigenen Füßen bis hier geschafft hat. Hast du gesehen, wie sie taumelt? Das ist die Höhenkrankheit, mein Bester. Wenn der Boss sie nicht mit Diamox gefüttert hätte, wäre sie wahrscheinlich schon umgekippt, glaube mir!«

Nein! Kim wollte losstürmen, den Mann schütteln, aus ihm herausprügeln, wo Anna war. Khagendra, der seine Reaktion vorausgesehen hatte, drückte ihn zu Boden und brachte seinen Mund ganz nahe an Kims Ohr. »Bleib liegen«, zischte er. »Je mehr wir erfahren, desto besser können wir den Frauen helfen.«

Nie war Kim etwas schwerer gefallen, als untätig in der Rinne zu liegen, aber er fügte sich. Natürlich hatte der Herr der Vögel recht, wie so oft.

»… und die anderen Leute?«, fragte der Zögerliche gerade.

Der Erste lachte trocken. »Welche anderen? Siehst du irgendeinen? Hörst du etwas? Ich nicht. Das zweite Mädchen war allein unterwegs.«

»Und wenn nicht?« Der Zögerliche knipste die Taschenlampe an und leuchtete planlos hierhin und dorthin. Die Rinne beachtete er nicht.

»Dann tun wir trotzdem gut daran, zu den anderen aufzuschließen. Wenn sich hier noch mehr Menschen herumtreiben, dann möchte ich nicht über sie stolpern. Los, wir kehren um. Vielleicht ist sie ja schon aufgewacht und hat dem Boss verraten, wo sich ihre Begleiter versteckt halten.« Die Stimme entfernte sich. »Wenn sie denn welche hat«, hörte Kim ihn noch hinzufügen.

Er wartete, bis die Männer wieder hinter dem Felsvorsprung verschwanden, sprang dann auf und half dem Sadhu aus der Rinne. »Anna ist geflüchtet«, flüsterte er atemlos. »Wir müssen sie suchen! Hast du gehört? Sie hat die Höhenkrankheit. Wenn wir sie nicht schnell finden und ins Tal bringen, bekommt sie Wasser in die Lunge. Sie wird sterben!«

Khagendra wiegte den Kopf. »Noch besteht Hoffnung. Wenn ich es richtig verstanden habe, hat Achim ihr Diamox gegeben. Soweit ich weiß, kann es das Schlimmste ein wenig hinauszögern. Du wirst sie allein suchen, aber sei äußerst vorsichtig. Das Gelände ist schwierig, trotzdem darfst du die Taschenlampe auf keinen Fall benutzen. Wer weiß, wie viele von Achims Männern noch hier herumschleichen. Versuche zu denken wie Anna. Sie weiß, dass jemand hinter ihr her ist, also wird sie den Weg verlassen haben. Da sie keinerlei Bergerfahrung hat, wird sie daraufhin immer die leichtesten Abschnitte gesucht haben. Lass dich von deinem Instinkt leiten.« Er drückte Kims Schulter. »Viel Glück«, sagte er und wandte sich ab, um Achims Männern zu folgen. Kim hielt ihn zurück.

»Du kannst Tara unmöglich allein befreien.«

»Nein, ohne Unterstützung können wir für Tara nichts tun.«

»Dieses Monster wird sie umbringen!«

Khagendra strich ihm über die Wange. »Tara kennt Achim, und sie ist schlau. Sie wird Mittel und Wege finden, am Leben zu bleiben, bis ich Hilfe geholt habe. Freunde sind näher, als du denkst«, sagte der Sadhu. »Und nun lass mich gehen.«

Anna sank wimmernd auf die Knie. Seit Stunden stolperte sie durch die eiskalte Dunkelheit, und nun ging es nicht mehr weiter. Keinen Schritt. Sie war zu Tode erschöpft.
Zu Tode.
Tränen rannen ihr über die Wangen. Sie würde sterben. Sie würde die Sonne nicht mehr aufgehen sehen. Und ihre Leiche würde irgendwo in der unheimlichen Einöde des Gebirges verrotten. Wie die ihres Vaters.
Heftiges Husten schüttelte ihren Körper, und sie krümmte sich zusammen. Ihr Puls raste, und das Atmen fiel ihr von Stunde zu Stunde schwerer, hinzu kamen die unsäglichen Kopfschmerzen. Die Tabletten wirkten nicht mehr. Alles deutete darauf hin, dass sich ihr Schicksal hier oben erfüllen würde, und vielleicht war es gut so. In Nepal war sie gezeugt worden, in Nepal hatte ihr Vater sein Leben und ihre Mutter ihr Glück verloren. Sie gehörte hierher. Was hielt sie denn auf dieser Welt? Anna weinte noch mehr, als ihr bewusst wurde, dass sie nie Träume gehegt, dass es kein großes Ziel gab, auf das sie hingearbeitet hatte. Ihr Leben war einfach dahingeplätschert, und nun lohnte es nicht mehr, diese drei Jahrzehnte währende Ereignislosigkeit zu bedauern.
Doch dann dachte sie an Kim. Unvermittelt kehrte ihr Lebenswille zurück. Sie zwang sich aus ihrer zusammengekauerten Haltung zum Stehen und sah sich um. Noch war nicht alles verloren. Sie hatte Wasser und einen Schlafsack. Sie musste eine geschützte Stelle finden, um die Nacht zu überstehen.
Anna brauchte nicht lange zu suchen. In der Nähe entdeckte sie eine steile Felswand mit vertikal verlaufenden Rippen, zwischen denen sich die Nachtschwärze konzentrierte. Sie stolperte über die Geröllhalde am Fuß der Steilwand und spähte in die Einbuchtungen, bis sie eine geeignete fand, gerade groß genug, um sich darin zusammenzurollen. Kurz darauf hatte sie sich in ihren Schlafsack gewickelt und blickte aus ihrem Versteck

über das Land. Tot war es, leer, die Berge wie Scherenschnitte, Schwarz gegen Dunkelgrau, und doch konnte sie erstaunlich viele Details im fahlen Sternenlicht ausmachen: die scharfkantigen Steinbrocken zu ihren Füßen. Die löchrige Struktur des Abhangs auf der gegenüberliegenden Seite des Tals. Die Silhouetten weit entfernter Bergkämme. Sie war allein. Das einzige Lebewesen in einer erstarrten Welt.

Der Pangje wälzte sich unruhig auf seinem Lager, bis er es nicht mehr aushielt und die Decke beiseitewarf. Ohne eine Kerze anzuzünden, schlich er durch sein dunkles Haus, legte sich eine Wolldecke um die Schultern und öffnete die Außentür. Ein Schwall kalter Luft schlug ihm entgegen. Er trat nach draußen und schloss schnell die Tür hinter sich, um die kostbare Wärme im Haus zu halten. Sein Atem kondensierte augenblicklich zu kleinen Wolken und sank zu Boden. Der Winter war gekommen, doch der Pangje bemerkte die Kälte kaum. Tief in Gedanken versunken, trat er an den Rand der Plattform vor seinem Haus und blickte über das Dorf zu seinen Füßen. Zwei Dutzend Häuser, eingebettet in ein verschwiegenes Tal, dessen Zugang nur die Eingeweihten fanden, schmiegten sich eng aneinander und trotzten der Kälte und dem Wind, der zuverlässig am Morgen wieder aufleben würde. Der Pangje liebte dieses Dorf. Die Welt hatte ihn nicht mehr gewollt, und er hatte dankbar das Angebot der Dorfbewohner angenommen, einer der ihren zu werden. Er teilte ihr hartes Leben, aber auch die Freuden, die es bot. Er hatte seine Wahl nie bereut.

Doch heute Nacht lag Gewalt in der Luft, durchdrang die Kälte und ließ ihn schaudern. Etwas Bedrohliches näherte sich seinem Refugium, unaufhaltsam. Er war auf der Hut.

55

Anna fuhr aus dem Schlaf hoch und rang nach Luft, wieder und wieder. Ich ersticke!, gellte es in ihr, und dann, endlich, ließ der fürchterliche Druck auf ihrem Brustkorb ein wenig nach. Gierig und schnell atmete sie die eiskalte Nachtluft ein, bis ein fürchterlicher Hustenanfall sie packte. Sie fühlte sich mehr tot als lebendig, als der Anfall abebbte. Ihr Kopf drohte zu zerspringen.

Ein leises Scharren drang in ihr Versteck. Anna bekam eine Gänsehaut. Sie war nicht ohne Grund erwacht. Jemand schlich dort draußen herum.

Bewegungslos verharrte sie in ihrer Nische und starrte auf das weite Geröllfeld vor ihr. Sollte sich ein Angreifer nähern, konnte sie ihn schon von weitem erkennen. Und dann?, dachte sie resigniert. Würde sie sich dem Mann entgegenstellen, ihn umbringen und die Flucht ergreifen? Wohl kaum. Sie war nicht einmal sicher, ob sie überhaupt aufstehen konnte.

Das leise Klackern von abrutschendem Schotter ließ sie zusammenzucken. Das Geräusch war von links gekommen. Vorsichtig beugte sie sich nach vorn, doch die Bergrippe, die ihr zuvor Schutz geboten hatte, verhinderte nun einen freien Blick. Wieder ein Poltern, dichter nun. Anna zog sich zurück und presste sich gegen die Felswand.

Etwas bewegte sich in der toten Welt. Rasend schnell näherte sich ein großer Schatten ihrem Versteck, lautlos und geschmeidig.

Anna fügte sich in ihr Schicksal. Ergeben schloss sie die Augen.

Tara schlug die Augen auf. Ihr Schädel brummte, doch sie brauchte nur Sekunden, um ihre Lage zu erfassen.

Sie lag, an Händen und Füßen gefesselt, in einem Zelt auf einem Feldbett. Zusätzlich hatte ihr Entführer eine Decke so um ihren Körper gewickelt, dass sie sich kaum rühren konnte. Sie versuchte es trotzdem, wand sich, zappelte, bis sie die Arme unter der Decke hervorziehen konnte. Wütend biss sie in das um ihre Handgelenke geknotete Tuch. Sie zerrte noch immer wie eine Rasende an dem Tuch, als der Bhoot ins Zelt trat. Er entzündete eine Kerze und befestigte sie mit ein paar Wachstropfen auf einer Konservendose, dann setzte er sich auf das zweite Feldbett und zog Tara die halb über die Augen gerutschte Mütze vom Kopf.

»Oho«, sagte er, als er das Funkeln in ihren Augen bemerkte. »Ich habe mir eine Leopardin ins Zelt geholt.«

Tara spuckte in seine Richtung, traf aber zu ihrem Bedauern nicht.

»Du verfolgst mich also.«

Tara blieb stumm.

»Gut, ich werte dein Schweigen als Zustimmung. Dann verrate mir doch bitte, warum? Willst du mich töten?«

Danke, dachte Tara. Warum bin ich darauf eigentlich nicht schon vorher gekommen? Sie presste die Lippen aufeinander. Die Ohrfeige traf sie völlig überraschend. Tara stöhnte auf und hielt sich die Hände vors Gesicht, um einen möglichen zweiten Schlag abzuwehren.

»Du wirst ja wohl kaum allein nachts durch die Berge spazieren. Wer ist bei dir? Dein Vater etwa? Will er Rache für dein hübsches Schwesterchen? Tja, das fällt ihm ziemlich spät ein. Sie gehört jetzt mir.«

»Sapana gehört niemandem«, platzte es aus Tara heraus.

»Du kannst also sprechen«, stellte Achim sachlich fest. »Fein, dann sind wir einen Schritt weiter. Also, wo ist dein Vater?«

»In Raato Danda.«

»Das glaube ich dir nicht.«

»Glaub doch, was du willst.«
»Ich kann warten.«
Ich auch, dachte Tara. Je länger wir warten, desto größer ist meine Chance, hier heil herauszukommen. Sie presste die Lippen zusammen. Achim würde lernen, dass sie sich nicht einschüchtern ließ, doch je länger das Schweigen andauerte, desto unsicherer wurde sie. Bisher hatte die Angst das Zelt nur umschlichen, aber nun hatte sie einen Weg ins Innere gefunden, kroch heran und wartete auf eine Gelegenheit, Tara an der Kehle zu packen.
Achim rührte sich nicht.
»Wo ist Anna?«, fragte sie unvermittelt.
»Anna?«, fragte er alarmiert zurück. Er sprang auf, stemmte seine Fäuste rechts und links neben ihren Kopf und brachte sein Gesicht so nahe an das ihre, dass sich ihre Nasen beinahe berührten. Ohne zu zwinkern, starrte sie in seine blauen Augen. Er war aufgebracht, aber Tara konnte auch einen Funken Angst entdecken. Umso besser. Sie würde nicht klein beigeben. Nie mehr.
»Woher kennst du Anna?«
»Ich kenne sie. Das muss dir reichen.«
Er packte sie an den Schultern und riss sie hoch. Tara schrie auf. War sie zu weit gegangen?
»Was weißt du?«, zischte er.
Sie biss die Zähne aufeinander. Für endlose Sekunden fochten sie einen stummen Kampf, dann verzog sich sein Mund zu einem so widerwärtigen Grinsen, dass Tara schauderte. Offensichtlich war er sehr zufrieden mit sich.
»Schweig oder rede, es ist im Grunde egal. Du wirst Annas Platz einnehmen.«
»Was hast du vor?«
»Nun, der Pangje hat mir lange genug ins Handwerk gepfuscht, aber morgen kommt ein denkwürdiger Tag für ihn. Eigentlich

wollte ich sein Leben gegen Annas eintauschen, aber da das verschreckte Mäuschen es vorgezogen hat, ganz allein in den Tod zu rennen, wirst du mein Pfand. Ein Mädchen ist so gut wie das andere.«

»Du bist kein Dämon. Du bist schlimmer«, sagte Tara. »Aber du wirst damit nicht durchkommen. Der Pangje wird sich dir niemals wehrlos ausliefern.«

»Du meinst also, er opfert sich nicht für dich?«, fragte Achim. »Dann wäre er ein noch furchtbarerer Dämon als ich, nicht wahr?« Seine Hände um ihre Schultern drückten stärker zu. »Ein so schönes Mädchen wie du sollte nicht für einen alten Verbrecher in den Tod gehen. Kämpfe um dein Leben. Überzeuge ihn.« Unvermittelt ließ er Tara los. Ihr ohnehin dröhnender Kopf prallte auf den harten Rahmen des Feldbetts. Tara zog vor Schmerz die Luft ein. Sterne tanzten vor ihren geschlossenen Augenlidern.

Als sie die Augen wieder öffnete, war er fort. Tot?, dachte sie. Anna ist tot? Ist alles umsonst gewesen? Das Wissen über Annas Schicksal und ihre eigene gefährliche Lage entfachte ihren Hass auf den Bhoot zu einem Feuersturm.

Wie eine Rasende machte sie sich wieder über ihre Fesseln her.

Wäre die Wut nicht gewesen, die Verzweiflung, die Angst und, ja, der Hass, der Herr der Vögel hätte längst aufgegeben. Es war jetzt über eine Stunde her, seit er Kim verlassen hatte, und er spürte jede Faser seines zerschundenen Körpers. Die in den letzten Tagen durch pure Willenskraft in Schach gehaltenen Schmerzen kehrten zurück und raubten ihm den klaren Blick. Aber er ging weiter, zäh und beharrlich wie ein Yak. Kurze Zeit später verschnaufte er am Fuß einer Steilwand vor einer tiefeingeschnittenen, kaum drei Armlängen breiten Schlucht. Das Bett des Flusses, der sich während der Schneeschmelze durch die Felsen fraß, lag trocken, trotzdem wäre kein unbedarfter

Wanderer auf die Idee gekommen, sich in die Schwärze zu wagen. Zu eng standen die steilen Wände beieinander, und es war nicht abzusehen, welche Hindernisse in den Tiefen lauerten. Im Grunde schreckte schon der Eingang der Schlucht: Ein riesiger Steinblock war vor langer Zeit von der Felskante gebrochen und hatte gemeinsam mit kleineren Brocken eine natürliche Barriere geschaffen, durch die sich das Wasser viele Wege gesucht hatte.

Der Herr der Vögel setzte sich mit untergekreuzten Beinen auf den Boden und schloss die Augen, eine Pause nur, ein winziges Ausruhen, sonst würde er zusammenbrechen. Schon nach wenigen Minuten regulierte sich seine Atmung, und er rappelte sich so unvermittelt wieder auf, dass sich ein kleines Nagetier erschrocken davonmachte. Er kniete sich vor den großen Block, suchte und fand eine kleine Öffnung zwischen den Felsbrocken und zwängte sich hinein. Direkt dahinter weitete sich der Gang, so dass sich ein unverletzter Mensch im Vierfüßlergang fortbewegen konnte. Der gebrochene Arm des Sadhus verbot diese Haltung, und so rutschte und kroch er voran, keuchend vor Schmerz.

Kurz darauf gab der Fels ihn frei, und er fand sich am Grund der nachtschwarzen Schlucht wieder. Sofort knipste er seine Taschenlampe ein und stürmte weiter, ohne den tanzenden Schatten auf den glatt polierten Felswänden Beachtung zu schenken.

Er sah die taumelnde Gestalt schon von weitem und kniff die Augen zusammen, um besser erkennen zu können, wer sich näherte. Es musste ein Freund sein, denn niemand Fremdes hätte den Weg durch die Schlucht gefunden. Und doch kroch dem Pangje eine Gänsehaut über den Körper: Seine Vorahnung hatte ihn also nicht getrogen. Dieser Mensch dort unten in den Feldern brachte schlechte Nachrichten in sein friedliches Tal. Es konnte gar nicht anders sein. Im nächsten Moment verließ er den Vorplatz seines Hauses und verschmolz mit den Schatten des Dorfes. Trotz seines Humpelns erinnerten seine lautlosen und fließenden Bewegungen an die einer Katze. Schnell durchquerte er das Dorf und verbarg sich hinter dem Stamm einer zerzausten Weide. Der Eindringling war deutlich zu hören, sein Keuchen, sein Stöhnen, das Schlurfen seiner müden Füße über den Schotter. Der Pangje verließ seinen Lauscherposten, gerade rechtzeitig, um den Stürzenden aufzufangen.

»Beeil dich«, flüsterte der Herr der Vögel. Der Pangje spürte beinahe körperlich, wie viel Mühe dem anderen das Sprechen bereitete. »Achim ist auf dem Weg hierher. Verzeih mir ... Ich habe ihm sagen müssen, wer du bist und wo er dich finden kann.«

»O nein!« Der Pangje beugte sich dicht über Khagendras Gesicht. »Er hat dich geschlagen«, stellte er bestürzt fest.

Khagendra nickte matt. »Verzeih mir.«

»Natürlich. Ich habe immer befürchtet, dass er es eines Tages herausbekommen würde. Aber dass er sich an dir vergreifen würde ...«, zischte der Pangje mit mühsam beherrschtem Zorn.

»Das ist noch nicht alles. Er hat Dipendus Tochter Tara in seiner Gewalt. Und Anna«, presste der Sadhu hervor.

»Ich kenne das Sternenmädchen. Aber wer ist Anna?«, fragte der Schneeleopard verwundert und hüllte den zitternden Sadhu in seine Decke.

»Anna ist –« Ein Hustenanfall unterbrach den Herrn der Vögel. Als der Anfall vorüberging, suchte er den eisgrünen Blick des anderen und hielt ihn fest.

»Anna ist deine Tochter.«

Es dauerte keine Viertelstunde, bis sich alle Dorfbewohner beim Haus des Pangje versammelt hatten. Ihre Mienen versteinerten, als der Herr der Vögel ihnen von Achims Ankunft berichtete. Kurz darauf brach der Schneeleopard mit acht Männern auf. In grimmiger Stille schlüpften sie davon in Richtung der Schlucht, während sein ältester Sohn Dzangbu und zwei weitere Männer die Pferde des Dorfes über den längeren Höhenweg aus dem verborgenen Tal herausführten.

Die verbliebenen Dorfbewohner blickten ihnen stumm nach. Vor einundzwanzig Jahren war die Sache des Schneeleoparden auch zu der ihren geworden, und nun würde es endlich zu der lang erwarteten Konfrontation kommen. Das Böse hatte seine Deckung verlassen.

»Was war das?« Achim, der bisher auf dem Feldbett neben Tara geruht hatte, fuhr mit einem Ruck auf.

Tara lag stocksteif und lauschte ebenfalls. Es war nicht viel mehr als ein Windhauch gewesen, ein Schwirren und Schaben, doch die Nacht war so still, dass man den Flügelschlag eines Vögelchens gehört hätte. Da! Wieder drangen Geräusche durch die Nacht. Jemand schnaufte. Ein unterdrückter Aufschrei.

Und dann knallte ein Schuss, hallte von den Bergen wider, ein zweiter, ein dritter, ein Mensch schrie seinen Schmerz hinaus. Jemand brüllte einen Befehl, Männer stürzten sich aufeinander. Tara bäumte sich auf, versuchte zum Sitzen zu kommen, doch die Decke zwang sie zurück. Sie strampelte, schrie nun ebenfalls, wollte kein Treibholz in einem Strudel sein, wollte nicht machtlos und handlungsunfähig hier verrecken! Mit einem Ruck löste sich die Decke, und Tara schwang die gefesselten Beine auf den Boden, bevor Achim sie daran hindern konnte. Eine Pistole in der Rechten haltend, stand er mit dem Rücken zu ihr, und sie nutzte ihre Chance. Mit aller Kraft drückte sie sich vom Boden ab und stieß ihm den Kopf in den Rücken. Er strauchelte, konnte sich abfangen und wirbelte herum. Im nächsten Moment hatte er Tara niedergeworfen und drückte ihr den Pistolenlauf gegen die Brust.

»Du willst sterben?«, knurrte er. »Bitte, ich kann dir dabei helfen.« Seine Augen verengten sich zu Schlitzen.

Er hat gewonnen, dachte Tara. Am Ende gewinnt immer das Böse. Während um sie herum der Kampf tobte, laut, gewaltsam, bösartig, erfasste bodenlose Traurigkeit ihr Herz, schwemmte durch ihren Körper und ließ sie schlaff werden. Sie wollte so gern leben. Wollte die guten Zeiten anbrechen sehen in Raato Danda, Zeiten ohne Geheimnisse. Wollte Sapana in die Arme schließen, und Sarung. Mit einem leisen Klicken löste Achim die Sicherung der Pistole. Tara wartete ergeben auf den Knall.

Er kam nicht. Bevor Achim abdrücken konnte, riss einer der Kämpfenden die Zeltplane beiseite. Eine Stimme donnerte: »Lass das Mädchen in Ruhe!«

Achim fuhr auf.

Der Mann im Eingang hob sich schwarz gegen das kaltgraue Licht des gerade erwachenden Tages ab. Auch er hielt eine Waffe in den Händen, ein Gewehr, das direkt auf Achims Kopf zielte. »Steh auf.«

Achim erhob sich langsam, die Pistole noch immer auf Tara gerichtet.

»Wie immer stehst du auf der Verliererseite«, sagte er kalt. »Zauberei hilft dir jetzt nicht mehr weiter. Wenn du auf mich schießt, stirbt auch das Mädchen. Du weißt, dass ich nicht bluffe.«

»Das weiß ich«, sagte der Mann, ohne sich zu rühren.

»Dann lass die Waffe fallen, Sylvain.«

Das Echo der Schüsse brach sich an den Felsen, rollte durch die Täler und Rinnen und erreichte Kim wenige Sekunden später. Erst glaubte er an ein Gewitter, doch keine noch so kleine Wolke hob sich von der dunkelgrauen Leere des Morgenhimmels ab. Nur langsam begriff Kim, dass er den Nachhall eines Kampfes hörte. Der Sadhu hatte sein Versprechen eingelöst und Hilfe herbeigeholt. Kim fragte sich bange, was gerade geschah.

Schüsse bedeuteten Tod, Blut, Gewalt, etwas, was ihm das Leben bisher erspart hatte. Er schauderte. Trotz der gewaltsamen Befreiung von Sapana war ihm die ganze Situation bisher seltsam irreal erschienen, wie ein Alptraum, ein Missverständnis. Doch die Schüsse waren real. All dies passierte. Menschen starben. Und Anna schwebte in Lebensgefahr. Mit Tränen in den Augen stolperte er weiter, ließ sich von seinen Füßen leiten, wie der Herr der Vögel ihm geraten hatte, und fand sich wenig später an der Abbruchkante eines Tals wieder. Just in diesem Moment stieg die Sonne über die Berggipfel und übergoss die braun-gelbe Wüstenei mit brillantem Licht.
Kim blieb stehen und orientierte sich. Das Tal senkte sich sanft nach Osten ab, und der Boden sah begehbar aus. Jetzt, mit dem ausgetrockneten Wasserlauf, bildete der Talboden einen natürlichen Weg zum Haupttal und damit in die Sicherheit der Dörfer. Ob Anna hier entlanggekommen war? Ob sie dieselben Schlussfolgerungen gezogen hatte? Kim spähte das Tal hinab und verzweifelte einmal mehr daran, keinen Feldstecher mit sich zu führen. Seinem bloßen Auge präsentierte sich das Flusstal ohne Leben, doch sicher sein konnte er nicht. Meter für Meter tastete sich sein Blick an den Talwänden entlang. Eine bizarre Felsformation etwas bergauf fesselte seine Aufmerksamkeit. Die Erosion, die große Weltenbildhauerin, hatte die Felsen so lange geschliffen, bis sie einem Faltenwurf ähnelten.
Und dann sah er es.
Am Fuße des Faltenwurfs, oberhalb einer flachen Geröllhalde, leuchtete ein grellgelber Fleck.

»Ich erschieße sie«, wiederholte Achim. »Lass die Waffe fallen.«
Der Schneeleopard stand noch immer im Zelteingang und rührte sich nicht. Es war jetzt hell genug, dass Tara seine Züge erkennen konnte, seine Gletscheraugen, die ihr vor vielen Wochen im Rebellenlager so viel Angst eingejagt hatten. Sein Gewehrlauf

war noch immer auf Achim gerichtet, so wie dessen Pistole auf Tara. Tara wagte kaum zu atmen, während sich die beiden Männer hasserfüllt maßen. Wirf das Gewehr fort, wollte Tara schreien, doch gleichzeitig wusste sie, dass es nichts ändern würde. Achim würde sie töten, so oder so. Und der Schneeleopard wusste es ebenfalls.

Achim bewegte sich als Erster, und er war schnell. Tara heulte auf, als er sie unter der Achsel packte und hochriss. Er umklammerte ihre Taille und presste sie gegen sich, die Pistole bohrte sich in ihren Hals. Tara wand sich, doch ihre gefesselten Füße erlaubten keine Gegenwehr. Hilflos musste sie zulassen, dass Achim sie in Richtung des Zeltausgangs vor sich herschob, bis sie kaum eine Armlänge von dem Pangje entfernt stand und den verzweifelten und um Entschuldigung bittenden Ausdruck in seinen Augen erkannte.

Auch Achim bemerkte ihn.

»Du warst schon immer gefühlsduselig«, sagte er verächtlich. »Um zu überleben, braucht es Härte, aber davon verstehst du nichts. Und jetzt ist es zu spät.«

Einen Wimpernschlag zuvor hatte Tara befürchtet, der Schneeleopard würde zerbrechen, doch jetzt spannte sich sein Körper, kalte Wut spiegelte sich in den Gletscheraugen. Taras Herz setzte für einen Augenblick aus. Sie hatte einem sprungbereiten Waldleoparden gegenübergestanden, und sie erkannte die Ähnlichkeit. Der Pangje, der Schneeleopard! Es steckte Wahrheit in den Legenden.

»Es ist nicht zu spät«, sagte er, und in Taras Ohren klangen seine Worte wie Knurren. »Ich habe über dreißig Jahre auf diesen Moment gewartet.«

Achims Hand mit der Pistole schnellte vor, fort von Tara.

Der Schneeleopard reagierte sofort. Wie ein abgeschossener Pfeil, unheimlich still und tödlich, warf er sich auf Tara. Die Wucht des Aufpralls riss sie und Achim von den Füßen. Ein

Schuss löste sich mit ohrenbetäubender Lautstärke und riss ein Loch in die Zeltplane und den weiten Himmel darüber. Tara bekam einen Ellbogen in die Seite, einen Tritt in den Bauch, sie biss und schlug mit den gebundenen Fäusten um sich. Der Pangje und Achim stießen und hieben aufeinander ein. Ein weiterer Donnerschlag zerfetzte den Morgen.
Tara brüllte auf. Ihr war, als hätte ein Fausthieb ihren Körper getroffen, Feuer durchfloss sie. Ihre Welt schrumpfte zusammen. Das Zelt verschwand, die Pritsche, alles. Ihr Körper brannte, sie schrie, ohne sich selbst zu hören, und dann verließ sie selbst die Kraft zum Schreien. Als Letztes sah sie zwei Gletscherseen, unergründlich und doch tröstlich. Sie ließ sich fallen in die Umarmung des eisigen Wassers.

Er verlor einen Fäustling, scharfkantige Felsen zerschnitten ihm die Handflächen, die Hose zerriss, sein Kinn schürfte auf, Kim bemerkte es nicht. Unempfindlich für jeden Schmerz, angetrieben von seiner wahnwitzigen Hoffnung, kletterte, sprang, rutschte er die steile Böschung zum Talboden hinunter, prallte auf den Grund, riss sich auf die Füße und rannte, rannte auf den gelben Fleck zu. Noch hundert Meter, er strauchelte, noch sechzig, fünfzig, der Fleck entpuppte sich als ein Schlafsack, und dort, etwas entfernt, lag ein dunkles Bündel, ein Mensch? Seine Lungen brannten, er raste weiter. Entdeckte Annas dunkelbraunen Haarschopf, ihr starres, totenbleiches Gesicht unter dem gelben Schlafsack hervorlugen. Blutiger Schaum trocknete auf ihren Lippen.

In der Ferne brüllte eine Raubkatze.

56

MÄRZ 1970

Der Schneesturm wütete den ganzen Nachmittag und Abend und die halbe Nacht. Sylvain, Achim und Moon hatten kaum Zeit gehabt, das eiskalte Wasser des Milchsees zu verlassen, ihre Sachen zusammenzuklauben und zu dem einzig vorhandenen Unterstand, vielleicht zweihundert Meter von ihrem Badeplatz entfernt, zu eilen, als die Hölle über ihnen losbrach. Gleichermaßen verängstigt wie froh darüber, dass es überhaupt eine Schutzhütte gab, hatten sie sich in einem Winkel des fensterlosen Steinhäuschens aus ihren Bhakhus und Decken ein Lager gebaut und dem Heulen des Sturms gelauscht, der seine Kraft an den grob gefügten Steinwänden maß und Schneewehen in die türlose Eingangsöffnung häufte. Es wurde schlagartig bitterkalt, und sie kauerten wie Tiere dicht beieinander, um sich gegenseitig zu wärmen, bis sie endlich einer nach dem anderen in einen unruhigen, von lebhaften Träumen durchwebten Schlaf fielen. Irgendwann in der Mitte der Nacht ebbte der Zorn des Sturms ab, und Sylvain erwachte. Nachdem er sich orientiert hatte, schlüpfte er leise unter seinem Bhakhu hervor und ging zum Eingang.

Die vormals braungraue Welt war unter einem weißen Fell verschwunden, und aus dem Weiß starrte der See wie ein lidloses schwarzes Auge, den Blick in den Himmel gerichtet, an dem Millionen von Nadelstichen das dunkelblaue Firmament durchbohrten. Sylvain holte tief Luft. Niemals zuvor hatte er etwas zugleich so Großartiges wie Einschüchterndes gesehen. Er bemerkte, dass der See nicht schwarz war, nein, die Reflexionen

der Sterne sprenkelten seine stille Oberfläche wie den kostbarsten aller Teppiche, und eine Borte aus weißen Bergspitzen schmückte die nördliche Wasserkante, perfekte Abbilder der ihn überragenden Gipfel.
Am anderen Ufer rührte sich etwas. Sylvain fröstelte. Was schlich dort am Ufer entlang, kaum mehr als ein Schatten, der für einen Sekundenbruchteil durch sein Blickfeld geflossen war? Er kniff die Augen zusammen, doch obwohl sich jedes Wesen von dem Schnee hätte abheben müssen wie eine Tuschezeichnung von Papier, konnte er nichts erspähen. Kein Tier, keinen Menschen, keine Pflanze. Er blieb draußen stehen, bis seine Füße beinahe gefühllos geworden waren, dann zog er sich in den dürftigen Schutz der Steinhütte zurück und schlüpfte unter den Bhakhu. Kurz darauf war er eingeschlafen, und diesmal träumte er nicht.

Der nächste Morgen verlief schweigsam, als herrsche zwischen den drei jungen Männern ein stummes Übereinkommen, den Zauber nicht zu brechen, den reinen Schnee nicht zu beschmutzen. Während des kargen Frühstücks aus eiskaltem Seewasser, Winteräpfeln und Buchweizenkringeln erinnerte sich Sylvain an den Schemen am See. Sobald er zu Ende gegessen hatte, schlenderte er zur Wasserkante hinunter und setzte sich dann zum jenseitigen Ufer in Bewegung, das er nach etwa einer Viertelstunde erreichte. Er heftete die Augen auf den Schnee. Wenn er sich die Bewegung nicht eingebildet hatte und das Wesen aus Fleisch und Blut gewesen war, musste es Spuren hinterlassen haben. Langsam legte er etwa hundert Meter zurück und hatte die Hälfte seiner Runde um den See schon hinter sich, als einige dunkle, eine Linie bildende Punkte seine Aufmerksamkeit erregten.
Die Stapfen bildeten stark verwischte, beinahe zwei Hände große Mulden. Der lose Schnee war an den Rändern eingebrochen

und machte es unmöglich, Details zu erkennen, trotzdem glaubte Sylvain eine Ähnlichkeit mit Katzenspuren zu erkennen. Dem Abstand der einzelnen Spuren nach zu urteilen, war eine Katze von über einem Meter Körperlänge letzte Nacht am See gewesen. Unbehaglich blickte Sylvain über seine Schulter. Er kauerte völlig schutzlos und, insbesondere für die scharfen Augen einer Raubkatze, gut sichtbar auf einem weiten Schneefeld. Deckung gab es nicht, allerdings auch nicht für das Tier, wie er beruhigt feststellte. Mit neuem Mut begann er, der Spur zu folgen, die ihn zuerst zum Wasser führte, wo die Katze wahrscheinlich gesoffen hatte, und dann zurück über den Wall, der die Senke nach Süden hin abschloss und ein natürliches Becken für den See schuf. Hier hatte das Tier verharrt und – Sylvains Herz setzte für einen Schlag aus – war dann schnurstracks, immer die Deckung des Walls ausnutzend, zur Hütte gelaufen. Noch etwas fiel ihm auf, als er, immer schneller werdend, in der Fährte des Raubtiers lief und die Spuren zertrat: Die Spuren wirkten auf seltsame Art unregelmäßig. Sylvain hatte keine Erfahrung im Spurenlesen und hätte nicht zu sagen vermocht, welcher seiner Läufe verkrüppelt war, doch in einem war er sich sicher: Das Tier hinkte.
Etwa siebzig, achtzig Meter vor der Schutzhütte hatte sich die Katze hinter einem niedrigen Felsblock versteckt, wo der Schnee auf einem kissengroßen Fleck getaut und dann wieder überfroren war. Sylvain stellten sich die Nackenhaare auf. Das Raubtier musste lange an dieser Stelle auf der Lauer gelegen, ihn beobachtet haben, und er hatte es nicht bemerkt! Schwer atmend stützte er sich auf den Felsen und beobachtete nun seinerseits Achim und Moon, die beieinanderstanden und das Seeufer nach ihm absuchten. Siebzig Meter! Er keuchte. Wie viele Sekunden brauchte eine Raubkatze, um diese Distanz zu überbrücken? Fünf Sekunden? Weniger?
»Sylvain! Da bist du ja!« Achims Ruf verscheuchte seine Beklemmung. Er winkte ihm zu und verließ den Felsen.

Eine Stunde später standen Achim und Sylvain auf einem kleinen Felsvorsprung weit oberhalb des Milchsees. Trotz der Entfernung ließen sich die Spuren der Raubkatze deutlich erkennen, eine graue Linie auf dem weißen Schnee. Sylvain berichtete Achim von seinem Erlebnis der letzten Nacht und der Entdeckung des Morgens.
»Hast du das Tier denn gesehen?«, fragte Achim.
Sylvain schüttelte den Kopf. »Nein, nur die Spuren.«
»Wie unheimlich«, sagte Achim. »Es hätte dich töten können.«
»Vielleicht. Aber ich glaube es nicht.« Sylvain kratzte nachdenklich mit seinem Fuß im Schnee. »Du wirst es wahrscheinlich lächerlich finden, aber ich hatte letzte Nacht das Gefühl, unantastbar zu sein. Ich war eins mit den Bergen, habe mich wirklich als Teil der Schöpfung begriffen. Es war, als hätten die Götter der Berge mich geschützt.«
»Die Götter der Berge?« Achim schüttelte verständnislos den Kopf. »Jetzt mach aber einen Punkt. Du hast einfach nur Glück gehabt, dass die Katze satt war.«
»Die Nacht war magisch«, beharrte Sylvain. »Du bist wirklich ein furchtbarer Realist.«
»Und du ein unverbesserlicher Träumer. Komm endlich in der Wirklichkeit an«, sagte Achim scharf, dann drehte er sich um und setzte seinen Aufstieg fort.
Sylvain folgte ihm mit einem beklommenen Gefühl. Ihre Meinungsverschiedenheit war nur eine Bagatelle gewesen, doch es stand seit einiger Zeit nicht zum Besten zwischen Achim und ihm. Im Laufe der Wanderung war es immer wieder zu Auseinandersetzungen gekommen, meist wegen Nichtigkeiten, und Sylvain fragte sich mittlerweile, was ihre Freundschaft wert war. In Kathmandu hatte er an sie geglaubt. Achim war nach anfänglichen Differenzen zu seinem Vertrauten geworden, doch je weiter sie sich von Kathmandu und damit auch von Babsi entfernten, desto mürrischer und aggressiver gab sich Achim. Sylvain

konnte ihm nichts recht machen, und er vermutete den Grund in der noch immer schwelenden Eifersucht, auch wenn Achim sie gut kaschierte. So gut, dass Sylvain zwischenzeitlich geglaubt hatte, die Sache wäre ein für alle Mal bereinigt. Er hatte sich getäuscht – der Stachel saß nach wie vor tief in Achims Fleisch. Aber ist das wirklich mein Problem? Trifft mich irgendeine Schuld? Nein, dachte Sylvain trotzig, Babsi hatte sich entschieden, für mich, gegen Achim. Sie ist nicht verliebt in ihn und war es auch nie. In Wahrheit ist er ein viel zu grober Klotz für sie.

Gegen Mittag erreichten sie einen gefährlich aussehenden Erdrutsch. Sylvain drängte zur Umkehr, während Moon und Achim weitergehen wollten. Eine heftige Diskussion entbrannte, die Achim damit beendete, indem er einfach auf den Erdrutsch kletterte und seine Ohren gegen Sylvains Argumente verschloss. Moon folgte Achim fast augenblicklich, so wie er ihm seit Monaten folgte, und auch Sylvain schluckte schließlich seinen Ärger über Achims Unvernunft herunter und wagte sich auf die steile Halde.

Die Klettertour auf dem unsicheren Grund erwies sich als lebensgefährliche Herausforderung. Jeder Schritt musste vorsichtig ertastet, jeder Stein auf seine Festigkeit geprüft werden. Trotz seiner Vorsicht verlor Sylvain mehrmals den Halt und konnte sich nur knapp vor einem tödlichen Sturz bewahren.

Er war stinksauer, als er sich endlich auf einen Felssims in der Mitte des Erdrutsches hievte, auf dem sich Moon und Achim für eine Pause einrichteten.

»Na, hast du es endlich geschafft? Die Berge sind wohl etwas zu viel für unseren verzärtelten Franzosen.«

Die anstrengende Überquerung des Erdrutsches hatte Sylvains Nerven zerfranst, und Achims unverblümte Verachtung brachte das Fass zum Überlaufen. »Arschloch!«, schrie er mit

überschnappender Stimme. »Mit deinem Neandertalergehabe bringst du uns alle in Gefahr!«
»Neandertalergehabe?« Achim sprang auf. »So einen Scheiß brauche ich mir nicht anzuhören. *Du* bist es, der es nicht bringt. Du bist kein Mann, sondern ein Angsthase und Schwächling.«
»Ich ein Schwächling? Wohl kaum, sonst stünde ich nämlich nicht hier. Aber klar, für deinen beschränkten Horizont muss ich natürlich wie ein Schwächling wirken. Ihr Proleten baut ja eher auf eure Muskeln als auf euren Kopf.« Sylvain ging es nur noch darum, Achim zu beleidigen, und er kannte seinen wunden Punkt: Achims Minderwertigkeitsgefühle gegenüber den anderen Hippies, die zum größten Teil aus bürgerlichen Verhältnissen stammten und ihn in Diskussionen regelmäßig abblitzen ließen. »Ein bisschen Nachdenken, bevor du mit dem Kopf durch die Wand gehst, wäre vielleicht ganz angebracht. Aber Denken ist ja nicht deine Stärke. Du hast schließlich nicht einmal die Schule geschafft. Glaubst du, mit so einem mag sich Babsi abgeben?« Sylvain hatte sich derart in seine Wut hineingesteigert, dass er die Kälte in Achims Blick erst bemerkte, als es zu spät war.
»Nun«, sagte Achim lauernd, als Sylvain seine Tirade beendet hatte, »du meinst also, Babsi will mich nicht, weil ich blöd bin? Interessant. Dabei scheint sie von deinen Vorzügen auch nicht sonderlich beeindruckt zu sein.«
»Was willst du damit sagen?«, fragte Sylvain scharf, aber endlich auf der Hut.
»Ich will damit sagen, dass sie ziemlich angetan von mir war, wenn wir gevögelt haben.«
Sylvain blieb die Luft weg. »Ihr habt –?«, keuchte er.
»Aber natürlich. Du hast sie wohl gelangweilt, und da hat sie bei dem Trost gesucht, der sie wirklich versteht: bei mir.«
Sylvain sah rot. Wie eine gereizte Raubkatze ging er auf Achim los, schlug in blinder Raserei auf ihn ein, doch der andere war

ihm körperlich überlegen. Sylvain teilte aus, aber mehr noch steckte er ein. Achim versetzte ihm einen heftigen Stoß vor die Brust. Sylvain trat ins Leere, verlor das Gleichgewicht und rutschte über die Kante. Panisch suchte er nach einem Halt, fand ihn und fing seinen Sturz ab, doch nun baumelte er über dem Abgrund, unter sich den todbringenden Erdrutsch, über sich Achims zu einer hämischen Grimasse gefrorenes Gesicht.

»Hilf mir!«

Achim ging in die Hocke, streckte seinen Arm aus und tätschelte Sylvains Hände.

»Halt mich. Bitte!«

Achim zog seinen Arm wieder zurück. »Warum sollte ich?«, fragte er. »Du stehst mir im Weg, und eine elegantere Lösung für das Problem lässt sich nun wirklich nicht finden. Du hast es doch selbst gesagt: Wir sind blöde Ausländer und haben die Gefahren der Berge unterschätzt. Ein bedauerlicher Unfall, nicht mehr, nicht weniger.«

In diesem Moment begriff Sylvain, und seine Verzweiflung steigerte sich ins Unermessliche. Er würde sterben, hier, in dieser menschenleeren Wildnis. Achim ließ ihn eiskalt abstürzen. Schon verließen ihn die Kräfte, es war nur noch eine Frage von Sekunden, bis sich seine kälteklammen Finger von dem Vorsprung lösten.

In diesem Moment packte Moon sein Handgelenk. Der Nepalese lag auf dem Bauch, mit kreidebleichem, vor Angst verzerrtem Gesicht, und zog. Neue Hoffnung durchflutete Sylvain. Er strampelte und versuchte einen Halt für seine Füße zu finden, vergeblich.

Achims Stimme donnerte durch die klare Luft: »Lass ihn los!«

»Nein!« Sylvain schrie seine Todesangst hinaus. Moon verdoppelte seine Anstrengung. Plötzlich stöhnte er auf. Und ließ los.

Sylvain schrie noch immer, als er auf den Abhang prallte. Ein

Schmerz, so stark, wie er es nicht für möglich gehalten hatte, schoss durch seinen Kopf und Körper, und dann spürte er nichts mehr.

Etwas Weiches in seinem Gesicht, unter seinen Händen, Wärme, wo zuvor Kälte geherrscht hatte, dann nichts. Augen, grün und unergründlich. Er schwamm in einem Meer aus Feuer. Schmerzen, scharf und gleißend, dann dumpf, dann nichts. Stimmen, Gesichter, nichts. Er strampelte, suchte Halt, krallte, zerrte sich nach oben, er wollte nicht sterben, nicht jetzt, noch nicht!

Er schlug um sich, fiel und prallte auf die Erde.

Und erwachte.

Ein Lachen empfing ihn in der Welt der Lebenden. Das Lachen seiner zukünftigen Frau.

Aber das ahnte er zu diesem Zeitpunkt nicht.

Jampa hatte den kreisenden Schneegeier schon lange bemerkt, bevor sie den Erdrutsch erreichten. Neugierig hatte sie immer wieder die schneebedeckten Hänge abgesucht, um zu sehen, was den Geier angelockt haben mochte, und so erspähte sie als Erste Sylvains knallrote Mütze. Ohne einen Moment zu zögern, kletterten Jampa und zwei ihrer Begleiter, Namka und Dadul, zu dem Bündel am Fuße des Erdrutsches hinunter. Es war gefährlich, doch sie alle hatten schon weitaus gefährlichere Situationen gemeistert. Seit ihrer Pilgerreise zum Kloster von Sama Gaon fühlten sie sich ohnehin unverletzlich.

Etwa zwanzig Meter von dem Abgestürzten entfernt stockte Jampa der Atem. Mit einer Handbewegung hielt sie die Männer auf.

»Seht nur. Die Spuren. Was ist dort passiert?« Obwohl das Klettern sie erhitzt hatte, spürte Jampa einen kalten Schauder über ihren Körper jagen. Niemals zuvor hatte sie derartige Spuren

gesehen. Auch Namka und Dadul starrten ratlos auf das Schneefeld vor ihnen.
Nach den Abdrücken zu urteilen, hatte sich ein Schneeleopard mit verkrüppelter linker Hinterpfote dem Abgestürzten genähert, ihn einmal umkreist und sich dann neben ihm niedergelassen. Eine tiefe Mulde neben dem reglosen Körper ließ darauf schließen, dass sich das Tier lange dort aufgehalten hatte. Am meisten beunruhigte die drei jungen Menschen jedoch das Fehlen von fortführenden Spuren. Der Pangje war gekommen, aber niemals wieder gegangen.
»Wo ist er?«, flüsterte Jampa. »Meint ihr, er ist der Mann? Ist er einer von jenen, die sich verwandeln?«
»Ich glaube, schon«, antwortete Namka ebenso leise. »Wo sonst sollte der Pangje nun sein, wenn nicht im Körper des Mannes?«
»Und was tun wir jetzt?« Die drei sahen sich an, Ehrfurcht spiegelte sich in ihren Mienen. Schließlich brach Dadul den Bann. »Gleichgültig, ob Mensch oder Schneeleopard, wenn er noch lebt, müssen wir ihm helfen.«
Der Mann war dem Tod näher als dem Leben, doch sie scheuten keine Mühe, ihn zu retten. Ihre Pilgergruppe umfasste drei Frauen und sieben Männer, und so wechselten sie sich ab, ihn zu tragen, bis sie ins nächste Dorf kamen, wo sie eine Kiepe erstanden, ihn daraufbanden und weitereilten, Tag um Tag, Nacht um Nacht. Der seltsam hellhäutige Mann schwebte noch immer im Zwischenreich. In Dharapani, schon auf dem Weg zum Thorung-La, fanden sie einen Schamanen und Heilkundigen, der dem Mann die erfrorenen Zehen des linken Fußes amputierte. An jenem Abend öffnete er zum ersten Mal die Augen. Hellgrüne Augen.
Schneeleopardenaugen.
Mit größtem Respekt kümmerten sie sich um den nach wie vor meist besinnungslosen Mann und brachten ihn in ihr Dorf.

Jampa übernahm die Pflege. Auch wenn sie ihr Leben lang davon überzeugt bleiben würde, dass sich ihr Gatte nach Belieben in das Phantom der Berge verwandeln konnte, entwickelte sie vor allem Interesse an seiner menschlichen Erscheinung. Niemand wunderte sich oder erhob Einspruch, als sie eines Tages verkündete, dass sie ihn, der schon lange kein Fremder mehr war, heiraten würde.

Sylvain wusste nichts von ihren Plänen, denn noch beherrschte er ihre Sprache nicht. Wohl bemerkte er Jampas Blicke, manchmal herzlich oder nachdenklich, wohl auch spöttisch, aber immer voller Wärme, doch er deutete die Zeichen falsch. Er hatte eine Freundin, wollte keine andere als Babsi, und sehnte den Tag herbei, an dem er zu ihr zurückkehren konnte. Die Vorstellung, dass sie ihn für tot hielt, war ihm unerträglich, die Qualen, die ihm den Schlaf raubten, nahmen sich banal aus gegen jene, die sie durchleiden musste. Seine Versuche, einen Boten nach Kathmandu zu senden, scheiterten an der Sprachbarriere, und er selbst würde Monate brauchen, bis er wieder weit genug hergestellt war, sich den Strapazen eines langen Fußmarsches auszusetzen. Er saß fest, ein Gefangener in einem Dorf, in dem ihm nichts als Freundlichkeit entgegenschlug.

Es dauerte über ein Jahr, bis er wieder gehen konnte. Gehen? Humpeln eher, ein mühsames, langsames Humpeln war ihm geblieben, wo er vorher auf zwei gesunden Füßen die Welt erobert hatte. Er kämpfte, erweiterte jeden Tag den Radius um sein Refugium, bis er endlich die Grenzen des Dorfes überschreiten und das Tal erkunden konnte. Jampa feuerte ihn an, die einhundertacht Zöpfe ihrer Haartracht wirbelten um ihr rundes Gesicht, und die schmalen Lider schluckten ihre Augen, so sehr lachte sie, wenn er sich tapsig über die Stufen quälte, die statt Gassen die Häuser miteinander verbanden. Er war ihr nie böse.

Die Zeit tat ihre Wirkung. Noch zermürbten ihn die Nächte, in denen ihn die Sehnsucht nach Babsi und düstere Rachegedanken quälten. Nie würde er Achims Gesicht vergessen, als dieser ihm beinahe beiläufig erklärt hatte, warum er nun sterben musste, nie seine Todesangst.

Doch die Tage wurden lichter, und bald fühlte er sich in dem engen Tal zwischen den gelben Bergen unter einem immer blauen Himmel zu Hause. Er genoss es, sich mit eiskaltem Wasser zu waschen, und gewöhnte sich an die eintönige Kost aus Buchweizenfladen und gesalzenem Buttertee. Das Leben war hart, aber unkompliziert, und als Sylvains Kräfte wuchsen, machte er sich nützlich, erst im Haus, später auch auf den Feldern. Die wenigen Bewohner des Dorfes, es mochten etwa einhundertfünfzig Menschen sein, nahmen ihn mit offenen Armen auf. Sie gaben ihm dicke Hosen und Hemden aus handgesponnener Wolle, und für den Winter schenkte ihm seine zukünftige Frau einen Chuba genannten Wickelmantel, der ihn ein Leben lang wärmen würde. Sein Gesicht und seine Hände wurden dunkler, und erste Falten gruben sich in sein junges Gesicht, seine langen Haare verfilzten, und bald verrieten nur seine hellen Augen, dass er nicht aus Mustang stammte. Sie nannten ihn den Pangje. Er nahm seinen neuen Namen mit Freuden an. Er war angekommen. Und obwohl er immer wieder die Bilder von seiner glücklichen Zeit mit Babsi heraufbeschwor, schmerzten ihn die Gedanken an sie weniger und weniger, bis sie schließlich, beinahe unmerklich, zu einer bittersüßen Erinnerung verschwammen.

Und dann, es mochten beinahe anderthalb Jahre vergangen sein, traf es ihn wie ein Schlag: Er hatte mehrere Tage hintereinander nicht an Babsi gedacht. Es war eine furchtbare Erkenntnis. Gebeutelt von Scham und Schuldgefühlen, haderte er mit sich selbst. Verraten, er hatte Babsi verraten! Sie hatte ihm ihr Leben anvertrauen wollen, und er warf es einfach fort. Jede

Minute mit Babsi rief er sich ins Gedächtnis zurück, und jede einzelne erschien ihm kostbarer als ein Diamant. Er schwor sich, zu ihr zurückzukehren, wenn nötig auf allen vieren zu ihr zu kriechen – bis ihn im nächsten Moment der Gedanke überfiel, dass sie vielleicht schon fort war, einen anderen hatte. Vielleicht hatte sogar Achim seinen Platz eingenommen, wie konnte es anders sein, er, Sylvain, war doch tot!

Tot. Sylvain sackte zusammen. Sterben, das war die Lösung. Die Welt hatte sein Grab doch schon ausgehoben, er brauchte sich nur noch hineinzulegen.

Nach fünf Tagen, in denen er weder gegessen noch getrunken hatte, zwang Jampa ihn erneut liebevoll ins Leben zurück. Sylvain war kaum noch Herr seiner Sinne, doch immer, wenn die Schleier zerrissen, traf ihn ihr ebenso mitleidiger wie verständnisvoller Blick. Obwohl er Babsi niemals erwähnt hatte, schien sie zu ahnen, welche Dämonen ihn folterten.

Als er erwachte, kauerte Jampa neben seinem Lager, und ihm war, als erlebte er ein Déjà-vu, doch diesmal war er nicht zur Sprachlosigkeit verdammt. Stockend erst, dann mit immer größerer Dringlichkeit, erzählte er ihr von dem, was ihn bedrückte, von Babsi und seinen immer diffuser werdenden Gefühlen für sie, von seiner Verwirrung und seiner Todessehnsucht.

Sie verstand. Sie gab ihm alle Zeit der Welt. Und während seine Liebe zu Babsi verblasste, wuchs seine Zuneigung zu Jampa, bis schließlich Liebe daraus wurde, doch er behielt es für sich. Denn auch nach jenen Tagen voller Zweifel und Selbsthass gelang es ihm nicht, mit sich ins Reine zu kommen. Zu stark war die Erinnerung an ihren Abschied, an Babsis Angst, er könne sie alleinlassen in einer bedrohlichen Welt. Noch immer verfolgte ihn Babsis trauriges Gesicht bis in den Schlaf, und eines Tages, zwei Jahre nach seiner Rettung, als sein Humpeln bereits einem geschmeidigeren Gang gewichen war, beschloss er, nach Kathmandu zu wandern und nach ihr zu suchen. Bevor er sich auf sein neues Leben einlassen konnte, musste er ein für alle Mal mit dem alten abschließen.

Kathmandu mit seinem Lärm, seiner schlechten Luft und seiner Enge erschien ihm primitiver als sein Dorf. Nach nur zwei Tagen wusste der Mann, der nun der Pangje genannt wurde, dass er nichts mehr in der Stadt verloren hatte, geschweige denn in Paris oder dem Rest der Welt. Er sehnte sich zurück nach den dunklen, kerzenerleuchteten Nächten, wenn alle zusammenrückten und Zeit zum Geschichtenerzählen hatten, zum Lachen, zum Mitfühlen und Mitleiden.

Er mischte sich unter die Hippies und versuchte, etwas über den Verbleib von Babsi, Pieter und Achim zu erfahren, doch niemand konnte sich an sie erinnern. Zu viel Zeit war vergangen, die Hippies von damals hatten sich in alle Winde zerstreut. Sollte er versuchen, Babsi in Deutschland ausfindig zu machen? Mehrere Tage haderte der Pangje mit dem Für und Wider, unterließ es dann jedoch. Babsi hatte Nepal verlassen, weil sie ihn für tot hielt. Sicher hatte sie in der Zwischenzeit einen anderen Mann kennengelernt, und es wäre sinnlos und egoistisch, ihr Leben erneut durcheinanderzuwirbeln. Während er in einem Restaurant dem Geschwätz der westlichen Besucher lauschte, erkannte der Pangje plötzlich mit überwältigender Klarheit, dass ihn Babsis Welt nicht mehr interessierte. Er würde in Nepal leben. Er würde Jampa heiraten.

Er blieb trotzdem zwei Wochen in Kathmandu, zu viel war zu erledigen. Seine Eltern waren verunglückt, bevor er die Schule beendet hatte, und nun musste er einen Weg finden, von Nepal aus Zugang zu seiner nicht unerheblichen Erbschaft zu bekommen. Er selbst benötigte kaum noch Geld, wollte es jedoch zum Wohl des Dorfes einsetzen. Eine Schule brauchten sie, einen Lehrer. Vielleicht konnte er einen Arzt dazu bewegen, hin und wieder auch diese entlegene Region aufzusuchen, und vielleicht

würden sie eine Wasserleitung verlegen. Strom? Ein kleines Wasserkraftwerk? Nein, vorerst nicht. Der Pangje wollte mit dem Geld haushalten und es nur vorsichtig einsetzen.
Er verbrachte mehrere Tage in der Bank und verwandelte sich dafür wieder in Sylvain zurück, doch sobald er am Abend in sein Hotelzimmer kam, streifte er die moderne Kleidung ab und hüllte sich in die Tracht seines Dorfes.
Dann, eines Abends, fand er Mauro. Er lag in einem Hauseingang, drogenabhängig, ausgemergelt und lebensmüde, und bettelte um Geld. Der Pangje, angewidert von der verkommenen Erscheinung, war schon an ihm vorbeigegangen, als er plötzlich stutzte. Da war etwas Vertrautes gewesen, eine Bewegung, eine Geste, etwas in der Stimme des Bettlers … Er kauerte sich neben den apathischen jungen Mann, nahm ihn näher in Augenschein und erkannte mit einem Mal unter all dem Schmutz den Sohn seiner Tante und ihres italienischen Mannes. Seinen besten Freund aus Studentenzeiten, der ihn nach Nepal begleiten wollte und sich dann doch anders entschieden hatte. Entsetzt rüttelte er ihn am Arm, kämpfte um seine Aufmerksamkeit. Irgendwann flackerte Freude in Mauros tabakbraunen Augen auf.
»Sylvain«, flüsterte er. »Bin ich im Totenreich?«
Er nahm ihn mit in die Berge. Jampa kümmerte sich um Mauro, und nachdem er einigermaßen wiederhergestellt war, feierten der Pangje und Jampa Hochzeit. Der Pangje erfuhr, dass Mauro tatsächlich mit Marten in Poona gewesen war. Es hatte ihm gut gefallen, doch nach einem Jahr überwog seine Abenteuerlust das kontemplative Miteinander im Aschram, außerdem hatte er Sehnsucht nach Sylvain. Einen Monat später erreichte er Kathmandu, aber er kam zu spät. In der Hippiegemeinde kursierten die Gerüchte über Sylvains tödlichen Unfall, doch Genaueres wusste niemand. Bärbel und Pieter waren längst fort, und auch Achim hatte die Stadt einige Monate zu-

vor verlassen. Mauro war in Kathmandu geblieben, wo sollte er auch hin? In seiner Trauer um den verlorenen Cousin und Freund rauchte er immer mehr, nahm LSD und betäubte sich schließlich mit Heroin. Als der Pangje ihn fand, war er ganz unten angekommen.

Mauro blieb ein Jahr, doch dann wurde er unruhig. Ihm gefielen das Dorf und seine Menschen, doch er hatte seine Bestimmung noch nicht gefunden. An einem außergewöhnlich warmen Tag im April packte er seine wenigen Habseligkeiten in eine gewebte Tasche und ging wieder hinaus in die Welt. Zweieinhalb Jahre später kehrte er zurück, in der traditionellen gelben Robe der hinduistischen Wanderasketen. Er nannte sich nun Khagendra. Von da an verbrachte er jeden Frühling im Dorf, und seine Freundschaft mit dem Pangje bekam eine Tiefe und Verbundenheit, die sie in Paris nie erreicht hatte. Sie wurden älter, weiser, ruhiger, und selbst der schwelende Hass des Schneeleoparden auf Achim erkaltete zu einem kaum wahrnehmbaren Glimmen. Er und Jampa waren Eltern von zwei Söhnen und einer Tochter – ihm fehlte nichts zu seinem Glück.

Dann kam jener Tag im Januar 1983, der alles veränderte.

57

JANUAR 1983

Dem Pangje, seiner Frau Jampa, ihrem ältesten Sohn, dem neun Jahre alten Dzangbu, und acht weiteren Bewohnern ihres Dorfes stand das Glück ins Gesicht geschrieben. Bereits zum dritten Mal, seit sie vor dreizehn Jahren den Pangje gefunden hatten, waren sie zur Sama Gompa gepilgert, und die ebenso mühselige wie erhebende Reise hatte ihre Lebensfreude geschürt. Hinzu kam, dass sie die beiden Söhne des Dorfes, die in dem weit von ihrer Heimat entfernten Kloster als Mönche dienten, bei bester Gesundheit vorgefunden hatten. Doch nun freuten sie sich auf ihr Dorf und ihre Lieben, von denen sie nur noch wenige Tagesreisen trennten.

Sie hatten die Nacht in einem Gasthaus in Manang verbracht und rüsteten noch vor Sonnenaufgang zum Aufbruch. In Windeseile fingen sie die Pferde ein und schnürten die Lasten auf ihre Rücken. Kurz darauf verließ die kleine Karawane lachend und scherzend den Ort. Der Pangje und sein Freund Namka schritten in einem stetigen Tempo voran, jeder ein Pferd am Zügel hinter sich führend. Dzangbu thronte auf dem Pferd seines Vaters und zappelte vor Ungeduld. Bald konnte er wieder mit seinen Freunden durchs Dorf toben!

Stunde um Stunde stiegen sie bergan, und nur selten begegneten sie anderen Menschen. Der Pfad führte sie an steilen Geröllabhängen entlang, über Erdrutsche und in immer enger werdende Schluchten, in denen ein falscher Tritt den sicheren Tod bedeutet hätte. Einmal sahen sie in der Ferne einige Bharals, wilde Hochgebirgsziegen mit phantastisch geformten

Hörnern, doch schnell wie ein Spuk verschwanden sie wieder. Über ihnen türmte sich der Rücken des Muktinath Himal. Mit seinen dunkelgrauen Zacken wirkte er wie das Bollwerk einer Götterburg, einschüchternd, düster und verboten.

»Du humpelst wieder stärker«, bemerkte Namka.

»Der Fuß schmerzt, wenn die Kälte kommt. Die lange Wanderung hat natürlich auch ihren Teil dazu beigetragen.«

»Da magst du recht haben. Ich spüre meine Knie.« Namka brach in Gelächter aus. »Wir werden alt, Pangje. Bald brauchen wir Gehstöcke.«

»Alt? Ich hoffe, das Alter lässt uns noch zwanzig Winter in Ruhe. Zwanzig? Ach was, dreißig Winter. Ich fühle mich gesund und stark. Da!« Der Pangje beschleunigte seine Schritte und zog das Pferd hinter sich her. Er brauche nichts zu beweisen, rief Namka ihm, immer noch lachend, hinterher, doch der Pangje lief einfach weiter. Er verspürte plötzlich das Bedürfnis, unvernünftig zu sein und seine Kräfte sinnlos zu vergeuden. Dzangbu jubelte und trieb das Pferd an, doch bereits nach kaum zweihundert Metern forderte die dünne Luft ihren Tribut. Der Pangje unterbrach seinen wilden Lauf und blieb schwer atmend neben dem nicht minder erschöpften Tier stehen. Es dauerte nur einen kurzen Moment, dann richtete er sich auf, winkte seinen Freunden zu und setzte sich in angemessenem Tempo wieder in Bewegung. Es tat gut, mit seinem Sohn allein zu sein, die anderen würden sie ohnehin bald eingeholt haben. Gutgelaunt bogen sie um eine Felskante.

Sie liefen direkt in sie hinein. Die sechs Männer kauerten auf einer ebenen Schotterfläche zwischen hohen Felswänden und waren so in ihr Tun vertieft, dass sie ihn, Dzangbu und das Pferd erst bemerkten, als sie quasi schon zwischen ihnen standen. Dann jedoch sprangen die Männer aufgeregt schreiend hoch, und ein Lidzwinkern später blickte der Pangje in zwei auf ihn gerichtete Gewehrläufe. Entsetzt wich er zurück, wollte fliehen, doch sein Pferd versperrte ihm den Rückweg. Dzangbu kreischte vor Angst, Stimmen flogen durcheinander, bis einer der Männer die Aufregung übertönte.

»Was machst du hier?« Der Fragesteller, ein kräftiger Mann, musste trotz seiner Jugend der Anführer sein. Sein glattes, nichtssagendes Gesicht verriet keine Regung, aber der Pangje hatte genug gehört. Der Mann sprach das Nepalesisch der tieferen Regionen. Er gehörte nicht hierher.

Dem Pangje pochte das Blut in den Ohren, aber er hatte sich im Griff. »Dieselbe Frage könnte ich dir stellen«, sagte er ruhig.

»Das geht dich nichts an«, sagte der Mann barsch. »Seid ihr allein?«

»Ja.«

»Dann verschwindet und vergesst, was ihr gesehen habt.«

Ohne ein weiteres Wort ergriff der Pangje die Zügel seines Pferds und wandte sich zum Gehen. Er musste seine Leute warnen. Die Männer wirkten zu allem bereit.

In diesem Moment trat Namka hinter dem Felsvorsprung hervor.

»Was –«, hob er an. Ein Schuss schnitt ihm das Wort ab.

Der Pangje wirbelte herum. Mit einer einzigen fließenden Bewegung entriss er dem Mann das Gewehr und schleuderte es über den Pfad hinaus in den Abgrund. Sofort griffen die anderen Männer an. Aus dem Augenwinkel sah er noch, wie sich seine Gefährten ihrerseits auf die Fremden stürzten, dann ging alles in einem Wirbel aus Schlägen und Tritten und blitzenden Messern unter. Weitere Schüsse knallten, Menschen schrien, und plötzlich war alles vorbei.

Fassungslos vor Entsetzen stand der Pangje inmitten des Schlachtfeldes. Direkt vor seinen Füßen lag Namka, seine gebrochenen Augen in den Himmel gerichtet, die Miene für immer erstarrt zu einer Maske des Erstaunens. Die erste Kugel des Kampfes hatte ihn in die Brust getroffen. Neben ihm krümmte

sich sein Mörder, aus mehreren Messerwunden blutend, die Hand noch immer um sein Gewehr gekrampft. Der Pangje trat zu ihm und entriss ihm die Waffe.
Und dann sah er Jampa.
Sie lag bäuchlings auf der Erde, Arme und Beine weit von sich gestreckt. Völlig von Sinnen stürzte der Pangje zu ihr, brach in die Knie, horchte in der tödlichen Stille auf ihre Atemzüge, doch vergeblich. Eine kleine, reglose Hand ragte unter ihrem Körper hervor. Mit fliegender Hast hob der Pangje ihn an und fand Dzangbu, wachsbleich, mit geschlossenen Augen.
Der Schrei, der sich aus seiner Brust Bahn brach, war nicht menschlich. Schrill und gequält flog er in den Himmel, echote von den Felsen und füllte die Welt. Er riss die Überlebenden aus ihrer Starre, bis einer nach dem anderen einstimmte und die Berge von Trauer und Verzweiflung widerhallten.

Dzangbu kam wenige Minuten später wieder zu sich. Noch wusste er nicht, dass der Hieb eines Gewehrkolbens den Kopf seiner Mutter zertrümmert hatte, als sie sich schützend über ihn warf. Der Pangje hielt seinen zitternden Sohn im Arm und wiegte ihn. Tränen rannen ihm über die Wangen und durchnässten seinen Mantelkragen.
Irgendwann hockte sich Dölkar neben ihn. »Gib mir das Kind«, sagte sie sanft. »Geh zu den anderen und sieh, was sie gefunden haben. Es ist wichtig.«
Fast alle aus der Gruppe hatten im Kampf Verletzungen davongetragen, jedoch keine schweren, und so hatten sie sich das zurückgelassene Gepäck der geflüchteten Männer angesehen, um herauszufinden, warum sie zum Morden bereit gewesen waren. Was sie entdeckten, verstörte sie zutiefst.
Sie hatten einen Kreis gebildet, zu dem der Pangje nun stieß. Im Mittelpunkt des Kreises lag eine tote Schneeleopardin. Sie war nicht erschossen worden, sondern vergiftet, um ihren prächti-

gen grau-weißen Pelz nicht zu versehren. Der Pangje hatte die Männer überrascht, als sie gerade dabei waren, dem Tier das Fell abzuziehen. Neben dem grässlich anzusehenden Kadaver der Leopardin lag ihr Junges. Der Atem des Leopardenkindes war flach, wahrscheinlich hatten die Wilderer es betäubt. Der Pangje schätzte den jungen Schneeleoparden auf etwa vier Monate. Er war bereits ziemlich groß und schwer, aber der Pangje wusste, dass er noch mindestens bis zum nächsten Sommer bei der Mutter hätte bleiben müssen, um alles Notwendige für das Überleben in den unwirtlichen Höhen der Berge zu lernen.

Plötzlich kniete sich Dadul neben die Leopardin und hob ihren linken Hinterlauf an. »Seht nur!«

Die Pranke war völlig verkrüppelt. Alle Zehen fehlten, als seien sie abgebissen worden – oder von einer Tellerfalle abgetrennt. Sprachlos starrten die Menschen auf die alte Verletzung und dann auf den Pangje.

»Sie ist es. Diese Leopardin hat dir damals das Leben gerettet«, flüsterte Dadul schließlich.

Alles drehte sich. Der Pangje taumelte, und hätten ihn nicht zwei seiner Freunde unter den Achseln gepackt, wäre er zu Boden gestürzt. Alle, denen er sein Leben verdankte, waren tot: seine Frau, sein Freund, die Leopardin. Die Schrecken des Tages nahmen kein Ende.

Sie verließen den Platz der Katastrophe noch am selben Tag. Die Leichen Jampas und Namkas wickelten sie in Decken und banden sie auf zwei der Pferde, ebenso das noch immer bewusstlose Schneeleopardenmädchen. Auch das Fell des Muttertiers trugen sie mit sich, damit es nicht in die Hände der Wilderer fiel. In ihren Herzen herrschte unermessliche Trauer, doch schon jetzt züngelten die Flammen des Hasses und der Rache, die sich erst in vielen Monaten einen gleichberechtigten Platz neben der Trauer erobern würden.

Jahre vergingen. Die seelischen Wunden verheilten nie, weder beim Pangje noch bei den anderen Dorfbewohnern. Mit Jampa und Namka waren nicht nur Frau und Freund, sondern Tochter, Mutter und Tante, Sohn, Ehemann und Vater gestorben, jeder Einzelne im Dorf hatte einen fürchterlichen Verlust zu beklagen. Vielleicht wären sie eines Tages darüber hinweggekommen, hätte nicht der verletzte Wilderer ihnen den Namen seines Herrn verraten: Achim Bendig.
Er war der Drahtzieher hinter dem Geschäft mit den toten Tieren, Mastermind einer großen Organisation. Auf diesen Mann fokussierte sich fortan ihre Wut, diesen Mann wollten sie zur Rechenschaft ziehen. Mehrmals versuchten der Pangje, Dadul und später auch sein Sohn Dzangbu in den kommenden Jahren, zu Achim Bendig vorzudringen, doch er wurde besser bewacht als der König. Mächtige Männer in Kathmandu hielten ihre schützenden Hände über ihn und machten ihn unangreifbar. Also konzentrierten sich die Männer des Dorfes auf seine Handlanger. Immer wieder zogen sie aus, die Fallen der Wilderer zu vernichten oder ihnen, wenn sie zu spät kamen, die Beute abzujagen. Durch den Herrn der Vögel, der in Kathmandu die Ohren aufhielt, erfuhren sie zuverlässig über die geplanten Mordzüge der Wilderer und störten Achim Bendigs dunkle Geschäfte empfindlich. Leider nicht empfindlich genug: Die Wilderei prosperierte, zu viele Männer standen in Achims Diensten und trugen dazu bei, die Wildtierpopulationen zu dezimieren.
Allmählich verklang der heiße Schmerz der ersten Monate und Jahre und verwandelte sich in ein dumpfes, kaum wahrnehmbares Pochen. Das Leben ging weiter, und immer seltener stellten sie sich den Wilderern. Auch der Pangje, der nie wieder geheiratet hatte, wurde müde, und wenn nicht dringende Erledigungen ihn nach Kathmandu zwangen, zog er es vor, sein Tal nicht zu verlassen. Die Zeit hatte sein Verlangen nach Rache

abgeschliffen, wie der Wind die Felsen abschleift, sie rundet und schließlich zu Staub zerbröselt. Er war nun achtundfünfzig Jahre alt und freute sich auf einen ruhigen Lebensabend im Kreise seiner Kinder, Enkel und Freunde.
Doch dann traf er Tara, das mutige Sternenmädchen auf der Suche nach seiner Schwester, und die alte Wunde brach wieder auf. Er floh aus dem Rebellenlager, lodernd vor Wut über die neuerliche Grausamkeit Achims den Schwestern gegenüber. Zu Hause angekommen, entschieden die Männer und Frauen des Dorfes, im Winter einen weiteren Vorstoß zu wagen, um Achim endlich das Handwerk zu legen.
Niemals hätte der Pangje geahnt, wie schnell und furchtbar sich die Dinge entwickeln würden. Er war nicht vorbereitet, als Achim vor den Toren seines Heimattals auftauchte, die unbekannte Tochter als Geisel und Druckmittel mit sich zerrend, um ihr Leben gegen seines zu tauschen.

58

Nach Achims Flucht aus dem Zelt überstürzten sich die Ereignisse. Der Pangje kümmerte sich umgehend um Tara. Achims ungezielter Schuss hatte sie in die rechte Schulter getroffen. Es gelang dem Pangje und Dadul, die Blutung zu stoppen, und noch während sie um das Leben des Sternenmädchens rangen, traf Dzangbu mit den Pferden ein. Er galoppierte sofort in Richtung Kagbeni davon, um einen Hubschrauber anzuforden. Einige der anderen Männer bestiegen die restlichen Pferde und begannen, das Gebiet nach Achim und seinen flüchtigen Helfern zu durchkämmen.

Um die Mittagszeit kündigte ohrenbetäubendes Dröhnen den Hubschrauber an. Die verbliebenen Männer hatten bereits das Lager beiseitegeräumt, um einen Landeplatz zu schaffen. Wenig später hob der Hubschrauber mit dem Pangje und Tara an Bord wieder ab. Der Arzt, ein stiller Nepalese von etwa fünfzig Jahren, konnte sie beruhigen: Taras Zustand wirkte schlimmer, als er tatsächlich war, allerdings musste sie schnell operiert werden, damit der Arm gerettet werden konnte.

Der Pangje hatte den Platz neben dem Piloten eingenommen und entdeckte Anna und Kim, wenige Minuten nachdem sie aufgestiegen waren. Kim hatte sich Anna auf den Rücken gebunden und taumelte talwärts. Selbst aus der Entfernung erkannte der Pangje, dass er am Ende seiner Kräfte war. Der Pilot suchte und fand einen Landeplatz ganz in der Nähe. Im Gegensatz zu seiner Gelassenheit bei Taras Erstversorgung wurde der Arzt nun hektisch. Anna delirierte, ihr Zustand war kritisch. Da sie nicht ausreichend akklimatisiert gewesen war, hatte der lange Aufenthalt in der Höhe mit dem damit verbundenen Sauerstoffmangel sowohl ein Lungen- als auch ein Hirnödem ausgelöst. Ihre Chancen zu überleben standen schlecht. Der Arzt stülpte ihr eine Sauerstoffmaske übers Gesicht, und eine Minute später schoss der Hubschrauber in Richtung Kathmandu davon, wo im Krankenhaus bereits alles Nötige für Anna und Tara vorbereitet wurde. Kim mussten sie sich selbst überlassen, doch die Freunde des Pangje würden ihn sicher bald auflesen.

Der Pangje umklammerte Annas Hand, bis die Ärzte sie in die Intensivstation brachten, und dann begann ein furchtbarer Alptraum. Eine Nacht, einen Tag und eine halbe weitere Nacht wütete und verzweifelte er in den Gängen des Krankenhauses wie eine gefangene Raubkatze. Wie oft hatte der Pangje schon mit dem Schicksal gehadert, doch diese Stunden, in denen Annas Leben am seidenen Faden hing, überstiegen die Grenze des Erträglichen. Die Tochter war ein Geschenk, sie durfte ihm nicht entrissen werden. Wenigstens ein einziges Mal musste er in ihre Augen blicken, sie durfte nicht sterben, ohne zu wissen, dass es ihn gab!

Am Nachmittag des zweiten Tages besuchte er das Sternenmädchen in einem mit sechs Betten vollgestellten Krankensaal. Tara konnte sich wegen ihres zerschmetterten Schulterblatts kaum bewegen, doch sie lächelte. Ihre erste Frage galt Anna, und sie weinte, als er ihr sagte, die Ärzte wüssten noch immer nicht, ob sie überleben werde. Als sie sich gefangen hatte, begann sie zu erzählen, von ihrem Vater, von Achim und von der Befreiung Sapanas. Als sie jedoch vom Schneeleoparden wissen wollte, welches Geheimnis ihren Vater umgab, blieb er stumm. Er wusste, dass er ihr alles erklären musste, aber noch fühlte er sich dazu nicht in der Lage. Die Ankunft von Achal und Taras Schwester rettete ihn zumindest fürs Erste aus seiner Erklärungsnot. Der Pangje nickte ihnen zu und verabschiedete sich von Tara mit dem Versprechen, sie nicht allein zu lassen. Leise verließ er das Zimmer und nahm seine ruhelose Wanderung durch die Gänge wieder auf. Irgendwann in der zweiten Nacht übermannte ihn die Erschöpfung, und er schlief auf dem Fußboden ein, eingerollt in seinen hundertfach geflickten Mantel, den Jampa ihm vor mehr als drei Jahrzehnten geschenkt hatte.

Eine Berührung am Arm schreckte ihn auf. Als er den für Anna zuständigen Arzt mit ernster Miene neben sich kauern sah, wusste er sofort, dass sie es nicht geschafft hatte. Alles begann sich zu drehen, und er sackte nach hinten. Der Arzt packte ihn unter den Achseln und richtete ihn wieder auf, zwang ihn, ihm ins Gesicht zu sehen. Der Mund des Arztes bewegte sich, doch nur allmählich drangen die Worte in den Kopf des Pangje, und noch länger dauerte es, bis er ihren Sinn verstand.

»Fassen Sie sich, Herr Meunier«, sagte der Arzt. »Sie können jetzt zu ihr. Sie ist über den Berg.«

Er saß die restliche Nacht und auch den Vormittag an ihrem Bett. Keine Sekunde konnte er seine schlafende Tochter aus den Augen lassen, zählte angstvoll ihre Atemzüge und maß ihren Puls, mochte sich nicht auf die piepsenden Geräte in ihrem Zimmer verlassen. Wie zart sie war, und wie ähnlich sie Bärbel sah! Er liebkoste ihr blasses Gesicht mit den Augen, suchte nach Spuren von sich, aber er hatte vergessen, wie er aussah. Es musste Jahre her sein, seit er das letzte Mal in einen Spiegel geblickt hatte.

Sie öffnete die Augen.

Die Welt stand still.

Mit angehaltenem Atem beobachtet der Pangje, wie seine Tochter ins Leben zurückfand. Wie sie das Zimmer musterte und die dunkelbraunen Hirtenstare mit ihren gelben Brillen, die vorm Fenster auf den kahlen Ästen eines Baums herumhüpften, wie sie ihre Arme und Beine bewegte und schließlich begriff. Sie entdeckte ihn. Ein verwunderter Ausdruck erschien auf ihrem Gesicht. Sie versuchte ihn einzuordnen, aber es gelang ihr nicht.

»Bonjour, Anna«, sagte er leise.

Ihre Lippen formten mühsam eine Frage: »Wer sind Sie?«

Dem Pangje versagte die Stimme. Endlich sah er ihre Augen, jenes Tabakbraun, das nichts seins war, und auch nicht Bärbels. Es waren die warmen Augen seiner Mutter, die Augen, die auch Mauro geerbt hatte. Er schluckte hart, dann nestelte er den Silberanhänger mit dem eingelegten Buchstaben ›B‹ unter seinem Mantel hervor. Mit zitternden Fingern reichte er ihn ihr, noch immer unfähig zu sprechen. Sie nahm den Anhänger, und langsam, unerträglich langsam wich ihre Verwirrung ungläubigem Verständnis.

»Bist du – mein Vater?«

Waren sie am ersten Tag nach Annas Erwachen noch sprachlos und scheu, so brachen am zweiten die Dämme, und sie erzählten, atemlos, ohne Unterlass, als wollten sie die Zeit aufholen, die das Schicksal ihnen gestohlen hatte. Vater und Tochter versuchten zu verstehen, was mit ihnen geschah.

Er sieht so fremd aus, dachte Anna, wenn sie ihn ein ums andere Mal musterte, und doch verbirgt sich unter seiner vordergründig tibetischen Erscheinung eine flüchtige Ähnlichkeit mit meinem Spiegelbild. Mit seiner chinesisch anmutenden Wickeljacke, seinem Türkisen- und Korallenschmuck, den ausgeleierten Ohrläppchen, an denen schwere Silberringe baumelten, den zu einem langen Zopf geflochtenen Haaren und den tiefen Falten mochte er andere täuschen, sie nicht. Zu schmal war er im Vergleich zu den Einheimischen, zu zart seine Nase, zu länglich sein Gesicht.

Irgendwann griff Anna zaghaft nach der schwieligen Hand des Mannes. Nach der Hand ihres Vaters. Er erwiderte den Druck, und sie weinte. Weinte um sich, um ihn, um sein trauriges

Schicksal, um die Zeit ohne ihn. Weinte vor Erleichterung, ihn hier, lebend, neben ihrem Krankenhausbett sitzen zu sehen. Weinte vor Glück, selbst am Leben zu sein.

»Du hast mir dein ganzes Leben erzählt«, sagte sie, als die Tränen versiegt waren. »Aber es gibt immer noch vieles, was ich nicht verstehe.« Anna brach ab. Sie dachte an Tara, deren Schicksal so eng mit dem ihren verwoben war. Von ihrem Vater hatte sie erfahren, dass Tara die Tochter Moons war, jenes linkischen Nepalesen, von dem schon Ingrid ihr berichtet hatte. Mutig bis zur Selbstaufgabe hatte Tara ihr Leben für Anna riskiert. Anna konnte nur hoffen, dass sie sich Taras würdig erweisen würde, sollte sie jemals in eine ähnliche Situation geraten. Anna hatte den Pangje, Sylvain, ihren Vater – noch wusste sie nicht, wie sie ihn ansprechen sollte –, gefragt, wie sie ihre Schuld jemals begleichen konnte, aber er hatte nur gelacht. So seien die Menschen hier, hatte er gesagt. Sie solle sich bloß nicht zu viele Gedanken machen, und außerdem sei es Tara nicht ausschließlich um sie gegangen – Taras Wille, endlich den verhassten Achim zur Strecke zu bringen, sei mindestens ebenso stark wie ihre Überzeugung, das Schicksal hätte sie zu Annas Retterin bestimmt. Das Schicksal? In diesem Land mit seinen Myriaden von Göttern und Geistern schien Anna eine lenkende Kraft nicht abwegig. Schon bei ihrer ersten Begegnung hatte Anna eine unerklärliche Verbundenheit mit der jungen Nepalesin gespürt. War alles vorherbestimmt gewesen? Vielleicht. Anna mochte es nicht mehr ausschließen.

»Du wolltest mich etwas fragen?«, begann ihr Vater vorsichtig.

Anna musterte das besorgte Gesicht des Mannes und empfand plötzlich warme Zärtlichkeit für ihn. Ihr Leben war so gründlich durchgerüttelt worden, dass dieser Fremde ihr nun am nächsten stand. Wie seltsam. Und wie schön. Sie streckte vorsichtig ihren Arm aus und berührte mit den Fingerspitzen seine dunkle, runzelige Wange. Sie merkte, wie er sich kurz versteifte, doch dann legte er seine Hand auf ihre und drückte ihre Handfläche gegen sein Gesicht. Aus seinen eisgrünen Augen sprach dieselbe Liebe, dasselbe Erstaunen, das auch Anna spürte. »Ja«, sagte sie nach einer Weile, »ich kann immer noch nicht fassen, dass Achim alles nur gespielt haben soll. Wie kann man jemandem so überzeugend Freundschaft vorgaukeln? Auch ich bin ihm auf den Leim gegangen. Er wirkte so sensibel.«

»Ich weiß nicht, ob er uns diese Freundschaften nur vorgespielt hat, denn er wollte ja auch von uns geliebt und akzeptiert werden. Mir ist das erst jetzt klargeworden, nachdem du mir von seiner Kindheit und Jugend erzählt hast. Diesen Teil seines Berichts glaube ich ihm aufs Wort, ebenso seine Gefühle für Babsi. Damals habe ich die Intensität seiner Eifersucht nicht begriffen. Vor dem Tag der Katastrophe hielt ich ihn für einen Draufgänger, aber nicht für einen schlechten Menschen.« Der Pangje verschränkte die Hände im Nacken und sah zur Decke. Sammelte sich, bevor er fortfuhr. »Ich muss zugeben, dass diese Gedanken auch für mich neu sind. Ich war davon ausgegangen, dass er den Treck von vornherein dazu nutzen wollte, mich loszuwerden, doch jetzt habe ich Zweifel. Hat Achim nicht vielmehr die Gelegenheit ergriffen, als sie sich ihm bot? Sicher ist, dass er erst nach dem vermeintlichen Mord an mir zu dem wurde, was er heute darstellt. Er hatte alle moralischen Schranken durchbrochen, und da es keinen Weg zurück gab, ist er einfach nach vorn geprescht, scherte sich um nichts und niemanden mehr – und wurde tatsächlich böse.«

»Und du wurdest zum Schneeleoparden und hast Gutes getan.«

Ihr Vater lachte bitter auf. »Anna«, sagte er, »Anna, täusch dich nicht in mir. Ich bin nicht gut.«

»Aber du hast dich doch für die Tiere eingesetzt.«

»Das habe ich tatsächlich, aber hast du meine Motivation bedacht? So wie Achim aus Eifersucht handelte, hat mich die

Rachlust getrieben. Ja, mir lagen die Tiere am Herzen, aber in erster Linie wollte ich Achim schaden. Ihn nicht davonkommen lassen. Und vergiss nicht, durch mich sind mindestens drei Menschen zu Tode gekommen, und viele wurden verletzt.«

»Achims Handlanger. Wilderer.«

»Sie sind trotzdem Menschen. Mit dieser Schuld muss ich leben. Ebenso damit, dass ich andere in die Geschichte hineingezogen habe.«

»Aber die Menschen aus deinem Dorf, deine Söhne, sie alle hatten doch Gründe für ihr Tun. Sie haben dich freiwillig begleitet.«

»Ich glaube kaum, dass sie sich ohne mich auf diese Kämpfe eingelassen hätten. Unsere Religion verbietet uns jegliche Gewalt. Im Dorf schlachten wir nicht einmal unsere Ziegen und Schafe selbst, sondern lassen jemanden kommen, der es für uns tut. Nein«, sagte er abschließend, »du wirst dich mit dem an meinen Händen klebenden Blut auseinandersetzen müssen. Und ich kann nur hoffen, dass du mich nicht verdammst.«

Anna sagte nichts darauf. Was hätte sie auch antworten sollen? Er hatte recht, sie durfte ihn nicht auf ein Podest stellen. Nach einigen Minuten des Schweigens ergriff sie erneut das Wort.

»Ich wüsste gern, womit Achim Taras Vater unter Druck gesetzt hat. Immerhin hat er doch versucht, dich zu retten, nicht dich umzubringen.«

»Er hat losgelassen, als Achim es ihm befahl.« Die Bitterkeit in der Stimme ihres Vaters war nicht zu überhören.

»Aber du weißt es nicht sicher, oder? Sagtest du nicht, er hätte dich trotz Achims Befehl weiterhin festgehalten?«

»Mag sein. So genau erinnere ich mich nicht«, sagte er abweisend. »Aber um auf deine Frage zurückzukommen: Irgendetwas muss Achim gegen Moon in der Hand haben. Ich bin mir ziemlich sicher, dass die beiden in Kathmandu mit Drogen handelten, aber ob das allein ausgereicht hätte? Immerhin hätte Moon dann auch Achim anzeigen können. Es kursierten damals noch andere Gerüchte, denen aber im Grunde niemand Glauben schenkte.« Er hielt inne und strich nachdenklich die Haare nach hinten.

»Was für Gerüchte?«

»Eine böse Geschichte. Einer der Hippies, ein junger Engländer, war damals im Winter tot aufgefunden worden. Erst wies alles darauf hin, dass er an einer Überdosis gestorben war, aber der untersuchende Arzt stellte ein Schädeltrauma fest. Allerdings konnte er nicht klären, ob die Kopfverletzung das Resultat einer Prügelei oder eines bewusst geführten Schlages mit Mordabsicht war. Die Affäre wurde nie aufgeklärt, aber es fielen Namen, auch Moons. Tatsächlich blieb er nach dem Fund der Leiche einige Zeit verschwunden. Als er wieder in unserer Mitte auftauchte, wirkte er ein wenig stiller und bedrückter als zuvor. Wer weiß, vielleicht hat er den Engländer tatsächlich getötet, oder jemand – Achim – hatte etwas in der Hand, um ihm einen Mord anzuhängen?«

»Oh.« Anna biss sich auf die Unterlippe. „Es könnte also durchaus bedeuten, dass Moon diesen Engländer aus Versehen tötete. Oder gar nichts damit zu tun hatte.«

Der Pangje zuckte die Achseln. »Ich werde es nie herausfinden.«

»Doch.«

»Und wie stellst du dir das vor? All dies liegt über dreißig Jahre zurück.«

»Ganz einfach: Besuch ihn. Frag ihn.«

»Moon fragen?« Der Pangje wirkte ehrlich überrascht.

»Warum nicht? Stell dir vor, Moon hat nichts mit dem Tod des Engländers zu tun. Ihm wäre viel Leid erspart geblieben, wenn er gewusst hätte, dass du lebst. Und dir ebenfalls, wenn du die Wahrheit darüber erfahren hättest, was sich wirklich in diesen Sekunden auf dem Felsen zugetragen hat. Schaff diese Ungewissheiten ein für alle Mal aus der Welt.« Die Miene ihres Vaters verdüsterte sich. Für einen Moment befürchtete Anna, sich zu weit vorgewagt zu haben, doch dann hellte sich sein Gesicht wieder auf.

»Ich werde darüber nachdenken«, sagte er. »Eines steht jedenfalls fest: Achim ist sehr dominant, und Moon fügte sich in die Rolle des Schattens. Er war leicht zu beeindrucken, ein manipulierbarer junger Mann ohne Rückgrat. Seine Tochter, das Sternenmädchen, ist aus anderem Holz geschnitzt.«

»Sternenmädchen?«

»Tara bedeutet Stern. Und Moon heißt eigentlich Dipendu, der Mond.«

»Wie schön.«

Es klopfte. Bevor Anna reagieren konnte, wurde die Tür aufgerissen, und Kim stürzte herein. Mit drei Schritten war er an Annas Bett und beugte sich über sie. »Du lebst! Du hast es geschafft! «, stieß er aus, dann sackte er zusammen. Der Pangje hatte gerade noch Zeit, aufzuspringen und ihm seinen Hocker unterzuschieben, sonst wäre Kim einfach auf den Boden gerutscht.

Mehr als über sein plötzliches Erscheinen erschrak Anna über Kims aschfahles Gesicht. Hektisch griff sie nach seiner Hand. »Was ist geschehen? Bist du krank? Kim!«

Kim atmete tief durch und schüttelte langsam den Kopf. »Ich bin nur erschöpft«, sagte er schließlich. Erneut sog er gierig den Atem ein, als hätte er bisher keine Zeit zum Luftholen gefunden. Anna spürte das Zittern seiner Hand und drückte sie beruhigend. Langsam ließ das Zittern nach.

»Du lebst«, flüsterte Kim.

»Ja, ich lebe, dank dir. Mein Vater hat mir erzählt, dass du mich den Berg hinuntergeschleppt hast, als sie uns vom Hubschrauber aus erspähten. Was ist seitdem passiert? Wie bist du so schnell hergekommen?«

»Schnell? Es hat mich drei Tage gekostet. Drei Tage, in denen ich vor Sorge um dich nicht mehr bei Sinnen war. Ich habe mir so gewünscht, dass du es schaffst, aber ich wusste doch, wie krank du bist. Du hast blutigen Schaum gehustet. Ich hatte Angst wie nie zuvor in meinem Leben.« Er schluckte. »Wie fühlst du dich jetzt? Hast du –« Er stockte.

»Ob ich bleibende Schäden davongetragen habe?«, beendete Anna seinen Satz. Sie schüttelte den Kopf, wenn auch vorsichtig. Noch plagten sie Kopfschmerzen, aber der Arzt hatte ihr versichert, sie würden vergehen. »Nein, ihr habt mich gerade noch rechtzeitig aus den Bergen geholt. Ich fühle mich erbärmlich schwach, und auch das Atmen fällt mir noch schwer, aber mein Gehirn hat von der Schwellung keinen Schaden genommen. Und das ist das Wichtigste. In ein paar Tagen bin ich wie neu. Doch nun erzähl endlich, wie es dir ergangen ist.«

»Gleich«, murmelte Kim. »Im Moment möchte ich dich einfach nur ansehen.« Die Erleichterung stand ihm ebenso deutlich ins Gesicht geschrieben wie seine Müdigkeit.

Ein Räuspern ertönte. »Ich störe euch nur ungern«, sagte der Pangje, »aber ich muss wissen, was seit meinem Abflug in den Bergen geschehen ist.«

Kim fuhr herum. Er hatte den Pangje völlig übersehen. Verwirrt begrüßte er ihn. Dann begann er zu erzählen, von seiner Suche, von dem gelben Schlafsack und Annas leblosem Körper. Und von dem Mann, der mit einer grässlichen Fleischwunde am Bein nur ein paar Meter neben ihrem Versteck gelegen hatte.

»Um Gottes willen«, keuchte Anna. »Ich dachte, ich hätte es mir nur eingebildet.«

»Was solltest du dir eingebildet haben?«

»Den Mann. Kurz bevor ich das Bewusstsein verlor, hörte ich jemanden auf dem Geröllfeld herumschleichen.« Sie verstummte. Kim und ihr Vater sahen sie fragend an. »Da war noch etwas«, fuhr sie zögernd fort. »Ein Tier. Ein Wesen. Etwas sehr

Großes, schnell und lautlos.« Hilflos zuckte sie die Schultern. »Ich hatte schon in den Tagen zuvor mehrmals geglaubt, einen großen Schatten zu sehen. Einen – Berggeist.« Sie lächelte unsicher. »Ihr haltet mich für verrückt, oder?«

Ihr Vater wollte gerade zum Sprechen ansetzen, als Kim ihm zuvorkam: »Keinen Berggeist, Anna. Einen Schneeleopard.«

»Woher weißt du, dass es ein Schneeleopard war?«, fragte der Pangje erstaunt.

»Ich habe ihn gesehen.« Kims Stimme hatte einen ehrfürchtigen Klang angenommen. »Kurz nachdem ich mir Anna auf den Rücken gebunden und losgelaufen war. Er saß keine zwanzig Meter entfernt auf einem Felsblock und sah mich an, endlose Sekunden lang. Dann erhob er sich und schritt davon. Ganz langsam, so dass ich ihn in voller Größe betrachten konnte. Er war so schön! Ich werde diesen magischen Moment nie vergessen.«

»Du hast ihn nur gesehen, weil er es so wollte«, sagte der Pangje leise. »Es war ein Geschenk.«

»Ich weiß. Du hast ihn ebenfalls schon gesehen, nicht wahr?«

Der Pangje antwortete nicht. Es war unnötig.

»Meint ihr, der Schneeleopard hat den Mann angegriffen?«, fragte Anna.

Kim nickte.

»Dann hat er mir das Leben gerettet.« Anna bohrte ihre Augen in die ihres Vaters, doch er verzog keine Miene. Der Schneeleopard, dachte sie. Das Phantom der Berge. Du willst nichts dazu sagen, und ich werde dich nicht fragen.

»Er war einer von Achims Leuten, ein ziemlich kräftiger Typ«, fuhr Kim fort, ohne die stumme Zwiesprache zwischen Vater und Tochter zu bemerken. »Er stand noch unter Schock, aber er lebte. Nachdem die Freunde deines Vaters mich gefunden hatten, holten wir auch den Mann und brachten ihn in das verborgene Dorf.«

»Sind alle wohlauf?«, fragte der Pangje.

»Ja. Einige haben Schürfungen und blaue Augen davongetragen, aber niemand ist ernsthaft verletzt worden. Bis zum Abend hatten sie schon drei von Achims Männern aufgespürt. Sie sitzen jetzt in einem Stall und schlottern vor Angst und Kälte. Khagendra ist noch im Dorf und erholt sich von den Strapazen. Er wird dort auf dich warten. Ich bin gleich am nächsten Morgen aufgebrochen und in einem Gewaltmarsch nach Jomsom geeilt. Dort musste ich leider wegen des starken Windes bis heute auf einen Flug warten. Und hier bin ich endlich«, schloss Kim seinen Bericht ab.
»Das heißt, Achim ist mir wieder entwischt«, stellte der Pangje fest.
»Deine Söhne und die anderen sind noch vor Tagesanbruch erneut auf die Suche gegangen«, antwortete Kim. »Bestimmt haben sie ihn gefunden.«
Der Pangje schüttelte resigniert den Kopf. »Nein, das haben sie nicht. Mein Instinkt sagt mir, dass er entkommen ist.«
»Und wenn schon.« Anna ließ sich nicht durch die gerunzelte Stirn ihres Vaters beirren. »Achim ist erledigt, ob er nun entkommt oder nicht. Sobald ich wieder in Deutschland bin, hetze ich die Presse und die Tierschutzvereine auf ihn. Diese Story wird sich mit Sicherheit kein Journalist entgehen lassen. Tiere ziehen immer.«
Ihr Vater sah sie ungläubig an. »Ganz schön abgebrüht«, sagte er. »Schade, dass ich nie auf die Idee gekommen bin.«
»Hättest du dich damit zufriedengegeben?«
»Kaum. Ich wollte ihm ins Gesicht sehen.«
»Und dann? Ihn töten?«
Plötzlich wirkte der zähe Mann alt und hilflos.
»Nun?«, bohrte sie nach.
Er mied ihren Blick. »Ich weiß es nicht«, sagte er.
Gut, dass Achim verschwunden ist, dachte Anna. »Vergiss ihn«, sagte sie laut. »Er hat dein Leben lange genug vergiftet.«

»Es wird mir schwerfallen«, murmelte der Pangje. Dann erhob er sich. »Ich gehe jetzt etwas essen. Am Abend komme ich wieder.« Leise wie ein Schatten verließ er das Zimmer und zog die Tür hinter sich zu.

Anna war mit Kim allein.

»Was für ein Alptraum«, sagte er.

»Er ist vorbei.« Anna zögerte kurz, dann nahm sie all ihren Mut zusammen und zog ihn näher zu sich. Als sie seinen verwunderten Ausdruck bemerkte, fühlte sie das Blut in ihren Kopf steigen. »Ich … ich«, stotterte sie, »ich möchte dir einen Kuss geben.«

Der Pangje stand mit hängenden Schultern vor der Annapurna Lodge und sah dem staubigen Taxi nach. Eine Träne rann seine Wange hinunter, ein zweite, eine dritte. Anna kehrte zurück in ihr Leben. Der Abschied von ihr fiel ihm schwer, doch er wusste, dass er kein Recht auf sie hatte. Die beiden gemeinsam verlebten Wochen mussten ihm genügen. Anna war ein Geschenk, das er nicht verdient hatte, und er würde die Erinnerung an sie wie einen Edelstein hüten.

Da hielt das Taxi am Eingang der Gasse noch einmal an. Anna stieg aus und wirbelte auf ihn zu. Der Pangje blinzelte seine Tränen fort und begann zu laufen. Erneut spürte er das warme Staunen über seine wunderbare Tochter und drückte sie fest an sich. Sie schob ihren Mund dicht an sein Ohr. »Ich komme zurück, sobald es mir möglich ist«, flüsterte sie. »Ich muss doch meine Geschwister kennenlernen.«

»Wir freuen uns auf dich«, sagte er. »Und nun geh. Kim wartet.«

59

ZWEI WOCHEN SPÄTER

Tara hielt es nicht mehr aus. Ungeduldig drehte sie sich zum Pangje um, der ihr in gemächlichem Tempo den Berg hinauffolgte.

»Lauf!«, rief er. »Ich finde den Weg zu deinem Haus allein. Außerdem muss ich mich noch ein wenig sammeln, bevor ich deinem Vater gegenübertrete.«

»Danke«, sagte sie und rannte los, immer zwei Stufen auf einmal nehmend. Sie konnte es kaum abwarten, ihre Eltern wiederzusehen, Dipak und Sapana, die bereits vor zwei Wochen mit Achal aus Kathmandu aufgebrochen war. Vielleicht waren sogar ihre Brüder zu Hause! Dort, die Wasserstelle: Frauen und Mädchen wuschen sich gegenseitig die Haare. Die überraschten Rufe ihrer Freundinnen begrüßten Tara, doch sie hastete weiter. Der große Bambus, das orangefarbene Haus der Nachbarn und, endlich, das Grasdach ihres Elternhauses! Sie stoppte in vollem Lauf, verblüfft.

Zwischen den Häusern stürzte der Hund hervor, lief auf sie zu, sprang an ihr hoch, riss sie um. Tara lachte und weinte gleichzeitig, rollte sich mit ihm über den Weg, zauste sein dunkles Fell und ließ ihn gewähren, als er ihr mit der Zunge durchs Gesicht fuhr. »Du hast es geschafft«, flüsterte sie. »Auch du hast nach Hause gefunden.«

»Mach nicht so ein trauriges Gesicht«, sagte Kim und nahm Anna den Löffel weg, mit dem sie nervös herumspielte, seit sie sich an den Restauranttisch gesetzt hatten. Er ergriff ihre Hand

und drückte sie. »Bald bist du wieder zu Hause. Freust du dich denn gar nicht?«
»Doch«, sagte Anna. Sie merkte selbst, dass es nicht sonderlich überzeugend klang, und nahm einen neuen Anlauf: »Ich freue mich. Und ich fürchte mich.«
Kim wiegte den Kopf. »Verständlich. Du hast einiges vor dir. Dein Entschluss, Eddo mit allem zu konfrontieren, steht nach wie vor?«
Anna nickte. »Ich muss mein Leben aufräumen. Es wird sicher fürchterlich für ihn, aber das lässt sich nicht ändern. Wenn ich mich nicht mit ihm ausspreche, platze ich.«
»Ich könnte mir vorstellen, dass es auch ihn erleichtert. Wenn er solch ein fürsorglicher Vater ist, wie du ihn beschreibst, müssen die Lügen ihm sehr zu schaffen machen.«
»Er war immerhin die treibende Kraft.«
»Ja, aber das ist über dreißig Jahre her. Die Welt hat sich seitdem verändert. Zumindest im Westen ist es kein Makel mehr, ein uneheliches Kind zu sein. Er wollte nicht nur sich schützen, sondern auch dich. Und deine Mutter.«
Anna seufzte. »Das weiß ich alles. Trotzdem fällt es mir schwer, das Gute zu sehen. Mein Leben hätte ganz anders verlaufen können.«
»Natürlich hätte es das. Aber ob besser oder schlechter, weiß kein Mensch. Es ist müßig, darüber nachzugrübeln.«
Anna lächelte. »Ich sollte langsam lernen, ein bisschen indischer zu denken. Darauf zu vertrauen, alles sei vorherbestimmt, birgt einen gewissen Trost.«
»Eben«, sagte Kim und lachte. »Wenn alles anders verlaufen wäre, hätten wir uns wahrscheinlich schon als kleine Kinder kennengelernt. Du hättest auf Besuchen die Rolle meiner älteren Schwester übernommen, mich beschützt und bemuttert, und so wäre es geblieben. Wir hätten keine Chance gehabt, uns ineinander zu verlieben.«

Die Vorstellung, wie sie mit Klein Kim in der heimischen Sandkiste Kuchenbacken spielte, brachte Anna zum Kichern. »Zumindest wären zwischen uns nicht die Fetzen geflogen wie zwischen Timo und mir.«
»Wer weiß?« In Kims Augen blitzte der Schalk.
»Blödsinn«, sagte Anna, dann wurde sie verlegen. »Wir verstehen uns doch so gut«, murmelte sie. »Die letzten beiden Wochen in Kalkutta waren die schönsten meines Lebens.« Mit der freien Hand griff sie wieder zu dem Löffel und schrieb Kreise auf die Tischdecke.
»Nun lass endlich den blöden Löffel.« Er nahm ihn ihr erneut fort, fasste auch ihre zweite Hand und beugte sich über den Tisch. »Ich liebe dich, Anna. Wären wir in Deutschland, würde ich dich jetzt einfach küssen.«
Ein Räuspern ließ sie auseinanderfahren. Der Kellner war unbemerkt an den Tisch getreten und servierte ihnen die Getränke. Richtig, dachte Anna, hier in Indien muss man sich gesittet benehmen. Auch wenn es manchmal schwerfällt.
Kim gab die Bestellung auf. Der Kellner notierte sich alles und wandte sich dann an Anna.
»Der Sari steht Ihnen ganz ausgezeichnet«, sagte er mit einer angedeuteten Verbeugung und zog sich zurück.
Kim hob sein Glas. »Das sehe ich ebenso: Du bist die schönste Frau im Raum, ach was, in ganz Kalkutta!«
Anna lachte und stieß mit ihm an. »Sag doch gleich, in ganz Indien.«
»Auf der ganzen Welt. Anna, ich bin so glücklich!«
»Ich auch, aber ich mag gar nicht an morgen denken. Am liebsten würde ich dich einfach in meinen Koffer stopfen und mitnehmen.«
»Ich würde mich nicht wehren, aber es ist richtig so, wie es ist. Irgendwann werden wir uns entscheiden müssen, welchem Land wir den Vorzug geben, aber fürs Erste sollten wir zuse-

hen, dass wir die Beine auf den Boden bekommen, auch allein.«

»Hast du keine Angst vor der Trennung?«

»Überhaupt nicht. Es sind doch nur ein paar Monate, bis ich dich wiedersehe.«

Sie saßen lange in dem Restaurant, redeten über das Erlebte, über Annas langsame Genesung, über Annas Väter und über die Zukunft, bis Anna plötzlich spürte, dass sich ihre Ängste und ihre Traurigkeit über den bevorstehenden Abschied von Kim in Luft aufgelöst hatten. Noch war längst nicht alles gut, noch musste sie lernen, mit all den neuen Erkenntnissen, mit ihrem neuen Leben umzugehen, doch sie hatte sich verändert: Nie mehr würde Anna ein Spielball der Umstände werden, sondern selbstbewusst ihre Ziele verfolgen. Annapurna hatte sich ihren Platz erkämpft und die Zügel in die Hand genommen.

Früh am Nachmittag des nächsten Tages erhob sich das Flugzeug mit Anna an Bord in einen wolkengesprenkelten Himmel. Anna drückte die Nase gegen das Fenster. Unter ihr dehnte sich Kalkutta, und ihr Herz wurde weit. Irgendwo dort, in dem endlosen Häusermeer, lebte Kim, arbeitete Kim, wartete Kim auf sie. Was waren schon ein paar Monate, wenn das ganze Leben vor einem lag?

Sie hatte es Kim nicht gesagt, aber im Grunde stand ihre Entscheidung bereits fest: Wenn ihre Beziehung in den vielen Monaten bis zu ihrem Wiedersehen keinen Schaden nahm, wollte sie mit ihm in Indien leben, wollte sich hineinfallen lassen in diese lebenspralle Welt, wollte schwitzen in Kalkutta und frieren in Nepal. Wollte sich selbst spüren.

Wollte Annapurna sein.

Nachwort

Bis auf wenige Ausnahmen entspringen die Figuren dieses Buches allein meiner Phantasie, Ähnlichkeiten mit realen Personen sind zufällig. Hier und da fanden jedoch auch Personen Eingang in die Geschichte, die mir persönlich bekannt sind – das Lesen der Danksagung wird Sie auf ihre Spur bringen.

Anderes wiederum, das auf den ersten Blick weit hergeholt erscheinen mag, hat seinen Spiegel in der Wirklichkeit. So ranken sich um die scheuen, bisher nur wenig erforschten Schneeleoparden viele Mythen – unter anderem kursiert die Geschichte, dass hohe Lamas sich in Schneeleoparden verwandeln können, um ungesehen und schnell nach Tibet zu schlüpfen, wo sie starke Heilkräuter sammeln.
In einem Punkt bezüglich der prachtvollen Katzen habe ich mich allerdings nicht an die Tatsachen gehalten: Es gibt keinen belegten Fall, dass ein Schneeleopard einen Menschen angegriffen hätte.

Auch die organisierte Wilderei ist leider Realität. Nepal entwickelt sich durch seine Lage zwischen Indien und China und seine instabile politische Situation zunehmend zu einem Umschlagplatz für Tierteile. Es ist ein lukratives Geschäft: Auf dem internationalen Schwarzmarkt erzielt ein Tigerfell etwa 7 000 Euro, ein Rhinozeroshorn sogar 10 000 Euro. Nach einem Tipp wurde im Mai 2008 das gemietete Haus eines amerikanischen Staatsbürgers, der zu diesem Zeitpunkt seit 24 Jahren in Kathmandu lebte, durchsucht. Die Polizei stellte eine riesige Sammlung von Fellen und Knochen diverser gefährdeter Tierarten sowie archäologisch wertvoller Kunstgegenstände sicher. Noch ist nicht klar, wie der Amerikaner in deren Besitz gelangte und warum er diese Sammlung anlegte, fest steht jedoch, dass allein der Besitz von Tierteilen illegal ist. Der Mann hat sich bisher den nepalesischen Behörden nicht gestellt.

Ebenfalls nicht fiktiv sind die dramatischen und tragischen Umstände in Nepal, das bis heute zu einem der ärmsten Länder der Welt gehört. Der beschriebene »Volkskrieg« gegen die herrschende Regierung und das System der konstitutionellen Monarchie, in dessen Wirren Tara und Anna geraten, wurde 1996 durch die Maoisten ausgerufen und forderte bis zu seinem offiziellen Ende im November 2006 etwa 13 000 bis 15 000 Todesopfer sowohl auf Seiten der Königs- und Regierungstreuen, der Aufständischen als auch unter der Zivilbevölkerung. Während der Zeit der Rebellion konnten sich die Maoisten des Rückhalts insbesondere der armen Bevölkerungsschichten versichern, jedoch darf nicht unerwähnt bleiben, dass sowohl die Rebellen als auch die Regierung die Menschenrechte oft mit Füßen traten. Menschen wurden von beiden Parteien verschleppt, hingerichtet, gefoltert, und es gilt als gesichert, dass insbesondere in den ersten Jahren des Volkskriegs viele Menschen in die Gefolgschaft der Maoisten gezwungen wurden. Die Aufständischen finanzierten den bewaffneten Widerstand zum Teil durch Banküberfälle. Fakt ist aber auch, dass die Maoisten praktische Hilfe leisteten, indem sie den Ärmsten durch Haus- und Brückenbau, durch den Aufbau von Wasserversorgungen und ähnlichen gemeinnützigen Einrichtungen unter die Arme griffen, und so verwundert es nicht, dass ihre Popularität wuchs.
Als der äußerst unbeliebte König Gyanendra, der jüngere Bruder des am 1. Juni 2001 ermordeten Königs Birendra, im Februar 2005 den Notstand ausrief, die Mitglieder der Übergangsregierung entließ, sie zum Teil unter Hausarrest stellte und alle exekutive Gewalt an sich riss, war dies der Anfang vom Ende der Monarchie in Nepal. In den Jahren 2005 und 2006 verstärkte

sich der Widerstand der bisher passiv abwartenden Bevölkerungsteile gegen den willkürlich agierenden Herrscher, bis im April 2006 auf Massendemonstrationen von bis zu 300 000 Menschen die Absetzung des Königs gefordert wurde. Am 25. April 2006 übergab Gyanendra die Regierungsgewalt an eine Sieben-Parteien-Allianz, blieb aber weiterhin König, wenn auch mit beschnittenen Machtbefugnissen. Erst am 28. Mai 2008 erhielt Gyanendra offiziell den Status eines Bürgers, nachdem im Monat zuvor das nepalesische Volk erstmals in seiner Geschichte eine verfassunggebende Versammlung gewählt hatte – eine Wahl, bei der die KPN (M) (Kommunistische Partei Nepals, Maoisten) mehr als zwei Drittel der Sitze gewann.

Nepal ist bis heute nicht zur Ruhe gekommen. Bereits im Januar 2007 erschütterten erste Unruhen das Terai, das Tiefland Nepals, in dem etwa ein Drittel der Bevölkerung lebt. Die Bewohner des Terais sahen ihre Chance, sich gegen fortwährende Diskriminierung im Vielvölkerstaat Nepal zur Wehr zu setzen, und forderten eine stärkere Einbindung in die Politik. Schon ein Jahr später bereiteten Untergrundgruppierungen den bewaffneten Widerstand vor und verlangten einen unabhängigen Madesh-Staat. Die Lösung dieses Konflikts wird Nepal noch viele Jahre in Atem halten.

Aber auch die Ausarbeitung einer Verfassung erweist sich als schwierig. Das Land taumelt von einer Regierungskrise in die nächste, und es bleibt mehr als fraglich, ob es der verfassunggebenden Versammlung gelingen wird, ihrem Volk in naher Zukunft einen Verfassungsentwurf vorzulegen. Die Unzufriedenheit auf Seiten der Bevölkerung ist groß, zumal das Land von der Weltwirtschaftskrise stark betroffen ist.

Aber es gibt Zeichen, die Mut machen. Die Maoisten, die im Dezember 2009 erneut zu Massendemonstrationen, Streiks und Blockaden ausriefen und monatelang das Parlament boykottierten, sind wieder zu Gesprächen bereit. Die Touristen kehren nach Nepal zurück. Der Zauber des Landes wirkt noch immer. Ich habe Nepal in den Jahren 2000, 2003 und 2009 jeweils für mehrere Wochen oder Monate besucht und zähle diese Zeiten, trotz aller Einschränkungen, zu den schönsten meines Lebens.

Da die von mir verwendeten nepalesischen Begriffe im Text erklärt werden, verzichte ich auf ein Glossar, jedoch möchte ich auf die Anredeformen in Nepal hinweisen. Zwar sprechen die Nepalesen oft ihr Gegenüber mit Namen an, doch ist es ebenso Sitte, statt des Namens die Begriffe der Verwandtschaftsbeziehungen zu verwenden – wobei die oder der Angesprochene kein Familienmitglied sein muss. Da einige der Personen in meiner Geschichte diese Bezeichnungen benutzen, zähle ich sie an dieser Stelle noch einmal auf:

Hajurba – Großvater, sehr alter Mann
Hajuama – Großmutter, sehr alte Frau
Buba, Ba – Vater oder ein Mann, der im Alter des eigenen Vaters ist
Ama, Muma – Mutter oder eine Frau, die im Alter der eigenen Mutter ist
Dai – großer Bruder oder ein Mann, der wenig älter ist als man selbst
Didi – große Schwester oder eine Frau, die wenig älter ist als man selbst
Bhai – kleiner Bruder oder eine männliche Person, die jünger ist man selbst
Bahani – kleine Schwester oder eine weibliche Person, die jünger ist man selbst
Kanchhi – junges Mädchen, aber auch Liebling, Kleine

Steffanie Burow
Hamburg, Februar 2010

DANKE!

Ich bedanke mich bei allen Nepalesen, die zum Gelingen dieses Buches beigetragen haben – und zu meiner glücklichen und unversehrten Rückkehr. Ihre unvergleichliche Gastfreundschaft, die geduldige Beantwortung all meiner Fragen und unschätzbare Hilfe bei Problemen, angefangen mit dem Besorgen von Bustickets bis hin zu meiner Pflege, als ich krank in den Bergen lag, werden mir für immer unvergessen bleiben.

Mein besonderer Dank gilt hierbei meinem »kleinen Bruder« Umakant Dhital, dessen Begeisterung für das Projekt meine eigene Begeisterung noch um Längen übertraf. Auch bei seiner Frau Kopila, seiner Tochter Kushum und seinem Sohn Siddhartha möchte ich mich für viele fröhliche Stunden bedanken – und mich entschuldigen, dass ich ihnen den Papa und Ehemann so häufig aus Recherchegründen entführen musste.

Ein ganz großes Kompliment möchte ich Subash Dhital aussprechen. Ich hätte mir keinen klügeren und kompetenteren Begleiter für meine lange Wanderung durch das touristisch weitgehend unerschlossene Gebiet am Südhang des Manaslu wünschen können.

Ein liebes Dankeschön geht an Umakants und Subashs Mutter sowie ihre Nichten Indira und Inu, die mich so herzlich auf ihrem Hof aufnahmen und mich am Leben der einfachen Bergbauern teilnehmen ließen.

Professor Karan B. Shah von der Tribhuvan University, Kathmandu, danke ich für erhellende Gespräche über das Leben der Schneeleoparden im hohen Himalaya und die sich um die prächtigen Tiere rankenden Mythen.

Ram Prasad Manandhar, dem Besitzer des Snow Man Café, sowie Chandan Shrestha danke ich für ihre Bereitschaft und Geduld, mir in stundenlangen Interviews Rede und Antwort über die sechziger und siebziger Jahre in Kathmandu zu stehen.

Darla Hillard und Dr. Som Ale von der Snow-Leopard-Conservancy-Organisation (www.snowleopardconservancy.org) halfen mir in Detailfragen. Vielen, vielen Dank dafür! Ich wünsche ihnen – und uns allen – Erfolg bei ihren Bemühungen um den Erhalt des Lebensraums der Schneeleoparden.

Bei Uschi Bauernschmidt, Ulrich Hennings und Fred von Lehe bedanke ich mich für wunderbar ausufernde Interviews, in denen sie mir den Hippie-Trail und die wilden Sechziger und Siebziger nahebrachten.

Lieber Dank gebührt Anke Hüls für ihre überaus hilfreichen Kommentare.

Zu guter Letzt bedanke ich mich ganz herzlich bei meiner Lektorin Bettina Traub und meinem Agenten Bastian Schlück, die maßgeblich daran beteiligt waren, der Geschichte Form und Schliff zu geben.

Und natürlich spreche ich auch meinem Mann Sven ein riesiges Dankeschön aus fürs Lesen und Immer-wieder-Lesen des Manuskripts, fürs Aushalten meiner Launen, für seine Unterstützung und für seine Textkritik!

STEFFANIE BUROW

Das Jadepferd

Roman

Marion reist allein entlang der legendären Seidenstraße, als sie in eine Baugrube fällt und neben der Leiche eines jungen Mannes landet. Der Tote hält ein kleines Kästchen umklammert, das Marion an sich nimmt – doch dieses Kästchen hat noch jedem seiner Besitzer Unglück gebracht ...
Kommissar Li Yandao wird zum Tatort gerufen und übernimmt die Ermittlungen. Schon während des ersten Verhörs knistert es zwischen ihm und der deutschen Touristin, aber er spürt auch, dass sie ihm etwas verheimlicht.
Als Marion endlich in ihrem Hotel ankommt, öffnet sie das Kästchen und findet darin neben einer Reihe beschrifteter Bambustäfelchen die vordere Hälfte einer zerbrochenen, kunstvoll gearbeiteten Pferdefigur aus Jade. Die kleine Figur übt eine magische Wirkung auf sie aus, daher verschweigt sie weiterhin beharrlich deren Existenz gegenüber Li Yandao – selbst dann noch, als ihr Hotelzimmer durchwühlt und sie offenkundig verfolgt wird.

KNAUR